DOMFEUER

Köln im 13. Jahrhundert

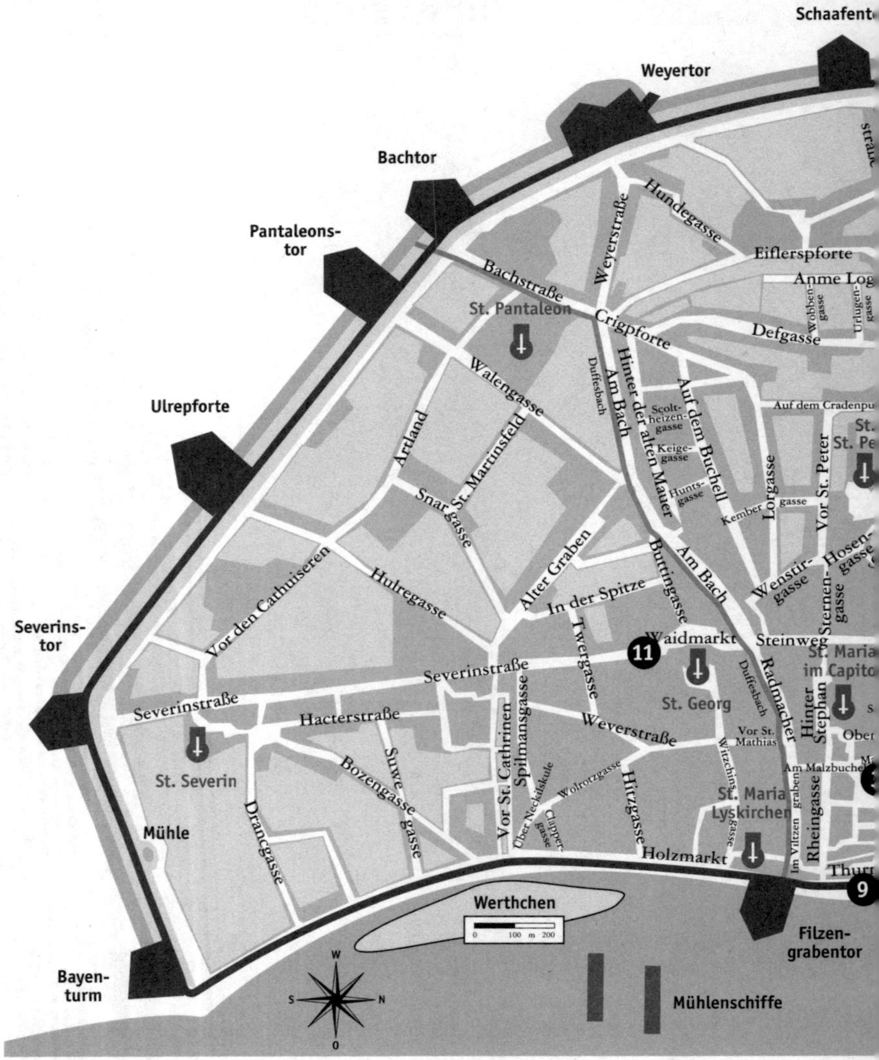

1 Hurenhaus in der Schwalbengasse
2 Haus des Kaufmanns Mummersloch
3 Haus des Kaufmanns Gir
4 Haus des Kaufmanns Quatermart
5 Haus des Büttels Konstantin
6 Haus des Dombaumeisters Gerhard
7 Hochgericht

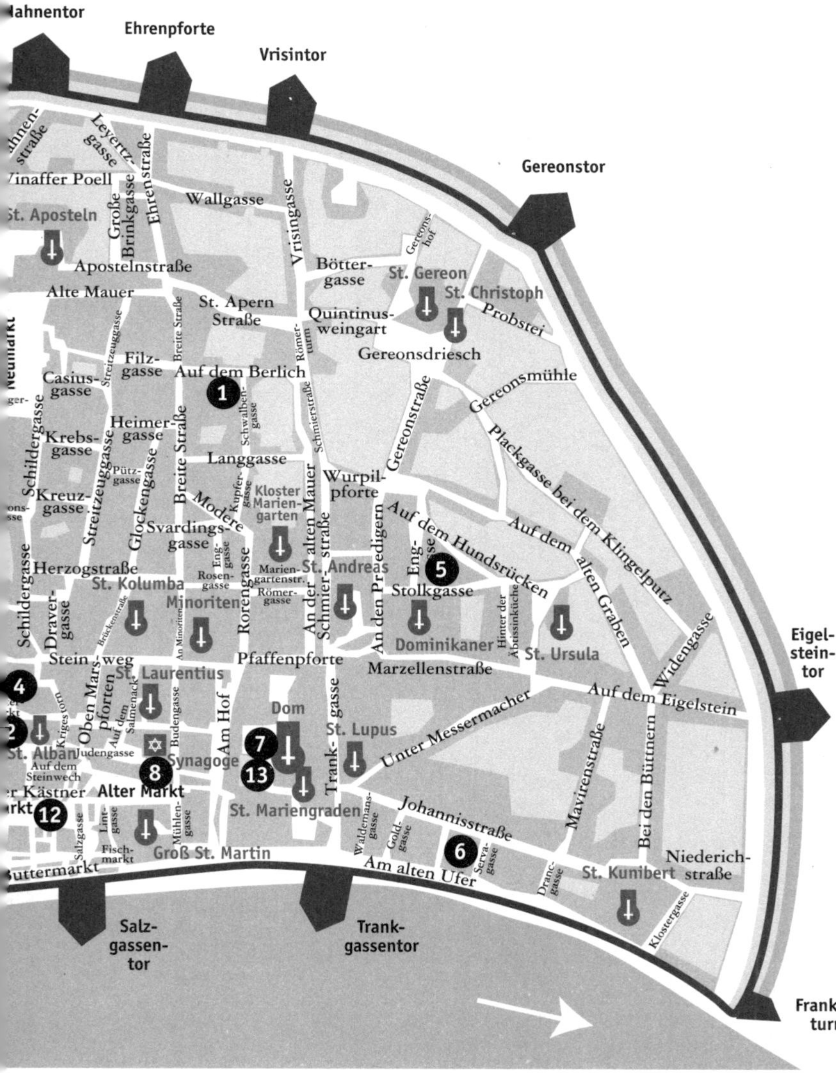

Kartenvorlage: Stefan Blankertz

8 Bürgerhaus
9 Matthias' Schlafplatz im Mauerbogen
10 Badestube am Haus Gir
11 Wohnung der Amme Lisgen
12 Münze
13 Palast und Kerker des Erzbischofs

Dennis Vlaminck, Jahrgang 1970, studierte Germanistik, Philosophie und Politikwissenschaft in Köln, arbeitete mehrere Jahre als Nachrichtenredakteur für die Kölnische Rundschau und schreibt nun unter anderem für den Kölner Stadt-Anzeiger. »Domfeuer« ist nach dem Bestseller »Reliquiem« sein zweiter Mittelalter-Krimi im Emons Verlag.

Dieses Buch ist ein Roman, und alle darin geschilderten Ereignisse sind frei erfunden. In besonderem Maße gilt das für Handlungen und Äußerungen der auftretenden oder erwähnten Personen, auch wenn einige von ihnen nicht der Phantasie des Autors entsprungen sind. Darüber hinaus sind Ähnlichkeiten mit lebenden oder toten Personen rein zufällig.

DENNIS VLAMINCK

Domfeuer

EIN KRIMI AUS DEM MITTELALTER

emons:

Bibliografische Information der Deutschen Nationalbibliothek
Die Deutsche Nationalbibliothek verzeichnet diese Publikation in der Deutschen Nationalbibliografie; detaillierte bibliografische Daten sind im Internet über http://dnb.d-nb.de abrufbar.

FSC www.fsc.org MIX Papier aus verantwortungsvollen Quellen FSC® C083411

Umschlagfoto: photocase.de/good_grief
Umschlaggestaltung: Tobias Doetsch
Druck und Bindung: CPI – Clausen & Bosse, Leck
Printed in Germany 2012
Erstausgabe 2011
ISBN 978-3-89705-871-2
Originalausgabe

Für Britta

PROLOG

KÖLN AM TAG DES HEILIGEN VITALIS, 28. APRIL 1248, EIN DIENSTAG

Der stolze Burkhart kroch auf allen vieren. Seine Männer nannten ihn nicht grundlos den »Maulwurf«. Auch ohne das Öllicht, das er vor sich herschob, hätte er sich hier unten geborgen gefühlt wie in seiner Mutter Schoß. So tief unter der Erde, so gewaltige Fundamente über sich, überfiel andere die nackte Angst, sie fingen an zu schwitzen und zu schreien. Er aber blühte auf, wenn er die muffige Luft roch, wenn die Balken knirschten und Erde von der Decke rieselte. Dann wusste er, sein Werk war bald vollbracht.

Er schob die Lampe weiter und rutschte zum nächsten Stützpfosten. Er hätte in dem Hohlraum durchaus stehen können, doch war seine Arbeit nur auf Knien zu verrichten. Andere Werkmeister lenkten ihren Blick nach oben und prüften die Querhölzer an der Decke, ob sie nicht unter der Last nachzugeben drohten. Burkhart aber wusste es besser. Er hatte bei Belagerungen schon viel mehr Mauern zum Einsturz gebracht als irgendjemand sonst. Waren der Feind ahnungslos und die Decke gesichert, lag die Gefahr nur noch selten über dem Stollen, sehr oft aber darunter. Niemand wusste, wie fest der Boden war, auf dem die Stempel standen. Und gerade hier, in der Nähe des Rheins, war das Grundwasser machtvoll. Es drohte die Sohle von unten aufzuweichen. Aber der Hohlraum durfte nicht zu früh einstürzen, nicht bevor alle Arbeiten beendet waren und alle Männer Höhle und Stollen verlassen hatten. Allein Burkhart bestimmte, wann das Bauwerk über ihm dem wegbrechenden Erdreich nach unten folgte.

Dieses Mal war der Bau, den er in Schutt verwandeln sollte, ein ganz besonderer. Dieses Mal sollte er Gottes Haus in Köln zerstören. Sein größtes, ehrwürdigstes und schönstes Haus.

Den Dom.

Der Auftrag bereitete ihm schiere Freude. Es gab keine Belagerung. Es gab auch keinen Feind, der ihn zu entdecken drohte. Es gab über ihm nur einen Berg von Quadersteinen, Balken und Putz, der zu Staub werden musste. Ein leichtes Spiel. Und er, der weise Werkmeister Burkhart, war auserkoren, jene Hand zu sein, die der jahrhundertealten Kirche den Boden unter den Füßen wegzog. Der Ostchor, jener Teil der Kathedrale, der dem Rhein am nächsten lag und der heiligen Jungfrau Maria geweiht war, musste dem Erdboden gleichgemacht werden. Das Längsschiff und der Westchor sollten später fallen.

Bevor er sich den nächsten Pfosten ansah, betete Burkhart ein Ave-Maria. Es war sein vertrautes Ritual. Wie einen Rosenkranz nutzte er das Balkengerippe bei der letzten Prüfung und betete sich durch den ganzen Brandraum, stets allein und am späten Abend, damit völlige Ruhe herrschte in seinem Bau und nichts seine Achtsamkeit störte. Entsprach alles seinen Wünschen, würden seine Leute morgen das restliche Reisig hinabschaffen und die Pfosten mit Pech bestreichen. Übermorgen dann machten sich die Flammen daran, Burkharts Werk zu vollenden. Und wenn die Balken zusammenfielen und die Höhle brach, würden tausende Menschen Zeugen sein. Sie würden das Getöse hören und die Staubwolke sehen, die sich wie der böse Odem eines Dämons über die Stadt erhob, würden, wenn die Wolke sich senkte, mit ungläubigem Staunen feststellen, dass ihrem stolzen Köln von diesem Dämon ein Stück des Herzens herausgerissen worden war. Sie würden erkennen, was er vollbracht hatte.

Er, Burkhart, der Meister der Zerstörung.

Mehr als sonst nach getaner Arbeit würde es der Maulwurf genießen, für einen Tag nicht in einem Erdloch zu stecken, sondern seinen Maulwurfshügel zu verlassen, in die Sonne zu blinzeln und sein Werk zu betrachten. Dann gebührte ihm bereits ein Stück des Ruhmes, in dem die Stadt sich suhlen würde, sobald der neue Dom stand. Denn um überhaupt erst die prächtigste Kathedrale zu erschaffen, die je auf Gottes Erde errichtet wurde, brauchte es einen Vernichter wie ihn. Um überhaupt erst Fialen, Säulen und Pfeiler in den Himmel und dem Herrn entgegenstreben zu lassen, musste der Maulwurf zuvor tief in der Erde wühlen.

Um den neuen Dom zu gebären, musste der alte sterben. Und Burkhart war der Henker und der Geburtshelfer.

»Sancta Maria, Mater Dei, ora pro nobis peccatoribus. Amen.«

Er beendete sein Gebet und betrachtete den Balken. Bestes Tannenholz. Stark. Eine mächtige Schulter, die große Last tragen konnte. Aber auch ein williges Opfer des Feuers, weit williger als Eiche. Ein Funke, Zunder und ein Windhauch genügten, um die Stütze schnell zu Asche zerfallen zu lassen. Burkhart betastete die Erde rund um den Stempelfuß. Sie war trocken und fest. Er nickte zufrieden. Seine Männer hatten ausgezeichnete Arbeit geleistet. Sollte der alte Dom doch zum Teufel gehen.

Ächzend erhob sich Burkhart. Er war nicht mehr der Jüngste, und mit jedem Stollen, den er unter eine Mauer oder einen Turm trieb, spürte er stärker, wie sich die Jahre in seine Knochen fraßen. Doch darunter litt nur seine Beweglichkeit, nicht aber seine Liebe zum Graben und Zerstören, auch nicht seine Gründlichkeit. Er ging zur hinteren Wand des Raums, die bereits mit Reisig aufgefüllt war. Ein Luftschacht, gerade armdick, führte von hier schräg an die Oberfläche. Das Feuer brauchte Nahrung, und dieser kleine Schacht sollte es mit Luft füttern. Burkhart stellte sein Öllicht auf den Boden. Er schob sich an das Loch und blickte hinauf. Wenn er die ersten Sterne in der Dämmerung sehen konnte, war der Schacht frei. Burkhart lächelte. Er spürte die Zugluft auf seinen Augen.

Die Sterne standen gut.

Als er sich nach seiner Lampe bücken wollte, verharrte er mitten in der Bewegung. Um ihn herrschte rabenschwarze Dunkelheit. Das Licht war erloschen.

»Verdammt!«

Durch den Belüftungsschacht strömte offenbar mehr Luft als erhofft. Und zumindest für einen Augenblick mehr als erwünscht. Doch mit dem leichten Luftzug verflog auch schon Burkharts Ärger. Das war nichts, was er nicht schon erlebt hatte. Wenn es noch eines Beweises bedurft hätte, dass Höhle und Stollen gut gebaut waren, so war er nun erbracht. Er blieb stehen. Ohne Licht konnte zwar auch der Maulwurf nichts sehen. Aber wenige Atemzüge nur, dann würden seine Augen bereits Schemen erkennen und er tastend zurück nach draußen kriechen können.

Während er dastand, wartend und hoffend, dass sich endlich ein Umriss aus der Dunkelheit schälte, wanderte sein Blick durch das schwarze Nichts. Da, da war etwas. Aber das war kein Umriss.

Es war – ein Schimmer, ein Lichtschein, hinter dem Reisig. Und der Lichtschein flackerte.

Feuer!

Burkhart taumelte vor Schreck und stieß sich an einem der Balken. Hatte die Zugluft einen Funken seiner Lampe ins Reisig geblasen? Himmel, das durfte nicht geschehen, nicht jetzt, nicht jetzt schon! Er stürzte zu den Reisigbündeln und riss sie beiseite, um den Flammen das Futter zu nehmen. Wieder warf er eines hinter sich und noch eines.

Als er alles Reisig weggezogen hatte, war das Licht immer noch da, doch es war kein Feuer zu sehen. Burkhart sank auf die Knie und starrte in eine Öffnung zu einem kleinen Gang, der zuvor vom Reisig verdeckt worden war, gerade groß genug, dass ein Mann hindurchkriechen konnte. An seinem Ende tanzte das Licht einer Fackel. In Burkhart wuchs die Wut. Die künftige Dombaustelle stand unter Bewachung, also konnten nur seine eigenen Männer diesen schmalen Stollen heimlich gegraben haben, aus welchem Grund auch immer. Er würde diesen Grund erfahren. Und er würde seine Leute mit der Peitsche daran erinnern, dass funkenstiebende Fackeln hier unten nichts zu suchen hatten.

Zornbebend drängte Burkhart sich in den Gang und hastete auf Knien voran, soweit die Enge es zuließ. Am Ende des Stollens angekommen, richtete er sich staunend in einer sauber abgestützten Kammer auf.

Burkhart sah, was er nie hätte sehen sollen.

Eines wusste er sofort. Er würde nicht erleben, wie der alte Dom zur Hölle fuhr.

SUMMUS

Erster Teil

Quà penetrat, latas & quà diffusa sub oras
Gens hominum latiæ celebrat commertia linguæ.

¶ Floræ Elenchus.

Huius prima æuos alius scrutabitur ortus
Quàm uetus, uel quo sedem hanc fundauerit æuo
Quo duce, num priscus fatis, monitisq; deorum
Condidit hanc aliquis, tantæ moliminis urbem
Heroum sanguis, uel dijs genitoribus ortus
Vt clarij supplex Phœbi responsa secutus
Cadmus in Aonia, posuit noua mœnia, terra
Et Teucer quondam forti Telamone creatus
Laomedonteq; post tristia funera Troiæ
Ambiguã in Cypro, socijs Salamina locauit.
Hæc ego non agito sed commemoranda relinquo
Post alijs, mens est nobis præsentia tantum
Dicere, quæ facies urbis sit, quale uirorum,
Ingenium, quibus & studijs, quibus artibus oẽm
Impendant operam, morumq; cura bonorum

¶ Laus à præclaris ædibus.

Ipsa igit moles urbis pulcherrima, Lateq;
Et niuidæ surgunt, tectis sublimibus, ædes.
Quas dicas uel templa deum uel culmina regum.
Tantus ubiq; decor, tam celsa fronte minãtur
Despiciuntq; solum, patulis tam clara fenestris
Se lux insinuat, tam multas continet aulas
Vna domus, totq; excludunt hypocausta pruinas
Hybernas, gelidosq; uetant sæuire decembres
Tam pulchri thalami, tam blanda cubilia crebris
Atq; aptis discreta locis, fabreq; polita
Arrident strato, lectis genialibus, antro
Sub pedibus uarijs calcas asarota figuris
Quidquid Apellæi celebres pinxere colores
Pharrasiæq; manus, picturis cultus uterq;
Magnificis paries imitatur, & aula uenustis
Fulget imaginibus, spacium nec in ædibus ullum,
Cessat iners, cultusq; carens, sed margine pleno
Cuncta micãt tabulis pictis, aut aspera signis.

¶ A foris, plateis, mœnijs, fossis, turribusq;

¶ Quid fora? quid dicam nitidas sine sorde plateas
Feruentes hominum turbis, cœtuq; frequẽtes

KÖLN AM TAG DES HEILIGEN VITALIS, 28. APRIL 1248

»Heiliger Cyriakus, hilf!«

Paulus rief jenen Heiligen an, von dem er sich nun noch am ehesten Unterstützung erhoffte, eine Angewohnheit, die er sich vor einiger Zeit schon zu eigen gemacht hatte, nachdem ihn ein Stoßgebet zu seinem Namenspatron, dem Apostel Paulus, von rasenden Ohrenschmerzen befreit hatte. Der heilige Cyriakus, der gemeinhin allen hart arbeitenden Menschen beistand, sollte ihm beim Stemmen der letzten Fässer unter die Arme greifen. Zumindest soweit das einem Heiligen möglich war.

»Vierhundertdrei.«

Der Schiffsschreiber murmelte die Zahl gelangweilt vor sich hin, aber in Paulus' Ohren begann sie wie Feengesang zu klingen. Er hob ein Fässchen gepökelten Herings durch die Ladeluke hoch auf Deck. Ein anderer Hafenknecht nahm es in Empfang und rollte es fort. Der Schweiß rann Paulus' Rücken hinab. Es war viel zu warm für die Jahreszeit.

»Vierhundertvier.«

Der Schreiber kratzte einen weiteren Strich auf seine Wachstafel, und Paulus umschlang die nächste kleine Tonne. Der Gesang gewann an Schönheit.

»Vierhundertfünf.«

Wieder ein Strich auf der Wachstafel. Paulus' Arme fühlten sich längst schon an wie zwei schlaffe Weinschläuche, aber er griff beherzt ein weiteres Fass. Gleich war es geschafft, er weckte seine letzten Kräfte. Cyriakus hatte ihn erhört.

»Vierhundertsechs.«

Nur noch ein Fass, endlich! Seine Arme waren kurz davor, ihm den Gehorsam zu verweigern. Nur noch einmal zupacken, nur noch einmal stemmen.

»Vierhundertsieben. Ladung gelöscht.«

Das Zauberwort!

Vierhundertsieben Fässer mit Heringen waren durch seine Hände gegangen. Rechnete er den Lastkahn vom Vormittag hinzu, bei dem er Plankendienst hatte und die Fässer nur zu rollen brauchte, waren es wohl an die tausend Fässer.

Es hatte viel zu lange gedauert. Ein Blick durch die Ladeluke verriet Paulus, wie spät es schon war. Die Sonne warf bereits einen roten Kranz an den Himmel, der sich allmählich in ein dunkles Blau verfärbte. Am liebsten hätte er sich auf eine Taurolle gehockt und die tauben Glieder baumeln lassen, bis wieder Gefühl in sie zurückkehrte. Aber dafür blieb keine Zeit. Er schwang sich aus dem stinkenden Bauch des alten Lastkahns an Deck, hüpfte über die wippende Planke auf die Kaimauer und taumelte mehr, als dass er lief, zu Jobst, dem Zahlmeister.

Doch bevor Paulus seinen Tageslohn fordern konnte, winkte Jobst schon ab. Hinter dem Brett, das er mit Hilfe zweier Kisten zur Schreibunterlage umgewidmet hatte, sah Jobst mit seinem langen grauen Bart beinahe aus wie der Weltenrichter, und fast so gebärdete er sich auch.

»Paulus, Paulus, es ist jeden Tag dasselbe mit dir.« Jobsts Stimme klang wie ein Grollen am Gewitterhimmel. Er wedelte mit einem Federkiel. »Die anderen sind noch nicht fertig, und du willst dich schon wieder dünnemachen.«

Wie zur Bestätigung sahen zwei andere Hafenknechte, die mühsam die letzten Fässer auf eine Karre hoben, zu ihm herüber.

Paulus stöhnte. Er mochte den guten alten Jobst, aber er hasste diese Gespräche. »Nur weil die anderen noch nicht fertig sind, muss ich doch hier nicht meine Zeit vertrödeln. Meine Arbeit ist getan, und ich will mein Geld.«

»Zu den anderen, die noch nicht fertig sind, gehöre verdammt noch mal auch ich. Du lässt mir noch nicht mal Zeit, meine Listen fertigzustellen. Wenn du weiter so quengelst, verzichte ich in Zukunft auf deine Dienste.«

Paulus stöhnte wieder. Es war eine leere Drohung, Jobst wusste, was er an ihm hatte. Kaum ein anderer entlud einen Nieder- oder Oberländer so schnell wie er. Er sandte ein paar stumm flehende Worte zur heiligen Corona, die man anrief, wenn man Sorgen in Gelddingen hatte. »Jobst, wenn ich noch weiter betteln muss, ist der Vitalistag vorbei.«

»Billige Ausrede. Ich kenne niemanden, der am Vitalistag feiert.«

»Jobst, bitte, ich muss weg.«

»Du quengelst …«

»Ich *muss* weg.«

»Du quengelst …«

»Bitte!«

Das Wasser gluckste gegen die muschelbedeckte Bordwand des Schiffes. Paulus kam es vor, als kicherte der Rhein über dieses Gespräch, das sich allabendlich wiederholte. Jobst ließ ihn jedes Mal zappeln. Aber nie lange, auch an diesem Tag nicht. Der Zahlmeister schüttelte den Kopf, zog einen Beutel hervor und kramte kurz darin herum. Zwei Münzen wechselten den Besitzer.

»Jetzt geh schon«, brummelte Jobst. »Aber trink nicht zu viel Gruitbier, damit du vor Sonnenaufgang wieder hier und noch halbwegs bei klarem Verstand bist.«

Mit einem Grinsen ließ Paulus die Silbermünzen in seinem Brustbeutel verschwinden. »Keine Sorge, Jobst«, sagte er. Schon verfiel er in einen schnellen Schritt. »Worauf es bei meiner und bei deiner Arbeit am wenigsten ankommt, ist der Verstand.«

Auch wenn er ihn nicht sah, wusste Paulus doch genau, dass Jobst zwar schluckte, aber bereits an einer passenden Antwort bastelte. Bevor er außer Hörweite war, jagte der Zahlmeister sie ihm hinterher. Sie war begleitet vom Gelächter der anderen Schiffs- und Hafenknechte.

»So wie du riechst, solltest du deinem Liebchen besser nicht unter die Nase kommen.«

Na, vielen Dank auch, dass du mich drauf aufmerksam machst, dachte Paulus. Er schritt weit aus. Er roch nicht nur, er stank, und das wollte schon etwas heißen, im Kölner Hafen ausgerechnet durch Geruch unangenehm aufzufallen. Kein Wunder, nachdem er Hunderte schmutziger Fässer mit Pökelhering an seine schweißnasse Brust gedrückt hatte. Doch wie er roch, war nicht sein drängendstes Problem. Es war schon so dämmrig, dass die Hafenmeister entlang des Uferdamms vor der Stadtmauer Fackeln entzünden ließen. Kaum zwei Wochen erst, seit dem Osterfest, war der Rhein wieder eisfrei, und die Kaufleute holten nach, was ihnen seit Monaten entgangen war. Die Schiffsleute und Hafenknechte mussten bis unmittelbar vor Sonnenuntergang schleppen und schwitzen.

Und Paulus musste sich sputen. Er wollte zwar nicht zu seinem »Liebchen«, aber das Treffen, zu dem er unterwegs war, würde nicht minder aufregend werden.

Er schlängelte sich durch Fuhrwerke, hüpfte über Taue und stolperte beinahe über eine Kiste, die jemand im Trubel vergessen hatte. Fluchend verpasste er ihr einen Tritt und drängte sich schon wieder an Männern vorbei, die Tonnen, Bottiche und Zuber trugen, Ladung löschten oder Frachträume füllten.

Es waren ungewohnt viele Menschen im Hafen. Fast jedes Schiff, das in Köln anlegte, brachte auch lebende Fracht mit – Fremde, die den Rhein und seine Schiffer nutzten, um zeitig in der Stadt zu sein. Sie alle wollten einem einzigartigen Schauspiel beiwohnen. Übermorgen schon würden die Werkmeister einen Teil des alten Doms niederlegen. Und die Menschen kamen, um den Dom fallen zu sehen, der an Größe und Pracht in der Welt seinesgleichen suchte und den Kölnern doch zu klein geworden war.

Paulus nahm die Gugel vom Kopf, weil die Mütze ihm bei seinem strammen Marsch ins Gesicht gerutscht war, und eilte weiter flussaufwärts, links von ihm der Rhein, auf dem die Frachtschiffe lagen, rechts die Stadtmauer – und dazwischen das Gewimmel auf dem Uferdamm, der zu seiner neuen Heimat geworden war.

Eine Heimat für eine Ameise, denn das war er. Herrgott, er war zur Ameise geworden!

Er tat fast nichts anderes mehr als schuften und schlafen. Und das alles nur für die Liebe? Was zum Henker machte er da nur? Seine Brüder lachten ihn aus. Zu Weihnachten noch war er ein Gammler und ein Bettler gewesen. Bis es ihm widerfahren war.

Bis *sie* ihm widerfahren war.

Ihretwegen hatte er seinem früheren Leben abgeschworen. Sein Dasein als Bettler war nicht gottgewollt gewesen, er hatte es einst selbst gewählt, und ebenso selbstbestimmt hatte er es wieder aufgegeben. Er hätte seine Seele dem Teufel verkauft, nur um ein ehrbares Leben führen zu dürfen. Ein Leben, in das er ein Weib aufnehmen konnte. Vorerst musste es genügen, dass er sich jeden Morgen im Hafen bei den Tagelöhnern einfand und auf Arbeit hoffte. Von dem Geld konnte er sich zwar noch keine Wohnung, geschweige denn ein Haus leisten, aber es reichte, um einen Schlafplatz in einer der Lagerhallen am Kai zu bezahlen. Wenn er fleißig war und ein paar Münzen beiseitelegte, konnte er sich vielleicht bald schon ein Zimmer in der Stadt nehmen. Und Angela zur Frau. Gewiss, ohne große Hochzeit, denn wer konnte sich das schon erlauben? Aber eine Friedelehe musste möglich sein. Mit einer kleinen Feier und einer kleinen Festgesellschaft. Ihre und seine Familie säßen am Tisch und prosteten sich zu.

Seine Familie. Die Brüder und seine Mutter.

Paulus' Gedanken kehrten zurück zum Grund seiner abendlichen Verabredung, und schon trugen ihn seine Füße schneller. Eine solche Feier würde vielleicht nur ein frommer Wunsch bleiben, denn so einig seine Brüder im Spott über Paulus' Arbeitsantrieb sein mochten, so waren sie sonst doch wie Feuer und Wasser. Überhaupt verband die drei Brüder nur eine Gemeinsamkeit – sie hatten dieselbe Mutter. Irmel verkaufte seit jeher und auch im fortgeschrittenen Alter noch ihren Körper in der Schwalbengasse, um sich täglich eine karge Mahlzeit zwischen die zahnlosen Kiefer schieben zu können. Da sie keinen Mann an ihrer Seite hatte, konnten die drei Brüder getrost davon ausgehen, allesamt je einen eigenen Vater zu haben.

Barthel, der Mittlere, war zwar hässlich, aber doch ein Glückspilz, denn wenigstens er wusste um seinen Erzeuger. Nun war es als Sohn einer Hure sicher nicht grundsätzlich ein Segen, seinen Vater zu kennen. In diesem Fall aber erwies sich der Umstand, dass Barthel Glubschaugen, Hakennase, einen unnatürlich langen Hals und schon in jungen Jahren ein eher spärliches Haupthaar besaß, als förderlich für sein gesellschaftliches Fortkommen. Denn die Abstammung von einem der bekanntesten Kölner Patrizier ließ sich aufgrund seines geierhaften Aussehens nicht leugnen.

Barthel war ohne Zweifel ein Gir. Ein echter Geier eben.

Der Tuchhändler Hartmann Gir hatte den Bastard natürlich nicht als seinen Sohn angenommen, er hatte es in all den Jahren noch nicht einmal zu einem Treffen kommen lassen. Aber wenn sich für Barthel mal wieder eine Tür öffnete, die Paulus und Matthias verschlossen blieb, war doch jedermann klar, wem der Schlüssel gehörte. Der alte Gir wollte sich nicht nachsagen lassen, dass er sich nicht um seine Nachkommen kümmere. Regelmäßig hatte die Amme, die die drei Jungen aufzog, von einem Boten eine kleine

Summe erhalten, dank derer Barthel immer gute Kleidung und festes Schuhwerk tragen konnte. Später hatte Barthel es trotz seines jungen Alters bereits zum Müller auf der Summus gebracht, einer der sechsunddreißig schwimmenden Mühlen auf dem Rhein, deren Mahlwerke von Wasserrädern angetrieben wurden. Der brave Barthel hatte alles, was sich Paulus wünschte. Eine ehrliche Arbeit, ein hochschwangeres Weib und ein Dach über dem Kopf. Barthel war der vernünftigste der drei Brüder. Was keine große Leistung war, weil ihm all sein Glück in den Schoß gefallen war.

Matthias, der Älteste, hasste Barthel genau dafür. Was Barthel an Glück erfuhr, erlebte Matthias in Form von Pech. Fand Barthel bei den Streifzügen der drei Jungen über den Heumarkt eine Münze, entdeckte er nur einen Schritt weiter eine zweite. Fand aber Matthias einen Denar, fand sich mit Sicherheit gleichzeitig auch jemand, der ihn des Diebstahls bezichtigte.

Eines Tages war Matthias aus dem Haus ihrer Amme ausgerissen und nicht mehr heimgekehrt. Wochen später hatte Paulus ihn vor Sankt Maria Lyskirchen entdeckt. Er bettelte. Und er gab Paulus mit deutlichen Worten zu verstehen, dass er dieses Leben auf gar keinen Fall aufgeben wollte. Lieber wollte er ein Nichtsnutz und Herumtreiber sein, der sich sein Geld anständig erbettelte, als ein Nichtsnutz, dem der feine Herr Papa die Münzlein in den Allerwertesten steckte. Matthias hatte immer schon ein loses Mundwerk gehabt.

Als jüngster Bruder hatte Paulus immer zu Matthias aufgesehen und war daher seinem Vorbild auf die Straße gefolgt. Zwei Jahre schlugen sie sich mehr schlecht als recht durch, zwei Jahre, in denen Paulus mit ansehen musste, wie die Zeit einen Graben zwischen sie beide und Barthel grub und ihn mit Abneigung gegen den Bruder füllte.

Der ehrbare Barthel sah auf den Tunichtgut Matthias herab, und Matthias hielt Barthel Hochmut und Heuchelei vor. Diese Kluft war nicht zu beseitigen. Aber Paulus hatte sich nun, da er nicht mehr der Bettelei nachging, die Aufgabe gestellt, wenigstens eine Brücke zu bauen, damit die Familie bei seiner Hochzeit an einem Tisch sitzen konnte. Er wollte Matthias und Barthel an ihre Kindheit erinnern, als die drei Jungen noch wie Pech und Schwefel zusammenhingen, an jene Zeit, bevor sie begriffen, was es mit dem Geldboten auf sich hatte, an jene Zeit, als ihre Amme sie noch »meine drei Apostel« nannte.

Ihre drei Apostel. Matthias, Bartholomäus und Paulus.

Die Gelegenheit bot sich heute. Matthias wollte sich mit ihm im Hafen treffen, um den Tag des heiligen Vitalis zu feiern. Paulus hatte kurzerhand auch Barthel eingeladen, um mit seinen Brüdern in ein Wirtshaus zu gehen. Das Problem war nur, keiner der beiden wusste, dass der andere zum Treffen kommen würde. Und wenn Paulus nicht pünktlich am Salzgassentor, dem Treffpunkt, eintrudelte, begegneten sich die beiden Streithähne, und die Brücke war bereits eingestürzt, bevor er sie überhaupt erst hatte aufbauen können. Es mochte ein einfältiges Unterfangen sein, aber einen Versuch war es wert. Paulus ging noch schneller, er lief fast. Auch sein Herz beschleunigte den Takt, vielleicht der Anstrengung wegen, vielleicht aber auch wegen der Aufregung. Bis zum Tor waren es nur noch gut hundert Schritte.

»Was riecht denn hier so streng?«

Paulus hielt inne und atmete auf. Die kratzige Stimme gehörte Matthias. Paulus wandte sich lächelnd um und sah nach oben. »Eine Ameise«, sagte er. »Eine Ameise, die sich fast totgeschuftet hätte.«

»Eine Ameise? Dem Geruch nach wohl eher ein Hering.«

Matthias saß hoch oben auf einem Stapel Kisten. Ein tönerner Krug in seiner Rechten schien ihm den nötigen Halt zu verschaffen.

»Du willst mir doch wohl nicht weismachen, dass du da oben noch riechen kannst, was ich eben geschleppt habe.«

Als Antwort erhielt Paulus nur ein Grinsen. Matthias nahm einen kräftigen Zug und rutschte ein Stück beiseite. An den fahrigen Bewegungen erkannte Paulus, dass sein Bruder heute wohl nicht den ersten Krug in der Hand hielt.

»Komm schon hoch, ich habe für dich ein Plätzchen freigehalten.«

Paulus nahm Schwung und erklomm den Stapel. Kaum hatte er sich neben Matthias gesetzt, tat er, als wäre er angewidert, und schob den Bruder von sich weg. »Na, hier hat aber jemand auch nicht gerade in Rosenwasser gebadet.«

Mit schwerem Herzen hatte Paulus in den vergangenen Jahren

ansehen müssen, wie sich Matthias veränderte. Aus dem stattlichen Kerl, dem jede Frau und jedes Mädchen einst sehnsuchtsvolle Blicke hinterhergeworfen hatte, war ein abgehalfterter Halunke geworden. Das Strahlen seiner blauen Augen leuchtete nur noch selten auf, seine blonden Haare waren verfilzt und dunkel von Dreck und Fett. Sein Bart verbarg kaum die schorfige und gerötete Haut, und im Mundwinkel glänzten Bläschen. Aber eine gewisse Wirkung auf das andere Geschlecht hatte sich Matthias bewahren können. Frauen gehörten zu seinen großzügigsten Spendern, und er hatte immer wieder andere Bettelmädchen an seiner Seite, die bewundernd zu ihm aufsahen und ihm gewiss bei der Befriedigung seiner Gelüste gern dienstbar waren. Paulus rätselte oft, ob es am rotzigen Auftreten seines Bruders lag und an dessen derber Wortwahl. Wenn Matthias die Grenzen des Anstands überschritt, so vermutete Paulus, hängte sein Bruder andere Männer schlicht ab.

Matthias hob die Schultern. »Wenn ich gut rieche, verdirbt mir das mein Geschäft. Oder würdest du einem Bettler Geld geben, der gerade aus der Badestube gestelzt kommt?«

»Ich würde dir überhaupt kein Geld geben, weil ich weiß, dass du für deine Gönner kein einziges der versprochenen Gebete sprichst. Außerdem kann ich mein Geld selbst am besten gebrauchen.«

Matthias lachte und reichte Paulus den Krug. »Hier, trink einen Schluck. Wir haben was zu feiern.«

Paulus rümpfte die Nase. »Hier riecht es wirklich ziemlich streng. Und ich schwöre, der Duft erinnert mich nicht an Hering.«

Er bekam ein wohliges Grunzen zur Antwort. Paulus nahm den Krug und gönnte sich einen tiefen Schluck. Es war Gruit, aber kein gutes. »Heiliger Hadrianus, du gekränkter Schutzheiliger der Bierbrauer«, rief Paulus. »Himmel, Matthias, woher hast du denn diese Brühe?«

»Ein glücklicher Zufall, frag nicht weiter. Na ja, was heißt glücklich? Das Zeug schmeckt wie Pferdepisse. Vielleicht ist es auch welche.«

Paulus verzichtete sicherheitshalber auf eine weitere Aufnahme des seltsamen Gesöffs. »Ich bin nur zu dir hochgeklettert, um dich abzuholen. Ich wollte mit dir in ein Wirtshaus, was essen gehen.«

Das Grunzen ging in ein missmutiges Brummen über. »In ein Wirtshaus? Warum das denn? Ich dachte, wir bleiben hier im Hafen. Es ist so ein schöner lauer Abend.«

Es war in der Tat fast schon schwül. Schlechte Voraussetzungen, um Matthias in ein stickiges Gasthaus zu lotsen. »Ich hab eine Überraschung für dich.«

Matthias, der auch im Sitzen noch deutlich größer war als Paulus, blickte zu ihm herab. »Eine Überraschung? Das klingt ja eher, als hättest du eine schlechte Nachricht für mich.«

Ein Seufzer entwich Paulus' Brust und mit ihm ein Wort. »Barthel.«

Matthias rückte unwillkürlich ein Stück von ihm fort. Von den Auswirkungen seines Gruitgenusses war nichts mehr zu spüren. »Was heißt das – Barthel?«

Paulus verzog das Gesicht, als bereitete ihm das Sprechen Schmerzen. Irgendwie tat es das ja auch. »Ich hab ihn eingeladen, dass er zu uns stößt.«

Matthias' Augen schienen auf die Größe von Äpfeln zu wachsen. »Barthel?«

»Barthel.«

»Zu unserer Feier? Zu unserer Vitalisfeier?«

Paulus nickte schuldbewusst. Matthias stützte seine Hände neben sich auf die Kiste. Beide Brüder blickten auf das Gewimmel, das auf der Kaimauer seinen Gang nahm, dahinter Masten, ein ganzer Wald von Masten, die mit ihren Schiffen in der Strömung schaukelten, wippten und wackelten, bis einem ganz schwummrig wurde.

»Ich werde allein beim Anblick seekrank. Wie schaffst du es nur, hier zu arbeiten? Ich könnte das nicht.«

»Du könntest nirgendwo deinen Körper in Bewegung bringen, ohne dass dir übel wird. Außerdem bist du dem Gruit zu sehr zugetan. Kein Wunder, wenn dir schlecht ist.«

»Jetzt hörst du dich schon an wie Barthel.«

»Es stimmt ja auch. Und es stimmt genauso, dass Barthel das hohe Ross, von dem er auf dich herabblickt, von seinem reichen Herrn Papa untergeschoben bekommen hat. Ihr seid beide in eurem Groll auf den anderen im Recht. Und damit gleichzeitig auch im Unrecht.«

Matthias zog eine Augenbraue hoch und sah Paulus von der Seite an. »Das ist *unser* Feiertag, Paulus, du hättest ihn nicht einladen sollen. Barthel wird kaum verstehen können, warum Menschen wie wir diesen Tag feiern.«

»Ich bin kein solcher Mensch mehr, also ist es streng genommen auch nicht mehr mein Feiertag. Streng genommen haben gerade auch die Rheinmüller am Tag des heiligen Vitalis etwas zu feiern, also darf er getrost daran teilnehmen. Und außerdem ist es streng genommen überhaupt gar kein Feiertag, sondern nur dann, wenn es nicht friert.«

»Streng genommen.«

»Richtig, streng genommen.«

Matthias nahm den Krug wieder an sich, trank reichlich und wischte sich mit dem Ärmel den Mund ab. »Ich hab die letzten Jahre ganz vortrefflich ohne Barthel gelebt. Warum sollte ich das ändern? Wir haben nicht einmal denselben Vater.«

»Aber dieselbe Mutter.«

Matthias versuchte vergeblich, ein hämisches Lachen zu unterdrücken. »Und was für eine. Die Stadt empfängt die Pilger der Welt mit offenen Toren, unsere Mutter empfängt sie mit gespreizten Beinen.«

»Himmel, Matthias, was hast du nur für ein Schandmaul! Und wenn schon. Sie ist Hure, du Bettler. Bist du so viel besser? Sie arbeitet härter für ihr Geld.«

Als wollte er den Einwand wegwischen, wedelte Matthias mit dem Arm. »Ich will heute feiern.«

»Dann zeige dich großherzig und mach mir eine Freude. Lass uns zu dritt feiern.«

Mit einem Kopfschütteln bedeutete Matthias, wie weit Paulus noch von seinem Ziel entfernt war. »Warum das Ganze?«

»Ich hab dir doch von meinem Mädchen erzählt. Ich will sie als Weib. Und euch Streithähne an unserer Festtafel.«

»Heilige Einfaltigkeit.« Matthias blies die Backen auf. »Willst du unsere Mutter vielleicht auch zu dieser Feier einladen? Das wird ein feiner Spaß, wenn sie erst deinen Schwiegervater und dann alle deine Schwäger auf die Festtafel und zwischen ihre Schenkel zieht.«

»Matthias!«

»Was sagt eigentlich Barthel zu unserem Treffen?«

Schweigen.

»Er weiß gar nichts?«

Schweigen.

Matthias warf die Arme in die Luft. »Er weiß nichts! Und gleich sollen wir gemeinsam speisen gehen? Du bist ein Narr, Paulus.«

»Ein Narr und ein Apostel, Matthias. Erinnere dich, wir sind die drei Apostel.«

»Pah, Ammengeschwätz. Nur weil die alte Elsbeth uns so nennt, muss uns das nicht ein Leben lang aneinanderketten.«

Paulus seufzte. Eine Weile sagten sie nichts, sondern saßen einfach nur da. Langsam legte sich der Trubel auf dem Kai. Sobald die Sonne untergegangen war, mussten alle Arbeiten beendet sein. Spätestens nach Einbruch der Dunkelheit wurden die Stadttore geschlossen, und trotz der Geschäftigkeit im Hafen blieben auch die zweiundzwanzig Tore und Pforten in der rheinseitigen Stadtmauer nicht viel länger offen.

»Was soll's«, sagte Matthias endlich. »Ich würde ja durchaus gern wissen, ob sich der Sohn eines Pfeffersacks vielleicht ein wenig geändert hat. Schaden kann es ja nicht. Aber ich bestimme die Regeln. Damit das klar ist. Auf keinen Fall gehen wir in ein Wirtshaus. Ich wollte hier im Hafen feiern, also machen wir das auch.«

Nun war es an Paulus, den Entrüsteten zu geben. »Bist du von Sinnen? Gleich schließen sie die Tore. Sollen wir die Nacht vor der Stadt unter freiem Himmel verbringen?«

Auch Matthias brauste auf, dass die Kisten unter ihnen wackelten. »Warum denn nicht? Das hat dich doch früher nicht gestört. Soll dieser Sohn eines heuchlerischen Hurenbocks doch sehen, wie hart mein Leben ist. Eine Nacht auf nacktem Boden wird ihm schon nicht schaden.«

Paulus stöhnte laut auf. Eben noch hatte er gedacht, er hätte wenigstens Matthias für eine Versöhnung empfänglich gemacht, nun schwand seine Hoffnung wieder. Er riss dem Bruder den Krug aus der Hand und trank nun seinerseits reichlich. Himmel, es war vermutlich wirklich Pferdepisse. Paulus kratzte sich an der Schläfe. Er musste sich etwas einfallen lassen. Barthel wartete bestimmt schon.

»Ich hätte es mir denken können!« Just in diesem Augenblick war Barthels polternde Stimme zu hören. »Nichtsnutze seid ihr, Rauf- und Saufbolde! Paulus, was soll das? Ich warte seit einer halben Ewigkeit am Salzgassentor, und du sitzt hier mit diesem … mit diesem Geschmeiß und betrinkst dich.«

Breitbeinig stand Barthel am Fuß des Kistenstapels und sandte ihnen einen wütenden Blick hinauf. Sein Kopf schwankte auf seinem viel zu lang geratenen Hals bedrohlich hin und her.

Matthias nahm Paulus den Krug aus der Hand und trank den Rest Gruit in einem Zug. »Ich hätte es mir denken können«, sagte er dann. »Er hat sich keinen Deut gebessert.«

Sprach's, warf den leeren Krug hinab auf den Kai vor Barthels Füße, wo er in tausend Scherben zerbrach, und rülpste.

Paulus schlug die Hände über dem Kopf zusammen.

Endlich, Niehl kam in Sicht! Hinter der Flussbiegung tauchte ein Licht auf. Es musste die Treidlerherberge des Fischerdorfs sein. Goswin reckte sich auf seinem alten Kaltblut hoch und versuchte, über die Reiter vor ihm hinwegzusehen. Bald war es geschafft. Er heftete seine Augen auf den in der Ferne leuchtenden gelben Fleck. Es war ein sträflicher Fehler, den Blick nicht auf den Rhein und das Schiff zu richten. Aber Goswin konnte es nicht. Dieses seltsame Ding auf dem Wasser war ihm unheimlich. Lieber starrte er die Sterne an, die am Abendhimmel zu funkeln begannen, oder eben das Dorf am Rheinufer.

Goswin klammerte sich an seinen Hab, ein schweres, krummes Schlagmesser, wie es alle Treidelknechte mit sich führten, um bei zu starker Strömung das Tau zu kappen, damit ihre Pferde nicht von dem abdriftenden Lastkahn ins Wasser gerissen wurden. Noch nie in seinem Leben hatte er ein solches Schiff gesehen. Es war für das Meer gebaut und überhaupt nicht dafür geeignet, einen Fluss hinaufgetreidelt zu werden. Wohl an der Rheinmündung hatten Zimmerleute es erst umrüsten müssen und mit einem Block am Bug versehen, über den die Treidelleinen geführt werden konnten. Doch das war es nicht, was Goswin Unbehagen bereitete. Es war die Art, wie das Schiff gezimmert war. Vorn und achtern waren Plattformen, um die herum hüfthohe Brüstungen liefen. Sie wirkten wie die Wehrplatten eines Turms samt Zinnenkranz, hinter denen sich Bogen- und Armbrustschützen aufstellen konnten. Das ganze Schiff sah aus wie eine Festung. Es war für den Krieg gebaut.

Und es war so groß, dass sechzehn Pferde es stromaufwärts ziehen mussten. Auf fast jedem saß ein Knecht mit einer Fackel. Nie zuvor hatte Goswin einen solch riesigen Zug gesehen. Selbst um die schwersten Niederländer nach Köln zu bringen, waren höchstens acht Pferde nötig, und das war ein so seltenes Ereignis wie eine fette Mahlzeit mit Ochsenbraten auf Goswins Tisch. Und nie zuvor hatte er erlebt, dass ein Treidelzug bei sinkender Nacht noch unterwegs war. Ihre Arbeit war auch bei Tag schon gefährlich genug.

Es war ein gespenstischer Zug. Aber ein gut bezahlter. Das war der einzige Grund, warum Goswin nicht schon längst nach Neuss zurückgekehrt war. Noch nie war er so gut entlohnt worden. So gut, dass er seine Frau und seine vier Kinder ohne Sorgen über den nächsten Winter bringen konnte. Das war wichtig für einen Treidler, der nur von Frühjahr bis Herbst genug Aufträge und damit Geld hatte, um alle Mäuler in seinem Haus zu stopfen.

Doch nun fürchtete Goswin, er habe sich dem Teufel verkauft. Denn noch etwas flößte ihm Furcht ein, mehr als die Bauart des Schiffes. Niemand von der gesamten Besatzung dieser schwimmenden Burg ließ sich blicken. Nur ein Mann stand seit Stunden auf dem Vorderkastell, unbeweglich, wie eine steinerne Statue. Dieser Kerl hatte etwas Teuflisches. Der Hitze zum Trotz trug er einen langen schwarzen Mantel, der den Körper vom Hals bis zu den Knöcheln gänzlich verhüllte, aber darunter ließ sich unschwer sein gewaltiger Leib erkennen. Der Mann musste aus einem Berg von Muskeln bestehen. Aus den Ärmeln lugten Pranken wie die eines Bären, und auf dem halslosen Rumpf saß ein Schädel wie der eines Stiers. Nur die Hörner fehlten, doch hätten sie dem Mann gut zu Gesicht gestanden. Goswin hätte schwören können, dass die Augen des Unbekannten in der Dämmerung rot leuchteten. Aber er wagte nicht einmal mehr einen flüchtigen Blick, um sich davon zu überzeugen.

Wo war nur der Rest der Besatzung? Es war kein Steuermann, kein Bootsmann, kein Rudergänger, ja nicht einmal ein Schiffsjunge zu sehen. Verflucht, jemand musste doch am Ruder stehen, damit das Schiff durch den Zug der Pferde nicht zu nahe ans Ufer trieb! Ach, zum Henker, es sollte ihm doch völlig gleich sein. Sie waren bald in Niehl, würden den Rest ihres Lohnes einstreichen und die Nacht in der letzten Treidlerherberge vor Köln verbringen. Morgen dann wollte Goswin zurückreiten – ein anderer durfte gern seinen Platz einnehmen und das verfluchte Schiff nach Köln ziehen, was auch immer dieser Bocksfüßige auf dem Bugkastell dort wollte.

Der vorderste Reiter zog bereits seine Peitsche hervor. Für gewöhnlich ließ er sie so oft knallen, wie Treidelknechte im Zug waren. Es war das Zeichen für den Wirt der Herberge, wie viele Krüge Bier er bereitstellen und wie viele Schlafstellen er herrichten lassen sollte.

»Steck die Peitsche weg!«

Goswin kauerte sich tiefer auf seinen Gaul. Das war die Stimme des Leibhaftigen, der vom Schiff herüberrief. Goswin wünschte, er hätte wie sein alter Klepper auf dem linken Auge eine Scheuklappe, damit auch ihm die Sicht auf den Fluss versperrt war. Obwohl längst schon kein Licht vom Rhein mehr sein Pferd blenden konnte, nahm Goswin ihm die Klappe nicht ab. Er fürchtete, der Gaul könnte beim Anblick von Schiff und Teufel durchgehen.

Der Mann mit der Peitsche wandte sich um. »Es muss sein«, rief er dem Unbekannten auf dem Schiff zu. »Ich will dem Wirt Bescheid geben.«

»Steck sie weg. Wir ziehen weiter.«

»Herr, das geht nicht. Es wird bald stockdunkel, wir haben Neumond. Und die Pferde sind völlig erschöpft. Wir können nicht weiterziehen.«

»Ich sagte, wir ziehen weiter. Bringt dieses Schiff heute ans Ziel – sonst gibt es kein Geld.«

Der Mann mit der Peitsche rutschte auf dem Rücken seines Pferdes hin und her. »Es war nie die Rede davon, bis wann Ihr in Köln sein wollt.«

»Dann betrachte die Abmachung nun als geändert.«

Niemand wagte seine Stimme zu erheben, nicht einmal ein Murren war zu vernehmen. Sie setzten ihre Reise fort, und die Fackeln leuchteten ihnen den Weg in der Dunkelheit. Ein Käuzchen über ihnen rief seinen traurigen Ruf. Von dort oben musste der Zug aussehen wie ein riesiger Tropfen glühenden Eisens, der auf Köln zurann.

Goswin drückte sich noch tiefer in den Sattel.

»Und sie ist wirklich unberührt?«

Pieter de Witte saß auf einer weichen Bettstatt und richtete sich auf. Der Hurenwirt zog den Vorhang ein Stück zurück, um ihm einen Blick auf das Mädchen zu gewähren. Pieters Finger begannen, wie von allein über sein Wams zu tippeln. Er konnte es kaum erwarten, mit ihnen über den Leib des Mädchens zu fahren. Der Duft von Rosenöl hing schwer in der Luft, und Kerzen gaben ihr gelbwarmes Licht ab. Auf dem Schemel neben dem Nachtlager stand ein Krug mit dampfendem Malvasierwein, dazu ein Schälchen Honig – Vorboten eines verschwenderischen Vergnügens.

Pieter de Witte hatte all die anderen Geschäfte, die er noch zu tätigen gedachte, für einen Abend hintangestellt. Er hatte heute eine Schiffsladung Kölnischen Tuches zu einem derart günstigen Preis gekauft, dass der Gewinn, den er sich in Brügge erhoffte, ihm bereits jetzt etwas Außergewöhnliches ermöglichen sollte. Und Henner, der Hurenwirt, hatte etwas ganz Besonderes zu bieten. Das Haus an der Schwalbengasse war bekannt dafür, gelegentlich solch ausgefallene Wünsche zu erfüllen. Gegen eine stattliche Summe natürlich, denn rund um den Berlich galten die gleichen Gesetze wie im Marktviertel unten am Rhein. Ein knappes Angebot trieb den Preis in die Höhe. Doch dafür hatte Pieter Verständnis. Er war sein Leben lang Kaufmann gewesen.

Aus der Schankstube ein Stockwerk tiefer drang gedämpft Gelächter. Das Haus »Zur schönen Frau« war gut besucht, auch wenn es nicht zu den feineren Unterkünften gehörte. Männer mit kleinem Geldbeutel kamen hier auf ihre Kosten, und mancher suchte einfach nur eine warme Mahlzeit und einen guten Schluck Wein oder selbst gebrautes Bier.

»Nun sag schon, ist sie unberührt?« Pieter griff sich an den Kragen und verschaffte seinem Hals Luft.

»Zweifelt nicht an meinem Wort, Witte«, sagte Henner und schob den Vorhang langsam wieder etwas vor das Mädchen. Niemand verstand sich so gut wie er darauf, Begierden zu wecken.

Pieter erhob sich und ging ein paar Schritte auf die Kleine zu.

Sie zitterte. Kalt konnte ihr nicht sein, denn die Schwüle des Tages hing noch in der Kammer, und Henner heizte sein Haus gut, damit seine Kunden auch dann nicht froren, wenn sie sich ihrer Kleidung entledigt hatten. Also hatte sie Angst. Das erregte Pieter nur noch mehr.

»Wie, sagtest du, heißt sie?«

»Jenne.« Der Hurenwirt grinste. »Jenne Schönauge.«

Pieter konnte sie hinter dem Vorhang nur zur Hälfte sehen. Ihren Kopf hielt sie gesenkt, das blonde Haar fiel ihr wie ein Schleier ins Gesicht. Das lange weiße Hemd verhüllte den Körper kaum. Unter dem fast durchsichtigen Stoff zeichneten sich runde und ansehnliche Brüste ab, die zu dem sonst eher mädchenhaften Körper nicht recht passen wollten. Sie war noch Kind und schon Frau. Die Unruhe kehrte in Pieters Finger zurück.

»Zeig deine Hände«, sagte er, und es kostete ihn Mühe, das Beben in seiner Stimme zu unterdrücken.

Jenne blickte fragend zum Hurenwirt auf. Hinter ihrem Haarschleier war nur ein großes hellblaues Auge zu sehen. Ein wahrhaft schönes Auge. Henners knappe Kopfbewegung genügte. Zögerlich streckte Jenne ihre Hände vor. Es waren zarte, kleine Hände. Und sie zitterten.

»Jenne Schönauge, also«, murmelte Pieter. »Dann zeig mir nun auch noch deine schönen Augen.«

Doch bevor er seine Hand ausstrecken konnte, um ihr das Haar aus dem Gesicht zu streichen, zog Henner mit einem Ruck den Vorhang zu. »Ihr vergnügt Euch schon und habt noch keinen Heller bezahlt, Witte.«

Pieter trat zurück an das Bett und goss sich von dem heißen Wein in seinen Becher. Er wandte dem Hurenwirt den Rücken zu.

»Den teuren Malvasier setzt du mir ohnehin auf die Rechnung, Henner, also werde ich mir erst einmal einen guten Schluck gönnen.« Pieter gab einen Löffel Honig hinzu, rührte um und trank. Er zwang sich, ruhig zu wirken. Wenn Henner merkte, wie sehr er die Kleine wollte, würde der Preis steigen.

»Was ist nun, Witte, sind wir im Geschäft, oder soll ich sie wieder auf ihre Kammer schicken?« Henner baute sich vor dem Vorhang auf.

»Nenn mir den Preis.«

»Jungfrauen sind rar und eigentlich unerschwinglich.«

Pieter rümpfte die Nase. »Hör auf damit, Henner. Ich habe den ganzen Tag den Kaufmann gegeben und keine Lust auf Feilscherei. Sag mir den Preis.«

Henner blieb stumm. Erst als Pieter sich umblickte, sah er die drei hochgereckten Finger.

»Drei was?«

»Drei Goldmark.«

Pieter hatte sich gerade wieder setzen wollen, nun fuhr er auf dem Absatz herum. »Drei Goldmark? Bist du des Wahnsinns fette Beute?«

»Ich dachte, Ihr wolltet nicht feilschen, Witte?«

Pieter wedelte mit seinen Fingern. »Da wusste ich noch nicht, was für ein Wucherer du bist, Henner. Bist du unter die Juden gegangen?«

»Was soll ich sagen?«, erwiderte Henner und hob die Schultern. »Jungfrauen sind rar und eigentlich ...«

»Schon gut.« Pieter schnitt ihm mit einer Handbewegung das Wort ab. Der Preis sollte ihm den Spaß nicht verderben. Er trank seinen Becher in einem Zug aus. »Für das Geld will ich mehr von ihr sehen. Schick sie mir.«

Henner zog den Vorhang wieder zurück. Als das Mädchen sich nicht bewegte, fasste er es an der Schulter und schob es vor. Pieter winkte fordernd mit der Hand, bis Jenne so nah vor ihm stand, dass er ihre Brustwarzen durch das Hemdchen sehen konnte. Er atmete schwer, und es ärgerte ihn, dass sich seine Ungeduld nun Bahn brach. Er zwang seinen Blick auf Jennes Gesicht, strich ihr Haar zur Seite – und zuckte zurück, als er die Lederklappe über ihrem linken Auge sah.

»Das ist mangelhafte Ware!«

Henner winkte ab. »Na, na, Witte, jetzt redet Ihr doch wieder wie ein Kaufmann. Ihr hättet aufpassen sollen, als ich ihren Namen nannte. Jenne Schön*auge*. Und bedenkt bitte, zur Erfüllung der Jungfräulichkeit muss eine andere Stelle ihres hübschen Körpers unversehrt sein. Braucht Ihr wirklich ihre beiden Augen, um sie zu genießen? Wichtiger ist doch, dass Ihr selbst genug von ihr seht, oder etwa nicht?«

Pieter schnaufte. Mit der Rechten zog er einen kleinen Beutel mit klingenden Münzen hervor und warf ihn Henner zu, mit der Linken griff er nach Jennes Brust und begann, sie zu kneten. Der Hurenwirt fischte drei Münzen aus dem Beutel und legte ihn aufs Bett.

»Geh schon«, sagte Pieter, ohne Henner mit einem weiteren Blick zu würdigen.

Gerhard trat vor die Tür seines kleinen Hauses und sah die Johannisstraße hinauf. Von der nahen Stiftskirche Sankt Kunibert hatte es schon vor längerer Zeit zur Vesper geläutet. Wo blieb Burkhart?

»Soll ich das Hühnchen nun übers Feuer legen?«

Seine Guda reckte ihren hübschen Kopf aus dem Fenster. Sie fragte schon zum dritten oder vierten Mal. Er konnte ihr die Ungeduld nicht verdenken. Eigens für das Abendessen hatte sie eines ihrer Hühner geschlachtet und ausgenommen, weil es ein kleines Festmahl werden sollte. Sie mühte sich redlich, ihm eine gute Frau zu sein. Doch nun blieb der Gast aus. Gerhard schüttelte den Kopf. Unpünktlichkeit war nicht Burkharts Art.

»Gedulde dich noch ein wenig. Lass uns warten, bis er eintrifft.«

Am Ende der Johannisstraße, oben auf dem Hügel, stemmte sich der stolze Dom in den Abendhimmel. Von dort sollte Burkhart kommen. Ob es Schwierigkeiten gab? Sollte er nachsehen gehen?

Gerhard hasste es, wenn etwas nicht nach Plan lief. In seinem Leben geschahen gerade zu viele zu wichtige Dinge, als dass er irgendetwas dem Zufall überlassen konnte. Vor wenigen Monaten erst hatte er das Domkapitel überzeugen können, dass er der richtige Mann für das größte Bauvorhaben der Christenheit war. Wie hatten die hohen Herren gestaunt, als er auf dem Fußboden des Kapitelsaals im alten Dom seinen Bauriss ausbreitete. Elf große Pergamentblätter hatte er aneinandergefügt, viele weitere kleine hinzugelegt. Er hatte eine Tür aufstoßen müssen, damit die Spitze wenigstens eines der beiden Türme auf seinem Plan nicht gegen die Wand lehnte. Mit offenen Mündern drängten sich die Domherren um den Fassadenriss. Eine schönere und leichter emporstrebende Kirche im neuen Stil hatten sie von ihm gefordert, weit größer noch als jene Kirchen, die die Franzosen gerade im Begriff waren zu bauen. Was er ihnen zeigte, übertraf ihre Erwartungen.

Unter Beifall hatten sie ihn zu ihrem Dombaumeister gekürt. Ihn, Gerhard von Rile.

Seine Reisen durch ganz Europa zahlten sich jetzt aus, all seine Lehrjahre auf den Baustellen in Frankreich warfen nun einen Zins ab, auf den er lange nur hatte hoffen dürfen. Er hatte das höchste und schönste Amt inne, das er sich wünschen konnte. Nun trug er den neuen Dom auf seinen Schultern. Doch diese Verantwortung lastete schwer.

Gerhard lockerte den Kragen. War es wirklich noch so warm, oder trieb ihm die Ungewissheit über Burkharts Verbleib die Hitze in den Kopf? Was er so kurz vor dem großen Tag am wenigsten gebrauchen konnte, war ein unzuverlässiger Werkmeister. Die Disziplin auf der Baustelle ließ ohnehin zu wünschen übrig. Seit Wochen schon verschwand Material, vor allem Reisig, Holz, Pech und andere Dinge, die sie für den Brandabbruch dringend benötigten, aber auch Werkzeug.

Zuerst hatte Gerhard die Diebstähle auf die Not der Menschen geschoben, denen im Winter Brennholz fehlte. Sobald der Frühling Einzug hielt, so hatte er gehofft, würden die Diebstähle aufhören.

Nun war der Frühling gekommen, aber die Diebstähle endeten nicht. Seit über einer Woche schon war es sommerlich warm, und Gerhard fragte sich, wer bei dieser Witterung Reisig in solchen Mengen benötigte. Er ließ Wachen aufstellen, denn er brauchte die Brennstoffe dringend, um die Stollen unter dem Ostchor des Doms zu füllen. Ohne Erfolg. Da er die Wachmannschaften aus seinen Handwerkern zusammenstellte, war nun gewiss, dass er die Diebe unter den eigenen Leuten suchen musste.

Gerhard hoffte inständig, dass nicht auch noch Burkhart ihn enttäuschte. Er war auf den Maulwurf angewiesen. Gerhard war Baumeister, ein Schöpfer und Former, ein Erfinder und Gründer, kein Zerstörer wie Burkhart. Und einen Zerstörer brauchte er, damit der alte Dom dem neuen wich. Heute Abend wollten sie die letzten Vorbereitungen besprechen, die morgen zu treffen waren.

»Gerhard?«

An Gudas Tonfall hörte er, dass sie ihn schon mehrmals gerufen haben musste. Nun stand sie neben ihm und rieb die Hände an ihrer Schürze ab.

»Wo bist du nur schon wieder mit deinen Gedanken?«

Er lächelte sie an.

»Du sorgst dich wieder, stimmt's?«

Sie kannten sich erst kurz, doch vermochte er sie nicht mit einem Lächeln zu täuschen. »Ich sorge mich nie, teure Guda, ich plane. Wer plant, braucht sich nicht zu sorgen.«

»Sei nicht so hoffärtig, Gerhard. Du weißt doch, was in der Heiligen Schrift steht. Des Menschen Herz plant seinen Weg, doch der Herr lenkt seinen Schritt.«

»Dann brauche ich mich erst recht nicht zu sorgen, denn ich baue dem Herrn sein prächtigstes Haus auf Erden. Er wird nirgendwo anders mehr einkehren wollen als in Köln. Also wird er mit Wohlwollen auf seinen Diener herabschauen.«

»Du sorgst dich um Burkhart.«

Gerhard atmete schwer aus. »Ja.«

»Dann los, schau nach ihm. Das Huhn wird es verschmerzen, wenn es ein wenig länger auf euch beide warten muss.«

Gerhard drückte ihr einen Kuss auf die Stirn. »Ich bin gleich wieder da«, sagte er und streichelte zärtlich ihren Bauch. »Ruh dich bis dahin ein wenig aus. Du trägst meinen Sohn unter deinem Herzen.«

Guda kicherte. »Du kannst nicht einmal wissen, ob ich guter Hoffnung bin. Wie kommst du nur darauf, dass ich dir einen Sohn schenke?«

»Weil ich plane, teure Guda. Wir werden ihn Wilhelm nennen.«

Meister Gerhard trat auf die Straße hinaus und folgte ihr den Domhügel hinauf zur Baustelle.

Goswins Herz schlug bis zum Hals. Kurz bevor sie Köln erreichten, hatte er noch gedacht, es könnte nicht mehr schlimmer kommen, alles würde gut werden. Aber es kam schlimmer. Goswin hatte sich die Besatzung des Geisterschiffes herbeigewünscht, doch als sie fast den Hafen erreicht hatten und tatsächlich ein paar Männer an Deck erschienen, packte ihn die nackte Angst. Die Männer setzten in Windeseile das große Segel.

Das Segel!

Die Mannschaft ging geschickt mit der Takelung um. Sie musste eingespielt sein. Und sie war völlig von Sinnen. Niemand fuhr unter Segel, wenn das Schiff getreidelt wurde. Ein leichtes Drehen des Windes, ein zu lange versäumtes Dagegenhalten des Steuermanns, ein zu spätes Reffen des Segels, und der ganze Zug verschwand im Rhein.

Überhaupt – was war das für ein seltsames Zeichen auf dem Segel? Ein gewöhnliches Kreuz war es gewiss nicht.

Goswin drückte seinen Hab auf das Tau, das am schweren Geschirr seines Pferds festgemacht war. Beim geringsten Anzeichen von Gefahr, und wenn sich nur das Segel ein wenig zu sehr blähte, würde er sein Pferd und sich von diesem Kahn lösen. Lösen und erlösen. Das schwor er sich.

Das hieß jedoch, dass er von nun an den Blick wieder unentwegt aufs Schiff richten musste, ganz gleich, ob dieses Höllenungeheuer von einem Mann auf dem Vorderkastell stand oder nicht. Widerwillig wandte Goswin den Kopf. Der Schein der Fackeln tauchte das Segel in ein dunkelgelbes Licht. Der Wind füllte das schwere Tuch nur leicht. Keine unmittelbare Gefahr also. Und doch bekreuzigte sich Goswin. Vor dem Segel zeichnete sich keine einzige menschliche Gestalt ab. Die Mannschaft war wieder verschwunden, als wäre sie nie an Deck gewesen.

Und auch der Unheimliche war fort. Wie von der Hölle verschluckt. Goswin reckte sich, um weiter hinter die Bordwand zu sehen. Tatsächlich, niemand da. Er wartete nur wenige Augenblicke. Dann stand sein Entschluss fest. Nichts konnte ihn auch nur einen Wimpernschlag länger an dieses Schiff des Teufels fesseln. Er hob sein Schlagmesser, um das Tau zu kappen.

»Das wirst du lassen.«

Goswin erschrak so sehr, dass er aufschrie. Er versuchte, die Hand wegzustoßen, die seinen Arm gepackt hatte. Vergebens, der Griff war zu fest. Als Goswin sah, wer neben ihm ritt, war er wie gelähmt. Sein Hab fiel zu Boden. Er wusste nicht, wie es diesem Dämon gelungen war, während der Fahrt unbemerkt vom Schiff zu gehen. Er wusste auch nicht, woher der Mann diesen riesigen Rappen hatte, der ihn auf leisen Hufen neben Goswins Pferd gebracht hatte. Er wusste nichts mehr, er spürte nur noch Todesangst.

»Lasst mich los!«, schrie er, und alle anderen Treidelknechte drehten sich nach ihnen um.

Eine schallende Backpfeife brachte Goswin zur Ruhe. Der Unbekannte hielt es offenbar nicht für nötig, sich weiter mit ihm zu beschäftigen. Er sah ihn nur an, mit glühenden Augen, deren Blick sich tief und schmerzhaft in Goswins Seele brannte. Dann drückte er seinem Pferd die Sporen in die Flanken. Als er den Zug entlanggaloppierte, duckten sich alle Reiter tief in ihre Sättel. Der Dämon ritt voraus Richtung Köln.

Die Treidelknechte folgten ihm langsam, die schwimmende Festung im Schlepptau.

Am Salzgassentor war Matthias, bevor Paulus sich versah, die Kisten hinabgeglitten und hatte sich vor Barthel aufgebaut. Dessen Forschheit wich schnell, denn Matthias war einen ganzen Kopf größer als er. Die beiden gaben ein seltsames Paar ab. Hier Barthel, den die Vorsehung mit feinen Lederschuhen und edlen Stoffen ausgestattet hatte, nicht aber mit körperlichen Vorzügen, dort Matthias, der von seinem Schöpfer mit einem wohlgeformten Leib beschenkt worden war, nicht aber mit der nötigen Wertschätzung für seine irdische Hülle.

»Sag das noch mal, wenn du Schneid hast.«

Barthel knickte nicht gänzlich ein. Dafür war wohl auch der Zorn in ihm zu stark. Aber seine Stimme verlor an Lautstärke. »Keinen Deut gebessert hast du dich. Geschmeiß bist du und hast einen schlechten Einfluss auf deinen jüngsten Bruder.«

Paulus kletterte nun ebenfalls die Kisten hinunter, um Schlimmeres zu verhindern. Er quetschte sich zwischen die beiden und schob sie auseinander. »Herrgott, reden zwei Brüder so miteinander, wenn sie sich nach langer Zeit wiedersehen?«

»Er hat angefangen«, sagte Matthias und biss sich sogleich auf die Lippe. Zu spät hatte er wohl gemerkt, wie albern er klang. Wie ein kleiner Junge, der sich mit seinem Bruder um ihre Klicker balgte. Das Gruit war offenbar noch nicht ganz aus seinem heiß kochenden Blut verdunstet.

Barthel hingegen grinste. Mangelnde Reife war immer schon einer seiner Lieblingsvorwürfe gegen Matthias gewesen, selbst als sie noch Kinder und in der Obhut ihrer Amme waren. Aber das Grinsen machte schnell einem angeekelten Ausdruck Platz. »Alle Teufel der Hölle, was stinkt hier derart zum Himmel?«

Nun setzte Matthias ein überhebliches Lächeln auf. »Nicht was, Barthel, die Frage lautet: Wer stinkt hier? Such dir einen aus. Paulus riecht nach Fisch und ich nach harter Arbeit.«

»Wenn Arbeit stinken würde, hieltet ihr beiden es neben mir bestimmt nicht aus. Nein, nein, das ist etwas anderes. Du wirst doch nicht etwa ...«

Barthels Ehrfurcht vor Matthias' beeindruckender Gestalt war wie fortgeblasen. Nun standen sich wieder zwei Brüder gegenüber, die am liebsten im Schlamm raufen würden. Mit flinken Griffen tastete Barthel Matthias ab, doch der stieß ihn weg.

»Du brauchst nicht zu suchen, du brauchst nur zu fragen. Vor meinen feinen Brüdern habe ich keine Geheimnisse.« Matthias zog geräuschvoll die Nase hoch, fingerte im Ärmel seines Hemds herum und zog einen länglichen Gegenstand hervor.

Beim Anblick des Knochens, an dem ein Rest faulenden Fleisches hing, wich Barthel zurück und hielt sich die Hand vor Mund und Nase. »Himmel, das ist ja ekelhaft!«

Aus und vorbei. Paulus ließ alle Hoffnung auf den Familienfrieden fahren. Matthias hatte soeben nichts anderes getan, als seine Betrügereien offen zuzugeben. Ein Grund mehr für den grundehrlichen und gesetzestreuen Barthel, den Bruder in die ewige Verdammnis zu wünschen. Wie Matthias beim Betteln vorging, wusste niemand besser als Paulus. Sie hatten lange genug unter einer Decke gesteckt. Das Betteln war für sie kein einträgliches Geschäft gewesen, denn die Menschen hatten ihnen nie genug gegeben, als dass sie richtig satt geworden wären. Um in der Masse der Bettler nicht unterzugehen und um zu überleben, mussten sie mogeln wie so viele andere auch. Sie hatten sich lahm, blind oder taub gestellt. Ein verwesendes Stück Aas, das aus Matthias' Ärmel oder seinem Hosenbein lugte, erweckte den Eindruck, bei seinem Besitzer handele es sich um einen bedauernswerten Krüppel. Und es weckte das Mitleid von möglichen Spendern. Aber es weckte auch das Misstrauen von Ordnungshütern. Bettler, die ihre Verkrüppelung nur vorgaukelten, mussten fürchten, genau jenes Körperteil zu verlieren, das sie angeblich gar nicht besaßen oder das schon von Würmern zerfressen wurde.

Matthias war immer der Anstifter gewesen, der Erstgeborene. Ihm war Respekt zu zollen, und deshalb war Paulus stets still und folgsam geblieben. Was sie taten, empfanden sie auch nicht als Unrecht. Sie stahlen schließlich nichts, zumindest nicht, wenn der Hunger es ihnen nicht ausdrücklich befahl und sich kein Hühnerbein oder Honigkuchen erfrechte, auf einem der Märkte allzu keck aus einem Korb zu lugen. Nein, sie taten, was wohl alle Bettler taten, die nicht gerade wirklich krank an Gliedern oder Geist waren. Sie halfen sowohl ihrem Glück als auch dem ihrer Almosengeber ein wenig nach. Denn Schaden nahm ob ihrer kleinen Mogelei niemand, im Gegenteil. Ihre Spender waren froh, einer armen Seele – und damit ihrer eigenen – geholfen zu haben. Halbwegs anständige Bettler boten eine Gegenleistung. Paulus wenigstens versuchte, die versprochenen Gebete auch tatsächlich gen Himmel zu schicken.

Zu jener Zeit hatte er sich eine stattliche Sammlung von Schutzheiligen zusammengestellt, aus der er sich gekonnt zu bedienen wusste, wenn er einem großzügigen Menschen als Dank einen guten Wunsch mit auf den Weg geben wollte. Bald schon wusste er die Dienste der Heiligen auch für sich einzusetzen. Heiliger Eustachius, hilf!, dachte Paulus nun und fragte sich, wie Eustachius wohl zu der undankbaren Aufgabe gekommen sein mochte, den Menschen bei harten Familienschicksalen beizustehen.

»Du widerlicher Galgenstrick!« Barthels Gezeter holte Paulus in die Gegenwart zurück. »Wie kannst du es wagen, anständige Leute mit solch einem faulen Zauber hinters Licht zu führen? Ich sollte einen Büttel rufen, damit man dich auf den Turm bringt.«

Matthias zuckte nur mit den Schultern. »Mach dich nur lächerlich, wenn du willst. Jeder Büttel wird mir bestimmt glauben, wenn ich ihm berichte, wie lange ich zwischen den Kotzbänken nach meiner monatlichen Fleischmahlzeit gesucht habe.«

Eine gute Ausrede, fand Paulus. Die Kotzbänke standen mitten auf dem Alter Markt. Eingeweide, Knochen, Sehnen, Ohren, Schwänze, Füße – was auch immer von Schwein, Rind oder Schaf nach der Schlachtung als Abfall blieb, landete hier. Zum halben Preis fanden auch die dreckigsten Därme noch Abnehmer, und was sich gar nicht zu Geld machen ließ, fraßen die Hunde oder trat sich im Boden fest.

Barthel schüttelte sich. Er schien das Thema nicht vertiefen zu wollen.

»Was fällt dir ein?«, fuhr er stattdessen Paulus an. »Ich dachte, wir wollten uns einen schönen Abend in der ›Krone‹ machen? Warum gibst du dich wieder mit diesem Schandfleck unserer Familie ab, diesem Gesetzesbrecher? Du warst doch auf einem so guten Weg. Jetzt lass uns gehen, komm mit.«

Er griff Paulus' Hand, als wäre er noch ein kleiner Junge, und versuchte, ihn fortzuziehen. Matthias aber warf den Knochen fort und packte Paulus an der anderen Hand.

»Ich! Ich habe Paulus eingeladen, mit mir zu feiern!«, rief er. »Ich wollte nicht, dass er dich dazuholt, und deshalb wirst du uns jetzt nicht den Abend verderben, du Gockel.«

Paulus fühlte sich wie bei einer misslungenen Vierteilung. Er schaute verdattert vom einen zum anderen und riss sich dann los. Den lieben langen Tag hatte er Heringsfässer geschleppt, noch mehr Lasten auf seinen Schultern mochte er nicht ertragen. Seine Brüder waren älter als er, und doch fühlte er sich, als habe seine Mutter ihm aufgetragen, zwei Kleinkinder zu hüten.

»Ihr Holzköpfe!«, rief er. »Das war ein törichter Gedanke von mir, genauso töricht, wie ihr beiden offenbar seid. Vergesst, dass ich den Abend mit euch verbringen wollte. Vergesst, dass ich euch versöhnt unter meinen Gästen wissen wollte, wenn ich meine Liebste zum Weib nehme. Meinetwegen prügelt euch, reißt euch die Haare aus oder bohrt in der Nase, aber vergesst es.«

Paulus ließ sich schwer auf eine Kiste sinken. Er war enttäuscht und gekränkt, und das zeigte Wirkung bei seinen Brüdern. Wenigstens gaben sie für einen Augenblick Ruhe.

»Hurensohn«, sagte Matthias zu Barthel und grinste dabei.

Barthel sah verkniffen zu ihm hinüber, als versuchte er herauszufinden, ob die Beleidigung ernst gemeint war oder ob sie nur neckisch daherkommen sollte, um die angespannte Stimmung zu lösen. Er zuckte mit den Schultern.

»Selber Hurensohn«, gab er im gleichen Tonfall zurück, und für einen kurzen Moment grinsten sie beide. Nach einem Räuspern wandte Barthel sich wieder Paulus zu. »Hör zu, Bruderherz. Ich habe mich über deine Einladung sehr gefreut, und dein wahres Ansinnen ehrt dich. Aber es wäre besser gewesen, mich vorher um meine Meinung zu fragen, anstatt mich derart zu überrumpeln und meine Zeit zu vergeuden. Ich kehre nun heim zu Bärbel, die ich nur schweren Herzens heute Abend allein gelassen habe. Sie kann jederzeit niederkommen. Es ist fast so dunkel, dass man die Hand nicht mehr vor Augen sieht. Allerhöchste Zeit für mich.«

Paulus sah von der Kiste auf. »Er ist dein Bruder.«

»Halbbruder.«

»Wir sind die drei Apostel.«

»Wenn du bibelfest wärest, wüsstest du, dass die Apostel in die Welt ausgesandt wurden. Sie sind ihrer Wege gegangen. Nicht miteinander, sondern jeder für sich. Wir sollten ihrem Beispiel folgen.«

»Doch sind sie im Frieden auseinandergegangen«, sagte Paulus eindringlich. »Seid gute Christenmenschen und lasst uns wenigstens einmal zusammen anstoßen.«

Diese Mahnung blieb nicht ungehört. Bei Barthel nicht, weil er sich für einen guten Christen hielt, bei Matthias, weil er jede Gelegenheit nutzte, anstoßen zu können. Matthias trat hinter den Kistenstapel und holte einen weiteren Krug hervor.

Paulus nickte dankbar. »Noch solch ein glücklicher Zufall?«

»Der liebe Gott meint es gut mit den Gerechten«, sagte Matthias, setzte den Krug an seine Lippen, trank und reichte ihn an Barthel weiter. Der blies die Backen auf, tat einen Zug – und verzog das Gesicht.

»Vermutlich ebenfalls Pferdepisse«, sagte Matthias. »Trotzdem prost.«

Paulus nahm den Krug und hob ihn feierlich hoch. »Möge der Rhein von nun an bis zum nächsten Winter frei von Eisgang sein, damit Barthel sich nicht um seine Mühle sorgen muss. Und mögen alle Tage bis zum nächsten Vitalistag so warm werden wie dieser, damit Matthias die Nächte überlebt.«

Bevor Paulus selbst aus dem Krug trank, sagten die drei Brüder gemeinsam den Richtsatz auf, der für all jene Menschen wichtig war, deren Dasein vom Wetter abhing: »Und friert's am Tag von Sankt Vital, friert es wohl noch fünfzehn Mal.«

Es hatte nicht gefroren heute. Der Winter hatte sich endgültig verabschiedet. Ein Vitalistag wie dieser war ein Festtag. Betreten standen die drei auf dem Kai, aber die Verlegenheit währte nur einen kurzen Augenblick. Barthel schickte sich an, den Heimweg anzutreten.

»Barthel, geh noch einmal in dich, bitte«, sagte Paulus. »Vielleicht finden wir ja doch einen Weg, alle miteinander auszukommen.«

Barthel sagte nichts, sondern sah ihn nur mitleidvoll an. Dann nickte er und ging davon.

»Alle Teufel der Hölle – was im Namen des Allmächtigen ist das?«, rief Matthias.

Barthel, der den Brüdern schon den Rücken zugewandt hatte, fuhr herum. Er und Paulus reckten ihre Köpfe in die Richtung, in die Matthias blickte. Rheinabwärts schien der Himmel zu brennen.

Ein Treidelzug unter Fackeln.

Selten hatten sie gesehen, dass ein Schiff so spät den Strom hinaufgetreidelt wurde. Aber noch nie hatten sie ein solches Schiff gesehen.

Paulus, Matthias und Barthel eilten den Uferdamm hinab. Das fremdartige Schiff würde weit vor dem Trankgassentor, fast noch bei Sankt Kunibert anlegen müssen, weil sich im Hafen die Schiffe weit zurückstauten. Auf dem Kai herrschten bereits Gedränge und Aufregung. Hafenarbeiter, Schiffsleute, Fischer, Fuhrmänner, Torwächter und Fährleute starrten den Rhein hinab. Das Schiff war weithin zu sehen, nicht nur wegen der Fackeln der Treidelknechte. Das Segel blähte sich bis hoch über dem Mast und trieb das Schiff den Rhein hoch, so schnell, dass die Treidelleinen immer wieder erschlafften und durchs Wasser schleiften.

Paulus stand fassungslos da. Es war ein riesiges Schiff, ein riesiger Treidelzug. Auf dem Segel prangte ein Symbol, das Paulus noch nie gesehen hatte. Ein Kreuz, dessen vier Enden sich öffneten wie Blütenknospen.

»Die müssen verrückt sein«, murmelte er. »Die müssen völlig verrückt sein. Sie haben das Segel gehisst.«

»Oder sie haben es einfach nur sehr eilig«, sagte Barthel. »Vielleicht fürchten sie, erst nach Toresschluss anzukommen.«

»Heilige Hundekacke!« Matthias stieß einen bewundernden Pfiff aus und klemmte seinen Krug unter den Arm. »Wenn sie auffallen wollen, ist ihnen das trefflich gelungen.«

Die Treidelpferde waren diesen Weg schon so oft gegangen, sie wussten genau, dass sie an seinem Ende angekommen waren. Auf dem letzten Stück legten sie sich noch einmal mit aller Kraft ins Geschirr, als könnten sie das Heu im Stall schon riechen.

Auch auf dem Kai brach Geschäftigkeit aus. Jeder hier wusste, dass ein Schiff unter Segel nicht anlegen konnte. Ein Hafenmeister rief Anweisungen, worauf mehrere Hafenknechte einen abgetakelten alten Fährkahn, der seine letzte Fahrt bereits hinter sich hatte und ausgeschlachtet werden sollte, an die hinterste Stelle in der Reihe zogen. Doch das genügte dem Hafenmeister als Schutz für die anderen Schiffe nicht. Mit hochrotem Kopf schwang er sich auf ein Pferd und ritt dem Treidelzug entgegen, der die Anlegestelle fast schon erreicht hatte. Er lenkte sein Ross neben den Kopfreiter der Treidler, redete auf ihn ein, bewegte wild die Arme und zeigte immer wieder auf das Segel. Auszurichten schien er nichts. Die Treidelknechte setzten ihren Ritt unbeirrt und mit gesenkten Köpfen fort. Die Besatzung machte keine Anstalten, das Segel einzuholen.

Die Besatzung?

Paulus reckte den Hals. »Wo ist die Mannschaft?«

Barthel und Matthias hielten ihrerseits Ausschau, und auch einige der Umstehenden versuchten, an Bord des sich nähernden Schiffes Menschen auszumachen. Vergebens.

»Da ist niemand«, sagte Barthel. »Was soll das? Was ist das bloß für ein Schiff? Seht euch doch nur an, wie es gebaut ist.«

»Donnerkeil!« Matthias hob seinen Krug. »Willkommen in Köln.«

Als die Treidelpferde die Anlegestelle erreichten, wich die Menge zur Seite. Weil das Schiff noch immer unter Segel stand, begannen die Treidler, die Taue zu lösen. Das Schiff behielt Fahrt und rauschte auf den Fährkahn zu. Da fiel mit einem Knall das Segel aufs Deck, ohne dass es zuvor gerefft worden war. Jemand musste das Falltau gelöst haben. Der Segler verlor an Geschwindigkeit. Da niemand Taue von Bord auf den Kai warf, nahmen Hafenknechte die Treidelseile auf. Mit geübten Griffen machten sie das Schiff an den Pollern auf dem Uferdamm fest. Während die Menschen noch über den Segler staunten, führten die Treidler bereits ihre erschöpften Kaltblüter fort. Paulus hatte den Eindruck, dass Reiter und Pferde schnell wegwollten.

»He«, rief er einem der Treidler zu, »was ist das für ein Kahn?«
Der Mann wandte sich nur kurz um. »Ich weiß nichts darüber«, sagte er im Gehen. »Tut Euch einen Gefallen und meidet es.«
Dann verschwand er in Richtung des Trankgassentores.
Der Hafenmeister, der sich immer noch nicht beruhigt hatte, sprang von seinem Pferd und bahnte sich einen Weg durch die Menge. Er erklomm die Bordwand des Schiffes und ging an Deck. Alle auf dem Uferdamm ahnten, dass er nicht nur nach der Fracht fragen wollte. Inzwischen trafen auch einige bewaffnete Männer ein. Wahrscheinlich hatte der Turmmeister des nahe gelegenen Frankenturms sie geschickt.
»Heda! Jemand an Bord?«, rief der Hafenmeister.
Als auf seinen Ruf niemand Antwort gab, sah er sich auf dem Schiff um. Das Vorder- und das Achterkastell hatten sein Interesse geweckt. Er bestieg die hintere Plattform über eine hölzerne Treppe und schritt neugierig umher. Die Bewaffneten folgten ihm an Deck.
»Ein Kriegsschiff, oder?«, fragte Paulus.
Barthel brummte. »Und was für eins. Vorn und achtern könnte man jeweils zwei Dutzend Bogenschützen aufstellen. Schon mal solche Aufbauten gesehen?«
»Nein«, sagte Matthias und nahm einen großzügig bemessenen Schluck aus seinem Krug. »Und ich bin auch nicht erpicht darauf, sie in Gebrauch zu sehen. Will jemand was zu trinken?«
Das Getuschel auf dem Kai verstummte mit einem Mal. Die Tür ins Achterkastell hatte sich geöffnet. Doch es trat niemand heraus. Der Hafenmeister stieg die Treppe wieder hinab und sah unsicher in den Raum hinein. Ein kurzer Wink, dann folgte ihm einer der Bewaffneten in die Kabine. Nur einen Augenblick später kam der Schwertträger schon wieder heraus und schloss die Tür hinter sich. Seine beschwichtigende Handbewegung zeigte, dass wohl alles in Ordnung war.
Obwohl der Hafenmeister lange in der Kabine blieb, harrten die Menschen auf dem Kai aus. Inzwischen war es dunkel geworden, doch zumindest das nahe Trankgassentor war noch geöffnet, denn aus ihm traten immer mehr Neugierige auf den Uferdamm hinaus. Die Zahl der bewaffneten Gewaltrichterdiener nahm ebenfalls zu, auch einige Männer aus der erzbischöflichen Truppe ka-

men, um sich das Kriegsschiff anzusehen. Seine Ankunft begann sich in der Stadt herumzusprechen. Mit der Neuigkeit verbreitete sich Unsicherheit. Die Menge wartete gespannt im Licht der Fackeln.

Irgendwann merkte Paulus, dass ihm das Warten gefiel. Und irgendwann merkte er auch, warum es ihm gefiel. Die Brüder waren vereint. Zwar nur in der Neugierde auf das Geheimnis des Schiffes, aber immerhin. Paulus lächelte. Es war ein Anfang.

»Was gibt's denn da so dümmlich zu grinsen?«, fragte Matthias. Das Gruit ließ ihn ungehalten werden. »Wenn du mehr über diesen Kahn weißt als wir, solltest du deine Brüder nicht so auf die Folter spannen.«

»Nanu? Seit wann kommst du so schlecht mit Untätigkeit zurecht?«

»Ausnahmsweise muss ich Matthias mal zur Seite springen«, sagte Barthel. »Ich verspüre wenig Lust, noch viel länger hier herumzustehen. Langsam muss ich zu meiner Bärbel. Nun sag schon, weißt du etwas über das Schiff? Du arbeitest schließlich im Hafen. Vielleicht ist dir was zu Ohren gekommen.«

»Das Einzige, was mir gerade zu Ohren kommt, ist eure neue Eintracht. Nichts anderem galt mein Lächeln. So lange wie hier auf dem Kai habt ihr es seit Jahren nicht mehr miteinander ausgehalten. Und gerade habt ihr euch auch noch gegen mich verbrüdert.«

Barthel verdrehte die Augen. »Verbrüdert«, rief er Paulus zu. »Hier stehen gewiss an die hundert Menschen oder mehr, und nur weil sie wissen wollen, was auf diesem Schiff vor sich geht, müssen sie noch lange nicht allerbeste Freunde sein. Du bist unverbesserlich, Paulus.«

Die Tür im Achterkastell des Schiffes öffnete sich, wieder verstummten die Wartenden. Heraus trat jedoch nur der Hafenmeister, auf dem Gesicht trug er ein breites Lächeln und in der Hand eine Münze, die im Schein der Fackeln golden glänzte. Schnell war sie unter seinem Mantel verschwunden. Er rief einige Büttel und Torwächter zu sich, auch zwei Männer des Erzbischofs gingen an Bord und nahmen teil an dem kurzen Gespräch, in dem Köpfe geschüttelt, mit Fingern gedeutet und Augen aufgerissen wurden. Ein letztes Nicken aller, dann verließen die Männer das Schiff und machten sich durch die Menge hindurch wortlos auf den Weg in die Stadt. Offenbar mussten Erzbischof, Patrizier und Schöffen über die Ankömmlinge in Kenntnis gesetzt werden.

Der Hafenmeister stellte sich an die Bordwand und richtete das Wort an die Wartenden auf dem Uferdamm. »Die hohen Herren dieses Schiffs legen keinen Wert auf Gaffer, also geht heim. Die Torwächter werden das Tor an der Trankgasse in wenigen Augenblicken schließen, danach lasse ich die Hafenmauer räumen. Wer sich dann nicht *intra muros* befindet, wird die Nacht auf offenem Feld verbringen müssen.«

Die Worte wirkten. Unter Murren zwar, doch zügig setzten sich die Menschen in Bewegung. Es war nicht weit bis zur Trankgasse, sodass die Brüder sich in der Menge nicht aus den Augen verloren.

»Was haltet ihr davon?« Matthias schwenkte seinen Krug und setzte ihn an die Lippen. Er schien in Feierlaune.

»Nicht viel«, sagte Paulus. »Da läuft solch ein Riesenschiff in den Hafen ein, das für so ziemlich alles, aber bestimmt nicht für den Handel gezimmert worden ist, und nur ein einziger Hafenmeister nimmt es in Augenschein. Die Büttel und Torwächter haben nur auf Deck herumgestanden, keiner von ihnen hat sich die Mühe gemacht, unter Deck oder in diesem Aufbau am Bug nachzusehen. Ein halbes Heer könnte sich im Frachtraum verbergen – und dieses Schiff darf einfach so im Hafen anlegen und über Nacht bleiben.«

»Ein Heer, ein Heer im Hafen!« Das Gruit in Matthias' Blut erreichte einen hörbar hohen Pegel.

»Nun, nicht so ohne Weiteres.« Barthel zeigte zurück. »Sie lassen sich auf kein Wagnis ein.«

Paulus wandte sich um. Der Hafenmeister verteilte mehrere Männer in größeren Abständen auf der Ufermauer. Er stellte einen Wachtrupp auf.

»Mich beruhigt das nicht. Habt ihr mitbekommen, wie sich die Treidler verhalten haben? Und überhaupt, die Mannschaft setzt das Segel, verschwindet unter Deck und lässt das Schiff so einlaufen. Wie kann der Hafenmeister sie ungestraft davonkommen lassen?«

»Hängt sie! Hängt sie!«, grölte Matthias und hob seinen Krug dazu. Weil sich die Leute nach dem lärmenden Bettler umdrehten, geriet die Menge ins Stocken.

»Reiß dich zusammen«, sagte Paulus. »Sonst lassen dich die Torwächter nicht in die Stadt.«

»Vielleicht hat er sie gar nicht ungestraft davonkommen lassen«, nahm Barthel Paulus' Faden wieder auf. »Die Münze in der Hand des Hafenmeisters war doch unübersehbar. Könnte eine Strafzahlung gewesen sein.«

»Hängt den Hafenmeister! Er hat sich schmieren lassen! Eine Münze für den Hurenbock von einem Hafenmeister!«

Der Krug flog in hohem Bogen durch die Luft und zerbarst klirrend auf dem Kai, mitten zwischen mehreren Männern.

»Bist du noch bei Trost?«, schrie ein Hüne, der vor Zorn seine Brust vorreckte.

»Verzeiht ihm, bitte«, sagte Paulus und hob abwehrend beide Hände. »Er hat ein wenig zu viel getrunken.«

»Dann seht zu, dass er irgendwo seinen Rausch ausschläft, sonst bekommt er gleich noch von etwas anderem zu viel. Und das wird ihm nicht so gut schmecken.«

Der Aufruhr weckte das Interesse der Torwächter. Zwei von ihnen traten aus dem vierstöckigen Trankgassentor hinaus auf den Kai und versuchten, die Quelle des Lärms auszumachen.

»Matthias, du alter Marktschreier, halt bitte nur einmal dein ungewaschenes Maul«, zischte Paulus. »Wenn du uns Ärger machst und wir nicht in die Stadt kommen, nur weil der Hafenmeister eine Münze bekommen hat, bin ich die längste Zeit dein Bruder gewesen.«

Matthias fiel ihm um den Hals und begann zu schluchzen wie ein kleines Kind. Doch nur kurz. Er richtete sich auf, wischte sich mit dem Ärmel den Rotz aus dem Gesicht und gab Paulus mit einem mitleidigen Blick einen Kuss auf die Wange. Dann drehte er sich auf dem Absatz um und ging.

Barthel und Paulus sahen sich verwundert an. »Verstehst du das?«, fragte Paulus.

Barthel seufzte schwer. »Ich will ihn auch nicht verstehen. Aber wem erzähle ich das?«

Während sie Matthias nachsahen, der schnellen Fußes durch das

Tor in die Trankgasse verschwand, legte sich eine Hand auf Paulus' Schulter.

»Wo Euer Freund gerade von Münzen redete«, sagte eine dunkle Stimme, »hättet Ihr vielleicht Lust, Euch eine zu verdienen?«

»Wie alt bist du, mein Kind?«

Pieter de Witte setzte sich neben Jenne auf die Schlafstatt und führte den Becher Wein an ihre Lippen. Sie wandte den Kopf ab.

»Du solltest ein wenig davon trinken, Liebchen. Der Wein macht vielleicht die Beine schwer, aber den Kopf leichter. Das kannst du gebrauchen, glaub mir.«

Pieter trank den Becher selbst aus. Jenne rührte sich nicht, auch dann nicht, als er begann, seine Kleider abzustreifen. Wieder drang Gelächter aus der Schankstube zu ihnen herauf, und Pieter hätte am liebsten mitgelacht. Seine Laune stieg mit jedem Schluck Wein, der den Weg in seine Adern fand.

»Aber reden wirst du doch wohl können. Lass mich dein süßes Stimmchen hören. Sag schon, wie alt bist du?«

»Das weiß ich nicht, Herr«, erwiderte Jenne leise, ohne sich zu ihm umzudrehen.

Der nackte Pieter goss sich Wein nach und stellte erstaunt fest, dass er den Krug schon fast geleert hatte. »Was bist du nur für ein drolliges Kind. Du trinkst nicht, du sprichst kaum, du weißt nicht, wie alt du bist … weißt du denn wenigstens, was mit deinem Auge geschehen ist?«

Jenne schüttelte den Kopf, und Pieter tat es ihr belustigt nach. Wieder setzte er den Becher an den Mund und genoss, wie die wohlige Wärme seinen Schlund hinunterrann.

Der Lärm aus der Schankstube schwoll an, die Gäste begannen rhythmisch zu klatschen. Pieter verstand die Worte nicht, die die Männer riefen, aber sie schienen etwas zu fordern. Ihr Klatschen verfiel in einen schnelleren Takt, dann ging es plötzlich in lauten Jubel über. Als das Johlen abebbte, erklang Musik. Die Spielleute fiedelten, zupften und trommelten eine schnelle Weise.

Jenne wandte sich um und zeigte Pieter ein leuchtendes Auge. »Ich … ich könnte für Euch tanzen, Herr.«

Pieter lachte. »Da schau her. Es ist ja doch ein wenig Leben in dem süßen Mädchen. Du willst wohl Zeit schinden. Meinetwegen gern. Lass mir einen Happen zu essen bringen und dann tanz für mich. Aber mach dir keine falschen Hoffnungen. Mit Tanzen allein ist es heute Nacht nicht getan.«

Als sei das die beste Nachricht, die sie hätte bekommen können, sprang Jenne auf und lief zur Tür. »Etwas Braten vom Schwein, Herr?«

»Braten, Brot – und Wein, viel Wein, mein Kind.«

Jenne machte einen Knicks, verschwand durch die Tür und blieb eine ganze Weile fort. Irgendwann schreckte Pieter von einem Geräusch auf. Er musste eingenickt sein. Jenne hatte die Tür zugedrückt und stand mit einem Brett vor ihm. Es war so schwer beladen, dass sie es kaum halten konnte. Pieter schüttelte kurz den Kopf und blickte vom Bett auf. Was er sah, weckte seinen Hunger. Krustenbraten vom Schwein, ein ganzer Laib Brot und ein Krug Wein, dazu etwas getrocknetes Obst – Pieter fuhr sich mit der Zunge über die Lippen. Das Mädchen setzte das schon bedrohlich schaukelnde Brett neben ihm auf die Schlafstatt.

»Kann ich Euch sonst noch etwas besorgen, Herr?« Jenne verschränkte die Hände vor ihrem Schoß.

Pieter grinste und ließ den Blick auf ihre Hüften wandern. »Allerdings.«

Jenne schlug die Augen nieder. Hastig griff sie nach einem Messer und schnitt ein Stück vom Braten ab. »Hier, Herr. Der Wirt richtet Euch aus, das Essen geht aufs Haus.«

Pieter grunzte. »Das will ich meinen. Von meinem Geld kann er sich ein Dutzend Schweine kaufen.«

Er lehnte sich auf dem Bett zurück, die Lider wurden ihm schwer. Wein, er brauchte Wein. Rebensaft war Lebenssaft. Ungeduldig forderte er mit einer schnellen Fingerbewegung den Becher, den Jenne ihm füllte und reichte. Pieter trank. Er verspürte brennenden Durst, obwohl er doch schon wenigstens einen Krug getrunken hatte. Es musste das Verlangen nach diesem Mädchen sein, das in ihm brannte und ihn verzehrte.

»Jetzt tanz endlich für mich!«

»Ja, Herr.«

Jenne trat einige Schritte zurück in die Mitte des Raums. Sie schien nach dem Rhythmus der Musik zu suchen, die von unten aus dem Schankraum durch den Boden drang. Mit ungelenken Bewegungen begann sie, den Tönen von Laute, Fiedel, Flöte und Trommel zu folgen. Unbeholfen wirkte es, beinahe tollpatschig, wie sie ihre Hüfte wiegte und die Arme kreisen ließ. Auf Zehenspitzen tänzelte sie auf ihn zu, spielte mit ihrem Hemd und entzog sich ihm wieder. Pieter lachte. Sie tapste umher wie ein Bärenjunges. Aber ihm gefiel, was er sah. Gleich würde er ihr den Pelz kraulen und sie abrichten. Er fühlte sich wie in einem Rausch. Wie durch einen Nebel nahm er die Musik und den Tanz des Mädchens wahr.

Er winkte Jenne zu sich. Sie verschränkte die Arme über dem Kopf und kam mit langsamen Schritten im Fluss der Klänge auf ihn zu. Mit dem gekrümmten Zeigefinger forderte er sie auf, sich zu ihm herabzubeugen. Zögerlich kam sie der Forderung nach. Grob fasste Pieter ihre Hände und warf sie neben sich auf das Bett. Ein letztes Mal griff er zum Wein und trank gierig.

»Du … du machst mich so schwach«, flüsterte Pieter, nachdem er den Becher abgesetzt hatte. Wein rann über sein Kinn, und als er schwer auf Jenne sank, fielen rote Tropfen auf ihr weißes Hemd.

Paulus hätte schwören können, dass der Unbekannte aus dem Nichts aufgetaucht war. Sie hatten lange vor dem Schiff gestanden, und wenn dieser Baum von einem Kerl in der Menge gewesen wäre, hätte er ihn bestimmt bemerkt, nicht nur der Größe wegen. Unter einem langen schwarzen Mantel steckte unverkennbar ein Mann, der den Gebrauch seiner Muskeln gewohnt war. Hätte er eine Rüstung getragen, dann gäbe er einen trefflichen Kriegsherrn ab, den seine Gegner fürchten mussten.

»Nun, was ist? Wollt Ihr Euch eine schnelle Münze verdienen oder nicht?«

Der freundliche Klang der Stimme passte gar nicht zur Erscheinung des Mannes. Paulus' Misstrauen war geweckt. »Verzeiht, Herr, aber ich habe Euch gar nicht kommen sehen.«

Der Unbekannte schmunzelte, und auch das wirkte befremdlich. Die weiche Miene passte schlicht nicht in das kantige Gesicht. »Das höre ich öfter. Was ist nun?«

»Was müssten wir dafür tun?«, fragte Barthel.

»Nur eine kleine Gefälligkeit. Ich brauche einen Führer, der mich zu drei vermutlich sehr bekannten Kölner Häusern bringt.

Einer von Euch sollte gewiss genügen«, sagte er und sah dabei Paulus an.

Barthel nickte und hob die Hand zum Abschied. »Das fügt sich gut, denn ich habe zu tun. Ich empfehle mich. Guten Abend.«

»Barthel!«, rief Paulus. »Denk noch mal darüber nach. Du weißt schon ...«

Sein Bruder nickte, winkte und verschwand schnellen Schrittes durch das Stadttor. Paulus folgte Barthel mit dem Unbekannten. Als sie durch das Tor die Stadt betraten, befanden sie sich am Fuß der Trankgasse, die den Domhügel hinaufführte. Oben stand die Stiftskirche Mariengraden, dahinter erhob sich wie eine Trutzburg der mächtige alte Dom. Dank seines weißen Putzes war er auch in der Dunkelheit gut zu erkennen. Wie unerschütterliche Wächter schauten die drei hoch gebauten Rundtürme des Ostchores auf den Rhein hinaus. Ein beeindruckendes Bild. Paulus wusste, dass es auf Auswärtige wirkte.

»Ihr kommt aus den Niederlanden, nicht wahr?«

Der Mann hob eine Augenbraue. »Verrät mich mein Zungenschlag?«

Paulus nickte. »Ich wette, Ihr habt im Leben noch kein annähernd so schönes Bauwerk wie unseren Dom gesehen. Und wisst Ihr was? Uns Kölnern ist diese Kirche noch nicht schön genug. Wir bauen einen neuen Dom.«

»Ach was ...« Der Fremde klang eher gelangweilt. Oder belustigt. Paulus vermochte es nicht zu deuten. »Und was macht ihr mit dem alten? Verkaufen?«

Wollte der Mann ihn veralbern? »Niederbrennen«, sagte Paulus trotzig. »Jedenfalls zum Teil. Übermorgen schon beginnen die Werkmeister damit, ihn niederzulegen. Der Marienchor, den Ihr von hier unten sehen könnt, wird als Erstes dran glauben müssen. Später, wenn der neue Dom im Bau ist, folgen dann weitere Teile.«

»Ach was ...«

Paulus fühlte sich nicht wohl an der Seite dieses Mannes. Er verspürte immer weniger Lust, den Fremdenführer zu geben. »Hört zu«, sagte er, »ich freue mich über Euer Angebot, aber es ist spät. Kann das nicht bis morgen warten?«

Wieder erschien solch ein aufgesetztes Schmunzeln im Gesicht des Fremden. »Nein, kann es nicht. Aber vielleicht vermag dies hier deine Unentschlossenheit aus der Welt zu schaffen.«

Der Wechsel in den vertraulichen Tonfall steigerte Paulus' Unbehagen. Doch die Münze in der Hand des Fremden machte ihn neugierig. Er nahm sie und hielt sie näher an eine der Fackeln, die in den mächtigen Mauern des Trankgassentores steckten. Das kleine Geldstück ließ Paulus staunen. Er hatte eine solche Münze noch nicht in der Hand gehabt, sehr wohl aber in Jobsts Beutel gesehen. Ein Silbergroschen. Paulus wusste nicht, wie viele Denare dieser Groschen wert war, wenigstens sechs aber bestimmt. Er hielt gerade den Lohn für mehrere Tage harter Arbeit im Hafen in der Hand. Wo die Münze geprägt worden war, konnte Paulus nicht erkennen. Die eine Seite zeigte ein Kreuz, die andere einen Bischof oder Heiligen. Jedenfalls war es keine Kölner Münze. Doch das war einerlei. Viele Währungen galten in Köln. Wichtig war nur, dass das Gewicht stimmte.

»Und dafür soll ich Euch lediglich zu drei Häusern führen? Das ist ein fürstlicher Lohn, Herr.« Paulus wählte auch weiterhin die höfliche Anrede, denn er sah sich nun in Diensten des Fremden.

»Ich gebe dir eine zweite, sobald du deinen Auftrag erfüllt hast.«

Paulus' Beklemmung machte einem anderen Gefühl Platz. Er wollte es nicht Habgier nennen. Er sah nur plötzlich die Gelegenheit, seinem Ziel ein bisschen schneller näher zu kommen. Wollte er sein Liebchen heiraten, musste er sparen, sparen, sparen. Zwei Silbergroschen waren ein Geschenk Gottes, auch wenn sie aus der Hand dieses unheimlichen Fremden kamen.

»Also gut, sagt mir, wohin ich Euch führen soll.«

Der Mund des Mannes verzog sich in die Breite. Das Lächeln stand ihm noch immer nicht gut zu Gesicht. »Kennst du Hartmann Gir, Hermann Mummersloch und Gerhard Quatermart?«

Paulus nickte.

»Dann bring mich zu ihnen.«

Als die letzten Männer aus dem Hafen durch das Trankgassentor getreten waren, schlossen sich die hohen und schweren Flügel mit einem dumpfen Donnern hinter ihnen. Köln war nun sichere Festung und Gefängnis zugleich. Bis zum Sonnenaufgang gab es keinen Weg mehr hinein und keinen mehr hinaus.

»Folgt mir.«

Paulus bog links ab und nahm den Weg die Stadtmauer entlang, am Frankenturm vorbei, der als Gefängnis diente. In der Gasse zwischen der Mauer und den Häusern war es inzwischen so dunkel, dass man kaum die Hand vor Augen sah. Er schritt dennoch zügig aus, denn er kannte die Winkel und Wege an der Mauer, die Köln zum Rhein hin abschloss. Lange hatte er hier gelebt, lange genug jedenfalls, um sich auch in fast völliger Finsternis zurechtzufinden.

Seit fast siebzig Jahren schon bauten die Kölner an ihrer neuen Stadtmauer, und noch immer war sie nicht fertig. Im Halbkreis umgab sie Köln und schloss nun auch viele Stifte und Klöster und deren Felder und Obstgärten ein, so als umfasste Vater Rhein die Stadt mit zwei riesigen Armen aus Stein. Zweiundfünfzig Wehrtürme reckten sich auf der Mauer empor, zwölf gewaltige Torburgen – wie im himmlischen Jerusalem – wachten darüber, wer die Stadt betrat oder sie verließ. Zum Hafen hin gewährten zweiundzwanzig Tore und Pforten Einlass. Eine gewaltige Mauer, die nie eingenommen werden sollte.

Und doch war sie schon erobert worden, bevor sie ganz fertig war – von armen Schluckern und zwielichtigen Gestalten, die nicht einmal mehr in Armenhäusern und Hospitälern einen Platz fanden. Die Stützbogen in der Innenseite dienten ihnen des Nachts als Schlafplätze und tagsüber als Wind- und Wetterschutz. Mancher baute sich einen Verschlag aus Brettern in seinen Bogen und durfte sich dann stolz Besitzer einer Wohnung nennen. Jeder Unterschlupf war fest vergeben, die Hackordnung galt es erst dann neu aufzustellen, wenn ein Platz frei wurde, sei es, weil einer der Bewohner sein Glück in einer anderen Stadt suchte oder weil er seinen letzten Atemzug getan hatte. Matthias und Paulus hatten sich damals einen der besten Plätze in der Mauer zum Hafen hin sichern können. Nah am Herzen der Stadt und nah am Tor zur Welt. Als Paulus sich jedoch als Tagelöhner im Hafen verdingte, hatte Matthias ihn irgendwann hinausgeworfen. Wer Geld verdiente, hatte sein Bruder nach übermäßigem Weingenuss gesagt, solle den Ärmsten der Armen nicht die Schlafplätze rauben.

Zu Paulus' Verwunderung hatte der Unbekannte keinerlei Mühe, ihm trotz des schnellen Schrittes in der unbeleuchteten Gasse zu folgen. Konnte der Mann im Dunkeln sehen? Paulus sollte es recht sein. So konnte er sich sputen und seinen Auftrag rasch erfüllen. Aber Paulus' Unbehagen wollte sich einfach nicht legen. Mit seiner schwarzen Kleidung verschmolz der Unbekannte völlig mit der Dunkelheit.

Wenigstens bereitete die Aufgabe, die der Fremde ihm gestellt hatte, Paulus keinerlei Schwierigkeiten. Alle drei Ziele lagen nur wenige hundert Schritt voneinander entfernt. Zwei von den drei Kaufleuten, zu denen der Unbekannte gebracht werden wollte, kannte er sogar. Paulus entschied, sich über diesen sonderlichen Zufall nicht weiter zu wundern, schließlich erleichterte er ihm die Arbeit gehörig. Hartmann Gir war Barthels mutmaßlicher Vater, und bei Hermann Mummersloch stand seine Angela in Diensten. Das Anwesen der Quatermarts wiederum war derart prachtvoll, dass kein Kölner es übersehen konnte. Jedermann wusste, wo es stand.

Paulus wollte den Fremden erst zum Ansiedel der Gir nahe am Heumarkt führen, dann weiter stadteinwärts zu Quatermarts an der Sandkaule und schließlich wieder ein Stück zurück zu den Mummerslochs bei Sankt Alban. Den Zickzackkurs musste sich der Fremde gefallen lassen. Das Haus von Hermann Mummersloch würde der Endpunkt der Führung sein, weil Paulus hoffte, sich in Angelas Kammer schleichen zu können und den langen, mühseligen Tag dort süß zu beschließen.

Als sie die Mühlengasse kreuzten, öffnete sich der Weg ein wenig, und sie verließen die Dunkelheit der Ufergasse.

»Geschäfte, Herr?«

»Was meinst du?«

»Geschäfte – führen Euch Geschäfte nach Köln? Die drei Kaufleute, zu denen ich Euch bringen soll, sind allesamt Tuchhändler. Gewandschneider, um genau zu sein, das heißt, sie handeln mit auswärtigen Tuchen.«

Eine ganze Weile entgegnete der Fremde nichts. Sie tauchten in den pechschwarzen Schatten der Abtei Groß Sankt Martin ein, die sich rechter Hand in den Himmel reckte, und kamen auf den Fischmarkt. Hier verkauften die Händler tagsüber den grünen Fisch. Von der Frische der Fische war nicht mehr viel zu bemerken. Ein strenger Geruch stieg Paulus in die Nase. Das mochte an den Tonnen mit Abfall liegen, die immer noch herumstanden. Sie wurden abends gefüllt, wenn bei Marktschluss Büttel über den Platz gingen und den Fischen die Köpfe abschlugen, damit sie am nächsten Morgen nicht als frische Ware erneut feilgeboten werden konnten.

»Keine Geschäfte«, sagte der Fremde endlich. »Mich führen Botschaften nach Köln.«

Vor ihnen tat sich das Gassengewirr des Hafen- und Marktviertels auf. Zielstrebig wählte Paulus den Weg auf den Buttermarkt. Von Groß Sankt Martin läutete es zur Komplet, doch das Abendgebet schien zu Füßen des großen Viereckstürms niemanden zu scheren. Der Lärm der Gasthäuser stand im Wettstreit mit dem Geläut.

Angewidert blickte der Fremde hinüber zu drei jungen Männern, die aus einem Gasthaus stolperten. Den Schimpfwörtern nach zu urteilen, die ihnen der Wirt hinterherwarf, waren sie im Unfrieden aus dem Schankraum geschieden. Ihrer Laune tat das keinen Abbruch. Singend und lärmend zogen sie weiter Richtung Kreidemarkt.

Paulus bog nach rechts in die Salzgasse ein, die sie geradewegs zwischen die beiden großen Märkte führen würde, und unternahm einen weiteren Versuch, den Mann in ein Gespräch zu verwickeln. Er wusste nicht, warum, aber er ertrug es nicht, wortlos neben diesem wandelnden Fels herzugehen. Vielleicht brauchte er einfach nur immer wieder die Bestätigung, dass es sich bei dem Fremden auch wirklich um einen Menschen aus Fleisch und Blut handelte.

»Was haltet Ihr von diesem Schiff?«

Der Fremde horchte auf. »Welches Schiff?«

»Na, das Schiff, vor dem Ihr mich angesprochen habt. Dieses riesige Ding, das so seltsam gebaut ist und unter Segel in den Hafen eingelaufen ist.«

Der Mann schüttelte den Kopf. »Ist mir nicht aufgefallen.«

Wie konnte ihm das entgangen sein? All die Menschen waren doch so spät nur deshalb auf dem Uferdamm gewesen, um das Schiff zu bestaunen.

»Wann seid Ihr denn in Köln eingetroffen?«

»Heute.«

»Und mit welchem Schiff? Vielleicht kenne ich es sogar. Ich habe den ganzen Tag nur auf Niederländern gearbeitet.«

»Warum willst du das wissen?«

»Weil Ihr, falls Ihr ebenfalls heute angekommen seid, dieses große Schiff vielleicht unterwegs gesehen habt.«

»Wie soll ich es da sehen, wenn ich doch auf einem anderen Schiff bin?«

»An den Treidelstationen legen über Nacht immer mehrere Schiffe an. Dort vielleicht?«

»Mach dir nicht so viele Gedanken. Ich bin auf dem Rücken eines Pferdes nach Köln gekommen.«

Paulus sah den Mann an. »Warum sagt Ihr das denn nicht gleich? Ihr veralbert mich. Ich finde das ungehörig.«

Der Fremde wandte ihm den Kopf zu. Es war nur eine kleine Bewegung, die Paulus in der Dunkelheit fast nicht ausmachen konnte. Aber sie wirkte bedrohlich wie das Zücken eines Schwertes. »Du redest zu viel. Dafür bezahle ich dich nicht.«

Es bedurfte dieses Hinweises nicht. Paulus war ohnehin die Lust am Gespräch vergangen. Von nun an würde er den Mann beim Wort nehmen. Wollte er Paulus' Stimme noch einmal hören, musste er dafür bezahlen.

Mickel auf ihr war schwer wie ein Mühlstein. Irmel wusste nicht, wie lange er sie schon bearbeitete, sie wusste nur, dass es schon viel zu lange dauerte. Er hatte Schwierigkeiten, zu einem Ende zu kommen. Er japste nach Luft wie ein Karpfen auf dem Fischmarkt und schwitzte wie ein Schmied an der Esse. Mickel wäre nicht der erste Freier, der an verbissenem Ehrgeiz auf einer Hure starb.

Irmel wollte, dass es ein Ende nahm, so oder so. Die Schmerzen waren fast unerträglich. Wie irre stieß er immer wieder zu, als wollte er sie ans Bett nageln. Ihr Unterleib brannte, ihre Schenkel mussten voller blauer Flecken sein. Es war feucht unter ihr. Sie wusste nicht, wovon. Es musste aufhören.

Beherzt griff sie mit der rechten Hand unter ihrem Hintern hindurch nach dem, was von seinem Gemächt frei umherbaumelte. Als er ihr Reiben mit einem dunklen Stöhnen beantwortete, wusste sie, sie war auf dem richtigen Weg. Fester drückte sie den Hautsack, knetete und walkte ihn, immer im Rhythmus seiner Bewegungen, bis das Stöhnen lauter wurde. Mickel bäumte sich auf, stieß ein letztes Mal tief in sie hinein, ein letztes Mal ächzte das Bett unter ihnen. Das Stöhnen ging in ein unterdrücktes Röcheln über. Dann krallte er seine Finger so fest in ihre Arme, dass sie am liebsten geschrien hätte.

Aus dem Mühlstein wurde ein schlaffer Sack. Alle Spannung wich mit einem Schlag aus Mickels Körper, der schwer atmend neben ihr aufs Bett sank. Allmählich beruhigte er sich. Er würde es wohl überleben.

Sie starrte an die Decke und spürte, wie sein Samen aus ihr herausfloss. Wut stieg in ihr auf. Während sein Atem langsam flacher wurde, hob sich ihr Brustkorb vor Zorn immer heftiger.

»Du vertrocknetes Würstchen! Hast du nur noch Luft in den Lenden? Glaubst du, ich habe Lust, mich endlos pflügen zu lassen wie einen Acker? Beim nächsten Mal kostet es einen Denar mehr, Mickel, darauf kannst du Gift nehmen.«

Sie kostete es aus, dass Mickel zusammenzuckte. Er war schon fast eingeschlafen, als sie ihn mit ihrem Angriff überraschte. Nun richtete er sich auf.

»Bist du noch bei Trost, Irmel? Meinst du, es bereitet mir Freude, auf dir altem Gaul herumzureiten? Glaubst du, ich verzehre mich nach deinen Nörgeleien? Ich wähle dich, weil ich dich schon so lange kenne. Weil du mir leidtust. Ginge es mir nur ums Vergnügen, wärst du meine allerletzte Wahl, das kannst du mir getrost glauben.«

Irmel brachte keine Antwort heraus. Noch nie hatte es jemand gewagt, ihr so etwas zu sagen.

»Sieh dich doch nur an – Schamlappen statt Schamlippen, altes und speckiges Leder statt fester Brüste, und dein Arsch ist so knochig wie der einer alten Kuh. Dein einziger Vorzug ist dein zahnloses Maul, und das auch nur dann, wenn du dir was reinstecken lässt. Das tut nicht weh, und du bringst wenigstens für eine kurze Zeit mal kein Wort heraus.«

Mickel stand auf und schlüpfte in seine Beinlinge.

»Wir waren hier so etwas wie ein altes Ehepaar, Irmel. Das ist jetzt vorbei, ein für alle Mal. Beim nächsten Mal bestelle ich mir was Jüngeres. Wie heißt diese Kleine? Jenne? Genau die nehme ich. Bei der komme ich schon, wenn sie mir nur lieb zwischen die Beine guckt.«

Er raffte seine übrigen Kleider zusammen und verließ halb nackt die Kammer.

»Du … du … du altes Ekel!«, schrie Irmel ihm hinterher. »Du besteigst doch immer nur mich, weil du weißt, dass mein Schoß keine Kinder mehr gebären kann. Du hast doch nur Angst, dass dir die jungen Dinger Blagen anhängen. Nächste Woche schon kommst du wieder angekrochen.«

Sie wusste, das stimmte nicht. Irmel spie vor Ärger auf den Boden. Soeben hatte sie ihren letzten Stammfreier verloren.

Grunzen, Kreischen, Fidelspiel, Gelächter und Gesang – kurz bevor die Salzgasse Paulus und seinen Begleiter auf den Heumarkt entließ, schlugen ihnen bereits die sonderlichsten Geräusche entgegen. Fahrendes Volk hatte sich auf dem Platz niedergelassen, der sonst den Händlern vorbehalten war. Der bevorstehende Abbruch des Marienchores zog viele Menschen von nah und fern an, auch jene, die ihr eigenes kleines Schauspiel im Schatten des großen veranstalteten, um ein wenig Geld zu verdienen. Die prächtigen Häuser der Kaufleute drängten sich wie neugierige Zuschauer um das Treiben auf dem Heumarkt, als gelte es, sich schon am Abend die besten Plätze für das Gauklerspektakel am nächsten Tag zu sichern.

Paulus führte den Fremden auf den Platz, der einem riesigen Lager glich. Durch die Gassen zwischen Holzbuden, Bühnen und Zelten gingen neugierig Kölner und Auswärtige umher, um einen Vorgeschmack auf die Aufführungen zu bekommen. Fast vergaß Paulus ob der vielen fremden Eindrücke seinen Auftrag. Aus einem Käfig brummte ihnen ein alter, trauriger Tanzbär seinen Missmut entgegen, auf einer Holzbühne probten Possenreißer ihren Auftritt, und zwischen zwei Bäumen in der Mitte des Platzes hatten Gaukler in Kopfhöhe ein Seil gespannt, um darauf mit wedelnden Armen im Fackellicht hin- und herzuwandern. Paulus fragte sich, wie all die vielen Händler am nächsten Morgen hier noch Platz finden sollten. Sicherheitshalber tastete er nach seinem Brustbeutel mit den Münzen. Erfahrungsgemäß waren in solchen Menschenmengen die Beutelschneider nicht weit.

Ein Spanferkel, das knusprig braun am Spieß über einem Feuer briet, erinnerte Paulus daran, dass sein Magen seit Stunden keinen Bissen mehr zu sehen bekommen hatte. Seine Hand wanderte vom Brustbeutel zum Bauch, aus dem prompt ein Rumoren zu vernehmen war. Doch der Fremde gab ihm einen leichten Stoß gegen die Schulter.

»Dafür haben wir keine Zeit. Weiter.«

Paulus schnaubte. Er hatte ohnehin nicht vorgehabt, seinem Hunger nachzugeben. Je eher er den ungehobelten Klotz los war, desto besser. Und desto eher war er bei Angela.

»Ein Blick in die Zukunft, werte Herren?«

Eine alte Frau, die ihr Gesicht hinter einem Schleier verbarg, hatte das Tuch ihres Zelts zurückgeschlagen. Mit einer weit ausholenden Bewegung lud sie in ihre Behausung ein.

»Ich versichere Euch, Kassandra irrt sich nie«, sagte sie mit einer Stimme, die rauer war als ein Waschbrett.

Alte Betrügerin. Wenn sie etwas von ihrem Fach verstünde und auch nur einen halben Atemzug weit in die Zukunft schauen könnte, müsste sie doch sehen, dass Paulus und der Fremde stur an ihrem Zelt vorbeigehen würden.

Doch Paulus hatte sich in den Fähigkeiten der Wahrsagerin getäuscht. Der Fremde, der es eben noch so eilig gehabt hatte, stemmte die Hände in die Hüften. »Na, das sollten wir uns doch nicht entgehen lassen.«

Bevor Paulus Widerspruch einlegen konnte, schob der Mann ihn an der Alten vorbei ins Zelt. Die rauchschwere Luft im Inneren trieb ihm die Tränen in die Augen. In zwei Kohlebecken brannten Gewürze, die Paulus nicht zu benennen vermochte. Das Zelt schien weit kleiner, als es von außen aussah. Paulus vermutete, dass sich hinter dem schweren Tuch ein weiterer Raum verbarg.

»Los, setz dich. Das wird ein Spaß«, sagte der Fremde und drückte ihn auf einen dicken Teppich. »Keine Sorge, den Lohn für die Alte übernehme ich.«

Kassandra hockte sich ihnen gegenüber hin und musterte ihre Kunden. »Auf welche Weise soll ich für Euch in die Zukunft schauen? Ich beherrsche alle magischen Künste, die Ihr Euch vorstellen könnt. Wenn Ihr wollt, beobachte ich für Euch, wie meine Hühner fressen, und deute daraus Eure Geschicke. Oder ich schaue für Euch ins Wasser. Oder ich werfe Weihrauch ins Feuer. Doch wollt Ihr ein wenig mehr Geld ausgeben, lese ich für

Euch in der noch warmen Leber eines frisch geschlachteten Tieres. Letztere ist die Kunst der Etrusker und die sicherste Form der Weissagung.«

»Dann wählen wir die Beschau der Eingeweide.«

Der Fremde war bester Laune, und die Alte lehnte sich in der Aussicht auf einen üppigen Lohn zu ihnen vor.

»Ich hoffe, das Wissen um Euer Schicksal ist Euch auch etwas wert.«

Er warf ihr eine Münze zu, die sie erst ausgiebig prüfte. Dann nickte sie zufrieden und hob ihren Schleier. Ihr Gesicht war so hässlich und runzlig, dass Paulus wünschte, sie hätte es nicht getan.

»Wollt Ihr etwas Bestimmtes wissen? Wie es in Liebesdingen steht, vielleicht? Oder wollt Ihr erfahren, ob Ihr Feinde habt, die etwas gegen Euch im Schilde führen?«

Der Fremde schien belustigt, und Paulus glaubte in den Augen der Alten Verunsicherung lesen zu können. Es wunderte ihn nicht.

»Nichts dergleichen, alte Hexe. Meinem jungen Freund hier aber kannst du einen Gefallen tun. Sag ihm, was er in dieser Nacht erleben wird. Mehr wollen wir nicht wissen.«

Kassandra sah ihn fragend an.

»Das wirst du doch wohl können. Nur ein paar Stunden sollst du ihm voraussagen, mehr verlange ich nicht.«

»Die Innereien vermögen die großen Wendungen im Leben eines Menschen zu zeigen. Ob deinem Freund in einer Stunde ein Kieselstein im Weg liegt, gehört sicher nicht dazu.«

Der Fremde beugte sich vor. »Und wenn ihm in der nächsten Stunde eine große Schicksalswende bevorsteht? Wirst du das in einer blutigen Leber lesen können?«

Sie kniff die Augen zusammen. »Gewiss.«

»Bestens. Nur zu. Sag ihm, ob er heute Abend als glücklicher Mensch einschlafen wird oder als Verfluchter.«

Die Alte erhob sich und verschwand durch einen Vorhang.

Paulus fühlte sich alles andere als wohl in seiner Haut. »Ich will das nicht«, zischte er dem Fremden zu.

»Jetzt mach dir mal nicht ins Hemd, Bürschchen. Wer weiß, vielleicht warnt sie dich vor mir, weil ich ein Halsabschneider bin?

Dann hätte ich dir doch den größten Gefallen deines Lebens getan.«

Er lachte mit kehliger Stimme. Paulus sehnte sich das Ende dieses Auftrags herbei.

Kassandra kehrte mit einer flachen tönernen Schüssel wieder. Darin dampfte ein dunkelrotes Stück Fleisch. Nur der Teufel wusste, wie sie so schnell eine frische Leber hatte auftreiben können. Sie hockte sich wieder hin und stellte die Schüssel in die Mitte des Sitzkreises.

»Nennt mir Eure Namen.«

Die Stimme des Fremden klang noch dunkler als zuvor. »Freunde und Feinde rufen mich Nox.«

Der Name passte, er war so düster und kalt wie sein Träger. Paulus starrte auf die Leber. Hoffentlich war dieses Possenspiel bald vorbei.

»Paulus«, murmelte er tonlos.

Die Wahrsagerin nickte und schob ihren Finger in das warme Fleisch. Hin und her schob sie es, hob es an und zerdrückte es. Paulus lugte zur Seite. Angewidert sah er, dass Nox bei den schmatzenden Geräuschen, die Kassandra mit ihren Bewegungen verursachte, genüsslich die Augen schloss.

Auch Kassandra schien in einen Zustand der Entrückung zu geraten. Paulus fragte sich, wie sie so in der Leber lesen wollte. Vor und zurück wippte ihr Oberkörper, aus ihrer Kehle drangen leise Laute wie die eines Tieres. Kassandras Lider hoben sich ein wenig, doch war nur das Weiße ihrer Augen zu sehen. Ihr Summen wurde lauter, steigerte sich zu einem hohen Ton und geriet zu einem Kreischen, das Paulus' Ohren peinigte. Der Schrei endete jäh, und Kassandra starrte ihn mit weit aufgerissenen Augen an.

Es war alles nur ein falsches Spiel, und dennoch fühlte sich Paulus nicht wohl in seiner Haut. Um Kassandras Blick auszuweichen, sah er zu Nox hinüber. Der grinste ihn an und gab ihm mit einer Grimasse zu verstehen, dass auch er den Auftritt wenig überzeugend fand.

Kassandra bekam davon entweder nichts mit, oder sie ließ sich nichts anmerken. Noch immer waren ihre großen Augen auf Paulus gerichtet. Ihr Mund öffnete sich, und ein Speicheltropfen lief über ihr Kinn. Es schien, als versuchte sie zu sprechen, doch kamen erst keine Wörter und dann nur sinnlose Silben über ihre Lippen. Bald mischten sich Wortfetzen in das Gebrabbel, bis sie endlich klar, doch immer noch ohne erkennbaren Sinn sprach.

»Saulus, Saulus, Paulus, Paulus, Heuchler sind Meuchler, Leugner sind Lügner, jeder Einfall ein Reinfall, jeder Unfall kein Zufall, jede Wende kein Ende, hab acht vor der Nacht.«

Kassandras Augen schlossen sich wieder, und Paulus staunte nicht schlecht, als sie, noch immer sitzend, zu schnarchen anfing. Sie wachte selbst dann nicht auf, als Nox schallend auflachte.

»Wundervoll, das war ja bestens angelegtes Geld.« Nox schlug sich auf die Schenkel. »Auf geht's, Bürschchen, lassen wir die alte Hexe ihren Rausch ausschlafen. Morgen wird sie sich von meiner Münze ein Fass Wein und eine neue Gänseleber kaufen und am Abend den nächsten Schelm ausnehmen.«

Sprach's, stand auf und zog seinen Führer mit sich. Paulus' ungutes Gefühl wuchs. Was, wenn doch nicht alles Hokuspokus war von dem, was die Wahrsagerin so trieb und von sich gab? Die Nacht sollte er meiden, hatte sie gesagt. Doch die Nacht brach gerade über Köln herein. Und auch wenn er kein Latein verstand, kannte er durchaus ein paar Wörter. So wusste er genau, dass Nox Nacht hieß.

Nimm die Beine in die Hand, flüsterte die eine Stimme in Paulus' Kopf. Denk an den zweiten Silbergroschen, rief die andere. Nox hin, Nacht her, Paulus entschied, den leisen Mahner in sich zu überhören und dem lauten Versucher nachzugeben. Zwischen ihm und seinem Lohn lagen nur noch rund fünfhundert Schritte. Höchstens. Ein Katzensprung. Was sollte ihm auf dieser kurzen Strecke schon Schlimmes widerfahren?

Alle drei Häuser lagen vom Rhein aus gesehen hinter dem Heumarkt. Um Nox keine Gelegenheit mehr für schlechte Späße auf seine Kosten zu geben, ging Paulus schnellen Fußes an den Zelten der Gaukler und Spielleute vorbei. Doch Nox schien an vorlauten Sprüchen kein Interesse mehr zu haben. Paulus wagte einen Blick zur Seite. Nox wirkte in sich gekehrt und abwesend. Im Licht der Lagerfeuer schien es, als hätte er die Lider gesenkt. Der Wankelmut und die Sprunghaftigkeit dieses Kerls verstörten Paulus. Im Hafen noch war er freundlich, ja anbiedernd gewesen, dann hatte er Paulus auf den Arm genommen, zuletzt wieder war er ausgelassen und albern gewesen. Und jetzt gab er sich still und gedankenversunken. Unberechenbar, genau das war er.

Paulus führte Nox an den beiden Häusern der Kürschner vorbei, die an der gegenüberliegenden Seite des Platzes standen, und verließ mit ihm den Markt durch das Girsgässchen, einen schmalen Durchlass, der seinen Namen dem Umstand verdankte, dass er der Familie Gir einen direkten Zugang zum Heumarkt gewährte. Die wenigen Schritte bis Haus Schöneck mussten sie durch fast völlige Dunkelheit zurücklegen. Paulus hielt sich von der Mitte des Wegs fern, um nicht in die Gosse zu treten. Der Wohnhof mit Nebengebäuden und Baumgarten lag an der Straße vor Klein Sankt Martin, und das Girsgässchen trennte das Anwesen der Familie von einer öffentlichen Badstube, aus der Musik und Gelächter drangen. Paulus wies auf das Haus der Girs auf der Ecke. Hinter den Fenstern der steinernen Fassade leuchtete noch Licht. Der alte Gir, Barthels Vater, zählte wahrscheinlich noch seine Münzen.

»Nummer eins. Haus Schöneck. Hier wohnt Kaufmann Gir.«

Nox musterte den Bau eine kurze Weile und nickte dann. »Gut. Weiter.«

»Ich dachte, Ihr hättet Botschaften zu übermitteln?«

»Zu gegebener Zeit. Los, weiter.«

Paulus war es nur recht. Er lenkte seine Schritte nach rechts und folgte dem Weg vor Sankt Martin, bis sie auf die Straße Oben Mauern kamen, die auch Martinstraße genannt wurde. Entlang dieses Wegs verlief ein Rest der Römermauer, hinter der sich die ältesten Teile Kölns befanden. Genau dorthin brachte Paulus Nox nun. Die nächste Gasse führte sie nach nicht einmal hundert Schritten geradewegs zur Sandkaule, dem Sitz der Familie Quatermart. Hier waren um diese Zeit nur noch sehr wenige Menschen unterwegs.

»Nummer zwei. Die Quatermarts.«

Auch dieses Haus war sauber aus Steinblöcken gemauert. Es war ein großer Prachtbau, der den Platz davor beherrschte und ihm bereits den Namen gegeben hatte – Quatermarkt.

Nox betrachtete das Haus mit dem Treppengiebel und nickte erneut. »Gut. Weiter.«

Das letzte Ziel konnten sie von hier fast schon sehen. Paulus bog von dem Platz nach rechts in eine Gasse ab, wo nur einen Steinwurf entfernt die Kirche Sankt Alban ihren Turm in die Nacht reckte. Doch bis dahin brauchten sie gar nicht zu gehen. Auf halber Strecke knickte ein kleiner Weg ab zwischen zwei Häuser aus Fachwerk, deren obere Geschosse einander so nahe kamen, dass sich die Bewohner aus den Fenstern heraus gegenseitig die Hände reichen konnten. Dahinter öffnete sich die Gasse auf einen großen Innenhof. Paulus deutete auf den Bau, der die gesamte gegenüberliegende Seite einnahm. Kein Steinbau zwar, aber ein Hof von imposanter Größe. Die Rückseite des Hauses stieß an die alte Römermauer. Dahinter befand sich die Martinstraße.

»Und Nummer drei. Mummersloch.«

Während Nox das Gebäude in Augenschein nahm, warf Paulus einen verstohlenen Blick auf das linker Hand gelegene Gesindehaus. Angelas Kammer befand sich im oberen Stockwerk. Kein Licht war zu sehen. Entweder schlief sie bereits, oder sie leistete noch Dienst in der Küche der Mummerslochs.

Nox nickte. »So, so. Hier wohnt also der Mummersloch.«

»Genau«, sagte Paulus. »Und damit ist mein Auftrag erfüllt. Wenn Ihr also so freundlich wärt, mir den noch ausstehenden Lohn zu zahlen?«

»Nicht so hastig.«

Paulus schaute Nox an. »Was soll das heißen?«

»Wer sagt mir denn, dass du mich nicht einfach zu drei beliebigen Häusern geführt hast? Ich finde, sie lagen verdächtig nah beieinander.«

»Wie bitte?«

»Du hast mich schon recht verstanden. Ich verlange einen Beweis für die Wahrhaftigkeit deines Wortes.«

Nun wurde es Paulus allmählich zu bunt. »Dann geht hin und klopft an die Tür. Ihr werdet sehen, hier seid Ihr beim Mummersloch. Ihr habt doch Botschaften zu übermitteln – jetzt wäre ein günstiger Zeitpunkt.«

»Genau das werde ich tun. Du rührst dich nicht vom Fleck.«

Natürlich würde er warten, er wollte ja noch sein Geld, dachte Paulus, während Nox an die Tür des Herrenhauses trat und ihn mitten im Hof zurückließ. Auf das Klopfen hin öffnete eine Magd, und Paulus war enttäuscht, dass es nicht seine Angela war. Ein kurzer Wortwechsel, dann verschwand das Mädchen. Wenig später öffnete sich die Tür wieder, und ein Mann von kräftiger Statur trat heraus. In der Hand hielt er eine Lampe, sodass er leicht zu erkennen war. Hermann Mummersloch nahm die Botschaft persönlich entgegen.

Zu Paulus' Verwunderung sah der Kaufmann jedoch immer öfter zu ihm herüber, je länger Nox auf Mummersloch einredete. Paulus wandte sich um. Nein, in dem schmalen Durchgang Richtung Quatermarkt war niemand. Zweifelsohne hatten die beiden Männer ihn im Blick. Seine Unsicherheit wuchs auf ein unerträgliches Maß, als die beiden dem Haus den Rücken kehrten und geradewegs auf ihn zukamen. Irgendetwas stimmte hier nicht. Die Worte der Wahrsagerin kamen Paulus wieder in den Sinn. Weg, nur weg, rief der Mahner in seinem Kopf. Doch just in dem Augenblick, als er Fersengeld geben wollte, sah er den Ausdruck in Mummerslochs Gesicht. Der Tuchhändler lächelte. Er lächelte *ihn* an. Paulus zögerte. Schon war es zu spät für eine Flucht.

»Seid mir gegrüßt, mein Herr«, sagte Mummersloch. »Ich höre, Ihr habt frohe Kunde für mich.«

Was ging hier vor? Paulus sah von Mummersloch zu Nox und wieder zurück.

»Ich fürchte, ich bin Euch eine Erklärung schuldig.« Nox packte Mummersloch an der Schulter. Der Griff war offenbar so fest, dass der Kaufmann nun seinerseits in Unruhe verfiel. Das Öllicht in seiner Hand flackerte unruhig.

»Was soll das? Ihr sagtet doch …«

»Ich weiß, jedoch musste ich zu einer kleinen Notlüge greifen.« Nox langte in seinen Mantel und zückte etwas, das aussah wie eine kurze Klinge.

Paulus war wie gelähmt. Mummersloch wand sich unter Nox' Griff, vergeblich.

Der Kaufmann schrie. »Zu Hilfe! Überfall! Zu Hilfe!«

Paulus war noch immer zu keiner Regung fähig. Mit offenem Mund glotzte er Nox an, der grinsend dastand und den kreischenden Mummersloch strampeln ließ. Inzwischen erschien die Magd wieder in der Tür, und auch im Gesindehaus waren Schritte und Rufe zu vernehmen. Irgendwo auf dem Hof bellte ein Kettenhund, andere Hunde antworteten ihm. Bald würde Hilfe da sein.

Paulus schüttelte seine Starre ab. »Seid Ihr des Wahnsinns?«, rief er.

Er versuchte, nach der Hand zu greifen, in der Nox die Waffe hielt, und schalt sich im selben Augenblick einen Toren. Der Mann war viel größer und kräftiger als er und für das Kämpfen geboren. Wahrscheinlich auch für das Töten. Paulus fing sich eine Backpfeife ein, die ihm Sterne vor die Augen zauberte. Noch während er zu Boden ging, fragte er sich, mit welcher Hand Nox sie ihm verpasst haben mochte. Währenddessen zog Nox Mummersloch zu sich heran, die Waffe noch immer in der rechten Hand schwingend. Mummersloch zappelte wie ein Fisch am Angelhaken und ließ die Lampe fallen. Sie zerbarst mit einem Klirren, und das Licht erlosch. Finsternis umgab die drei und eine fast unnatürliche Stille.

Dann erklang Nox' Stimme, so kalt, dass Paulus trotz der Abendschwüle ein eisiger Schauer den Rücken hinunterlief. Es war, als hätte der Fremde sich wieder in einen anderen Menschen verwandelt.

»Ich bin gekommen, um dies und nichts anderes zu sagen. Ich bin der Bote meines Herrn, der sich Bazobo nennt. Und dies ist seine Botschaft.«

Paulus ahnte, was nun folgen würde. Einen Augenblick lang erwog er zu flüchten. Aber er rappelte sich auf, um Mummersloch zu Hilfe zu eilen. Paulus kam zu spät. Mummersloch schrie wieder auf, doch es sollte das Letzte sein, was er in seinem Leben tat. Nox rammte ihm die Klinge in den Hals.

Das Schreien des Kaufmanns ging in ein gurgelndes Geräusch über, als Nox ein zweites Mal zustach. Etwas Warmes und Nasses spritzte in Paulus' Gesicht. Blut. Es war so viel, dass er sich die Flüssigkeit aus den Augen reiben musste. Den Geräuschen nach führte Nox die Klinge hin und her, so lange, bis Mummersloch zu zappeln aufhörte. An der Hand des Mörders hing nur noch ein schlaffer Körper.

Paulus wollte nun selbst um Hilfe rufen, doch Nox warf ihm den toten Mummersloch in die Arme, sodass er mit der Leiche zu Boden ging. Unter der Last des Toten blieb ihm kurz die Luft weg, und als er wieder atmen konnte, stand Nox breitbeinig über ihm, ein schwarzer Schatten vor einem funkelnden Sternenhimmel. Paulus war sich sicher, dass dieses Ungeheuer grinste. Er wollte den Leichnam von sich hinunterschieben, aber es gelang ihm nicht. Warmes Blut durchnässte sein Hemd.

Ganz langsam beugte sich Nox zu ihm herab und bewegte die Klinge auf ihn zu. Paulus konnte sich noch immer nicht bewegen. Er schloss die Augen. Er erwartete den Tod. Sollte er den heiligen Achatius anrufen, den Helfer bei Todesangst? Oder doch lieber den heiligen Christophorus, den Helfer gegen den unvorbereiteten Tod? Würden seine Brüder wenigstens an seinem Grab Frieden schließen? Was würde Angela sagen, wenn sie ihn tot im Hof liegen sah? Wann hatte er die letzte Beichte abgelegt? Und warum stach Nox nicht endlich zu?

Paulus öffnete die Augen. Nox stand immer noch über ihn gebeugt da.

»Der Alptraum beginnt erst«, hauchte er und drückte Paulus die Waffe in die Hand.

Dann verschwand Nox aus seinem Blickfeld, fort in die Dunkelheit.

Mit einem Mal war der Hof in Licht getaucht. Aus dem Gesindehaus kamen Männer mit Fackeln, das Bellen der Hunde drang lauter an Paulus' Ohr. Er wand sich, und endlich gelang es ihm, sich von der Leiche des Kaufmanns zu befreien.

Doch dadurch verbesserte sich seine Lage nur unwesentlich. Was tun? Die Leiche hatte eben noch auf ihm gelegen. Sein Hemd war blutbesudelt. Er hielt das Mordwerkzeug in der Hand. Paulus sah sich schon am Galgen baumeln.

Nox – wo war Nox? Paulus sah hin und her. Der Mörder war verschwunden. Als hätte die Nacht ihn schlicht verschluckt.

Denk nach! Denk doch endlich nach! Der Hof war rundherum geschlossen, und im Durchgang zum Quatermarkt tauchten bereits Gestalten auf – Mummersloch hatte so laut um Hilfe gerufen, dass sicher das gesamte Viertel aufgeweckt worden war. Der einzige Ausweg war verbaut. Paulus saß in der Falle. Und die Männer aus dem Gesindehaus kamen auf ihn zu.

Er ließ alle Hoffnung fahren. Mit hängenden Schultern blickte er auf den toten Mummersloch, der mit seltsam verdrehten Armen und Beinen dalag.

Mummersloch.

Paulus hatte nie ein Wort mit diesem Mann gewechselt, und jetzt sollte er als dessen Mörder hängen? Das war doch verrückt.

Mummersloch. Der Name rollte durch Paulus' Hirn. Mummersloch, Mummersloch.

Und plötzlich stand ihm der Ausweg aus dieser Falle klar vor Augen. Wie riefen die Kinder auf der Straße stets, wenn Mummersloch ihnen begegnete? »Mummersloch mit Mauerloch! Mummersloch mit Mauerloch!« Angela hatte ihm den Spottruf erklärt. Weil der Kaufmann den Umweg über den Quatermarkt leid gewesen war, hatte er sich vor einigen Jahren beim Rat der Stadt einen Durchbruch durch die alte Römermauer genehmigen lassen, an die sein Haus gebaut war. Seitdem konnte er auf direktem Weg zum Heumarkt gelangen.

Das Haus. Paulus fuhr herum. Die Tür war noch immer geöffnet, die Magd stand davor und hielt ihre Hände vor Entsetzen um den Körper geschlungen. Er rannte los, geradewegs auf die Haustür zu. »Lass mich das Loch in der Mauer finden, Herr, bitte lass mich das Loch finden.«

Die Magd stieß einen Schrei aus und sprang zur Seite. Paulus hechtete an ihr vorüber ins Haus. Hinter sich hörte er die wütenden Rufe seiner Verfolger. Er griff nach der Tür, um sie zu verriegeln und wenigstens einen kleinen Vorsprung zu gewinnen. Bevor sie zufiel, gewahrte Paulus im Fackelschein den Umriss eines ungewöhnlich großen Mannes am anderen Ende des Innenhofs.

Nox.

Er stand im Durchgang zum Quatermarkt, inmitten der Menschen, die der Schreie wegen in den Hof gekommen waren.

Nox winkte. Dieser Bastard winkte ihm zu. Er genoss, was er ihm angetan hatte. Paulus warf die Tür zu, schob den Riegel vor und versuchte, sich zurechtzufinden. Er war in der Wohnhalle, die von den zahllosen Kerzen eines großen Deckenleuchters erhellt wurde. Zwei Frauen und mehrere Kinder starrten ihn an.

»Was geht hier vor?« Eine der Frauen kam auf ihn zu und sah auf sein blutdurchtränktes Hemd. »Wo ist mein Mann? Warum hat er um Hilfe geschrien?«

Ihr Blick wanderte tiefer. Erst jetzt merkte Paulus, dass er die Waffe, die Mummersloch das Leben genommen hatte, noch immer in der Hand hielt. Seine Verfolger schlugen mit den Fäusten gegen die Tür.

»Ich … muss weg! Entschuldigt.« Paulus hastete weiter und ließ die verstörte Familie zurück. Durch einen Durchlass auf der anderen Seite der Halle gelangte er in einen Flur, der weiter ins Haus hineinführte. Er sah zwei Türen am Ende des Gangs. Die rechte stand offen. Er stürmte hindurch und fand sich in der großen Küche wieder. Eine Stimme bremste ihn jäh.

»Paulus?«

Nox lehnte an der Wand des Quatermart-Hauses und verfolgte das Geschehen. Das Geschrei vom Hof Mummersloch war unüberhörbar. Immer mehr Menschen liefen vom Quatermarkt in die Gasse. Sie eilten in die Richtung, in der sie den Aufruhr vermuteten. Vermutlich würden Mummerslochs Knechte den Jungen gerade packen. Wenn sie in der richtigen Stimmung waren, würden sie dem Scharfrichter die Arbeit abnehmen und ihn an den nächsten Baum knüpfen oder mit Knüppeln totschlagen.

Nox drückte sich enger an die Mauer. Die Steine hatten die Hitze des Tages gespeichert und gaben sie ab. Er genoss die wohlige Wärme in seinem Rücken. Das machte die Muskeln beweglich.

Die Tür des Hauses, das ihm als Stütze diente, öffnete sich. Im Dunkeln nahmen ihn die Bewohner, die neugierig auf den Platz traten, nicht wahr. Endlich kam auch der Mann heraus, den er für den Herrn des Hauses hielt. Sicher war sich Nox nicht, aber der alte Quatermart würde sich schon noch zu erkennen geben. Der Mann war eine eindrucksvolle Erscheinung, auch in der Dunkelheit. Er überragte alle, die um ihn herumstanden. Nox sorgte sich dennoch nicht, es mit ihm aufnehmen zu können.

»Was ist hier los?«, fragte der Mann mit einer brummenden Stimme, die eines Bären würdig gewesen wäre.

Einer der anderen Männer sah ihn an und schüttelte den Kopf. »Wir wissen es nicht. Der Lärm kommt aus der Richtung von Sankt Alban.«

Unfreundliches Volk, nennt sich noch nicht mal beim Namen, dachte Nox. Er verlagerte sein Gewicht auf den anderen Fuß.

»Gerhard, ich fürchte mich«, sagte eine Frau, deren Stimme so klang, als wäre sie ähnlich alt wie der groß gewachsene Mann. Vermutlich war es die Gattin von Quatermart.

Na also, geht doch, dachte Nox. Die Frau war so freundlich, ihm Gerhard Quatermart und damit sein nächstes Opfer vorzustellen.

»Ich hole mein Schwert.«

Mit diesen Worten verschwand Quatermart wieder in seinem Haus, während seine Frau weiter auf den Platz trat. Nox stieß sich leise von der Wand ab und folgte ihm durch die offene Tür. Keiner der Umstehenden sah ihn. Sie hatten die Augen und Ohren zu sehr auf das gerichtet, was einige Häuser weiter geschah. Nox' Finger umklammerten den Schaft einer Klinge.

»Paulus? Was machst du denn hier?«

Angela saß vor einem Berg von Äpfeln, denen der Winter im dunklen Keller ein schrumpeliges Kleid angezogen hatte. Sie hielt eine Reibe in der Hand. Vermutlich musste sie für eines der verwöhnten Kinder des Hauses noch ein Mus zubereiten, wie so oft. Völlig verdattert sah sie ihn an. Paulus rang nach Worten, aber wie sollte er ihr erklären, warum er zu dieser Stunde mit blutverschmiertem Hemd und Gesicht im Haus ihres Herrn stand, dazu noch mit einer Waffe in der Hand und Verfolgern im Rücken?

»Ich habe keine Zeit«, stieß er hervor. »Verrate mich nicht, es stimmt alles nicht, bitte glaub mir!«

»Was? Was stimmt nicht? Was soll ich dir glauben? Und was ist das für ein Lärm?«

Er wollte ihre Hände in die seinen nehmen, wollte ihr alles erklären. Aber sie wich vor ihm zurück, und er blieb stehen. »Verrate mich nicht! Bitte!«

Er lief zurück und stieß die zweite Tür auf. Dahinter verbarg sich ein Lagerraum voller Tuche, jeder Menge Tuche, gerollt oder gefaltet und hoch gestapelt. Und er sah etwas, worüber er am liebsten laut gejubelt hätte – eine Doppelflügeltür in einer Mauer, die unverkennbar aus alten römischen Steinen gesetzt war. Paulus schnappte sich ein rechteckiges Tuch, warf es wie einen Umhang um und drückte die Tür auf. Keinen Augenblick zu früh. Mit lautem Schreien und Getrampel kamen seine Verfolger den Gang heruntergestürmt.

Auf der Martinstraße waren nur wenige Menschen mit Laternen unterwegs. Sie beachteten ihn nicht weiter. Paulus fühlte sich dennoch wie ein Nackter im Markttreiben. Der Umhang verbarg zwar das blutgetränkte Hemd, aber an diesem schwülen Abend fiel er mit solch warmer Kleidung sicher auf. Er musste zusehen, dass er fortkam, fort in ein Versteck. Sein Vorsprung war nur klein. Es würde nicht lange dauern, bis Mummerslochs Familie gewahr wurde, was geschehen war. Dann ging das Geschrei erst richtig los.

Wohin? Rechts, links, geradeaus?

Paulus entschied sich für den Weg nach links Richtung Judenviertel. Das Labyrinth der Gassen um Sankt Laurentius auf der einen und rund um den Alter Markt auf der anderen Seite versprach ihm noch die besten Möglichkeiten für die Flucht. Die ersten zwanzig, dreißig Schritte rannte er, dann verfiel er in einen zügigen, aber möglichst unauffälligen Gang. Er drängte sich an die Römermauer, wo er unbemerkt die blutverschmierte Klinge fallen lassen wollte. Doch plötzlich hielt Paulus inne. Die kleine Waffe wog schwer in seiner Hand. Vielleicht brauchte er sie noch. Vielleicht würde er sie gegen Nox führen müssen.

Dieser eiskalte Mörder hatte sich bestimmt nicht grundlos zu drei Kaufleuten führen lassen. Eins war gewiss – auch Quatermart und Gir sollten in dieser Nacht sterben. Vielleicht hatte Nox sie schon in diesem Augenblick erreicht. Der Weg zum Haus von Hartmann Gir war Paulus abgeschnitten. Wenn er jetzt zurückrannte, lief er seinen Verfolgern geradewegs in die Arme. Gir war dem Tod geweiht. Wie sollte er Barthel erklären, dass er einen Mörder zu seinem Vater geführt hatte?

Aber es gab zumindest eine wenn auch nur geringe Aussicht, Nox aufzuhalten, bevor er Quatermart vom Leben zum Tode beförderte. Wenn Paulus schnell genug war, konnte er den Kaufmann vielleicht noch warnen. Darauf wollte er setzen. Rettete er das Leben wenigstens eines der drei Tuchhändler, dann rettete er damit vielleicht auch sein eigenes.

Er schob sich die Klinge in den Gürtel und zwang sich zu einem gemäßigten Schritt. Um wieder zum Quatermarkt zu gelangen, ohne seinen Verfolgern zu begegnen, musste er eine Runde um Sankt Alban drehen. So kam er zwar auch am Durchgang zum

Hof von Hermann Mummersloch vorbei, doch dieses Wagnis wollte er auf sich nehmen. Wer außer den Frauen und Kindern, der Magd und Angela hatte ihn schon deutlich gesehen und konnte ihn wiedererkennen? Und wer würde ihn zurück am Quatermarkt vermuten? Niemand.

Just als seine Verfolger auf die Martinstraße stürzten und »Mörder, Mörder« riefen, erreichte Paulus die nächste Ecke. Er drückte sich noch tiefer in den nachtschwarzen Schatten der Mauer, bog links ab und spurtete los. Ein kurzes Stück nur, und schon ging es wieder nach links, vorbei am Eingang der Kirche Sankt Alban. Erst als er den Durchlass zum Anwesen der Mummerslochs erreichte, verfiel er in einen langsameren Schritt.

Im Innenhof beugte sich die Witwe Mummersloch im Licht der Fackeln über den Leichnam ihres Mannes, schrie sich das Herz aus dem Leib und war von den Umstehenden nicht zu trösten. Aus dem gegenüberliegenden Prachtbau der Quatermarts drangen jählings Wehklagen und Hilferufe. Paulus wurde bewusst, dass er zu spät kam. Die Geräusche konnten nichts anderes bedeuten, als dass der Mord an Quatermart bemerkt worden war. Erst strömten Menschen vom Platz in das Haus, kurz darauf trat Nox aus der offenen Tür. Er schlenderte im Licht der Fackeln hinaus auf den Quatermarkt. Als er Paulus gewahr wurde, winkte er ihm wieder zu, vollkommen ruhig, als sehe er einen guten alten Freund. Dann überquerte er den Quatermarkt und verschwand in Richtung der Martinstraße.

In Richtung des Hauses von Hartmann Gir.

Eine schöne Stadt, dieses Köln. Schön groß vor allem. Hier ließ es sich herrlich untertauchen. Und ließ es sich in einer Stadt gut untertauchen, dann ließ es sich noch besser morden. Zu nichts anderem war er hier, und er war überzeugt, der Beste seines Faches zu sein.

Dennoch sputete sich Nox. Keine Frage, er hatte seinen jungen Führer unterschätzt. Das durfte er sich nicht noch einmal erlauben. Irgendwie war dieser Paulus aus der Mausefalle entkommen. Das war beachtlich genug. Doch der Junge hatte zudem noch die richtigen Schlüsse gezogen und verhindern wollen, dass er auch Quatermart das Licht auspustete. Paulus hatte sich aus dieser verfahrenen Lage herausgewunden und war dann wieder nah an den Ort des Verbrechens zurückgekehrt. Das zeugte von Wagemut und Geistesgegenwart. Paulus hätte einen guten Schüler abgegeben. Wirklich schade um den Jungen.

Während Nox zielstrebig durch die Gassen auf das Haus von Hartmann Gir zueilte und das Geschrei und Gebell hinter sich ließ, spielte er mit der Waffe in seiner Rechten. Wie ein Trommler mit seinen Stöcken wirbelte, so ließ Nox den kleinen Panzerbrecher flink durch die Finger gleiten, eine Übung, die er zwischen zwei Morden gern vollführte, um zu prüfen, ob seine Hand ruhig genug für die nächste Tat war. Er liebte diese griffige kleine Klinge und führte immer einen ganzen Satz davon mit sich. Sollte er unauffällig und ohne viel Blutvergießen töten, brauchte er nur in einer geraden Bewegung zuzustechen. Die Klinge hinterließ dann nur eine kleine Wunde, ein Löchlein. Wollte er aber eine regelrechte Schweinerei veranstalten, etwa weil es im Sinne seines Auftraggebers war, dass das Opfer möglichst auffällig von dieser Welt ging, bat er die Waffe im Fleisch zum Tanz. Und ob er nun einen armen Bauern oder einen Ritter im Harnisch vom Diesseits ins Jenseits befördern sollte, bereitete Nox kein Kopfzerbrechen. Die verstärkte Spitze des Panzerbrechers durchstieß grobes Tuch genauso leicht wie Kettenglieder. Oder das teure Wams eines Kaufmanns.

Vor ihm griff der Giebel des Gir-Ansiedels in die Nacht. Nox sah sich nach allen Seiten um. Die wenigen Menschen, die in den Gassen unterwegs waren, richteten ihre Aufmerksamkeit auf den Aufruhr, den er zweihundert Schritte von hier verursacht hatte. Von diesem Paulus war nichts zu sehen.

Nox sah das Haus an und lachte leise. Diese Stadtmenschen. Er würde sie nie verstehen. Nur weil sie eine riesige Mauer um ihre Siedlung gezogen hatten, fühlten sie sich in ihren Häusern sicher und geborgen. Stünde dieses steinerne Haus draußen auf dem Land, wäre es mehrfach gesichert, wenigstens mit höher gelegenen und vergitterten Fenstern, mit einem schweren Tor und Kreuzscharten für Bogenschützen, vielleicht sogar mit einem Wassergraben und einem kleinen Wehrturm. Hier aber gab es nichts dergleichen. Das Gesinde hatte noch nicht einmal alle Läden zugezogen. In die Fensterrahmen waren, wie bei vielen Häusern, deren Bewohner nicht völlig verarmt waren und auf Lumpen zurückgreifen mussten, geölte Tücher gespannt. Sie dämmten und ließen doch auch Tageslicht herein. Doch vor allem bedeuteten sie leichtes Spiel für ihn.

Er suchte sich ein Fenster, das unbeleuchtet und mit Abstand zum Eingang gelegen war. Die Leinwand gab nur ein leises Krächzen von sich, als Nox die Klinge in den Stoff stieß. Der Panzerbrecher riss sie der Länge nach auf. Nox glitt durch das nun offene Fenster ins Haus.

Nach einer Weile konnte er in der Dunkelheit Tuche ausmachen, die sich bis an die Decke türmten, dazu einen Tisch mit Federkielen. Die Reichen machten es ihm immer leicht. Die Geschäftsräume lagen stets zur Straße, die Wohnräume im hinteren Bereich. Schade, dass niemand da war, mit dem er wetten konnte. Er hätte ein Vermögen darauf gesetzt, dass sich im oberen Geschoss ein Festsaal befand.

Nox hörte gedämpfte Stimmen. Er ging auf leisen Sohlen zur Tür und zog sie einen Spalt auf. Die Stimmen gewannen Klarheit. Durch den Spalt konnte er mehrere Menschen sehen, die in der großen Wohnhalle an einem langen Tisch beisammensaßen und sich angeregt unterhielten. Auf einem Stuhl mit hoher Lehne und reich verzierten Armlehnen saß ein hagerer Mann, den Nox für Hartmann Gir hielt. Der Platz am Kopfende des Tisches wies darauf hin, dass es sich um das Familienoberhaupt handelte, und neben ihm saß ein jüngerer Mann, der Gir sehr ähnlich sah. Sicher war es Girs Sohn. Vermutlich gehörten auch alle anderen zur Familie. Wenigstens sechs Männer zählte Nox.

Nox schob die Tür wieder zu – und klopfte. »Herr Gir!«, rief er. Es war der sicherste Weg, den richtigen Mann auf dem Silbertablett serviert zu bekommen.

»Wer ist da?«

Nox klopfte erneut, fordernder dieses Mal.

»Wer zum Teufel ist da? Tretet ein!«

Nox hämmerte gegen die Tür.

»Zum Teufel noch eins!«

Jemand sprang auf, ging mit donnerndem Schritt zur Tür und stieß sie auf. Nox musste unwillkürlich grinsen, als er in das fragende Gesicht von Hartmann Gir blickte. Menschen waren so einfach zu lenken.

Der fragende Ausdruck gefror in Girs Miene, als Nox ihm den Panzerbrecher mit einer schnellen Bewegung in die Kehle stieß.

Der braune Hund ließ sich nicht beruhigen. Weißer Geifer troff aus den riesigen Lefzen, als er mit seiner dunklen, kehligen Stimme jaulte und heftig am Strick riss. Das Wehgeschrei der Familie stachelte den Hund nur noch mehr an. Dem alten Wernher, der mühsam die Leine hielt, schmerzten schon die gichtknotigen Finger. Doch der Hausknecht konnte es dem Hund nicht verdenken. Dort drüben lag sein Herr in einer riesigen Lache Blutes.

Der Hund war Hermann Mummerslochs Lieblingstier gewesen. Viel Geld hatte er für ihn bezahlt und war für den Kauf eigens in die Ardennen gereist. Dort züchteten die Mönche des Klosters Saint Hubert schon seit über vierhundert Jahren die Hunde und richteten sie für die Jagd ab. Der heilige Hubertus von Lüttich, ein großer Bischof und ein noch größerer Jäger, war der Gründer der Zucht und des Klosters. In der ganzen Welt waren seine Hubertushunde für ihren Spürsinn und ihre Hartnäckigkeit berühmt. Hatten sie einmal eine Fährte aufgenommen, ganz gleich, wie kalt und alt sie war, stellten die Bluthunde dem Wild unnachgiebig nach, immer mit der Nase auf dem Boden und durch nichts und niemanden aufzuhalten.

Mummerslochs Hund war einer der besten *chiens de Saint Hubert*. Der Leithund in der Meute. Mit Stolz hatte der Kaufmann das Tier nach dem Heiligen benannt und Hubert stets an seiner Seite geführt, wenn er auf dem Markt oder im Hafen ein Geschäft abschloss. Gern und oft war Mummersloch auf die Jagd gegangen, und manche Spötter sagten, er habe nicht des Titels wegen die Tochter eines verarmten Adligen aus der Eifel zum Weib genommen, sondern weil er ein weitläufiges Jagdrevier gesucht habe, in dem er mehr Zeit verbringen konnte als mit seinen Geschäften.

»Ruhig, Hubert, ist ja gut, sei ein braver Junge.«

Während zwei der Töchter die Witwe des Mummersloch stützten und von dem Toten wegführten, sprach Wernher auf den Hund ein, der immer noch am Strick zerrte. Vergebens. Als seinen gichtigen Händen die Kraft ausging, riss sich das Tier los und rannte zur Leiche seines Herrn, um aufgeregt daran zu schnüffeln. Wernher humpelte zu Mummersloch hinüber und versuchte, Hubert wegzuziehen. Angewidert und gebannt zugleich sah er auf die beiden daumendicken Löcher im Hals des Toten und wunderte sich, wie viel Blut ein Mensch verlieren konnte. Es sickerte so unendlich viel davon in den Boden.

»Jetzt komm schon, Hubert, weg da.«

Wernher zog und riss am Strick, doch der Hund stemmte ihm alle Pfoten entgegen und roch an der Blutlache.

Und da überkam Wernher ein Einfall.

»Holt Fackeln, Waffen – und die Meute«, sagte er in die Runde und erklärte den anderen Männern des Gesindes, was er vorhatte. Hubert hatte schon früher Blutspuren von angeschossenem Wild verfolgt. Nun wollte Wernher die Jagd umkehren und kein Tier, sondern einen Menschen hetzen. Ein letztes Mal würde der Hund für seinen Herrn eine Fährte aufnehmen und Mummerslochs Blut an den Kleidern und auf der Haut des Mörders aufspüren.

Angelas Gedanken waren wirr wie ein Ameisenhaufen. War das eben wirklich Paulus gewesen? Sie schüttelte den Kopf. Natürlich war er es gewesen. Aber was war geschehen? Immer wieder gingen ihr seine Worte durch den Kopf.

Verrate mich nicht, es stimmt alles nicht.

Angela stand im Hof mit all den anderen aus dem Gesinde und der Familie Mummersloch. Sie hörte das herzzerreißende Weinen der Herrin wie durch dickes Tuch. Sie versuchte zu denken, aber es gelang ihr nicht.

Verrate mich nicht, es stimmt alles nicht.

Angela wollte ihm glauben. Paulus war nie im Leben ein Mörder. Keiner Fliege konnte er etwas antun, und schon gar nicht ihrem Herrn. Sie wollte es so sehr. Aber auch das gelang ihr nicht. Sie erinnerte sich an die Klinge in seiner Hand. An seinen gehetzten Gesichtsausdruck. Das Blut auf Paulus' Hemd und Gesicht. An die Schreie. Und nun sah sie ihren toten Herrn im Hof liegen.

Verrate mich nicht, es stimmt alles nicht.

Die Knechte kehrten aus dem Stall zurück. Die Hunde waren von all dem Geschrei und von Huberts Gebell aufgehetzt. Sie würden Jagd machen auf Paulus. Es war verrückt, doch der Anblick der jaulenden Meute tröstete Angela. Nun geriet sie gar nicht erst in Versuchung, Paulus zu verraten. Die Hunde würden ihn auch ohne ihr Zutun finden.

Wenn er unschuldig war, würde der Herr ihm schon beistehen.

Die Ohnmacht lähmte jede Faser in Paulus' Körper. Er wollte schreien, wollte die ganze Stadt zusammenrufen, auf Nox zeigen und ihn als Mörder enttarnen. Doch wer würde ihm glauben?

Mummerslochs Blut klebte noch immer in seinem Gesicht. Und jetzt stand er hier vor dem Haus, in dem gerade Quatermart niedergestochen worden war. Gewiss hatte Nox sich auch hier keinen Fehler erlaubt. Niemand würde ihn bei der Leiche gesehen haben.

Paulus wandte sich auf dem Absatz um und rannte los. Er lief um sein Leben. Für Hartmann Gir, der als Nächster an der Reihe war, konnte er nichts mehr tun. Barthel würde seinen Vater verlieren. Der einzige Hals, den er noch retten konnte, war sein eigener.

Paulus rannte, rannte, rannte, bis seine Lunge schmerzte. Wohin, war ihm erst einmal gleich. Nur weg, weit weg von den Orten des Grauens. Überlegen konnte er unterwegs. Er hetzte über die Straße Obenmarspforten und lief zwischen der Kirche Sankt Laurentius und der Synagoge hindurch, die rechts von ihm hinter einer Mauer lag. Das Judenviertel war ein Städtchen in der Stadt. Paulus wünschte sich zum ersten Mal in seinem Leben, nun hinter dieser Mauer zu sein, seinetwegen auch mit Spitzhut, und die Tore hinter sich verschließen zu können. Doch das Viertel wurde nie verriegelt, auch nachts nicht.

Als er die Budengasse kreuzte, stieß er aus vollem Lauf mit einem schweren Karren zusammen. Vor Schmerz blieb ihm kurz die Luft weg. Das hatte ihm noch gefehlt – ein Goldgräber! Wie immer nach Sonnenuntergang waren die Kloakenreiniger mit ihren Ladungen unterwegs zum Rhein. In dem riesigen Bottich auf dem Karren schwappte die stinkende Brühe bedrohlich hin und her.

»Bist du von Sinnen, Kerl?«, schrie der Mann. Nur mit Mühe gelang es ihm, den schaukelnden Karren wieder ins Gleichgewicht zu bringen und zugleich seine Laterne nicht fallen zu lassen.

Paulus rieb seine Rippen, die nach dem Zusammenprall so sehr schmerzten. Ein Wort der Entschuldigung brachte er nicht über die

Lippen. Er zog den Umhang enger, damit der Goldgräber sein blutiges Hemd nicht sah.

»Trottel! Was hast du's denn so eilig? Hast du einen abgemurkst?«

Paulus zuckte zusammen. Der Goldgräber hatte recht. Wenn Paulus durch die Straßen flog, als sei der Leibhaftige hinter ihm her, musste doch jeder denken, dass er etwas ausgefressen hatte. Beschwichtigend hob er die Hand und ging langsam weiter, begleitet von den Verwünschungen des Goldgräbers. Wie ein getretener Hund schlich Paulus zum nächstbesten Haus und lehnte sich gegen die Lehmwand. Der Goldgräber stand noch immer an seinem Karren und sah misstrauisch zu ihm herüber.

Verschwinde, dachte Paulus. Was er jetzt nicht gebrauchen konnte, war ein Spatzenhirn, das sich genau die richtigen Fragen stellte. Durchatmen, die wild springenden Gedanken ordnen.

Niemand würde ihm die Geschichte von dem großen, bösen Unhold glauben, der ihn hereingelegt und Mummersloch abgestochen hatte, nicht einmal die Magd, die Nox die Tür geöffnet hatte. Sie konnte nur bezeugen, dass im Hof ein Unbekannter gewartet und einen Boten vorausgeschickt hatte, um ihren Herrn zu holen. Nox hatte alles perfekt eingefädelt. In aller Seelenruhe konnte dieser Teufel nun meucheln, und jedermann hielt Paulus für den Mörder. Den Mörder von drei reichen Tuchhändlern, hoch angesehenen Bürgern. Ganz Köln würde ihn jagen.

Also musste er raus aus der Stadt. Doch die Tore waren verriegelt. Heute Nacht war er Gefangener und Flüchtling zugleich. Er musste einen Unterschlupf finden, nur für ein paar Stunden. Vielleicht gelang es ihm am Morgen, die Stadt durch eines der großen Tore zu verlassen. Doch wohin konnte er bis dahin?

Zu seinem Schlafplatz in der Lagerhalle am Kai? Nein, denn wenn Angela ihn verriet, würden die Häscher dort zuerst nach ihm suchen. Sie wusste, wo er schlief.

Zu Barthel und seiner Frau? Auch nicht. Nox hatte es auf Hartmann Gir abgesehen, und wahrscheinlich war Barthels Vater in diesem Augenblick schon tot. Ganz sicher würden die Büttel irgendwann bei Barthel aufkreuzen und ihn befragen.

Zu Matthias in den Mauerbogen? Bloß nicht. Was Paulus jetzt nicht an seiner Seite gebrauchen konnte, war ein volltrunkener und grölender Bettler, der alle Aufmerksamkeit auf sie zog wie eben im Hafen.

Zu Angela? Keinesfalls. Er konnte nicht an den Ort des ersten Mordes zurückkehren. Was, wenn Angela schlicht losschrie? Da konnte er genauso gut sofort zum Gericht im Domhof gehen und sich selbst anzeigen.

Ihm blieb nur ein Mensch, dem er vertrauen konnte – seine Mutter. Hoffentlich.

Vom Judenviertel her drang das Gebell aufgeregter Hunde. Zeit, zu verschwinden. Paulus lenkte seine Schritte die Budengasse hinauf, weg vom Rhein, weg von den Häusern der Reichen, hin zu den ärmeren Winkeln der Stadt.

Er spürte, wie seine Wangen spannten. Mummerslochs Blut war auf seiner Haut im Gesicht geronnen. Er musste sich waschen, denn so konnte er auf keinen Fall um Obdach bitten. Ein Brunnen half ihm nicht viel, weil er ohne Bottich nicht ans Wasser herankam.

Paulus kreuzte den Steinweg, jene alte römische Straße, die als einzige in der Stadt gepflastert war, und kam wenig später an einer Baustelle vorbei. Seit einigen Monaten wuchsen hier ein Kloster und eine lang gestreckte Kirche empor. Die Minderen Brüder verbreiteten sich von Italien aus in der Welt und machten um Köln keinen Umweg. Paulus war es nur recht. Irgendwo auf der Baustelle des Bettelordens gab es bestimmt Wasser. Mit ein wenig Glück war sie nicht bewacht. Warum auch? Minderbrüder bestahl man nicht, und den lieben Gott schon gar nicht.

Paulus nahm Anlauf und schwang sich auf die Krone der Mauer, die das Gelände umgab. Mit Sorge sah er hinab. Alles war schwarz. Dank des Lichterscheins aus einigen wenigen Häusern hatte er auf der Straße gerade genug sehen können, um einen Fuß sicher vor den anderen zu setzen. Doch auf der ummauerten Baustelle herrschte nur die Dunkelheit.

Paulus nahm sich ein Herz und sprang. Er landete weich und wohlbehalten. Seine Finger fühlten hohes Gras. Eine kurze Weile wartete er, bis sich seine Augen an die nächste Stufe der Finsternis gewöhnt hatten. Als er wenigstens die Umrisse von Gerüsten, Steinstapeln und einem Lastkran erkennen konnte, wagte Paulus sich weiter vor. Er ging zu einer Mauer hinüber, an deren Fuß er Werkzeug und vielleicht auch einen Bottich mit Wasser wähnte. Den fand er schneller als erhofft. Er stieß mit dem Fuß gegen einen gefüllten Holzeimer, doch nicht fest genug, um ihn umzustoßen. Dankbar fiel er auf die Knie und wusch sein Gesicht.

Das kühle Nass half ihm, einen halbwegs klaren Kopf zu bekommen. Er ließ sich ins Gras sinken. Sein wummerndes Herz fiel in einen etwas langsameren Takt zurück. Vielleicht könnte er die Nacht hier verbringen. Wer sollte ihn schon auf einer Baustelle suchen?

Wieder hörte er Hundegebell und nun auch aufgeregte Stimmen von der anderen Seite der Mauer. Die Wortfetzen ließen ihn aufschrecken.

»Über die Mauer ... auf der Baustelle ... der Lump ... Wo ist der Eingang?«

Sie waren ihm bereits auf den Fersen. Die Frage war nur, ob seine Jäger auf gut Glück jeden Stein umdrehten oder ob sie eine Spur verfolgten. Vielleicht hatte der Goldgräber ihnen den Weg gewiesen. Vielleicht hatte jemand beobachtet, wie er über die Mauer geklettert war. Zumindest wusste Paulus nun, dass er auf keinen Fall unter freiem Himmel schlafen konnte. Nein, er brauchte eine Tür, die er hinter sich schließen konnte. Er hatte aus dem Blickfeld zu verschwinden.

Aber erst einmal musste er von hier fortkommen und seine Verfolger abschütteln. Paulus sprang auf und rannte los, auch auf die Gefahr hin, in der Dunkelheit zu stürzen und sich alle Knochen zu brechen.

Das Wasser war kalt, kalt wie die Leere in ihrer Brust. Irmel wusch sich den Samen aus ihrem Schoß und konnte die Tränen kaum zurückhalten. Mit einem alten Lappen trocknete sie sich ab und warf ihn angewidert in die Ecke.

Ein alter Lappen. Mehr war auch sie nicht mehr.

Nur noch widerwillig griffen die Kerle auf sie zurück, nur dann, wenn nichts Frisches zu haben war. Und nach Gebrauch landete sie in der Ecke.

In ihrer Kammer gab es nicht mehr als ein besudeltes Bett, einen Nachttopf und eine Waschschüssel, dazu noch das Versteck zwischen Balken und Decke, in dem sie einen kleinen Geldbeutel verbarg. Sie hatte noch nicht einmal eine Truhe für ihre wenigen

Habseligkeiten. Himmel, was für ein Verschlag. Jedes Schwein auf den Höfen an der Severinstraße lebte besser. Für die Säue gab es immerhin noch einen stets gut gefüllten Trog. Das sollte es gewesen sein? Dafür hatte sie ihr Leben lang die Beine breit gemacht? Irmel barg das Gesicht in ihren Händen.

Es wurde eng für sie. Blieben die Freier aus, fehlte das Geld für den Hurenwirt. Ihre Mietschulden konnte sie zwar tilgen, indem sie es ihm hin und wieder besorgte. Doch auch Henner zeigte immer weniger Interesse, sie zu besteigen. Er war nicht der Hässlichste. Die neuen Mädchen ließen sich lieber von ihm betatschen, wenn sie dafür weniger Kunden zu bedienen hatten.

Diese Kühe vom Land! Sie machten ihr das Geschäft vollends zunichte. Bauernmädchen, die ihr Glück in der Stadt suchten oder von ihrer Familie gar geschickt wurden, um Geld für die Daheimgebliebenen zu verdienen. Frisch und unverdorben sahen sie aus, mit rosiger Haut und großen, unschuldigen Augen, mit dicken Zöpfen und dicken Eutern. Sie waren so anders als die verdreckten Stadthuren, wenigstens in den ersten Wochen. Die Männer leckten sich die Finger nach ihnen.

Mit entblößtem Unterleib stand Irmel da und starrte aus ihrer Kammer hinaus in den Gang. Die Tür, durch die Mickel gestürmt war, stand immer noch offen. Lustig und schnell drang die Musik aus dem Schankraum hoch und schien sie zu verhöhnen. Sie, die alte, traurige und langsame Hure.

Einst war auch sie jung und drall gewesen, mit festem Fleisch. Und sie hatte über die alten, traurigen und langsamen Huren gelacht, die vergebens auf Freier warteten und in ihren Kammern welkten.

Sie musste sich dringend etwas einfallen lassen. Sie hatte gehofft, mit den Jahren ein hübsches Sümmchen anhäufen zu können, um irgendwann selbst ein Hurenhaus zu leiten. Dann hätten andere für sie die Drecksarbeit erledigt. In ihren Träumen hatte sie sich lachend Münzen zählen sehen, während aus allen Kammern ihres großen Hauses wollüstiges Stöhnen und Schreien erklang. Doch diese Hoffnung hatte sich so wenig erfüllt wie die auf einen Mann an ihrer Seite.

Sie war alt und allein. Sollte sie etwa eine Begine werden? Sticken, nähen, Kranke pflegen? Gar beten?

Irmel ließ sich aufs Bett sinken und weinte bitterlich. Wehe, eine von diesen jungen Schlangen lief ihr heute noch über den Weg.

Behutsam schob Paulus die hölzerne Pforte auf und lugte auf die Straße. Die Luft war rein. Er verfiel in einen leichten Trab, langsam genug, um nicht aufzufallen, doch schnell genug, um zügig vom Fleck zu kommen. Ein kleiner Schwarm Fledermäuse ließ ihn kurz zusammenschrecken. Sie brachen aus einem Baumgarten, der zum rechter Hand gelegenen Kloster Mariengarten gehörte, in die Nacht auf.

Paulus erinnerte sich, wie es zur Gründung des Klosters gekommen war. Die Familie Gir gehörte zu den Stiftern. Die Girs waren eines der rasch aufgestiegenen Geschlechter Kölns, ebenso wie die Overstolzen. Doch während die »Überstolzen« ihren Spottnamen selbstbewusst und freudig trugen, als hätten sie ihn selbst gewählt, haderten die Girs mit ihrem Namen. Selbst in Urkunden wurde Hartmann mit dem lateinischen Namen Vultur, Geier, bezeichnet. Hartmanns Frau ließ Frauenklöstern inzwischen großzügige Spenden zukommen, darunter den Zisterzienserinnen von Mariengarten. Auch am geplanten Neubau des Doms hatten sich die Girs mit einer stattlichen Summe beteiligt. Aber was auch immer die Familie unternahm, das Vorurteil der geizigen Girs ließ sich nicht abschütteln.

Paulus fluchte leise vor sich hin. Nox würde in diesen Augenblicken das Leben Hartmann Girs auslöschen, dessen war er sich sicher. Und ebenso sicher war er sich, dass ganz Köln ihn, Paulus, dann für den Mörder hielt. Man würde ihn als den Henker eines der reichsten und großzügigsten Kaufmänner der ganzen Stadt jagen.

Ein kleiner Schlenker, dann kam er auf die Kupfergasse und von da auf die Schwalbengasse. Er war am Ziel. Und hoffentlich bald in Sicherheit. Vom Kloster Mariengarten her hörte er Hundegebell.

Jenne schob den knochigen, nackten Körper von sich herunter. Der Tuchhändler rutschte gleich ganz vom Bett und schlug hart mit dem Kopf auf dem Boden auf. Doch mehr als ein lautes Schnarchen gab er nicht von sich. Er schlief so tief und so fest wie ein Säugling.

Jenne fiel ein Stein vom Herzen. Nie hätte sie damit gerechnet, dass es so lange dauern könnte, bis der Schlafmohn wirkte. Die Kräuterfrau hatte sie gewarnt. Etwas zu viel davon, und der Genuss des Mittels konnte tödlich enden. Vielleicht war sie bei der Dosierung zu zurückhaltend gewesen.

»Das war knapp«, murmelte Jenne und rückte ihre Augenklappe zurecht.

Gebannt sah sie zu, wie das Glied dieses dürren Kerls erschlaffte. Eben noch hatte er mit letzter Kraft versucht, es in sie hineinzuschieben. Nun war es an der Zeit, dass sie sich Genugtuung verschaffte. Sie stand auf und verpasste ihm einen Tritt zwischen die Beine und dann noch einen zweiten. Und um ganz sicherzugehen, auch noch einen dritten. Wenn der Kaufmann aufwachte, würden ihm seine Zeugungswerkzeuge höllisch wehtun – und er würde glauben, sie zuvor so ausgiebig benutzt zu haben, dass sie schmerzten. Der Narr würde sich über die Pein auch noch freuen.

Jenne nahm den Krug und verschüttete ein wenig Wein auf dem Laken. Alles musste überzeugend aussehen, sonst würde Pieter vielleicht Beschwerde beim Hurenwirt führen. Er hatte ein Mädchen entjungfern wollen? Dann brauchte er nur aufs Laken zu schauen. Der Beweis hatte die Form von wässrig roten Flecken angenommen. Aber Sorgen machte sich Jenne nicht wirklich. Worüber sollte der Freier sich beschweren? Dass er mitten im Akt auf einem Mädchen eingeschlafen war und just das verpasst hatte, was ihm viel Geld wert gewesen war? Diese Blöße gab sich ein echter Kerl nicht. Wahrscheinlicher war, dass er das Laken als Andenken mit nach Hause nahm.

Jenne strich ihr Hemdchen glatt, ging zur Tür und öffnete sie. Bevor sie das Zimmer verließ, lauschte sie, ob ihr Freier noch atmete. Ja, er lebte noch. Dann fiel ihr Blick auf seine Kleider. Und sogleich wuchs in ihr die Versuchung. Wo hatte der Kaufmann seinen Geldbeutel versteckt, in dem eben noch die Münzen so bezaubernd geklingelt hatten?

Jenne blickte verstohlen auf den Gang hinaus und schob die Tür wieder zu. Auf Zehenspitzen schlich sie zu den Kleidern ihres Freiers zurück. Sie wühlte in den Beinlingen, im Überwurf, im Hemd, im Wams, im Hut.

Nichts.

Jenne fing wieder von vorne an, wendete alle Kleider auf links und tastete erneut Beinlinge, Überwurf, Hemd, Wams und Hut ab.

Wieder nichts.

Wo war sein Geldbeutel? Auch wenn es nur ein kleines Säckchen war, konnte es doch nicht aus dieser Kammer verschwunden sein. Sie setzte sich auf die Bettstatt und sah auf ihren nackten und noch immer schnarchenden Freier hinab. Ein weiteres Mal trat sie ihm zwischen die Beine.

»Wo hast du ihn versteckt, du Bock?« Sie sollte sich Stiefel anziehen, damit sich die Tritte auch wirklich lohnten.

Die Stiefel!

Sie waren die einzigen Kleidungsstücke, die sie noch nicht durchsucht hatte. Jenne sprang auf und hob beide Stiefel an. Der rechte war deutlich schwerer als der linke. Dieser Fuchs. So geil er auch gewesen sein mochte, hatte er sich doch genügend Zeit genommen, seine Münzen zu verstauen.

Hastig griff sie hinein – und erschrak. Das fühlte sich nicht an wie der kleine Beutel, den sie vorhin gesehen hatte. Das war deutlich größer und gewiss schwerer. Jenne packte zu und zog einen Gürtel mit zehn Geldkatzen hervor. Jeder Beutel war prall gefüllt. Sie nahm sich einen und nestelte das Bändchen auf.

Keine Silberdenare. Nur Goldmünzen.

Ein paar Geldstücke nur hatte sie sich nehmen wollen. Jenne verwarf das Vorhaben. Jetzt wollte sie alles.

Nur noch schnell in ihre Kammer, ein paar Habseligkeiten zusammenklauben, dann würde sie diesem Leben den Rücken kehren.

Hurenwirt Henner kannte ihn gut. Mit einem Nicken gab er Paulus zu verstehen, dass er gleich hochgehen konnte. Es war wohl wieder kein Freier bei seiner Mutter, wie so oft in letzter Zeit. Henner goss an einem Tisch vier jungen Burschen Wein in die Becher und sah ein wenig argwöhnisch zu ihm herüber. Paulus senkte den Kopf. Hatte er womöglich noch immer Blut im Gesicht?

Er riss sich zusammen. Wahrscheinlich schaute Henner ihn aus einem ganz anderen Grund schief an. Für gewöhnlich hatte Paulus, wenn er in das Huren- und Wirtshaus kam, wenigstens einen Schiffsmann im Schlepptau, hin und wieder gar eine vollständige Besatzung. Es gab genügend Schiffer, die sich bei ihrem Halt in Köln auch abseits der frommen Pfade umschauen wollten und dankbar waren für einen Hinweis, wo die Sünde ihr Zuhause hatte. Die verbotenen Winkel waren zwischen all den Kirchen und Klöstern schwierig genug zu finden. Ein Umstand, den Paulus sich zunutze machte und Begegnungen mit seiner an Aufträgen armen Mutter einfädelte. Sie dankte es ihm hin und wieder mit einer kleinen Beteiligung an ihrem Hurenlohn, niemals aber mit einem Dankeschön.

An diesem Abend war viel los im Haus »Zur schönen Frau«. Alle Tische waren besetzt, über der Feuerstelle drehte sich ein Schwein am Spieß, und ein paar Spielleute musizierten. Hier und da saß eine Hure mit aus dem Kleid quellenden Brüsten auf dem Schoß eines Gastes. Der Schankraum war rauchverhangen.

Der Trubel beruhigte Paulus. In den leeren Gassen hatte er sich wie ein waidwunder Rehbock auf einer Lichtung gefühlt, frei zum Abschuss. Nun endlich konnte er untertauchen, sich in einer Menge verbergen. Es war richtig gewesen, hier Zuflucht zu suchen. Am liebsten hätte sich Paulus ein Bier gegönnt, verzichtete aber, denn seine Hände zitterten. Wahrscheinlich hätte er die Hälfte verschüttet und wäre unangenehm aufgefallen.

Mit immer noch wackligen Knien erklomm er die steile Stiege ins Obergeschoss. Bei seinen ersten Besuchen hatte Paulus sich noch gewundert, wie viele Kammern hier Platz fanden. Das Gebäude war eigentlich ein alter Vierkanthof, der vor vielen Jahren zu einer Herberge umgebaut worden war und sich irgendwann in ein Hurenhaus verwandelt hatte.

Noch bevor Paulus die oberste Stufe erreicht hatte, drang bereits die keifende Stimme seiner Mutter an sein Ohr.

»Verzieh dich wieder in das Loch, aus dem du gekrochen bist! Ihr grünen Dinger wisst noch gar nichts vom Leben, und schon meint ihr, dass ihr euch jedem Mann an den Hals werfen müsst!«

Sie stand in der Tür zu ihrer Kammer und fuchtelte mit den Armen bedrohlich nah vor der Nase eines Mädchens umher. Die

Kleine trug eine Augenklappe und wirkte völlig eingeschüchtert. Paulus hatte augenblicklich Mitleid mit ihr. Und auch mit seiner Mutter, deren Gezeter erbärmlich wirkte, weil sie sich mit nacktem Unterleib vor dem Mädchen aufgebaut hatte.

»Ich bitte Euch, seid doch leise. Ihr weckt noch meinen Freier auf«, sagte das Mädchen mit gedämpfter Stimme.

»Soll er doch aufwachen, soll er doch. Dann zeige ich ihm mal, was ein echtes Weib ist. Weshalb ist er denn eingeschlafen, du dummes Ding, du? Warst nicht gut genug, oder? Hast ihn nicht da gekrault, wo es die Männer am liebsten haben?«

»Seid endlich leise!«

Der Tonfall des Mädchens hatte sich gewandelt. So scheu und unsicher schien sie gar nicht zu sein.

»Willst du mir jetzt drohen, du kleines Flittchen?«

Die Kleine tat forsch einen Schritt auf Irmel zu. »Redet nicht so mit mir. Ihr seid nur eine Hure, ich aber bin Jungfrau.«

»Jungfrau? Du arbeitest in diesem Haus und willst noch Jungfrau sein?«

»Ja, Jungfrau.« Das Mädchen reckte stolz das Kinn vor. »Was habe ich Euch denn getan? Ich wollte nur an Eurer Tür vorbei, und das verstößt meines Wissens nicht gegen die Regeln dieses Hauses. Tut es das doch, gehe ich jetzt gern zu Henner und setze ihn über mein Vergehen und Eure Klage in Kenntnis. Wollt Ihr das, Ihr vertrocknete alte Pflaume?«

Bevor seine Mutter zu einer unüberlegten Entgegnung ansetzen konnte, packte Paulus sie am Arm. Sie erschrak, denn sie hatte ihn zuvor nicht gesehen, und ließ sich wortlos in ihre Kammer schieben.

»Lass gut sein und geh einfach deines Weges«, sagte er zu dem Mädchen und schloss die Tür.

»Was soll das, Paulus?«, schrie seine Mutter nun noch lauter. »Drei Söhne habe ich unter Schmerzen auf die Welt gebracht, jahrelang eine Amme für sie bezahlt, doch keiner von ihnen hält es für nötig, seine alte Mutter zu besuchen. Und wenn doch mal einer kommt, benimmt er sich wie mein Vormund. Pfui! Hast du keinen Anstand?«

Paulus hatte lange gebraucht, um zu begreifen, wie seine Mutter sie behandelte. Sie versuchte, ihre Kinder an sich zu ketten, indem sie ihnen stets ein schlechtes Gewissen einredete, auch dann, wenn es gar nichts zu tadeln gab. Vorwürfe, nichts als Vorwürfe bekam er von ihr zu hören, niemals ein liebevolles Wort oder gar ein Lob. Wie ein Blutegel Blut saugte, so saugte sie die Liebe ihrer Söhne auf. Sie war ein Gefühlsschmarotzer. Aber sie war nun mal auch seine Mutter. Darum hatte er bisher immer über ihr Gemaule hinweggesehen. Doch jetzt kochte er. Es war an der Zeit, dass er auch einmal an sich selbst dachte.

»Halt endlich den Mund, Mutter«, fuhr er sie an, obwohl sie gar nichts mehr sagte.

Sie riss die Augen auf. Und als er seinen Umhang ablegte, schlug sie die Hände vor den Mund. Paulus sah an sich hinab. Das Blut auf dem Hemd war inzwischen geronnen.

»Bist du verletzt?« Ehrliche Sorge schwang in ihrer Stimme mit.

»Nein. Aber in Schwierigkeiten. In großen Schwierigkeiten.«

»Hast du etwas verbrochen?« Ihre Stimme klang bereits weniger besorgt. Eher vorwurfsvoll.

»Nein. Aber jemand hat mich hereingelegt. Die ganze Welt soll glauben, ich hätte etwas angestellt. Etwas sehr Schlimmes. Mutter, ich brauche für die Nacht ein Dach über dem Kopf. Lass mich bitte hier schlafen.«

»Wie stellst du dir das vor? Ich habe zu tun, ich muss Freier bedienen. Leider muss ich mir das Brot in meinem Alter noch selbst verdienen, weil sich meine Herren Söhne einen feuchten Dreck um mich scheren.«

Paulus ließ sich auf die Bettstatt sinken. Sie hatte noch nicht einmal nachgehakt, was geschehen war, und begann schon wieder mit ihren Vorhaltungen. Er löste die Schnüre an seinem Hemd. »Hast du etwas für mich zum Anziehen? So kann ich nicht länger herumlaufen.«

Seine Mutter nickte und verließ die Kammer. Aus der Nachbarkammer waren das Quietschen eines Mädchens und das Stöhnen eines Mannes zu hören. Die unanständigen Geräusche gewannen an Lautstärke, und sie erreichten den Höhepunkt just in dem Augenblick, als Irmel mit einem Hemd zurückkehrte, das nicht frisch, aber doch sauber war. Paulus zog es über, während sie sich, noch immer halb nackt, neben ihn setzte.

»Ist von Henner. Pass also auf, dass es heil bleibt. Was würdet ihr Jungen nur ohne eure Mutter machen? Ach, was predige ich hier. Enkel und Urenkel müsste ich haben, doch stattdessen muss ich euch noch die Windeln wechseln.«

Paulus rieb sich durch das Gesicht. Irgendwann würde sie still sein. Er musste nur geduldig bleiben und einfach dasitzen. Alles eine Frage der Zeit. Er versuchte, nicht mehr auf ihre Worte zu achten.

»Wenn du Geld willst, dann schlag dir das gleich aus dem Kopf.«

»Geld?« Paulus dachte an die Münze, die er als Lohn von Nox bekommen und in seinen Brustbeutel gesteckt hatte. »Ich brauche kein Geld. Lass mich doch endlich mal in Ruhe.«

Unwillkürlich wanderte sein Blick zum Geldversteck. Seine Mutter hatte ihm gegenüber nie einen Hehl daraus gemacht, dass sie ihr Erspartes in eine Ritze zwischen Balken und Decke quetschte. Wohl aber machte sie ein Geheimnis daraus, wie viel Geld in dem Spalt Platz fand. Sie tat so, als könne man damit einen ganzen Hof erstehen.

»Ich weiß nicht, wie oft ich es dir schon gesagt habe – erst wenn ich den Löffel abgegeben habe, bekommst du alles. Weil du der bravste meiner missratenen Söhne bist. Das ist zwar kein Kunststück, aber das bist du nun mal. Daher weißt auch nur du von dem Versteck.«

»Ich brauche dein Geld nicht. Himmel, sei doch mal still. Ich muss nachdenken.«

Sie rückte ein Stück von ihm weg. »Gibst du mir jetzt etwa in meinen eigenen vier Wänden Befehle?«

Paulus sah seine Mutter an. Und endlich gab sie Ruhe. Aber nicht etwa, weil sie seiner Aufforderung Folge leistete, sondern weil es plötzlich seltsam leise im Hurenhaus geworden war. Sie lauschten in die Stille. Lärm und Musik aus dem Schankraum waren verstummt. Einen Augenblick lang herrschte völlige Ruhe. Dann brach ein Sturm aus Geschrei, Gepolter und Hundegebell los.

Paulus sprang auf und stürzte zur Tür hinaus. Es waren dieselben dunklen Hundestimmen, die er zuvor schon gehört hatte. Die Jäger waren ihm immer noch auf der Fährte.

Hubert, der Leithund, drang mit der Nase am Boden zielstrebig in den Schankraum ein. Männer und Huren stoben auseinander wie Hühner. Die Meute folgte bellend. Nur mühsam konnten die Hundeführer Schritt halten. Die Erregung der Hunde war auf Wernher übergesprungen. Die Gicht in seinen alten Knochen spürte er nicht mehr. Er gab Hubert mehr Leine, und der nutzte sie. Vom Geschrei in dem Hurenhaus ließ Hubert sich nicht stören und stürmte auf eine Stiege zu.

Doch bevor der Bluthund die erste Stufe nehmen konnte, stellte sich ihm ein Mann in den Weg. Henner, der Hurenwirt, hielt den Knüppel in der Hand, mit dem er aufmüpfige Gäste zur Vernunft zu bringen pflegte.

»In Gottes Namen, haltet sofort ein und sagt mir, was hier vorgeht!«

Wernher zog Hubert ein Stück zurück. »In Eurem Haus hält sich der Mörder meines Herrn versteckt. Ich rate Euch, beiseitezutreten, damit wir ihn endlich stellen können.«

»Ein Mörder? Davon weiß ich nichts. Ich weiß lediglich, dass Ihr unter meinem Dach nichts verloren habt. Es sei denn, Ihr seid ein Gewaltrichterdiener und habt das Recht, ein Verbrechen zu verfolgen. Seid Ihr ein Büttel?«

Henner richtete das dicke Ende seines Knüppels auf die Brust seines Gegenübers. Wernher ließ sich davon nicht beeindrucken. Hubert knurrte.

»Ich bin kein Büttel«, sagte Wernher. Er gebot dem Hund mit einem Stoß seines Knies, sich hinzulegen. »Aber ich werde Euch den allergrößten Ärger bereiten, wenn Ihr uns aufhaltet. Meine Hunde riechen, dass sich der Mörder über uns befindet. Lasst uns diese Kammern durchsuchen. Finden wir den Mann, werde ich Euch für Eure Hilfe danken. Haben sich meine Hunde getäuscht, stehe ich in Eurer Schuld.«

Henner grunzte. »In meiner Schuld? Seid Ihr noch ganz bei Trost? Wisst Ihr, was Ihr mir antut, wenn Ihr mein Haus auf den Kopf stellt? Ihr ruiniert mich, Ihr bringt mich um meinen guten Ruf. Was bringt es mir, wenn Ihr in meiner Schuld steht?«

Wernher hob die Augenbrauen. Die Herberge »Zur schönen Frau« genoss nirgends einen guten Ruf. »Wie wird es wohl um Euren Leumund bestellt sein, wenn sich in der Stadt herumspricht, dass hier Mörder Unterschlupf finden? Nun beendet endlich dieses Spielchen und lasst uns vorbei.«

Henner ließ den Knüppel mehrmals leise klatschend in die offene linke Hand fallen. Er hoffte, seinen Gästen ausreichend Zeit verschafft zu haben, sich wenigstens ein paar Sachen überzuwerfen oder gar aus dem Staub zu machen. Und er hoffte inständig, dass im Haus »Zur schönen Frau« kein Mörder gefasst wurde. Das wäre nun wirklich schlecht fürs Geschäft. Dann trat er beiseite.

»Aber macht mir nicht zu viel Unordnung. Und lasst die Fackeln draußen, damit ihr mein Haus nicht abbrennt.«

Wernher nickte und gab einem von Mummerslochs Knechten einen Wink. Der sammelte die Fackeln ein und brachte sie vor die Tür. Dann leinte Wernher den Leithund ab.

Jenne fluchte, während sie in ihrer Kammer ein Obergewand aus der Truhe nahm. Was war das für ein Aufruhr? Wer nur brachte kläffende Hunde mit ins Hurenhaus? Wenn nicht bald Ruhe einkehrte, würde der dürre Tuchhändler, den sie in der Kammer nebenan zurückgelassen hatte, noch aufwachen, ganz gleich, mit welchen Kräutern und Mengen sie ihn ins Reich der Träume geschickt hatte. Sie musste zusehen, dass sie mit ihrer Beute verschwand. Sonst war ihr schöner Traum vom freien Leben schon vorbei, bevor er begonnen hatte.

Sie schloss die Truhe, schlüpfte in ihr Obergewand und schnürte es eilig über der Hüfte zusammen. Dann nahm sie den Gürtel mit den Geldkatzen und hielt inne. Ihre Finger fuhren über die kleinen Beutel. Jeder war aus feinstem Leder gearbeitet und sorgsam verschnürt. Jenne strahlte. Ihr war das Glück in den Schoß gefallen. Erst dann hastete sie aus der Kammer.

Paulus stand wie angewurzelt am Ende des Ganges und lugte über den Treppenabsatz hinab. Er wollte einfach nicht glauben, was er gerade aus dem Mund des Mannes mit dem Rauschebart gehört hatte.

Die Hunde!

Sie hatten seine Fährte aufgenommen. Sie würden ihn hetzen, bis ans Ende der Welt.

Als der größte Hund die steile Stiege erklomm, gelang es Paulus endlich, sich von dem Anblick loszureißen. Er lief in die entgegengesetzte Richtung, den Gang entlang. Aber er wusste nicht, wohin er flüchten konnte.

»Paulus? Was geht da vor?«

Seine Mutter stand in der Tür zu ihrer Kammer und starrte ihn verwundert an. Paulus rannte wortlos an ihr vorüber. Doch nach wenigen Schritten nur, kurz bevor der Gang nach rechts abknickte, lief er in einen Körper hinein, der unvermittelt aus einer der Kammern getreten war, und ging gemeinsam mit ihm zu Boden. Paulus stürzte gegen die Lehmwand. Benommen fuhr er sich über den Kopf und schüttelte Stücke von bröckelndem Putz aus dem Haar.

Es war das Mädchen von eben. Die Kleine mit der Augenbinde kroch auf allen vieren davon und schien durch den Zusammenprall die Orientierung verloren zu haben. Nein, sie suchte etwas. Ihre Hände tappten ungeschickt über den Boden.

»Wo ist er? Wo zum Teufel ist er?«, flüsterte sie.

Der erste Hund erreichte den Treppenabsatz. Mit fliegenden Pfoten raste er auf Paulus zu, Geifer troff von seinen Lefzen. Hinter ihm erschien schon der Kopf eines Mannes, der ihm die Treppe hoch folgte. Paulus hob abwehrend die Hände. Jeden Augenblick würde der Hund zum Sprung ansetzen.

Doch dann bog der Hund ab. Er stürzte durch eine offene Tür, und im gleichen Augenblick drang ein spitzer Schrei von Paulus' Mutter aus der Kammer. Paulus begriff sofort. Der Hund war dem Geruch des blutdurchtränkten Hemdes gefolgt.

»Du bewegst dich keinen Schritt vom Fleck!« Der Mann, der einen weiteren Hund an der Leine führte, baute sich am Treppenabsatz auf.

Hinter ihm kam der nächste Verfolger die Stiege hochgeeilt. Noch während Paulus überlegte, ob er sich einfach umdrehen und den Gang weiterlaufen sollte, spürte er, wie das Mädchen an seinem Bein zerrte.

»Jetzt geh endlich zur Seite, ein kleines Stückchen nur!«, zischte sie.

In was für eine aberwitzige Lage war er da nur hineingeraten? Vor ihm ein Mann und ein Hund, die beide die Zähne fletschten, in der Kammer seine kreischende Mutter und zu seinen Füßen eine blutjunge Hure, die sich an seinem Bein rieb. Was suchte sie da nur? Paulus blickte an sich hinab. Dann entdeckte er den Gürtel mit den Geldkatzen unter seinem Fuß. Und nur einen Wimpernschlag später griff das Mädchen nach dem Gürtel. Das war es also, was die Hure haben wollte. Ihr Geld. Paulus bückte sich nach dem Gürtel, riss ihn dem Mädchen aus der Hand und öffnete einen der Beutel.

Er war voller Münzen.

Paulus griff hinein und warf eine Handvoll Geldstücke mit Schwung in den Gang. Die beiden Männer, die ihn eben noch grimmig angestarrt hatten, verfolgten die Münzen mit großen Augen.

»Was geht da oben vor sich?«, brüllte jemand unten im Schankraum.

Paulus erkannte die Stimme des Mannes mit dem Rauschebart. Er hatte sich eben das Wortgefecht mit Henner geliefert. Paulus' Verfolger antworteten nicht, sondern stürzten sich zu Boden und sammelten hastig die Münzen ein, die über die Bohlen kullerten. Der zweite Hund fand sich plötzlich ohne Leine wieder und nutzte die Gelegenheit, ebenfalls in die Kammer zu laufen, in der sein Leithund das blutige Hemd aufgestöbert hatte. Paulus' Mutter brüllte noch lauter.

Er versuchte, ihre Angstschreie zu überhören. Die Hunde würden ihr schon nichts antun. Sie hatten es auf das Hemd abgesehen, sonst nichts. Er dagegen musste seine nackte Haut retten. Doch als er loslaufen wollte, kam er nicht vom Fleck. Das Mädchen hielt ihn fest und ging ihm an die Gurgel.

»Bist du des Wahnsinns? Gib mir den Gürtel, gib ihn sofort her!«, rief sie.

Paulus packte den Gürtel fester. Den gab er nicht her, auf keinen Fall. Jeder weitere Beutel, der daran hing, konnte ihn aus einer ähnlichen Zwickmühle befreien. Er verpasste der Hure einen Stoß, aber sie ließ sich nicht abschütteln. Sie krallte sich mit beiden Händen an dem Gürtel fest, sprang Paulus an und schlang ihre Beine um seine Hüfte.

»Lass los!«, schrie Paulus.

Das Mädchen brüllte ebenfalls etwas, das im Lärm unterging, aber ihm wohl auch »Lass los!« bedeuten sollte.

Die Kleine klammerte sich an ihn wie eine Katze, die fürchtete, vom Baum zu fallen. Da öffnete sich eine weitere Kammer. In der Tür erschien ein hageres, bleiches Männlein, splitternackt und auf zitternden Beinen. Der Kerl blickte drein, als hätte er Wimpern aus Blei, die ihm die Lider herabzogen.

»Was … was ist hier los?«, lallte er. »Wo ist mein Schätzchen?«

Der Blick des Mannes wanderte hin und her, von Paulus zu dem Mädchen und dann zu den beiden Männern, die Münzen vom Boden klaubten, und schließlich zum Gürtel, um den sich Paulus und das Mädchen balgten. Je mehr der Hänfling sah, desto weiter riss er die Augen auf.

»Hilfe! Haltet den Dieb!«, rief er und versuchte, seine Nacktheit notdürftig mit den Händen zu bedecken. »Zu Hilfe! Mein Gold, mein Geld! So helft mir doch!«

Das Mädchen entließ Paulus aus der Umklammerung und schob ihn den Gang entlang, tiefer in das Haus hinein. Den Gürtel steckte er sich hastig ins Hemd.

»Da lang, schnell«, sagte sie.

Keinen Augenblick zu früh. Dunkles Hundegebell drang die Stiege hoch.

Wernher riss der Geduldsfaden. Seiner alten Knochen wegen hatte er die steile Stiege gescheut. Nun aber wollte er wissen, warum er von den beiden Knechten nichts mehr hörte, dafür aber mehrere andere Menschen im Obergeschoss durcheinanderbrüllten. Mit einem Wink schickte er weitere Männer und Hunde nach oben und folgte ihnen die schwankende Stiege hoch. Heil oben angekommen, streckte er erleichtert die schmerzenden Beine durch. Seine Männer schauten betreten drein und mieden seinen Blick. Sie sahen nicht so aus, als habe ihr vorrangigstes Bemühen darin gelegen, den Mörder ihres Herrn zu suchen.

»Und?«

»Keiner da, Wernher«, erwiderte der Knecht, der als Erster ins Obergeschoss gegangen war.

»Keiner da?«, keifte ein Hering von einem Mann, der sich ein Tuch um die Hüfte geschlungen hatte. »Das Diebsgesindel ist den Gang entlang geflohen, und Eure Männer haben nichts Besseres zu tun, als sich *mein* Geld in die Taschen zu stecken.«

»Was ist geschehen?«

»Eine Hure hat mich bestohlen. Eure Männer haben sie mit einem Kerl davonkommen lassen und sich lieber nach einem Teil der Beute gebückt.«

»Gehören die beiden zusammen?«

»Das weiß ich nicht. Aber sie haben gemeinsam Fersengeld gegeben.«

»Wie sah der Mann aus?«

»Wie er aussah? Wie er aussah?« Die Stimme des Herings erreichte eine unangenehm schrille Höhe. »Woher soll ich das wissen? So, wie Männer in einem dunklen Gang eben aussehen. Jetzt redet doch nicht ewig herum. Sie sind noch nicht lange fort.«

Wernher wandte sich den Knechten zu. »Wo sind Hubert und die anderen Hunde?«

In diesem Moment trat einer der Männer aus einer Kammer auf den Gang. In der Hand hielt er einen blutdurchtränkten Fetzen Stoff. Die Hunde folgten ihm winselnd.

»Sie sind hier, und sie haben das gefunden.« Der Mann drehte sich zur Kammer um. »Komm raus!«

Eine alte Hure erschien ebenfalls im Gang. Ängstlich blickte sie zu den Hunden hinab.

»Wer bist du, was machst du hier?« Wernher betrachtete ihre entblößte Scham und wunderte sich, dass eine Frau in diesem Alter noch in einem Hurenhaus zu Werke ging.

»Was geht's dich an, du klappriges Gestell?«

»Es geht mich etwas an, weil dieses Blut aus dem Leib meines Herrn geflossen ist.«

Wernher riss dem Knecht das Hemd aus der Hand und warf es der Hure zu, die es unwillkürlich auffing, aber sogleich vor ihre Füße fallen ließ. Sofort bedrängten sie die Bluthunde.

»Himmel, ruft diese Bestien zurück!«

Wernher nahm Huberts Leine und zog ihn zu sich. Die anderen Hunde ließen auf seinen Pfiff hin von der Frau ab. »Nun?«, fragte Wernher, »wie kommt das Hemd in deine Kammer?«

»Na, wie wohl? Auf dem Körper eines Freiers.«

»Wie heißt er?«

Nun wurde es dem dürren Kerl zu bunt. Mit hochrotem Kopf trat er vor Wernher. »Seid Ihr von allen guten Geistern verlassen?

Während Ihr hier tratscht, gewinnen die Diebe einen immer größeren Vorsprung.«

»Gemach«, sagte Wernher und schob ihn beiseite. »Keine Sorge. Ihr Vorsprung kann so groß sein, wie er will. Entkommen werden sie nicht. Aber ich will wissen, mit wem ich es zu tun habe.« Er sah die alte Hure an. »Nun?«

»Ich kenne die Schwänze meiner Freier. Nicht ihre Namen.«

»Und bei dir ist es auch üblich, mit blutverschmierter Kleidung ins Bett zu steigen?«

»Ich werde nicht dafür bezahlt, Fragen zu stellen.«

»Wie sah der Mann aus?«

»Wenn ich meine Freier bediene, versuche ich, an etwas anderes zu denken. Ich schaue mir ihre Gesichter nicht an. Und meistens befindet sich mein Kopf auch zwischen ihren Schenkeln und nicht bei ihrem Gesicht.« Ihre Zunge fuhr schamlos zwischen den Lippen umher. »Ihr müsst wissen, ich werde vor allem wegen meiner Zahnlosigkeit gerühmt.«

Wernher winkte angewidert ab und drehte sich zu den Knechten um. »Gebt dem Herrn sein Geld zurück.«

Während die Männer unwillig in ihren Taschen gruben, holte Wernher eine Kerze aus der Kammer des Hänflings und hielt sie an das blutige Hemd. Es fing Feuer und ging in Flammen auf. Als es zu Asche zerfallen war, beugte Wernher sich zu Hubert hinab.

»Nun, da das Hemd verbrannt ist, musst du eine neue Fährte finden. Los, Hubert, such!«

Hubert schnüffelte kurz auf dem Boden und nahm schnell die Verfolgung auf. Die anderen Hunde folgten ihm den Gang entlang.

Die Jagd hatte wieder begonnen.

Mit der einen Hand rieb Paulus seinen Knöchel, mit der anderen den Rücken. Der Stapel Brennholz unter dem Fenster hatte den Sprung aus dem Fenster nicht wirklich abgefedert. Er hatte sich den Fuß verdreht. Den Schmerz in seinem Kreuz verdankte er jedoch nicht der harten Landung.

»Musstest du mir auch noch in den Rücken springen?«

Das Mädchen hüpfte wieder auf die Füße. »Ja, musste ich. Ich wusste ja, was mich hier unten erwartet. Jetzt gib mir mein Geld wieder.«

»*Dein* Geld? Das soll wohl ein Scherz sein.« Paulus sah sich um, soweit es die Dunkelheit zuließ. Sie waren im Innenhof gelandet.

»Jedenfalls ist es mehr mein Geld als dein Geld.«

»Du bekommst es, sobald ich in Sicherheit bin«, sagte er und band sich den Gürtel um die Hüfte.

»Ich schreie, und dann finden dich deine Verfolger. Dann bist du dran.«

Lautes Bellen aus dem offenen Fenster über ihnen unterstrich ihre Worte.

»Wenn du schreist, bist du genauso dran wie ich. Jetzt rede nicht so viel. Bring uns hier endlich raus.«

Das Mädchen blies geräuschvoll Luft durch die Nase. »Aber ich behalte dich im Auge.«

»Tu's nicht, du hast nur eins. Los jetzt.«

»Blödmann«, zischte sie und stapfte davon.

Die Kleine ging geradewegs auf den gegenüberliegenden Trakt zu. Paulus konnte ihr im Dunkeln kaum folgen, doch ihr strammer Schritt war ihm nur recht. Er wollte nur eines: nichts wie weg.

»Sie sind mit Hunden hinter dir her?«, fragte sie, als sie eine niedrige Tür aufstieß.

»Ja.«

»Schweißhunde?«

»Ich fürchte es.«

»Mist.« Sie verschwand im Inneren. »Dann müssen wir uns etwas einfallen lassen.«

Paulus folgte ihr durch die Tür. Es roch muffig. Wahrscheinlich waren sie in einem alten Stall, der schon lange nicht mehr genutzt wurde. Er spürte, wie das Mädchen nach seiner Hand griff und ihn weiterzog.

»Mach dir keine falschen Hoffnungen, Kleiner. Du sollst mir nur nicht verloren gehen.«

Es war nicht nur ein böser, sondern auch ein sehr, sehr seltsamer Traum. Was war das nur für ein Mädchen? Mal wirkte sie wie ein Kind, und im nächsten Augenblick wirkte sie abgebrüht wie eine ... ja, wie eine Hure. Paulus stolperte ihr hinterher wie ein kleiner Junge.

Durch eine Tür in einem doppelflügeligen Portal kamen sie ins

Freie. Vor ihnen lag ein Weingarten. Wie ein Heer versteinerter Gnome standen die Rebstöcke starr in Reih und Glied im Dunkeln.

Das Mädchen ließ Paulus' Hand los und rannte zielsicher durch eine Weinstockgasse, als sei es taghell. »Los, komm schon! Ich habe keine Lust, mein Geld zu verlieren, nur weil du zu langsam bist.«

Paulus tat, wie ihm geheißen, stolperte über eine Wurzel, fluchte, weil ihm einer dieser Weingartenzwerge ein Bein gestellt hatte, und lief weiter. Kurz verlor er die Kleine aus den Augen, aber als er auf die Straße trat, wartete sie auf ihn. Sie brauchte ihn nicht noch mal anzufeuern. Das Jaulen der Meute, das allmählich in ihrem Rücken anschwoll, war Ansporn genug.

»Zwei Dinge müssen wir schaffen«, sagte das Mädchen, während es mit gerafftem Kleid die Straße entlanglief, »wir müssen dafür sorgen, dass du nicht weiter Düfte für die Hunde absonderst, und wir müssen raus aus der Stadt.«

»Sehr pfiffig, wirklich«, sagte Paulus. »So weit war ich auch schon. Soll ich vielleicht über den Boden schweben und dann über die Stadtmauer fliegen?«

»Kein Wunder, dass du dermaßen in Schwierigkeiten steckst. Besonders helle scheinst du nicht zu sein.«

Paulus hätte sich am liebsten einem Tobsuchtsanfall hingegeben. Aber allmählich begannen seine Lungen zu brennen. Er musste seine Kräfte schonen. »Ach ja? Dann bin ich aber gespannt, ob du es schaffst, mir aus der Patsche zu helfen.«

»Nichts leichter als das. Ich hatte mal einen Liebsten, der Rotgerber war.«

Paulus musste unwillkürlich würgen. Die Lohe, mit der das Leder gegerbt wurde, bestand zu einem guten Teil aus Pisse und anderen wenig wohlriechenden Dingen.

»Hör zu«, stieß er japsend hervor, »ich werde auf keinen Fall in Gerberlohe baden, nur um die Hunde abzuschütteln.«

»Ich glaube«, rief die Kleine ihm über die Schulter zu, und am Klang ihrer Stimme erkannte Paulus, dass sie in vollem Lauf grinste, »ich werde dich noch ein wenig über meinen Plan im Unklaren lassen.«

Das Mädchen flitzte so schnell durch die Nacht und die Stadt, dass Paulus kaum Schritt halten konnte. Sie waren in Richtung des Neumarkts unterwegs, aber er vermochte nicht zu sagen, ob sie den Platz, auf dem tagsüber der Viehmarkt gehalten wurde, bereits passiert hatten. In diesem Teil der Stadt kannte er sich nicht sonderlich gut aus. Und bei Dunkelheit war es für ihn doppelt schwer, sich zurechtzufinden. Immer wieder richtete er den Blick zum Himmel, um zu sehen, wo sich die Straßenflucht gegen die Sterne abzeichnete. Bald musste Paulus sich eingestehen, dass er die Orientierung verloren hatte. Ihm blieb nichts anderes übrig, als dem Mädchen blind zu vertrauen.

Die hohe Geschwindigkeit konnten sie nicht lange halten. Das Rennen und die Schwüle der Nacht trieben ihnen den Schweiß aus den Poren. Paulus war dankbar dafür, seinen Schritt etwas verlangsamen zu können. Seine Seite stach bereits, obwohl er unterwegs immer wieder Sankt Stephanus um Hilfe bat, der als Schutzheiliger in Sachen Seitenstechen galt.

Das Gebell war inzwischen viel leiser geworden, zwar nicht außer Hörweite, aber immerhin. Sie mussten sich einen ordentlichen Vorsprung erarbeitet haben. Bald verriet ein beißender Geruch Paulus, dass sie sich im Viertel der Färber, Gerber und Walker befanden. Und nun wusste er auch wieder, weshalb er diese Gegend immer gemieden hatte.

»Da wären wir«, sagte die Kleine.

»Ich rieche es«, gab Paulus zurück und hielt sich die schmerzende Seite. »Und jetzt?«

Das Mädchen deutete auf einen Gegenstand, der vor einem niedrigen Haus stand. »Da ist unsere Rettung.«

Paulus kniff die Augen zusammen. Es war ein großer Waschzuber mit ovaler Form. Hatte das Mädchen den Verstand verloren? Dann sah er, dass sich hinter dem Häuschen eine mächtige Mauer erhob. Es musste ein Teil der alten Römermauer sein, die weit innerhalb der neuen Stadtmauer lag. Und nun verstand Paulus auch, wie die Kleine ihn aus der Stadt bringen wollte.

Wernher quälte sich hinter Hubert her. Inzwischen hielt er es nicht mehr für einen guten Einfall, die Jagd auf den Mörder seines Herrn selbst anzuführen. Er war zu alt, zu gebrechlich, schlicht zu langsam. Hubert zerrte ständig an der Leine, und auch die anderen

Hunde waren in ihrem Jagdfieber kaum zu bremsen. Wernher musste sich eingestehen, dass er der Meute nur ein Klotz am Bein war. Enttäuscht gab er Huberts Leine in die Hand eines jungen Knechts.

»Seht zu, dass ihr das Schwein fangt. Ob tot oder lebendig, ist mir gleich. Ich folge euch, so gut es geht.«

Als hätten Hunde und Führer nur darauf gewartet, stürmten sie in die Nacht, einer unsichtbaren Fährte hinterher. Schweren Herzens sah Wernher ihnen nach und verlor sie in der Dunkelheit der engen Gasse schnell aus dem Blick. Er horchte auf das Gejaule und bereute es nun, sich im Hurenhaus auf die zeitraubende Befragung eingelassen zu haben. Vielleicht erwies sich die Verzögerung nun doch noch als folgenschwerer Fehler. Was, wenn es ihnen nicht gelang, den Mörder bis zum Sonnenaufgang und dem Öffnen der Stadttore zu stellen? Was, wenn der Kerl es schaffte, ein Pferd aufzutreiben? Immerhin schien er nun auch noch die Hilfe einer Hure zu haben.

Vielleicht hatte er den Mann unterschätzt. Vielleicht war es sogar seine Absicht, geradewegs ins Gerberviertel zu laufen. Der Gestank der Lohe würde die Bluthunde bei der Fährtensuche empfindlich stören. Blieben ihm die Hunde aber auf den Fersen, war die Jagd womöglich bald vorbei. Hinter dem Gerberviertel, jenseits der alten Römermauer, erstreckte sich ein wenig besiedeltes Gebiet mit vielen Baum- und Weingärten, mit Äckern und Wiesen bis hin zum Ring der neuen Stadtmauer. Viel freie Fläche, wenige Verstecke, wenig störende Gerüche. Dort gab es kein Entkommen vor den Hunden.

Wernher fiel zwar weiter zurück, aber er war auf dem richtigen Weg. Immer wieder kam er an offenen Fenstern vorbei, aus denen sich schlaftrunken Köpfe reckten, die wegen des Lärms lauthals nach den Hundeschlägern riefen.

Kurz vor der Römermauer hielt er inne. Dem Bellen nach zu urteilen, schloss er wieder zur Meute auf. Es musste etwas geschehen sein. Der Gedanke, dass seine Männer den Mörder gefasst haben könnten, verlieh Wernher Flügel. Er humpelte schneller und holte bald Hunde und Knechte ein. Sie standen gleich hinter der Römermauer vor dem Duffesbach.

»Was ist los?«, rief Wernher ihnen zu.

Der Knecht, dem er Hubert anvertraut hatte, kam ihm entgegen. »Wir haben ihn verloren. Er muss in den Bach gegangen sein. Die Hunde können keine Fährte mehr aufnehmen.«

Ja, er hatte den Mörder unterschätzt. Die Erkenntnis traf Wernher wie ein Faustschlag in die Magengrube.

»Wir bilden vier Trupps«, sagte er zähneknirschend. »Zwei gehen mit Hunden rechts und links des Ufers bachaufwärts und zwei bachabwärts. Irgendwo muss er ja wieder aus dem Wasser steigen.«

Der Zuber trieb träge auf dem Duffesbach, der sich wie ein schwarzes Band durch die schlafende Stadt wand. Häuser und Gärten zogen stumm an ihnen vorbei. Paulus hielt sich mit beiden Händen am Rand ihres Behelfsbootes fest und blickte zum Himmel auf. Es war eine sternenklare Nacht. Er schöpfte wieder Hoffnung. Das Bellen der Hunde, das ihnen wieder gefährlich nahe gekommen war, als sie den Bottich ins Wasser gezogen hatten, verhallte in der Ferne.

Der Duffesbach – auf diesen Einfall hätte er auch selbst kommen können. Um die Hunde abzuschütteln, gab es nur die Möglichkeit, ins Wasser zu gehen. In alten Zeiten hatte der Bach außerhalb der Stadt und vor der Römermauer gelegen. Inzwischen war Köln jedoch weit über sich hinausgewachsen und hatte den Duffesbach längst geschluckt. Am Bachtor nahm die Stadt ihn mit reinstem Quellwasser auf, durch das Filzengrabentor pinkelte sie ihn als braune Brühe in den Rhein. Die ungesunde Farbe erhielt der Duffesbach auf dem Weg durch die Stadt. Am Oberlauf wuschen die Leinenwäscher ihr Linnen, ein Stück weiter saßen die Rotgerber, die ihre Felle mit Eichenlohe gerbten und dem Wasser eine rote Farbe gaben, wieder ein Stück weiter tauften die Blaugerber den Lauf auf den Namen Blaubach, weil sie ihre Tuche und auch den Bach mit Waid blau färbten. Es folgten Weißgerber und Filzer, die gleichermaßen ihr Schmutzwasser in den Duffesbach gaben. Früher hatte man noch aus dem Wasserlauf trinken können, heute taten das nicht einmal mehr die Schweine.

»Keine schlechte Idee«, sagte Paulus und sah das Mädchen an, das ihm gegenübersaß.

»Ich weiß.«

»Und wie geht es weiter?«

»Wir lassen uns bis zur Mündung in den Rhein treiben, dann noch ein wenig rheinabwärts …«

»Wie denn?«, fuhr Paulus dazwischen. »Der Bach fließt unterirdisch durch das Filzengrabentor. Und das Tor selbst ist geschlossen. Wie wollen wir da rauskommen?«

»Das lass meine Sorge sein. Also noch ein wenig rheinabwärts, wir steigen aus, du gibst mir mein Geld, und dann gehen wir getrennte Wege.«

Paulus schüttelte den Kopf. »Nichts da. Die Münzen behalte ich, bis ich mir sicher sein kann, dass ich meine Verfolger abgeschüttelt habe. Dann können wir gern darüber reden, ob du die rechtmäßige Besitzerin des Gürtels bist.«

Die Kleine zog einen Stock hervor und hielt ihn Paulus unter die Nase. Er hatte sich gewundert, als sie den Stecken mit in den Zuber genommen hatte, doch nun glaubte er ihre Absicht zu kennen. »Ist das dein Dank dafür, dass ich dir gerade die Haut gerettet habe?«, maulte sie. »Ich könnte jetzt genauso gut das Viertel zusammenschreien und dich vor allen Leuten aller möglichen Dinge bezichtigen. Das ist *mein* Geld, hast du verstanden?«

Paulus lehnte sich zurück. »Ich habe nur eines verstanden. Meine Verfolger sind auch deine Verfolger. Wir sind beide auf der Flucht. Ganz gleich, wer von uns erwischt wird, der andere wird mitgefangen – und uns erwartet beide kein angenehmes Schicksal.«

Die Kleine verschränkte die Arme. »Das ist *mein* Geld«, beharrte sie.

Paulus zuckte mit den Schultern. »Es soll meinetwegen wieder deines sein, wenn ich in Sicherheit bin. Das Geld zahle ich gern zurück als Preis für mein Leben.«

Der Zuber begann sich sanft zu drehen. Unter anderen Umständen hätte er diese Bootsfahrt bestimmt genossen.

»Achtung, Kopf einziehen!«, sagte das Mädchen plötzlich.

Paulus kam der Aufforderung gerade noch rechtzeitig nach. Sie fuhren unter einer kleinen und niedrigen Holzbrücke durch, die aus kaum mehr als ein paar Bohlen bestand und ihnen für einen Atemzug den Blick zum Himmel nahm.

»Heiliger Christophorus, das war knapp.« Paulus sah der Brücke nach, die hinter ihnen kleiner wurde.

»Du stehst immer tiefer in meiner Schuld.«

»Na ja, die Beule hätte ich wahrscheinlich überlebt.«

»Vielleicht«, sagte das Mädchen und reckte den Kopf aus dem Zuber. »Wir sind gleich am Ende des Rotgerberbachs angekommen. Wenn es in den Blaubach geht, müssen wir aufpassen.«

»Aufpassen? Worauf?«

Die Kleine stieß den Stock in den Bachgrund und drückte den Zuber ein Stück näher ans linke Ufer. »Darauf, dass wir nicht unfreiwillig den Abzweig in den Perlengraben nehmen.«

Paulus wandte den Kopf zum anderen Ufer. Rechter Hand sah er, wie sich die Sterne auf einem zweiten Bachlauf spiegelten, der vom Duffesbach abging. »Das hast du schon öfter gemacht, oder?«

»Oft genug, um zu wissen, dass gleich ein weiterer Abfluss in Richtung des Georgsstiftes folgt.«

»Du bist schon mehrmals mit einem Waschzuber den Duffesbach hinuntergefahren?«

Sie kicherte. »Ich sagte doch, ich hatte mal einen Liebsten, der Rotgerber war. Es bereitete ihm großes Vergnügen, mit mir auf diesem Weg spätabends die Stadt zu verlassen. Tatsächlich glaube ich, dass er nur mit mir allein sein wollte.«

Welch ein Früchtchen. Wie alt mochte sie sein? Kein Kind jedenfalls mehr. Er hatte schon öfter gehört, dass sich Liebende in der Nacht heimlich auf das Werthchen stahlen. Die kleine Insel, auf der Werftarbeiter tagsüber Schiffe ausbesserten, lag ein Stück rheinaufwärts vor der Stadt. Auch Paulus hatte sich dort schon mit seiner Angela getroffen, vor gar nicht allzu langer Zeit. Vom Ufer aus war es nur einen Steinwurf bis zu der Flussinsel.

»Das Werthchen, das ist es!« Hinaus auf den Rhein, nur weg von der Stadt.

Wieder kicherte die Kleine. »Dir sollte der Kopf nach anderen Dingen stehen.«

»Hör auf mit dem Unsinn. Bring mich aus der Stadt, dann bring ich uns an einen sicheren Ort.«

»Gibst du mir dann mein Geld?«

Paulus rieb sich die Nase. »Sagen wir so: Wenn du mich *nicht* dorthin bringst, kriegst du auch das Geld nicht.«

Das Mädchen gab ein abfälliges Geräusch von sich und lehnte sich wieder ein wenig aus dem Zuber, um mit dem Stock den Kurs zu berichtigen. Sie trieben am nächsten Abzweig vorbei. Paulus schätzte, dass sie sich bald in Höhe des Waidmarkts befanden. Er sah seine Vermutung bestätigt, als sie wenig später die gemauerte Brücke am Steinweg unterquerten. Sie näherten sich der Mündung.

»Wie heißt du?«, fragte die Kleine.

»Warum willst du das wissen?«

Sie rutschte tiefer in den Zuber. Ihre Stimme war kaum mehr als ein Hauchen. »Immerhin verbringe ich die Nacht mit dir.«

Paulus konnte das anzügliche Lächeln nicht sehen, aber er glaubte es zu hören. Er schüttelte den Kopf. Was für ein durchschaubares Gebaren. Mal war sie Kind, mal Frau, ganz so, wie es gerade erforderlich war. Nein, dieses Mal war sie nicht Frau. Sie war Hure. Sie versuchte, ihn zu betören, weil sie das Geld von ihm wollte. »Paulus. Und du?«

»Jenne. Jenne Schönauge.«

Als er den Namen hörte, fiel ihm ein, was er in der Dunkelheit ganz übersehen hatte. Das Mädchen trug eine Augenklappe.

»Rutsch näher zu mir«, forderte sie ihn auf.

»Bitte?«

»Jetzt komm schon her.«

Jenne packte seine Füße und zog ihn auf dem Hosenboden zu sich herüber. Er sank tiefer in den Zuber und stieß sich den Hinterkopf am Wannenrand.

»He!«, rief Paulus. Diese Jenne hatte ganz schön viel Kraft in ihren Armen. Ehe er sich versah, hatte sie sich auf seine Oberschenkel gesetzt und ihre gespreizten Beine um seine Hüften geschlungen. »Was soll das?«

»Strampel nicht so, ich will nichts von dir. Aber wir müssen uns nun kleiner machen und unser Gewicht besser verteilen. Gleich wird es ein bisschen holprig.«

Nach allem, was er in dieser Nacht erlebt hatte, wagte Paulus es nicht, Jennes Vorgaben in Zweifel zu stellen. Als sich die Wanne so drehte, dass er in Fahrtrichtung blicken konnte, ahnte er, was nun kommen würde. Vor ihnen reckte sich das Filzengrabentor in die Nacht empor.

Als Dombaumeister Gerhard nach Hause zurückkehrte, brachte er all seine trüben Gedanken mit heim, sowohl die Sorge um den verschwundenen Werkmeister Burkhart als auch den Ärger über die anhaltenden Diebstähle auf der Dombaustelle. Seine Guda lag schon längst im Bett. Gerhard schaffte es gerade noch, einen Kienspan an seiner Laterne zu entzünden, bevor der letzte Rest Öl verbrannte und sie erlosch. Er steckte den Span in einen schmalen Krug und sah sich in der Kammer um. Auf dem Tisch stand eine zugedeckte Schüssel. Gerhard setzte sich und hob das Tuch an. Die gute Guda. Sie hatte das Huhn nicht angerührt, sondern für ihn stehen lassen. Aber er hatte kein Verlangen nach Essen. Die ergebnislose Suche nach seinem Werkmeister war ihm auf den Magen geschlagen. Auf der Dombaustelle war Burkhart zuletzt vor mehreren Stunden gesehen worden, seine Wohnung war leer, und auch in den Wirtshäusern, die für gewöhnlich von seinen jungen Steinmetzen und Tagelöhnern besucht wurden, war Gerhard nicht fündig geworden.

Er ballte die Hand zur Faust, besann sich jedoch, bevor er auf die Tischplatte schlug. Gewalt war kein Mittel gegen Sorgen.

Aber Untätigkeit auch nicht, und es machte Gerhard zu schaffen, dass er mit seinem Latein am Ende war. Seine Befürchtung wuchs sich langsam zur Gewissheit aus: Burkhart musste etwas zugestoßen sein. Anders ließ sich sein Verschwinden nicht erklären. Gerhard stützte den Kopf auf der Hand auf und sah dem Kienspan beim Abbrennen zu. Es war viel Harz im Span, sodass die Flamme unruhig flackerte.

Gerhards Schwermut wuchs. Gleich morgen früh würde er das Verschwinden des Werkmeisters anzeigen müssen. Das war kein gutes Vorzeichen für sein gigantisches Vorhaben.

Kurz bevor der Kienspan erlosch, deckte Gerhard das Huhn wieder zu. Es sollte morgen nicht nur Guda, sondern auch seinen ungeborenen Sohn stärken.

Mit einem Mal verschwand der Sternenhimmel über ihnen. Es war stockfinster. Das leise Plätschern des Baches hallte von allen Seiten wider und schwoll allmählich an.

»Unten bleiben«, sagte Jenne. »Über uns sind Bretter und Planken. Die sind aber so alt, dass inzwischen Gras und sogar Sträucher darauf wachsen. Vielleicht hast du deshalb gemeint, dass der Bach unterirdisch fließt. Wir treiben geradewegs unter dem Tor hindurch.«

Der Zuber passte knapp unter die Decke des Tunnels und gewann allmählich an Fahrt. Paulus fühlte sich wie der Kirschkern im Mund eines Riesen, der sich anschickte, an einem Weitspuckwettbewerb teilzunehmen. Der Zuber stieß irgendwo an und drehte sich schnell, dann ruckelte es, als würden sie auf dem Hosenboden eine Stiege hinunterrutschen. Mit einem Rauschen spie der Bach sie in den Rhein. Der Zuber tauchte ein Stück ein, sodass Wasser hineinlief.

»Scheiße!«, rief Paulus, der nun mit dem Hintern in einer Pfütze saß und doch heilfroh war, den Guss überstanden zu haben, ohne dass sie gekentert waren.

Der Rhein erstreckte sich vor ihnen wie eine glänzende Klinge, die von unsichtbarer Hünenhand durch das dunkle Land geschoben wurde. Auf dem flüssigen Stahl tanzte das Licht eines Gasthofes in Deutz, das am anderen Ufer gelegen war. Paulus erkannte auf einen Blick, dass es mehr als nur ein nasses Hinterteil geben würde, wenn er nicht sofort handelte. Er sprang hinaus, bevor ihr Zuber in tieferes Wasser und mitten zwischen die oberländischen Schiffe treiben konnte, die an diesem Teil der Hafenmauer vor Anker lagen und ihre Bäuche in das Wasser drückten. Bis zur Hüfte versank er im Rhein und hielt den Wannenrand fest, damit Jenne nicht mitsamt dem Zuber umkippte.

»Und was jetzt?«, fragte sie.

»Nur ruhig Blut. Ich weiß, was ich mache. Wir müssen in die andere Richtung, nicht flussabwärts.«

»Und du bleibst im Wasser, damit die Hunde deine Fährte nicht wieder aufnehmen können.«

»Ja, ja.«

Paulus zog den Zuber gegen die Strömung, die so nah am Ufer nicht stark war. Er stapfte über die Einmündung des Duffesbachs hinweg und wunderte sich, wie wenig Wasser sich in den Rhein ergoss. Dabei hätte er schwören können, eben eine Wildwasserfahrt hinter sich gebracht zu haben. Er blieb nah am Ufer, das hier nicht aus einer Hafenmauer, sondern aus einem Knüppeldamm bestand, der tagsüber den Hufen der Treidelpferde Halt gab.

Bald fand er, wonach er Ausschau hielt. Auf dem Ufer lag eine Esche. Das Boot eines Fährmanns ließ sich leicht durch den Fluss bewegen, weil es schmal und sehr flach war. Paulus schob den Zuber zu der Esche und half Jenne beim Umsteigen. Nur etwa hundert Schritte musste er noch durchs Wasser waten, dann waren sie in Höhe des Werthchens angelangt. Er schwang sich an Bord, nahm das Ruder und stieß die Esche vom Ufer ab. Dank einiger kräftiger Schläge näherten sie sich schnell der Insel.

»Was hast du vor?« Jennes Stimme zitterte leicht.

Paulus konnte ihr die Unsicherheit nicht verdenken. Vermutlich wurde ihr mit dem Blick auf das schwindende Ufer bewusst, dass sie im Begriff war, an der Seite eines gesuchten Verbrechers mitten in der Nacht die Stadt zu verlassen und auf den Rhein hinauszurudern. Zudem noch eines Verbrechers, der keine Zeugen gebrauchen konnte, sehr wohl aber ihr Geld.

»Keine Sorge, ich werde dir nichts tun«, sagte er.

Jenne rutschte hin und her, sah zurück zur Stadt und dann wieder hin zur Insel, deren Umriss sich rasch vergrößerte. »Was hast du verbrochen?«

Offenbar wollte sie ausloten, wie gefährlich er war. »Nichts«, sagte Paulus knapp.

Ihm stand nicht der Sinn nach einer wortreichen Erklärung, denn sie umrundeten die Spitze der Insel, und er musste nun höllisch aufpassen, dass die Esche den Kurs hielt. Gleich verließen sie den Schutz des Werthchens und kamen auf offenes Wasser mit stärkerer Strömung.

»Und warum suchen sie dich dann?«

»Jetzt halt doch endlich mal die Klappe!«

Jenne duckte sich. Und schon tat Paulus sein Schelten leid. Vielleicht war es nur wieder eine ihrer Maschen. Vielleicht aber war sie völlig verängstigt und fürchtete um ihr Leben. Dabei war Paulus ihr etwas schuldig. Er hatte sie bestohlen, und sie hatte ihn heil aus der Stadt gebracht.

»Verzeih«, brummte er, und sein schlechtes Gewissen wuchs noch weiter, als er daran dachte, was er ihr gleich antun würde. Ihre Sorgen waren nicht unbegründet. Er konnte keine Zeugen gebrauchen. »Ich erkläre dir alles, wenn wir da sind.«

»Da?«, flüsterte sie.

Paulus stach das Ruder kräftig ins Wasser. Mit dem Kopf deutete er hinüber zu den Lichtern mitten auf dem Rhein.

Konstantin, den man den Kneifer nannte, torkelte heimwärts. Es war weniger die Dunkelheit, die ihm Schwierigkeiten bereitete, einen Fuß sauber vor den anderen zu setzen, als vielmehr eine ungesunde Mischung aus Schmerz und Trunkenheit. Seit Tagen plagte ihn ein Zahnweh, das sich erst mit einem leisen Pochen bemerkbar gemacht hatte, bald aber zu einem wüsten Hämmern herangewachsen war. Konstantin ahnte gleich, was ihm widerfahren war, und Daem, der Apotheker vom Neumarkt, hatte nach gründlicher Untersuchung seinen Verdacht bestätigt – er hatte sich irgendwie, irgendwo einen Zahnwurm eingefangen. Der zweite Backenzahn unten rechts klopfte und polterte, er schien gar aus dem Kiefer springen zu wollen, was Konstantin ihm gar nicht übel genommen hätte, wenn mit ihm nur der Schmerz verschwunden wäre.

Eine Woche lang hatte Kräutermann Daem seine Kunst angewandt. Doch weder das mehrmalige Räuchern des Mundes mit Aloe und Myrrhe, wie es Hildegard von Bingen empfahl, noch das Einatmen von Bilsenkraut- oder Weihrauchdämpfen vermochten den Zahnwurm zu töten oder wenigstens zu vertreiben. Der Wurm fraß sich reichlich satt. Bei einer der Räucherungen hatte Konstantin in seiner Not zu heftig eingeatmet, sich verschluckt und mit der heißen Luft beim Husten zu allem Überfluss die Nase verbrannt. Schlussendlich hatte Daem ihm ein weiteres Mal Geld für die sündhaft teuren Kräuter abgenommen, die Schultern gehoben und mit vermutlich ehrlichem Bedauern mitgeteilt, nichts mehr für ihn tun zu können. Der Apotheker riet zur Extraktion. Aber Konstantin fürchtete diesen Schmerz noch mehr als den Zahnwurm.

Und so sagte er seinem Peiniger den Kampf an. Den ganzen Abend und die halbe Nacht brachte er mit dem Versuch zu, den Wurm zu ertränken, und gab sich dabei der Hoffnung hin, saurer Wein könne dies besser bewerkstelligen als Wasser oder auch Gruitbier. Im »Schwarzen Schwan« unten im Hafen hatte Konstantin sich erst auf dem richtigen Weg gewähnt. Doch musste er sich eingestehen, dass die vorübergehende Linderung einzig auf die betäubende Wirkung des Weines zurückzuführen war und nicht etwa auf das Ableben des Wurmes.

Als ihm dann auch noch bei einem Tanz auf einem beunruhigend wackligen Tisch schlagartig bewusst wurde, dass sein Verhalten seinem Amt als Büttel und seiner Würde wenig angemessen war, fasste er einen – halbwegs – ernüchternden Beschluss. Er wollte nach Hause gehen, versuchen, ein paar Stunden zu schlafen, und gleich am Morgen einen Zahnbrecher ans Werk und damit leider Gottes auch an seinen Kiefer lassen.

Vorausgesetzt, er schaffte es in diesem Zustand und in der Dunkelheit überhaupt bis in sein Bett. Da seine Füße immer noch dem Wein und noch nicht seinem Willen gehorchten, schien Konstantin der kratzige Strohsack so unerreichbar wie der Garten Eden. Dabei hatte er es gar nicht mehr weit. Er tapste die Stolkgasse hinunter, trat einem schlafenden Hund auf den Schwanz, der sich wohl der Schwüle der Nacht wegen mitten auf den Weg gelegt hatte, und stolperte fluchend die letzten Schritte bis zu seiner Tür. Während er dem jaulend flüchtenden Tier eine aufrichtig gemeinte Entschuldigung hinterherlallte, bemerkte Konstantin, dass die Tür offen stand.

Und durch den Spalt fiel ein schwacher Lichtstrahl.

Der Schreck machte ihn nicht nüchtern, aber auch nicht ängstlich. Konstantin war gesegnet mit dem Wuchs eines Baumes, und selbst trunken und taumelnd war er eine imposante Erscheinung. Er stieß die Tür auf und trat ein.

Mitten im Raum stand ein Mann, der ihm den Rücken zugewandt hatte. Der Eindringling drehte sich um.

»Na, endlich«, sagte er.

Konstantins Anspannung fiel ein wenig von ihm ab. Er kannte den Mann. Das war kein Dieb, sondern einer der Schöffen. Konstantin schüttelte sich und versuchte, halbwegs Haltung anzunehmen. Und er versuchte, sich an den Namen des Mannes zu erinnern. Es wollte ihm nicht gelingen.

»Was führt Euch zu dieser Stunde in mein Haus, Herr?«

Der Schöffe atmete schwer. »Morde, Konstantin, Morde.«

Konstantin spürte wieder das Pochen unten rechts in seinem Kiefer. Und knapp zwei Handbreit darüber kündigte sich bereits ein ausgewachsener Kater an.

»Kann das nicht noch ein paar Stunden warten?«, sagte er und wusste im gleichen Augenblick, dass die Frage unangebracht war.

Wenn sich ein Schöffe mitten in der Nacht zu ihm bemühte, tat er das gewiss aus gutem Grund.

»Das kann es nicht«, sagte der Mann in einem Ton, der keinen Widerspruch duldete, und mit einem Blick, der Missfallen über Konstantins erbärmlichen Zustand kundtat.

»Was ist geschehen?«

»Ein Unbekannter hat in dieser Nacht drei ehrbare Kölner Bürger heimtückisch ums Leben gebracht, vielleicht sogar noch weitere.«

»Wen?«

»Die Herren Hermann Mummersloch, Gerhard Quatermart und Hartmann Gir.«

Konstantin verlieh seiner Überraschung mit einem Pfiff Ausdruck. Und wieder wusste er gleich, dass diese Lässigkeit ungehörig war. Denn als er sich die Gesichter zu den Namen ins Gedächtnis rief, fiel ihm wieder ein, wer da vor ihm stand. Die Ähnlichkeit des Sohnes mit dem Vater war augenfällig – hervorstehende Augen, krumme Nase, langer Hals und eine wirklich sehr, sehr hohe Stirn. Sein nächtlicher Gast war der Schöffe Theoderich Gir, ältester Sprössling des Kaufmanns Hartmann Gir.

»Seid Ihr sicher?«, fragte Konstantin.

»Ich war dabei, als mein Vater ermordet wurde.«

»Das heißt, Ihr habt den Mörder gesehen?«

Theoderich seufzte. »Nein. Es ging alles so schnell. Wir Söhne saßen mit Vater zusammen, um über eine große Handelsreise in die Lombardei zu beratschlagen, als der Mörder ihn und uns überlistete. Wir haben alle miterlebt, wie unser Vater erstochen wurde. Aber keiner hat den Mörder zu Gesicht bekommen.«

»Und bei den anderen Opfern?«

»Da ist es ähnlich. Beim Mummersloch hat eine Magd zwei Männer gesehen. Auch die Familie hat wohl einen kurzen Blick auf einen der Kerle werfen können, aber er war im Gesicht derart blutverschmiert, dass sie keine vernünftige Beschreibung von ihm zu geben vermochte. Noch etwas – alle drei Morde müssen nahezu zur selben Zeit begangen worden sein. Im Viertel war mit einem Schlag ein großes Geschrei. Zur Erleichterung Eurer Arbeit habe ich bereits alle möglichen Zeugen in den Hof meines Vaters bitten lassen.«

»Dann sollten wir gehen«, sagte Konstantin und wandte sich zur Tür.

Seine Aufgabe war es, Verbrechen zu verfolgen und Verbrecher dem Gewaltgericht zuzuführen. In diesem Fall tat er es nicht gern. Zahnwurm und Kater genügten ihm für heute Nacht. Ihm stand nicht der Sinn danach, die Morde an drei stinkreichen Kölnern aufzuklären, schon gar nicht unter den Augen eines rachedurstigen, trauernden Schöffen. Zumal die Fälle in wenigen Stunden ganz Köln erschüttern würden. Dessen war er sich sicher.

Doch Konstantin, den man den Kneifer nannte, hatte seines Amtes als Kölner Büttel zu walten.

Als auch die letzten beiden Trupps zurückkehrten, wusste Wernher, dass er gescheitert war. Der Mörder seines Herrn war entkommen. Er hätte sich selbst in den Hintern treten können. Im Hurenhaus waren sie so nah dran gewesen an dem Kerl, aber er alter Narr war zu verdammt hochmütig gewesen. Wie hatte er nur glauben können, ihm einen Vorsprung lassen zu dürfen, und sei er noch so klein.

»Irgendetwas? Haben die Hunde auch nur kurz irgendwo angeschlagen?«, fragte er.

Die einzige Antwort war ein kurzes Kopfschütteln. Wernher sah in enttäuschte Gesichter. Auch die Hunde waren still. Sie hatten ihr Jagdfieber verloren. Die Hatz war vorbei.

Wernher wollte nicht zurück zum Mummerslocher Hof, denn er wollte die schlechte Nachricht nicht der Familie übermitteln. Doch blieb ihm keine Wahl.

»Also gut, kehren wir heim. Aber teilt euch auf, geht mit den Hunden unterschiedliche Wege. Vielleicht nehmen sie unterwegs doch noch seine Fährte wieder auf.« Viel Hoffnung hatte Wernher nicht.

Auf dem Wasser spiegelten sich die Lichter einer Lampenkette. In vier Reihen lagen dort vor dem Werthchen die sechsunddreißig Mühlenschiffe vor Anker, gut gezimmerte Flöße mit einem breiten Wasserrad und einer Holzhütte, in der schwere Mühlsteine das Mehl für die gesamte Stadt mahlten. Alle Schiffe trugen Namen,

Hilger, Otto und Johann etwa, meist nach ihren ersten Besitzern, und sie alle waren im Besitz von Kölner Bürgern.

Nur eines nicht.

In der letzten Reihe außen, fast in der Flussmitte, dort, wo die Strömung am stärksten war, lag die Summus. Es war die Mühle des Domkapitels. Ihr Müller hieß Barthel, und Paulus war noch nie so froh wie jetzt gewesen, Barthels Bruder zu sein. Die Summus würde ihm sicheren Unterschlupf gewähren. Wenigstens für diese Nacht. Paulus steuerte die Esche vorsichtig an die Schiffsmühle und stieß mit dem Boot wegen der Dunkelheit doch hart ans Plankendeck. Mit einem Tau band er die Esche fest und sprang an Bord, Jenne folgte nach kurzem Zögern. Paulus trat ans Mühlenhaus und versuchte, die Tür zu öffnen. Sie war verschlossen.

»Wir werden die Nacht hier draußen verbringen«, rief er gegen den rauschenden Lärm des Mühlrads an. »Der alte Ulf schläft da drin, aber ihn könnte allenfalls der Ruf zum Jüngsten Gericht wecken. Oder ein Schaden am Mühlrad oder am Mahlwerk natürlich. Er ist fast stocktaub. Ihr habt übrigens etwas gemeinsam. Ihr könnt beide zur heiligen Katharina beten.«

»Wieso?«

Paulus zog eine große geölte Plane von rund einem Dutzend prall gefüllter Mehlsäcke und bedeutete Jenne, es sich auf ihnen bequem zu machen. »Weil Katharina die Beschützerin der Mädchen und Jungfrauen ist und dazu auch bei Leiden der Zunge hilft.«

»Mit meiner Zunge ist alles in Ordnung.«

»Mit deiner vielleicht, nicht aber mit Ulfs Zunge. Er spricht manchmal ein wenig seltsam.«

Jenne wollte gerade ihr Nachtlager prüfen, als Paulus sie unvermittelt auf die Säcke stieß. Ehe sie sich versah, hatte er ihre Arme auf den Rücken gedreht und mit einem Seil gefesselt. Wenn er eines im Hafen gelernt hatte, dann schnell und fest einen Knoten zu binden. Jenne öffnete den Mund, doch bevor sie losschreien konnte, hatte Paulus ihr schon ein Tuch zwischen die Zähne gedrückt.

»Verzeih«, sagte er.

Sie strampelte und wand sich wie eine Katze im Sack. Als sie merkte, dass ihr Widerstand vergebens war und der Knoten sich nur noch weiter zuzog, fügte sie sich in ihr Schicksal. Paulus bettete sie auf die Mehlsäcke.

»Verzeih«, sagte er noch einmal, während er sie mit leeren Säcken zudeckte. »Ich habe keine Wahl. Ich kenne dich nicht, und alles, was ich von dir weiß, beweist mir eigentlich nur, wie wenig ich dir vertrauen kann. Du bringst deinen Freier um sein ganzes Geld. Du weißt, wie man die Turmwächter überlistet und mitten in der Nacht aus der Stadt gelangt. Und du gibst dich ausgerechnet in einem Hurenhaus als Jungfrau aus und hattest doch einen Liebsten, mit dem du dich aufs Werthchen gestohlen hast, um dort wer weiß was zu treiben. Verstehe mich bitte nicht falsch. Ich bin dir zu Dank verpflichtet. Aber ich darf kein Wagnis eingehen. Niemand kann mir eine Gewähr geben, dass du nicht in der Nacht verschwindest, um mich ans Messer zu liefern und deine Haut zu retten. Verstehst du das?«

Sie nickte. Sie verstand. Paulus' schlechtes Gewissen wuchs.

»Versprichst du mir, nicht zu schreien, wenn ich dir den Knebel abnehme?«

Wieder nickte sie. Als Paulus das Tuch aus ihrem Mund zog, holte Jenne tief Luft und versuchte dann, Fussel auszuspucken. Sie schrie nicht, aber der Blick, den sie ihm in der Dunkelheit zuwarf, dürfte die Schärfe eines Messers gehabt haben. »Aber wenn du mir die Fesseln abnimmst, kratze ich dir die Augen aus.«

»Damit werde ich leben müssen«, sagte Paulus, nun schon mit deutlich leichterem Herzen. »Vielleicht belässt du es ja bei einem Auge, damit wir beide künftig die gleichen Voraussetzungen haben.«

»Sehr witzig, wirklich.«

Paulus legte sich neben sie. »Mir steht nicht der Sinn danach, besonders witzig zu sein.«

Jenne versuchte, sich trotz der Fesseln halbwegs bequem auszustrecken. »Du wolltest mir noch verraten, was dich so liebreizend macht, dass dich eine Hundemeute hetzt.«

Er nickte. »Ich wurde in eine Falle gelockt. Jemand hat in dieser Nacht drei Tuchhändler vor ihren letzten Richter geschickt und es so aussehen lassen, als sei ich ihr Henker gewesen. Und dabei war er sehr geschickt.«

»Du weißt, wer es war?«

»Ein Mann, der sich Nox nennt und mit der Zunge eines Niederländers spricht.«

»Dann geh doch zum Hochgericht.«

Paulus brummte. »Du bist nicht nur frech, sondern auch einfältig.«

»Dann mach doch, was du willst«, sagte sie und schloss die Augen.

Paulus tat es ihr nach. Er war hundemüde und versuchte zu schlafen, aber er brauchte lange, um zur Ruhe zu kommen, auch wenn er sich nun halbwegs sicher fühlte. Sehr lange. Paulus lauschte. Kein Hundegebell. Keine Jäger. Nur das eintönige, machtvolle Rauschen des Wassers im Mühlrad war zu hören. Es war ein beruhigendes Geräusch, und das war gut. Es würde ihn schon noch in den Schlaf bringen, irgendwann. Paulus hob ein Lid und sah Jenne an. Sie schien bereits eingenickt zu sein. Ihr Atem ging schwer und regelmäßig. Kein Wunder, dass sie schon schlief, auf ihren Schultern lastete kein solches Gewicht wie auf seinen.

Die Mehlsäcke waren ein wenig von ihr heruntergerutscht. Weil es zwar noch immer schwül war, so weit draußen auf dem Rhein aber doch oft ein frischer Wind wehte, streckte Paulus den Arm aus, um Jenne wieder zuzudecken.

»Denk nicht mal dran.«

Paulus zuckte zurück. Sie hatte ihn schon wieder überrascht. »An was?«

»Das weißt du genau.«

»Ich wollte dich nur zudecken.«

»Erzähl das deiner Mutter. Ich kenne euch Kerle. Lass bloß die Finger von mir. Wenn du noch mal versuchst, mich anzufassen, werde ich doch schreien.«

»Wenn du schreist, werfe ich dich ins Wasser. Mitsamt der Fesseln.«

»Ich kann nicht schwimmen.«

»Umso besser.« Paulus schüttelte den Kopf und drehte sich auf die andere Seite. Es war heute sicher nicht sein schlechtester Einfall gewesen, die Kleine zu fesseln. Was für ein unberechenbares Biest.

Und was für ein Tag.

Er sah den Rhein hinab, dorthin, wo das Kriegsschiff liegen musste. Dorthin, wo das Unheil seinen Anfang genommen hatte.

Vor ein paar Stunden noch hatte er an das Gute in den Menschen geglaubt, hatte er noch gehofft, den Riss in seiner Familie flicken zu können. Doch seine zerstrittenen Brüder waren nun sein kleinstes Problem. Sein Leben war ein einziger Scherbenhaufen. Hätte er doch nur diesen verfluchten Auftrag nicht angenommen. Hätte er doch nur auf Kassandra gehört.

Bilder flogen in Fetzen durch Paulus' Kopf. Der im Todeskampf zappelnde Mummersloch. Die weinende Witwe. Der hämisch winkende Nox. Seine sprachlose Angela. Seine halb nackte Mutter. Die Hunde. Die blutige Leber im Zelt der Wahrsagerin. Die blitzende Silbermünze.

Und durch die Bilder wirbelten Wörter. *Saulus, Paulus, drei Söhne, Mummersloch, Mauerloch, mein Herr Bazobo …*

Paulus schüttelte sich, als könnte er so die Erinnerungen abwerfen. Was tun?

In ein paar Stunden könnte er sich in die Esche setzen und sich einfach den Rhein hinabtreiben lassen, am besten gleich bei Sonnenaufgang. Im nächsten oder übernächsten Hafen schon, wo ihn niemand kannte, könnte er sein Leben von vorn beginnen. Oder er steuerte die Esche noch weiter, bis zur Mündung, heuerte auf dem nächstbesten Schiff an und fuhr zur See, weit weg von dem, was geschehen war. Aber ganz gleich, wofür er sich entschied, alles bedeutete, dass er sein altes Dasein aufgeben musste.

Nein, das durfte nicht sein. Und zwar nicht nur, weil er an Angela hing. Er weigerte sich zu fliehen, weil er schlicht und ergreifend unschuldig war. Auch wenn es niemand sah – an ihm haftete der Makel, ein gesuchter Mörder zu sein, so wie der Geruch des Blutes, den die Hunde gewittert hatten, an ihm klebte. Er musste sich von diesem Makel reinwaschen.

Es konnte auch nicht Gottes Wille sein, dass sein Leben diese Wendung nahm. Nicht jetzt, nicht nachdem er sich entschieden hatte, ein ehrbares und gerechtes Leben zu führen. Nein, es musste eine Prüfung sein, die der Herr ihm auferlegte, so wie sie Hiob hatte erdulden müssen. Der Prüfung würde Paulus sich stellen.

Und er hatte noch eine Rechnung offen. Nox schuldete ihm für seine Dienste noch die versprochene zweite Münze. Die würde Paulus sich holen.

Die lange Reise hatte Bruno ausgezehrt, ja beinahe aufgefressen, mit jeder Meile, mit jedem Tag ein wenig mehr, bis nur noch ein kraftloser Körper mit dünnen Ärmchen und Beinchen übrig geblieben war. Seine Enkelsöhne waren bereits in Sorge um sein Leben gewesen, so sehr war Bruno verfallen. Doch ein Abbruch der Fahrt war nicht in Frage gekommen, weder für ihn noch für seine Enkel. Für die beiden Jungen nicht, weil die Heimat weiter entfernt war als das Ziel und eine Rückkehr noch unvernünftiger als die Weiterreise. Für Bruno nicht, weil dies ohnehin die letzte Reise war, die er auf Erden tun wollte.

Köln sehen.

Köln, die heilige Stadt.

Köln, das Rom des Nordens.

Das Köln der Heiligen Drei Könige und der elftausend Jungfrauen.

Das Köln, in dem so viele Gebeine von Heiligen verehrt wurden wie in keiner anderen Stadt der Christenheit außer Rom.

Das verhasste Köln.

Es kam Bruno wie ein schlechter Scherz vor, dass er den gleichen Namen trug wie der Erzbischof, der diese Stadt erst wirklich groß gemacht hatte. Vor dreihundert Jahren hatte Erzbischof Brun die wichtigsten kaiserlichen Privilegien ergattern können, die Köln auf Jahrhunderte zur mächtigsten Stadt im Reich machen sollten, darunter das Recht, die Stadt zu befestigen, Märkte abzuhalten, Münzen zu schlagen und Steuern zu erheben. Schwer war dies Brun nicht gefallen. Der großzügige Kaiser war sein Bruder gewesen.

Wenigstens waren sie noch rechtzeitig nach Köln gekommen. Der Dom stand noch in seiner Gänze, es war noch nicht zu spät.

»Bringt mich nach oben«, sagte Bruno mit kratziger Stimme.

»Ach, Großvater, es ist stockdunkle Nacht. Von da oben kannst du ohnehin nicht mehr sehen als von hier …«

»Tut es einfach!«

Guido nahm ihn allein auf den Arm, während Otto die Leiter auf das Achterkastell hinaufstieg. Otto war der ältere der beiden Brüder und weitaus kräftiger gebaut. Er zog seinen Großvater hoch und trug ihn zur Brüstung.

»Setz mich ab.«

»Du bist noch zu schwach, Großvater.«

Bruno versuchte, seinen Zorn im Zaum zu halten. Jede Aufregung kostete ihn nur noch mehr Kraft. Leider hatte die Familie nur diese beiden Hohlköpfe entbehren können. Nachgeborene, die man eigentlich ins Kloster hätten geben sollen. Weichlinge, Guido noch mehr als Otto. Wenigstens hatte er sie von seiner Sache überzeugen können. Ergeben und gewissenhaft würden sie wohl sein. Aber die wirklich wichtige Arbeit würden andere erledigen müssen.

»Setz mich ab«, wiederholte Bruno mit Nachdruck.

Otto stellte ihn auf die wackligen Beine. Bruno krallte sich an der Brüstung seines Schiffes fest und sah auf Köln hinaus. Der Dom malte einen schwarzen Umriss in die Nacht. Ringsherum funkelten die Sterne am Himmel wie Zuschauer, die gebannt hinab auf die Stadt blickten, die sich hinter einer mächtigen Mauer verschanzt hatte. Verschanzt vor ihm, dem hageren Greis. Mit einem wohligen Kribbeln kehrte das Leben in Brunos Glieder zurück.

Da flog über die Bordwand ein schwarzes Etwas und landete fast geräuschlos auf dem Mitteldeck. Der Schreck jagte noch mehr Leben durch Brunos Körper. Otto griff nach seinem Schwert und stellte sich vor seinen Großvater, Guido hingegen, der immer noch unten auf Deck war, sprang zurück und schrie leise auf. Vor ihm richtete sich ein Mann auf.

»Nur die Ruhe«, sagte Nox. »Ich bin zurück.«

»Du gottverdammte Ausgeburt einer flandrischen Hure! Kannst du nicht so an Bord unseres Schiffes kommen, wie es sich für ein gewöhnliches Mitglied der Besatzung gehört?« Otto hatte sich als Erster wieder gefangen und stand fluchend an der Brüstung. Mit vor Wut funkelnden Augen sah er auf Nox hinab.

»Bin ich nur ein gewöhnliches Mitglied der Besatzung für Euch? Dann bleibe ich von nun an auf dem Schiff. Vielleicht wollt Ihr ja meine Aufgaben erledigen?« Der Spott in Nox' Stimme war unüberhörbar. »Aber nein, das geht ja nicht, weil Euer Großvater Euch das, was mir aufgetragen ist, nicht zutraut.«

»Großvater!«, rief Guido flehentlich zum Achterdeck hinauf.

Eben noch hatte Bruno Nox zurechtweisen wollen. Aber nach Guidos jämmerlicher Bitte um seinen Beistand verkniff er sich den

Tadel. Schwächlingen wollte er nicht zur Seite stehen. Nox hingegen war ein Draufgänger, verwegen und entschlossen. Auch nun zollte Bruno ihm heimlich Respekt. Es war ein Kunststück, eine Stadt mit geschlossenen Toren in der Nacht zu verlassen. Der Teufel wusste, wie Nox das gelungen war.

»Ist der Weg bereitet?«, fragte Bruno.

Nox nickte. »Das ist er, Herr.«

»Danke. Zieh dich zurück.«

Nox deutete eine Verbeugung an und stieg durch eine Luke so leise unter Deck, wie er an Bord gekommen war.

»Großvater?«

»Ja, Otto?«

»Du weißt: Wer mit Hunden schläft, wacht mit Flöhen auf.«

Ohne ein weiteres Wort stieg Otto die Leiter hinab und verschwand durch die Tür im Achterkastell. Bruno hob anerkennend die Brauen. Vielleicht hatte er sich ja zumindest in diesem einen Enkelsohn getäuscht.

Nein, hatte er nicht. Otto mochte stärker, entschlossener sein als Guido. Aber er begriff immer noch nicht, worum es ging. Sein albernes Sprüchlein traf den Kern nicht.

»Wer sich in Gefahr begibt, kommt darin um«, murmelte er vor sich hin.

Das traf es. Sonst nichts.

»Soll ich dir herunterhelfen, Großvater?« Guido stand noch immer auf Deck, trat von einem Bein auf das andere und sah zu ihm hinauf. Wie ein Diener, der auf Befehle wartete.

»Später. Lass mich eine Weile allein.«

Er wollte keine Hilfe. Er brauchte auch keine, stellte er zu seiner Zufriedenheit fest. In diesem Augenblick zumindest stand Bruno von Madras fest auf eigenen Beinen.

KÖLN, 29. APRIL 1248, EIN MITTWOCH

Ein Salzhering, ein Königreich für einen Salzhering. Und dazu am liebsten noch einen großen Becher Gruit. Seltsam eigentlich, dass er schon wieder Verlangen nach vergorenem Gerstensaft hatte. Aber Konstantin war entschlossen, diesem Durst nachzugeben, sobald er daheim war. Dort wartete zwar nicht das beste Gruit, doch immerhin Gruit. Und endlich auch eine Mütze voll Schlaf.

Die Sonne kündigte sich bereits mit einem kräftigen Schimmer an, den sie rheinwärts an den Himmel sandte. Die Nacht war bald vorüber, und Konstantin, der sich auf schweren Beinen durch die allmählich erwachenden Gassen Kölns heimschleppte, war mit seinen Kräften am Ende. Ein paar Stunden Ruhe würden ihm, seinem Zahn und auch seinem Kater guttun. Die Befragung der Zeugen hatte nichts ergeben, von weiteren Kopfschmerzen einmal abgesehen. Niemand hatte den Mörder deutlich gesehen, und die Magd, von der Theoderich Gir gesprochen hatte, wusste auch nur ungenau von zwei Männern zu berichten. Der erste schien ihr vom Aussehen her ein wahrer Teufel, vom Gebaren aber ein edler Mann gewesen zu sein. Und doch war er wohl nur der Bote, denn er hatte ihren Herrn zu einem anderen Mann gelockt, der in der Dunkelheit wartete. Was sie – und auch Mummerslochs Familie – danach von diesem zweiten Unbekannten zu sehen bekam, war nur die blutverschmierte Fratze eines Schlächters gewesen. Keinesfalls würden sie ihn wiedererkennen.

Und dann war da noch eine weitere Magd im Hause Mummersloch, die dem Fliehenden kurz im Weg stand. Sie war so seltsam still, dass in Konstantin der Verdacht erwachte, mit ihr stimmte etwas nicht. Aber je mehr er sie bedrängte, desto überzeugter war er, dass das Mädchen schlicht eingeschüchtert war. Die Magd hatte wohl noch nie so etwas Fürchterliches erlebt. Dennoch, es sollte nicht das letzte Gespräch sein, das er mit ihr führen wollte. Sicher war sicher.

Konstantin hatte zwar schon weitaus schlimmer zugerichtete Leichen gesehen, doch einen schönen Tod hatten die drei Kaufleute sicher nicht gehabt. Die Meuteführer, die spät in der Nacht zum Hof der Mummerslochs zurückkehrten, trugen ebenfalls nichts Brauchbares bei. Schlimmer noch, ihre Aussagen verwirrten ihn nur. Zwei der Männer hatten den Flüchtenden in einem Hurenhaus zwar zu Gesicht bekommen, aber eine Beschreibung brachten sie zu Konstantins Erstaunen nicht zustande. Sie konnten nur berichten, dass es sich um einen jungen Mann handelte, dem es in der Zwischenzeit wohl gelungen war, das Blut abzuwaschen. Und dass er nun nicht mehr in Begleitung des Hünen, sondern eines Mädchens war, einer Dirne und Diebin, die einen Gast des Hurenhauses um sein Geld erleichtert hatte.

Das Mädchen und der Mörder waren demnach möglicherweise gemeinsam auf der Flucht und hatten sich dabei offenbar erfolgreich aus dem Staub gemacht. Die Meute hatte die beiden verloren. Konstantin musste davon ausgehen, dass sie über den Duffesbach aus der Stadt geflohen waren. In welche Richtung, wusste er nicht.

Wie auch immer – Halsaufschneider, Hüne und Hure waren wie vom Erdboden verschluckt.

Von dem Mädchen zumindest wusste er dank des Berichts eines Meuteführers genug, um es fassen zu können. Ob es dem Freier ihren wahren Namen gesagt hatte, mochte dahingestellt sein. Aber die Augenklappe würde Jenne Schönauge verraten. Sollte sie so unvorsichtig sein, sich in die Nähe eines Stadttores zu wagen, würde sie ihm vorgeführt werden. Alle Turmwächter waren angewiesen, einäugige Mädchen festzunehmen.

Alles in allem war es jedoch erschreckend wenig, was Konstantin bei seinen Befragungen erfahren hatte. Er hatte noch nicht einmal den Hauch einer Ahnung, was der Grund für die Morde gewesen sein könnte. Nur eines stand für ihn fest – es gab einen Zusammenhang zwischen allen drei Taten, und vermutlich gab es nur einen einzigen Mörder. Alle Morde waren kurz hintereinander und im selben Viertel geschehen, und alle drei Opfer waren Tuchhändler gewesen.

Das war die Verbindung, auf die Konstantin seine Ermittlungen richten wollte, jedoch erst nach einem ausgiebigen Nickerchen.

Das konnte selbst der Schöffe Theoderich Gir ihm nicht verbieten. Und so trat Konstantin wie schon ein paar Stunden zuvor an seine Tür, völlig übermüdet und mit einem pochenden Schmerz im Unterkiefer.

Doch auch dieses Mal fand er seine Tür offen vor. Er rieb sich mit beiden Händen durchs Gesicht, um sich zu vergewissern, nicht einem schlechten Traum aufgesessen zu sein. Nein, die Tür stand abermals offen. Konstantin straffte den Rücken und versuchte, seinem verschlafenen Gesicht einen halbwegs strengen Ausdruck zu verleihen, bevor er eintrat.

»Na, endlich«, sagte der Mann, der in der Stube wartete.

Konstantin schüttelte den Kopf. Vielleicht war es ja doch ein böser Traum. Wenigstens brauchte er dieses Mal nicht lange zu überlegen, wen er da vor sich hatte. Jedes Kind in Köln kannte den Baumeister des neuen Doms.

»Was führt Euch zu dieser Stunde in mein Haus, Meister Gerhard?«, fragte Konstantin, und er konnte sich des Eindrucks nicht erwehren, als habe er dieses Gespräch heute schon einmal geführt.

»Ein Mord, Konstantin«, sagte Gerhard, »ein Mord.«

Kräftige Sonnenstrahlen weckten Paulus nach einer traumlosen Nacht. Als er die Augen öffnete, fand er sich in einer innigen Umarmung wieder. Er erschrak so sehr, dass Jenne von seinem Zurückzucken aus dem Schlaf gerissen wurde.

»Was fällt dir ein?«, sagte sie, während Paulus seinen Arm umständlich unter ihr hervorzog.

»Mir? Wieso mir? Was fällt *dir* ein?«

»Mir? *Mir?* Ich bin gefesselt, falls dir das entgangen sein sollte.«

Paulus rollte sich von den Säcken, streckte sich und schüttelte seinen Arm, der unter Jenne eingeschlafen war. »Mir wird kalt gewesen sein«, brummte er. »Oder ich war nicht klar bei Verstand.«

»Bist du das jemals?«

Missmutig trat Paulus an den Plankenrand des Floßes und erleichterte sich in den Rhein.

»He, und was ist mit mir? Ich muss auch pinkeln.«

»Ja, gleich.«

Paulus schüttelte ab und kehrte zu Jenne zurück. »Aber ich mache dich nur los, wenn du mir nicht die Augen auskratzt.«

»Was?«

»Das hast du gestern gesagt. Du würdest mir die Augen auskratzen, wenn ich dir die Fesseln abnehme.«

Jenne verzog den Mund. »Ich werde dir natürlich nicht die Augen auskratzen.«

Paulus nickte und band sie los. Als er die roten Striemen an ihren Handgelenken sah, die Jenne nun mit schmerzverzerrtem Gesicht rieb, schämte er sich. Hatte er dieses Mädchen wirklich als Gefahr für sich angesehen?

Jenne verhalf seiner Erinnerung mit einer schallenden Backpfeife wieder auf die Sprünge.

»Von Ohrfeigen war ja nicht die Rede, oder?« Mit einem breiten Grinsen trat nun auch sie an den Rand des Floßes, drehte den Hintern auf den Rhein und griff in ihren Rock. »Wie wäre es mit Umdrehen?«, fragte sie.

Paulus rieb sich seine brennende Wange, hob zu einer Entgegnung an und wandte sich dann doch wortlos um. Er konnte ihr den Backenstreich nicht verdenken. Eigentlich war er sogar recht billig davongekommen, wenn man bedachte, dass er ihr eine ganze Nacht in Fesseln zugemutet hatte.

Während er wartete, bis Jenne ihr Wasser abgeschlagen hatte, fiel sein Blick auf die Stadt. Er hatte Köln schon von den verschiedensten Punkten aus betrachtet, aber kein Ausblick konnte es mit diesem aufnehmen. Häuser und Türme erhoben sich hinter der trutzigen Rheinmauer, und der Fluss spiegelte das Licht der Morgensonne, gab ihm noch mehr Kraft, sodass die ganze Stadt zu strahlen schien. Kirchen wie Groß Sankt Martin oder Sankt Mariengraden überragten stolz ein Meer aus Dächern, doch neben allen thronte würdevoll und mit steingewordener Ruhe der König der Kölner Kirchen. Der weiß getünchte Dom leuchtete gleich einer Krone auf dem Haupt der heiligen Stadt.

Paulus beneidete all die Schiffer, die schon morgens rheinabwärts in den Hafen fuhren. Wenn die Oberländer in einem weiten Bogen um die Mühlenschiffe steuerten und Kurs nahmen auf die Anlegestellen, musste dieser Anblick auch gestandenen Männern den Atem rauben, ganz gleich, wie oft sie diesen Weg über das Wasser schon zurückgelegt hatten.

Paulus ballte die Fäuste. Das war sein Köln. Der Gedanke, den er vor dem Einschlafen gefasst hatte, reifte beim Anblick der Stadt innerhalb eines Wimpernschlags zu einem felsenfesten, unverrückbaren Entschluss. Nein, er würde sich sein Leben nicht stehlen lassen, er würde es sich zurückholen. Er würde sich reinwaschen von dem Makel.

Reinwaschen. Plötzlich überkam Paulus der dringende Wunsch, genau das zu tun. Er legte den Geldgürtel hinter den Mehlsäcken ab, zog Hemd und Beinlinge aus und ging splitternackt auf den Planken noch ein paar Schritte rheinaufwärts, um von der Strömung nicht zu weit vom Mühlenschiff abgetrieben zu werden. Sollte Jenne doch von ihm denken, was sie wollte. Sie hatte gewiss schon viele nackte Männer gesehen. Dann sprang er in die Fluten.

Fort mit dem Blutgeruch. Fort mit dem Pech der vergangenen Nacht.

Paulus tauchte tief unter und genoss die noch eisige Kälte des Rheins, genoss, wie das Wasser seinen Körper umspülte und ihn reinigte. Von einem Augenblick auf den anderen fühlte er sich frisch, wie neugeboren, aufgefüllt mit neuen Kräften. Ein paar Züge nur, dann kehrte er an die Oberfläche zurück.

Was er dann sah, versetzte ihm einen gehörigen Schrecken. Jenne kletterte in die Esche. In der Hand hielt sie den Gürtel mit den Geldkatzen, den er wohl doch nicht gut genug versteckt hatte.

»He!«, rief er und kraulte hektisch zum Mühlenschiff zurück. Dieses kleine Biest, nicht einmal für einen Atemzug konnte man sie aus den Augen lassen.

Er erreichte die Mühle, zog sich aufs Deck und rannte ans Ende des Floßes. Zu seiner Überraschung hatte Jenne die Esche noch nicht losgemacht. Sie saß reglos darin und sah den Fluss hinab, geradeso als träumte sie. Paulus hockte sich auf die Planken neben sie.

»Ich dachte schon, du wolltest abhauen.«

»Wollte ich auch.«

Er kratzte sich den Kopf. Es war nicht recht, dass er sie noch länger festhielt. Es war nicht recht, dass er sie überhaupt festgehalten hatte.

»Du kannst gehen«, sagte er.

Sie wandte sich um und sah zu ihm auf. Sie hatte Tränen in ihrem Auge, und auch die lederne Klappe auf ihrem anderen bekam einen feuchten Rand. »Ob ich es will oder nicht, das Schicksal hat uns aneinandergekettet. Sie suchen nun nicht nur dich, sondern auch deine kleine Freundin, die einem Freier das ganze Geld gestohlen hat. Seit unserer Begegnung in Henners Haus bin ich in den Augen deiner Verfolger deine Gehilfin. Als ich die Kammer mit dem Gürtel verließ, war ich noch eine einfache Diebin, in dem Augenblick aber, als wir uns über den Weg gelaufen sind, bin ich zur rechten Hand eines Mörders geworden. Wir sind zwei Verbrecher auf der Flucht.«

Paulus schüttelte den Kopf. »Nichts hindert dich, mit dem Geld anderswo ein neues Leben zu beginnen. Fahr den Rhein hinab.«

»Das geht nicht.« Sie schluchzte.

»Warum nicht? Nichts ist leichter als das.«

»Es gibt jemanden, der in der Stadt auf mich wartet. Und der mich braucht.«

»Wer?«

»Ach, was kümmert's dich. Das ist doch auch völlig gleich. Für mich ist nur wichtig, wie ich aus dieser Sackgasse wieder rauskomme.«

»Dann geh doch einfach zu diesem Menschen, und dann verschwindet ihr gemeinsam.«

»Das geht nicht. Henner weiß um den Jungen. Da ich mit dem Diebstahl sein ehrenwertes Haus in Verruf gebracht habe, wird er mir dort sicher auflauern lassen.«

Noch ein Kerl. Wie viele Liebschaften mochte Jenne nur haben? »Da wärest du wohl besser heute Nacht sofort zu deinem Liebsten gegangen.«

»Du hast mir ja leider meine Beute geklaut. Sonst wäre ich schon längst mit ihm über alle Berge.«

»Dann hilf mir.«

Sie sah ihn überrascht an. »Bitte?«

»Hilf mir. Ich bin in der gleichen Sackgasse wie du und völlig schuldlos dort hineingeraten. Wenigstens habe ich kein Geld gestohlen, und noch weniger habe ich einem Menschen ein Haar gekrümmt. Wenn wir den Kerl finden, der mir das angetan hat, ist zumindest die große Jagd auf uns beendet, die sicher schon begonnen hat. Also hilf mir.« Paulus empfand das dringende Bedürfnis, Verbündete um sich zu scharen. Jenne mochte eine Hure und eine Lügnerin sein, doch sie war gewiss nicht auf den Mund und schon gar nicht auf den Kopf gefallen.

»Ich habe meine eigenen Schwierigkeiten.«

»Wir können uns gegenseitig helfen.«

»Um die Jagd zu beenden, brauchst du nur zum Hochgericht im Domhof zu gehen und diesen Nox anzuzeigen. Das habe ich dir gestern schon gesagt.«

»Das könnte dir so passen. Die bringen mich doch gleich auf den Turm. Und du wärest mit einem Schlag eine Menge unerwünschte Aufmerksamkeit los.«

»Warum sollten sie dich auf den Turm bringen? Wenn du nichts getan hast, hast du nichts zu befürchten. Der Herr wird dir schon beistehen.«

»Es geht um mein Leben. Da wird es mir der Herr sicher nachsehen, wenn ich mich einzig auf mich selbst verlasse. Denn niemand wird mir glauben.«

»Ich glaube dir.«

Paulus war überrascht. »Warum?«

»Wenn du ein solch eiskalter Mörder wärst, hättest du dich auch meiner entledigt.«

Jenne warf den Gürtel zurück aufs Plankendeck. Sie schaute die Lederbeutel an und nickte. Paulus verstand die Geste. Sie hatte jeden Gedanken an eine Flucht aufgegeben.

»Was willst du nun machen?«, fragte sie.

»Das weiß ich noch nicht. Aber es wird mir schon noch was einfallen.«

Jenne sah ihm zwischen die Beine. »Vielleicht beginnst du damit, dir etwas anzuziehen. Viel kleiner kann er nämlich nicht mehr werden.«

Paulus schaute an sich hinab. Hastig schützte er sich mit seinen Händen vor ihren Blicken und stakste flugs zu seinen Kleidern. Obwohl er noch nicht ganz trocken war, zog er sie schnell über. Dann ging er – mit leicht geröteten Wangen – zur Esche zurück und half Jenne wieder aufs Mühlenschiff. Sie hob den Gürtel auf und reichte ihn Paulus, der ihn mit einem Nicken umlegte.

»Also gut, nehmen wir an, wir helfen uns gegenseitig«, sagte

Jenne. »Du weißt noch nicht, wie du dein eigenes Problem lösen könntest. Wie aber könntest du *mir* eine Hilfe sein?«

Paulus knetete sein Kinn. »Henner wird dir sicher nicht selbst auflauern, denn er muss sich um sein Geschäft kümmern. Aber irgendjemand wird dich sicher erwarten. Weil mit mir jedoch niemand rechnet, könnte ich deinem Freund einen Besuch abstatten und ihn holen.«

Jenne sah wehmütig zur Stadt hinüber und ließ sich vom Wind das Haar zerzausen. Ihrem Auge fehlte das Leuchten. Sie musste schon viel gesehen haben, aber wenig Gutes. Ihr Mund war leicht geöffnet. Paulus fiel eine kleine Lücke zwischen ihren Schneidezähnen auf. Sie war hübsch, auch mit Augenklappe, erst recht mit Zahnlücke. Kein Wunder, dass die Männer ihr hinterherliefen. Schade, dass sie solch ein freches Biest war. Aber es war ohnehin nicht die Zeit für solche Gedanken. Er musste um sein Leben mit Angela kämpfen.

»Und?«, fragte er.

Jenne sah ihn lange an. Er konnte den Blick nicht von ihrer Zahnlücke abwenden.

»Also gut«, sagte sie. »Eine Hand wäscht die andere. Du hilfst mir mit Jax, und ich versuche, dir aus der Patsche zu helfen.«

»Jax?«

»Jakob. Meine Familie wohnt einige Meilen rheinabwärts. Wir nennen dort jeden Jakob Jax.«

Jenne streckte die Hand aus, und Paulus schlug ein, um den Handel zu besiegeln, auch wenn ihm ihr Freund schon jetzt wenig liebenswert schien. Jax – schon wieder so ein kurzer Name mit einem X am Ende. Das konnte kein gutes Omen sein. Warum konnte sich dieser Kerl nicht bei seinem Taufnamen rufen lassen? Wie auch immer, Jax und Nox waren die beiden Herren, um die er sich zu kümmern hatte.

»Es gäbe da eine Möglichkeit, wie du mir helfen könntest«, sagte Paulus nach kurzem Nachdenken.

»Und das wäre?« Jenne ließ seine Hand erst jetzt wieder los.

»So wenig, wie ich bei deinem Jax erwartet werde, wird dich jemand bei meiner Angela vermuten. Du könntest ihr eine Nachricht übermitteln. Sie muss etwas wissen.«

»Und das kannst du nicht selbst machen?«

Paulus schüttelte den Kopf. »Nein, das kann ich nicht selbst machen. Ich kann mich bei ihr nicht blicken lassen. Sie steht in Diensten eines der ermordeten Kaufleute.«

»Mist auch.« Jenne verdrehte die Augen.

»Sie darf aber nicht glauben, dass ich etwas mit diesen Morden zu schaffen habe.«

»Gut.« Wieder streckte Jenne die Hand aus, und wieder schlug Paulus ein.

»Sollten wir nicht langsam verschwinden?«, fragte sie. »Irgendwann muss doch der Müller auftauchen. Dieser Ulf. So hieß er doch.«

Paulus lächelte. »Nein, wir können getrost hierbleiben, um unser weiteres Vorgehen zu planen. Der Müller wird sich hoffentlich tatsächlich bald blicken lassen. Aber er heißt nicht Ulf. Ulf ist sein alter Gehilfe. Der Müller heißt Barthel und ist mein Bruder.«

»Dein Bruder?«

»Halbbruder, um genau zu sein. Und er ist der Sohn eines der Männer, die ich umgebracht haben soll.«

»Mist auch.«

»Das kannst du laut sagen.«

Jenne setzte sich auf einen Mehlsack. »Ausgerechnet bei ihm suchst du Zuflucht?«

»Ja«, erwiderte Paulus und ließ sich neben ihr nieder. »Mir ist kein anderer Platz als Versteck eingefallen. Und niemand weiß besser als er, dass ich keinen Grund habe, seinen Vater abzumurksen. Er wird mir glauben.«

»Hoffen wir's«, sagte Jenne. Sie sah sich um. »Das ist seine Mühle?«

»Nein. Sie gehört den Pfaffen des Doms. Aber er hat hier das Sagen. Barthels Vater hat … hatte bei den frommen Herren einen Stein im Brett. Dem Domkapitel ist nur wichtig, dass die Münze in den Beutel springt.«

Jenne blickte hinaus zu den anderen Mühlen, die zwischen ihnen und der Stadt schwammen. Die Schiffe lagen in mehreren Reihen und waren fest miteinander vertäut und verkettet. Auf einigen herrschte bereits Betrieb. Männer schleppten Säcke in die Mühlhäuser oder hinaus, beluden oder entluden kleine Lastkähne.

»Die anderen sind fleißiger«, sagte sie.

Paulus grinste. »Barthel kann es ruhig angehen lassen. Die Summus hat den besten Platz. In der Flussmitte ist die Strömung am stärksten. Die Mahlleistung holt er locker wieder ein.«

»Summus?«

»So heißt die Mühle. Ein Einfall der Pfaffen. Das bedeutet so viel wie ›der Höchste‹.«

Ein leichtes Rumpeln ließ Paulus und Jenne herumfahren. Hinter ihrem Rücken hatte eine Esche an der Summus angelegt. Barthel bestieg das Mühlenschiff und schaute erst Paulus und dann Jenne mit großen Augen an. Er schien so überrascht zu sein, dass er es beinahe versäumt hätte, seiner Frau die Hand zu reichen und ihr an Bord zu helfen. Paulus fiel gleich auf, dass Bärbels Bauch seit ihrer letzten Begegnung noch viel runder geworden war. Die Niederkunft würde nicht mehr lange auf sich warten lassen.

Barthels Kopf schaukelte vorwurfsvoll auf dem viel zu langen Hals. Es war offensichtlich, was er dachte. Ein Schäferstündchen auf der Mühle der hohen Kölner Geistlichkeit war gewiss das Letzte, was Barthel dulden würde.

»Ich muss dir was erklären, Barthel«, sagte Paulus.

»Das glaube ich allerdings auch. Aber vielleicht wärst du so freundlich, erst deinen tropfnassen Hintern von meinem Mehlsack zu erheben.«

Der alte Dom warf seinen gewaltigen Schatten auf die Baustelle. Er hielt die Morgensonne fern, als wollte er ein schreckliches Geheimnis verbergen. Etwas Ungeheuerliches, das sich abseits des Lichts zu seinen Füßen abgespielt haben musste.

Eine solcherart zugerichtete Leiche hatte Konstantin jedenfalls noch nicht gesehen. Man mochte meinen, der Mann sei mit einer solchen Wucht gegen die Steinquader gelaufen, dass er beim Aufprall seinen Kopf in die Fuge gepresst hatte. Der Rumpf lehnte gegen die Mauer, schlaff hingen Arme und Beine herab. Der Kopf musste zwischen den Steinen zerquetscht worden sein. Zerplatzt wie ein überreifer Apfel unter dem Huf eines Kaltblüters.

Konstantin rieb sich die wummernde Wange und dann die pochende Schläfe. »Genau so fühle ich mich jetzt«, murmelte er mit Blick auf den Toten.

Der Dombaumeister stutzte. »Wie bitte?«

»Ach, nichts.« Konstantin kniete sich neben die Leiche, um sie genauer zu betrachten. »Armer Kerl. Wollte wohl mit dem Kopf durch die Wand.«

»Das glaube ich nicht.«

»Richtig. Das sagtet Ihr bereits. Aber warum glaubt Ihr an Mord? Könnte es nicht auch ein Unfall gewesen sein?«

Gerhards Gesicht ließ Zweifel erkennen, ob Konstantin der richtige Mann für diesen Fall war. Er trat an die andere Seite des Toten. Rechts und links von ihnen lagen große Quader, als habe ein Riese im Domhof mit Würfeln gespielt. Die Leiche befand sich dort, wo mehrere dieser Steine zu einer kleinen Mauer aufgetürmt waren.

»Ist das nicht offensichtlich?«

»Erzählt mir doch einfach, was Euch durch den Kopf geht, Meister Gerhard. Eure Beobachtungen könnten wertvoll für mich sein. Fangt vorne an. Was geschieht hier?«

Ein Seufzer entwich Gerhards Brust. »Also gut. Wir beginnen erst in ein paar Wochen mit dem Bau, und in der Zwischenzeit arbeiten meine Männer schon mal mit dem Material. Die Steinmetze machen sich mit dem Stein vertraut, hauen die Blöcke zurecht, schauen, wie gut sie sich zusammensetzen lassen. Andere Werkmeister testen die Belastbarkeit der Kräne, wieder andere bereiten die Rampe auf der Trankgasse vor, auf der die Steine, die per Schiff geliefert werden, hoch zur Baustelle befördert werden. Hier finden noch keine wirklich gefährlichen Arbeiten statt. Es ist eine Dombaustelle in kleinem Rahmen. Und gerade weil sie so klein ist, sind Unfälle dieser Art hier nicht möglich.«

»Steine sind schwer und können fallen.«

»Aber nicht von allein. Sagt mir, wie kann dieser Mann seinen Kopf hier abgelegt und der Stein auf ihn gefallen sein?«

Konstantin nickte. »Ich stimme Euch zu. Jemand muss dem Quader nachgeholfen haben. Wer ist der Mann?«

»Er hieß Burkhart. Er war ein Werkmeister mit einer ganz besonderen Aufgabe. Er sollte morgen früh den Ostchor des Doms niederlegen. Eigentlich hatte er hier auf der Baustelle gar nichts zu suchen. Er arbeitete in den Tunneln, die von der anderen Seite unter den Dom führen.«

Konstantin erhob sich und machte ein paar Schritte von der Leiche weg. Gerhard folgte ihm.

»Was könnte er hier gesucht haben?«, fragte Konstantin.

»Das kann ich nur vermuten. Wir hatten hier in den vergangenen Monaten einige Diebstähle. Vielleicht wollte er heute Nacht noch nach dem Rechten sehen.«

»Woraus schließt Ihr, dass es in der Nacht geschehen ist?«

»Wir waren gestern Abend in meinem Haus zum Essen verabredet. Burkhart kam nicht, und so machte ich mich auf die Suche. Zunächst suchte ich natürlich an den Tunneln und dann auch hier auf der Baustelle. Aber niemand von den Männern, die noch hier waren, hatte ihn gesehen. Eines kann ich Euch also versichern – gestern Abend bei Einbruch der Dunkelheit lag Burkhart noch nicht hier.«

»Aber er war womöglich bereits in Schwierigkeiten.«

Gerhard hob die Schultern. »Jedenfalls war ich überrascht, dass Burkhart meine Frau und mich versetzte. Das passte nicht zu ihm.«

»Welcher Art waren die Diebstähle?«

Gerhard verzog den Mund. »Jeder Art. Nur die Steine haben die Diebe liegen lassen. Holz, Reisig, Werkzeug – einfach alles haben sie mitgenommen.«

Konstantin ging ein paar Schritte über die Baustelle, um sich ein wenig umzusehen. Als er dabei unversehens aus dem schützenden Schatten des Doms trat, blendete ihn das grelle Licht der Sonne. Er riss eine Hand hoch und hielt sie vor das Gesicht. Wenn einem schon der Kopf wehtat, warum musste Licht dann auch noch schmerzhaft sein? Reumütig kehrte er in den Schatten zurück. »Hatte dieser Burkhart Feinde? Unzufriedene Arbeiter vielleicht? Männer, die er zu sehr geknechtet hatte?«

»Er war hart gegen andere, aber wenigstens genauso hart gegen sich. Und so hart, wie er war, so gerecht war er auch. Ich kenne niemanden, der ihm den Tod wünschte. Abseits der Baustelle war er ein Eigenbrötler. Er hatte keine Freunde. Aber auch keine Feinde.«

Konstantin hob eine Braue. Gerhard war offenbar bestens über Burkharts Umgang unterrichtet. »Ihr wisst erstaunlich gut Bescheid um Eure Untergebenen, Meister Gerhard. Selbst um Leute, über die es offenbar nichts zu wissen gibt, weil sie mit niemandem etwas zu tun haben.«

»Was wollt Ihr damit andeuten?«

»Nichts. Ich stelle es lediglich fest. Fühlt Euch bitte nicht angegriffen oder gar verdächtigt. Womöglich rede ich auch wirr. Ich habe eine lange Nacht hinter mir, unter der mein ohnehin geplagter Schädel nur noch mehr gelitten hat.«

Konstantin erntete einen argwöhnischen Blick, als wollte Gerhard prüfen, ob er ihn auf den Arm nehmen wollte. »Ich halte es für meine Pflicht, meine Leute zu kennen«, sagte der Dombaumeister dann hörbar verärgert. »Unwissenheit bedeutet Unwägbarkeit. Und Unwägbarkeit bedeutet Gift für ein Vorhaben, welches das größte in der Geschichte der Menschheit ist. Ich muss einen Bau berechnen, der jedes, absolut jedes andere Haus Gottes auf Erden überstrahlen soll, einen Bau, dessen Fertigstellung ich wohl nicht erleben werde. Er wird nicht daran scheitern, dass ich die Hände, die ihn vollbringen sollen, nicht kenne. Wenn Euch das seltsam anmutet, begreift Ihr die Bedeutung meiner Aufgabe nicht.«

Konstantin rieb seine Nasenwurzel und fragte sich, was schlimmer war – stechend grelles Sonnenlicht oder ein in seiner Ehre gekränkter Dombaumeister. »Wer hat den Toten gefunden?«

»Ich. Die Sorge um Burkhart hat mich in der Nacht schlecht schlafen lassen, deshalb war ich heute Morgen noch vor Sonnenaufgang als Erster auf der Baustelle.«

»Ihr sorgt Euch sehr um einen einfachen Werkmeister«, sagte Konstantin und bereute es sogleich. Er hatte lediglich freundlich sein wollen, doch ließ sich seine Bemerkung auch wieder als mit Hintergedanken besetzt auffassen.

»Zu Recht, wie sich gezeigt hat«, erwiderte Gerhard und hob den Zeigefinger. »Ich sagte es eben bereits – Burkhart sollte morgen den Marienchor niederlegen. Wenn der Mann, der dieses schwierige Werk umsetzen soll, plötzlich und so kurz vor dem großen Tag verschwindet, ist meine Sorge doch wohl mehr als nachvollziehbar.«

Konstantin nickte. Er war dankbar, dass Gerhard ihn nicht falsch verstanden hatte. »Ihr erwähntet die Diebstähle. Habt Ihr die Baustelle nicht bewachen lassen?«

»Selbstverständlich.«

»Und die Wachen haben nicht bemerkt, dass hier ein Mensch

sein Leben ausgehaucht hat? Das kann doch nicht ohne Lärm vonstattengegangen sein. Euer Werkmeister hat sich vielleicht gewehrt. Und der Stein wird auch nicht lautlos herabgefallen sein.« Das Geräusch, das beim Aufprall entstanden war, mochte sich Konstantin lieber nicht vorstellen.

Als sich Gerhard verlegen räusperte, sah Konstantin ihn eindringlich an. »Was ist?«

Der Dombaumeister wand sich. »Nun, an diesem Punkt kommt wohl jemand ins Spiel, den ich unbedingt von meiner Baustelle fernhalten will.«

»Wer?«

Gerhard sah Konstantin mit einem gequälten Blick an. »Der Teufel.«

Je länger Paulus erzählte, desto weiter traten Barthels ohnehin schon vorstehende Augen hervor. Paulus fürchtete, sie würden herausfallen. Es war offensichtlich, dass er noch nichts von den Ereignissen der vergangenen Nacht oder gar vom möglichen Tod seines Vaters gehört hatte. Auch Jenne lauschte gebannt Paulus' Worten. Erst jetzt vernahm sie in allen Einzelheiten, was zu ihrer Begegnung in Henners Hurenhaus geführt hatte. Als Paulus seinen Bericht beendet hatte, fing der Adamsapfel seines Bruders ungestüm zu zucken an.

»Du musst zum Hochgericht, unverzüglich. Das duldet keinen Aufschub, Paulus. Du musst erklären, was geschehen ist. Dass du mit den Morden nichts zu tun hast.«

»Das Thema hatten wir schon, Barthel. Niemand wird mir Glauben schenken.«

Barthels Zeigefinger bohrte sich schmerzhaft in Paulus' Brust. »Das weißt du erst, wenn du dort warst.«

»Ach, und wenn ich Pech habe, lande ich mal eben am Galgen. Aber der feine Herr Barthel hat seinen Willen bekommen. Ein blendender Einfall, wirklich.«

»Du redest schon wie Matthias.«

»Ich rede wie jemand, der um sein Leben fürchtet.«

Barthel begann, auf den Planken auf und ab zu gehen. »Es ist in solch einem Fall die einzig richtige Handlung, sich an die Obrigkeit zu wenden.«

»Obrigkeit, Obrigkeit – wenn ich das schon höre«, rief Paulus und warf die Arme hoch. »Bei dir muss immer alles ganz korrekt laufen, ohne Rücksicht auf Verluste. Hast du bedacht, was es bedeutet, wenn ich mich dem Gericht stelle? Ganz Köln erführe, dass es dein Halbbruder gewesen sein soll, der deinem Vater ein Messer in den Leib gerammt hat.«

Barthel schwieg eine Weile, während er seinen Plankenmarsch unbeirrt fortsetzte. Bärbels Blick folgte ihm. Sie rieb sich ihren kugelrunden Bauch.

»Niemand weiß, dass er mein Vater ist«, sagte Barthel. »Selbst *ich* weiß nicht, ob er überhaupt mein Vater ist.«

Paulus blies geräuschvoll Luft durch die Nase. »Die ganze Stadt weiß es. Nur die Blinden nicht.«

»Es ist nicht recht, was du tust.«

Hatte er sich gerade verhört? Paulus schluckte. Dann platzte ihm der Kragen. »Es ist nicht recht, was *ich* tue? Bist du noch bei Trost? Der Kerl, der gestern Nacht Menschen abgestochen hat, ist der Bösewicht, nicht ich. Mit Verlaub, ich versuche lediglich, meine Haut zu retten.«

Barthel unterbrach seinen Lauf und setzte den Zeigefinger wieder auf Paulus' Rippen. »Dann halte dich an Recht und Gesetz.«

»Weißt du, was ich glaube?« Paulus stemmte sich Barthels dürrem Finger entgegen. »Ich glaube, du hast nur Angst, dein guter Ruf könnte leiden, wenn die Gewaltrichter herausfinden, dass ich, dein verkommener Bruder, etwas mit der ganzen Sache zu tun habe. Ich glaube, du hast Angst, deine Stellung auf der Mühle zu verlieren. Um Recht und Gesetz geht es dir doch gar nicht, es geht dir einzig um dich selbst. Nur darum willst du mich loswerden. Um denen, die dir schaden könnten, gleich den Wind aus den Segeln zu nehmen.«

»Du elender Hurensohn.«

»Selber Hurensohn.«

Paulus sah peinlich berührt zu Jenne hinüber, die noch immer auf den Mehlsäcken hockte. Er schämte sich für den Streit und mehr noch für Barthels Verhalten. Von seinem Bruder hatte er mehr Unterstützung erwartet.

Während Barthel ans drehende Mühlrad trat und vorgab, es auf

Schäden zu prüfen, bettete Bärbel ihren hochschwangeren Leib neben Jenne auf die Mehlsäcke. Ächzend schob sie sich hin und her, bis sie eine bequeme Stellung gefunden hatte.

»Jetzt macht mal halblang, ihr beiden«, sagte sie schwer atmend. »Gewiss redet mein Barthel nicht aus Eigensinn. Nicht wahr, mein Barthel?«

Barthel, der ihnen den Rücken zugedreht hatte und noch immer mit dem Mühlrad zugange war, brummte zustimmend, was vom Rauschen des Wassers fast übertönt wurde.

»Denn mein Barthel weiß schließlich genau, dass er die Gewaltrichter doch überhaupt erst auf die Familienbande aufmerksam macht, wenn er seinen Halbbruder zu ihnen schickt. Nicht wahr, mein Barthel?«

Barthel wandte sich um und hob eine Augenbraue.

»Und mein Barthel würde aus brüderlicher Sorge sicher nie in Kauf nehmen, dass Paulus etwas geschieht. Nicht wahr, mein Barthel?«

Mit Genugtuung beobachtete Paulus, wie Barthel vorwurfsvoll hinüber zu Bärbel sah. Es war offensichtlich, dass sie ihn mit der Nase auf seine eigene Torheit stoßen wollte. Bärbel mochte jung sein. Aber sie war auch ein kluges Köpfchen. Barthel murmelte einige unverständliche Worte und nahm seinen Marsch über die Planken wieder auf.

»Hör auf zu rennen«, rief Bärbel ihm hinterher. »Das macht mich noch ganz verrückt. Denk bitte an meinen Zustand.«

Barthel hielt inne. In seinem Blick lagen sowohl Tadel als auch Einsicht. Mit einem tiefen Seufzer setzte er sich neben seine Frau. Er reckte mit geschlossenen Augen sein Gesicht in den leichten Wind, als wollte er sein Mütchen kühlen.

»Du hast recht, natürlich hast du recht. Aber was sollen wir denn machen? Die beiden können sich nicht ewig auf meiner Mühle verstecken. Einen besseren Vorschlag haben sie ja auch nicht. In die Stadt zu gehen und Angela zum Stillschweigen zu verpflichten, ist zu wenig.«

Paulus ärgerte sich, dass er seinem Bruder überhaupt von dem geplanten Besuch bei Angela erzählt hatte. Sie brauchte gewiss nicht zum Schweigen verdonnert werden, Angela würde auch ohne Aufforderung ihren Mund halten. Ganz sicher. Er hatte einfach nur das Bedürfnis, ihr irgendwie mitzuteilen, dass er unschuldig war.

»Dann helft uns doch«, sagte Jenne. »Wir brauchen einen Plan.«

Paulus, der sich gegen das Mühlhaus gelehnt hatte, sah überrascht zu ihr hinüber. Auf ein wenig Unterstützung durch sie hatte er gehofft. Nun schien sie sich aber sogar ganz auf seine Seite zu schlagen. Hatte sie ihm gerade zugezwinkert? Es wirkte so. Doch wegen der Augenklappe konnte er es nicht genau erkennen.

»Ich stimme dem Mädchen zu«, sagte Bärbel und rieb sich wieder den Bauch. »Was ist denn mit diesem seltsamen Schiff, von dem Paulus eben erzählt hat? Wenn ihm dieser Nox da über den Weg gelaufen ist, wird es so unwahrscheinlich wohl nicht sein, dass er zur Besatzung gehört, oder?«

»Na ja, das scheint mir ein bisschen weit hergeholt«, wandte Barthel ein.

»Mir nicht«, sagte Jenne. »Ein furchterregendes Schiff läuft in den Hafen ein, und drei Männer werden ermordet – niemand kann mir erzählen, dass es Zufall ist, wenn derart ungewöhnliche Dinge in derselben Nacht geschehen.«

»Weibsbilder!«, rief Barthel, doch Bärbel ging schnell darüber hinweg.

»Da mein Liebster diesen Nox ja ebenfalls gesehen hat und weiß, wie er aussieht, wird er sich heute auf dem Kai umsehen und vor allem das Schiff ein wenig in Augenschein nehmen. Mit ein bisschen Glück spüren wir den Kerl ja auf.«

»Ich soll mich an die Fersen eines Mörders heften?«

»Wüsste ich, wie der Mörder aussieht, täte ich es selbst.«

»In deinem Zustand, Weib? So weit kommt es noch.«

»Als würde dir das etwas ausmachen, Mann. Dir bereitet es doch auch kein schlechtes Gewissen, dein hochschwangeres Weib allmorgendlich auf einer leckenden Nussschale über den Rhein zu deiner schwimmenden Mühle und abends wieder zurück zu schaffen.«

»Wer, bitte sehr, soll sich denn sonst um den Schreibkram kümmern? Soll ich etwa Lieferungen annehmen, Mahlleistungen vermerken und Mehlmengen bestätigen?«

»Warum nicht?«

»Weil ich weder lesen noch schreiben kann, vielleicht?«

»Dann lerne es.«

»Pah, Lesen und Schreiben ist nur was für Weiber. Und Pfaffen natürlich.«

Hatten die beiden nichts Besseres zu tun? Mit der Faust schlug Paulus gegen das Mühlhaus. »Könntet ihr bitte mit diesem unwichtigen Kram aufhören? Was ist nun, Barthel? Stattest du dem Schiff einen Besuch ab?«

Barthel bedachte seinen Bruder mit einem sehr ernsten Blick. »Nur wenn du mir die Wahrheit sagst.«

»Was meinst du?«

»Ich werde nicht so heuchlerisch sein zu leugnen, dass ich nicht auch ein klein wenig an mich denke. Bis jetzt kenne ich nur deine Vermutung, dass mein Vater tot sein soll. Das werde ich gleich in der Stadt überprüfen müssen. Es ist nicht so, dass ich sonderlich an ihm hänge – oder gehangen habe. Wir haben im ganzen Leben nie ein Wort gewechselt. Aber er hat mir so manchen Stein aus dem Weg geräumt. Diesen Vorzug werde ich nie wieder haben, sollte er nicht mehr am Leben sein. Daher muss ich eines wissen, Paulus – hast du wirklich nichts mit dieser ganzen Sache zu tun?«

»Barthel, du Narr, du warst doch dabei, als uns dieses Monstrum angesprochen hat. Deine Frage beantwortet sich doch von selbst.«

»Ein schlichtes Ja oder Nein wäre mir lieber.«

»Nein! Natürlich nicht. Ich habe nichts mit der Sache zu tun. Wenn du Jenne und mir zur Seite stehst, hilfst du, den Mörder deines Vaters zu fassen. Gesetzt den Fall, dein Vater ist wirklich tot. Aber davon gehe ich aus, nachdem ich gesehen habe, wie Nox zu Werke geht.«

Barthel schien mit der Antwort zufrieden zu sein und nickte. »Dann soll es so sein. Wir drei fahren mit der Esche zurück in die Stadt. Im Hafen wird man wohl wissen, was in der Nacht in Köln geschehen ist und ob mein Vater wirklich tot ist. Das Mädchen«, er deutete mit dem Kinn auf Jenne, »und du erledigt, was ihr zu erledigen habt. Trag dafür Sorge, dass Angela dich nicht verrät.«

»Sie wird mir glauben.«

»Sie soll dir nicht nur glauben, sie soll auch ihren Mund halten.

Geld ist ein starker Ratgeber. Es ist so sicher wie das Amen in Sankt Maria Lyskirchen, dass auf deinen Kopf eine hohe Belohnung ausgesetzt wird. Angelas Glaube allein könnte dann vielleicht nicht ausreichend sein, der Versuchung zu widerstehen.«

Paulus traute seinen Ohren nicht. »Du misstraust Angela? Das ist nicht dein Ernst!«

»Doch, das ist es«, sagte Barthel knapp und ging gar nicht auf Paulus' Empörung ein. »Ich werde mir also dieses Schiff genauer ansehen und darauf hoffen, dass ich diesem Nox über den Weg laufe. Wenn es mir nicht gelingt, bleibt uns immer noch Matthias.«

»Matthias?« Hatte er sich gerade verhört? Wollte Barthel tatsächlich auf die Hilfe ihres Bruders setzen?

»So schwer es mir fällt, ja, Matthias. Seine Bettler- und Diebesfreunde sind in der ganzen Stadt unterwegs. Wenn es jemandem glücken kann, einen Menschen in Köln aufzuspüren, dann diesem Volk. Diese Ratten stecken in jedem Winkel. Ein lästiger Umstand, den wir uns aber zunutze machen können.«

»Ich mag nicht, wie du über sie redest.«

»Und ich mag die Lage nicht, in der ich nun dank deiner bin. Gewöhne dich also schnell an meine Sprache und meine Abneigung gegen Matthias und seine Gefährten.«

»Aber wie soll das gehen? Sie wissen doch gar nicht, wie Nox aussieht.«

»Wir geben ihnen eine Beschreibung«, sagte Barthel. Mit fahrigen Handbewegungen machte er Paulus und Jenne klar, dass er nun aufzubrechen gedachte. »Es dürfte ein Leichtes sein, einen riesigen Muskelmann wie ihn unter tausenden Menschen zu erkennen, auch ohne ihn jemals gesehen zu haben. Aber um ehrlich zu sein, mache ich mir nicht allzu viel Hoffnung, dass wir ihn stellen können. Wenn er ein kluger Kerl ist, wovon ich ausgehe, ist er längst über alle Berge verschwunden oder vom Rhein wieder in die niederen Lande gespült.«

Nox schlenderte gelassen über die Hafenmauer. Vom Töten und vom Geld abgesehen, gab es nicht viel, was er mochte. Den Geruch und die Geräusche des Hafens an einem Morgen aber liebte er. Zu dieser Stunde wirkte der Hafen auf ihn wie das Sinnbild des Lebens. In der Ruhe und Reinheit der Morgendämmerung erkannte er die Erinnerung an den Garten Eden. Im ersten Rumpeln der Kisten und den frühen Rufen der Schiffer, die die Stille zerschnitten, sah er den Sündenfall, den Verlust des Paradieses. Und über allem lag der Geruch von brackigem Wasser und totem Fisch. Der süße Duft der Fäulnis. Die Mahnung des Jüngsten Gerichts. Nox atmete diesen Duft tief ein.

Er hielt auf das Salzgassentor zu. Es war an der Zeit, der Stadt noch einen Besuch abzustatten und sich zu vergewissern, ob alles seinen gewünschten Gang gegangen war. Das Verhalten der Torwächter bewies ihm, dass es in der Nacht bestens gelaufen war. Sie reckten ihre Hälse, also hielten sie nach jemandem Ausschau. Ihn aber, den grobschlächtigen Riesen, vor dem sich die Vorbeigehenden duckten, würdigten sie mit keinem Blick.

»Wen sucht Ihr, Freund?«, fragte er einen der Torwächter.

Der Mann sah ihn zunächst streng an. Die Wächter waren es gewohnt, Fragen zu stellen, und nicht, selbst ausgefragt zu werden. »Geht weiter. Das ist Eure Sache nicht.«

»Mir scheint, als suchtet Ihr jemanden. Ich will wissen, ob ich in dieser Stadt sicher bin.«

»Wenn sich ein Eichenstamm wie Ihr vor einem kleinen Frauenzimmer mit Augenklappe fürchtet, solltet Ihr das Weite suchen. Wenn nicht, seid herzlich willkommen.«

Nox bedankte sich. Er hätte zufrieden sein und auf das Schiff zurückkehren können. Er glitt dennoch durch das Tor in die Stadt. Nun galt es, die Mitwisser aus seinem Dienst zu entlassen. Zeit, die letzten Spuren zu verwischen.

Seltsam zwar, dass niemand nach diesem Paulus Ausschau hielt, den Nox ja eigentlich als Sündenbock aufgebaut hatte. Doch solange er selbst unbehelligt durch Köln gehen konnte, sollten die Turmwächter und Büttel seinetwegen gern nach einem Mädchen mit Augenklappe suchen.

Nachdem Jenne nahe dem Salzgassentor auf die Hafenmauer gesprungen war, rückte sie sich die Augenklappe zurecht. Paulus folgte ihr und seinem Bruder erst, nachdem er sich vergewissert hatte, dass auf dem Kai niemand unterwegs war, der nach einem flüchtigen Mörder Ausschau hielt. Doch im Hafen schien alles seinen gewohnten Gang zu nehmen. Trotzdem wollte Paulus niemandem über den Weg laufen, den er kannte. Im Hafen zumindest würde das kein leichtes Unterfangen werden.

Barthel trennte sich kurz von ihnen, sprach mit einem Mann, den Paulus als Wiegeknecht kannte, und kehrte dann zu ihnen zurück. Paulus stellte sich nah an ihn, um sich hinter seinem Bruder zu verbergen.

»Es stimmt«, sagte Barthel. »Die Nachricht ist bereits in aller Munde. Mummersloch, Quatermart und mein Vater sind tot.«

»Das tut mir leid, Barthel, wirklich.«

Barthel winkte ab. »Hier trennen wir uns. Ich bleibe am Schiff, bis ich entweder diesen Nox finde oder ihr zurückkehrt. Und ihr beiden vergesst bei euren Unternehmungen nicht, nach Matthias Ausschau zu halten. Alles klar?«

Paulus nickte. Es gab vieles, was er an seinem Bruder zu schätzen wusste. Die Tatkraft und Entschlossenheit bewunderte er sogar.

»Dann seht zu, dass ich nicht den halben Tag hier verbringen muss.«

Paulus und Jenne zogen los und gingen stramm auf das Salzgassentor zu. Sie hatten sich bewusst für dieses Tor entschieden. Es war das Waren- und Zolltor des Hafens, das Nadelöhr für Fässer und Kisten, was zur Folge hatte, dass hier immer viel Volk unterwegs war. Genug jedenfalls, dass sie sich daruntermischen konnten, auch wenn so früh morgens den Zollmeistern kaum Güter angemeldet wurden. Um diese Zeit waren aber viele Tagelöhner in der Gasse, die aus der Stadt hinaus in den Hafen strömten in der Hoffnung, auf einem der Schiffe Arbeit zu finden.

Das Tor und die Salzgasse waren wie ein Keil, den ein Riese vom Rhein her in die Stadt geschlagen hatte. Die Gasse teilte den Heu- und den Alter Markt, und sie lag genau in der Verlängerung der alten Römerbrücke über den Fluss. Die Brücke war vor vielen Jahren schon abgebrochen worden, weil die Kölner Überfälle vom anderen Rheinufer fürchteten. Vor langer Zeit waren die Menschen von Deutz über die Brücke und die Salzgasse mitten in die Stadt hineingelangt. Davon zeugten jedoch nur noch die Stümpfe der steinernen Brückenpfeiler, die nach dem Abbruch der Brücke bis knapp unter die Wasseroberfläche ragten und eine Gefahr für durchfahrende Schiffe waren.

Die Stümpfe waren eine künstliche Grenze im Wasser, doch waren sie nicht der einzige Grund, weshalb in Köln so viele Schiffe anlegten wie in keiner anderen Stadt am Rhein. Der Fluss selbst zwang die Schiffer dazu. Den Rhein abwärts bis Köln fuhren die Oberländer, recht schmal gebaute Schiffe mit einem hohen Heck und geringem Tiefgang, mit denen sich der flache Fluss und die Stromschnellen im Mittellauf besser bewältigen ließen. Wer Waren weiter bringen wollte, musste in Köln auf die bauchigeren Niederländer umladen, die für den Tieflandstrom gebaut waren und viel mehr Ladung aufnehmen konnten. Die Grenze auf dem Strom markierte das Salzgassentor. Rheinaufwärts lagen die Oberländer im Hafen, rheinabwärts die Niederländer.

Paulus senkte den Kopf. Die Torwächter sollten möglichst wenig von seinem Gesicht zu sehen bekommen. Sicher war sicher. Doch schon nach wenigen Schritten wandte Jenne sich um und reckte den Hals.

»Wo ist denn dieses berühmte Schiff?« Sie sah die Hafenmauer hinab.

»Könnten wir bitte weitergehen? Ich fühle mich hier nicht wohl. Es gibt hier zu viele Menschen, die mich erkennen können.«

»Ist es das da hinten?« Jenne deutete auf ein Schiff, das sich allein seiner Größe wegen schon von den anderen abhob und etwa zweihundert Schritt rheinabwärts an der Mauer lag. Auf dem Kai standen Menschen und betrachteten die seltsame Konstruktion. Jenne hob ihre Augenklappe, um das Schiff besser sehen zu können. »Himmel, das ist ja riesig.«

»Ja, das ist es. Kommst du …« Paulus blinzelte, als müsste er ein Trugbild wegwischen. Nein, er hatte sich nicht verguckt. Jenne hatte soeben die Klappe vor ihrem Auge angehoben. »Sag mal …«, setzte er an, aber ihm fehlten die Worte.

Jenne griff nach der Klappe und zog sie sich zu Paulus' Verwunderung ganz vom Kopf. Nun sahen ihn zwei strahlende hellblaue Augen an. Jennes Grinsen legte ihre Zahnlücke frei. Sie war wunderhübsch, diese Ratte!

»Sie ist schon so sehr Teil meiner selbst geworden, dass ich immer wieder vergesse, sie abzunehmen.«

»Du hast zwei Augen!«

»Schlaues Kerlchen. Wer nicht?«

Paulus wurde allmählich fuchsteufelswild. »Jajaja, wer nicht!«, sagte er. »Aber warum trägst du eine Augenklappe, wenn du zwei gesunde Glubscher hast? Ich Narr habe mir Gedanken gemacht, was dir armem Kind wohl zugestoßen sein mochte. Zum heiligen Kilian hab ich gebetet, dass er dein Augenleiden heilt.«

Jenne hob die Schultern und verzog den Mund. »So halte ich mir die Freier länger vom Leib. Wenn ich süß und unschuldig aussehe, fallen sie mit ihren kratzigen Pranken gleich über mich her. Mit Klappe aber muss ihre Geilheit erst einen gewissen Ekel und das Mitleid übersteigen. Das verschafft mir ein wenig mehr Zeit.«

Paulus setzte seinen Weg Richtung Salzgassentor fort. »Zeit wofür? Ich dachte, die Damen deines Gewerbes sind gemeinhin froh, wenn es schnell vorbei ist. Und überhaupt dachte ich, du seist Jungfrau.«

Jenne ließ die Augenbinde in den Falten ihres Rocks verschwinden und folgte ihm. »Davon verstehst du nichts.«

Schon wieder hatte sie ihn überrascht. Paulus fragte sich, ob es wirklich ein so guter Einfall gewesen war, sich mit ihr zu verbünden. Er kannte sie nicht, nicht im Geringsten. Die Begegnung mit Nox hätte ihm eine Lehre sein sollen. Traue keinem Fremden! Ein ungutes Gefühl dehnte sich in seiner Brust aus.

»Davon verstehe ich sehr wohl etwas«, sagte er, als sie durch das Tor kamen. »Und ich bin es allmählich leid, dauernd von dir verschaukelt zu werden.«

Doch das Misstrauen legte sich wieder, als sie das Salzgassentor problemlos passiert hatten. Also waren sie nicht annähernd verdächtig.

»Ich habe Hunger.« Jenne klang kleinlaut.

»Du versuchst abzulenken.«

»Ich habe wirklich Hunger. Seit gestern Mittag habe ich nichts mehr zwischen die Rippen bekommen, und das war auch nur ein dünnes Wassersüppchen.«

Paulus musste einräumen, dass auch ihn ein Loch im Bauch plagte. Der Duft, der ihnen auf der Salzgasse entgegenwehte, vergrößerte das Loch nur noch – der Buttermarkt war schon kurz hinter dem Tor zu wittern, wobei es weniger die Butter war, deren Geruch entfleuchte, sondern vielmehr der Duft von Käse. Paulus knurrte der Magen. Wer auch immer den göttlichen Einfall gehabt hatte, Milch in Form von Käse haltbar zu machen, dem gebührte ein Platz im Himmelreich.

Als sie auf den Buttermarkt kamen, sahen sie den Quell des sündigen Duftes – gesalzene, ungesalzene, harte und weiche Käse. Ihnen allen war eines gemein: In der Schwüle, die an diesem Morgen bereits schwer über der Stadt hing, entwickelten sie den Drang, davonzulaufen. Paulus' Blick fiel auf den goldgelb fettglänzenden Anschnitt eines Käses, den ein Bauer aus dem Erftland mit einem unverschämten Grinsen anbot. Der Mann wusste genau um die Wirkung seiner Ware.

»Würde es dir etwas ausmachen«, fragte Paulus, »wenn ich von deinem Geld ein Münzlein ausgebe?«

Jenne blieb die Antwort schuldig. Sie eilte bereits zum Stand des Bauern und nahm die Verhandlungen auf.

Das ungeborene Kind wölbte ihren Bauch, dass die Haut bereits zu reißen begann. Alles Einreiben mit Rüböl schien vergebens gewesen zu sein. Bärbel saß auf einem Fässchen mit Frischwasser neben dem Mühlrad und meinte platzen zu müssen.

»Liebes Kind, wie lange noch? Du fällst deiner Mutter schon ganz schön zur Last und bist doch noch gar nicht auf der Welt.«

Ihr Ungeborenes schlug vor allem morgens Purzelbäume in ihrem Leib, trat und schlug nach allen Seiten, weshalb Bärbel glaubte, das Kleine wolle nun endlich heraus. Manches Mal spielte das Kind auf ihren Eingeweiden geradezu wie auf einer Harfe, dann wie auf einer Trommel, zupfte hier und hämmerte dort. Die vier Säfte ihres Körpers waren völlig durcheinandergeraten. Sie litt unter fürchterlichem Sodbrennen und verspürte dauernd den Drang, sich zu entleeren. Und als würde die Last ihres Bauches nicht schon genügen, waren ihre ohnehin schon nicht gerade klein geratenen Brüste auf ein Maß angewachsen, das sie überaus unanständig fand. Wie gern würde sie wieder weniger beschwerlich durchs Leben gehen.

Sie hob die Schultern. Alles Jammern half nichts, wohl aber die Arbeit, denn sie lenkte ein bisschen von den Unbilden ihrer Schwangerschaft ab. Bärbel nahm sich eine Mehlschaufel und hielt sie gegen das rotierende Mühlrad. Das Klappern übertönte das Rauschen des Wassers. Dieses seltsame Ritual wiederholte sich allmorgendlich. Es galt, den sabbernden Ulf zu wecken.

Der alte Ulf war ein seltsamer Vogel. Sechs Brüder hatte er, allesamt älter als er, allesamt noch am Leben und allesamt taubstumm. Woran es seinen Brüdern gebrach, hatte Ulf mehr, als ihm recht war – einen Redeschwall, der selbst einen Prediger erblassen ließ. Meist versuchte er zwar, seinen Mund zu halten. Doch sobald er ihn öffnete, purzelten die Wörter heraus, als liefen sie um ihr Leben, und mit ihnen tropfte der Geifer aus seinen Mundwinkeln. Was Ulf von sich gab, waren im günstigsten Fall Sätze inmitten eines Haufens von überflüssigem Zeug und ergab im ungünstigsten überhaupt keinen Sinn. Oft waren Wendungen des Ave-Maria darunter, doch vermutlich einzig deshalb, weil die Verse dieses Gebets, das ihm ein Klosterschüler aus dem Lateinischen übersetzt hatte, seinen wild umherhüpfenden Gedanken ein wenig Halt zu geben vermochten.

Niemand wusste, warum der Alte so anders war als seine Brüder, seine Mutter aber, die vor vielen Jahren schon gestorben war, hatte die Vermutung geäußert, Ulfs Schädel habe bei einem Sturz einen gehörigen Schaden genommen. Als kleiner Junge war er in einem harten Winter von der vereisten Hühnerleiter gefallen und hatte sich den Kopf auf dem steinhart gefrorenen Boden geschlagen. Dreiunddreißig Tage lang währte Ulfs Bewusstlosigkeit, und als er am vierunddreißigsten wider Erwarten doch noch aufgewacht war, hatte er seine Eltern mit Wellen wirrer Wortgebilde begrüßt.

Mit den Jahren war Ulf beinahe so taub geworden wie seine Brüder. Eine Fähigkeit aber hatte er sich bewahrt. Ulf spürte. Er spürte alles, was ungewöhnlich war. Jede Schwingung und jedes Scheppern, jedes Klappern und Klimpern, jedes Rasseln und Rumpeln, jedes Flüstern und Wimmern, das nicht alltäglich war, schreckte ihn auf. Dieser Fertigkeit wegen befand Barthel ihn auch in hohem Alter noch für geeignet, als Knecht auf der Summus zu arbeiten, selbst wenn ihm manchmal die Kräfte fehlten, die schweren Mehlsäcke zu schleppen.

Die Mühlenschiffe waren der Macht des Rheins ausgesetzt. Des Sommers drohten Treibgut und des Winters Eisgang die Schiffskörper zu beschädigen oder gar fortzureißen. Daher waren die Mühlen auch in der Nacht, wenn sie nicht mahlten, mit einer Wache besetzt. Erst vor einigen Wochen, als der Rhein nach einem harten Winter freigetaut war, hatte eine verspätete Eisscholle kurz vor Sonnenaufgang die Mühle Otto zwar nicht gerammt, aber doch gestreift. Während der Müllersknecht auf der Otto selig weiterschlummerte, nahm Ulf im Schlaf wahr, was auf der Nachbarsmühle geschah – die Otto bekam immer mehr Schlagseite, drohte bald zu sinken und alle Mühlen der Unterreihe bei ihrer Fahrt auf den Grund des Rheins mitzureißen. Ulfs irre Rufe weckten viele Knechte der anderen Mühlenschiffe, und nachdem sie den verschlafenen Knecht der Otto gerettet hatten, kappten sie gemeinsam die Taue, die das sinkende Schiff in der Unterreihe hielten. Die Otto war verloren. Doch die anderen Mühlen der Reihe waren dank Ulf gerettet worden.

Auch nun dauerte es nicht lange, bis das Klappern der Mehlschaufel auf dem Mühlrad Ulfs Schlummer beendete. Ein wenig unbeholfen wankte er aus dem Mühlhaus und rieb sich die Äuglein. Als er Barthel nicht entdeckte, flackerte sein Blick hin und her.

»Gegrüßet seist du, sei doch, voll der Gnaden, doch ohne Barthel nicht, kein Barthel nicht, gebenedeit sei er doch, bitte für mich, so bitte, bitte, sag mir doch, lieb Bärbel mein, jetzt in dieser Stunde …«

Bärbel hob beruhigend die Hand. »Schon gut, Ulf. Barthel hat in der Stadt zu tun, und wir beide müssen die Stellung halten.«

Das schien Ulf Erklärung genug zu sein. Er machte sich daran, das Mahlwerk vorzubereiten, und Bärbel war froh, dass er sein loses Mundwerk hielt. Lange würde es nicht mehr dauern, bis die Bäckerei des Damenstiftes an der Kirche der heiligen Ursula ihr Korn zum Mahlen bringen ließ.

Mitten auf dem Domhof hielt Konstantin inne und wandte sich um. Er legte den Kopf in den Nacken, um den Dom zu betrachten. Ausgerechnet hier, mitten in der heiligsten Stadt nach Jerusalem und Rom, sollte der Teufel zu Werke gehen und die Wachen auf der Dombaustelle überlisten? Der Dombaumeister musste verrückt sein. Oder selbst vom Teufel besessen. Es gingen ja schon eine ganze Weile die Gerüchte, dass Gerhard einen Pakt mit dem Fürsten der Finsternis geschlossen habe, um dieses aberwitzige, ja hochmütige Werk des Domneubaus vollenden zu können.

Konstantin sah sich um. Eine Gruppe albernder junger Domschüler schickte sich an, eine Messe in Sankt Mariengraden zu besuchen, der Kirche zu Füßen des Doms, deren Stufen hinab zum Rhein führten. Links davon steuerten zwei ehrenwerte Schöffen das Hochgericht an. Auf der Gegenseite des Domhofs waren mehrere Mönche, die an ihrem schwarzen Habit als Benediktiner zu erkennen waren, unterwegs in den Palast des Erzbischofs. Drüben lag der blaue Stein, an den der Scharfrichter einen Verurteilten vor der Hinrichtung zu stoßen pflegte, um ihm zu zeigen, welches Stündlein ihm geschlagen hatte. Nicht weit davon stand einer der Pranger, an denen Urteile des Hochgerichts schnell vollzogen werden konnten. Und der nahe Kamphof diente Zweikämpfen, die das Gericht bestimmt hatte.

Nein, hier hatte der Teufel keinen Platz, denn hier herrschte Gerechtigkeit, dies war das heilige Herz Kölns. Nirgends sonst im Umkreis von tausenden Meilen gab es mehr Priester, Mönche und Nonnen, und nirgends sonst mehr Kirchen, Klöster und Kapellen, die wie die Vorburgen des Glaubens um den Dom standen, um ihn gegen das Böse zu verteidigen. Köln war die vollkommene Festung Gottes.

Doch bei diesem Gedanken wuchs in Konstantin das Bedauern. Dies war der letzte Tag des alten Doms, wie ihn die Stadt seit Jahrhunderten kannte. Morgen schon würde Gerhard mit dem Abbruch beginnen. Die Festung stand vor der Zerstörung.

Konstantin erschauderte plötzlich. Was, wenn das gar kein so guter Plan war? Wenn Gott mit seinem alten Haus vollauf zufrieden war? Wenn er gar nicht wollte, dass die Kölner ihm einen Bau auf die Erde pflanzten, der bis in seinen Himmel emporstreben sollte? Was, wenn der Allmächtige es deswegen zuließ, dass der Teufel sein Unwesen auf der Baustelle trieb? Wenn er Zeichen gab, die seine Geschöpfe nur richtig zu deuten hatten?

Wenn dem so wäre, hätte Gerhard es mit einem viel mächtigeren Gegner zu tun als nur mit dem Teufel.

Konstantin wollte weder diesen Gedanken noch die vier Morde der vergangenen Nacht weiterverfolgen. Er hatte ein anderes Übel bei der Wurzel zu packen.

Bei der Zahnwurzel.

Irmel holte Schwung und schüttete den Inhalt ihres Nachttopfs durch das Fenster. Klatschend landete die Pisse im Innenhof. Henner hatte seinen Frauen verboten, ihre Eimer auf die Straße zu entleeren, weil es sonst vor dem Haus gärte und wenig einladend roch. Irmel konnte es dem Hurenwirt nicht verdenken. Allein ihr Wasser genügte, alle Gäste in die Flucht zu schlagen. Seit Monaten schon stank es morgens wie Höllenschwefel, und oft war es blutig eingetrübt. Sie hasste sich selbst dafür, dass sie verfiel.

Irmels schmerzende Knochen nahmen ihr die Lust, frisches Wasser aus dem Brunnen zu holen, um sich die Nacht aus dem Gesicht zu waschen. Warum auch? Sie erwartete keinen Freier. Zu dieser frühen Stunde verirrte sich kaum ein Mann in Henners Hurenhaus. Allenfalls ein Knecht, den seine Herrin auf den Markt geschickt hatte und der es wagte, eine der ihm anvertrauten Münzen für ein leichtes Mädchen statt für leckeren Maifisch auszugeben, um dann nachher treuherzig zu behaupten, dass die Krämer auf dem Markt viel zu hohe Preise verlangten. Auch wenn die Auswahl, die ein früher Besucher im Hurenhaus hatte, gering sein mochte, würde er sich gewiss nicht für Irmel entscheiden. Nicht für eine Frau, die seine Großmutter oder wenigstens seine Mutter sein könnte. Nein, sie kam allenfalls zum Zug, wenn alle anderen Mädchen bereits beackert wurden und der Lendendruck bei einem Kunden groß genug war.

Umso überraschter war Irmel, als jemand ihre Tür aufstieß. Und umso enttäuschter, als sie sah, wer da ihre Kammer betrat.

»Kannst du nicht klopfen?«, brummte sie. »Was, wenn ich einen Freier gehabt hätte?«

Matthias setzte sich gleich auf die Bettstatt und legte ein gefaltetes Tuch neben sich. Irgendetwas war darin eingeschlagen. Seine Augen waren unterlaufen. Er sah schlecht aus.

»Hast du Paulus gesehen?«, sagte er ohne Umschweife.

Irmel knallte den Nachttopf in die Ecke und warf die Hände in die Luft. »Was habe ich nur falsch gemacht? Nicht einmal eines Grußes bemüßigt sich mein verkommener Sohn.«

»Morgen, Mutter.«

»Wie lange haben wir uns nun schon nicht mehr gesehen? Ein halbes Jahr? Länger? Und dann wagst du es, hier hereinzuschlurfen und nicht einmal zu fragen, wie es mir geht? Wofür habe ich dich nur unter Schmerzen auf die Welt gebracht, obwohl ich mir ein Balg gar nicht erlauben konnte?«

Matthias sah sie mit einem bitterbösen Blick an. Als wollte er sagen, sie solle sich ihre Boshaftigkeiten für ihre anderen unerwünschten Kinder aufbewahren. Als wollte er ihr zeigen, dass diese Masche bei ihm nicht zog. Aber er lächelte. Es sah gequält aus. Matthias nahm das Tuch auf seinen Schoß und faltete es auf. Darin eingeschlagen war ein Stück Brot.

»Von Henner. Er hat es mir mitgegeben. Er sagte, du könntest ein wenig mehr Speck auf den Rippen vertragen. Wäre besser fürs Geschäft.«

Irmel nahm es und begann zu kauen. »Dieser Trottel. Dann soll er mir doch Speck statt Krümel geben.«

»Du gibst deinen Kindern nicht einmal die Möglichkeit, bessere Menschen zu werden, Mutter. Weil du sie gar nicht zu Wort kommen lässt.«

»Dann bin ich sehr gespannt, was du zu sagen hast.«

»Ich habe mich gestern Abend Paulus gegenüber nicht so verhalten, wie es sich für einen Bruder gebührt. Nun suche ich ihn, finde ihn aber nicht. Im Lagerhaus, in dem er immer schläft, hat ihn in dieser Nacht niemand gesehen. Da dachte ich, er ist vielleicht mal wieder bei dir untergeschlüpft.«

»Was willst du von ihm?«

Matthias zog die Nase hoch. »Mich bei ihm entschuldigen.«

»Oho, schlägt denn jetzt wenigstens einer meiner Söhne den Weg der Rechtschaffenheit ein? Das will ich erst glauben, wenn ich es sehe.«

»Ich hatte getrunken. Paulus meinte es gut, aber ich hab's wieder einmal verbockt. Also muss ich die Dinge wieder geraderücken.«

»Ich dachte, du seist nicht mehr gut auf ihn zu sprechen, seit er sich von dir und dem Bettlerleben losgesagt hat.«

»Wir sind Brüder, Mutter. Nichts ist dicker als Blut.«

Irmel konnte nicht verhindern, dass sich ein Lächeln auf ihr Gesicht stahl. »Das ist gut so, mein Sohn.« Sie legte das Brot zurück ins Tuch und stand auf. Sie trat an den Balken, an dessen Kopf sich die Ritze befand, in der sie ihren Geldbeutel versteckte. »Du weißt, was sich da oben befindet?«

Matthias nickte. Natürlich wusste er es.

»Recht und Gesetz scheren mich einen Dreck. Bei mir bekommt derjenige mein Erbe, den allein ich für erbwürdig betrachte. Barthel braucht mein Geld nicht, denn sein Vater hat ihn schon gut versorgt. Und Paulus ist auf dem besten Weg, sich ein eigenes Leben einzurichten. Du bist zwar ein gottverdammter Tunichtgut, aber dir geht es dreckig, und wenigstens hast du das Herz am rechten Fleck. Da sind wir uns sehr ähnlich. Wenn ich mal nicht mehr bin, holst du dir den Beutel. Deine Brüder wissen nichts davon.«

Matthias fuhr sich mit den Fingern durch den struppigen Bart, bis der Schorf herausrieselte. Er nickte. »Danke, Mutter.«

»Aber dafür musst du mir versprechen, dass du dich mehr um deine alte Mutter kümmerst. Das Blut bindet dich nicht nur an deinen Bruder. Ich kann schließlich nicht ewig meine Beine breit machen und Kerlen in deinem Alter die –«

»Mutter, ich will das gar nicht hören.«

»Stell dich nicht so an. Würden sich meine Söhne anständig um mich kümmern, müsste ich das alles nicht tun. Dann könnte ich wie die Mütter von guten Christenmenschen meinen Lebensabend ohne Gram und Kümmernis begehen.«

»Ist ja schon gut«, sagte Matthias. »Was ist nun, hast du Paulus gesehen? Ich mache mir ein wenig Sorgen um den Einfaltspinsel.«

Irmel gab einen langen Seufzer von sich. »Ja, habe ich.«

»Wann? Und wo?«

»Er war hier. Heute Nacht. Aber nur kurz.«

»Und? Wohin ist er?«

»Was weiß ich? Soll er sich doch zum Teufel scheren, der Lümmel. Seinetwegen habe ich die ganze Nacht nicht geschlafen. Wisst ihr Jungen denn nicht, dass sich eine Mutter Sorgen macht? Denkt doch auch mal an mich, wenn ihr wieder etwas ausheckt. Mein Herz schlägt in der Nacht Purzelbäume, wenn ich fürchten muss, dass ihr was ausgefressen habt.«

Matthias blies die Backen auf. »So groß werden deine Sorgen wohl nicht sein, wenn du sie erst dann ansprichst, wenn ich dich nach Paulus frage.«

»Was weißt du schon, wie sich eine Mutter fühlt? Sieh du erst mal zu, dass du selbst Kinder bekommst. Dann wist du schon noch merken, wovon ich rede. Hoffentlich werden sie dir besser gelingen als mir meine.«

»Lass gut sein, Mutter. Was war denn nun mit Paulus, dass es dir den Schlaf geraubt hat?«

»Ich will gar nicht wissen, was mit ihm war, sonst werde ich wahrscheinlich bis an mein Lebensende kein Auge mehr zumachen können.«

»Jetzt sag schon.«

»Blutüberströmt war er, und eine ganze Horde mit einer Hundemeute war ihm auf den Fersen«, sagte Irmel und sah, wie Matthias' Kinnlade fiel. »Das ganze Haus haben sie auf den Kopf gestellt. Als wäre ein Sturm hier durchgefegt. Aber Paulus war schneller. Er war so schnell weg wie bei all seinen Besuchen bei seiner Mutter.«

Matthias sprang auf. »Das sagst du mir erst jetzt? Und auch nur, weil ich danach frage? Bist du … bist du völlig …?«

»Hüte deine Zunge, Matthias.«

Matthias sagte gar nichts mehr, sondern stampfte zur Tür hinaus.

Als Rodderick den rostigen Geißfuß in die Höhe reckte, johlte die Gruppe, die sich vor seiner hölzernen Bühne versammelt hatte. Und als die Menschen sahen, wie der Mann, den Rodderick gerade auf einen schweren Eichenstuhl gefesselt hatte, sich wand und vergeblich an den Ledergurten riss, stieg die Vorfreude nur noch mehr.

Gleich würde Blut fließen.

In diesem Augenblick hielt Konstantin sich für den größten Narren der Welt. Die schiere Verzweiflung hatte ihn auf die Bühne des Zahnbrechers auf dem Heumarkt getrieben. Jetzt saß er da, die Arme und Beine auf diesem harten Stuhl festgeschnallt, und in seinem Mund steckte schmerzhaft ein Kieferspreizer. Ein weiterer Gurt über der Stirn fixierte seinen Schädel an der hohen Rückenlehne. Sein Kopf war nach hinten gezogen, Konstantin konnte die Menschen vor der Bühne, die sich an seinem Leid ergötzten, nicht sehen. Warum nur hatte er mit Rodderick kein Zeichen vereinbart, auf das hin die Behandlung sofort abgebrochen würde? Und warum nur hatte er seinen rot-schwarzen Surkot, seine Amtstracht, nicht vorher abgelegt? Nun gab es kein Zurück mehr.

Wegen des Surkots war er für jedermann da unten als Büttel erkennbar. Es mochte wohl die Schadenfreude sein, die ungewohnt viel Publikum zu dieser frühen Stunde vor Roddericks Bühne gelockt hatte. Wann durfte man denn schon erleben, dass ein Büttel öffentlich gepeinigt wurde? Konstantin war zur Attraktion auf dem Jahrmarkt geworden.

»Tretet herbei, tretet herbei, edles Volk von Köln, und sehet, wie ich, Rodderick, euren bedauernswerten Büttel von seinem unbeschreiblichen Leid erlöse.«

Konstantin warf Rodderick einen bitterbösen Blick zu, doch der Zahnbrecher hatte nur Augen für seine Zuschauer, die sich in immer größerer Zahl vor der Bühne einfanden.

Dieser Pfuscher nutzte es auch noch weidlich aus, dass er hier wehrlos saß. Konstantin krallte sich an den Armlehnen fest. Verkehrte Welt. Sonst zählten solch zwielichtige Wandergesellen wie Rodderick zu *seiner* Kundschaft. Wie oft hatte er Zahnbrecher in Ketten legen lassen, die Zahnwürmer gar nicht aus dem Mund eines Verzweifelten gezogen hatten, sondern gewöhnliche Obstwürmer aus ihrer hohlen Hand? Und nun war er selbst derart verzweifelt, dass er sich auf diesen Stuhl geworfen hatte. Aber das Pochen in seinem Zahn musste ein Ende haben. Auch wenn es das Ende für seinen Zahn bedeutete.

Die Metallbügel des Kieferspreizers schmerzten in seinem Mund und die dämlichen Bemerkungen der Zuschauer in seinem Ohr. So ähnlich musste sich ein Dieb fühlen, dem gleich die Hand abgehackt würde. Fehlte nur noch, dass der Pöbel ihn mit faulem Obst bewarf. Zum Glück trugen die Bäume im April noch keine Früchte.

»Sehet diesen Geißfuß«, rief Rodderick in die Menge, hielt das Werkzeug hoch und legte es dann in ein Becken mit glühenden Kohlen. »Ihn muss ich erhitzen, da auch das Blut eures Büttels wegen des befallenen Zahns in heißer Wallung begriffen ist. Ginge ich mit einem kalten Geißfuß in seinem Fleisch zu Werke, stiege Dampf aus seinem Mund auf, der mich bei der Arbeit nur hinderte.«

Konstantin verdrehte die Augen. Davon war zuvor nicht die Rede gewesen. Ein letztes Mal versuchte er, seinen Protest zu formulieren, doch aus seinem aufgerissenen Schlund drang nur das Röcheln eines heiseren Esels.

Konstantin ergab sich in sein Schicksal. Er schloss die Augen. Um sich von dem abzulenken, was in den nächsten Augenblicken kommen musste, richtete er die Aufmerksamkeit auf das, was zu seinen Füßen gesprochen wurde. Bald nahm er die Fetzen eines Gesprächs auf, das sich zu seiner Überraschung gar nicht um ihn drehte und in das er sich daher nur zu gern vertiefte.

»Jetzt schneid schon ab«, sagte eine junge Frau. »Ich hab Hunger.«

»Geht nicht«, antwortete ein der Stimme nach wohl ähnlich junger Mann. »Das ist ja gar kein Messer.«

»Wie?«

»Das ist kein Messer. Ich krieg den Käse damit nicht geschnitten. Das ist 'ne Stichwaffe. Spitz. Aber nicht scharf.«

»Und wieso wusstest du das vorher nicht?«

»Weil das die Waffe ist, mit der mein neuer Freund diesem Mummersloch ...«

»Pst! Bist du des Wahnsinns?«

Konstantin riss die Augen auf. Es gab keinen Zweifel, worum sich das Gespräch drehte. Er versuchte den Mann und die Frau zu sehen, doch der Stirngurt drückte seinen Kopf so weit in den Nacken, dass er nur die gegenüberliegenden Kaufmannshäuser erblicken konnte und die Dächer einiger Marktbuden. Die beiden Gesuchten waren direkt vor seiner Nase, und er konnte sie noch nicht einmal sehen.

»Ist ja schon gut, ich sag ja schon nichts mehr.«

»Wie kommst du nur auf den Gedanken, mit diesem ... diesem ... Ding unseren Käse zu schneiden?«

»Hab nicht dran gedacht.«

»An so was denkt man doch.«

»Jetzt willst ausgerechnet du mir Gedankenlosigkeit vorwerfen? Darf ich dich an die Augenklappe erinnern? Wenn ich dich nicht darauf aufmerksam gemacht hätte, würdest du jetzt noch damit herumlaufen.«

Konstantin wollte schreien, aber es röchelte wieder nur der alte Esel. Er riss an seinen Fesseln, doch vergebens. Der schwere Eichenstuhl schien wie festgenagelt und ruckelte nicht einmal.

»Lass uns verschwinden«, hörte er den jungen Mann sagen. »Ich hab in den letzten Stunden schon genug Blut gesehen.«

Konstantin spürte Schritte auf der leicht schwankenden Bühne. Rodderick trat in sein Gesichtsfeld. Mit Blinzeln und Röcheln versuchte er ihm klarzumachen, dass er losgebunden werden wollte. Er musste dieses Gespräch weiter belauschen. Nein, er musste den Mann und die Frau festhalten. Rodderick aber legte ihm nur die Hand auf die Schulter.

»Nur die Ruhe«, raunte der Zahnbrecher in Konstantins Ohr. »Gleich ist's vorbei.«

Dann tauchte der rot glühende Geißfuß in seinem Gesichtsfeld auf, jedoch nur, um sogleich wieder zu verschwinden. In seinem weit geöffneten Mund.

Konstantins röchelnder Schrei begleitete ihn in die Ohnmacht.

Lisgen wünschte, sie hätte vier Brüste. Sie hatte zwar einen derart prallen Busen, dass sie stehend ihre Füße nicht sehen konnte, aber das genügte ihr nicht. Jedenfalls nicht für die Menge an Kindern, die sie gern stillen würde. Zwei Kinder nur konnte sie an die Brust nehmen, zwei weitere, die ein wenig älter waren, kamen tagsüber in ihre Obhut, jedoch nicht mehr, um gestillt zu werden.

Lisgen ging es nicht ums Geld. Nun, nicht nur. Als Amme konnte sie ja doch nicht reich werden. Sie liebte es schlicht, die Brust zu geben. Schon damals, als sie mit ihrem Siebrecht niedergekommen war, hatte Lisgen sich wie eine Lebensspenderin gefühlt, ja wie eine Schöpferin. Vielleicht war das zu hochmütig gewesen. Vielleicht hatte der Herr es ihr deshalb versagt, weitere Kinder zu bekommen. Lisgen aber war es gelungen, Sühne und Sünde zu vereinen. Als Amme konnte sie es weiterhin genießen, Milch und Leben zu spenden. Und sie konnte Gutes und somit Buße tun für die Anmaßung, sich als Gebärende ein wenig gottgleich gefühlt zu haben. Sie konnte Müttern helfen, deren Milch nicht einschoss oder versiegt war.

Solange es eben ging, wollte Lisgen saugende Kinder an ihren Brüsten haben. Inzwischen waren ihre Brustwarzen auf eine beachtliche und wenig ansehnliche Größe gewachsen. Ihr aber war das gleich. Ihre milchtriefenden, langen Nippel waren der Beweis für ihren Dienst an den unschuldigen Lämmern der Herde Christi.

An Tagen wie diesen ging sie gern mit den ihr anvertrauten Kindern die paar Schritte hinüber in den Baumgarten an der Kirche

Sankt Georg. Andere Ammen wickelten die Säuglinge stramm in Tücher und legten sie in eine Decke oder auf ein Häuflein Stroh. Lisgen aber liebte es, mit den Kindern im Gras zu liegen, wenn die Wärme die Blüten in die Kirschbäume trieb. Ihr Siebrecht kletterte dann in den Ästen des größten Baumes umher, und sie kitzelte die Kleinen mit einem Halm. Wenn die Kinder schliefen, sah Lisgen hinüber zur Viehtränke auf dem Waidmarkt und stellte sich vor, wohin die Pferde, die dort ihren Durst stillten, wohl noch reiten mochten.

Auch nun wollte sie wieder mit den Kindern in den Baumgarten, denn das Wetter war zu dieser frühen Stunde bereits herrlich. Als sie ein Brot und etwas Griebenschmalz in ein Tuch wickelte, hielt sie ein Klopfen an der Tür zurück. Lisgen öffnete nur einen Spalt weit. Ihr Vermieter fand bedauerlicherweise ebenso viel Gefallen an ihren Brüsten wie die Kleinen und sah für ihren Geschmack etwas zu oft nach dem Rechten, vor allem dann, wenn ihr Mann Heribert im Severinsstift die Ställe ausmistete und die Pferde striegelte.

Doch vor der Tür stand ein Unbekannter. Ein sehr gut aussehender Unbekannter. Einer von jener Sorte, bei der sie ihren Heribert schon mal vergessen konnte. Nicht zu groß, nicht zu dürr, ein schönes Gesicht mit klaren Zügen. Und dazu grüne Augen, deren Blick einen Stein zum Schmelzen bringen konnte. Der junge Mann sah ein wenig gehetzt aus. Doch das wirkte sogar – niedlich. Auf jeden Fall schien der Unbekannte mindestens ebenso überrascht wie Lisgen selbst. Wenn sie doch nur nicht immer die Kinder um sich hätte.

»Ja, bitte?«, sagte sie.

»Ist Jax da?«

»Jax?«

»Ja, Jax. Ist er da?«

»Wer bist du überhaupt?«

»Jenne schickt mich.«

Lisgen verzog das Gesicht. Natürlich. Jenne mal wieder. Der Kerl musste ebenso dumm wie gut aussehend sein. Bei ihr müsste der süße Narr keine Münze neben die Bettstatt legen.

»Also, ist er da?« Der Mann versuchte, über ihre Schulter in die Kammer zu lugen.

»Ja, er ist da.« Lisgen wippte ein wenig auf den Fußballen, um seinen Blick wieder auf sich zu lenken.

»Kann ich ihn sprechen?«

»Sprechen?«

»Ja, Herrgott noch mal, sprechen. Ist das denn alles so schwer zu begreifen?«

»Immer mit der Ruhe.« Die leichte Zornesröte stand dem Unbekannten gut zu Gesicht. Und Lisgen spürte, wie ein wenig Spannung in ihre Brustwarzen geriet. Wohlige Spannung. »Komm doch erst einmal herein.«

Sie trat beiseite und ließ den Fremden ein, der sich sogleich in der Kammer umschaute. Doch außer den beiden Säuglingen, die auf einer Decke in einer hölzernen Kiste lagen, und den beiden Krabbelkindern, die im Stroh gespielt hatten und ihn nun neugierig beobachteten, war niemand in der Kammer.

»Du willst also Jax sprechen.«

»Ja. Kannst du ihn nun endlich holen, bitte?«

»Hast du es denn wirklich so eilig? Mach es dir doch ein wenig gemütlich.« Lisgen deutete auf die Holzbank, die an einem Tisch stand. »Ich kann dir auch gern etwas Wein einschenken.«

»Ich habe es wirklich sehr eilig. Wo ist Jax?«

»Du willst ihn *sprechen*?«

»Rede ich vielleicht Latein? Ja, Himmel, ich will ihn sprechen. Ich habe eine Botschaft für ihn.«

Eine Botschaft? Was für ein wunderlicher Kerl. Lisgen ging zu den Krabbelkindern, hob einen Jungen hoch und hielt ihn dem Fremden mit ausgestreckten Armen entgegen. Jax gluckste vor Vergnügen. Er war eines der wenigen Kinder, die in diesem Alter keine Scheu vor Fremden zeigten.

»Nun?« Lisgen sah ihren Besucher erwartungsvoll an. Auf seine Botschaft an den Knirps war sie sehr gespannt.

»*Das* ist Jax?«

Lisgen hätte nicht gedacht, dass die Augen eines Menschen eine solche Größe erreichen konnten. »Das ist Jax. Wen hast du denn erwartet?«

»Du bist eine Amme?«

Lisgen kicherte. »Mal sehen, dort sind zwei Säuglinge, dort hinten ist ein Kind und hier auf meinem Arm noch eines, und keines von den vieren ist von mir. Doch hier«, sagte Lisgen und hob mit ihrem freien Arm ihre Brüste hoch, »ist ein gut gefüllter Busen, an den sich mancher gerne schmiegt. Ja, ganz offensichtlich bin ich eine Amme.«

Der Fremde fuhr sich mit der Hand übers Gesicht. »Heiliger Cosmas und heiliger Damian, warum tut ihr mir das an?«

»Bitte?« Lisgen wunderte sich nun doch sehr über den Fremden, der gerade die Schutzheiligen der Ammen angerufen hatte.

»Ach, vergiss einfach, was ich bis jetzt gesagt habe. Die Botschaft – oder besser ein Teil davon – dürfte dann wohl für dich sein.«

»Ich höre.«

»Jenne wird wohl erst in ein paar Tagen wieder vorbeischauen können. Sie ist im Augenblick sehr beschäftigt.« Der Mann sah den kleinen Jungen an. »Und dir soll ich sagen, dass Jenne dich sehr lieb hat. Und dass du anständig bleiben sollst, bis sie wieder da ist.«

Jax quiekte, als hätte er verstanden, was der Fremde ihm gesagt hatte. Der Mann hielt mit einem Mal zwei Münzen in der Hand. Jax versuchte, nach ihnen zu greifen.

»Die sind dann wohl für dich.«

Lisgen ließ die Münzen im tiefen Tal zwischen ihren Brüsten verschwinden. Dass Jenne ihr den kleinen Jax mal über Nacht und durchaus auch für ein paar Tage überließ, war nicht ungewöhnlich. Die beiden Münzen hingegen waren sehr wohl ungewöhnlich.

»Willst du nicht noch ein wenig bleiben?«, rief sie dem Mann hinterher, der bereits im Aufbruch begriffen war.

»Nein. Ich muss dringend jemandem den Hosenboden stramm ziehen.«

Als die Tür zufiel, seufzte Lisgen ein weiteres Mal. Den Hosenboden hätte er genauso gut ihr stramm ziehen können.

»Das war aber ein sehr netter Mann, findest du nicht, Jax?«

Jax schenkte ihren Worten keine Beachtung. Er strampelte auf ihren Armen, um wieder zurück auf den Boden zu seinem Spielkameraden zu gelangen.

Konstantin blinzelte in die Sonne, die sich bereits über die höchsten Häuser des Heumarkts erhoben hatte. Schweißtropfen perlten von seiner Stirn. Die Hitze war in die Stadt zurückgekehrt. Es war laut um Konstantin, doch bei Weitem nicht so laut wie vor seiner Bewusstlosigkeit. Die Menge vor der Holzbühne hatte sich verlaufen und sich anderen Zugstücken auf dem Jahrmarkt zugewandt. Er richtete sich langsam auf. Neben sich nahm er einen Schatten wahr. Rodderick.

»Wie lange war ich ohnmächtig?«, fragte Konstantin.

»Lange genug, dass die Zuschauer sich schon wieder getrollt haben.«

Konstantin quälte sich aus dem Stuhl des Zahnbrechers und rieb sich die Handgelenke. Die Spuren der Fesseln waren noch deutlich zu sehen. Rodderick grinste ihn frech an.

»Ich lasse Euch auf den Turm bringen, Rodderick.« Konstantin fühlte sich schwach, aber immer noch stark genug, sich mit diesem Pfuscher anzulegen.

»Das glaube ich nicht.«

»Ihr habt einem Büttel der Stadt Köln Gewalt angetan und Euch an seinem Leid ergötzt. Ihr habt mich vor den Massen zum Gespött gemacht. Und Ihr habt mich ausgenutzt, um für Euer zwielichtiges Geschäft Werbung zu betreiben.«

»Na, na, na«, sagte Rodderick. »Ihr habt keinen Grund, das Halsgericht einzuberufen. Die Gewalt, die Euch widerfahren ist, habt Ihr höchstselbst von mir verlangt.«

»Ich habe deutlich zu verstehen gegeben, dass Ihr beenden sollt, was Ihr gerade tatet.«

»Sehr wohl. Und ich habe es beendet, oder etwa nicht?«

»Ein Klugscheißer seid Ihr, Rodderick. Das wird Euch noch den Hals kosten.«

»Kommt endlich wieder zur Besinnung, Büttel. Ihr habt gerade eben Eure Hand gerieben, weil sie von der Fesselung schmerzte. Aber was ist mit Eurem Zahn?«

Vorsichtig betastete Konstantin seine Wange. In der Tat, der Druck war fort, das Pochen spürte er nur noch schwach. Die Gegenprobe erfolgte von innen – behutsam fuhr seine Zunge über den Unterkiefer auf der rechten Seite. Dort, wo ihn vorhin noch der zweite Backenzahn gepiesackt hatte, war ein fleischiges Nichts. Konstantin schmeckte Blut. Doch weniger, als er erwartet hätte. Irgendetwas fühlte sich fettig an in seinem Mund.

»Lasst es die nächsten Stunden etwas ruhiger angehen«, sagte Rodderick, während er Konstantins Blut mit einem Lappen von seinem Werkzeug wischte. »Sonst bricht es wieder auf. In die Wunde habe ich einen Pfropfen Butter gepresst, um die Blutung zu stillen. Bald dürfte er sich ganz aufgelöst haben.«

Ein Glücksgefühl überlagerte Konstantins Ärger über den Zahnbrecher. Er war eine seiner Sorgen los.

Seine Sorgen. Er erinnerte sich. Die beiden Gesuchten hatten sich ihm zu Füßen unterhalten, und er hatte nichts tun können, weil Rodderick ihn in die Mangel genommen hatte. So entschied Konstantin, Rodderick zur Strafe doch ein wenig leiden zu lassen, obwohl der Zahnbrecher ihn wie versprochen von seinem Leiden erlöst hatte.

»Weißt du, wie man mich nennt?« Mit einem raschen Griff hatte Konstantin Roddericks Ohr gepackt.

»Nein«, sagte Rodderick. Er verzog das Gesicht zu einer Fratze und wand sich.

»Man nennt mich Konstantin den Kneifer.« Konstantin drückte seinen Daumennagel, den er sich eigens zu diesem Zweck auf eine außerordentliche Länge hatte wachsen lassen, tief in das weiche Fleisch des Ohrläppchens, bis es blutete. Rodderick schrie auf. Er hing an Konstantins Daumen wie ein Lausbub nach einem missglückten Streich an der Hand seines strengen Vaters.

Konstantin drückte noch einmal kräftig zu, dann ließ er Rodderick los. Der Zahnbrecher taumelte zurück, sein Blut spritzte auf die Bühne. Er griff nach einem Tuch und presste es auf sein Ohr.

»Bist du des Wahnsinns, Büttel? Ist das der Dank für meine ehrliche Arbeit?«

Konstantin sprang von der Bühne und wandte sich zu Rodderick um. »Ich hab dich noch nicht zu einem Schlitzohr gemacht, Zahnbrecher, aber du hast nun einen Vorgeschmack auf das, was dir blüht, wenn du nicht sogleich aus der Stadt verschwindest. Wenn ich heute meine nächste Runde über den Markt drehe, solltest du mitsamt deiner Bühne fort sein.«

Konstantin ließ den jammernden Rodderick zurück, wohl wissend, dass der Mann sogleich seine Sachen zusammenpacken würde. Er richtete seine Gedanken wieder auf die Mordfälle. Wenn er das Gespräch, das eben zu seinen Füßen stattgefunden hatte, richtig auffasste, gab es eine gute und eine schlechte Nachricht. Die gute lautete, der Junge und das Mädchen waren noch in der Stadt. Aber es gab nichts, woran er sie erkennen konnte. Das war die schlechte Nachricht: Das Mädchen trug gar keine Augenklappe mehr.

»Du hättest es mir sagen sollen.«

Paulus eilte an ihr vorbei. Jenne sprang von der Brüstung der Brücke über den Duffesbach, der sie in der Nacht aus der Stadt getragen hatte. Sie konnte kaum mit Paulus Schritt halten. Er war sauer, und sie konnte es ihm nicht verdenken. Mit stampfenden Füßen ging er über den Steinweg, weiter in die Stadt hinein und geradewegs durch die Hochpforte, das südliche Tor der alten römischen Stadtbefestigung.

»Ich hab es für besser gehalten, dich nicht einzuweihen«, sagte Jenne.

»Wie schön, dass du deine eigenen Entscheidungen triffst«, entgegnete Paulus. »Darum geht es ja schließlich bei einem Bündnis, nicht wahr? Jeder denkt nur an sich selbst.«

Er zwängte sich an einem Fuhrwerk vorbei. Der Zugochse fühlte sich auf dem Steinpflaster sichtlich unwohl und ließ sich weder durch die Peitsche des Kutschers noch durch dessen Gebrüll zu einem schnelleren Gang bewegen. Jenne folgte Paulus und hielt gebührenden Abstand zu dem Karren aus Sorge, der Ochse könnte durchgehen.

»Ich habe auch an dich gedacht.«

»An mich?«

»Ja, an dich. Hätten Henners Männer mir bei Lisgen aufgelauert und hätten sie dabei zufällig dich geschnappt, wäre deine Geschichte wohl überzeugender, wenn du wirres Zeug geredet hättest und selbst überrascht gewesen wärest. Es sollte nicht gespielt wirken.«

Paulus bog nach rechts in die Straße Hinter Sankt Marien ab. Sie hielten nun geradewegs auf die Kirche Sankt Maria im Kapitol zu. »Und du hättest Zeit genug gehabt, dich aus dem Staub zu machen, während Henners Häscher mich auf den Turm bringen. Schlaues Mädchen, wirklich. Und so selbstlos.«

»Du wirst mir doch wohl nachsehen, dass mir *mein* Leben wichtiger ist als deins.«

Paulus blieb abrupt stehen und wandte sich mit drohendem Zeigefinger zu ihr um. »Sicher, wichtiger als meins. Und wichtiger als dein eigenes Kind. Du hättest gestern Nacht aus unserem Behelfsboot aussteigen sollen, um dich um dein Kind zu kümmern, Jenne. Wir sind ganz nah an Lisgens Wohnung vorbeigefahren. Aber du hast es vorgezogen, bei mir und der dicken Geldkatze zu bleiben. Du bist eine Rabenmutter, Jenne. Du denkst nur an dich.«

Nun war es Jenne, die ihren Zorn kaum bändigen konnte. »Ich bin bei dir geblieben, weil die Bluthunde vermutlich auch hinter *mir* her waren, denn du hohle Nuss hast ja ausgiebig in Blut gebadet und auch mich angefasst. Wäre ich unterwegs aus dem Bach gestiegen, hätten die Hunde meine Fährte aufgenommen, und *du* wärest fein aus dem Schneider gewesen. Ich hingegen hätte nicht nur mich, sondern auch Jax und Lisgen in Gefahr gebracht. Außerdem bin ich keine Rabenmutter.«

Jenne bohrte ihren Zeigefinger in seine Brust, doch Paulus fuhr auf dem Absatz herum und setzte seinen Weg fort.

»Natürlich nicht«, rief er über die Schulter. »Und als Nächstes willst du mir sicher wieder erzählen, dass du Jungfrau bist, du züchtige Dirne aus Henners Hurenhaus.«

»Es geht dich zwar überhaupt nichts an, aber genau das ist die Wahrheit – ich bin weder eine Rabenmutter noch entjungfert.«

Paulus blieb stehen. »Ich gebe auf«, sagte er.

»So schnell schon verzagst du?« Jenne schloss zu ihm auf und stellte sich neben ihn. Sie konnten das Jahrmarkttreiben bereits hören. Der Heumarkt war nur noch zwei Straßen entfernt.

»Ja, so schnell. Und weißt du auch warum?«

»Nein. Sag es mir.«

»Weil Wahrheit etwas ist, mit dem du nicht allzu viel anfangen kannst. Warum also sollte ich auf Ehrlichkeit pochen? Ich erwarte nichts mehr von dir. Dann kannst du mich auch nicht mehr überraschen.« Paulus wandte sich um und sah die Straße hinab. »Gleich sind wir am Hause Mummersloch. Jetzt ist es an dir, dich in die Höhle des Löwen zu begeben. Ich bleibe hier.«

Jenne nickte. »Sag mir erst noch, wie es bei Lisgen war. Geht es Jax gut?«

»Quietschfidel. Um ihn würde ich mir keine Sorgen machen. Sehr wohl aber um dich.«

»Warum das?«

»Auf der Gasse vor Lisgens Haus hat einer von Henners Männern gehockt. Zum Glück war er nicht besonders helle. Er hat mich zwar erkannt, genau wie ich ihn. Aber da er offenbar nur den Auftrag hatte, nach dir Ausschau zu halten, fand er es allenfalls ein wenig befremdlich, nicht aber verdächtig, mich dort anzutreffen. Und jetzt – viel Glück!«

Jenne ging los. Jax ging es gut. Zum Glück. Aber Henner ließ ihn bewachen. Zum Teufel.

Das Bürgerhaus war eigentlich zu klein. Kämen alle Mitglieder gleichzeitig in das Haus an der Judengasse, würden sie vermutlich gar nicht hineinpassen. Fast vierhundert Männer zählte die Richerzeche, wie sich die Gemeinschaft der reichen Kölner nannte. Im Bürgerhaus trafen sie sich, um die Geschicke der Stadt zu bestimmen – solange sie dem Erzbischof dabei nicht in die Quere kamen. Die Richerzeche übte die Aufsicht über die Märkte aus, sie verlieh das Zunftrecht und entschied, wer sich Bürger von Köln nennen durfte.

Für Konstantin boten die Mordfälle eine willkommene Gelegenheit, endlich einmal einen Blick in dieses Gebäude zu werfen. Um mehr über die drei toten Kaufleute zu erfahren, gab es keinen besseren Ort als das Haus der Richerzeche. *Domus in quam cives conveniunt*, ein Haus, in dem die Bürger zusammenkommen, so nannten die Mitglieder der Gemeinschaft den Bau. Aber unter »Bürgern« verstanden sie vornehmlich sich selbst. Die Reichen blieben gern unter sich. Für heute war keine Versammlung anberaumt, doch ging Konstantin davon aus, dass die Ereignisse der vergangenen Nacht für einigen Aufruhr sorgen würden. Die Kunde von den Morden rollte durch die Stadt, und hier würde es die neuesten Gerüchte geben.

In der Vorhalle wies man ihm den Weg in den großen Versammlungssaal, der im oberen Stockwerk gelegen war. Über eine Treppe aus schweren Balken gelangte er zu einer hohen Eichentür. Als er in den Saal trat, streiften ihn abfällige Blicke. Wie er erwartet hatte, war das Bürgerhaus an diesem Vormittag gut besucht.

Die Männer standen in kleinen Gruppen beisammen und unterhielten sich. Konstantin sah Männer der reichsten und damit mächtigsten Kölner Familien. Er sah mehrere Overstolzen, er sah einen Buntebart und einen Hirzelin, allesamt aus angesehenen Wandschneiderfamilien, den Tuchhändler Ludolf Grin, einen Kleingedank, einen Birklin und einen Hardevust.

Und er sah Bruno Hermann, einen der beiden Bürgermeister, die aus der Mitte der Richerzeche gewählt worden waren. Spötter sagten ihm nach, ihm fehle es zwar nicht an politischem Gewicht, sehr wohl aber an menschlicher Größe – Hermann war rund wie ein Butterfass und auch kaum größer als ein solches. Als der Bürgermeister am Kopfende des Saales auf ein Podest stieg, überragte er die Anwesenden kaum. Hermann hob eine Hand.

»Meine Herren, ich bitte um Euer Gehör, da ich nun das Ergebnis unserer Sammlung bekanntgeben möchte, mit dem wir die schändlichen Taten in unserer Stadt zwar nicht ungeschehen machen, sie jedoch aufzuklären helfen gedenken. Hinzugerechnet wurde das Geld, das die Familien der Opfer dieser widerwärtigen und gotteslästerlichen Morde bereitgestellt haben. Ich habe mir erlaubt, meinen eigenen Beitrag aufzustocken, damit wir eine runde Summe erreichen. Somit darf ich diesem Haus mitteilen, dass die Bürgerschaft der Stadt Köln vierhundert Silbermark auslobt für denjenigen, mit dessen Hilfe es den Gewaltrichtern gelingt, des Mörders der edlen Herren Gir, Quatermart und Mummersloch habhaft zu werden und ihn vor das Hohe Gericht unserer Stadt zu stellen. Ich wiederhole, vierhundert Silbermark.«

Ein anerkennendes Murmeln ging durch die Menge der Reichen, und auch Konstantin war beeindruckt. Vierhundert Silbermark waren eine beträchtliche Summe. Vielleicht nicht für einen Mann der Richerzeche, der in einem Jahr sicher ein Vielfaches dieses Betrages einnahm, aber für die allergrößte Mehrheit der Kölner Bürger. Dieses Geld nähme einem Tagelöhner alle Sorgen bis zu seinem Lebensende und seinen Nachkommen noch dazu.

Ein kluger Zug. Ein Mitwisser würde bei dieser Summe nicht nur in Versuchung geraten, sondern geradezu in Verzückung. Und in der ganzen Stadt würde das Jagdfieber ausbrechen. Schade nur, dass dem armen Werkmeister Burkhart nicht ebenso viel Willen zur Sühne widerfuhr. Es wäre ein Leichtes gewesen, auch auf den

Kopf von Burkharts Mörder – so es denn ein Mord und kein Unfall war – eine stattliche Belohnung auszusetzen. In diesem Saal war genug Geld versammelt, um einen langjährigen Kriegszug zu bestreiten.

Ein wenig fühlte sich Konstantin von der Macht, wie sie sich geballt vor ihm darstellte, regelrecht bedrängt. Aber er wollte sich davon nicht einschüchtern lassen. Noch während er sich fragte, in welches der Grüppchen er sich mischen konnte, um mit den Männern ins Gespräch zu kommen, schritt ein ihm wohl bekannter Mann mit Glubschaugen, krummer Nase und langem Hals auf ihn zu.

»Konstantin!«, rief ihm Theoderich Gir entgegen. »Habt Ihr Neuigkeiten für uns?«

Die Begrüßung durch den Schöffen bescherte Konstantin die nötige Aufmerksamkeit. »Leider nicht so viele, wie ich gerne hätte, Herr Gir.«

Gir legte den Arm um ihn und zog ihn weiter in den Saal hinein. Schnell waren einige Männer hinzugetreten. Konstantin erkannte den Tuchhändler Heinrich Rape und den Kaufmann Werner Parfuse.

»Habt Ihr schon von dem Mord auf der Dombaustelle gehört, Büttel?«, fragte Parfuse.

Konstantin nickte. »Auch diesen Todesfall untersuche ich. Von einem Mord will ich noch nicht sprechen.«

»Aber *ich* spreche von Mord«, beharrte Parfuse. Von seinem Vater Richolf, der Bürgermeister und Schöffe gewesen war, hatte er zwar das Geld, nicht aber das Köpfchen und auch nicht das gewandte Auftreten geerbt. Auch im bereits gesetzten Alter hatte Werner Parfuse noch ein jungenhaftes Milchgesicht. »So viel Gewalt in nur einer Nacht – das ist kein Zufall. Die einzige Verbindung, die es zwischen allen vier Fällen gibt, ist offensichtlich.«

Nun war Konstantin gespannt. »Und? Welche wäre das Eurer geschätzten Meinung nach?«

»Der neue Dom.«

»Der Dom? Wie kommt Ihr denn darauf, Herr Parfuse?«

»Fragt doch beim Domkapitel nach, wer bis zum gestrigen Tage zu den herausragenden Spendern des neuen Baus gehörte. Ich bin mir sicher, es werden auch die Namen Gir, Mummersloch und Quatermart fallen. In welcher Beziehung der Werkmeister zum Vorhaben des Dombaus steht, brauche ich Euch sicher nicht zu sagen. Und wenn Ihr nun auch noch von den Diebstählen gehört habt, die in den vergangenen Monaten auf der Dombaustelle geschehen sind, liegt für mich eines auf der Hand – jemand versucht mit aller Macht, den Bau eines neuen Doms zu verhindern.«

Konstantin staunte nicht schlecht. Parfuse war zumindest über einige Vorgänge bestens im Bilde. Seine Schlussfolgerung hatte einen gewissen Reiz, aber Konstantin empfand sie doch als eher zusammengereimt. Wer sollte denn ein so handfestes Interesse daran haben, den Bau eines Doms zu verhindern? Und wer würde für dieses Ziel so weit gehen, vier Menschen umzubringen? Und vor allem – warum?

»Ich bitte Euch, Parfuse«, sagte Theoderich Gir, »Ihr bringt da Dinge miteinander in Verbindung, die nichts miteinander zu tun haben.«

Nun mischte sich auch Kaufmann Rape ein. »Und ich sage Euch, da hat der Teufel seine Hände im Spiel.«

Konstantin zuckte unweigerlich zusammen. Schon wieder der Teufel.

»Schlimmer noch, viel schlimmer«, sagte Parfuse. »Der Herrgott selbst könnte dahinterstecken.«

Gir verzog das Gesicht. »Unfug, Parfuse. Warum sollte der Herr so etwas veranlassen. Und warum sollte ein Einschreiten Gottes schlimmer sein als das des Teufels.«

»Weil es dem Herrn nicht schmecken könnte, wenn wir ihm hier einen babylonischen Turm zu Füßen setzen. Der alte Dom erfüllt seinen Zweck und ist immer noch der prächtigste Bau weit und breit. Und dann – was könnte schlimmer sein, als dass sich der Herr selbst gegen uns wendet?«

Konstantin erkannte in der Rede des Kaufmanns seine eigenen Gedanken wieder, und es gefiel ihm gar nicht. Wenn auch andere so dachten, war vielleicht doch etwas dran.

»Es missfällt mir«, sagte Theoderich Gir nun kühl, »dass Ihr der Meinung seid, der Herrgott könnte sich den Tod meines Vaters gewünscht haben, nur weil er sich mit einer ansehnlichen Spende am Bau eines würdigen Gotteshauses beteiligt hat.«

Der Einwand verfehlte seine Wirkung nicht. Rape und Parfuse senkten peinlich berührt die Köpfe.

»Entschuldigt uns nun bitte, werte Herren.« Gir zog Konstantin beiseite. »Aber ich habe dringend etwas mit dem Büttel zu besprechen.«

Als er mit Konstantin in eine abgelegene Ecke und außer Hörweite gegangen war, rieb sich Theoderich Gir die rot geränderten Augen. »Diese Narren. Sich das Maul zerreißen, das können sie. Glaubt mir, Konstantin, zu viel Geld ist dem Hirn hinderlich. Es befreit Euch aller Sorgen, und ohne Sorgen müsst Ihr Euch den Kopf nicht mehr zerbrechen. Dann endet Ihr so wie diese beiden Schandmäuler.«

»Ihnen war offenbar schon nicht mehr bewusst, dass Ihr einen schweren Schicksalsschlag erlitten habt.«

»Ihnen ist vor allem nicht bewusst, dass sie keinen Verstand haben. Aber lassen wir das. Vergesst, was Rape und Parfuse an wirren Gedanken von sich gegeben haben, und wendet Euch dem Naheliegenden zu, Konstantin.«

»Und das wäre?«

»Was hatten mein Vater und die beiden anderen Ermordeten gemein?«

»Wahrscheinlich sehr viel. Sie waren wohlhabende Kölner. Kaufleute. Mitglieder der Richerzeche.«

»Ihr seid schon nah dran, Büttel. Alle drei waren Tuchhändler.«

»Ich weiß. Aber das allein gibt wohl kaum ausreichend Anlass, sie umzubringen, zumal nahezu jeder Kölner Patrizier am Tuchhandel teilnimmt.«

»Vielleicht doch.« Girs Adamsapfel hüpfte auf und ab.

»Erklärt Euch, Herr Gir.«

»Seht Euch einmal in diesem Raum um, Konstantin. Die Patrizier sind die wahren Herrscher Kölns. Sie sind wie Schweine, die sich um die besten Plätze an den Geldtrögen keilen und sich daran satt fressen. Sie zeugen Ferkel, zehn mindestens, zwanzig, wenn es nur irgend möglich ist. Nicht weil die Natur es ihnen vorgibt, sondern weil sie es sich erlauben können. Sie fürchten, ein anderer könnte mehr Macht und Geld an sich reißen als sie selbst. Und daher haben sie in ihrer Gier die Stadt zerschlagen, handeln über Achtel- und Zehntelteile eines Hauses, einer Halle, verkaufen vier

Fünftel eines Verkaufstischs und vererben sieben Achtel eines Grundstücks. Kommt ein fremder, reicher Kaufmann und lässt sich in der Stadt nieder, stürzen sich die Kölner auf seine Kinder und verheiraten sie mit den ihren, um so seinen Besitz aufzusaugen. Glaubt Ihr nicht auch, Konstantin, dass solche Männer in der Lage wären, ihr Revier mit allen Mitteln zu verteidigen?«

Konstantin war erschrocken über die Worte des Schöffen. Er gab sich keine Mühe, das zu verhehlen. »Herr Gir, Ihr redet über Euresgleichen. Ihr redet über Männer, wie auch Euer Vater einer war. Und wie Ihr selbst einer seid.«

»Das ändert jedoch nichts daran, dass es die Wahrheit ist.«

»Also gut, gehen wir davon aus, dass wir uns in einer Löwengrube befinden und sich in diesem Raum nur Gierhälse ohne Gewissen befinden. Fahrt fort.«

»Wie Ihr schon sagtet, nahezu jeder Kölner Kaufmann, der diesem Haus angehört, nimmt am Tuchhandel teil. Der Fernhandel mit Stoffen ist einträglich wie nichts sonst. Manchmal sind die Händler sogar bereit, sich auf Partnerschaften einzulassen. Wenn es denn dem eigenen Geschäft zuträglich ist.« Theoderich Gir machte eine Pause, als wollte er Konstantin auffordern, nun seine eigene Schlussfolgerung zu ziehen.

Konstantin tat ihm den Gefallen. »Ich nehme an, Hermann Mummersloch, Gerhard Quatermart und Euer Vater sind eine solche Partnerschaft eingegangen.«

»So ist es.«

Der junge Gir trat an ein Fenster und blickte auf die Straße hinaus. Den Männern im Saal kehrte er den Rücken zu. Konstantin hatte das Gefühl, als wandte sich der Schöffe in diesem Augenblick auch innerlich von den anderen Patriziern ab.

»Was ich Euch nun sage, Konstantin, fällt mir nicht leicht. Ich hege die Hoffnung, dass Ihr mit dem Hinweis, den ich Euch nun geben werde, verantwortungsvoll umgehen werdet. Ich will hier niemanden anschwärzen. Ich teile Euch lediglich einen Umstand, nein, eine Tatsache mit, welche die Vorgänge der vergangenen Nacht in einem neuen Licht erscheinen lässt.«

»Ihr dürft mir vertrauen.«

Gir rieb sich seine Hakennase. »Es gab noch einen vierten Partner. Und er lebt noch.«

»Ihr spannt mich auf die Folter.«

»Weil mich dieses Gespräch Überwindung kostet, Konstantin.«

»Dann gebt Euch nun einen Ruck und nennt mir den Namen.«

Theoderich Gir drehte sich um und sah in den Saal. »Er steht dort drüben«, sagte er und deutete mit einer knappen Kopfbewegung hinüber zu einer Gruppe von Männern, die von einem schlohweißen Haupt überragt wurde. »Ihr kennt den hochgewachsenen Herrn in der Mitte?«

Wer kannte ihn nicht? Theoderich Gir deutete auf niemand Geringeren als Dietrich von der Mühlengasse. Just in diesem Augenblick sah Dietrich zu ihnen herüber. Konstantin spürte mit einem Mal wieder ein Pochen im Kiefer, an der Stelle, wo ihm eben der Zahn gezogen worden war. Der Grund für dieses unangenehme Gefühl, dessen war er sich sicher, musste in der Person des Kaufmanns zu suchen sein. Dietrich zählte nicht nur den Erzbischof, sondern auch den Papst zu seinen Freunden.

Die Schönste! Welch überaus dämliche Beschreibung hatte Paulus ihr da nur gegeben. Sollte sie jetzt etwa durch alle Räume des Mummersloch-Hofes wandern und sich nach der schönsten Magd umschauen? Das kam gar nicht in Frage. Wenn sie Paulus' Liebchen nicht schnell fand, würde sie schlicht nach Angela fragen, auch wenn Jenne damit gegen den Grundsatz verstieß, den sie und Paulus gefasst hatten: möglichst wenig Aufsehen erregen, mit möglichst wenig Menschen sprechen.

Bis jetzt, fand Jenne, hatte sie in Anbetracht der Umstände vieles richtig gemacht. Sich auf Paulus' Seite zu schlagen, hielt sie sogar für ausgesprochen ausgefuchst. Wenn tatsächlich jene drei Kaufleute ermordet worden waren, die er genannt hatte, stand eines felsenfest: Eine Belohnung würde ausgesetzt werden. Entweder gelang es ihr an Paulus' Seite, den wahren Mörder zu fassen. Oder sie würde über kurz oder lang Paulus selbst ausliefern, so süß er auch sein mochte. So oder so würde sie als Gewinnerin aus diesem Abenteuer hervorgehen, wenn sie sich nicht allzu dumm anstellte.

Jenne trat durch den Durchlass in den Innenhof. Sie sah sich um, achtete aber darauf, nicht zu sehr wie eine Suchende zu wirken. Paulus hatte ihr gesagt, dass der Gesindetrakt linker Hand lag. Dort standen vor einem offenen Scheunentor zwei Männer und hackten Holz. Der eine stellte Scheite auf den Klotz, der andere spaltete sie zu Kleinholz. Sehr emsig gingen sie nicht zu Werke. Kein Wunder. Bei dieser Hitze für Brennholz zu sorgen, wäre auch keine Arbeit, die sie würde machen wollen. Ein wenig wunderte sie sich, denn nach dem Trauerfall, der dieses Haus in der vorigen Nacht ereilt hatte, wäre ein Ruhen aller Arbeiten angemessen gewesen.

Die beiden Männer waren offenbar für jede Ablenkung empfänglich, denn sie musterten Jenne in einem Maße, wie es ihr nicht recht sein konnte. Sie grüßte freundlich und schlüpfte schnell durch eine Tür in das Gesindehaus. Als sie sich in einem dunklen Raum wiederfand, hielt sie ihren Auftrag mit einem Mal für ähnlich dämlich wie Paulus' Beschreibung seines Liebchens. Wie sollte sie zu dieser Angela vordringen, wenn diese, was durchaus anzunehmen war, im Herrenhaus zu arbeiten hatte? Aber ihre Sorgen waren unbegründet. Auf einem Schemel mitten in der ansonsten völlig leeren Kammer saß eine junge Frau, die auch in ihrer schlichten Kleidung wunderschön war und sie anschaute. Jenne staunte. Vielleicht hatte Paulus doch nicht ganz unrecht mit seiner Behauptung, dass Angela die hübscheste unter Mummerslochs Mägden war.

»Angela?«

»Ja.« Angela machte große Augen. »Wer bist du?«

Pah, den Teufel würde sie tun und Angela ihren Namen nennen. »Ich habe eine Botschaft von Paulus«, flüsterte Jenne.

Angela sprang auf und trat schnell auf sie zu. »Paulus?«, antwortete sie und flüsterte nun ebenfalls. »Wo ist er? Ich mache mir solche Sorgen.«

»In Sicherheit. Er hat mich gebeten, dir etwas auszurichten. Er sagt, er hat nichts mit den Morden zu tun, und bittet dich inständig, ihn nicht zu verraten. Alles will er daransetzen, den Mörder deines Herrn und auch der beiden anderen Kaufleute zu stellen, um seine Unschuld zu beweisen. Aber das vermag er nur, wenn du stillhältst.«

»Nun sag mir doch endlich, wo er ist.«

»Das kann ich nicht. Je weniger du über ihn weißt, desto besser für dich und für ihn.«

Hastig sah Angela über Jennes Schulter hinweg durch die offene Tür in den Hof. »Was hast du mit ihm zu tun?«, wandte sie sich wieder Jenne zu. »Ich kenne dich nicht, und er hat nie ein Mädchen wie dich erwähnt.«

Herrgott, sie war ebenso schön wie neugierig. »Sagen wir so, ich bin eine unfreiwillige Freundin und kenne ihn erst seit gestern Nacht. Doch das tut jetzt auch nichts zur Sache.«

»Ich muss ihn sehen. Wie kann ich ihm glauben, wenn er mir nicht einmal in die Augen schauen mag?«

»Hör zu, ich kenne ihn zwar erst ein paar Stunden, aber eines glaube ich mit großer Gewissheit sagen zu können: Er ist kein Mörder, und er ist willens, seine Unschuld zu beweisen. Mehr kann ich dir jetzt nicht sagen. Verstehst du das?«

»Gehst du jetzt wieder zu ihm?«

Himmel, gleich fragte dieses Weibsbild ihr noch Löcher in den Bauch. Sie musste zusehen, dass sie endlich verschwand. Sie hatte ihre Pflicht getan. Doch bevor Jenne sich umwandte, kamen ihr plötzlich Zweifel. Die beiden Männer vor der Tür, die Holz hackten, obwohl das Haus in Trauer war. Angela, die allein und völlig untätig in dieser Kammer gesessen hatte, als wartete sie auf jemanden. Und dann all die beharrlichen Fragen nach Paulus' Aufenthaltsort.

»Was geht hier vor?«, fragte Jenne leise.

Angela schaute wieder über ihre Schulter und legte den schlanken Zeigefinger auf die vollen Lippen. »Leise, sie könnten uns hören.«

»Die beiden Kerle draußen?«

Angela nickte. »Er traut mir nicht.«

»Wer?«

»Der Büttel. Ich habe ihm nichts verraten. Aber er muss etwas in meinen Augen gelesen haben. Er hat mich unter Beobachtung gestellt.«

Der Büttel traut dir nicht und ich auch nicht, dachte Jenne. Aber wie kam sie hier wieder raus, ohne dass diese Angela sich an ihre Rockzipfel hängte oder sie womöglich an die beiden Wächter verpfiff?

Von irgendwoher vernahm Jenne ein dunkles Bellen. Als im nächsten Augenblick noch mehr Hunde anschlugen, fuhr ihr der

Schreck wie ein Blitz ins Herz. Die Hunde! Sie hatte die Hunde vergessen! Hatten die Tiere etwa das Blut an ihr gewittert? Nach so vielen Stunden noch?

»Mir ist auf einmal so flau«, sagte Jenne und fasste sich an die Stirn. »Hast du einen Schluck zu trinken für mich?«

Da die Kammer leer war, musste Angela sie verlassen, wenn sie einen Becher Wasser holen wollte.

»Gewiss«, sagte Angela. »Warte einen Augenblick.«

Schön, neugierig – und dumm wie ein Eifelhuhn. Kaum war Angela in einen Nebenraum verschwunden, gab Jenne Fersengeld und trat vor die Tür. Mit den beiden Aufpassern wurde sie schon fertig. Wollte man Männer auf andere Gedanken bringen, gab es nur ein einziges Mittel. Aber es erfüllte immer seinen Zweck.

»Seht bloß zu, dass euch beide die Arbeit nicht zu sehr ermüdet«, sagte sie, als sie an den Holzhackern vorbeikam. Sie setzte ihr anzüglichstes Lächeln auf. »Sonst habt ihr für wichtigere Dinge keine Kraft mehr.«

»Und welche Dinge sind das?«, fragte der mit der Axt und grinste.

»Ihr wisst schon, schlaffe Glieder und so.«

Bevor einer der beiden ihr noch einen zotigen Satz hinterherwerfen oder sich gar über das Bellen der Hunde Gedanken machen konnte, war Jenne bereits auf schnellen Füßen im Durchgang aus dem Innenhof verschwunden.

Ihre Sorgen war sie damit nicht los. Wenn jetzt jemand die Hunde von der Kette ließ, war es um sie geschehen. Sie musste dringend einen Weg finden, den Geruch von Blut an ihrem Körper loszuwerden. Sie eilte über den Quatermarkt, zurück zu dem Ort, an dem Paulus auf sie wartete.

Konstantin fluchte still in sich hinein. Lumpen zu jagen, machte ihm nichts aus. Aber ihm widerstrebte es gewaltig, es mit einem Mann vom Schlage eines Dietrich von der Mühlengasse aufzunehmen. Hier ging es um Politik. Und das war nicht das Feld, auf dem er sich wohlfühlte. Allein schon Dietrich in dieser Sache zu befragen käme einer schweren Anschuldigung gleich.

Seit Jahrzehnten behauptete Dietrich sich in der Schicht der reichsten Kölner. Gut gelitten war er bei den meisten anderen Familien nicht, weil er sich leichten Herzens gegen die Richerzeche gestellt hatte, als er sich davon einen Vorteil versprach.

Vor rund zwanzig Jahren noch war Dietrichs Ansehen in der Stadt ein anderes gewesen. Zu jener Zeit war er einer der beiden Bürgermeister von Köln gewesen. Als sich die Patrizier mit dem damaligen Erzbischof Heinrich von Müllenark überworfen hatten, war Dietrich es gewesen, der im Namen der Kölner Bürger beim Papst in Rom vorstellig wurde. In seinem Gepäck hatte er einen Blankokreditbrief der Stadt. Den musste er zwar weidlich ausnutzen, aber es gelang ihm nicht nur mit Geld, sondern auch viel diplomatischem Geschick, dass der Papst in der Auseinandersetzung Partei für die Kölner und gegen ihren Erzbischof ergriff. Eine Meisterleistung, denn Papst und Erzbischof waren für gewöhnlich nicht auseinanderzubringen. In den Straßen sprach jedermann über den Bürgermeister, der den Heiligen Vater für die Kölner hatte gewinnen können. Konstantin, der damals noch ein Knabe gewesen war und nicht in der Stadt lebte, hatte inzwischen durchaus wahrgenommen, was Dietrich geleistet hatte.

Vielleicht stammte der zweite Name von Dietrichs Familie sogar aus dieser Zeit. Jene aus der Mühlengasse nannte man auch heute noch »Weise«. Doch Dietrich Weise hatte etwas getan, was die Kölner Reichen selten verziehen. Er hatte sich, kaum dass Konrad von Hochstaden den verhassten Erzbischof Heinrich von Müllenark abgelöst hatte, in die Dienste des neuen Erzbischofs gestellt. Bedingungslos.

War man zu jener Zeit ein Freund des Erzbischofs, war man auch ein Freund des Papstes. Und als Freund des Papstes war man zugleich ein Gegner des Kaisers. Als Konrad im Thronstreit dann dem Stauferkaiser Friedrich II. die Stirn bot und sich auf die Seite von Gegenkönig Wilhelm von Holland schlug, musste Dietrich seine Treue beinahe mit seinem ganzen Besitz bezahlen. Anders als ihr Erzbischof sprachen sich die Kölner für das Haus der Staufer aus. Längst hatten sie Gefallen daran gefunden, das Gegenteil von dem zu vertreten, wofür ihr Erzbischof einstand. Ihren früheren Bürgermeister Dietrich ächteten sie und warfen ihn aus der Stadt. Am liebsten hätten die Kölner das wohl auch mit Konrad getan.

Zwei Jahre war der Bannspruch gegen den Weisen nun her, und

Konstantin wunderte sich, wie schnell es Dietrich gelungen war, wieder Mitglied der Richerzeche zu werden. Abermals war der Weise beim Papst vorstellig geworden, dieses Mal ausschließlich in eigener Sache, und abermals war er erfolgreich gewesen, dieses Mal jedoch ohne Zutun des Heiligen Vaters – die Kölner hatten schlicht die Fahnen gewechselt, und Dietrich fand sich unversehens in ihrem Lager wieder. Der Gegenkönig Wilhelm hatte die Kölner mit Privilegien gelockt und sie von lästigen Zöllen befreit, zum Dank durfte Wilhelm in Köln Hof halten.

Zum ersten Mal nach vielen Jahren vertraten Kölner Bürger, Erzbischof und Papst dieselbe Sache. Gemeinsam standen sie nun gegen die Staufer. Dietrich von der Mühlengasse konnte das nur recht sein. Vor einigen Monaten erst war er in die Stadt zurückgekehrt, nachdem der Bann aufgehoben war. Wieder einmal zeigte sich, dass er doch alles richtig gemacht hatte.

Alles in Konstantin sträubte sich dagegen, es mit solch einem Mann aufzunehmen. Mit einem Mann, der stets auf der richtigen Seite stand. Mit einem Mann, dem Erzbischof, Papst und Gegenkönig für seine Treue dankbar waren.

Für Konstantin stand eines nun fest. Bevor er Dietrich Weise befragen würde, musste er sich Rückendeckung einholen. Die konnte ihm nur der Burggraf geben. Heinrich von Arenberg führte den Vorsitz am Hochgericht, und er war vom Erzbischof berufen.

»Ich muss mit dem Burggrafen reden.«

Theoderich Gir winkte ab. »Das habe ich schon getan.«

»Wie bitte?«

»Ich habe ihm gesagt, dass ich die Morde bei Euch angezeigt habe, weil ich Euch für den besten Mann halte. Dem hat er nicht widersprochen.«

»Habt Ihr ihm auch gesagt, wen Ihr verdächtigt?«

Gir nickte. »Ich habe es angedeutet.«

»Und?«

»Er hat zumindest nicht erkennen lassen, dass ihm eine Ermittlung in diese Richtung widerstreben würde.«

Konstantin verstand. Er war auf sich allein gestellt. Unterstützung durfte er sich nicht erhoffen. Hätte er sich doch nur nicht den Zahn ziehen lassen. Dann könnte er nun die Schmerzen als Vorwand nehmen und sich jammernd in sein Haus zurückziehen. Er entschied, erst einmal Zeit zu schinden.

»Eines verstehe ich nicht, Herr Theoderich«, sagte er, um das Gespräch zu verlängern. »Dietrich von der Mühlengasse ist meines Wissens nicht sonderlich gelitten in dieser ehrenwerten Gemeinschaft. Wie kommt es, dass er so kurz nach Aufhebung des über ihn verhängten Bannes wieder Geschäftspartner gefunden hat?«

»Seht Ihr, genau darum halte ich Euch für die rechte Wahl in diesem Fall«, sagte Gir mit einem Lächeln. »Ihr stellt stets die richtigen Fragen. Die Antwort seht Ihr dort drüben.«

Girs krumme Nase deutete auf einen Mann, der inmitten der größten Gruppe stand und sich angeregt unterhielt. Konstantin kannte auch ihn. Gerhard Overstolz war das Oberhaupt einer Familie, die schon seit Jahrzehnten vom Tuchhandel lebte. Die Overstolzen waren gemessen am Alter anderer Patrizierfamilien eine noch junge Sippe. Aber dennoch gehörte sie schon zu den mächtigsten Familien der Stadt.

»Nicht jedem schmeckt, dass die Overstolzen mit der Gewandschneiderei mehr Reichtum angehäuft haben als jeder andere Tuchhändler der Stadt. Die Weisen wiederum sind schon seit Langem mit den Overstolzen verfeindet. Was liegt näher, als sich mit dem Feind meines Feindes zu verbünden?«

»Also haben sich Mummersloch, Quatermart und Euer Vater mit Dietrich Weise zusammengetan.«

Theoderich Gir nickte. »So ist es.«

»Ihr scheint davon auszugehen, dass Dietrich etwas mit den Morden zu tun haben könnte. Was aber, wenn er nun selbst in Gefahr ist, weil er dieser Gruppe angehört hat? Was, wenn die Overstolzen hinter allem stecken?«

Gir schüttelte kurz den Kopf. »Auch wenn mir die Overstolzen ein Dorn im Auge sind – das glaube ich kaum.«

»Was macht Euch so sicher?«

»Weil außer den Partnern niemand von diesem Bündnis weiß. Auch die Overstolzen nicht.«

»Dennoch, nur weil einzig noch der Weise lebt, muss er nicht für den Tod der anderen verantwortlich sein.«

»Und wenn ich Euch sage, dass es zwischen Dietrich und den anderen zum Zerwürfnis gekommen ist?«

»Dann würde ich gern mehr darüber hören.«

Theoderich Gir führte Konstantin in einen Nebenraum und ließ einen Krug Wein bringen. Konstantin leerte den Becher und noch einen weiteren. Nicht nur sein gepeinigter Kiefer bedurfte der Betäubung.

»Habe ich Euer Wort, dass das, was ich Euch mitteilen werde, unter uns bleibt?«

»Das habt Ihr«, erwiderte Konstantin und schenkte sich erneut ein.

»Mummersloch, Quatermart und mein Vater waren vorausschauende Männer«, sagte Gir, nachdem er sich auf einer Holzbank niedergelassen hatte. »Noch während der Weise unter dem Bann stand, nahmen sie Verbindung mit ihm auf. Der Weise hat Fähigkeiten und Kenntnisse, über die mein Vater und seine Geschäftsfreunde nicht verfügten. Er spricht mehrere Sprachen, darunter Latein, und hat als Fernhändler weit mehr Kontakte in fremde Gegenden als jeder andere Kölner Kaufmann, von den Overstolzen vielleicht einmal abgesehen. Dietrich Weise wiederum konnte damals mit all seinen Verbindungen nichts anfangen, solange er geächtet war – der Zutritt zu seinem Hauptumschlagplatz war ihm verwehrt. So schlossen die vier ein Bündnis. Der Weise verschaffte seinen neuen Partnern Zugang zu seinen Einkaufsstätten, und umgekehrt verkauften sie Weises Waren in Köln.«

»Bitte?«

»Ihr habt schon richtig verstanden, Konstantin. Mein Vater, Mummersloch und Quatermart haben gegen den Bann verstoßen und einem Geächteten geholfen.«

»Einem Geächteten geholfen – das klingt beinahe wie eine gute Tat. Die drei werden aus diesem verbotenen Handel den größten Vorteil geschlagen haben. Tut bitte nicht so, als sei es den dreien um Nächstenliebe gegangen.«

Gir zeigte mit einer wegwerfenden Handbewegung, wie wenig er von Konstantins Vorwurf hielt. »Ich erzähle Euch das nicht, um über die Verwerflichkeit ihres Tuns zu disputieren. Ich will Euch lediglich helfen, den Mörder meines Vaters zu finden. Einzig deshalb bin ich so aufrichtig zu Euch.«

»Ist der Verstoß gegen den Bann der Grund, weshalb niemand hier von dem Bündnis weiß?«

»So ist es.«

Konstantin zuckte mit den Schultern. »Fahrt fort.«

»Der Pakt hielt jedenfalls nicht lange, ein paar Wochen vielleicht, allenfalls ein paar Monate. Es muss einen heftigen Streit Dietrichs mit den anderen gegeben haben. Worüber sie sich zerwarfen, entzieht sich meiner Kenntnis. Mein Vater war sich des Umstands bewusst, dass er durch seinen Umgang mit einem Geächteten Unrecht beging, zumal ich ein Schöffe am Hochgericht bin. Er wollte mich nicht in Verlegenheit bringen. Lediglich das Nötigste hat er mir unterbreitet, weil ich sein Sohn bin. Aber weil ich Schöffe bin, hat er mir die Einzelheiten verschwiegen.«

»Wann haben sie sich zerstritten? Und wo? In Köln können sie sich ja nicht getroffen haben.«

Gir nickte. »Noch im vorigen Herbst sind die vier zu einer gemeinsamen Reise aufgebrochen. Die Overstolzen und die meisten anderen Kölner Kaufleute haben sich dem Englandhandel oder den französischen Messen in der Champagne verschrieben. Deshalb wollten mein Vater und seine Freunde sich neue Märkte und Handelswege erschließen. Sie nahmen die Route rheinaufwärts und überquerten die Alpen.«

»Italien?«

Gir nickte. »Der Norden Italiens, um genau zu sein. Dietrich Weise kennt sich dort wegen seiner mehrmaligen Reisen zum Papst aus, er kennt Land, Leute und vor allem die Sprache. Das Interesse meines Vaters galt vornehmlich Venedig, weil es dort bereits gute Verbindungen in die deutschen Lande gibt und er nicht auf ewig auf Dietrichs Hilfe angewiesen sein wollte. Venedig stellt zudem mit seinem Hafen ein Tor in ganz andere Welten dar.«

»Das klingt alles nach einer sehr nüchternen, aber doch für alle Seiten zweckvollen Übereinkunft. Hat einer von den vieren sie gebrochen?«

Gir hob abwehrend die Hände. »Ich sagte Euch doch bereits, das entzieht sich meiner Kenntnis. Nur eines kann ich Euch berichten. Im Spätherbst kehrten Mummersloch, Quatermart und mein Vater von dieser Reise zurück. Allein, ohne den Weisen.«

»Er hätte wegen der Ächtung ohnehin nicht nach Köln kommen dürfen.«

»Gewiss. Aber sie haben sich schon getrennt, bevor sie die Alpen überquert haben. Sie müssen sich furchtbar zerstritten haben. Nur geflucht hat mein Vater über den Weisen, mit Worten, die ich aus Anstand vor Euch nicht wiederholen will.«

»Hat Euer Vater nach seiner Rückkehr denn wenigstens etwas angedeutet?«

»Nein, nichts.«

Im großen Saal nebenan kam plötzlich Unruhe auf. Gir erhob sich, ging zur Tür und sah in den Saal. Über Girs Schulter konnte Konstantin erkennen, dass die Männer das Bürgerhaus verließen.

»Sie gehen schon in den Hafen«, sagte Gir.

»In den Hafen?«

Gir sah ihn überrascht an. »Habt Ihr nicht von dem Schiff gehört, das gestern Abend noch sehr spät angelegt hat?«

Nein, hatte er nicht. Und wenn er ehrlich war, genügten ihm vier Morde, zwei Gesuchte und ein gezogener Zahn als Neuigkeiten der vergangenen Stunden vollauf. Konstantin hob die Hand und bedeutete Gir weiterzureden.

»Eine riesige Kogge mit seltsamen Aufbauten. Niemand hat eine Ahnung, woher das Schiff kommt. Weiß der Teufel, wie die Treidler das Ding bis hierher bekommen haben. Hohe Herren sollen an Bord sein. Sie wünschen den Erzbischof und die Bürgermeister zu sprechen. Das will sich die Richerzeche natürlich nicht entgehen lassen. Ihr wisst schon, es könnte ja ein Geschäft zu machen sein.« Gir grinste.

Konstantin entschied, den Patriziern in den Hafen zu folgen. Wenn er Dietrich von der Mühlengasse befragen wollte, sollte er ihn besser nicht aus den Augen verlieren.

Paulus saß im Schatten einer Linde und wartete auf Jenne. Er hatte sich auf einem Sockel aus römischer Zeit niedergelassen, gleich vor Sankt Maria im Kapitol. Die Kirche, deren Chor sich vor ihm erhob, war auf den Fundamenten des Tempels für Jupiter, Juno und Minerva errichtet. Die heidnischen Steine hatte man in der neuen Kirche verbaut – es galt als gutes christliches Werk, eine heidnische Kultstätte zu zerstören, und das Baumaterial war zu schade, um es wegzuwerfen. Der Marmor war gefragt. Zermahlen und mit Wasser zu einem Brei angedickt, ließ er sich hervorragend wiederverwenden. Die Pracht der Römer war für die Christen gerade mal als Mörtel gut genug. Nur den großen Stein unter Paulus' Hintern hatten die Bauleute wohl übersehen.

Paulus mochte die Kirche, weil sie ihm Jesus Christus näher brachte als jedes andere Kölner Gotteshaus – der Chor von Sankt Maria im Kapitol besaß denselben Grundriss wie die Geburtskirche in Bethlehem. Das hatte Paulus von einem redseligen Küster erfahren, der jedoch nicht zu berichten wusste, wie Äbtissin Ida, die die Kirche vor zweihundert Jahren hatte erbauen lassen, an die Bethlehemer Pläne gekommen war. Wegen der Ähnlichkeit mit der Geburtskirche aber war der Brauch entstanden, dass der Kölner Erzbischof die erste von drei Messen in der Weihnacht stets in Sankt Maria im Kapitol las.

So wie vor einem halben Jahr. Paulus' Gedanken glitten zurück zu jenem Tag, an dem Angela ihm zum ersten Mal begegnet war. Oder besser gesagt: *erschienen* war.

Mit Matthias, seinem ältesten Bruder, hatte er in der Weihnachtsnacht genau hier vor Sankt Maria im Kapitol gehockt und brav gebettelt. Nun ja, zumindest gebettelt, wenn auch nicht ganz brav. Paulus hatte auf dem Boden hockend den Krüppel gegeben und seine gesunden Beine unter Lumpen versteckt, während sein Bruder, der Stimmgewaltige und Gewitzte, allen Kirchgängern nach der Christmette ihr ach so großes Leid klagte. Und dann kam sie und mit ihr der Augenblick, in dem Paulus sich wünschte, Matthias würde doch endlich sein vorlautes Mundwerk halten. Sollte sie glauben, er sei ein Krüppel? Eine Last für seine Familie? Ein Trottel, der seines Beines verlustig gegangen war, nur weil er betrunken unter der Karre eines Brauers geschlafen hatte, der am nächsten Morgen losgefahren war, ohne sich um den armseligen Jungen zu scheren? Doch Matthias plärrte immer weiter, um die anderen Bettler zu übertönen, die ähnliche und schlimmere und wahrscheinlich ebenso geflunkerte Gebrechen hatten.

Und wohl weil sein Bruder so laut rief und immer auf ihn zeigte, sah sie ihn.

Er hatte im Erdboden versinken wollen. Er hatte sie umarmen wollen.

Sie war so schön wie ein Frühlingsmorgen und ihr mitleidiges Lächeln so wärmend wie die milde Herbstsonne. Hätte Paulus nicht schon auf dem Boden gehockt, wäre er am liebsten auf die Knie gesunken. Sie schwebte so schnell und erhaben an ihm vorbei, dass er glaubte, einen Engel gesehen zu haben.

»Der Herr möge es Euch vergelten«, stammelte er ihr hinterher. Dabei hatte sie ihm gar nichts gegeben.

Als er es endlich schaffte, seinen Mund wieder zu schließen, bevor seine Zunge gefror, war sie bereits in der Menge verschwunden. Aber wenigstens hatte sie ihm einen Blick geschenkt. Und den Hauch eines Lächelns. Es schien ihm das Teuerste auf der Welt.

Während Matthias die wegen des hohen Festes reiche Ausbeute zählte, konnte Paulus nur noch an sie denken. War sie in Begleitung gewesen? Er wusste es nicht. Wohin war sie gegangen? Er wusste es nicht. Eines aber wusste er. Sie hatte ihr Haar offen getragen. Also war sie unverheiratet. Kaum ließ dieser Gedanke sein Herz hüpfen, schalt er sich auch schon einen Toren. Ein Engel an der Seite eines Lumpen? Unvorstellbar. Er hätte heulen können.

Matthias zog ihn erst mit derben Sprüchen auf und zerrte ihn dann am Mantelkragen weiter nach Sankt Cäcilien nahe dem Neumarkt. Dort las der Erzbischof nach altem Brauch und nach einem kurzen Ritt auf einem weißen Maultier im Morgengrauen die zweite Messe der Weihnachtsnacht, und dort sicherten sie sich bereits jetzt den besten Platz, um ihren Auftritt zu wiederholen. Trotz der Kälte war die ganze Stadt mitten in der Nacht auf den Beinen. Glockengeläut aus allen Kirchen, Stiften und Klöstern ließ Köln erbeben. Die Menschen waren frohgemut und ausgelassen. Aber Paulus' Herz flog am höchsten.

Es flog noch ein ganzes Stück höher, als er sie vor Sankt Cäcilien wiederentdeckte. Er musste sie übersehen haben, als sie hineingegangen war, doch als sie die Kirche verließ, kam sie direkt auf Matthias und ihn zu, als habe sie gewusst, wo genau er sich inmitten all der Bettler und Kirchgänger befand. Ein Engel, sie musste wahrlich ein Engel sein. Alle Messen besuchte sie, die der Erzbischof in der Heiligen Nacht und am ersten Weihnachtstag las, sie war fromm und rein. Und nun durften seinetwegen alle Umstehenden glauben, dass sie ein Wunder wirkte, einen Lahmen gehend machte. Er schob die Lumpen über seinen Beinen beiseite – und stand auf.

Und sie – lachte. In seinen Ohren klang es wie das schönste

Spiel von Zimbeln, Harfen und Schellen. Weiß der Himmel, was sie über ihn dachte. Aber er hörte ihr Lachen und bekam eine Ahnung vom zauberhaften Klang ihrer Stimme. Dafür zahlte er gern den Preis der Lächerlichkeit.

Die himmlische Musik endete so plötzlich, wie sie eingesetzt hatte. Ein mahnendes Wort kam von irgendwoher, und sie verstummte, senkte den Kopf und verschwand in der Menge. Sein Herz wollte davonhüpfen. Ihr hinterher.

Bevor Matthias ihn zurechtweisen konnte, weil er gerade durch die Aufdeckung seiner Beine und damit des Betrugs ihr beider Erträge aufs Spiel gesetzt hatte, rannte Paulus ihm davon. Nicht ihr hinterher. Aber durch die Hosengasse in die Straße vor Sankt Peter, wo das Viertel der Färber, Gerber und Walker begann. Er setzte über einen Zaun in den Hof eines Wollwäschers und fand bald einen Bottich klaren Wassers. Mit der bloßen Hand durchschlug er die Eisschicht und tauchte seinen Kopf in das Wasser. Die Kälte stach wie tausend Nadeln in sein Gesicht. Und doch wusch er sich, als wollte er sein gesamtes altes Leben von der Haut spülen. Paulus wusste genau, wenn der Erzbischof seine dritte Messe dieses Tages kurz nach Sonnenaufgang im Dom las, würde sie wieder unter den Kirchgängern sein. Und wenn sie dann in den Domhof trat, würde er sie erwarten, sauber und aufrecht stehend. Vielleicht würde er sie ansprechen. Wenigstens aber würde er ihr folgen, um zu erfahren, wo sie wohnte, in angemessenem Abstand natürlich, um sie als ehrbare Jungfrau nicht in Verlegenheit zu bringen.

Seinen Bruder fand er auf dem Weg zum Dom und auch im Domhof nicht wieder. Vermutlich mied Matthias die Bettlerhaufen aus Sorge, die Büttel könnten wegen Paulus' Torheit nach den beiden Betrügern Ausschau halten. Paulus aber fürchtete nichts und niemanden, nur eines: seinen Engel nicht mehr wiederzusehen. Ein erhöhter Platz vor der Pfalzkapelle, die den meisten Messbesuchern als Ausgang diente, sollte dies verhindern. Schon als das *Agnus Dei* aus der Kathedrale erklang, lange vor dem Ende des Gottesdienstes, schwang er sich auf einen Fenstersims des gegenüberliegenden Bischofspalasts und hielt gespannt Ausschau. Irgendwann öffnete sich unter Glockengeläut das Portal, und im Licht des jungen Tages ergoss sich der Strom der Menschen in den Domhof, wo die Bettler ihn empfingen. Paulus konnte über die

Köpfe auf dem Platz hinwegsehen, hinüber zum Portal. Immer mehr Menschen spie der Dom aus, immer mehr Gesichter erschienen in seinem Blickfeld, bis sie bald völlig verschwammen und Paulus sich die müden Augen rieb. Als er sie wieder öffnete, stand sie da, unbeweglich, drüben im Domportal, und sah zu ihm herüber. Frauen, Männer und Kinder strömten an ihr vorbei, doch sie rührte sich nicht.

Er hob die Hand. Sie senkte schamhaft den Kopf.

Paulus glitt vom Sims und bahnte sich einen Weg durch die Menge, fest entschlossen, sie anzusprechen, vielleicht sogar nach Hause zu geleiten. Aber als er sie erreichte, fand er sie inmitten einer Familie, deren Anblick jedes Wort auf seinen Lippen ersterben ließ. Der Vater war ein wuchtiger Patron, und seine Kleidung verriet seine hohe Stellung. Er trug eine Pelzmütze und einen Mantel aus pelzgefüttertem Scharlach, den eine goldene Spange vor der Brust schloss, Handschuhe aus feinem Leder und ebensolche Stiefel. Der Mann atmete Macht, und seine Frau, seine Söhne, Töchter und das Gesinde fügten sich unter seine starke Hand. Ein Patrizier. Paulus wusste, er konnte den Augen dieses Mannes nicht standhalten. Er verkroch sich in der Menge und entschied zu beobachten.

War sie seine Tochter? Unerreichbar? Oder war sie Magd? In weiter Ferne zwar, aber doch erreichbar?

Ihr Überwurf war aus einem guten Stoff, aber er gab keinen Hinweis auf ihren Stand. Doch als sich die Familie in Bewegung setzte, ging sie am Ende der Gruppe. Paulus hatte seine Antwort. Sie gehörte zum Gesinde.

Das war der Augenblick, in dem er sich in den Kopf gesetzt hatte, sie zum Weib zu nehmen. Dafür musste Paulus ihrem Vater, wer auch immer das sein mochte, den Beweis erbringen, dass er sie ernähren konnte. Er folgte der Familie bis zu ihrem Haus nahe am Heumarkt und fand heraus, dass es die Mummerslochs waren, ein reiches Patriziergeschlecht. In den folgenden Tagen legte er sich auf die Lauer, der Kälte zum Trotz.

Irgendwann gelang es ihm, sie abzupassen. Sie war auf dem Weg zum Markt, mit einem großen Korb am Arm. Als sie sich von einem Händler einen großen, runden Käse aus einem Tuch wickeln und zeigen ließ, nahm er all seinen Mut zusammen und sprach sie an, ohne sich Gedanken über seinen ersten Satz zu machen.

»Ihr habt da wahrlich einen schönen Laib, liebes Fräulein.«

Völlig verdattert blickte sie ihn an, und erst da begriff er, dass sie ihn gründlich missverstanden haben musste.

»Verzeiht«, stammelte er. Beide erröteten. »Ich meinte nicht Euren Leib, ich meinte den Laib Käse. Nicht, dass Ihr nicht auch … also, wie soll ich sagen?«

Als sie sich dann eine Locke hinters Ohr strich und ihn mit einem wahrhaft bezaubernden Lachen aus seiner misslichen Lage befreite, war es endgültig um Paulus geschehen. Von da an versuchte er, sie zu sehen, wann immer es ihm möglich war, und das war selten genug. Einmal in der Woche durfte sie die paar Schritte zum Markt gehen, um kleinere Besorgungen zu erledigen. Es waren nur kurze Einkäufe, ihnen blieb nur wenig Zeit, zwischen Tuchen, Fellen, Weinfässern und Kohlköpfen einige Worte zu wechseln. Sie wies ihn wenigstens nie ab und nährte so seine Hoffnung.

Irgendwann war es ihm gelungen, sie zu einem heimlichen Treffen in den Abendstunden zu überreden. Angela hatte sich aus dem Haus gestohlen, und sie waren mit einem Nachen zum Werthchen übergesetzt. Es war bitterkalt gewesen und daher kaum die Stimmung für ein trautes Beisammensein, aber er hatte ihr seine Gefühle gestanden – und dass er begonnen hatte, im Hafen zu arbeiten, um bald eine Familie ernähren zu können. Auch vom Spott seiner Brüder hatte er erzählt. Barthel, der Aufrechte, lachte ihn aus, weil ihn erst die Liebe zu einer Frau auf den rechten Weg geführt hatte. Matthias, der Bettler, höhnte aber wohl eher aus gekränktem Stolz. Paulus hatte ihn zurückgelassen, Matthias war nun auf sich allein gestellt. All das hatte er Angela erzählt, um ihr zu beweisen, wie ernst er es meinte.

Offenbar war ihr das nicht ernst genug. Sie fühlte sich geschmeichelt, war aber nicht annähernd so voller Überschwang wie er. Vielleicht glaubte sie nicht an Paulus' Willen, seinem Leben eine Wende zu geben. Für ihn aber war ihre Zurückhaltung nur ein weiterer Ansporn.

Ein Schlag auf Paulus' Hinterkopf führte unvermittelt Erinnerung und Gegenwart zusammen. Vor Schreck rutschte er fast von seinem Sockel unter der Linde.

»Deine Angela ist so schön gar nicht!«, zischte Jenne in sein Ohr und ging strammen Schrittes weiter. »Vor allem ist sie ein verfluchtes Flittchen!« Sie hielt auf die Gasse zu, die geradewegs auf den Heumarkt führte. »Jetzt komm endlich! Wir müssen auf den Markt.«

Der Zug der reichen Bürger setzte sich in Richtung Hafen in Bewegung. Noch in der Judengasse holte Konstantin Dietrich von der Mühlengasse ein. Der hochgewachsene Mann ging allein. Die anderen Männer mieden ihn.

»Auf ein Wort, Herr Dietrich.«

Der Weise sah von der Seite auf ihn herab. Konstantin war von hohem Wuchs, aber Dietrich war noch ein Stück größer. »Wer bist du?«, sagte er, ohne seinen Gang zu unterbrechen.

Konstantin ärgerte sich über die unverhohlene Geringschätzung. An seiner Amtstracht war er leicht als Büttel zu erkennen. »Mein Name ist Konstantin, und ich bin Diener der Gewaltrichter.«

»Und was will ein Büttel von mir?«

»Es geht um die Morde an den Herren Gir, Mummersloch und Quatermart.«

»Ich wüsste nicht, wie ich dir dabei weiterhelfen kann.«

»Sagt mir einfach, wie Ihr zu den dreien standet. Ich entscheide dann selbst, ob Ihr mir weitergeholfen habt.«

»Da hat der kleine Gir dir wohl etwas gesteckt.«

Konstantin versuchte, sich nichts anmerken zu lassen. Es ging Dietrich nichts an, woher er sein Wissen hatte. Er hob abwehrend die Hand und setzte zu einer Antwort an.

»Gib dir keine Mühe, es zu leugnen.« Dietrich fuhr ihm über den Mund. »Ich habe euch im Bürgerhaus gesehen, wie ihr die Köpfe zusammengesteckt habt wie zwei kleine Mädchen, die über den hübschesten Kerl im Saal tuscheln.«

Konstantin musterte Dietrich. Der Mann war es gewohnt, auf andere herabzuschauen, nicht nur seiner Größe wegen, auch aufgrund seiner Stellung. Dietrichs Gang war ein Stolzieren, wie das eines Adligen, der von Geburt an über dem einfachen Volk stand. Dabei war er streng genommen nichts anderes als ein einfacher Bürger. Aber das Geld machte den Unterschied. Dietrichs Blick ruhte auf dem Geschehen um ihn herum, doch waren seine Augen leicht zusammengekniffen, als hätten sie sich nur mühsam daran gewöhnt, all das Elend und den Dreck zu sehen, die das Leben in der Stadt nun einmal ausmachten. Die Kleidung des Kaufmanns war schlicht, aber aus unverkennbar guten Stoffen, wie es sich für einen Mann geziemte, der seinen Reichtum dem Handel mit Tuchen verdankte. Der Filz seines Hutes war sauber gearbeitet, ebenso das Leinen seines Hemdes, und Dietrichs Kittel war aus einer derart fein gekämmten Wolle gefertigt, wie Konstantin es noch nicht gesehen hatte. Wie reich der Weise war, deuteten die Schnallen und Spangen an seiner Kleidung an. Sie waren nicht aus Bronze, sondern aus Silber.

»Was hat der Gir mir denn Eurer Meinung nach gesteckt?«

»Du weißt, wie die Familie Gir zu meiner Familie steht?«

»Vermutlich so, wie wohl jede Patrizierfamilie in Köln zu den Weisen steht.«

»Dann wirst du wissen, welchen Wert seine Aussage gegen mich hat.«

»Herr Dietrich, Ihr verteidigt Euch bereits, obwohl ich gar keinen Vorwurf erhoben habe. Ich wäre Euch verbunden, wenn Ihr einfach meine Fragen beantwortet.«

Obwohl es so nah an den beiden großen Märkten voll auf den Straßen war, kamen die Patrizier problemlos voran. Die Menschen wichen vor den Reichen zurück. Am Ende der Judengasse angelangt, bog der Zug nach rechts in die Mühlengasse ein, die zum Rhein hinab abfiel. Es war die Straße, in der Dietrichs Familie ihren Stammsitz hatte.

»Also gut«, sagte Dietrich, »dann fange erst einmal du an, nicht mehr um den heißen Brei herumzureden. Was hat der kleine Gir dir gesagt?«

Der Weise mochte für seine diplomatischen Erfolge berühmt sein, aber er verstand es ebenso, ein offenes Wort zu sprechen und ein ebensolches zu verlangen. Konstantin zierte sich nicht lange. »Zunächst einmal hat Theoderich Gir seinen eigenen Vater belastet. Hartmann habe ein Unrecht gegen die Stadt Köln begangen, als er sich mit einem Geächteten eingelassen hat.«

»Hartmanns Unrecht ist von der Stadt längst wieder ins Recht gesetzt worden, denn der Geächtete ist nicht länger geächtet. Die

Selbstbezichtigung der Familie Gir verliert daher gehörig an Wert. Kommen wir also zu dem, was du wissen willst, Büttel. Gir und seine Bande haben mich betrogen. Mit dem Betrug ist die Vereinbarung, die wir als Geschäftsleute getroffen hatten, hinfällig geworden. So einfach ist das.«

»Warum habt Ihr sie nicht angezeigt?«

Der Weise warf Konstantin einen abfälligen Blick zu, als sei er enttäuscht von der Dummheit der Frage. »Vor welches Gericht hätte ich die drei denn als Geächteter stellen sollen? Ihnen war sehr wohl bewusst, mit wem sie da gerade Schindluder trieben.«

»Auf welche Weise haben Sie Euch betrogen?«

»Auf eine hinterhältige. Bei einer gemeinsamen Reise haben sie entgegen allen Beteuerungen ganz eigene Ziele verfolgt und sich eine Weile von mir abgesetzt. Mehr musst du nicht wissen, Büttel.«

»Ihr müsst sehr zornig gewesen sein.«

»So ist es.«

»Wozu ist ein Mann wie Ihr in der Lage, wenn er zornig ist?«

Dietrich blieb stehen und beugte sich zu Konstantin vor, während die anderen Patrizier an ihnen vorbeigingen. In seine strenge Stirn legte sich eine tiefe Falte, und seine Stimme klang wie das Grollen eines aufziehenden Gewitters. Der Weise schien nur auf den Vorwurf gewartet zu haben.

»Büttel, kennst du mich überhaupt? Weißt du auch nur ein kleines bisschen über mein Leben? Seit ich denken kann, löse ich Schwierigkeiten mit der Kraft meines Wortes. Alle Mitglieder meiner Familie tragen den Namen Weise. Das verdanken sie einzig *meinem* Wirken. Wir haben es nicht nötig, wie die Overstolzen, einen albernen Namen anzunehmen. Und auch wenn es einmal eine Zeit gab, in der alle Geschlechter dieser Stadt gegen mich standen, an meinem Weg hat sich nie etwas geändert. Daher hat sich auch mein Ruf in all den Jahrzehnten nicht geändert. Glaubst du denn wirklich, *ich* wäre ein Mann, der Streitigkeiten mit der Klinge löst?«

Nein, das glaubte Konstantin nicht. Aber das konnte er natürlich nicht sagen. Vor allem aber durfte er nicht zeigen, wie sehr er sich vor der Macht dieses Menschen fürchtete. Die Weisen mochten unter den Kölner Geschlechtern isoliert sein. Aber allein ihre

Nähe zum Erzbischof machte die Familie für ihn eigentlich unantastbar.

»Herr Dietrich, bei meiner Arbeit zählt nur ein Glaube, und das ist der an Gott, unseren Herrn. Dieser Glaube birgt einen Grundsatz. Den der Sündhaftigkeit des Menschen.«

Dietrichs Stimme gewann an Lautstärke. »Richtig, Büttel, Sünder sind wir alle, auf die eine oder andere Weise. Aber du suchst einen sündhaften Menschen, der zum Mittel der Gewalt greift. Also schau dich um unter denen, die dazu fähig sind.«

»Wer soll das Eurer Meinung nach sein?«

»Wer wünscht uns reiche Kaufleute denn zum Teufel?«

Jeder arme Schlucker in dieser Stadt, der keine Almosen von euch bekommt, dachte Konstantin. Auszusprechen wagte er es nicht. »Sagt Ihr es mir.«

»Fast alle handeln wir mit auswärtigen Tuchen, Büttel. Diese Tuche bringen wir nach Köln. Man nennt uns Gewandschneider, weil wir das Recht zum Ausschnitt haben und zum Verkauf der Stoffe. Wem in Köln also könnte es ein Dorn im Auge sein, wenn wir fremde Tuche in die Stadt bringen?«

»All jenen, die ihr Geld mit heimischen Tuchen verdienen.« Er stand da wie ein dummer Junge, den man mit der Nase auf das Offensichtliche gestoßen hatte.

Die Spannung wich ein wenig aus Dietrichs Gesicht. Er schien zufrieden damit, Konstantins Augenmerk ein wenig von den Anschuldigungen des jungen Gir abgelenkt zu haben. »Ich sage dir, Büttel, eines Tages werden uns die Weber noch den größten Ärger bereiten. Geh zum Wollenweberamt und erkundige dich dort, wer mit den drei feinen Herren über Kreuz lag. Ich gehe jede Wette ein, dass es alle Weber waren, ausnahmslos.«

Eingangs des Marktes holte Paulus Jenne ein. »Was erzählst du da? Ein Flittchen? Was soll das denn heißen?«

»Später, später«, sagte Jenne, während Menschen rechts und links von ihnen auf den Heumarkt und in die Gassen zwischen den Buden, Bühnen und Ständen drängten. »Los, dreh dich um und bück dich!«

»Was?«

»Hast du Hirsebrei in den Ohren? Umdrehen und bücken, los!«

Jenne packte ihn an der Schulter und riss ihn herum. Widerwillig ging er in die Hocke. »Was ist los, Jenne?«

»Was los ist? Unserer kuscheligen Fahrt im Waschzuber verdanke ich den Geruch nach dem Blut des Herrn Mummersloch, das ist los. Während du schon schön im Rhein gebadet hast, sind mir die Hunde noch immer auf der Fährte.«

Sie raffte ihren Rock und kletterte umständlich auf Paulus' Schultern. Mit gespreizten Beinen saß sie nun in seinem Nacken und versuchte, den wallenden Stoff ihres Rockes so gut es ging aus Paulus' Gesicht zu halten.

»He! Was soll das denn jetzt?«

Jenne verpasste ihm eine ordentliche Kopfnuss, worauf Paulus einen Schmerzenslaut von sich gab. »Denk doch nur einmal mit, du Narr! Ich verwende dich als Esel, damit meine Füße keine Geruchsspur auf dem Boden hinterlassen. Und hier auf dem Markt fallen wir unter all dem verrückten Volk wenigstens nicht sonderlich auf. Hüa!«

Jenne trat ihm in die Rippen, als wollte sie ihm die Sporen geben. Paulus begriff endlich, worum es ging, und lief los, so gut es Jennes Gewicht und ihre Rockfalten auf seiner Stirn zuließen. Er mischte sich gleich unter die Leute, und tatsächlich sah es in der Menge so aus, als wollte Jenne sich mittels ihres erhöhten Platzes lediglich eine bessere Aussicht über den Markt verschaffen. Eine seltsame Unruhe trieb Paulus zu einem hastigeren Schritt an. Von allen Seiten hörte er das Quieken von Schweinen, die Rufe von Marktschreiern, die Musik von Spielleuten oder das erstaunte Raunen gebannter Zuschauer. Und doch versuchte er im Lärm des Marktes und durch Jennes Rock über seinen Ohren nur ein Geräusch auszumachen – das Bellen der Meute.

»Wo ist die nächste Badestube?«, fragte Jenne und hielt sich mit ihren Händen an seiner Stirn fest.

»Du willst baden?«

»Nein, wir beide wollen baden. Da ich jetzt auf dir sitze und mich kräftig an dir reibe, musst auch du dich noch mal schrubben.«

Paulus stakste mühsam durch eine Gruppe kleiner Kinder, die sich vor einem Stand mit geschnitzten Holzfigürchen drängten. Wenige Schritte weiter musste er aufpassen, dass Jenne unter das Tau passte, das Seiltänzer zwischen zwei Buden gespannt hatten.

»Gleich in der Nähe liegt das Badehaus gegenüber von Haus Schöneck, du weißt schon, da, wo der Gir gewohnt hat. Aber die Badestube gehört den Girs, vielleicht sollten wir da besser nicht hin. Die nächste ist die unten am Rheingassentor. Die ist auch nicht viel weiter.«

»Nichts da. Wenn die an Haus Schöneck am nächsten liegt, reiten wir da auch hin.«

»Soweit ich weiß, hat sie keine für Männlein und Weiblein getrennten Baderäume.«

Die Antwort war ein neuerlicher Tritt in die Rippen. »Jetzt sei mal nicht christlicher als die Pfaffen von Klein Sankt Martin. Du vergisst, dass ich dich auf der Mühle schon nackt ertragen habe, und du wirst es sicher verkraften, wenn du mich so siehst, wie Gott mich erschuf. Es geht sozusagen ums nackte Überleben. Hü hott!«

Die Schmierstraße gehörte zu den schlechtesten Gegenden der Stadt, obwohl sie nah am Dom lag. Seit einiger Zeit schon zog sie viel zwielichtiges Gesindel an, das gerade Geld genug hatte, die verlausten Wohnungen zu mieten. Die Huren in der Schmierstraße waren im Begriff, denen an der Schwalbengasse den Rang abzulaufen. Nicht, weil sie so gut waren, sondern so billig.

Nox wollte sich nicht lange auf der Straße aufhalten. Schnell verschwand er durch die Tür einer Absteige, bei der man fürchten musste, ein kräftiger Windstoß würde ihren schiefen Wänden den Rest geben. Man wartete bereits auf ihn. Kleine Augen funkelten ihn in der Dunkelheit der Kammer an. Ratten, dachte Nox, genau wie Ratten. Die Männer machten keinen Hehl daraus, dass sie ihn früher erwartet hatten. Nox spie auf den Lehmboden und erstickte so jede Diskussion im Keim.

Er warf den Geldbeutel auf den Tisch und wartete ab, bis die Männer die Münzen gezählt hatten. »Verschwindet aus der Stadt. Heute noch.«

Das hätte er ihnen nicht zu sagen brauchen. Sie wollten ohnehin nicht mehr auf die Dombaustelle zurückkehren.

»Oooh.« Paulus' Kehle entfuhr ein lang gezogenes Stöhnen. Eine wohltuende Wärme umspülte seine Schenkel und wanderte schnell unter seinem Hintern hindurch den Rücken hinauf.

»Zu heiß?«, fragte das Mädchen und goss doch ungebeten eine weitere Kanne mit dampfendem Wasser in den Zuber. Der Schwall nahm den gleichen Weg wie der erste und umschlang Paulus' Körper wie die Umarmung einer Geliebten. Erst jetzt merkte er, wie müde seine Muskeln waren und wie sehr sie sich nach Ruhe und Entspannung sehnten. Die Verschnaufpause in der Badestube kam ihm sehr gelegen.

»Nein, nein, es ist wunderbar«, sagte er.

Es war schon sein zweites Bad an diesem Tag, aber es war mit Abstand von beiden das bessere. Ein wenig sorgte sich Paulus, seine Haut könnte unter all der Reinlichkeit leiden, doch seine Bedenken verflogen, als das Mädchen eine Handvoll getrockneter Wiesenkräuter in sein Badewasser warf und mit dem Dampf der Duft von Kamille aufstieg. Irgendwo ließ jemand seine Finger sacht über die Saiten einer Harfe gleiten. Paulus schloss die Augen und lauschte der Musik. Die Klänge plätscherten dahin, ohne einer Melodie zu folgen. Es war ein himmlisches Schlummerlied. Das sanfte Murmeln der anderen Gäste begleitete das Harfenspiel. Es war nicht weniger einschläfernd.

Entlang einer langen Wand war ein Dutzend Zuber aufgereiht, die jeweils Platz für zwei Badende boten. Alle waren besetzt, mal mit Männern, mal mit Frauen, meist aber gemischt mit Mann und Frau. Zwar mochte es erst um die Mittagsstunde sein, doch die Badestube an Klein Sankt Martin zog ihren Vorteil aus der Nähe zum Heumarkt. An Tagen wie diesem, an denen der Markt voll war, konnte auch der Badstuber nicht über leere Bütten klagen, zumal das Haus nicht nur für einen ordentlichen Heizkessel, sondern ebenso für gute Mahlzeiten berühmt war. Auf die Bretter, die auf die Zuberwände quer zwischen die Badenden gelegt wurden, kamen Speisen und Weine, die den Vergleich mit guten Gasthäusern nicht zu scheuen brauchten. Paulus und Jenne hatten mit Glück und unter Vorhalt einer Münze aus der schweren Geldkatze den letzten freien Zuber belegen können.

Den Wannen gegenüber war der große Raum mit Vorhängen abgetrennt. Hierhin zogen sich Badegäste für Behandlungen aller Art zurück, und jeder, der hierherkam, wusste, dass dazu auch eine Reihe von Unartigkeiten gehörte, die von der Stadt jedoch geduldet wurden, solange sie hinter den schweren Tüchern verblieben. Das Harfenspiel diente dazu als leichtes Klanggewand, das die leisen Laute der Wollust jenseits der Vorhänge einhüllte.

Gerade als Paulus einzudösen begann, gab das Bademädchen einen weiteren Guss erhitzten Wassers in seinen Zuber. Er kniff seine Gesäßhälften zusammen. Das war doch des Guten ein wenig zu viel.

»Wenn es dir zu heiß ist, können wir gern hinter den Vorhang gehen«, sagte die junge Frau. Sie senkte die Stimme, aber das brauchte sie nicht, denn Paulus wusste auch so, was mit der Wendung »hinter den Vorhang« gemeint war. Und er wusste, weshalb sie ihn mit siedend heißem Wasser aus dem Zuber treiben wollte. »Eine kleine Abreibung mit dem Badewedel wirkt Wunder und kühlt schnell. Von kundiger Hand angewandt, entspannt die Behandlung manches arg verspannte Glied. Und sie kostet nur wenig mehr.«

Allmählich traten Paulus Schweißperlen auf die Stirn. Sie war hübsch, nun ja, zumindest vom Hals abwärts, aber ihm stand nicht der Sinn nach sündigem Treiben. Das Mädchen griff zu einer weiteren Kanne, die neben dem Zuber stand. Paulus wertete es als sanfte Drohung.

»Lass gut sein. Ich bin aus einem anderen Grund hier.«

Das Mädchen lehnte sich mit den Ellbogen auf den Rand des Zubers, beugte sich vor und tauchte ihren Busen leicht ins Wasser. Gierig saugte der dünne Stoff ihres Gewandes die Feuchtigkeit auf und enthüllte ihre übergroßen Warzenhöfe auf den handlichen Brüsten. Paulus konnte den Blick nicht abwenden.

»Was kann das für ein Grund sein? Soll ich dir vielleicht lieber einen Knaben ins Wasser schicken, der dich an deinen geheimen Orten reinigt?«

»Nein, nein, das ist es nicht. Mir steht nur nicht der Sinn nach so etwas.«

»Bist du ganz allein hier?« Sie glitt wie beiläufig mit der Hand durch das Wasser und kam dabei seinem besten Stück gefährlich nahe.

»Nein, ist er nicht.«

Jenne stand neben dem Bademädchen. Sie öffnete das Leinengewand und ließ es an sich hinabgleiten. Paulus schluckte. Nein, ohne Zweifel, Jenne war kein Kind mehr. Das nahm auch das Mädchen wahr, das Jenne musterte und angesichts ihres makellosen Körpers eine beleidigte Miene aufsetzte.

»Bring uns was zu essen«, sagte Jenne. Sie schien es zu genießen, weitaus größere Vorzüge als das Bademädchen zu haben. Paulus fand sie schamlos. »Etwas Fleisch, Brot und Wein, auch Obst, wenn ihr welches habt.«

Das Mädchen sandte Jenne einen bitterbösen Blick zu, der sich jedoch schnell in ein Leuchten auflöste, kaum dass in Jennes Hand eine weitere Münze aufblitzte. Das Mädchen verbeugte sich und zog sich zurück.

Mit einem triumphierenden Lächeln stieg Jenne auf den Rand des Zubers und ließ ihren Körper sacht zu Paulus ins Wasser gleiten. Sie tauchte kurz unter und schob sich das nasse Haar aus der Stirn.

»Du hättest nicht so abweisend zu sein brauchen. Sie wollte nur freundlich sein.«

»Freundlich sein? So nennst du das? Habt ihr Kerle denn niemals etwas anderes im Sinn? Nicht einen Augenblick kann ich dich allein lassen.« Sie spritzte einen Schwall Wasser in sein Gesicht und grinste frech.

Paulus rieb sich die Augen. »Was unterstellst du mir da? Sie hat mir lediglich gesagt, was sie anbietet, und ich habe ihr Angebot abgelehnt. Sonst war nichts.«

»Ihr Männer seid alle gleich, mein Lieber. Soll ich es dir beweisen?«

»Nur zu.«

Ehe sich's Paulus versah, hatte Jenne unter Wasser flink zwischen seine Beine gefasst. Doch sie bekam nur ein schlaffes Glied in die Hand. Erwartet hatte sie wohl einen anderen Zustand. Sichtlich überrascht von ihrer Entdeckung, ließ sie es sofort wieder los.

»Heilige Agnes«, rief Paulus und rutschte rückwärts die Wannenwand hoch, sodass das Wasser über den Rand schwappte. Die Störung der Stubenruhe brachte ihm missbilligende Blicke der anderen Badenden ein.

»Hoppla, da habe ich mich wohl getäuscht.« Jenne hob die Schultern.

»Geht's dir noch gut?«, sagte Paulus und glitt wieder ins Wasser. »Mach das bloß nicht noch mal.«

»Ist ja schon gut. Ich dachte, das Bademädchen hätte eine andere Wirkung auf dich gehabt. Sonst habt ihr es doch gern, wenn sich alles nur um euren Wimpel dreht.«

»Ihr, ihr, ihr – hör auf, von uns Männern als geile Böcke zu reden. Das einzige Ferkel mit schweinischen Gedanken in dieser Wanne bist du, Jenne. Wir beide sind nicht verheiratet. Ich weiß gar nicht, warum ich mit dir über diese Dinge rede.«

Jenne rutschte ein Stück tiefer in den Zuber bis zur Unterkante ihrer Oberlippe und blies blubbernd ins Wasser. Sie sah Paulus tief in die Augen.

»Ich bin nicht so, wie du denkst«, sagte er, um seine früheren Worte zu unterstreichen.

Jenne blubberte.

»Andere Männer mögen so sein.«

Jenne blubberte.

»Mein Herz gehört nur einer Frau.«

Jenne schob sich wieder ein wenig höher. »Dein Herz, ja. Und der Rest? Den dürfen wir uns teilen? Und wieso sitzt du überhaupt mit einer nackten Frau in einem Zuber?«

»So – bin – ich – nicht«, sagte Paulus und betonte jede Silbe. Er griff zu einer Bürste, die auf dem Zuberrand lag, und begann sich zu schrubben. »Hast du nichts Besseres zu tun, als dir darüber Gedanken zu machen? Wir haben drängendere Probleme.«

»Da stimme ich dir zu.« Jenne setzte sich wieder auf und begann ebenfalls, sich gründlich zu reinigen. Ihre Brüste schauten aus dem Wasser und wippten bei ihren Waschbewegungen auf und ab. Paulus zwang sich, nicht darauf zu starren.

»Wo du gerade von der Frau redest, der dein Herz gehört – ich traue ihr nicht.«

»Warum?«

»Auf dem Hof war eine Falle aufgebaut. Der Büttel hat zwei Männer abgestellt, die deine Angela im Auge behalten sollen. Sie hat mich erst darauf hingewiesen, als ich sie geradewegs darauf angesprochen habe. Und sie war sehr interessiert daran, wo du steckst.« Jenne hob ihr linkes Bein aus dem Wasser und seifte es ein.

»Das finde ich nicht ungewöhnlich.«

»Das mit den Männern?«

»Nein. Dass sie wissen will, wo ich bin.«

»Ich fand es jedenfalls seltsam«, sagte Jenne und schenkte auch dem anderen Bein die nötige Aufmerksamkeit. »Sie hat brav in dieser Kammer gehockt und offenbar schon seit Stunden nur darauf gewartet, dass du vorbeischaust. Wie der Käse in der Mausefalle. Die beiden Häscher hätten dich sofort auf den Turm gebracht. Wenn ihr etwas an dir liegen würde, wäre es ihre Pflicht gewesen, sich dort aus dem Staub zu machen oder dich zu warnen.«

Nun war es Paulus, der sich tiefer ins Wasser gleiten ließ und Blubberblasen blies. Jenne mochte erzählen, was sie wollte, er würde nicht an Angela zweifeln. »Nenn sie nie mehr so«, sagte er.

»Wie?«

»So, wie du sie genannt hast.«

»Wie?«

Paulus wollte das Wort nur schwer über die Lippen. »Flittchen.«

»Warum nicht?«

»Weil ich sie liebe und jemand wie du, ausgerechnet jemand wie du, so nicht über jemanden reden sollte, den er nicht kennt.«

»Du meinst, eine Hure wie ich.«

»Ja.«

»Sagen wir so – ich weiß eben, wovon ich rede, wenn ich jemanden als Flittchen bezeichne. Übrigens hast du ein falsches Bild von mir.«

»Habe ich das?«

»Ja. Wäschst du mir den Rücken?«

Sie drehte sich zu ihm um und präsentierte Paulus ihre Rückseite. Widerwillig begann er, sie mit der Bürste zu schrubben.

»Autsch, nicht so fest. Ich bin kein Pferd.«

»Und ich bin kein Bader. Was ist mit unseren Kleidern?«

»Werden gerade gewaschen.«

»Wie schnell werden sie trocken sein?«

»Nach dem Mangeln werden sie gleich neben den Heizkessel gehängt. Sie sind schneller trocken als wir beide.«

»Fertig«, sagte Paulus, worauf Jenne wieder auf ihre Seite des

Zubers zurückkehrte. Eine ganze Weile sagte keiner der beiden etwas. Während sie sich wuschen und versuchten, keine Körperstelle zu vergessen, sah Paulus immer wieder verstohlen zu ihr hinüber. Nicht etwa, weil er sie schön fand, denn das war sie zweifelsohne, vor allem mit nun zwei gesunden Augen und auch mit ihrer frechen Zahnlücke. Nein, Paulus versuchte, sie zu durchschauen, und vielleicht war dies leichter, wenn sie nackt war. Er hegte Zweifel. Hatte er sich richtig entschieden, als er sich mit ihr verbündete? War seine Not wirklich so groß, dass er sich mit solch einem undurchschaubaren, sprunghaften Wesen, wie Jenne es war, einlassen musste? Wie oft schon hatte sie ihm einen Bären aufgebunden?

Undurchschaubar, sprunghaft. In gewisser Weise erinnerte Jenne ihn an Nox. Und das hielt er für keine gute Voraussetzung. Hinzu kam, dass sie Angela misstraute. Und dass sie Angela als Flittchen bezeichnet hatte. Ausgerechnet Jenne. Sollte er jemandem sein Leben anvertrauen, der so über die von ihm geliebte Frau dachte?

Als er Jenne abermals anschaute, nahm sie seinen Blick auf. Sie lächelte. »Glaub ja nicht, dass ich nicht merke, wie du mich anstarrst.«

»Du meintest, ich hätte ein falsches Bild von dir. Wie soll ich mir ein Bild machen, wenn du ein wandelnder Widerspruch bist?«

Jenne stand auf und griff über den Zuberrand, um sich eine der Kannen mit heißem Wasser zu nehmen. Als sie den Schwall in die Wanne gab, umhüllte der aufsteigende Dampf ihren nackten Körper. Paulus sah das Dreieck ihrer Scham und wandte peinlich berührt den Blick ab. Sie wollte ihn wieder nur verwirren, mit ihm spielen, dessen war er sich sicher.

»Nun haben wir ja ein wenig Zeit«, sagte sie und setzte sich wieder ins Wasser. »Also frag, was du wissen willst.«

»Du behauptest, Jungfrau zu sein, und bedienst doch Freier in Henners Hurenhaus. Du behauptest, unberührt zu sein, und hast doch ein kleines Kind, das du mir zuerst noch als deinen Liebsten verkauft hast. Das verstehe, wer will. *Ich* verstehe es nicht.«

»Ich dachte, wir wären nicht verheiratet? Jetzt willst du ja doch über solch vertrauliche Dinge reden.«

»Du musst es nicht, wenn du nicht willst. Aber ich würde gern wissen, wem ich mein Vertrauen schenke. Dass du Jungfrau bist, kannst du gern Joseph von Nazareth erzählen. Mir aber nicht.«

Jennes Zeh tauchte gleich vor ihm aus dem Wasser auf und wackelte hin und her. »Du siehst nur so viel von mir und wunderst dich, wenn du den ganzen Rest nicht begreifst.«

»Dann zeig mir ein wenig mehr von dem Rest.«

»Beginnen wir mit dem einfachsten. Jax ist nicht mein Kind.«

»Bitte?«, platzte Paulus heraus.

»Jax ist mein kleiner Bruder. Und Henner ist unser Vater.«

»Was?«

»Wenn du so weiterkreischst, müssen wir noch unseren Zuber räumen.«

»Henner ist euer Vater?«

»Ich glaube, so habe ich es gerade gesagt.«

»Ich dachte immer, er hätte keine Familie.«

»Mutter legte Wert darauf, nicht im Hurenhaus zu wohnen.«

»Und dein eigener Vater schickt dir Männer auf die Kammer?«

»Versuche doch bitte, deine Empörung ein wenig zu zügeln. Bisher sind wir nur so weit gekommen«, sagte Jenne und hob nun ihren Fuß aus dem Wasser, um den Fortschritt ihrer Erläuterungen zu zeigen. »Vater und ich haben eine Abmachung. Er sichert mir zu, dass ich meine Jungfräulichkeit nicht verliere, ich sorge dafür, dass es in seinem Geldbeutel klingelt.«

»Ich bin sehr gespannt zu hören, wie sich das vereinbaren lässt.«

»Ich gestehe – einzig mit nicht ganz ehrlichen Mitteln. Vater preist mich seinen reichsten Gästen als Jungfrau an, und ich gebe meinen Verehrern ein starkes Schlafmittel in den Wein. Wenn sie aufwachen, habe ich einen fürstlichen Lohn eingestrichen, und die Herren glauben fest daran, soeben den besten Beischlaf ihres Lebens gehabt zu haben.«

»Und wenn einer zweifelt?«

»Dann wagt er es doch nicht, öffentlich Klage zu führen.«

»Allzu oft kann Henner dich aber nicht als Jungfrau verkaufen.«

»Öfter als du denkst. Meine Freier sind ausnahmslos reiche Kaufleute auf der Durchreise. Sie kommen von weit her, und bis sie wieder einmal in Köln sind, werde ich bestimmt nicht mehr in Vaters Gasthaus zu Werke gehen.«

»Bei deinem letzten Freier hast du, scheint's, den Bogen überspannt.«

»So scheint es.« Jenne zog mit einem Finger Linien ins Wasser. Ihre Unbekümmertheit war verschwunden. »Als ich das Geld gesehen habe, ist ein Gaul mit mir durchgegangen. Ein kleiner Betrug war auch für Vater immer völlig in Ordnung. Aber so ein richtig großer Diebstahl – das wird er mir niemals verzeihen. Damit habe ich sein Haus in Verruf gebracht. Ich denke nicht, dass ich ihm noch einmal unter die Augen kommen kann. Das wäre nicht weiter schlimm gewesen, wenn ich denn das Geld nur hätte. Ich hätte mit Jax durchbrennen und irgendwo ein neues Leben beginnen können.«

»Ohne deinen Vater?«

»Nur weil er es nicht zulässt, dass mich fremde Männer gegen Geld besteigen, ist er noch lange kein Vater, der sein eigen Fleisch und Blut über alles liebt. Was glaubst du, weshalb ich Lisgen ein paar Münzen für Jax habe zukommen lassen? Vater wollte in seinem Alter keine Kinder mehr und hat unserer Mutter vorgeworfen, ihm auf die alten Tage noch ein überflüssiges hungriges Maul ins Haus zu holen. Wir waren schon zu siebt, und Jax war ein Nachzügler. Viermal hat Vater unsere Mutter zu einer Engelmacherin geschleift, immer vergebens. Jax hatte einen unbändigen Willen und hat jedem Kraut widerstanden. Als Mutters Bauch gewachsen ist, bis er dem eines Mönches ähnelte, hat Vater ihr beigewohnt, manchmal auf widernatürlichste Weise. Auch das hat Jax nicht aus dem Leib getrieben. Als die Niederkunft schließlich kurz bevorstand, hat er sie halb totgeschlagen. Mutter und Jax haben es beide überlebt.«

Paulus empfand Verachtung für Henner, Wut. Kein Geschöpf war wehrloser als ein ungeborenes Kind, keine Tat niederträchtiger als allein schon der Versuch, ein solches Leben auszulöschen. Doch als er einen Augenblick länger darüber grübelte, hielt er seine Empörung für unangebracht und heuchlerisch. Auch seine Mutter hatte oft genug einer Kräuterfrau Besuche abgestattet. Wer wusste schon, wie oft sie von einem Freier schwanger geworden war? Dutzende Kinder musste sie abgetrieben haben. Paulus erinnerte sich, wie oft sie danach tagelang krank auf ihrem Lager gelegen hatte. Einmal hatte sie gar ein Kind unter Schreien verloren, als Matthias und er zugegen waren. Alles war voller Blut gewesen, und seine Mutter hätte ihn, wenn sie nicht zu schwach gewesen wäre, am liebsten geschlagen, weil er versuchte, einen Blick auf das Häufchen Fleisch zu werfen. Doch Matthias hatte die Totgeburt schnell eingewickelt und fortgebracht.

Wenn Paulus es recht bedachte, hatte seine Mutter gewiss auch Anstrengungen unternommen, ihn, Barthel und Matthias aus ihrem Leib zu treiben. Welchen Grund sollte sie auch gehabt haben, seine Brüder und ihn zu schonen? Kinder waren ihrem Geschäft nun mal nicht einträglich. Vermutlich waren die drei Apostel ähnlich stark gewesen wie der kleine Jax.

Ihr Verhalten war genau wie das des Hurenwirts gewesen: selbstsüchtig, boshaft und verachtenswert. Paulus fragte sich, warum er in all den Jahren nie ein derart hartes Urteil über seine Mutter gesprochen hatte. Nur weil er es von klein auf gewohnt war, erwünschte Fehlgeburten zu erleben? Weil er damit aufgewachsen war? Weil er es hinnahm, dass sie tötete, um selbst zu überleben?

Henners Härte hatte ihm die Augen geöffnet. Paulus sah seine Mutter in einem anderen Licht.

»Trotz allem bleibst du bei deinem Vater?«, fragte er Jenne.

Sie musterte ihn. »Ja. Er ist mein Vater.«

»Warum kümmert sich deine Mutter nicht um den Kleinen?«

Jennes Brust hob sich unter einem Seufzer. »Die Schläge und Gemeinheiten von Vater hat sie überlebt, Jax' Geburt aber nicht. Sie hat viel zu viel Blut verloren. Das war im Herbst. Mutters Tod hat alles nur noch schlimmer gemacht. Vater fühlte sich bestätigt, dass der Junge nur Unglück über unser Haus bringen würde. Er wollte Jax nicht, und jetzt hatte er seinetwegen auch noch seine Frau verloren.«

»Die er selbst zuvor fast umgebracht hätte.«

Jenne zuckte mit den Schultern. »Jedenfalls sollte Jax nun weg. Mutter war nicht mehr, und Vater wollte sich nicht kümmern. Den Kleinen als Findelkind vor irgendeine Kirchentür zu legen, war noch die mildeste Lösung, die er im Sinn gehabt hatte. Ich habe gebettelt, bis er mir zugestanden hat, dass ich mich um Jax kümmern darf. Im Gegenzug sollte ich im Hurenhaus arbeiten.«

»Wie nobel.«

»Ich kann mit der Regelung leben, denn sie bedeutet, gleichzeitig Jax und ausreichend Geld zu haben.«

»Nun ja, wenn du ehrlich bist, wirst du eingestehen müssen, dass du mit dieser Regelung eben nicht leben kannst, nicht wahr? Du hast die Abmachung in der vorigen Nacht gekündigt.«

Jenne sah ihn an, und Paulus las Besorgnis in ihrem Blick.

»Er wird ihm schon nichts antun«, sagte er, um sie zu beruhigen.

»Ich weiß. Solange Jax da ist, kann Vater damit rechnen, dass ich zurückkehre. Und mit mir das Geld, das ich gestohlen habe.«

Wieder trat eine Stille zwischen die beiden. Paulus versuchte schnell, sie zu beenden. »Und wieder sitzen wir in einem Waschzuber«, sagte er.

Jenne lächelte. »Und wieder hat er uns gerettet.«

»Und wieder war es dein Einfall. Jedenfalls finde ich diese Zuberrunde viel schöner.«

Das Bademädchen und ein junger Bader trugen ein Brett heran, das sich unter dem Gewicht von Schüsseln, Bechern und einem Krug bog. Als sie es auf die Wannenränder zwischen die Badenden legten, lief Jenne und Paulus das Wasser im Mund zusammen.

»Der heilige Cosmas schenke dem Bader ein langes Leben«, sagte Paulus mit großen Augen. »Das hat er sich verdient.«

Die sättigende Wirkung von Brot und Käse auf dem Heumarkt hatte nicht lange vorgehalten, und so aßen sie mit viel Genuss gebratene Blutwurst und gestampfte Äpfel und tranken dazu reichlich Wein. Allzu reichlich, wie Paulus fand, denn er fühlte sich nach einer Weile nicht mehr entspannt, sondern träge wie ein alter Wallach, der schon viel zu lange in einer Rossmühle seine Runden drehte.

Bereits schläfrig, sah er zu Jenne hinüber. Wie er sie so betrachtete, als sie ein Stück Blutwurst kaute und sich das Fett aus dem Mundwinkel wischte, verstand er sie mit einem Mal. Sie war nicht sprunghaft, undurchschaubar und widersprüchlich. Sie war schlicht jung verdorben worden und schon voller hässlicher Erfahrungen. Sie war ein Opfer Henners und ihrer Arbeit im Hurenhaus. Ein völlig falsches Bild hatte sie sich da von den Männern gemacht, nun ja, nicht völlig falsch, aber doch mit falschen, viel zu grellen Farben gemalt. Sie verwechselte ihn mit den Kerlen, die sie dort bediente, und behandelte ihn auch so. Paulus wurde nun einiges klar.

»Hallo, nicht einschlafen!« Jenne kletterte aus dem Zuber, griff nach einem Tuch und trocknete sich ab. Dann holte sie den Geldgürtel hervor, den Paulus unter einem Schemel neben dem Zuber versteckt hatte. »Wir sind nicht zum Vergnügen hier. Und allmählich sollten wir verschwinden.«

Ihre Kleider waren tatsächlich bereits trocken. Jenne und Paulus zogen sie von der Leine, die neben dem großen Heizkessel hing, und schlüpften hinein. Sie beglichen beim Badestuber noch ihre Schuld für das Essen und verließen das Haus durch den Haupteingang. Kein Hund zu sehen.

»Wir gehen wieder zum Markt«, sagte Jenne und zog ihn weiter. »Dort können wir im Fall des Falles schnell untertauchen.«

Es waren nur ein paar Schritte bis zu der Stelle, an der sich das Girsgässchen auf den Heumarkt hin öffnete, doch so weit kamen sie gar nicht. Auf halbem Weg legte sich eine harte Hand auf Paulus' Schulter und drückte fest zu.

»Hab ich dich endlich.«

Auf dem Weg zum Hafen wuchs der Zug der Richerzeche. Wie im Kielwasser eines Schiffes folgten Schaulustige den Reichen. Am Kopf des Alter Marktes, an dem die Mühlengasse vorbeiführte, gerieten die meisten Menschen in den Sog. Wenn die Patrizier geschlossen unterwegs waren, würde etwas Ungewöhnliches geschehen, etwas, das es lohnte, dabei zu sein. Durch die Mühlengassenpforte ergoss sich schließlich ein großer Strom aus mehreren hundert Menschen in den Hafen, die sich, wie von unsichtbarer Hand geführt, nach links wandten, rheinabwärts. Als der Zug vor dem Kriegsschiff haltmachte, ging auf der Kaimauer nichts mehr. Die Menge blockierte den zwanzig Schritt breiten Weg, kein Lastenträger, kein Karren, kein Fuhrwerk kam mehr vorbei. Auf dem staubigen Pflaster hatte sich ein Querschnitt der Kölner Bevölkerung versammelt: reiche Kaufleute, Marktfrauen, Gürtelmacher, Tagelöhner, Weber, Fassbinder, Fischer, Brauer, Bauern, Sattler, einige Mönche und Stiftsdamen, doch auch nicht wenige Bettler und Tagediebe.

Konstantin vergaß seine Ermittlungen augenblicklich, als er das

Schiff sah. Es überragte all die Niederländer, die ringsherum vor Anker lagen, sowohl in der Höhe als auch in der Länge. Er verstand, weshalb Bewaffnete auf der Hafenmauer postiert waren. Mit nur je einer Handvoll Bogenschützen auf jeder Plattform ließ sich die Kogge in eine todbringende Kriegsmaschine verwandeln. Es schien ihm keine gute Idee, die edelsten und wohlhabendsten Männer Kölns auf der Hafenmauer vor der Bordwand zu versammeln. Und er betrachtete es als von großem Nachteil, dass sie alle in die Sonne blinzelten.

Einer wenigstens schien ausreichend Vorsicht walten zu lassen. Der Erzbischof ließ sich nicht blicken, sondern vom Dompropst vertreten. Konrad von Büren stand dem Domkapitel vor, er war nach dem Erzbischof der ranghöchste Geistliche in der Stadt und schob sich an die Spitze des Pulks. Mit einem Nicken bedeutete er dem Hafenmeister, der das Schiff gestern schon in Empfang genommen hatte, an Bord zu gehen. Der Mann leistete der Aufforderung Folge, klopfte dieses Mal gleich an die Tür ins Achterkastell und verschwand darin, nachdem sie sich geöffnet hatte. Er kehrte bereits nach sehr kurzer Zeit an Deck und über die wippende Planke auf die Hafenmauer zurück. Seine geflüsterte Botschaft nahm der Dompropst mit einem Stirnrunzeln entgegen. Konrad von Büren streckte den Rücken und hob das Kinn.

Dann geschah – nichts.

Während unter den Wartenden das Gemurmel anschwoll, musterte Konstantin das Schiff weiter. Er nutzte die respekteinflößende Wirkung seiner Amtstracht und schob sich bis in die erste Reihe vor. Eine Brise blähte leicht die Fahne, die hoch am Mast hing, und für einen Augenblick sah Konstantin darauf ein Kreuz mit zwei gleich langen Balken, deren vier Enden sich öffneten wie die Knospen von Blüten. Er kannte das Symbol nicht.

Das Holz, aus dem die Kastelle gezimmert waren, schien noch recht frisch zu sein, das Schiff selbst hingegen war schon älter. Man hatte es also erst vor Kurzem umgebaut. Doch zu welchem Zweck? An diesem Schiff war alles wunderlich und geheimnisvoll. Die Planke zwischen Bordwand und Hafenmauer etwa war ungewöhnlich breit, wie es Konstantin zuvor noch nicht gesehen hatte. Welche Last sollte darübergetragen werden? Und wo überhaupt steckte die Besatzung?

Mit einem lauten Rasseln flog plötzlich etwas von Bord des Schiffes in die Luft, verteilte sich über den Köpfen der Wartenden und regnete dann im Gegenlicht der Sonne silbrig vom Himmel. Konstantin riss den Kopf in den Nacken und war für einen Augenblick starr vor Schreck. Dann hielt er sich die Hände schützend vors Gesicht. Die Menge stob auseinander.

Barthel schreckte aus dem Schlaf. Er rieb sich peinlich berührt die Augen und nahm schnell Haltung an. Als Müller der Summus war er bekannt im Hafen, und es passte nicht zu einem Mann seiner Stellung, wie ein Müßiggänger auf der Kaimauer herumzulungern. Barthel fluchte leise vor sich hin und schüttelte den Kopf. Er musste eingenickt sein in der dunklen Ecke hinter dem Karren, die ihm als gut geschützter Beobachtungsposten diente.

Doch jetzt hatte ihn Lärm auf der Hafenmauer aus dem seligen Schlummer gerissen. Nun waren laute Geräusche im Hafen beileibe nichts Ungewöhnliches, weshalb Barthel zunächst an eine Prügelei unter Schiffern dachte. Oder auch an den lautstarken Protest einer Besatzung gegen den Entschluss von Weinrödern, eine Schiffsladung mit verdorbenem Wein in den Rhein zu kippen, was gar nicht mal selten vorkam. Dann aber sah er, wie vor der Kogge, die er im Blick hatte behalten wollen, Menschen wild durcheinanderliefen. Abermals rieb er sich die verschlafenen Augen, weil er ihnen nicht trauen wollte. Doch der Anblick blieb derselbe – Männer und Frauen rannten wie hakenschlagende Hasen umher, und unter ihnen sah Barthel auch einige der reichsten Bürger Kölns. Was in drei Teufels Namen war dort los?

Wenn er sich nicht täuschte, sah er auch noch jemanden, dem er auf gar keinen Fall hier und zu dieser Stunde begegnen wollte. Barthel kroch näher an das Karrenrad, um nicht entdeckt zu werden. Der Dompropst war sein Dienstherr. Und auch wenn Konrad von Büren gerade anders beschäftigt schien, wäre er doch sicher nicht erfreut, den Müller der Summus schlafend im Hafen anzutreffen.

Im Gedränge wäre Konstantin beinahe zu Fall gekommen, doch gelang es ihm mit einem Ausfallschritt, sich auf den Beinen zu halten.

Als der Silberregen zu Boden fiel, klirrte es hundertfach.

Münzen.

Sie sprangen umher, rollten davon und hüpften durch die Füße der Flüchtenden, die nach einem kurzen Schreck schnell merkten, dass es keinen Grund zur Furcht gab, sehr wohl aber zum schnellen Handeln. Fix kehrten all jene zurück, die eben noch die Beine unter die Arme genommen hatten. Bis auf die verwundert dreinblickenden Männer der Richerzeche und der hohen Geistlichkeit bückten sich bald alle Menschen nach den Geldstücken. Sie rangelten und schoben, und als einige Münzen auf die Kante der Hafenmauer zukullerten, balgten sich zwei junge Männer derart ungestüm, dass sie eng umschlungen dem Silber hinterher ins Wasser stürzten.

Das Aufsammeln des Geldes dauerte nur einen kurzen Augenblick. Als die Menschen ihren Blick wieder auf das Schiff richteten, machten sie große Augen. Wie aus dem Nichts war eine Sänfte auf Deck erschienen. Acht Männer hatten die Stangen des mit rot glänzenden Tüchern verhangenen Tragstuhls auf ihre Schultern gehoben. Die Haut der Träger hatte die Farbe von Holzkohle – es waren Mohren. Konstantin hatte schon von den schwarzen Männern gehört, die in fernen Ländern leben sollten, er wusste auch, dass einer der Heiligen Drei Könige ein Mohr gewesen war, aber er hatte noch nie einen Menschen mit solcher Hautfarbe gesehen. Gebannt starrte die Menge auf die nackten Oberkörper der Schwarzen, die glänzten, als seien sie mit einer fettigen Schweineschwarte eingerieben worden. Die Träger standen regungslos an Deck. Ihre Augen fixierten einen Punkt in der Ferne, irgendwo jenseits der Stadtmauer.

»Heiden!«, flüsterte jemand hinter Konstantin. In der Stimme war die Angst unüberhörbar. »Heiden! Wir sollten in die Stadt fliehen und die Tore schließen.«

»Dummes Zeug«, gab eine ältere Frau zurück. »Sie haben uns mit Münzen beschenkt. Die werfen doch kein kleines Vermögen auf die Straße, nur um uns danach abzuschlachten. Außerdem sind hier genug Bewaffnete.«

Konstantin griff unwillkürlich nach dem Messer, das in seinem Rock steckte, und verwünschte sich für seine Bequemlichkeit, der zuliebe er es fast jeden Morgen unterließ, das schwere und sperrige Schwert in seinen Gürtel zu schieben. Er sah zum Dompropst hinüber. Konrad von Büren tat einen Schritt auf das Schiff zu und blieb dann doch stehen. Er war offensichtlich so verunsichert wie alle anderen Menschen auf der Hafenmauer.

Die Tür des Achterkastells schwang auf. Zwei junge Männer traten an Deck, einer kräftig, der andere feingliedrig gebaut. Beide waren in edle rote Gewänder gekleidet, und um ihre Köpfe hatten sie Tücher in derselben Farbe gewickelt. Auf der Brust trugen sie das gleiche Kreuz, das auch die Mastfahne schmückte. Der Schmächtige hielt eine Kette, doch was sich am anderen Ende befand, war von der Hafenmauer aus hinter der Bordwand nicht zu sehen. Ein großer Hund vielleicht, denn der junge Mann schien streng darauf zu achten, die Kontrolle über die Kette zu behalten.

»Bürger von Köln«, rief der Kräftige, der mit einem Fuß auf die Planke getreten war, über die Köpfe der Menschen hinweg. »Wir danken Euch, dass Ihr in so großer Zahl erschienen seid, um uns hier im heiligen Köln zu begrüßen. Betrachtet die Münzen als bescheidenes Gastgeschenk, das unseren Respekt vor Eurer hochgeschätzten Stadt jedoch in keiner Weise auszudrücken vermag. Mein Name ist Otto, und dies hier …«, er deutete auf den Schmächtigen, »… ist mein jüngerer Bruder Guido. Wir sind das Geleit des mächtigsten Mannes unserer Heimat. Mit der Reise zu euch erfüllt sich der letzte Wunsch unseres Großvaters, den man in unserer Welt nur als Bruno von Madras kennt. Nun, da wir nach einer langen, gefahrvollen und abenteuerlichen Reise über viele Meere endlich das heilige Köln erreicht haben, ist er der glücklichste Mensch auf Erden. Er wird sein Gelübde, das er als kleines Kind gegeben hat, nun doch erfüllen können.«

Das endlich schien die Sprache zu sein, auf die sich der Dompropst verstand. Konrad von Büren löste sich aus der Menge und hob die Hand zum Gruß.

»Seid willkommen in Köln, Guido und Otto, und willkommen sei uns natürlich auch Euer Großvater. Wir freuen uns zu hören, dass Ihr in friedlicher Absicht gekommen seid, denn viele Bürger waren angesichts der Bauart Eures Schiffes in Sorge geraten. Mein Name ist Konrad von Büren, und ich stehe dem Kapitel der ehrwürdigen Domkirche vor, die sich hinter meinem Rücken über der Stadt erhebt. Ich würde mich sehr freuen, Euren Großvater kennenzulernen und zu erfahren, aus welchem fernen Land Ihr kommt, und natürlich auch, welcher Art das Gelübde ist, das er hier einzulösen gedenkt.«

Otto gab seinem Bruder ein Zeichen, der daraufhin zu ihm trat. Die Lücke in der Bordwand gab nun den Blick frei auf das Tier, das Guido an der Kette führte. Als es auf die Planke sprang, wich die Menge zurück. Die Bestie war riesig, viel größer als ein Wolf. Die Tatzen waren breit wie die eines Bären und die gekrümmten Reißzähne lang wie Messer. Das Fell um den Hals war struppig und sah aus wie ein großer Kranz aus Flachs, dessen Farbe es auch hatte. Das Tier riss das Maul auf und brüllte so laut, dass es eine umstürzende Eiche übertönt hätte. Die Menschen auf der Hafenmauer duckten sich.

Noch nie hatte Konstantin eine solche Kreatur gesehen und wusste doch sofort, was es war. Seit den ersten Kreuzzügen schon trugen viele rheinische Ritter ein solches Tier im Wappen, weil es wie kein zweites für Mut und Treue stand. Doch hätte Konstantin nie gedacht, wie majestätisch und furchteinflößend ein Löwe in Wirklichkeit sein konnte. Die Riesenkatze hielt die gesamte Menschentraube vor ihr in Schach.

»Ein Leu«, flüsterte Theoderich Gir, der neben ihn getreten war.

Konstantin nickte nur.

»Diese Leute müssen von weit her kommen.«

»Von sehr weit her. Habt Ihr die Mohren gesehen?«

Otto sprang neben den Löwen auf die Planke und hob beschwichtigend die Hand. »Keine Sorge, Bürger. Von diesem Tier habt Ihr nichts zu befürchten, zumindest solange uns nichts geschieht. Es ist unserer Familie treu ergeben, seit unser Großvater es mit seinem Schwert aus den Fängen eines Lindwurms gerettet hat. Und auch von unserem Schiff droht Euch keine Gefahr. Wir haben es einzig für diese Reise umrüsten lassen, damit es uns den nötigen Schutz gewährt, und es hat uns bereits gegen Stürme und Seeräuber verteidigt.«

Guido tätschelte den Kopf des Löwen, der sich das gefallen ließ und die Augen schloss.

»Wir sind Thomaschristen und kommen aus dem fernen Indien«, fuhr Otto fort und nickte bekräftigend, als ein Raunen durch die Menge ging. »Ihr habt richtig gehört. Madras ist unsere

Heimat, und wir sind gute Christenmenschen, so wie Ihr es seid. Der Apostel Thomas selbst hat unsere Gemeinde gegründet. Unter seinem Zeichen segeln wir.« Otto zeigte auf die Fahne am Mast, auf der das Kreuz prangte. »Lange Zeit herrschte dort der Priesterkönig Johannes, und seine Regentschaft brachte unserem Land Wohlstand und Reichtum. Unser Großvater hat an seinem Hof gedient und dort von den Vorfahren des Königs gehört. Wie Ihr sicher wisst, ist Johannes ein Nachkomme der Heiligen Drei Könige, deren Gebeine in Eurer Stadt verehrt werden. Je mehr Geschichten unser Großvater über die edlen Weisen erfuhr, desto größer wurde sein Wunsch, an ihrem Grab zu beten. So gelobte er in jungen Jahren, eine Pilgerreise nach Köln anzutreten, und dieses Gelübde erfüllt er nun endlich im hohen Alter.«

Der Dompropst, der schon etwas mutiger geworden war, tat einen Schritt auf das Schiff zu. »Ihr habt einen besonderen Zeitpunkt angetroffen, werte Herren. Denn den Dom, der die Grablege der drei Weisen ist, werden wir –«

Otto schnitt ihm mit einer Handbewegung das Wort ab und hob wieder zu seinem feierlichen Tonfall an. »Wir wissen bereits von Eurem Vorhaben. Die Kunde vom Abbruch Eures altehrwürdigen Gotteshauses hat den unbedingten Willen unseres Großvaters, diese Pilgerreise anzutreten, noch weiter befeuert. Daher erfüllt es uns mit großer Freude, den Kölner Dom noch so erblicken zu dürfen, wie ihn Eure Vorväter errichtet haben. Und es wäre uns ein noch weit größeres Glück, wenn wir am Bau des neuen Doms teilhaben dürften.«

Erst nach einer kurzen Pause wagte es Dompropst Konrad zu fragen: »Wie stellt Ihr Euch diese Teilhabe vor?«

Otto griff mit beiden Händen in eine Falte seines Gewands und warf beherzt einen weiteren Schwung Münzen in die Menge. Eine Schrecksekunde gab es dieses Mal nicht. Die Menschen schnappten nach den silbernen Geldstücken.

»Mit einer Spende«, sagte Otto.

Konrad von Büren verbeugte sich. Zu tief, wie Konstantin fand. Es war nicht etwa so, dass er den Fremden misstraute. Die Mohren, der Löwe, das sonderbare Schiff – all das war ihm Beweis genug, dass die Besatzung ihre Reise irgendwo tief im Morgenland angetreten haben musste. Doch sah er darin noch lange keinen

Grund, dass die Bürger Kölns einen Kratzfuß machen sollten. Ein wenig mehr Selbst- und Standesbewusstsein stünde dem Dompropst gut zu Gesicht.

Otto gab den Trägern ein Zeichen, die sich daraufhin in Bewegung setzten. Konstantin erkannte nun den Zweck der ungewohnt breiten Planke. Guido und Otto gingen voraus, begleitet von dem Löwen, vor dem die Menge ehrfürchtig zurückwich. Dann trugen die Mohren die Sänfte über die Bretter hinab auf die Hafenmauer und setzten sie vor dem Dompropst ab. Konrad folgte der Einladung Ottos, einen Blick hinter die Vorhänge zu werfen. Sein Oberkörper verschwand ganz hinter den Tüchern und vollführte dort Bewegungen, die Konstantin unschwer erkennen ließen, dass der Dompropst vor weiteren Bücklingen nicht zurückschreckte. Rückwärts schreitend, zog Konrad schließlich seinen Kopf wieder aus der Sänfte. Mit hochrotem Kopf drehte er sich der Menge zu.

»Der edle und großzügige Bruno von Madras«, sagte Konrad und schnappte nach Luft, »hat mir soeben mitgeteilt, dass er dem Domkapitel zum Zwecke des Neubaus unseres Domes die gesamte Ladung seines Schiffes als Geschenk überlässt. Diese Fracht ist von unschätzbarem Wert, weshalb wir uns glücklich schätzen dürfen, die Kosten der Dombaustelle auf lange Zeit hinaus bestritten zu wissen. Wie mir Bruno von Madras berichtete, ist der gesamte Frachtraum seines Schiffes bis hoch zur Ladeluke voll mit …«

Konrad brach ab, als könne er selbst nicht glauben, was er zu sagen im Begriff war. Er hob die Arme in die Höhe, und aus seinen Fäusten rieselte etwas Schwarzes. Einmal noch holte er tief Luft, dann spie er das Wort aus wie einen Jubelruf.

»Pfeffer!«

Konstantin ertappte sich nun selbst dabei, wie er sich beinahe verbeugt hätte.

Pfeffer!

Das Wort rannte von Mund zu Mund und bannte die Menschen in Ehrfurcht. Es war beileibe nicht das ungewöhnlichste Gewürz und auch nicht so teuer wie etwa Safran, der als wertvoller galt denn Gold. Auch auf Konstantins Teller hatte schon ein Hase im Pfeffer gelegen. Und wenigstens einer der Gewürzhänd-

ler in der Klobengasse zwischen Heumarkt und Hafen hatte immer einen Sack davon auf Lager. Doch wenn dieses gewaltige Schiff bis zum Deck mit Pfeffer beladen war, kam das einem Vermögen gleich. Es mussten mehrere Tonnen an Bord sein – und schon mit einem Pfund Pfeffer ließ sich ein gutes Reitpferd erstehen. Eine Schiffsladung entsprach dem Wert eines ganzen Reiterheeres. Oder eben eines guten Stücks Dom.

»Alle Achtung, das ist großzügig. Das wird die Pfaffen vom Domkapitel freuen«, sagte Theoderich Gir, dessen Gedanken offenbar den gleichen Weg gegangen waren wie die Konstantins. Dann entschwand der Schöffe in Richtung Dompropst.

Konrad von Büren und einige Männer der Richerzeche und des Domkapitels steckten die Köpfe zusammen und sprachen angeregt miteinander, auch Gir beteiligte sich an der Beratung. Der Wortwechsel dauerte nur kurz. Dann nahmen die Mohren die Sänfte wieder auf und trugen sie, angeführt vom Dompropst, durch das Trankgassentor. Nahezu alle Menschen, die das Spektakel im Hafen verfolgt hatten, folgten ihnen.

»Jedes Geschenk hat seinen Preis«, sagte Gir, als er zu Konstantin zurückgekehrt war. »Der Herr Bruno möchte ein wenig herumgeführt werden. Ihn treiben der alte Dom, der Dreikönigenschrein und die Dombaustelle um.« Er drückte Konstantin eine kleine schwarze Kugel in die Hand.

Der drehte sie in seinen Fingern und betrachtete sie. »In der Tat, Pfeffer. Nun, wenn dieser Bruno sich in Köln umsehen will, scheint mir das kein unangemessener Wunsch angesichts der Spende, die er zu tätigen gedenkt. Ich folge dem Zug.«

Theoderich Girs Gesichtszüge verformten sich zu einer Miene, die Unverständnis, ja beinahe Empörung zeigte. »Habt Ihr nichts Besseres zu tun?«

Konstantin hob beschwichtigend die Hand. »Ich will Meister Gerhard sprechen, denn ich muss wissen, ob es Neuigkeiten wegen des toten Werkmeisters gibt. Den Mord an Eurem Vater, Herr, habe ich nicht vergessen.«

Der junge Gir nickte. Seine Züge entspannten sich. »Dann tut, was Ihr tun müsst. Ich darf mich verabschieden, denn ich habe eine Trauerfeier vorzubereiten.«

In Gedanken hatte Paulus bereits seine eigene Trauerfeier vorbereitet. Doch gerade als ihm einfiel, dass Hingerichteten ein solcher Abschied gar nicht zustand, sah er seinem Häscher ins feixende Gesicht. Niemand anderes als sein Bruder hatte ihn vor der Badestube am Kragen gepackt.

»Matthias! Du hast mich zu Tode erschreckt!«

»Zu Recht, wie ich finde. Du machst unserer Mutter und mir große Sorgen, kleiner Bruder. Tauchst blutverschmiert auf und verfolgt von Hunden wieder unter. Denkst du kein bisschen an deine arme Familie?«

»Ist das dein einziger Gedanke? Dass ihr euch Sorgen machen müsst? Vielleicht fragst du erst einmal, was überhaupt geschehen ist und wie es mir geht.«

Matthias ging einen Schritt zurück. »Ist ja schon gut, Brüderchen. Ich sehe doch, dass du noch lebst, also wird wohl nicht alles ganz so schlimm sein, wie von Mutter geschildert.«

»Falsch. Es ist noch viel schlimmer.« Paulus wedelte mit den Armen und verzog angewidert das Gesicht, als er Matthias' Atem roch. »Himmel, Matthias, die heilige Bibiana möge dich von deiner Trunksucht befreien.«

Seinem Bruder war der Einwand nur ein Achselzucken wert. »Ich hatte einen guten Betteltag. Ein Grund zum Feiern.«

»Gehen wir weiter. Ich erzähle dir alles auf dem Weg zum Hafen.«

»Nicht so eilig. Willst du mir nicht deine kleine Freundin vorstellen? Ist das etwa Angela?«

Paulus missfiel das lüsterne Funkeln in Matthias' Augen, mehr noch aber störte ihn Jennes Gesicht. Erst erwiderte sie Matthias' Blick mit einem herausfordernden Lächeln, dann sah sie wieder zu ihm herüber mit einem Ausdruck um den Mund, der Paulus vor allem eines sagte: Siehst du …

»Nein, das ist nicht Angela, und das weißt du auch, weil du Angela kennst. Das ist – ach, nun komm schon, du wirst es unterwegs erfahren.«

Paulus drängte sich zwischen die beiden und schilderte auf dem Weg über den Markt, was ihm widerfahren war, seit sie sich am Vorabend getrennt hatten. Sein Bruder brummte immer wieder zustimmend und gab Laute der Überraschung von sich, doch blieb

Paulus nicht verborgen, dass Matthias neugierig Jenne musterte. Selbst als er in anschaulichen Bildern berichtete, wie Nox Mummersloch niedergestochen hatte, achtete Matthias mehr darauf, Jenne nicht aus den Augen zu verlieren.

»Entschuldige, Matthias, hörst du mir überhaupt zu?«, fragte Paulus schließlich.

»Gewiss doch, Bruderherz, gewiss doch, erzähle weiter. Ich möchte nur nicht unhöflich sein und deine Begleiterin missachten.«

Als ihn Jenne von der Seite frech angrinste, konnte Paulus vor Zorn kaum noch an sich halten. »Lass die Süßholzraspelei und hör mir endlich zu! Mein Leben geht gerade den Bach runter, und du hast nichts Besseres zu tun, als vor meinen Augen einem Mädchen den Hof zu machen.«

»Herrje, Brüderchen, ich wusste ja nicht, dass es dir so wichtig ist. Nachdem Mutter mir von deinem Besuch erzählt hatte, war ich in aufrichtiger Sorge. Du bist in Ordnung, also ist auch für mich alles wieder in Ordnung. Was du angestellt hast, Kleiner, will ich doch eigentlich gar nicht wissen. Aber ist ja schon gut, erzähl einfach weiter.«

Die entspannende Wirkung des Bads war verflogen, Paulus' Puls galoppierte. Mit zornrotem Kopf setzte er auf dem Weg durch das Gassengewirr am Hafen seinen Bericht fort, stets streng darauf achtend, dass sich Matthias nicht erneut ablenken ließ.

»Und so kam Barthel schließlich auf den Einfall, dich um Hilfe zu bitten«, endete Paulus schließlich, als sie das Salzgassentor erreichten.

Matthias lachte laut auf. »Barthel – mich? Hat er ein Kraut geschluckt?«

Mit einem Mal stellte Jenne sich ihnen in den Weg und sah Matthias wütend an. »Ja, dich.« Das Grinsen war aus ihrem Gesicht verschwunden. Sie fauchte wie eine Katze. »Wenn ich höre und sehe, wie du dich gebärdest, glaube ich in der Tat, dass nicht nur Barthel, sondern auch Paulus nicht ganz bei Trost ist. Wie können die beiden nur auf deine Hilfe hoffen, du versoffenes Ferkel?«

»Sie kann sprechen«, sagte Matthias mit gespielter Verwunderung. »Welch böse Worte aus ihrem Mund purzeln.«

»Hier purzelt gleich noch was ganz anderes, wenn du dich

nicht langsam zusammenreißt und deinem Bruder dein Ohr schenkst.«

Matthias sah Paulus überrascht an. »Ich hätte wetten mögen, dass sie mir die ganze Zeit über schöne Augen macht. Aber so sind die Frauen nun mal. Kein saftiger Apfel ohne Wurm.«

»Gewöhn dich dran. Sie wird dich noch mehr als einmal auf den Leim führen.«

»Wo hast du die Rotznase überhaupt aufgegabelt?«

»In einem – ach, das ist doch völlig gleich«, unterbrach sich Paulus, wohl wissend, dass Matthias hellhörig werden würde, wenn er von Jennes Herkunft erführe.

»Also gut, ich gehöre ganz euch«, sagte Matthias und sah dabei doch nur Jenne an.

Die Mahnung des jungen Gir trieb Konstantin an. Er wollte sich nicht vorwerfen lassen, abgelenkt zu sein, schließlich war er noch nicht lange mit dem Amt des Büttels betraut. Als kleiner Junge schon hatte er oft seinen Vater begleitet, der Amtmann zu Kaster im Erftland gewesen war. Konstantin hatte schnell gelernt, wie man Schulden eintrieb, Forderungen stellte und an den richtigen Stellen Nachsicht walten ließ. Auch den langen Fingernagel, den er in Ohrläppchen zu pressen pflegte, um seinen Wünschen Nachdruck zu verleihen, hatte er sich bei seinem Vater abgeschaut. Er hatte in die Fußstapfen seines alten Herrn treten wollen, doch erfreute sich sein Vater lange Zeit bester Gesundheit, und in der näheren Umgebung waren alle ähnlichen Ämter bereits mit jungen Männern besetzt gewesen.

Und so hatte Konstantin sein Glück in Köln versucht. Anfangs war er wegen seiner Herkunft unsicher gewesen, ob er Erfolg haben würde. Kaster gehörte zur Grafschaft Jülich, und Graf Wilhelm IV. lag schon lange mit dem Erzbischof über Kreuz. Denkbar schlechte Voraussetzungen also für Konstantin, als er vor zwei Wintern als Sohn eines Jülicher Amtmanns eine Stellung in Köln finden wollte.

Doch Konstantin war klug genug, gar nicht erst im erzbischöflichen Palast vorstellig zu werden, sondern bei der Richerzeche. Die Geschlechter überwachten unter anderem den Hafen und besetzten die Posten von Tranmessern, Heringsrödern, Kohlenmüddern, Eisen- und Holzzählern oder Wiegeknechten. Konstantin bewarb sich um eine Stelle als Weinröder und bekam sie auch. Die Arbeit fiel ihm leicht. Meldete ein Schiffer eine Ladung Wein bei einem der Hafenmeister an, oblag es ihm, die Fässer zu prüfen. In jedes stach er eine Rute, bemaß damit den Inhalt und zeigte ihn dem Zöllner im Salzgassentor an. Und der Zöllner berechnete daraus die Abgabe, die der Weinhändler zu zahlen hatte.

Nun war er nicht der einzige Weinröder, bald aber der bekannteste – und unter den Schmugglern und Betrügern der gefürchtetste. Konstantin war einem Elsässer Weinhändler auf die Schliche gekommen, der einen großen Teil seiner Fässer präpariert hatte. Der Böttcher hatte die Dauben doppelt ausgeschlagen, wodurch das Fass zwar immer noch so tief war, wie es aussah, aber nicht mehr so viel Wein aufnehmen konnte, wie es sollte. Der Käufer der Ladung hätte weit weniger Wein bekommen, als er bezahlte.

Den großen Glücksfund verdankte Konstantin einem kleinen Unglück. Ein Hund hatte auf einem der Fässer gesessen und es beim Herunterspringen umgestoßen. Es rollte die Hafenmauer entlang und zersprang auf einer Treppe, die zum Steg einer Werft hinunterführte. Konstantin fand es verdächtig, wie sehr der Weinhändler bemüht war, die Hölzer des Fasses einzusammeln. Noch verdächtiger fand er, wie sehr der Händler errötete, als er sich die Dauben zeigen ließ. Konstantin brachte seinen Fingernagel zum Einsatz, den Betrüger zu einem Geständnis und sich selbst in den Ruf eines Spürhunds.

Nun war aber die fehlerhafte Fracht für den Kellermeister im erzbischöflichen Palast bestimmt gewesen. Weil er den Erzbischof vor Täuschung und Betrug geschützt hatte, gewann Konstantin zwar nicht gleich die Gunst Konrads, wohl aber die Aufmerksamkeit der erzbischöflichen Beamten. Nur wenige Monate nach seinem Dienstantritt als Weinröder unterbreitete man ihm das Angebot, als Diener der Gewaltrichter zu arbeiten. Nichts weniger hatte Konstantin gewollt. Die Blutgerichtsbarkeit oblag dem Erzbischof, doch weil es diesem als Geistlichem verboten war, Strafen an Hals und Hand zu verhängen, war diese Aufgabe schon vor langer Zeit an den Burggrafen vergeben worden. In dessen Dienst stand Konstantin nun.

Seinen neuen Dienstherrn mochte er nicht enttäuschen, schon gar nicht, wenn ein Schöffe wie Theoderich Gir ihn ermahnt hatte, und daher sputete er sich. Noch bevor der Zug die Tränken für die Treidelpferde auf der Trankgasse erreichte, hatte Konstantin die Sänfte eingeholt. Für den Tragstuhl interessierten sich die Schaulustigen kaum. Sie folgten Guido und Otto auf dem Fuß, hielten aber wegen des Löwen gebührenden Abstand. Als sie nach wenigen weiteren Schritten durch die Pfaffenpforte in der alten Römermauer traten, verstand Konstantin, weshalb die Menge sich nicht um die Sänfte, sondern nur um die Enkel des Bruno von Madras scharte.

Otto warf mit beiden Händen immer wieder Münzen unters jubelnde Volk.

Barthel kniff sich in seine Wange. Nein, das war kein Traum – und wenn doch, dann war er ungemein wirklichkeitsgetreu. Erst schien sich halb Köln auf der Hafenmauer zu tummeln, und dann folgte ein Schauspiel, wie Barthel es auf noch keinem Jahrmarkt gesehen hatte. Eine Sänfte mit Sklaven, die aussahen, als hätten sie in Pech gebadet, ein brüllender Löwe, ein putzig gewandeter Mann, der das Geld mit vollen Händen über die Bordwand warf – Barthel glaubte sich im Fieberwahn.

Doch dann entdeckte er etwas, das sein wallendes Blut gleich wieder ins Stocken brachte. Inmitten der Menge sah er den Mann, der ihn und Paulus am Vorabend angesprochen hatte. Im Tageslicht sah Nox viel größer aus. Er überragte die meisten anderen Menschen um Haupteslänge und schien die Aufführung auf dem Schiff mit dem gleichen Interesse zu verfolgen wie die übrigen Menschen auf dem Kai. Doch unterschied sich sein Verhalten im Vergleich zu den meisten anderen in einem Punkt.

Er bückte sich nicht nach den Münzen.

Als sich die sonderbare Prozession unter Führung von Dompropst und Sänfte in Bewegung setzte, kauerte sich Barthel tiefer hinter das Karrenrad. Und als Nox an ihm vorüberging, krallten sich Barthels Finger in die Speichen. Er war diesem Kerl so nahe und wusste doch nicht, was er tun sollte. Und so entschied er sich, erst einmal nichts zu tun.

Nachdem die letzten Teilnehmer des Zugs an ihm vorübergegangen waren, ließ er noch eine geraume Zeit vergehen, bis er sich hervorwagte. Barthel reckte den Hals und sah den Kai hinauf, um sicherzugehen, dass Nox verschwunden war. Dann las er eine der Münzen auf, die die Menge im Gewühl auf der Hafenmauer wohl übersehen hatte, und drehte sie im Sonnenlicht. Sie war nicht groß, aber aus Silber. Die Fremden mussten stinkreich sein.

»Ich hab sie zuerst gesehen.«

Barthel fuhr herum. Der Mann, der Anspruch auf seinen Fund erhob, war Matthias. Paulus und Jenne waren bei ihm.

»Natürlich. Wenn es jemanden gibt, der Ärger macht in dieser großen Stadt, kann es nur das alte Gruitloch Matthias sein.«

»Beleidigungen lassen mich kalt, wie die kleine Wildkatze hier dir sicher bestätigen wird. Und außerdem mache ich keinen Ärger. Ich gebe mich nur als rechtmäßigen Besitzer zu erkennen. Die Münze habe ich zuerst gesehen. Von uns dreien hatte schon immer ich die besten Augen.«

Barthel sah zu Paulus hinüber. Der richtete den Blick gen Himmel. Dann griff er in seinen Geldgürtel und gab Matthias eine Münze. »Hier, nimm, und dann halt den Mund.«

Matthias war sichtlich überrascht. »Woher hast du die denn?«, fragte er und biss auf das Geldstück.

»Wenn du mir eben zugehört hättest, wüsstest du es jetzt. Also sagt euch, was ihr zu sagen habt, damit wir endlich weitermachen können.«

Matthias hob eine Augenbraue, kam der Aufforderung aber gerne nach. »Hurensohn!«, sagte er zu Barthel.

»Selber Hurensohn!«

»Gut, damit wäre das geklärt«, sagte Paulus, bevor sich ein Wortwechsel oder gar mehr entwickeln konnte. »Hiermit erkläre ich die drei Apostel für vorübergehend wieder zusammengeführt. Sobald wir mein Leben gerettet haben, dürft ihr wieder eurer Wege gehen oder euch auch die Köpfe einschlagen. Das soll mir dann gleich sein.«

»Drei Apostel?«, fragte Jenne.

»Unser Kleiner hängt gern der Vergangenheit nach«, sagte Matthias. »Er ist ja auch noch ein halbes Kind.«

»Ruhe jetzt«, fuhr Paulus dazwischen. »Barthel, gibt es etwas Neues?«

Barthel stutzte. Er sah Jenne an, die er bisher nur mit Augenklappe kannte. »Sie hat ja zwei …«, hob er an.

»Ich weiß. Nimm es einfach hin. Sie wird uns wohl noch öfter überraschen. Und? Neuigkeiten?«

Barthel nickte. »Gibt es. Ich habe Nox gesehen.«

»Wann? Wo?«

»Gerade eben erst. Hier am Schiff. Die halbe Stadt war hier, jede Menge von den Patriziern und auch etliche Domherren, um die Ankömmlinge zu begrüßen. Das war ein Spektakel, gerade so, als würde der Kaiser Hoftag in Köln halten. Mohren haben eine Sänfte vom Schiff getragen, und zwei seltsame Vögel haben Münzen auf die Hafenmauer geworfen und sind mit einem Löwen an Land gegangen. Sie behaupten, Thomaschristen zu sein, und wollen dem Domkapitel eine Schiffsladung Pfeffer für den Dombau stiften.«

Matthias pfiff durch die Zähne.

»Und? Gehört Nox zur Besatzung?«, fragte Paulus.

»Das konnte ich nicht erkennen. Aber da er schon wieder hier aufgetaucht ist, wird er wohl etwas mit dem Schiff zu tun haben.«

Jenne stellte sich auf die Zehenspitzen und schaute sich im Hafen um, in dem wieder Fischer, die ihre Netze flickten, und Lastenträger das Bild bestimmten. »Wo sind all die Menschen jetzt, wenn sie doch eben noch hier gewesen sein sollen?«

»Genau«, fragte auch Paulus. »Und wo ist Nox?«

»Alle durchs Trankgassentor verschwunden. Richtung Dom wahrscheinlich.«

Paulus fuchtelte mit den Armen. »Warum hast du Nox nicht verfolgt? Du warst so nah an ihm dran und hast ihn entwischen lassen.«

»Gemach, gemach. Ich war nicht untätig in all der Zeit, in der ihr unterwegs wart und …«, Barthel beugte sich vor, griff in Paulus' waschweiches Haar und roch daran, »… und in der ihr es euch offenbar nicht schlecht habt gehen lassen. Sollte ich diesen Mordbuben denn zum Zweikampf herausfordern? Nox wird entweder wieder hier aufkreuzen, oder wir finden ihn im Gefolge der Sänfte. Dessen bin ich mir sicher. Wenn uns die Bettelfreunde unseres ältesten Bruders ein wenig helfen, können wir ihn im Auge behalten. Wir versuchen herauszufinden, was er treibt, was er will und warum er drei Männer dem Herrn empfohlen hat. Und dazu müssen wir erfahren, was dieses Schiff und seine Besatzung mit all dem zu tun haben. Einfach mit dem Finger auf Nox zu zeigen und ihn als Mörder zu bezichtigen, wird uns und vor allem Paulus nicht weiterhelfen. Wir brauchen etwas Handfestes.«

»Mach mal halblang, Brüderchen.« Matthias wischte sich mit dem Ärmel seine triefende Nase ab. »Erst sind ich und meinesgleichen das Geschmeiß auf Gottes Erdenscheibe, und dann sollen die Bettler helfen, euch den Arsch zu retten? Da möchte ich von dir erst ein paar erläuternde Worte hören. Auch wüsste ich gern, wie ich es meinen Freunden schmackhaft machen soll, dass sie ihre kostbare Zeit eurem Unterfangen opfern.«

Das Wort »Hurensohn« wollte wieder über Barthels Lippen, doch er riss sich zusammen. »Matthias, zwinge mich nicht zu Eingeständnissen, die mir nicht über die Zunge wollen. Ich setze mich nicht für mich selbst ein, sondern für unseren Bruder. In diesem ganz besonderen Fall, und das ist alles, was ich einräumen werde, haben alle guten Christenmenschen die Pflicht, der Wahrheit ans Licht zu helfen, auch die Bettler. Darin zumindest unterscheiden wir uns in nichts.«

»Du Hurensohn.«

»Selber Hurensohn.«

»Das klärt die eine Frage. Nicht die andere. Was soll ich also meinen Bettlerfreunden sagen?«

»Es gibt noch mehr von den Münzen, von denen du eine in der Hand hältst«, sagte Paulus. »Das sollte Ansporn genug sein.«

»Nun denn«, sagte Matthias und wippte auf den Zehenspitzen, »machen wir uns auf und suchen diesen Nox.«

Schon in Höhe des Trankgassentores verließ Matthias die Gruppe, doch nur, um einige Bettler aufzutreiben, die im Schatten der Hafenmauer schliefen und sich nur ungern von ihrem kühlen Plätzchen trennen wollten. Aber die Aussicht auf den Lohn war ein starker Ansporn. Drei der vier Männer kannte Barthel. Er hatte sie früher schon mal zusammen mit Paulus gesehen. Der andere war jung und wohl noch nicht lange auf der Straße.

Sie gingen die Trankgasse hinauf und gelangten durch das Pfaffentor an den Dom. Doch als sie weiter durch die Hachtpforte in den Domhof wollten, kamen sie kaum noch voran. Der Platz hinter dem Tor war voller Menschen. Paulus konnte seine Neugier offensichtlich nicht zügeln und kletterte über einen Karren auf die Mauer, die den Immunitätsbereich des Doms eingrenzte. Barthel erwog kurz, ihm zu folgen, ließ aber davon ab.

»Was siehst du?«

Paulus stellte sich breitbeinig auf die Mauerkrone. »Eine Menge Menschen. Und mittendrin die Sänfte. Sie leuchtet so rot wie ein Pickel in Matthias' Gesicht.«

Dombaumeister Gerhard hielt gebührenden Abstand zu der Sänfte. Das ganze Spektakel rund um den Dom war ihm überhaupt nicht recht. Es gab noch so viel zu tun, und einen solchen Auftrieb konnte er jetzt nicht gebrauchen. Aber einen großzügigen Spender wie Bruno von Madras durfte er nicht vor den Kopf stoßen. Also hielt er sich bereit, dem Besucher seine Aufwartung zu machen.

Wie Gerhard zu Ohren gekommen war, hatte bis jetzt außer Konrad von Büren noch niemand Bruno zu Gesicht bekommen. Der Dompropst stand neben der Sänfte und sprach unentwegt auf ein kleines Viereck in Kopfhöhe ein, das sich bei näherer Betrachtung als eng geflochtenes Gitternetz im Stoff entpuppte und vom Insassen als Guckloch genutzt wurde. Konrad schilderte wortreich die Geschichte des alten Doms und bat dann den Dombaumeister hinzu. Gerhard verbeugte sich tief vor der Sänfte und begann nun seinerseits, auf den Besucher einzureden. Mit seinen Händen malte er die Umrisse des neuen Doms in den Himmel.

»Er wird über die Grundmaße der alten Kathedrale hinauswachsen, edler Herr. Dort, wo Ihr jetzt noch die Reste der römischen Stadtmauer seht, werden bald schon neue Fundamente gesetzt. Diese Mauer muss weichen, je schneller, desto besser für diese heilige Stadt. Sie trägt die Schuld daran, wie unnatürlich die Kirche gewachsen ist. Unsere Ahnen haben dieses Gotteshaus einst in den äußersten Winkel des römischen Kölns gebaut, ganz bewusst. Es zog sie nah an die Mauer und an ein Stadttor, denn sie lebten stets in der Furcht, Opfer neuer Verfolgungen zu werden, und wollten schnell aus der Stadt fliehen können. Und sie suchten den Ort in der Stadt, den als Erstes die Strahlen der Morgensonne trafen, an dem das Licht des Lebens allwiederkehrend und symbolisch über die Dunkelheit, das Böse, ja den Tod obsiegt. Als unser Glaube seinen Siegeszug antrat, geriet die Kirche bald zu klein, sie musste wachsen und stieß an ihre Grenze, an die alte Mauer. Unsere Vorväter bauten an der Mauer entlang, weshalb wir nun eine viel zu lange Kathedrale haben.«

Die Sänfte und ihre Begleiter zogen weiter zur Mitte des Platzes, von der aus man den besten Blick auf die Flanke des Doms hatte. Gerhard zeigte auf die Vorhalle und dann auf die wuchtige, beinahe wie ein Turm gebaute bischöfliche Pfalzkapelle, die der Kathedrale an der Seite vorgelagert waren und den Hof beherrschten.

»Schlimmer noch«, fuhr er fort, »diese beiden Bauten wurden dem Dom in späteren Jahren zugefügt, eine Sünde, die heute kein Baumeister mehr begehen würde. Sie sprengen jede Symmetrie der Kathedrale und zerstören völlig das Bild eines vollendeten Bauwerks. Dieser Dom ist ein Überbleibsel aus einer vergangenen Zeit, er ist der Würde eines Gotteshauses nicht angemessen. Ihm gebricht es schlichtweg an allem. Es fehlen erhabene, große Portale – stattdessen betreten die Gläubigen den Dom durch die kleine Vorhalle und verlassen ihn durch die Pfalzkapelle. Ihm fehlt es an Platz, viel zu klein ist das Langhaus. Die Gläubigen drängen sich um den größten Schatz der Stadt – die Gebeine der Heiligen Drei Könige und ihren goldenen Schrein, die wir zwischen den Marienchor im Osten und den Peterschor im Westen stellen müssen. Im neuen Dom aber soll der Schrein in der Vierung vor dem Chor stehen, mitten im Kirchenkreuz. Aus allen Himmelsrichtungen sollen die Pilger die Gebeine verehren können. Der alte Dom, edler Herr, ist kein würdiges Gefäß mehr für die Reliquien der drei Weisen. Die Mauer, Herr, muss weg.« Gerhard unterstrich seine Forderung mit einer schneidenden Handbewegung. Wenn er nur könnte, würde er die Mauer schon jetzt nur mit der Kraft seiner Arme niederreißen.

»Bald wird sie weichen, denn wir müssen die Trankgasse verbreitern, weil wir sie als Rampe benötigen. Vom Hafen herauf werden wir über die Straße die Steine, die wir rheinaufwärts im Drachenfels brechen lassen, für den Dombau hierher befördern.«

Gerhard bemerkte, wie sich die Zahl der Bewaffneten rings um die Sänfte deutlich erhöhte, ebenso die Zahl der Domherren. Kein

Wunder. Die Kanoniker dürften von der Kunde über einen edlen Spender angelockt worden sein, denn der Dombau und damit auch die Finanzierung waren Sache des Domkapitels.

Fünfzig Kanoniker zählte das Domkapitel, zwei Sitze im Domgestühl jedoch blieben stets leer, denn sie waren für den Papst und den Kaiser reserviert. Die Domherren waren allesamt wohlhabend, zumeist schon von Geburt, spätestens aber, wenn sie ins Kapitel gewählt wurden, denn die Besitzungen des Erzstifts galten als beträchtlich und warfen einen stattlichen Zins ab. Sechzehn Mitglieder des Kapitels, Domgrafen genannt, entstammten dem hohen Adel. Der Unterhalt des Doms, ein würdiger Ablauf der Gottesdienste und nicht zuletzt die Wahl des Erzbischofs – das waren die vornehmlichen Aufgaben des Domkapitels. An den Kosten für den Dombau beteiligten sich viele der Domherren gern, wie Gerhard bei der Vorstellung seiner Baupläne schnell erfahren hatte, mindestens ebenso viele jedoch hatten einen Igel im Geldbeutel. Geistlichkeit war noch lange nicht mit Großzügigkeit gleichzusetzen.

Ohne Spenden könnte Gottes schönstes Haus auf Erden nicht erbaut werden. Viele Menschen nutzten nur zu gern die Gelegenheit, sich mit einem Münzlein ein Stück vom Himmel zu sichern, und einige Patrizier taten sich gleich mit großzügigen Stiftungen hervor. Am Tag des Jüngsten Gerichts, dessen durften sich die Spender sicher sein, würde der Herrgott dies mit Wohlwollen zur Kenntnis nehmen und die Sündenstrafen wenn nicht erlassen, so doch gehörig verringern. Die Kollekten waren daher ein großer Erfolg. Im Auftrag des Domkapitels zogen Sammler übers Land und baten in den Gottesdiensten der Dörfer um Spenden für den Dombau.

Kurz, der neue Dom brauchte Geld. Viel Geld. Niemand wusste das besser als Gerhard. Niemand konnte sich besser vorstellen, wie viele Steine verbaut werden würden.

Vielleicht war es die Furcht, die Spender aus dem fernen Indien könnten zu viel desselben unters Volk bringen, welche den Dompropst zum Einschreiten veranlasste. Vielleicht war es aber auch die berechtigte Sorge um die Sicherheit der Besucher. Wie Wellen gegen eine kleine Insel wogten die Menschen zur Sänfte und wieder zurück und kamen ihr dabei bedrohlich nah. Der Löwe hielt nur noch diejenigen auf Abstand, die ihm unmittelbar gegenüberstanden.

Gerhard war nicht der Einzige, der sich angesichts der Unruhe in der Masse von Menschen Sorgen machte. Er hörte, wie Konrad von Büren Otto freundlich, aber mit Nachdruck bat, keine weiteren Münzen mehr in die Menge zu werfen, um nicht noch mehr Gier in die Menge zu bringen. Dann ließ Konrad von den Bewaffneten einen Ring um die Sänfte bilden, um sie weg von der Mitte des Platzes in den Schutz der Dombaustelle zu geleiten. Der Ansturm der Menschen brach an einem Wall aus Quaderstapeln, Holzstößen und Gerätschaften.

Als die Sänfte auf der Baustelle angelangt war, riegelte hinter ihr eine Kette von Spießträgern den Zugang zur Dombauhütte ab. Gerhard atmete erleichtert durch, und auch Konrad von Büren tupfte sich mit schon etwas entspannteren Zügen den Schweiß von der Stirn.

»Für den Neubau sprechen nicht nur die Gründe eines Baumeisters, der natürlich bemüht ist, eine noch schönere Kirche zu bauen«, sagte der Dompropst in Richtung der Sänfte, als er das Tuch wieder einsteckte. »Der Dom ist uns schlicht zu klein geworden. Nachdem Erzbischof Rainald die Gebeine der Heiligen Drei Könige nach Köln geholt hatte und sein Nachfolger Philipp den wunderbaren Goldschrein hat fertigen lassen, ist der Strom der Pilger unentwegt angeschwollen. Wir brauchen eine viel größere Kathedrale.«

Einige knappe Worte aus der Sänfte unterbrachen Konrad. Gerhard hielt das Ohr ans Guckloch, um der kratzigen Stimme Brunos besser lauschen zu können.

»Ich würde lieber den Dom besichtigen«, sagte Bruno.

Gerhard nickte und versuchte zugleich, den Mann hinter dem Gitternetz auszumachen, doch mehr als einen Umriss bekam er nicht zu sehen. Dann trat er zum Dompropst und übermittelte ihm Brunos Bitte. Konrad von Büren begann wieder, sich den Schweiß von der Stirn zu wischen.

»Da ist er!« Paulus stand zwar schon erhöht auf der Mauer, dennoch stellte er sich auch noch auf die Zehenspitzen, um in der Menge alles genau sehen zu können. Als der kahle Schädel im Sonnenlicht glänzte, bestand für ihn kein Zweifel mehr. Nox begleitete die Sänfte.

»Kommt hoch, damit ihr ihn seht«, rief er und half nacheinander Jenne, Matthias und dessen Bettlerfreunden auf die Mauer. »Dort hinten, seht ihr, da steht er, da drüben an der Sänfte«, sagte Paulus.

»Da stehen viele Leute.« Jenne schützte ihre Augen mit der Hand gegen die Sonne. »Beschreib ihn mal.«

»Glatzkopf, Stiernacken, schwarze Kleidung. Keine hundert Schritt entfernt.«

»Oh.« Jenne hielt sich die Hand vor den Mund.

»Was meinst du?«

»Den möchte ich nicht zum Feind haben.«

»Pech für dich. Da du jetzt auf meiner Seite stehst, ist er zwangsläufig dein Feind. Gewöhn dich an den Anblick.«

Auch die drei Bettler reckten die Hälse. »Und was sollen wir jetzt machen?«, fragte einer, dessen rechtes Augenlid schlaff herabhing, weshalb er die linke Gesichtshälfte vorreckte, um besser sehen zu können.

»Ihn im Auge behalten«, sagte Matthias. »Hängt euch an seine Fersen. Wann immer der Mann einen längeren Aufenthalt macht, in einem Gasthof vielleicht oder auf dem Schiff im Hafen, kommt einer von euch zu mir und macht Meldung.«

»Und wo bist du?«

»Ich mache es mir in der Nähe des Kriegsschiffes gemütlich. Irgendwo auf der Hafenmauer werde ich schon ein kuscheliges Plätzchen finden.«

Paulus hörte das Gespräch nur mit halbem Ohr. Er betrachtete Nox und spürte, wie die Wut in ihm aufkochte. Dieser Mann wollte sein Leben zerstören. Dabei hatte er ihm nichts getan. In Paulus wuchs der Drang, von der Mauer zu springen und Nox zur Rede zu stellen.

Nox behielt die Sänfte, die gerade zum Eingangsportal des Doms getragen wurde, und alles in ihrer unmittelbaren Umgebung genau im Blick. Mehr war nicht möglich. Seine Augen waren nicht mehr so gut wie früher, doch machte seine Erfahrung den Verlust an Sehkraft wieder wett. Er versuchte gar nicht erst, jede Einzelheit wahrzunehmen, er beschränkte sich auf das Wesentliche. Mit der Zeit war es ihm gelungen, ein Gespür für ungewöhnliche Bewegungen zu entwickeln. Rührte sich etwas selbst im äußersten Winkel seines Blickfelds, nahm er es in seinen Fokus. So wie jetzt auf der Mauer, die den Domhof einfriedete.

Nox wunderte sich über die Gestalten, die dort auf der Mauerkrone herumkletterten, während doch jeder auf dem Platz versuchte, möglichst nahe an Otto und die Sänfte heranzukommen. Auch wenn auf diese Entfernung keine Gefahr drohte, riskierte er dennoch einen genaueren Blick. Und erstarrte.

Schon wieder dieser Paulus. Ein Grinsen stahl sich auf Nox' Gesicht. Der Junge hatte allen Respekt verdient. Und eine Klinge zwischen die Rippen.

Nox löste sich von der Gruppe um die Sänfte und ging los.

»Verflucht, er hat mich gesehen.«

Barthel sah die Mauer hinauf. »Wer?«

»Nox. Der Schlächter. Er hat mich gesehen. Er kommt auf uns zu.«

Das Grüppchen auf der Mauer geriet in Unruhe.

»Schlächter? Was für ein Schlächter?«, fragte der Bettler mit dem hängenden Lid.

»Runter, schnell weg hier!«, rief Paulus und drängte zum Mauerrand.

»Von einem Schlächter war nie die Rede«, stammelte der mit dem Hängelid und fuhr die Ellbogen aus.

Barthel fuchtelte mit den Armen. »Kommt runter, wir machen uns dünne.«

Die drei Bettler, Matthias, Jenne und Paulus wollten so schnell wie möglich runter von der Mauer, und zwar auf der vom Domhof und von Nox abgewandten Seite. Im Gedränge stolperte Jenne, taumelte vor, wieder zurück und drohte auf der falschen Seite hinabzustürzen. Paulus versuchte, sie festzuhalten. Doch stattdessen zog ihr Gewicht ihn mit. Bereits im Fallen wunderte sich Paulus, warum ausgerechnet ihm all das passieren musste. Und auf halber Strecke bis zum Boden sah er den grinsenden Nox, der mit langen Schritten direkt auf die Stelle zuging, wo Paulus und Jenne aufschlagen würden.

Nox' Hand fuhr in die Tasche seines Gewands und umfasste den Panzerbrecher. Die Mauer war fast so hoch wie zwei Männer. Die beiden würden den Sturz überleben. Doch war die Wahrscheinlichkeit groß, dass sie sich beim Aufprall verletzten. Er wollte zur Stelle sein und ihnen Hilfe leisten. Eine sehr besondere Hilfe. Indem er sie zur Ader ließ, etwa.

Nox beschleunigte seinen Schritt. Er konnte die beiden nicht mehr sehen, weil zu viele Menschen zwischen ihm und den beiden Gestürzten standen. Keinesfalls wollte er Gefahr laufen, dass sie genug Zeit hatten, humpelnd in der Menge zu verschwinden.

Was war das nur für ein Häuflein, das dieser Paulus um sich geschart hatte? Ohne Zweifel gehörten diese Gestalten, die von der Mauer geflüchtet waren, zu dem Jungen. Hatte er sie ins Vertrauen gezogen? Vermutlich, denn sie schienen genau zu wissen, dass sie ihn zu fürchten hatten. Nox packte den Panzerbrecher fester.

Das Gebüsch am Fuß der Mauer bremste ihren Fall. Jenne war ein Leichtgewicht und schnell wieder auf den Beinen, Paulus hingegen landete hart auf der Seite und stieß sich den Arm in die Rippen. Während er auf den Knien hustend versuchte, wieder zu Luft zu kommen, spürte er Blut auf seiner Stirn. Die dornigen Zweige hatten ihm die Haut geritzt. Zu allem Überfluss musste er das Gelächter der Umstehenden über sich ergehen lassen.

»Alles in Ordnung?« Jenne beugte sich über ihn und hielt gleichzeitig Ausschau nach Nox.

Paulus brachte nur ein Ächzen hervor. Er bedeutete ihr mit einer Handbewegung, dass es wohl gleich wieder gehen würde.

»Steh auf. Du musst den Rücken durchdrücken. Dann bekommst du Luft.«

Paulus rappelte sich auf, presste beide Hände ins Kreuz und straffte sich. Mehr Zeit zur Erholung blieb nicht. Sie mussten zusehen, dass sie fortkamen. Doch wohin? Hinter ihnen war die Mauer, vor ihnen das Gedränge der Schaulustigen und irgendwo mitten im Gewimmel ein Mörder, der es auf ihre Kehlen abgesehen hatte.

»Wohin?«, fragte Jenne.

»In den Dom. Er wird es nicht wagen, uns dort etwas anzutun.«

»Dann laufen wir ihm in die Arme.«

»Er rechnet am wenigsten damit, dass wir ihm entgegenkommen. Er wird glauben, wir würden zurück zur Pforte laufen. Wir müssen nur aufpassen, dass er uns nicht sieht.«

»Dein Wort in Gottes Ohr.«

»Mir nach.«

Paulus nahm Jenne an der Hand und rannte los.

Matthias und seine abgehalfterten Gefährten wollten schon das Weite suchen, da konnte Barthel gerade noch rechtzeitig einschreiten. Mit offenen Armen stellte er sich ihnen in den Weg und hielt sie auf.

»Falsche Richtung«, rief er. »Paulus und Jenne sind auf der anderen Seite heruntergefallen.«

»Lass uns Leine ziehen, Brüderchen. Wir sind entdeckt, bevor wir unseren Auftrag überhaupt annehmen konnten. Rette sich, wer kann.«

Barthel trat einen Schritt auf Matthias zu. »Du lässt deinen Bruder im Stich?«

»Ich kenne ihn. Er kommt zurecht. Nox wird ihn nicht in die Finger bekommen.«

»Dann weiß ich nicht, warum wir Reißaus nehmen sollten. Nox kennt euch nicht. Ihr aber kennt euren Auftrag. Also macht kehrt.«

Matthias zögerte, ebenso seine Weggenossen. Barthel wusste, wie er die Männer überzeugen konnte. Er griff in seinen Brustbeutel, holte einige Münzen hervor und ließ sie im Sonnenlicht auf seiner flachen Hand blitzen.

»Ihr habt die Gelegenheit, den ganzen Sommer über sorgenfrei zu leben, wenn ihr nur ein paar Stunden eurer Zeit opfert. Macht ihr mit?«

Der mit dem Hängelid wiegte den Kopf. »Weiß nicht. Paulus hat eben von einem Schlächter gesprochen.«

»Ihr sollt es ja nicht mit ihm aufnehmen, sondern ihn nur beobachten. Einfach nur auf Abstand bleiben. Mehr braucht ihr nicht zu machen. Haltet euch im Hintergrund. Matthias und ich kümmern uns darum, dass er unseren Paulus und seine Jenne nicht in die Fänge bekommt. Richtig, Matthias?«

Matthias sah Barthel böse an. Dann nickte er. Die Münzen hatten ihn überzeugt. Was auch sonst. Barthel hätte am liebsten einen Fluch ausgestoßen.

»Gehen wir«, sagte er und schritt forsch voran. Um sich und den Männern hinter sich Mut zuzusprechen, fügte er hinzu: »Wir sind fünf gestandene Kerle. Wir haben nichts zu befürchten.«

»Vier gestandene Kerle«, zischte Matthias, als sie sich an den Schaulustigen vorbei durch die Hachtpforte drängten. »Du zählst nicht. Du hast nur ein großes Mundwerk, mehr nicht.«

»Und du bekommst immer dann große Augen und lange Finger, wenn du ein paar Münzen siehst.«

Sie wandten sich nach links, dorthin, wo Paulus und Jenne gelandet sein mussten. Von den beiden war nichts zu sehen. Wohl aber von Nox. Sein breites Kreuz verschwand in der Menge in Richtung Dom.

»Ihm nach«, sagte Barthel. »Ich wette, wenn wir ihm folgen, finden wir Paulus und Jenne.«

Fast hätten sie ihn ausgetrickst. Aber eben nur fast. Als Nox an der Mauer angekommen war, hatte er erst einmal dumm aus der Wäsche geschaut. Paulus und das Mädchen schienen sich in Luft aufgelöst zu haben. Auf seine innere Stimme war jedoch Verlass. Sind deine Feinde nicht vor dir, hatte sie gesagt, sind sie hinter dir. Ein Blick über die Schulter hatte der Stimme recht gegeben. Die beiden liefen genau dorthin, woher er gerade gekommen war. Sie mochten ihn für einen Moment übertölpelt haben. Entkommen waren sie ihm noch nicht.

Paulus und Jenne hasteten zum Dom hinüber. Am Eingang in die Vorhalle mussten sie schubsen und drängeln, denn die Zahl der Menschen, die mit der Sänfte in die Kathedrale gelangen wollten, war noch immer groß. Doch die Bewaffneten hatten Befehl, niemanden außer den Thomaschristen sowie den Männern von Domkapitel und Richerzeche in den Dom einzulassen.

»Hast du seinen Blick gesehen, als er uns auf der Mauer entdeckt hat?«, fragte Jenne, als sie das Portal erreichten.

»Was meinst du?«

»Es schien ihm gleich zu sein, wie viele Zeugen er im Domhof haben könnte. In seinen Augen hat schiere Mordlust gestanden. Er will uns umbringen, Paulus.«

»Das hast du auf diese Entfernung sehen können?«

»Das hätte ein Blinder gesehen. Wenn ihn tausend Zeugen schon nicht schrecken, meinst du dann, er respektiert heiligen Boden?«

»Der heilige Boden wird ihn nicht zurückhalten. Sehr wohl aber die Tatsache, dass es wenige Ausgänge und viele Bewaffnete gibt. Nein, er wird uns in der Kirche nichts antun.«

»Doch wir sitzen wie Drosseln in der Falle.«

»Nichts da. Nox kennt sich im Dom nicht aus. Hoffe ich. Wir sind wieder draußen, bevor er überhaupt weiß, dass wir drin waren.«

Doch zunächst einmal gelangten sie gar nicht erst hinein in den Dom. Zwar waren sie dicht an die Sänfte und an den Löwen und seinen Führer herangelangt, die nahezu gleichzeitig das Portal erreicht hatten, aber gekreuzte Spieße verwehrten ihnen den Zugang. Sie kamen nicht mehr voran. Paulus spürte sein Herz schneller schlagen. Die Katze, die zwischen ihnen und dem Portal stand, war riesig. Er sah über die Schulter zurück auf den Domhof. Nox' bulliger Schädel war auch in der Menge nicht zu übersehen. Der Mörder hatte ihn ins Visier genommen.

»Irrtum«, sagte Jenne, die das Unheil ebenfalls kommen sah. »Wir sitzen jetzt schon in der Falle.«

Nox kam näher. Schon war er fast am Portal angelangt. Er war nur noch wenige Schritte von den beiden entfernt und trieb sie weiter voran. Paulus und Jenne schoben sich an den Menschen vorbei, die noch zwischen ihnen und dem Löwen standen.

»Hast du Angst vor Katzen?«, fragte Jenne und packte Paulus an der Hand.

Bevor er antworten konnte, zog sie ihn weiter.

Und bevor Paulus sie zurückhalten konnte, hatte sie dem Löwen bereits auf den Schwanz getreten.

Der Löwe fuhr herum, riss das Maul auf, brüllte und fauchte. Konstantin machte einen Satz weit weg von den geifertriefenden Reißzähnen, und die Menge um ihn herum fegte unter Schreien auseinander. Nur die Träger der Sänfte schienen gänzlich unbeeindruckt und bewegten sich keinen Schritt von der Stelle. Guido stemmte sich mit aller Kraft gegen die Kette. Das Tier zurückhalten konnte er nicht. Die Pranken wirbelten umher, nach rechts, nach links, bis der menschenleere Kreis um Sänfte und Löwe viel größer geworden war. Die Raubkatze wirkte wie ein wild gewordener Hüter des Domportals.

Konstantin fluchte laut. Die Stimmen! Diese Stimmen!

Erst vor ein paar Stunden hatte er die Stimmen auf dem Marktplatz gehört, kurz bevor Rodderick ihm ein glühendes Eisen in den Mund gesteckt und Konstantin das Bewusstsein verloren hatte. Und nun hatten die beiden Gesuchten schon wieder direkt vor seiner Nase gestanden, und schon wieder hatten sie sich in Luft aufgelöst, bevor er in ihre Gesichter hatte blicken können.

Hatte das Mädchen dem Löwen gerade tatsächlich auf den Schwanz getreten? Was zum Henker ging hier vor?

Konstantin blickte die Stufen hoch zu Guido, der beruhigend auf den Löwen einredete und die Kette wieder strammer zog. Bestens, gleich würde er ein wenig Licht ins Dunkel bringen. Der Junge und das Mädchen waren nun im Dom, und er war nicht willens, sie ein weiteres Mal entkommen zu lassen. Der Festnahme stand nur noch der Löwe im Weg, doch Guido war im Begriff, das Tier unter Kontrolle zu bringen. Konstantin winkte einige der Bewaffneten zu sich.

Bevor er ihnen Anweisungen geben konnte, wurde er rüde von hinten zu Boden gestoßen. Konstantin versuchte, sich am Hemd eines Mannes festzuhalten, vergebens. Er fiel gegen Beine, rollte auf die Seite und spürte noch, wie er hart mit dem Kopf aufschlug. Dann umfasste ihn dunkle Nacht.

Nox stieß jeden beiseite, der ihm im Weg stand. Auf der Flucht vor dem Löwen waren so viele Menschen zu Boden gegangen, dass ein paar Gestürzte mehr oder weniger nicht auffielen.

Diese gerissene Ziege!

Offenbar war Paulus' kleine Freundin nicht weniger ausgekocht als der Junge selbst. Aber sie hatten die Rechnung ohne den Wirt gemacht. Der Löwe würde vielleicht die Kölner aufhalten, auf keinen Fall aber Nox. Er hatte das Tier in den vergangenen Tagen auf dem Schiff unter Deck kennengelernt. Auch Nox hatte zunächst Respekt gehabt vor dieser fremden Kreatur, die er nur aus Erzählungen von Seeleuten kannte. Doch schnell merkte er, dass der Löwe zwar groß und ungeheuer stark war, aber eben doch auch nur ein Tier. Dem Menschen untertan und zähmbar, furchteinflößend nur für denjenigen, der noch nie einen leibhaftigen Löwen gesehen hatte. Nox hatte sich vor dem Käfig aufgebaut, und die Katze hatte sich brummend zu seinen Füßen gelegt.

Nun ging Nox aufrecht und ruhig an der Raubkatze vorbei, als sei sie gar nicht da. Der Löwe fauchte nicht einmal und ließ sich von Guido noch kürzer an die Kette nehmen. Otto half seinem schmächtig gebauten Bruder. Er und Nox tauschten kurz Blicke.

»Was geht hier vor?«, zischte Otto. Ihm standen Schweißperlen auf der Stirn. »Wo warst du? Du sollst bei der Sänfte bleiben.«

»Ganz ruhig«, gab Nox im Vorbeigehen zurück. »Du erfährst alles früh genug.«

Er tauchte ein in die dunkle Kühle des Doms, seine Rechte verbarg den Panzerbrecher. An den Menschen im Eingang schob er sich vorbei und musterte die wenigen Besucher, die sich im Kirchenschiff verloren. Unter ihnen waren fromme Menschen, die sich von ihrem Dom, wie sie ihn seit Jahrzehnten kannten, verabschiedeten, und Schaulustige, die das riesige Bauwerk vor dem Beginn seines stückweisen Zusammenbruchs noch einmal sehen wollten. Den Jungen und das Mädchen entdeckte Nox nicht, und das erfüllte ihn mit Genugtuung. Leichte Beute und kurze Jagden waren seine Sache nicht. Mit einigen schnellen Schritten drang er tiefer in den Dom ein. Der lang gestreckte Bau bot nicht viele Verstecke. Wegen des anstehenden Brandabbruchs waren alle Altäre, Heiligenfiguren, Wandteppiche, Schreine und das alte Gerokreuz in Sicherheit gebracht worden. Auch der prächtige Dreikönigenschrein aus purem Gold fehlte. Nur die beiden großen vergoldeten Kronleuchter hatte man an ihrem Platz unter der hohen Decke belassen.

Nox durchmaß das Kirchenschiff, um hinter die erste Säulenreihe zu blicken. Nichts. Er eilte weiter, an die gegenüberliegende Seite, und prüfte auch hier die dunklen Ecken hinter den Säulen. Wieder gähnende Leere. Inzwischen hatten sich seine Augen an das dämmrige Licht gewöhnt, also schaute er sich genauer um. Was er sah, gefiel ihm nicht. Es gab zu viele Türen, die aus der Kirche hinausführten. Durch den Haupteingang trugen die Mohren bereits die Sänfte herein, in ihrem Gefolge Otto und Guido mit dem Löwen und eine große Anzahl Neugieriger, deren Gier nach Münzen größer war als die Angst vor dem Raubtier. Nox packte sich einen Mann, dessen pechverschmierte Hände ihn als Kalfaterer aus dem Hafen verrieten.

»Eben sind hier ein Junge und ein Mädchen hereingestürmt. Wohin sind sie?«, fragte er den Mann.

»He, Ihr tut mir weh.«

Nox griff fester zu. Der Mann verstummte augenblicklich.

»Ich fragte: Wohin sind sie?«

»Sie sind sofort dorthin gelaufen, zur Pfalzkapelle«, sagte der Mann und deutete mit seiner schwarzen Hand auf einen Raum, der sich keine fünfzig Schritte links neben dem Portal befand. »Dort geht es wieder hinaus auf den Domhof.«

Nox stieß einen Fluch aus und drückte den Kalfaterer gegen eine Säule. So schnell ihn seine Beine trugen, rannte er zur Kapelle und hinaus auf den Platz.

Barthel ging forsch voran und wandte sich doch immer wieder um, ob Matthias und seine Bettelgesellen ihm auch wirklich folgten. Sie umrundeten die große Menschentraube, die sich schwerfällig durch das Nadelöhr des Portals bewegte.

»Schneller«, sagte Barthel über die Schulter hinweg. »Wir gehen durch die Pfalzkapelle. Sonst dauert es eine halbe Ewigkeit, bis wir im Dom sind.«

Diesen Einfall hatten auch andere, die den kleinen Umweg nehmen wollten, um schneller und näher bei der Sänfte zu sein. Dennoch kamen Barthel, Matthias und die drei Bettler zügig voran. Als sie noch etwa dreißig Schritte vor der Doppelflügeltür in die Pfalzkapelle waren, trat Nox heraus und sah mit bitterbösem Blick über den Platz. Barthel blieb wie angewurzelt stehen.

Und dann schaute Nox ihm direkt in die Augen.

Einen kurzen Moment fixierten sich die beiden. Dann wanderte Nox' Daumen langsam zu seinem Hals und fuhr dort von einem Ohr zum anderen. Die Botschaft war unmissverständlich. Barthels Gewissheit, diesem Muskelberg von einem Mörder zu fünft trotzen zu können, war weggeblasen wie die Samen einer Pusteblume von einem leichten Windstoß. Als Nox auf ihn zukam, fuhr Barthel auf dem Absatz herum und folgte seinen Beinen, die wie von selbst losliefen.

Mit Schrecken musste er erkennen, dass Matthias und die Bettlerbande bereits das Weite suchten und einen gehörigen Vorsprung hatten. Obwohl er so schnell rannte wie noch nie zuvor in seinem Leben, glaubte Barthel Nox' Atem in seinem Nacken zu spüren. Er schöpfte Hoffnung, als ihn wider Erwarten keine Faust am Kragen packte, und heftete sich an Matthias' Fersen, den er bald einholte. Der Körper seines Bruders hatte dem unsteten Leben der vergangenen Jahre Tribut gezollt. Im Pfaffentor fegte Barthel an ihm vorbei und bremste ab, als er Matthias' Lunge pfeifen und rasseln hörte. Ein Blick über die Schulter gab seinem jagenden Herzen Entwarnung. Nox hatte die Verfolgung gar nicht erst aufgenommen.

»Du … Feigling, … rennst wie Meister Lampe«, krächzte Matthias.

»Gegen dich rennt jeder wie Meister Lampe«, sagte Barthel und griff Matthias unter den Arm. »Kannst dir ein wenig Zeit lassen. Nox hat es nicht auf uns alte Hasen abgesehen.«

Er zog Matthias weiter hinaus auf die Trankgasse und ein paar Schritte hinunter Richtung Hafen. Als Barthel sicher war, dass ihnen niemand folgte, verschnauften sie in einem langsameren Schritt.

»Hast du Paulus gesehen?«, fragte Barthel.

Matthias schüttelte den Kopf. »Weder ihn noch seine süße Maus. Und wenn's nach mir geht, bekommt von mir heute auch keiner mehr was zu sehen.«

»Daraus wird nichts. Du bleibst bei mir. Wir fahren raus zur Summus. Wenn Paulus und Jenne ihm entwischt sind, werden auch sie dorthin kommen.«

»Du sagst es. *Wenn* sie ihm entwischt sind. Was ich aber nicht glaube. Deinetwegen kennt dieser Schlächter nun auch mein Gesicht. Da ich keinerlei Bedürfnis verspüre, diese Bekanntschaft zu vertiefen, ziehe ich es vor, mich zurückzuziehen. Gehab dich wohl, Brüderchen.«

Matthias ließ Barthel stehen, bevor sie das Salzgassentor erreichten, und entschwand im Gewirr der Gassen.

»Und mich nennst du Feigling?«, murmelte Barthel ihm hinterher.

Konrad von Büren ließ das Domportal schließen, kaum dass die Mohren die Sänfte hineingetragen hatten, sehr zum Missfallen der Menge auf dem Domplatz.

»Er ist – leer.«

Die Stimme des Bruno von Madras drang aus der Sänfte. Hinter dem Vorhang konnte Meister Gerhard eine Bewegung erkennen. »Ich sagte es Euch, Herr Bruno, im Dom gibt es nichts, aber auch rein gar nichts zu sehen. Wir haben alles von Wert in Sicherheit gebracht«, sagte er.

»Ich wünsche, zu Füßen der Heiligen Drei Könige zu beten.«

Gerhard sah Konrad von Büren fragend an, der eilfertig nickte. Gerhard ging voran und führte die Sänfte und ihr nun deutlich kleineres Gefolge am Petrus-Altar vorbei und durch eine große Pforte in den Innenhof. Inmitten des Atriums war ein Zelt aufgebaut, dessen Seitenwände hochgerollt waren. Unter dem Baldachin stand das Allerheiligste des Kölner Doms, der Schrein mit den Gebeinen der Heiligen Drei Könige. Sooft Gerhard ihn schon angeschaut haben mochte, nötigte ihm der Anblick doch immer noch Ehrfurcht und Staunen ab. Dies war der Grund, warum er einen Dom bauen sollte – eine Truhe, fast ganz aus purem Gold, besetzt mit über tausend Edelsteinen und vierundsiebzig vergoldeten Figuren aus Silber, so schwer, dass es acht starke Männer brauchte, den Schrein sicher zu tragen. Nirgends sonst auf der Welt gab es so viele Kostbarkeiten auf einem Fleck. In einer Stadt, die nach Urin, Kot, Abfällen und nach brackigem Wasser stank, war der Goldsarkophag wie ein Geschenk aus dem Himmelreich, eine strahlende Perle, hinabgeworfen in einen Berg aus Dung und Dreck.

Gerhard schlug unwillkürlich das Kreuzzeichen, und die Umstehenden taten es ihm nach. Der Schrein barg die heiligsten Reliquien der Christenheit nördlich der Alpen. Geraubt worden waren sie jedoch südlich der Alpen. Die heilige Helena, Mutter des römischen Kaisers Konstantin, hatte sie angeblich bei einer Pilgerreise in Palästina entdeckt, später erhielt die Stadt Mailand die Gebeine als Geschenk. Viele hundert Jahre hüteten die Mailänder die Reliquien, dann begingen sie den Fehler, sich wie viele andere lombardische Städte mit Kaiser Friedrich Barbarossa zu überwerfen. Vor fast hundert Jahren war es gewesen, als Barbarossa am aufmüpfigen Mailand blutige Rache nahm. Als Dank für treue Kriegsdienste erhielt sein Reichskanzler Rainald von Dassel, zugleich Erzbischof von Köln, aus des Kaisers Hand die bei der Eroberung erbeuteten Gebeine. Und mit diesen Gebeinen erhielt Rainald Macht. Die Könige aus dem Morgenland hatten vor dem Jesuskind das Knie gebeugt und es so zum König der Könige erhoben – nun war es an den Herrschern des Reiches, ihnen Respekt zu zollen. Jeder König hatte nach seiner Krönung im Dom zu Aachen an der Grablege den drei Weisen in Köln zu huldigen.

Vor etwa siebzig Jahren dann hatte der Goldschmiedemeister Nicholas von Verdun begonnen, den Gebeinen einen angemessenen Schrein zu bauen. Fast fünfzig Jahre dauerte es, bis Nicholas' Nachfolger sein Werk vollendeten, und nun lag es an Meister Gerhard, dem Schrein aus Gold einen Schrein aus Stein zu errichten. Er wollte ihn nicht minder meisterhaft gestalten. Daher war Gerhard sicher, dass er selbst die Kirchweihe nie erleben würde. Wenn schon der Bau des Schreins ein halbes Jahrhundert in Anspruch genommen hatte, würde die Kathedrale eine halbe Ewigkeit benötigen.

Auch wenn das Zeltdach das Sonnenlicht fernhielt, vermochte es dem Reliquiar, das wie eine Kirche gebaut war, doch nichts von seinem Glanz zu nehmen. Ein Strahlenkranz schien es zu umgeben, ein majestätisches Leuchten, das den Besuchern Schweigen gebot und ihnen das Gefühl gab, Ruhestörer zu sein. Auch der Löwe ließ sich nieder, geradeso, als wolle er den Heiligen seine Demut beweisen.

Ein Rascheln brach die ehrfürchtige Stille. Der Vorhang der Sänfte wurde zur Seite gezogen, und aus einem Haufen weicher Kissen schälte sich ein hageres Männlein. Gerhard war überrascht. Angesichts der Größe der Sänfte, angesichts der Zahl der Träger und vielleicht auch wegen des Respekts, den Konrad von Büren dem Besucher entgegenbrachte, hatte er Bruno von Madras für einen hochgewachsenen Edelmann im besten Alter gehalten. Nun aber beobachtete er, wie Otto einem gebrechlichen Greis auf die wackligen Füße helfen wollte. Bruno jedoch wehrte die ihm angebotene Hand ab, machte einige unsichere Schritte auf den Baldachin zu und fiel vor dem Schrein auf die Knie.

Gerhard verstand nicht, was Bruno von Madras, der die Hände gefaltet hatte, sagte, aber er vermutete, er sprach ein Gebet zum Dank für seine wohlbehaltene Ankunft – die Heiligen Drei Könige waren die Schutzheiligen der Reisenden. Bruno betete lange und schien in sich versunken. Keiner der Domkapitulare oder der Patrizier wagte, ihn zu stören. Erst als er vergeblich versuchte, sich allein aufzurichten, löste sich Otto aus der Starre und bot erneut seine Hand an, die Bruno dieses Mal dankbar ergriff.

Mit Ottos Stütze wankte er zurück zur Sänfte. »Nun ist es gut«, sagte er mit matter Stimme, während er zurück in seine Kissen kroch. »Dieses Gelübde ist erfüllt.«

Ein Schwall Wasser holte Konstantin wieder ins Leben zurück. Er schüttelte den Kopf, schnappte nach Luft und setzte sich auf.

»Was ... wo ...?«

Noch bevor er einen klaren Satz zustande brachte, kehrte die Erinnerung zurück und mit ihr die Pein in seinem Kiefer und hinter der Stirn. Mit der Zunge fuhr er über die Lücke zwischen seinen Backenzähnen, und er tastete über die geschwollene Stelle an der Schläfe, die schmerzhafte Bekanntschaft mit einem Stein gemacht hatte. Konstantin fragte sich, wie viel ein Kopf aushalten konnte. Er sah sich um. Man hatte ihn offenbar vor die Dombauhütte gelegt. Vor ihm stand ein junger Mann, dessen schwielige und staubbedeckte Hände ihn als Steinmetz auswiesen.

»Hat man die beiden gefasst?«

»Wen meint Ihr?«, fragte der Mann, der einen tropfenden Eimer beiseitestellte.

»Das Mädchen, das dem Löwen auf den Schwanz getreten hat, und ihren Freund.«

Der Steinmetz, der von den Ereignissen offenbar nichts mitbekommen hatte, sah ihn mitleidig an. »Na, der Sturz scheint Euch ja gehörig mitgenommen zu haben.«

»Beiseite, Mann, du weißt nicht, wovon du redest.« Ein Büttel, den Konstantin unter dem Namen Roland kannte, schob den Steinmetz weg und reichte ihm die Hand. »Auf die Beine, Konstantin, dann kommt Euer Blut ein wenig in Wallung, und es geht Euch schnell besser.«

Konstantin nahm die Hilfe gerne an, vor allem, weil sie ihm von Roland angeboten wurde. Roland war ein Büttel mit viel Erfahrung, ein Mann, dem die Jahre eine Krone aus weißem Haar aufs Haupt geflochten hatten. Bisher hatte sich ihr Kontakt auf einige wenige Begegnungen am Hochgericht vor dem Dom beschränkt, doch Rolands ruhige Art, sein freundliches Lächeln und die gewölbte Braue über dem rechten Auge, dank derer ihr Besitzer wirkte, als wundere er sich ständig über etwas, hatten schnell Konstantins Herz gewonnen.

»Gut, dass du da bist«, sagte Konstantin und zog sich an Rolands Hand auf die Beine. »Ich brauche Hilfe.«

»Nun, dann lass mich dir erst einmal sagen, dass ich dir nicht weiterhelfen kann. Auch ich habe gesehen, wie das Mädchen dem Löwen auf den Schwanz getreten hat, aber danach hatten wir alle anderes zu tun, als uns um die Kleine zu kümmern. Sie ist weg, ebenso wie der Kerl, der bei ihr war. Außer deinem Sturz ist aber auch nichts weiter Schlimmes geschehen.«

Konstantin fuhr sich mit der Hand übers Gesicht. »Nichts weiter Schlimmes? Hast du von den Morden vergangene Nacht gehört?«

»Die Kaufleute oder der Werkmeister?«

»Die Kaufleute.«

»Wer hat wohl nicht davon gehört?«

»Es könnte sein, dass die beiden Löwenquäler bald eine Verabredung mit dem Scharfrichter haben. Wenn ich ihrer denn habhaft werde.«

»*Das* sollen die Mörder gewesen sein?«

»Sie sind ganz offensichtlich auf der Flucht«, sagte Konstantin und ging ein paar Schritte, um seine Standfestigkeit zu prüfen. »Sie werden ihre Gründe dafür haben. Außerdem haben Zeugen sie gesehen.«

»Dann ist doch alles bestens. Immerhin weißt du, wen du suchst. Das ist mehr, als wir bei den meisten Morden haben.«

»Ich wünschte, ich hätte sie schon längst gefasst. Der junge Gir macht Druck und vermutet Dietrich von der Mühlengasse hinter dem Tod seines Vaters.«

»Den Weisen?«

Konstantin nickte. »Und zu allem Überfluss muss ich mich irgendwann auch noch um den toten Werkmeister kümmern.«

»Wenn du willst, greife ich dir ein wenig unter die Arme. Eigentlich soll ich mich auf den Märkten umtun. Aber es sind so viele Langfinger unterwegs, da macht es ohnehin nicht viel aus, wenn ich mal einen an den Pranger bringe. Sag mir nur, was ich für dich tun kann. Es lässt sich gewiss was einrichten.«

»Ich weiß selbst nicht, wo ich anfangen soll.«

Roland lächelte milde. »Du hast nur zwei Füße. Also bleibt dir nichts anderes übrig, als einen vor den anderen zu setzen. Wir sind am Dom, und Meister Gerhard ist nicht weit. Also – hast du noch Fragen an ihn wegen des Werkmeisters?«

Konstantin spürte, wie sein Herz ein wenig leichter wurde. Wenn die Dinge kompliziert wurden, tat es gut, einen alten Fuchs an seiner Seite zu wissen. Und Roland hatte die Gabe, die Welt mit wenigen Sätzen wieder zurechtzurücken und Zuversicht auszustrahlen.

»Zumindest ist es an der Zeit, bei Meister Gerhard nachzuhören, ob es etwas Neues gibt. Stehst du mir zur Seite?«

Roland nickte. Und Konstantin legte sich bereits ein paar Fragen zurecht, die er dem Dombaumeister stellen wollte.

Bruno von Madras hätte zufrieden sein können. Ihm war ein gebührender Empfang bereitet worden, er hatte die Kölner mit ein paar Münzen für sich gewonnen, man hatte ihm die Dombauhütte, den Dom und den Dreikönigenschrein gezeigt. Für den nächsten Tag hatte man ihm gar ein Treffen mit dem Erzbischof in Aussicht gestellt und einen Platz mit guter Sicht auf den Abbruch des Marienchores versprochen. Aber Bruno war nicht zufrieden. Auch durch den Vorhang seiner Sänfte hatte er gesehen, wie Nox vor dem Dom Jagd auf einige Bettler gemacht hatte.

Schwerfällig ließ er sich auf einem Lehnstuhl nieder. Das sanfte Schaukeln des Schiffes vermochte ihn nicht zu beruhigen, auch nicht die Anwesenheit seiner beiden Enkel, die sich rechts und links neben ihm in der Kabine des Achterkastells aufgestellt hatten.

»Berichte!«

Nox machte keinerlei Versuche, das Geschehene zu verschleiern. »Es gibt Verwicklungen.«

»Was heißt das?«

»Ich habe Euch den Weg bereitet, wie Ihr mir aufgetragen habt. Aber ich habe nicht mit der Dummheit der Kölner Büttel gerechnet.«

Bruno sah ihn abfällig an. »Die Dummheit der Büttel?«

»Ich trachtete danach, die Schuld einem Burschen in die Schuhe zu schieben, um meine und unsere Spur zu verwischen. Alles war bestens eingefädelt, und jeder glaubt nun, der Junge ist es gewesen. Aber er ist allen Verfolgern entwischt. Er war es, den ich vor dem Dom gesehen habe. Ich habe dann versucht, die Aufgabe der Büttel selbst zu erledigen.«

»Ist es dir gelungen?«

»Nein. Noch nicht.«

»Dann ist es vielleicht weniger die Dummheit der Büttel, die uns nun zur Gefahr wird, als vielmehr die Klugheit dieses Jungen.«

Nox schwieg.

»Unsinn, es sind die Torheit und der Übermut dieses flandrischen Stümpers, die uns zum Verhängnis werden.« Otto trat vor und baute sich breitbeinig vor Nox auf. »Ich habe dir immer wieder gesagt, Großvater, dass wir uns nicht auf die Dienste eines Söldners verlassen dürfen. Das ist eine Angelegenheit unserer Familie, und das sollte so bleiben.«

In der stickigen Kabine lastete das nun folgende Schweigen schwer. Bruno sah, wie Nox und Otto sich giftige Blicke zuwarfen. Otto bewegte sich kaum merklich, doch ahnte Bruno, dass sein Enkel seine Muskeln anspannte, um sich auf einen Kampf vorzubereiten. Bevor sich in der Hitze die Wut Bahn brechen konnte, schritt er ein.

»Bereinige das. Schnell. Bist du dazu in der Lage?«

»Ja«, sagte Nox und sah dabei Otto fest in die Augen.

Bärbel legte die Wachstafel beiseite, auf der sie den Mahlgang notiert hatte. Sie erkannte sogleich, dass es große Sorgen sein mussten, die das sonst so forsch wirkende Gesicht ihres Mannes in eine düstere Miene verwandelt hatten. Als Barthel mit einer Esche an der Summus anlegte, war Ulf gerade damit beschäftigt, die letzten beiden Säcke Getreide für den alten Schmitz, der seine Backstube gleich neben der Severinstorburg hatte, ins Mahlwerk zu geben.

»Was ist geschehen? Was hat es in der Stadt gegeben?«

»Nichts Gutes, Liebste. Wir haben diesen Nox gefunden, und er ist ein wahrer Schlächter. Ich hoffe, Paulus und Jenne sind ihm entkommen, und ich hoffe, sie kehren hierher zurück. Matthias hat sich wie nicht anders zu erwarten aus dem Staub gemacht, als es ernst wurde. Dieser Nox gehört zu dem Schiff, das unter der Führung von sehr reichen Herren steht. Paulus steckt in ernsthaften Schwierigkeiten.«

In Barthels Gesicht las Bärbel, dass ihn noch etwas anderes umtrieb. »Das ist nicht alles, oder?«

Er schüttelte den Kopf. »Nein. Ich fürchte, auch ich stecke nun in denselben Schwierigkeiten. Nox hat bemerkt, wie wir ihn verfolgt haben. Er hat mich zusammen mit Paulus gesehen. Er weiß, dass wir zusammengehören.«

»Gütiger Herr im Himmel.«

Barthel packte seine Frau an den Schultern. »Hör mir zu, hör mir sehr gut zu. Paulus ist mein Bruder, und ich würde weiß Gott was für ihn tun. Aber du trägst mein Kind unter deinem Herzen. Ich habe eine Verantwortung für meine Familie und muss zusehen, dass mein Weib und mein ungeborenes Kind ihren Ernährer nicht verlieren. Wir richten uns also darauf ein, zumindest ein paar Tage auf der Mühle zu bleiben. Falls Paulus und Jenne hier auftauchen, werde ich auf sie einreden, uns Gesellschaft zu leisten, bis sich die Dinge etwas beruhigt haben. Sie sollten sich in der Stadt erst einmal nicht blicken lassen. Auch Ulf bleibt bei uns. Wir können zwei wache Ohren gut gebrauchen. Gerade in der Nacht. Er soll sich gleich hinlegen, damit er heute Abend ausgeruht ist, wenn wir schlafen gehen. Das Mahlen übernehme ich heute selbst.«

Bärbel nickte. »Das wird das Beste sein. Aber wir brauchen Vorräte.«

Zärtlich strich Barthel ihr über die Wange. »Recht hast du, Weib. Sei so gut, die anderen Müller zu bitten, uns mit ein paar Sachen auszuhelfen. Brot, Käse, vielleicht etwas Wein. Zur Not trinken wir Rheinwasser.«

Bärbel rieb sich den Bauch. »Was, wenn das Kind kommt?«

»Es wird sich gedulden müssen. Andernfalls hole ich eine Hebamme. So viel Zeit muss das Kind uns lassen.«

Möge dich der Herr erhören, dachte Bärbel. Der Herr und das Kind.

Nox schlenderte durch die Gassen des Hafenviertels. Hetzen lassen würde er sich nicht. Nicht von diesen dahergelaufenen Irren. Reich mochten sie sein, aber sie waren nicht besser als er. Im Gegenteil – er, Nox, stand über ihnen. Er wunderte sich immer wieder, dass niemand begriff, weshalb er sich einen lateinischen Namen gegeben hatte. Er hatte es nicht nur deshalb getan, weil er die Sprache beherrschte, sondern auch, weil er damit zeigte, dass er sein altes Leben zurückgelassen hatte. Ein dunkler Abschnitt hatte begonnen. Nox. Die Nacht.

Nox führte das Schwert und tanzte höfische Tänze, er konnte lesen und schreiben, geradeso wie ein Adliger, der etwas auf sich hielt. Und beinahe wäre er selbst ein Mann von Stand geworden. Von hohem Stand.

Aber Nox, der eigentlich Willem hieß, war nur der Bastard des Grafen von Flandern. Lange war er in der Burg seines Vaters geblieben und hatte mit seiner Mutter gehofft, doch noch anerkannt zu werden. Zwar war er als Jüngling in ein Kloster abgeschoben worden. Doch der Graf hatte ihn nach zwei Jahren wieder an seinen Hof geholt. Welch ein Freudentag war das für Willem gewesen! Und welch bittere Enttäuschung, als er statt in die Wohnräume der Burg in die Kammern des Gesindes einziehen musste. Sein Vater ließ ihm einen niederen Dienst auftragen – er durfte die Ställe ausmisten, Pferde einreiten, putzen, striegeln. Letztlich musste Willem erkennen, dass er die gottgegebene Ordnung nicht ändern konnte. Ein Bastard war ein Bastard. Und so wollte er schließlich auf die gottgegebene Ordnung scheißen. Er war sein eigener Herr – und Knecht nur dem Gelde.

Willem nannte sich fortan Nox und schloss sich den Brabanzonen an, berüchtigten Söldnern, die mordeten, brandschatzten und vergewaltigten, wenn denn nur die Beute oder der Blutlohn stimmten. Kriegsherren stellten ihre Truppen bevorzugt am Niederrhein, in Brabant und in Flandern auf, denn hier fanden sich die grausamsten Kämpfer. Die normannisch-englischen Könige bedienten sich ihrer, auch die französischen Plantagenêts und Kapetinger und auch die Staufer. So begleiteten tausendfünfhundert Brabanzonen Kaiser Barbarossa auf seinem dritten Italienfeldzug, freilich nicht im Gefolge des Rotbarts, sondern sie streiften auf eigene Faust und plündernd durch die Lande. Sie taten schlicht das, was sie am besten konnten: Unheil stiften.

Bald gesellten sich Mordbuben aus der ganzen Welt zu diesen Söldnerbanden – Armbrustschützen aus der Lombardei, Engländer mit Langbögen, Sarazenen aus Sizilien mit Krummsäbeln. Die Brabanzonen waren gefürchtet. Sie kämpften zu Fuß, hatten aber nichts gemein mit gewöhnlichem Fußvolk, das aus schlecht bewaffneten Bauersleuten bestand. Ein Brabanzone trug Kettenhemd, Helm, Spieß und Schwert und lehrte die Ritter das Zittern. War ein Kriegszug vorüber, fand das Töten noch lange kein Ende. Die Horden lösten sich auf, zogen über die Lande und nahmen sich, was sie zum Überleben brauchten. Mancherorts genügte schon das Erscheinen der Söldner, um den Feind an den Verhandlungstisch zu zwingen.

Unter diesen ehrlosen Männern lernte Nox zu morden. Erst fiel es ihm schwer. Dann aber fand er Gefallen daran.

Er tötete arme Leute, weil sie das waren, was er nie werden wollte. Er tötete reiche Kaufleute, weil sie das im Überfluss hatten, was er haben wollte. Er tötete Adlige, weil sie das waren, was er hätte sein sollen. Er tötete Priester und Mönche, weil sie sich um die Ungerechtigkeit nicht scherten. Weil sie sich nicht um ihn scherten.

Das Töten bereitete ihm Trost. Es stillte seinen Hunger nach Rache. Es gab ihm das Gefühl, die Grenzen dieser verfluchten gottgegebenen Ordnung gelegentlich überschreiten zu dürfen.

Doch als Nox sich für ein Dasein als Brabanzone entschied, war es bereits zu spät. Gerade erst hatte Papst Innozenz allen Pfaffen verboten, mit Söldnern und dergleichen Unmenschen zu verkehren. Sein Machtwort hatte das Ende der ehrlosen Rotten eingeläutet. Bald stellte niemand mehr Söldnerheere auf.

Das war vor sehr vielen Jahren gewesen. Seitdem verdingte Nox sich bei jedermann, der Wert auf seine todbringenden Fähigkeiten legte. Mal waren es Kaufleute, die Geleitschutz bei Reisen durch räuberverseuchte Wälder benötigten, mal ein Adliger, der einen Boten brauchte und dazu die Gewissheit, dass seine Botschaft ihr Ziel auch wirklich erreichte. Und oft genug waren es zwielichtige Gestalten, die einen anderen Menschen dem Herrn empfehlen wollten, ohne sich selbst die Hände schmutzig zu machen.

So wie nun die feinen Herren von Madras.

Auf dem Fischmarkt fand Nox einen Händler, der an seinem Stand nicht nur fangfrische Fische anbot, sondern sie auf Wunsch auch briet. Da es die Zeit der Maifische war, die derzeit in Unmengen im Rhein gefangen wurden, ließ er sich ein unterarmlanges Tier am Spieß zubereiten. Nox wollte sich stärken. In den nächsten Stunden würde er ein paar Leben beenden müssen.

Sein Weg führte ihn dorthin, wo er Bettelvolk vermutete, Menschen wie jene, die er vor dem Dom in Paulus' Begleitung gesehen hatte. In den Bogen der Stadtmauer fand er bald ein paar abgehalfterte Gestalten, die bereit waren, für eine Münze ihre Mutter dem Teufel zu verraten. Dank der Beschreibung, die Nox lieferte, konnten sie ihm schnell den Weg weisen. Einer mit Namen Paulus, ein anderer rothaarig und mit dem Gesicht eines Geiers, der dritte in Lumpen gekleidet und mit versoffen roter Nase – die drei Apostel, so erfuhr er, würden die Brüder genannt, denen er auf der Spur war. Einer der Gesuchten sei eben erst vorbeigekommen.

Nur ein paar Gassen weiter entdeckte Nox den Mann. Er trug einen Krug bei sich und torkelte durch die Lintgasse auf den Alter Markt zu.

Nox fluchte leise. Er brauchte ein ruhiges Eckchen für seine Befragung, keinen Marktplatz. Doch das Glück war ihm hold. Das kurze Stück bergan fiel dem Mann schwerer, als es seine weinmüden Beine zulassen wollten, und so hockte er sich zur Rast auf halber Strecke zwischen zwei leere Fässer, die vor einem Wirtshaus standen. Wie eine Ratte, die sich in einem Loch verkroch. Zufrieden stellte Nox fest, dass Frauen und Männer an den Fässern vorbeigingen, ohne von dem Bündel Mensch dazwischen Notiz zu nehmen.

Er zwängte sich neben Matthias zwischen die Fässer und griff sofort an dessen Kehle. Nox ließ dem Bettler gerade so viel Luft, dass er ein paar Wörter röcheln konnte. Aber gewiss nicht genug, um nach Hilfe zu rufen.

»Neuigkeiten? Allerdings. Der Fall scheint mir geklärt.«

Meister Gerhard umrundete im Eilschritt den Ostchor, prüfte die Luftschächte für die Brandstollen und gab seinen Männern Anweisungen, wie sie die Stollen für die Nacht zu sichern hatten. Konstantin und Roland konnten kaum mit ihm Schritt halten.

»Was meint Ihr, Gerhard? Wisst Ihr, wer Burkharts Mörder ist?«, fragte Konstantin.

»Nein.« Mit beiden Händen rüttelte Gerhard an einem Stempel am Eingang zu einem Stollen, um seine Standfestigkeit zu prüfen. »Aber meine Leute haben einen weiteren Diebstahl bemerkt. In der vergangenen Nacht ist so viel Reisig, Pech und Holz abhandengekommen wie noch bei keinem anderen Raub zuvor.«

»Das scheint mir nicht gerade eine Klärung von Burkharts Ermordung zu sein.«

Gerhard ging weiter und wandte seine Aufmerksamkeit dem nächsten Stollen zu. »Das ist es schon, wenn man bedenkt, dass in der gleichen Nacht, in der Burkhart starb und Unmengen unseres Materials gestohlen wurden, auch sechs meiner Leute spurlos verschwunden sind. Für mich liegt auf der Hand, dass sie für die Diebstähle der vergangenen Wochen verantwortlich sind. Und bei ihrem letzten Raubzug hat Burkhart sie auf frischer Tat ertappt. Das war sein Todesurteil.«

Konstantin versuchte, dem Dombaumeister auf den Fersen zu bleiben. Roland hatte noch weit mehr Mühe.

»Sechs Männer?«, sagte Konstantin. »Das würde zumindest erklären, wie Burkhart unter den großen Stein geraten konnte. Es stand genügend Muskelkraft zur Verfügung.«

Gerhard nickte und ging ein paar Schritte vom Marienchor weg, hin zur kleinen Stiftskirche Mariengraden, deren Bauherren sie zwischen Dom und Rhein gesetzt hatten, wie eine Vorburg der großen Kirche gegen den Fluss. Er wandte sich um, sah zum Dom hoch und dann hinab zu den Eingängen in die Brandstollen, die rings um den Chor gegraben waren.

»Kennt Ihr die Männer? Wisst Ihr, wo sie stecken könnten?«

Gerhards Miene machte Konstantin wenig Hoffnung. »Nein. Handwerker, die in Kirchenbauhütten arbeiten, ziehen durch die ganze Welt und treten dort in Lohn, wo es gerade etwas für sie zu tun gibt. Es ist ein Wandervolk. Die Männer sind heute hier und morgen dort.« Gerhard stemmte die Hände in die Hüften, sah wieder hoch zum Chor und hinab zu seinen Fundamenten. »Büttel, glaubt Ihr, das geht gut?«

Konstantin stutzte. Fragte Gerhard ihn gerade nach seiner Meinung, wie dieser Bau am besten zu zerstören sei? »Ihr bittet den Falschen um seine Einschätzung, Meister Gerhard. Davon verstehe ich nichts.«

Ein Seufzen entwich Gerhards Brust. »Ich leider auch nicht.«

Der Dombaumeister ließ Konstantin und Roland keine Zeit für eine Entgegnung und ging links am Dom vorbei auf den Domhof. Auf der gegenüberliegenden Seite, in gebührendem Abstand zur Kirche, war eine große Holztribüne aufgebaut worden, von der aus am folgenden Tag gut zahlende Zuschauer das Spektakel des Abbruchs verfolgen würden, darunter auch der Erzbischof und Bruno von Madras mit seinen Enkeln.

»Könnt Ihr mir denn wenigstens sagen, woher die Männer stammten?«

»Weiß der Teufel. Vom Niederrhein, glaube ich. Oder wartet – vom Zungenschlag her würde ich sagen, Brabant. Was soll's, sie haben sich aus dem Staub gemacht. Gute Handwerker waren es ohnehin nicht.«

Als sie die Tribüne erreichten und Gerhard die Konstruktion prüfte, entschied Konstantin, wieder einmal forsch zu werden. »Eure große Betrübnis über Burkharts Tod heute Morgen ist ein paar Stunden später bereits reger Betriebsamkeit gewichen, Meister.«

Der Dombaumeister richtete sich auf und erwiderte Konstantins Blick. Er drückte die Kiefer zusammen. »Mein Verhalten mag Euch achtlos vorkommen, Büttel«, sagte er dann mit gepresster Stimme. »Doch kann ich weder Burkharts Tod ungeschehen machen noch seiner Mörder habhaft werden. Zugleich lastet eine Verantwortung auf meinen Schultern, die so schwer wiegt, dass sie mir körperliche Schmerzen bereitet. Wenn nur eine Kleinigkeit schiefläuft, werden sogleich böse Zungen mir unterstellen, der Herr unser Gott wünsche keinen neuen Dom, sondern nur die hoffärtigen Pfaffen und der eitle Dombaumeister, die sich selbst ein Denkmal setzen wollen. Mit Burkharts Ermordung ist diese Last auf mir noch schwerer geworden, denn nun muss ich auch für den Abbruch des alten Doms geradestehen. Und zu allem Überfluss darf ich den Fremdenführer spielen und überantwortet mir Erzbischof Konrad auch noch die Oberaufsicht über diese dämliche Tribüne – als hätte ich nicht weiß Gott genug zu tun. Muss ich denn, nur weil ich Dombaumeister bin, jedes Bauwerk in dieser gottverdammten heiligen Stadt beaufsichtigen?«

Konstantin hob beschwichtigend die Hände und sah zu Roland hinüber. Sein Amtsbruder gab ihm mit einer Kopfbewegung zu verstehen, dass sie gehen sollten. Roland hatte recht. Hier gab es nichts mehr in Erfahrung zu bringen.

»Meine Füße tun weh, mir ist heiß, und ich habe Durst.« Jenne sank erschöpft am Wegesrand zu Boden.

Paulus ging abwesend erst noch ein paar Schritte weiter, bevor er innehielt und zu ihr zurückkehrte.

»Mir geht es nicht anders«, sagte er, als er sich neben sie setzte. Mit dem Ärmel wischte er sich den Schweiß ab, den ihm die Nachmittagssonne auf die Stirn getrieben hatte. »Du hast recht. Wir sollten rasten.«

Er wusste nicht, wie lange sie durch die Stadt gehastet waren, wobei sie sich stets umdrehten und nach Nox Ausschau hielten. Sie hatten Haken geschlagen, immer wieder das Tempo angezogen und verlangsamt, ständig die Richtung geändert, gezwungenermaßen, denn immer wieder kamen sie an Orte, die sie besser meiden sollten – im Hafen lag das Kriegsschiff vor Anker, auch um die Wohnhäuser der drei ermordeten Kaufleute hatten sie einen großen Bogen gemacht, ebenso um die Wohnung der Amme Lisgen und Henners Hurenhaus.

»Nein, nicht rasten, wenigstens nicht lange. Wir müssen raus aus der Stadt. Innerhalb der Mauern sind wir ständig auf der Flucht.«

Natürlich hatte Jenne recht. Er sah sie an. Beim Sturz von der Mauer hatte sie eine Schramme auf der Wange davongetragen, ihre Augen waren gerötet, das Haar zerzaust. Paulus fühlte tiefes Bedauern, dass er Jenne in diese Sache mit hineingezogen hatte, sie und so viele andere. Vielleicht war Barthels Vorschlag doch nicht so schlecht. Wenn er sich ans Hochgericht wandte und einen heiligen Schwur ablegte, dass er die Wahrheit sagte, würde man ihm vielleicht doch Glauben schenken.

»Wir fahren wieder hinaus zur Summus«, sagte Jenne, bevor Paulus sich zu seinem Entschluss durchringen konnte.

»Zu Barthel?«

»Er ist kein schlechter Kerl und hat dazu noch eine kluge Frau. Und draußen auf dem Rhein sind wir sicher vor Nox.«

Als Nox mit einer Esche die Summus erreichte, war der Apostel mit der Geiernase allein an Deck. Der Müller bemerkte nicht, wie sich Nox an ihn heranschlich. Er stand achtern über das Wasserrad gebeugt und zog Wasserpflanzen aus den Schaufeln. Pech für den Müller, Glück für Nox. Das Wasser rauschte so laut, dass der Mann wohl auch einen Marktschreier überhört hätte.

Nox griff an seinen Gürtel und zog einen seiner Panzerbrecher hervor. Er stellte sich hinter den Müller, kostete den Augenblick der stillen Überlegenheit aus und hob die Klinge mit einem genüsslichen Lächeln. Als seine Faust niederfuhr, gab der Mann nur ein dumpfes Ächzen von sich, bevor er rückwärts in Nox' Arme sank. Nox erfreute sich ein weiteres Mal seines Panzerbrechers. Was für eine wunderbare Waffe. Die Klinge tötete, der Knauf betäubte.

Barthel spürte Wasser. Es zog an seinen Kleidern, umspülte seine Schenkel und Arme, warf ihn hin und her. Beinahe hätte er vor Schreck eingeatmet, tat es zum Glück aber nicht, denn auch sein Kopf war unter Wasser. Er versuchte zu schwimmen, sich frei zu strampeln. Vergebens. Barthel war gefesselt. Die Stricke ließen seinen Beinen gerade so viel Freiheit, dass er sich in eine aufrechte Stellung bringen konnte. Dann tauchte sein Kopf aus dem Wasser auf. Er sog die Luft in die Lungen.

Barthel schwamm im Rhein.

Die Mühle war nicht weit, sie war sogar verdammt nah. Seltsamerweise trug ihn die Strömung nicht weg. Barthel fühlte ein Seil, das um seinen Bauch geschlungen war und ihn an der Summus hielt. Ein tropfendes Tau führte aus dem Wasser an Deck. Es war um ein Brett geknotet, und auf dem Brett, gleich neben dem Mühlrad, hockte Nox und sah grinsend zu ihm herab.

»Gut geschlafen?«, fragte er.

Panik überfiel Barthel. Wie hatte der Schlächter ihn gefunden?

Wo war sein Weib? Himmel, wo war Bärbel? Wo steckte Ulf? Dann fiel es ihm wieder ein. Er hatte Ulf auf ein Nickerchen ins Mühlhaus und Bärbel zur Nachbarmühle geschickt. Gebe Gott, dass beide auch wirklich dort waren. Barthel strampelte wie ein tollwütiger Keiler, tauchte aber nur wieder unter Wasser und kam spuckend zurück an die Oberfläche.

»Pst«, sagte Nox und hielt den Zeigefinger an seine Lippen. Mit der anderen Hand deutete er auf seine Füße und das Brett darunter. »Schön leise sein, denn ich mag keinen Lärm. Wenn du schreist oder um Hilfe rufst, zwingst du mich davonzulaufen. Du bist sicher klug genug zu verstehen, was dann mit dir geschieht.«

Dafür war nicht viel Klugheit vonnöten. Wenn tatsächlich nur Nox' Gewicht das Brett auf der Mühle hielt, würde Barthel den Rhein hinuntertreiben. Derart gefesselt, könnte er sich nicht lange genug an der Oberfläche halten, um von irgendjemandem gerettet zu werden. Er müsste ersaufen wie ein Katzenwelpe im Sack.

»Du Schwein!«, presste er hervor und wusste selbst nicht, woher er den Mut für den Fluch nahm.

»Na, na, na, wir wollen doch höflich bleiben. Immerhin bin ich es, der dich aus deiner misslichen Lage befreien kann. Im Moment bin ich dein einziger Freund, nicht wahr?«

»Du bist der Hölle geweiht und gewiss nicht mein Freund. Wo ist mein Weib? Wer bist du? Warum hast du Paulus das angetan?«

Nox hob seinen Zeigefinger tadelnd. »Ich stelle hier die Fragen.«

Hinter seinem Rücken zog er eines jener Beile hervor, die es auf allen Mühlenschiffen gab, um im Notfall die Taue zu den benachbarten Mühlen zu kappen. Er klopfte mit dem Beil ganz leicht auf den Strick, an dem Barthels Leben hing, beiläufig, so wie man auf einem Strohhalm kaut.

»Wo du gerade den Namen Paulus erwähnst – erzähl mir doch ein wenig mehr über ihn. Ich hoffe, du bist ein wenig gesprächiger als der dritte Apostel.«

Matthias – dieser Mistkerl musste seinen Bruder gefunden haben. »Was hast du mit ihm gemacht?«

»Sagen wir, er ist nun ein wenig sprachlos. Also, verrätst du mir, wo ich Paulus finde?«

»Einen Teufel werde ich, du …«

Nox hob einen Fuß, worauf das Brett ein Stück verrutschte. Barthel spürte den Ruck und verkrampfte sich am ganzen Leib.

»Du solltest meine Geduld nicht unnötig auf die Probe stellen, denn ich bin nicht nur dein Freund, sondern auch dein Folterknecht. Also, wo finde ich diesen Paulus, von dem ich gehört habe, dass er dein Bruder ist?«

Barthel fühlte die Kälte des Wassers. Vielleicht war es klüger, sich auf die Fragerei einzulassen. »Ich weiß es nicht.«

»Schon besser. Die Antwort gefällt mir noch nicht, wohl aber der Ton.«

»Ich weiß es wirklich nicht. Wir haben uns vor dem Dom aus den Augen verloren.«

»Das mag ja sein. Aber selbst wenn du es nicht weißt – wo könnte er stecken?«

Barthel ruderte mit den Beinen, so gut es die Fessel zuließ. Allmählich verlor er die Gewalt über seine Muskeln. Der Rhein war noch eisig, und in der Strömung kühlte sein Körper schnell aus. Barthel verzweifelte. Sonst herrschte auf den Rheinmühlen doch ein ständiges Kommen und Gehen, immer wieder legten Boote an, um Korn zu liefern, und legten ab, um Mehl in die Stadt zu bringen. Warum nur jetzt nicht?

»Woher soll ich das wissen? Dank dir ist er auf der Flucht. Er wird nirgendwo auftauchen, wo man ihn kennt, nicht einmal hier.«

»Bist du dir sicher?«

»Hol mich raus, ich halte es nicht mehr lange aus.«

»Ich fragte, ob du dir sicher bist.«

»Ja, Herrgott!«

Wieder fiel das Beil auf das Tau. Einige Fasern lösten sich bereits. Nox schüttelte gelangweilt den Kopf. »Du hast eben dein Weib erwähnt. Was hindert mich, deine Aussage von ihr bestätigen zu lassen?«

»Lass sie, ich flehe dich an, lass sie in Ruhe.« Barthel verfluchte sich selbst, dass er von Bärbel gesprochen hatte. Er kippte zur Seite und schluckte Wasser, viel Wasser. Ein Ruck zog ihn zurück an die Wasseroberfläche. Nox hatte kräftig am Seil gezogen.

»Du wirst doch wohl nicht schon schlappmachen? So macht es mir keinen Spaß.«

Oh doch, er würde gleich schlappmachen. Einen Augenblick lang erwog Barthel, seine letzte Kraft für einen Schrei aufzubringen und Bärbel zu warnen. Ihm war gleich, ob Nox das Seil dann losließ. Sterben würde er ohnehin. Doch er brauchte die Entscheidung nicht zu fällen. Nox beendete die Folter und zog Barthel mit einigen kräftigen Zügen an die Summus heran.

»Dann will ich mal nicht so sein und Gnade walten lassen«, sagte Nox, als Barthel wie ein Fisch an der Angelleine unter ihm baumelte. »Mund auf.«

Barthel starrte ihn ungläubig an.

»Glotz nicht so. Mund auf, wenn du rauswillst.« In einer Hand hielt er das Seil, in der anderen einen Lappen. Barthel ahnte, dass Nox den Stoff als Knebel einsetzen wollte. »Oder glaubst du, ich hole dich an Deck, damit du deine Müllersfreunde herbeibrüllen kannst?«

Barthel überlegte nicht lange. Er wollte nur raus aus dem Wasser. Er sperrte den Mund weit auf und ließ sich den Lappen hineinstopfen.

Nox grinste ihn an. »Entschuldige. Diese kleine Täuschung musste sein, damit du auch wirklich nicht schreist.«

Was sollte das heißen? Barthel wollte protestieren, doch aus seinem Mund kamen nur dumpfe Laute.

»Hoppla«, sagte Nox. Und ließ das Seil los.

Barthel fiel zurück in den Fluss und trieb schnell ab. Es gelang ihm nicht, den Knebel auszuspucken, zu rasch hatte sich der Stoff mit Wasser vollgesogen. Das teuflische Grinsen seines Folterknechts entschwand immer weiter aus seinem Gesichtsfeld. Nox hielt das Brett mit dem daran geknoteten Seil in die Höhe.

»Oh nein«, rief Nox, »schon wieder Treibgut im Mühlrad.«

Dann warf er das Brett in die sich rasch drehenden Schaufeln. Im nächsten Moment verkantete es, und sofort begann sich das Seil am Mühlrad aufzuwickeln. Nur kurze Zeit später spürte Barthel einen kräftigen Ruck. Ein weiteres Mal wurde er eingeholt. Mit letzter Kraft konnte er seinen Kopf über Wasser halten, doch bekam er wegen des Knebels kaum noch Luft. Der Rhein gurgelte, als Barthel gegen die Strömung gezerrt wurde.

Im Augenwinkel sah er, wie eine Esche an ihm vorüberfuhr. Nox winkte ihm von dem Boot aus zu. Barthel kämpfte verzweifelt gegen den Zug des Seils an. Das Mühlrad kam immer näher. Kurz bevor er in die Schaufeln gezogen wurde, hielt Barthel die Luft an. Das stampfende Rad sah aus wie das sabbernde und gierige Maul eines Seeungeheuers.

Konstantin und Roland passierten den Durchgang zum Hof der Familie Mummersloch. Die beiden Männer, die Konstantin zur Beobachtung der Magd abgestellt hatte, hackten zu ihrer Tarnung immer noch Holz, wenn auch mit noch weniger Antrieb als in den ersten Stunden. Inzwischen hatte sich ein beträchtlicher Berg Kleinholz im Innenhof angehäuft. Sie schienen froh, Konstantin zu sehen und die Arbeit endlich ruhen lassen zu können.

Viel zu berichten hatten sie nicht. Besuch habe das Mädchen zwar bekommen, jedoch nur von einer anderen Magd, wie Angela beteuerte. Die Hunde hätten nur kurz angeschlagen. Gewittert hätten sie wohl nichts, sondern mit der Besucherin lediglich eine Fremde im Hof ausgemacht. Nichts Verdächtiges also. Konstantin entließ seine beiden Männer nach Hause. Viel Hoffnung hatte er ohnehin nicht gehabt, dass sie etwas Brauchbares herausfinden würden, als er sie nach Angelas Befragung auf dem Hof Mummersloch postiert hatte. Er war aus einem anderen Grund zurückgekehrt.

Erneut ließ er sich zum Leichnam des Familienoberhaupts führen, der inzwischen im Saal des Herrenhauses aufgebahrt war. Roland wollte den Toten sehen und die Wunden in Augenschein nehmen. Sonderlich wohl fühlte sich Konstantin nicht, ein weiteres Mal bei der Familie vorstellig zu werden, doch verfügte sein Amtsbruder über einen größeren Schatz an Erfahrung. Roland konnte weit mehr aus einer Wunde lesen als er.

Um den Leichnam, der bis zum Kinn mit einem weißen Tuch bedeckt war, saßen die Witwe und fünf der sieben gemeinsamen und meist erwachsenen Kinder, versunken im Gebet. Aus einem kleinen Kohlebecken kräuselte sich eine feine Rauchsäule zur Decke. Es roch nach Weihrauch.

Konstantin räusperte sich, worauf sich die Familie zu ihm umwandte. Berwina, die Witwe, erhob sich und rieb ihre verweinten Augen.

»Habt Ihr Nachricht, wer uns das angetan hat, Büttel?«

»Leider nein, Berwina. Ich wünschte, es wäre anders. Ich bin hier, um Euch um Erlaubnis zu bitten, den Leichnam Eures Mannes noch einmal untersuchen zu dürfen. Ich habe Büttel Roland mitgebracht, der sich auf diese Dinge besser versteht, als ich es jemals könnte. Doch möchte ich Euch um Verzeihung für die neuerliche Störung bitten. Sie dient einzig dem Zweck, den Mörder Eures Mannes zu finden.«

Die Witwe sah Konstantin lange mit leerem Blick an. »Wir möchten trauern, Büttel«, erwiderte sie dann.

»Ich weiß, Berwina«, sagte nun Roland. »Es soll nicht lange dauern, und ich verspreche Euch, Ihr werdet Euren Mann wieder so vorfinden, wie Ihr ihn nun zurücklasst.«

Die Witwe nickte und ging gemeinsam mit ihren Kindern aus dem Raum. Als die Tür zugefallen war, traten die beiden Büttel an den Leichnam.

Roland zog das Tuch zurück und betrachtete den Hals. »Was für eine Schweinerei.«

»Das habe ich auch gedacht. Bei den beiden anderen sieht es nicht viel besser aus.«

Roland beugte sich über den Toten und legte den kleinen Finger in eine der beiden Wunden. Dann versuchte er, die Öffnung mit zwei Fingern auseinanderzuziehen.

»Interessant«, murmelte er.

»Was meinst du?«

»Warte.«

Roland drehte Mummerslochs Kopf. Konstantin sah auch an der Rückseite des Halses einen Einstich, den er schon bei seiner ersten Untersuchung des Leichnams entdeckt hatte. Roland ging zu einer der Lehmwände des Saals und zog mehrere Strohhalme heraus, bis er einen gefunden hatte, der ihm lang genug schien. Den lehmgestärkten Halm schob er in eine der Wunden, bis er nicht mehr weiterkam. Er markierte die Tiefe des Einstichs mit dem Druck seines Fingernagels und zog den Halm wieder heraus. Seiner Verwunderung verlieh er mit einem Pfiff Ausdruck. Dann schob er den Strohhalm in die andere Wunde vorn, immer tiefer – bis er an der Rückseite des Halses wieder austrat. Konstantin war heilfroh, dass die Familie nicht im Saal war. Die Witwe brauchte nicht zu sehen, was Roland mit ihrem Mann anstellte.

»Durchgestochen«, sagte Roland. »Das hier hinten ist kein Einstich, es ist die Austrittswunde.«

»Das war mir gar nicht aufgefallen. Was bedeutet das?« Konstantin war erstaunt, mit welch simplem Kniff Roland dem Toten Geheimnisse entlockte.

»Es bedeutet, dass wir es mit einem besonderen Mörder zu tun haben. Siehst du die Form des Einstichs?«

Konstantin betrachtete die Wunde. Sie war recht klein, noch nicht einmal so groß wie ein Denar. Nach der Waschung des Leichnams waren nur schmale Wundränder zurückgeblieben. Konstantin konnte nichts Auffälliges erkennen. »Ja, und?«

»Die Wunde ist nicht länglich, die Waffe hatte also keine Schneideklinge, es war kein Messer. Wenn du genau hinschaust, erkennst du ein Viereck als Eintrittswunde. Der Mörder hat also eine Stichwaffe verwendet. Wenn du mich fragst, war es ein Panzerbrecher.«

»Eine ungewöhnliche Waffe.«

»Richtig. Vor allem, weil sie aufs Schlachtfeld gehört und in ein Kettenhemd gestoßen wird. Im Hals eines Kaufmanns hat sie jedenfalls nichts zu suchen.«

»Das heißt aber nicht zwangsläufig, dass wir es mit einem besonderen Mörder zu tun haben. Vielleicht ist es auch schlichtweg nur eine besondere Waffe, die jemand gefunden oder gestohlen hat, ein einfacher Strauchdieb zum Beispiel.«

Roland schüttelte den Kopf. »Das glaube ich nicht. Er hat zweimal zugestochen und dabei genau gewusst, was er tut. Jeder Stich für sich genommen wäre bereits tödlich gewesen. Ich vermute, er hat Mummersloch erst die Stimme genommen, indem er ihm den Kehlkopf durchstoßen hat. Der zweite Stich war genau gegen die dicke Ader am Hals geführt. Sauberer und schneller kann man einen Menschen nicht vom Leben zum Tode befördern. Kurz – wir haben es mit jemandem zu tun, der sich aufs Töten versteht wie ein Fleischer aufs Schlachten.«

Ulf wälzte sich von einer Seite auf die andere. An Schlaf war nicht zu denken. Das wunderte ihn. Es bereitete ihm doch auch sonst keine Schwierigkeiten, am helllichten Tag einzudösen. Seit ihn sein Gehör fast vollständig verlassen hatte, klappte es mit den Nickerchen sogar noch besser. Der Strohsack war so stachlig wie eh und je, auch die Flöhe bissen nicht mehr als sonst auch. Was also war los?

Ulf lauschte, besser gesagt, er mahnte seine Sinne zur Wachsamkeit. Irgendetwas stimmte nicht. Lag die Mühle unruhig im Wasser? Nein. Sie schaukelte ganz sanft und kaum spürbar. Lief das Mahlwerk unrund? Nein. Die Steine rannten sauber gegeneinander. Treibgut? Gut möglich. Ulf konnte das Wasserrad spüren. Es musste sich etwas auf den Wellbaum gewickelt oder in die Schaufeln gesetzt haben.

Er drehte sich wieder um. Sollte Barthel sich doch kümmern. Wenn der Müller ihn schon schlafen schickte, konnte er sich doch wohl auch mal selbst darum kümmern, dass auf der Mühle alles seinen Gang nahm. Ulf schloss die Augen, machte sie aber bald wieder auf. Einmal auf das Wummern des Wasserrads aufmerksam geworden, konnte er es nicht mehr ignorieren. Das Gefühl war lästig wie ein stetes Tropfen von Wasser durch ein undichtes Dach direkt auf seine Stirn.

Ulf zwang sich, seine müden Knochen von der Bank zu hieven. Er streckte sich, zerrte sich beinahe den Rücken und schlurfte durch die Tür aus dem Mühlhaus. Von Barthel und Bärbel war nichts zu sehen. Dieses junge Gemüse. Ihnen fehlte schlicht die Reife, eine Mühle zu führen, erst recht für die Mühle des Domkapitels, die stolzeste in den Mühlenreihen. Letztlich blieb doch alles an ihm, dem tumben Ulf, hängen.

Mürrisch brummend ging er zum Wasserrad – und erschrak beinahe zu Tode. Barthel war gefesselt und aufs Rad geflochten, mit jeder Drehung tauchte er in den Rhein. Sein Körper war schlaff wie ein nasses Hemd, sein Kopf schlug jedes Mal aufs Wasserrad, wenn er erst hochgezogen und dann wieder hinabgerissen wurde. Ulf versuchte, nach Barthel zu greifen. Doch schon war sein Müller wieder im Wasser verschwunden.

»Ave Maria«, rief Ulf, und sein lautes Flehen wurde nur noch übertönt von Bärbels Schrei, die in diesem Augenblick von der Nachbarmühle zurückkehrte.

Nox stieß die Esche ins Wasser zurück und sah zu, wie sie an den Schiffen im Hafen vorbei hinaus auf den Rhein trieb. Die verwunderten Blicke zweier Fischer auf der Hafenmauer ließen ihn kalt. Er hatte genug mit sich selbst und seinem Ärger zu tun. Unauffällig verhalten konnte er sich später. Bruno verlangte Ergebnisse, also musste er Paulus erwischen und töten.

Nox fand sich zu nachsichtig. Statt seine Opfer mit Fragen zu löchern, bis er alles wusste, was ihn auf Paulus' Fährte bringen könnte, ließ er sich zu schnell hinreißen. Aber dieser Matthias war kein bisschen gesprächig gewesen. Große Schweiger mochte er nicht. Dafür war es umso schöner gewesen, das Entsetzen in den Augen des Bettlers wachsen zu sehen. Je fester Nox zugedrückt hatte, desto mehr hatte Matthias gezappelt. Wie eine Drossel in der Schlinge, die ahnt, dass sie gleich am Spieß über dem Feuer landet. Wie herrlich es doch war, wenn die Menschen ihn zugleich hassten und mit stummen Blicken um Gnade anflehten. Doch dann war etwas in Matthias' Kehle gebrochen, und sein Opfer war in sich zusammengesackt.

Er musste sich zügeln. Sein nächstes Opfer würde ihm erst einiges zu erzählen haben.

Wernher trieb die Männer an, schnell die Meute zu holen. Berwina hatte Anweisung gegeben, das Gesinde im Hof zu versammeln. Auf ihren Wunsch hin sollten auch die von ihrem Mann so geliebten Hunde anwesend sein. Als alle beisammen waren, trat sie vor die Tür des Herrenhauses und sah milde lächelnd in die Runde. Wernher war beeindruckt. Sie trug ihren Schicksalsschlag mit großer Fassung.

»Ein dunkler Schatten ist über unser Haus gefallen«, sagte sie mit fester Stimme. »Viele Jahre war dieser Hof ein Ort des Wohlstands und der Freude, ein Haus, in dem Gastfreundlichkeit eines der obersten Gebote war. Dem Herrn gefällt es nun, meine Familie und mich hart zu prüfen, ohne dass wir wissen, was der Grund dafür ist. Vielleicht waren wir zu glücklich, zu hochmütig. Nun danke ich euch für alles, was ihr für mich und meinen Mann in den vergangenen Jahren getan habt, und will euch zugleich eine große Sorge nehmen. Wie wir alle wissen, bringt der Tod des Hausherrn viele Veränderungen mit sich. Meine Kinder und ich haben uns jedoch bereits darauf geeinigt, keinen von euch fortzuschicken. Ich werde nicht hierbleiben. Der Hof ist zu groß für mich. Und ich kann nicht an einem Ort leben, an dem das Glück meines Lebens ein solch blutiges Ende genommen hat. Wenn ich nun gehe, werden hoffentlich die schönen Erinnerungen überwiegen. Bliebe ich, würde ich jeden Tag die Stelle sehen, an der mein geliebter Mann um sein frommes Leben gebracht wurde.«

Als ein Murmeln anhob, hob sie die Hand. »Ich danke euch nicht nur für eure Hilfe in den vergangenen Jahren, ich danke euch auch für euer Bemühen, den Mörder meines Mannes zu fassen. Ich weiß, ihr habt alles getan, was ihr konntet, gemeinsam mit den Hunden, denen er so zugetan war. Doch nun steht es nicht mehr in unserer Macht, den Schuldigen zur Rechenschaft zu ziehen. Betet mit mir, dass die Gerechtigkeit obsiegen wird. Betet für meinen Hermann.«

Sie wollte bereits wieder ins Haus zurückkehren, wandte sich aber noch einmal um. »Eines könntet ihr jedoch tun. Die Bürger der Stadt haben ein Kopfgeld auf den feigen Mörder ausgesetzt. Vierhundert Silbermark! Tragt diese Botschaft weiter. Mehr verlange ich nicht von euch. Jeder Mitwisser wird bei dieser Summe weich werden.«

Nachdem sich Berwina ins Haus zurückgezogen hatte, leerte sich schnell auch der Hof. Wernher trug dafür Sorge, dass die Meute wieder im Stall eingeschlossen wurde. Als er in den Hof zurückkehrte, sah er Angela, die einsam zurückgeblieben war. Sie schien in Gedanken versunken zu sein. Als sie ihn bemerkte, sah sie zu Boden und ging schnell ins Gesindehaus.

Zaghaft klopfte Mickel an die Tür. Es ließ ihm keine Ruhe, dass er im Streit von Irmel geschieden war. Als er ihre kratzige Stimme hörte, bereute er seinen Entschluss schon wieder. Doch bevor er auf dem Absatz kehrtmachen konnte, hatte sie bereits die Tür geöffnet.

»Herein, habe ich gesagt!«, krächzte sie und senkte gleich die Stimme, als sie ihren Gast sah. »Ach, du bist es.«

Sie musterte Mickel. Er kannte diesen Blick, mit dem sie ihn herabzuwürdigen versuchte. Ob es vielleicht genau das war, das er an ihr mochte? Dass er sie durchschaute?

»Hast es wohl wieder nötig und kein Geld für die jungen Dinger, was?«

Jedes Wort ein Giftpfeil. Sie würde sich nie ändern. »Nein. Ich wollte nur mit dir reden.«

»Reden? Da, wo ich herkomme, hat das einen anderen Namen.«

»Irmel, sei nicht so böse …«

»Böse? Wie sprichst du mit mir? Du zeigst keinen Respekt vor der Frau, die dir vielleicht schon ein paar Kinder geboren hat.«

Mickel verdrehte die Augen. »Irmel, bitte, lass uns nicht streiten. Ich bin hier, um mich mit dir zu versöhnen. Wir sollten reden.«

»Meine Zeit ist kostbar.«

»Wenn du willst, bezahle ich sie dir.«

»Pah. Siehst du, letztlich bin ich für dich doch nur eine Hure, die man bezahlt. Selbst fürs Reden.«

Ein tiefer Seufzer entrang sich seiner Brust. »Du machst es mir nicht leicht. Dabei will ich nur nett sein. Auf unsere alten Tage sollten wir uns daran erinnern, was wir aneinander haben. Und dass wir schwerlich noch jemand anderen finden.«

Sie schwieg. Das machte Mickel Hoffnung. Meist verbaute Irmel jedes vernünftige Gespräch mit einer viel zu schnellen und viel zu verletzenden Antwort. Als sie einen Schritt zur Seite trat, um ihn einzulassen, lächelte er erleichtert. Dann aber versperrte sie ihm wieder den Weg und ließ ihn auf dem Gang stehen.

»Wie viel ist dir unser Gespräch denn wert?«

Er schüttelte den Kopf und musste doch lächeln. In der Tat, sie würde sich nie ändern. »Das Übliche.«

»Besondere Wünsche, besondere Preise.«

»Irmel, das kann nun nicht wirklich dein Ernst sein.«

»Wenn es dir ernst ist, ist es dir das wert.«

Schwere Schritte auf der Stiege beendeten die Verhandlung, bevor sie richtig begonnen hatte. Ein Baum von einem Mann trat zwischen die beiden.

»Wenn dieser Wurm nicht will, bin ich gern bereit, jeden Preis zu zahlen«, sagte der Mann, der ganz in Schwarz gekleidet war.

Irmels Augen begannen zu leuchten. »Was versteht Ihr denn darunter, werter Herr?«

Der Mann holte eine Münze hervor und reichte sie ihr. »Genügt Euch das, werte Dame? Der Wirt sagte, gegen ein anständiges Sümmchen vermögt Ihr wahre Wunderdinge zu vollbringen.«

»Ja, ja«, entgegnete sie. Ihr Augenmerk war ganz auf die Münze gerichtet, die sie gar nicht oft genug durch die Finger drehen konnte. Triumphierend sah sie Mickel an. »Endlich ein echter Kerl, der eine Frau mit Fertigkeiten zu schätzen weiß. Verzieh dich wieder. Ich habe zu tun.«

Mickel blieb die Antwort im Halse stecken. Wie hatte er nur glauben können, dass er sich mit diesem Frauenzimmer jemals vertragen würde?

Irmel trat zurück und bat ihren Freier mit einem übertrieben tiefen Knicks in die Kammer. Zufrieden grinsend trat der Kerl ein. Mit einem lauten Knall fiel die Tür vor Mickels Nase zu. Er blieb nur kurz stehen, kletterte die Stiege hinab und betrat den Schankraum.

»Den schwersten Roten, den du hast, Henner. Und lass den Gepanschten im Fass. Den will ich nicht.«

Mickel setzte sich an einen schweren Eichentisch, weit weg vom offenen Feuer, über dem ein Lamm briet. Er war willens, die Münze, die er für Irmel hatte ausgeben wollen, zu Wein zu machen. Kummer gehörte ertränkt.

»Tut mir aufrichtig leid, wenn ich dir den Abend verdorben habe, Mickel.« Henner stellte ihm einen Becher und einen Krug hin.

»Sag bloß, *du* hast ihr diesen Ochsen hochgeschickt. Du wusstest doch, dass ich zu ihr wollte.«

»Darum geht dieser Krug hier auch aufs Haus. Nichts für ungut, Mickel, aber der Kerl hat einen Geldbeutel, der mir viel zu schwer für ihn schien. Es ist meine Pflicht als braver Bürger, ihm ein wenig von dieser Last abzunehmen.«

Ein Rumpeln erschütterte das obere Stockwerk, worauf Staub durch die Balkendecke rieselte. Dann folgte ein unterdrückter, lang gezogener Schrei, wie von einer rolligen Katze. Die Stimme gehörte Irmel.

»Was ist da los?«, fragte Mickel.

»Sachte, sachte«, sagte Henner und drückte ihn zurück auf die Bank. »Es hat alles seine Richtigkeit. Der Freier hat einige besondere Wünsche und mich schon vorgewarnt, dass es ein wenig lauter werden könnte.«

»Was macht er mit ihr?«

»Frag nicht, Mickel, du willst es nicht wissen.«

»Tut er ihr etwa Gewalt an?«

»Du kennst sie doch. Sie würde nichts tun, was sie nicht will. Dieser Baumstamm von einem Mann bezahlt sie gut, und er bezahlt mich gut. Also beruhige dich wieder.«

Mickel goss sich ein und leerte den Becher in einem Zug. Es war nicht das erste Mal, dass ein Freier im Haus war, der seine Befriedigung daraus gewann, den Frauen Schmerzen beizufügen. Aber Irmel hatte sich bisher von solchen Gestalten stets ferngehalten. Die Börse des Kerls musste beträchtlich sein.

»Henner, du bist ein Halunke«, sagte er. »Vergiss ob all des schönen Geldes deine Stammkunden nicht.«

Der Wirt gab ihm einen kräftigen Klaps auf die Schulter. »Du wolltest das alte Gerippe doch eh nicht besteigen. Und das Quatschen kann warten. Worüber beklagst du dich also?«

»Was weißt du schon? Vielleicht hätte ich's mir noch anders überlegt, nachdem mir gestern ja schon der Höhepunkt verdorben worden ist.«

Mit einer ausladenden Geste zeigte Henner in den doch eher spärlich besetzten Schankraum. »Dann sieh dich um, Mickel. Hier findet sich bestimmt auch für deinen Geschmack ein Mädchen, das Irmels Fähigkeiten übertrifft. Als Wiedergutmachung sorge ich dafür, dass ihr euch auf einen guten Preis einigt. Wie wär's?«

Das klang nicht schlecht. Mickel ließ den Blick schweifen. Zwei der Huren, die gelangweilt am Nachbartisch auf Kundschaft warteten, hatte er schon gehabt, die dritte, Susken, die gerade das Lamm am Spieß wendete und sich auch sonst gern als Küchenhilfe anbot, war ihm zu redselig. Sein bestes Stück verweigerte ihm erfahrungsgemäß den Dienst, wenn die Frau unter ihm unentwegt wie ein Wasserfall redete und dann wie Susken auch noch stotterte.

»Und?«

Mickel verzog den Mund. »Nö, nichts dabei.«

Das Poltern über seinem Kopf erinnerte ihn daran, dass Irmel beschäftigt war. War das ein Schmerzensschrei oder ein wollüstiges Kreischen? Gefiel ihr etwa, was dieser schwarz gewandete Bär mit ihr anstellte? Mickel goss sich nach und trank aus.

»Wo steckt denn die süße Jenne? Die könnte mir jetzt gefallen. Vor allem, wenn du mir die Kammer neben Irmel gibst, damit dieser Giftpilz von einem Weibsbild an meinem Vergnügen auch teilhaben kann.«

Henners Großzügigkeit und seine gute Laune waren wie weggewischt. Er ließ sich neben Mickel auf einen Stuhl fallen und knallte die flache Hand auf die Tischplatte. »Jenne? Hör mir bloß auf. Die ist nicht da, und die wirst du hier auch nicht mehr sehen.«

»Nanu. Ich dachte, sie sei dein bestes Pferd im Stall.«

»War sie auch. Bis sie mir durchgegangen ist. Hat gestern einen Freier bestohlen, ach was, um sein ganzes Hab und Gut hat sie ihn gebracht und mich um meinen guten Ruf als Hurenwirt. Von Jenne keine Spur, doch der Freier will sein Geld zurück. Wie ich das bewerkstellige, weiß ich noch nicht. Aber wenn ich sie erwische, wird sie mir teuer dafür bezahlen.«

»Pech für dich, du altes Schlitzohr. Dann lass mal gut sein, die drei anderen sind nicht nach meinem Geschmack.« Er füllte seinen Becher nach und schob ihn Henner zu, der einen großen Schluck trank. »Hast du von Mummersloch, Gir und Quatermart gehört?«

»Natürlich. Oder besser – leider. Gestern Abend hat eine wild gewordene Meute hier nach dem Mörder gesucht, kaum dass du zur Tür raus warst. Gleichzeitig ist mir Jenne durchgebrannt, dieses undankbare Miststück. Das war kein guter Tag für mein ehrenwertes Haus, Mickel. Wenn sich das herumspricht, kann ich den Schuppen gleich ganz zumachen und in den Schuldturm ziehen.«

»Man hat hier nach dem Mörder gesucht?«

Henner nickte.

»Und?«

Der Hurenwirt legte seine Hand auf die Brust. »Ja, was glaubst du denn? Meinst du, ich beherberge Mörder? Du solltest mich besser kennen, Mickel.«

»Schade.«

»Was heißt hier schade?«

»Würdest du den Mörder kennen, hättest du ausgesorgt und könntest Jenne ihrer Wege ziehen lassen, ohne dich zu grämen. Und du brauchtest deine Stammkunden nicht vor den Kopf zu stoßen, nur weil ein Kerl mit dicker Geldbörse daherkommt und Vorrechte bei deinen Huren genießen will.«

»Wie kommst du darauf?«

»Na, du bist mir ein schlechter Wirt. Andere hören die Flöhe husten, doch du hast es noch nicht mitbekommen.«

»Was denn? Nun mach es doch nicht so spannend.«

»Die Richerzeche hat gesammelt und eine Belohnung auf den Mörder ausgesetzt. Du bist um vierhundert Silbermark reicher, wenn du den richtigen Namen kennst.«

Henner machte große Augen. »Vierhundert?«

Mickel nickte. »Silbermark.«

So schnell hatte er den Hurenwirt noch nicht auf den Beinen gesehen. Ohne ein weiteres Wort verschwand Henner im Hinterzimmer.

Aus Irmels Kammer drang derweil ein seltsam lautes Röcheln, das schnell erstarb. Die Stimme klang fremd, so wie die Stimmen vieler Menschen verzerrt klangen, wenn sie der Wollust Ausdruck verliehen. Oder dem Schmerz. Vermutlich war es Irmel in ihrer unnachahmlichen Art gelungen, ihren Freier zu einem glückseligen Ziel zu führen. Ein letztes Mal rieselte Staub durch die Balkendecke und in seinen Becher. Mickel schüttete den verschmutzten Wein auf den Lehmboden.

Sie hatte wirklich nichts gewusst. Nox warf die verlauste Decke über Irmels Leiche. Schnell tränkte Blut den dünnen Stoff. Wenn es auch viel gab, was er am Töten mochte, so vertrug Nox es doch nicht, wenn ihn die Augen der Toten anstarrten. So recht konnte er sich das Unbehagen nicht erklären, das ihn dann befiel. Mit Aberglauben hatte es nichts zu tun, denn er hatte keine Angst vor höheren Mächten. Vielleicht war es die Hilflosigkeit, mit der er nicht zurechtkam. Eine Leiche konnte er schlagen, treten oder mit der Axt zerhacken, die Augen aber blieben tot und starr. Sie verfolgten ihn auch in seinen Träumen.

Er öffnete die Tür einen Spalt und vergewisserte sich, dass niemand die Tote sehen konnte, wenn er die Kammer verließ. Auf leisen Sohlen schlüpfte er hinaus und schloss die Tür hinter sich. Dieser Paulus machte alles richtig. Bei seiner Mutter war er zwar aufgetaucht, doch nur, um sich neu einzukleiden und dann wieder zu verschwinden. Immerhin wusste Nox nun, wer das Mädchen war, das ihn begleitete. Von einer kleinen Hure wie dieser Jenne dürfte ihm keine Gefahr drohen.

Lässig schritt er die Stiege hinab in den Schankraum. Ob ihn jemand sah, ob ihn jemand mit den Toten in Verbindung brachte, war Nox gleich. Niemand aber durfte wissen, dass er etwas mit dem Schiff und den Herren von Madras zu tun hatte. Es war höchste Zeit, Paulus ausfindig zu machen.

»Schon fertig?«

Nox musste schmunzeln. Da saß dieser Verlierer, der von Irmel abgewiesen worden war, und wartete bei einem Becher Wein auf ihn. »In der Tat, mein Freund. Ich hab sie für Euch eingeritten und zurechtgewalkt. Wenn Ihr wollt, dürft Ihr nun nach oben. Ich verspreche Euch, dieses Mal wird sie sich Euch nicht verweigern.«

Der Kerl spuckte aus. »Nein, danke. Mir ist die Lust vergangen.«

»Dann seid so nett und richtet dem Wirt meinen herzlichen Dank und ein großes Lob aus. Das Weib hat alles gegeben. Wirklich alles.«

Sie hörten Bärbels Wehklagen, lange bevor sie die Summus erreichten. Paulus stach das Ruder kräftiger ins Wasser. Jenne und er sprangen an Deck und fanden Bärbel im Mühlenhaus. Sie saß auf der Liege und hatte Barthels Kopf auf ihren Schoß gebettet. Ulf ging aufgeregt auf und ab, so schnell es seine alten Füße zuließen.

»Vermaledeite gebenedeite Beine«, rief er, »hilf uns, hilf uns jetzt und in der Stunde unseres Todes, hilf, Maria, hilf doch.«

Paulus stürzte zur Bettstatt und fiel vor Barthel auf die Knie. Er sah zu Bärbel auf, die mit der einen Hand den Kopf ihres Mannes und mit der anderen ihren Bauch streichelte.

»Barthel! Was ist mit ihm? Was ist geschehen?«

Barthel schlug die Augen auf. »Paulus«, sagte er mit schwacher Stimme.

»Du lebst! Herr im Himmel, was habt ihr uns einen Schrecken eingejagt. Nun sag doch, was ist dir widerfahren?«

»Nox. Er war hier.«

»Auf der Summus? Woher hat er das gewusst?«

»Er sagt, er habe es von Matthias erfahren. Ich weiß nicht, was mit unserem Bruder ist. Ich befürchte das Schlimmste, Paulus, ich befürchte, Nox hat ihm etwas angetan, so wie er mir etwas antun wollte. Es tut mir so leid, dass ich mich mit Matthias gestritten habe. Wir sind im Zorn auseinandergegangen, eben vor dem Dom.«

»Das ist doch jetzt nicht von Belang, Barthel«, sagte Bärbel unter Tränen.

»Sie hat recht, Bruder. Wie geht es dir?«

Barthel hustete. »Ich werde es überleben«, sagte er mit schwacher Stimme. »Er hat mich ins Mühlrad gesteckt, dieser Schweinehund, aber Ulf hat mich rechtzeitig gefunden, bevor ich vor den Herrn treten konnte.«

»Ulf hat ein großes Brett ins Mühlrad geworfen, um es zu verkanten«, sagte Bärbel. »Wir haben ihn nur mit Mühe rausziehen können.«

Wieder hustete Barthel, dieses Mal stärker. »Es geht mir so weit ganz gut, ich muss nur das verdammte Wasser aus der Lunge bekommen. Und in meinem linken Knie ist wohl etwas kaputtgegangen. Gebrochen ist nichts, aber ich brauche Stütze. Ein Gutes hat es – Nox wird mich für tot halten.«

Paulus war nun selbst den Tränen nahe, teils aus Erleichterung, teils weil er sich Vorwürfe machte, dass sein Bruder seinetwegen fast ums Leben gekommen war. »Das wird wieder, Barthel, das wird wieder.«

»Er sucht dich, Paulus. Nach deinem Leben trachtet er. Er ist willens zu töten, nur um deiner habhaft zu werden. In was bist du da nur hineingeraten?«

Paulus ließ die Schultern hängen. »Ich weiß es nicht«, sagte er. »Erst hängt er mir die Morde an, und jetzt verfolgt er mich und meine Brüder. Ich kenne ihn nicht, ich habe ihm nichts getan außer einem Gefallen. Ich habe überhaupt niemandem etwas getan, das rechtfertigen würde, was nun geschieht.«

Bärbel legte die Hand auf Barthels Stirn. Während er die Augen schloss, sah sie Paulus mit sorgenzerfurchter Stirn an. »Wir haben einen Fehler gemacht, Paulus. Wir hätten auf Barthel hören sollen. Geh zum Gericht und stelle dich. Berichte, was geschehen ist, ehrlich und wahrheitsgemäß. Dann wird man dir auch Glauben schenken. Wir sind keine Helden. Es war falsch, zu glauben, es mit diesem Mörder aufnehmen zu können. Keine Alleingänge mehr, Paulus, hörst du!«

Mit festem Blick sah er zu ihr auf. Doch bevor er ihr versprechen konnte, sich zu stellen, kniete sich Jenne neben ihn und blickte Bärbel an.

»Wenn sich Paulus stellt, bedeutet das seinen sicheren Tod. Niemand wird ihm glauben. Daran hat sich nichts geändert. Nox hätte sein Ziel erreicht, ohne sich die Hände schmutzig zu machen, und ich bekäme meinen Jax nicht wieder.«

Das Knirschen von Bärbels Zähnen war auch über das Wasserrauschen hin zu hören. »Ich hätte fast meinen Barthel verloren!«

»Wir sind alle in Gefahr.« Jenne griff nach Bärbels Hand. »Niemand von uns hat Schuld daran, dass dies so ist. Nur einer. Sein Name ist Nox.«

Barthels Lider flatterten. Er schlug die Augen wieder auf. »Sie hat recht.«

Paulus sah Jenne von der Seite an. »Was schlägst du vor?«

Schwungvoll sprang sie auf die Beine und begann wie Ulf, auf den Planken auf und ab zu gehen. »Wenn unser Unterfangen dieses Tages einen Erfolg gehabt hat, dann diesen – wir wissen nun, dass Nox tatsächlich etwas mit diesem furchterregenden Schiff und mit diesen reichen Herren zu tun hat.«

»Das stimmt«, sagte Bärbel. Ihre Miene hellte sich auf. »Das könnten wir dem Burggrafen sagen. Er wird das Schiff durchsuchen lassen.«

Das Stöhnen seines Bruders ließ Paulus zusammenzucken. »Wird er gewiss nicht«, sagte Barthel mit schmerzverzerrtem Gesicht. »Ganz Köln weiß nun, dass dieses Schiff vollgestopft ist mit kostbarem Pfeffer – Pfeffer, den die Herren auf dem Schiff für den neuen Dom spenden wollen. Niemand …«, er hielt kurz inne, »… niemand in der Stadt wird sich mit diesen Männern anlegen wollen.« Seine Worte raubten ihm die letzte Kraft. Wieder fielen seine Augen flatternd zu. Bärbel drückte seinen Kopf an sich. Über ihre Wangen liefen Tränen.

Ruckartig blieb Jenne stehen und gebot mit einer Handbewegung auch Ulf stillzuhalten. »Und darum gehen wir selbst an Bord.«

Nun sprang auch Paulus auf. »Wer – wir?«

»Wir beide. Du und ich.«

»Auf das Schiff? Bist du von allen guten Geistern verlassen?«

»Nein. Nox fühlt sich stark und sicher. Damit wird er nicht rechnen. Vergiss eines nicht – er wird keine Ruhe geben, bis er dich erledigt hat. Das hat er nun bewiesen. Wir müssen ihm zuvorkommen. Dieses Schiff birgt ein Geheimnis. Wenn wir wissen, was dieses Geheimnis ist, kannst du dich dem Burggrafen stellen.«

»Wie willst du an Bord kommen? Du hast das Schiff gesehen, du hast Nox gesehen. Genauso gut können wir versuchen, den Palast des Erzbischofs zu stürmen.«

»Niemand wird mit unserem Vorhaben rechnen, vor allem nicht in der Nacht und nicht vom Fluss aus. Wir lassen es darauf ankommen. Und außerdem – welche Wahl haben wir?«

Das Licht der untergehenden Sonne erreichte den Domhof schon nicht mehr, doch die Hitze des Tages stand noch auf dem Platz und brachte Henner ins Schwitzen. In einen langsameren Schritt verfiel er deswegen nicht, denn er hatte sich zu sputen. Er wollte rechtzeitig kommen, bevor das Hochgericht die Pforten schloss. Oder, schlimmer, bevor ihm jemand zuvorkam.

Das Hochgericht war vor den Dom gebaut und wirkte im Vergleich zur Kathedrale ein wenig wie eine Hundehütte. Henner betrat das Gebäude und gab an, im Fall der ermordeten Kaufmänner eine wichtige, nein, eine sehr wichtige Aussage machen zu wollen, und hatte Glück. Zwei Büttel, die mit den Nachforschungen betraut wären, so wurde ihm gesagt, seien im Haus und würden sich gleich seiner annehmen. Man bat ihn, sich noch ein wenig zu gedulden. Das fiel ihm schwer. Unruhig wanderte er auf dem Dielenboden in der Eingangshalle umher, bis man ihn endlich aufrief.

Henner lief dem Mann entgegen, der sich ihm als Büttel mit dem Namen Konstantin vorstellte.

»Ich habe eine Aussage von großer Bedeutung zu machen«, sagte er und verschluckte sich fast, so hastig sprach er. »Das mit der Belohnung, das stimmt doch, oder?«

»Vierhundert Silbermark, sehr richtig.«

»Die stehen *mir* zu, Büttel. Mein Name ist Henner. Ich bin Wirt des Gasthauses in der Schwalbengasse …«

»Des Hurenhauses?«

»Mein Haus ist ein ehrenwertes.«

»Des Hurenhauses also. Wie mir zu Ohren gekommen ist, hat man den Mörder auf der Flucht in Eurem Haus gesehen.«

»Das stimmt, Büttel. Und ich bin es, der ihn erkannt hat.«

»Berichtigt mich, wenn meine Kenntnis falsch ist, Henner. Der Mörder war gestern am späten Abend in Eurem Haus. Doch erst jetzt, einen ganzen Tag danach, fällt Euch ein, dass Ihr den Mann kennt?«

Henner fiel auf die Schnelle keine Entgegnung ein. Er hatte erwartet, dass die Büttel ihn mit offenen Armen empfingen und nicht mit kritischen Fragen.

Der Büttel mit Namen Konstantin schüttelte den Kopf. »Lasst gut sein. Ich vermute, die Belohnung hat Eure Erinnerung ein wenig beflügelt. Also? Wen wollt Ihr beim Hochgericht anzeigen?«

»Ich lege meine Hand dafür ins Feuer, dass die Hundeführer mit ihrer Meute nach –«

»Wartet«, unterbrach ihn Konstantin. »Machen wir es lieber umgekehrt, sonst stellt Ihr nachher noch in Abrede, dass wir den Mörder schon kannten. Wollt Ihr uns etwa mitteilen, bei dem Gesuchten handelt es sich um Paulus, den man Apostel nennt?«

Henner fluchte still in sich hinein. Das Geld konnte er vergessen. »Ja.«

Konstantin nickte. »Wir sind Euch zu Dank verpflichtet, denn Eure Aussage bestätigt, was wir schon wissen. Doch was den Anspruch auf die Belohnung angeht, da war jemand schneller als Ihr.«

Mit dem Kopf deutete Konstantin auf einen weißhaarigen Büttel, der gerade mit einem bildhübschen Mädchen an ihnen vorüberging. An der Tür verabschiedete er sich von der jungen Frau.

»Ich danke dir, Angela«, sagte der ältere Büttel. »Aber bedenke bitte: Zunächst muss bewiesen werden, dass er der Mörder ist. Dann erst hast du einen Anspruch auf die Belohnung.«

Das Mädchen senkte brav den Kopf und ging seiner Wege.

Sanft glitt die Esche den Rhein hinab. Es schien, als sicherte ihnen der Fluss seine Unterstützung zu. So ruhig hatte Paulus den Rhein schon lange nicht mehr erlebt. Im Schutz der Dämmerung fuhren sie an den Werften und den Oberländern vorbei, von denen gelegentlich Gelächter herüberdrang. Manche Besatzung schien nach einem Besuch auf dem Jahrmarkt noch bester Laune zu sein. Paulus beschlichen nun noch mehr Sorgen. Hoffentlich waren sie nicht zu früh aufgebrochen, hoffentlich war die Besatzung des Kriegsschiffes weniger feierfreudig. Hoffentlich schlief sie bereits.

Paulus war froh um den Neumond, der ihnen sicheres Geleit versprach. Die Stümpfe der alten Brücke nach Deutz in Höhe des Salzgassentores bereiteten ihm kein Kopfzerbrechen. Die Esche lag flach auf dem Rhein und die Pfeilerreste weit genug unter der Wasseroberfläche.

Was ihm sehr wohl aber auf der Seele lag, war Matthias' unklares Schicksal. Wie war es Nox gelungen, seinen Bruder ausfindig zu machen, und das so schnell? Was hatte er mit ihm angestellt? Paulus sandte ein stilles Gebet zum Himmel – er wusste nur nicht recht, an welchen Heiligen er es richten sollte – mit der Bitte, dass Matthias noch lebe. Dass es ihm gut ging. Dass überhaupt alles bitte wieder gut werden würde. Vor gerade mal einem Tag hatte er noch die Hoffnung gehegt, seine Familie wieder zusammenzuführen, nun musste er fürchten, sie ganz zu verlieren.

Weder Paulus noch Jenne sprachen ein Wort. Beiden schlug das Herz bis zum Hals. Paulus versuchte gar nicht erst, sich vor Augen zu führen, was sie vorhatten. In die Höhle des Löwen wollten sie sich wagen – im Wortsinn, denn der Löwe, den sie am Dom gesehen hatten, würde auch an Bord sein. Und waren sie wirklich so einfältig zu glauben, ein solches Schiff werde nicht bewacht?

Ja, das waren sie. Aber Jenne hatte recht. Es blieb ihnen keine Wahl.

Jenne hatte an alles gedacht. Der Geldgürtel, meinte sie, sei auf der Summus am besten aufgehoben. Das fand Paulus nur recht. Sollte ihnen etwas zustoßen, würden die Münzen seinen Bruder und Bärbel ein wenig dafür entschädigen, dass sie seinetwegen in Lebensgefahr geraten waren. Auch hatte Jenne dafür gesorgt, dass sie trockene Kleider in der Esche mitnahmen, falls sie sich mit einem Sprung vom Schiff retten mussten. Und sie hatte darauf gepocht, Waffen mitzuführen. In ihrem Gürtel steckte das kleine Beil, mit dem Nox das Tau traktiert hatte, an dem Barthels Leben hing.

Paulus setzte ganz auf eine Waffe, die er am liebsten nie kennengelernt hätte. Vielleicht würde sich der Panzerbrecher, mit dem Nox Mummersloch abgestochen hatte, noch heute Nacht gegen seinen früheren Besitzer wenden.

»Bist du dir deiner Sache sicher?«

Jenne wandte sich zu ihm um. »Was meinst du?«

»Noch kannst du aussteigen.«

»Wir sind auf dem Rhein, Paulus.«

»Du weißt, was ich meine. Aus dieser Sache aussteigen.«

»Das haben wir nun doch schon ein paarmal durchgesprochen. Wenn mein neues Leben einen guten Anfang nehmen soll, muss ich, genau wie du, das hier zu einem Ende bringen.«

»Was wir machen, ist lebensgefährlich.«

»Mehr für dich als für mich. Nox ist hinter deinem Leben her. Und ich gehe nicht mit aufs Schiff. Das macht es für mich zu einem weniger bedrohlichen Unterfangen.«

»Davon, dass du nicht aufs Schiff gehst, war aber bisher noch nicht die Rede.«

»Das hab ich mir auch gerade erst überlegt. Warum sollten wir zu zweit an Bord gehen? Das erhöht nur die Gefahr der Entdeckung. Ich bleibe lieber auf der Esche und sorge dafür, dass wir nachher schnell fortkommen.«

Paulus schüttelte den Kopf. Sie stellte immer wieder unter Beweis, dass sie ein helles Köpfchen war. Er konnte es ihr nicht übel nehmen, im Gegenteil, ihr Plan war gut so. Warum sollte sie sich unnötig in Gefahr bringen?

»Leise jetzt«, flüsterte sie. »Wir sind gleich da.«

In der Dunkelheit, in der die Abmessungen schlecht einzuschätzen waren, wirkte das Schiff noch gewaltiger. Die Umrisse zeichneten sich gegen den Sternenhimmel ab. Wie schwarze Burgtürme sahen das Achter- und das Vorderkastell aus. Ein letztes Mal stach Paulus das Ruder ins Wasser, dann ließ er die Esche auf das Schiff zutreiben. Mit den Händen stemmten sich Paulus und Jenne gegen die Bordwand, um einen lauten Aufprall zu vermeiden. Dann verharrten sie und ließen einige Zeit verstreichen.

»Alles ruhig, alles dunkel«, flüsterte Paulus.

»Ja. Sieh mal.« Jenne deutete in Richtung des Bugs.

Zunächst wusste Paulus nicht, worauf sie hinauswollte, dann aber sah er es. Vom Deck baumelte ein Seil ins Wasser.

Paulus tippte sich an die Stirn. »Sind die irre? Das sieht ja aus wie eine freundliche Einladung.«

»Leise«, wisperte Jenne. »Nur nicht übermütig werden.«

Mit Hilfe des Ruders schoben sie sich die Bordwand entlang bis zum Seil. Paulus zog daran, bis es sich spannte. Er nickte. Das obere Ende war festgebunden.

»Dann viel Glück«, flüsterte Jenne und gab ihm einen Klaps auf den Arm.

Noch einmal prüfte Paulus den Sitz des Panzerbrechers an seinem Gürtel, dann zog er sich an dem Seil hoch. Die Füße gegen die Bordwand gestemmt, kam er schnell voran. Als er beinahe das Deck erreicht hatte, ließen ihn donnernde Schritte von oben innehalten. Sie kamen schnell näher, begleitet von lauten Rufen in einer Sprache, die er nicht verstand. Vom Tonfall her mochten es bitterböse Flüche sein. Lautes Gelächter von anderen Männern folgte dem Fluchenden.

Waren sie etwa schon entdeckt worden?

»Weg, weg, weg!«, zischte er nach unten.

»Komm runter!«

Während Jenne sich bereit machte, die Esche vom Schiff abzustoßen, ließ sich Paulus, so rasch er konnte, an dem Seil hinab. Auf halber Strecke jedoch erstarrte er. Irgendjemand reckte genau über ihm seinen Kopf über die Reling. Wieder fluchte der Mann, wieder erntete er Gelächter.

Ein Kopf? War das wirklich ein Kopf? Paulus kniff die Augen zusammen. Der Umriss sah anders aus. Das war kein Kopf. Das war ein nackter Hintern. Über ihm wollte gerade jemand seinen Darm entleeren.

»Weg!«, zischte er. »Weg!«

Jenne drückte sich vom Schiff ab und ließ die Esche treiben. Und Paulus ließ das Seil los.

Mit einem lauten Platschen landete er im Wasser. Paulus tauchte unter und versuchte, mit einigen kräftigen Stößen unter dem Schiff hindurchzuschwimmen. Doch er hatte nicht genug Luft geholt, um tief genug unter den Bauch zu gelangen. Ein paar Züge konnte er noch machen, dann kehrte er an die Wasseroberfläche zurück – genau dort, wo er zuvor untergetaucht war. Jenne war weg. Paulus presste sich an die Schiffswand und lauschte. Oben an

Deck war das Gelächter noch viel lauter geworden. Vermutlich gossen die Männer der Besatzung Hohn und Spott aus über den armen Schelm. Wegen des geräuschvollen Aufschlags, den Paulus verursacht hatte, glaubten sie wohl, dass er seine Notdurft in einem besonders großen Umfang verrichtet hatte.

Das Seil geriet in Bewegung. An seinem Ende tauchte ein Eimer auf und wurde aus dem Rhein gezogen. Unter weiteren Flüchen wusch sich der von seinen Kameraden verspottete Mann. Deshalb baumelte also ein Seil vom Bug des Schiffes ins Wasser. Paulus hatte sich ausgerechnet den Abort des Schiffes für seinen Aufstieg ausgesucht.

Am liebsten hätte er vor Wut aufs Wasser geschlagen. Ihr Plan war gescheitert, noch bevor sie ihn überhaupt hatten in Angriff nehmen können. Immerhin, er war nicht entdeckt worden. Doch was nun? Das Wasser war kalt. Alles Strampeln half nichts, er würde schnell auskühlen. Er musste sich etwas einfallen lassen.

Wo zum Teufel war Jenne?

Konstantin taumelte heimwärts wie schon am Abend zuvor. Dieses Mal aber ging es ihm deutlich besser. Müde war er, gewiss, denn ihm fehlte eine ganze Nacht Schlaf, was sich an seinem wackeligen Gang bemerkbar machte. Doch der Schmerz in seinem Kiefer war mit dem Zahn und dessen Wurm verschwunden. Und die Schwierigkeiten des vergangenen Tages waren ebenfalls dabei, sich in Wohlgefallen aufzulösen. Der Mord am Werkmeister – geklärt. Die Morde an den drei Kaufmännern – nahezu. Ein paar Stunden Schlaf, und dann würde er diesen Paulus dingfest machen.

Roland hatte zugesagt, gleich morgen früh – früher jedenfalls, als Konstantin sich von seinem Strohsack würde erheben können – alles Nötige in die Wege zu leiten. Wie die Magd der Mummerslochs zu berichten wusste, verdingte sich Paulus als Tagelöhner im Hafen. Dort würden Nachforschungen anzustellen sein.

Tastend wie ein Blinder, tapste Konstantin durch die finstere Gasse auf sein Haus zu. Es wunderte ihn schon nicht mehr, seine Tür ein weiteres Mal unverschlossen vorzufinden. Durch einen Spalt drang Licht. Konstantin ahnte bereits, wer ihn erwartete. Er stieß die Tür auf.

»Ich grüße Euch, Herr Gir.«

Theoderich Gir entzündete gerade mit einem Kienspan eine Fettkerze. »Und ich grüße Euch, Büttel.«

»Man könnte fast meinen, Ihr lebt hier und nicht ich.«

»Ihr müsst meine forsche Art entschuldigen. Der Mord an meinem Vater lässt mir keine Ruhe. Habt Ihr mit Dietrich von der Mühlengasse gesprochen?«

»Habe ich.«

»Hat er sich zu den Vorwürfen eingelassen?«

»Soweit ich weiß, hat noch niemand Vorwürfe gegen den Weisen erhoben.«

»Ihr wisst, was ich meine. Er hätte einen Grund gehabt, meinen Vater und die beiden anderen Kaufleute aus dem Weg zu schaffen.«

»Er streitet ab, etwas mit den Morden zu tun zu haben.«

»Das war zu erwarten.«

»Es schien mir ein sehr offenes Gespräch, das ich mit Dietrich geführt habe. Doch konnte ich nichts in Erfahrung bringen, das Dietrich be- oder auch entlasten würde.«

Gir wandte Konstantin den Rücken zu und betrachtete die flackernde Fettkerze. »Seid Ihr überhaupt auch nur einen Schritt weitergekommen?«

»Allerdings.« Konstantin goss sich Wasser in eine Schüssel und wusch sich das Gesicht. Er hatte nicht vor, sich einfach von diesem Menschen ausquetschen zu lassen. Bei allem Mitgefühl für Girs Verlust – so aufdringlich brauchte er nicht aufzutreten.

»Und?«

Konstantin trocknete sich mit einem Tuch ab. »Die Magd, die den Mörder in Mummerslochs Hof gesehen hat, konnte sich heute Abend unvermittelt daran erinnern, den jungen Mann zu kennen. Auch seinen Namen wusste sie.«

Theoderich Gir hob beide Hände. »Muss ich Euch denn alles aus der Nase ziehen? Wie heißt er?«

»Ihr vergesst, dass ich Büttel bin und gerade den Angehörigen nicht jeden Erfolg meiner Nachforschungen berichten muss. Wir haben den Täter noch nicht gefasst.«

Gir fuhr herum. Der Luftzug löschte beinahe die Kerze. »Und Ihr vergesst, Büttel, dass ich Schöffe bin. Ich habe ein Recht, zu erfahren, was Ihr herausgefunden habt.«

Das hatte Konstantin in der Tat für einen Moment vergessen. »Viel mehr als den Namen haben wir nicht. Paulus soll er heißen.«

»Wisst Ihr, wo er steckt?«

»Er soll sich zuletzt als Tagelöhner im Hafen über Wasser gehalten haben. Gleich morgen früh werden wir die Hafenmeister befragen. Wenn er noch in der Stadt ist, werden wir den Apostel bald fassen.«

»Den Apostel?« Girs Mund stand offen.

»Ja. So nennt man ihn. Kennt Ihr ihn etwa?«

Theoderich trat auf Konstantin zu. »Seid Ihr sicher? Man ruft ihn Apostel?«

»So ist es mir zugetragen worden.«

Geistesabwesend begann der Schöffe seine Unterlippe zu kneten. Die Nachricht sagte ihm offenbar etwas, auch wenn Konstantin sich nicht vorstellen konnte, was.

»Ich wäre Euch verbunden, wenn Ihr nun genauso offen wäret wie ich, Gir«, sagte Konstantin gereizt.

»Mein Vater hat vor vielen Jahren einen Bastard in die Welt gesetzt«, gab Gir tonlos zurück. »Man nennt auch ihn den Apostel. Ihn und seine Brüder, ihrer Namen wegen. Paulus, Matthias und Bartholomäus heißen sie. Unsere Familie hat tunlichst darauf geachtet, über diesen Umstand des – ähm – ehebrecherischen Umgangs meines Vaters den Mantel des Schweigens zu breiten.«

Konstantin brauchte eine Weile, bis er diesen Hinweis richtig eingeordnet hatte. »Ihr habt einen Halbbruder?«

Gir nickte. »Und ich vermute, bei diesem Paulus, den Ihr nun sucht, handelt es sich somit um einen Halbbruder von meinem Halbbruder. Also um meinen – Viertelbruder.«

»Euer Halbbruder – könnte er einen Grund haben, Euren Vater umbringen zu lassen? Hat die Familie ihn so schlecht gestellt, wie es für Bastarde üblich ist?«

Gir lachte auf. »Im Gegenteil. Mein Vater hat Barthel stets großzügig unterstützt, sein Leben lang. Zuletzt hat er ein wenig nachgeholfen, als es um die Bestellung des neuen Müllers auf der Summus ging. Vater hatte gute Beziehungen zum Domkapitel.«

»Der Müller der Summus ist Euer Halbbruder?«

»So sagte ich es gerade. Dieser Posten ist wahrlich nicht schlecht für den Sohn einer Hure.«

»Einer –?«

»Wiederholt es bitte nicht.«

»Das wirft ein völlig neues Licht auf den Fall.«

Gir kratzte sich am Hinterkopf. »Das tut es. Aber welches?«

»Vielleicht ist Neid der Grund für den Mord an Eurem Vater. Diesem Paulus ist es ja nun offenbar nicht so gut ergangen wie Eurem Halbbruder. Ihm kann es schwerlich gefallen, dass Barthel alles in den Schoß fällt.«

»Das erklärt aber nicht die Morde an Mummersloch und Quatermart.«

»Zur Ablenkung. Ihr habt doch gehört, was Rape und Parfuse im Bürgerhaus erzählt haben. Von einer Verschwörung gegen den Dombau haben sie gesprochen. So leicht ist es, die Menschen auf falsche Fährten zu locken.«

Gir schüttelte den Kopf. »Das mag ich nicht glauben. Würdet Ihr so viel Aufwand betreiben und zwei weitere Morde begehen, nur um die Menschen zu verwirren?«

Ein guter Einwand. Aber noch nicht gut genug. »Wer weiß? Er könnte noch andere Rechnungen offen gehabt haben. Immerhin kannte ihn die Magd der Mummerslochs gut genug und konnte uns einiges über ihn erzählen. Vielleicht haben sie das Lager geteilt, vielleicht hat der alte Mummersloch sie deswegen schlecht behandelt, und ihr Liebhaber hat sie verteidigt?«

»Und dann liefert sie ihn ans Messer?«

»Für vierhundert Silbermark würden das viele Menschen machen.«

Gir wandte sich wieder der Kerze zu und sah in die gelbe Flamme. Eine ganze Weile schwieg er. »Diese Sache vermag mich nicht recht zu überzeugen«, murmelte er dann. »Ihr solltet besser die Spur mit Dietrich von der Mühlengasse verfolgen.«

Konstantin antwortete nicht, denn was er zu sagen hätte, würde Gir nicht gefallen. Er dachte nicht daran, Dietrich weiter nachzustellen. Aber mit Jenne Schönauge und Paulus Apostel hatte er nun zwei Namen. Und vor allem wusste er, dass sich die beiden noch in der Stadt aufhielten. Wenn sie ihm schon zweimal über den Weg gelaufen waren, würde es auch noch ein drittes Mal geschehen.

»Hierher!«

Jenne! Sie war doch noch nicht fort. Paulus sah zum Heck des Schiffs. Aus dieser Richtung hatte er ihre Stimme gehört.

»Wo bist du?«

»Hier. Lass dich einfach treiben.«

Paulus schwamm die Schiffswand entlang, bis er das breite Heck erreichte. Da war sie. Jenne war es gelungen, die Esche ums Heck zu steuern, das Boot dort zu vertäuen und auszuharren, bis auf Deck wieder Ruhe eingekehrt war. Paulus kletterte zu ihr an Bord.

»Los, raus aus den nassen Sachen. Sonst holst du dir noch den Tod.«

»Wenigstens ist es dunkel.«

»Was soll das denn heißen?«

»Weil du mich sonst heute schon zum dritten Mal nackt sehen würdest«, flüsterte Paulus, als er sich die Beinlinge abstreifte. »Meinst du, ich bin sonderlich erpicht darauf, ständig vor dir die Hüllen fallen zu lassen?«

»Ach, jetzt halt endlich den Mund, sonst entdecken sie uns doch noch.« Allzu streng war ihr Tonfall nicht. Jenne grinste.

Paulus schlüpfte in die trockenen Kleider und rieb sich die Arme. Seine Muskeln durften nicht steif werden. »Und jetzt?«

»Warten wir. Das Seil bietet uns einen hervorragenden Zugang aufs Schiff. Wir brauchen uns bloß ein wenig die Zeit zu vertreiben, bis die Besatzung auch wirklich schläft. Ein, zwei Stunden sollten genügen.«

Paulus lugte um die Ecke. Wegen des gewölbten Schiffbauchs konnte er nicht bis zum Bug gucken. Aber er war sich sicher, dass das Seil noch da war.

Gerhard durchschritt die Kirche, die er als Kölner liebte und als Baumeister verachtete. Er war allein. Seine Öllampe kämpfte erfolglos gegen die Dunkelheit des Doms an. Gerhard wanderte inmitten einer winzigen Lichtinsel. Das Geräusch seiner Schritte hallte von den kahlen Wänden wider und drang in der Stille seltsam laut an sein Ohr. Ihm schien, als sei dies die letzte Möglichkeit des alten Doms, sich Gehör zu verschaffen. Ja, als bedrängte ihn der Bau, bat um Gnade, appellierte an sein weiches Herz mit dem durchdringenden Echo seiner eigenen Schritte.

Gerhard blieb stehen, um den Dom zum Schweigen zu bringen. »Nichts zu machen, alter Freund. Morgen beginne ich damit, dich vom Hügel zu stoßen. Deine Zeit ist gekommen.«

Er wunderte sich über sich selbst. Nun sprach er schon mit dem toten Stein. Und er bedauerte seine harten Worte, empfand gar Mitleid mit der Kirche, aufrichtiges Mitleid. Ihn überkam das Bedürfnis, Trost zu spenden.

»Bedenke, du verlässt uns nicht ganz. Viele deiner Steine werden deinem Nachfolger als Fundament dienen. Wir bauen auf dich. Im wahrsten Sinne des Wortes. Das Alte wird Teil des Neuen.«

Es half nichts. Der alte Dom erteilte ihm keine Absolution. Die kalten hohen Wände schienen mit einem Mal eine abwehrende Haltung gegen ihn einzunehmen. Aus den toten Fensteraugen starrte ihn nur das Licht der Sterne an, und die Säulen wirkten wie die Wächter einer Trutzburg, die ihn um alles in der Welt fernhalten wollten. Die Steine schienen ihm vorzuwerfen, dass sie nun nackt waren, dass er, Gerhard, sie ausgezogen und ihres Schmucks beraubt hatte. Alle Heiligenfiguren waren fort, alle Altäre abgebaut, die schweren und prächtigen Wandteppiche, kostbare Beutestücke aus dem besiegten Mailand, abgehängt, und der Schrein der Heiligen Drei Könige war in Sicherheit gebracht.

Gerhard seufzte schwer. Er schämte sich. Er hatte dem alten Dom die Würde genommen. Die letzte Nacht vor dem Beginn des größten Bauvorhabens seit dem Turmbau zu Babel hatte er betend verbringen wollen und den alten Dom für den einzig angemessenen Ort dafür angesehen. Die Wahl hielt er nun für falsch. Er fühlte sich fremd hier, unerwünscht.

Das Unbehagen nährte seine Zweifel weiter. War er der Aufgabe gewachsen? War es wirklich recht, was der Erzbischof, das Domkapitel und er vorhatten? War solch ein Bau wahrlich gottgefällig? Es gab genug Stimmen in der Stadt, die das in Frage stellten. Und war es richtig, den Abbruch des Ostchors in Angriff zu nehmen, obwohl der dafür verantwortliche Werkmeister tot war? Niemand wusste, ob Burkhart die Stollen geprüft und für gut befunden hatte, und niemand konnte Burkhart ersetzen. Doch Gerhard fehlte der Mut, den Abbruch zu verschieben. Aus dem ganzen Reich waren hohe Herrschaften angereist, um das Spektakel zu erleben.

Er setzte seinen Weg fort, und sogleich erhob der Dom wieder seine hallende Klagerede. Bald glaubte Gerhard, die Stimme würde lauter, ja verdoppele sich. Er blieb stehen, doch er hörte noch immer Schritte. Es war noch jemand im Dom. Zu dieser späten Stunde? Gerhard sah sich um.

Eine kleine Flamme bewegte sich auf ihn zu. Durch die Vorhalle, aus Richtung des Domhofs, war ein Besucher eingetreten. Gerhard hielt seine Lampe weg, um besser sehen zu können, doch konnte er den Unbekannten erst erkennen, als er unmittelbar vor ihm stand.

»Eminenz.« Gerhard kniete vor Konrad von Hochstaden nieder und küsste den ihm dargebotenen Ring des Erzbischofs.

»Schlaflos, Meister Gerhard?«

Gerhard hielt sein Haupt gesenkt. »Ich wollte die Nacht im Gebet verbringen, um mich auf meine Aufgabe vorzubereiten.«

»Sehr löblich, mein Gerhard.« Mit der Hand bedeutete der Erzbischof dem Dombaumeister, sich wieder zu erheben.

»Und Ihr, Eminenz? Was führt Euch in den Dom?«

»Nur ein kleines Gebet. Ich will mich bedanken und Abschied nehmen. Dies ist der letzte Tag, an dem die Kirche des Kölner Erzbischofs ein heiles Haus ist. Ab morgen ist es im besten Fall eine Baustelle. Und wir beide wissen, dass wir das Kirchweihfest des neuen Doms nicht erleben werden. Lieber wäre mir übrigens, du schliefest dich aus, damit du morgen frisch und ausgeruht bist. Um Beistand brauchst du nicht zu bitten. Dem Herrn gefällt, was wir tun.«

»Tut es das? Dem Herrn gefällt es dann offenbar auch, mir meinen wichtigsten Werkmeister zu nehmen, so wie es ihm auch gefällt, drei Spender des neuen Bauwerks in sein Himmelreich zu holen. Die Waschweiber in der Stadt zerreißen sich das Maul.«

Konrad von Hochstaden sah seinem Dombaumeister lange in die Augen. Die Flammen ihrer Lampen warfen ein tanzendes Licht in sein Gesicht. »Mein lieber Gerhard, hast du so wenig Vertrauen in den Herrn?«

»In den Herrn habe ich viel Vertrauen. Aber nicht in unsere Fähigkeit, seinen Willen richtig zu deuten.«

»Du willst den Willen des Herrn deuten? Das ist vermessen. Wir sind nicht in der Lage, ihn zu deuten.«

Gerhard sah den Erzbischof überrascht an. Da zermarterte er sich stundenlang das Hirn, und Konrad wischte seine Bedenken mit zwei Sätzen beiseite. Und er hatte recht. »Aber sollten wir nicht bestrebt sein, seinen Willen zu befolgen?«

»Befolge die Gebote, das genügt. Doch beginne nicht, in allen Dingen Zeichen zu sehen und den göttlichen Willen daraus lesen zu wollen.«

»Man hat mir eine große Aufgabe auferlegt. Ich will keine Fehler machen.«

Konrad lächelte milde. »Also gut, lassen wir uns auf das Spiel ein. Deute, was geschehen ist.«

»Dem Herrn missfällt der neue Dom, er will, dass alles bleibt, wie es ist. Unser Vorhaben hält er für hoffärtig. Burkhart soll sein Werk nicht vollenden, damit der alte Dom stehen bleibt. Die Spender wiederum ereilt ein frühes Ende, weil sie Geld für den neuen Bau fließen ließen. Auch das missfiel dem Herrn.«

»Gerhard, Gerhard.« Konrads Ton war unüberhörbar tadelnd. »Du kannst es auch so sehen – Burkhart hat den Wunsch des Herrn bereits erfüllt und darf sich als Lohn den Abbruch vom Himmelreich aus ansehen. An den edlen Spendern hat unser Herrgott ein solches Wohlgefallen gefunden, dass er sie vor der Zeit zu sich bestellt hat. Und gerade weil ihm unser Vorhaben eine solche Freude bereitet, richtet er es so ein, dass ein Schiff, prall gefüllt mit Pfeffer und geführt von weiteren edlen Spendern, am Tag vor dem Abbruch des alten Doms unseren Hafen erreicht.«

Gerhard senkte den Kopf. Es war die große Gabe der Mächtigen, selbst Niederlagen zu ihren Gunsten umzudeuten. Nur wenige waren so geübt darin wie der Kölner Erzbischof – ganz gleich, wie er gerade heißen mochte.

Er nickte. »Verzeiht, Eminenz, dass ich unser Unterfangen in Zweifel gezogen habe.«

»Du bist ein kluger Kopf, Gerhard. Kluge Köpfe sind bisweilen von Zweifeln gepeinigt. Lege die Zweifel ab. Dann wirst du ein großer kluger Kopf.«

SUMMUM

Zweiter Teil

KÖLN, 30. APRIL 1248, DER QUIRINUSTAG, EIN DONNERSTAG

Als Paulus Jenne weckte, war vermutlich viel mehr Zeit verstrichen als nur ein oder zwei Stunden. Auf dem Schiff war es still, auch der Lärm der Stadt war verstummt. Köln schlief. Die Besatzung hoffentlich auch. Sie brachten die Esche wieder längsseits des Schiffes und steuerten sie bis zum Bug. Das Seil war noch da.

»Viel Glück«, flüsterte Jenne und hauchte ihm einen Kuss auf die Wange.

Verdattert rieb sich Paulus die Stelle, auf die sie ihre Lippen gedrückt hatte.

»Reibst du den Kuss etwa wieder ab?«

»Nein. Äh … nein, nein. Ich reibe ihn nur fester hinein.«

Am liebsten hätte er sich eine Backpfeife verpasst. Tiefer hineinreiben? Was für ein ausgemachter Blödsinn. Aber warum musste sie ihn auch immer wieder in Verlegenheit bringen? Paulus nickte unbeholfen und machte sich ein zweites Mal daran, das Schiff zu entern.

An der Oberkante des Bugs angekommen, hielt er inne und lauschte. Alles still. Vorsichtig reckte er die Nase über die Bordwand und sah sich auf dem Vorderkastell um. Keine Menschenseele war zu sehen, zumindest hier oben nicht. Ganz sicher konnte er sich nicht sein, denn in der Dunkelheit an Deck konnte sich mühelos ein Dutzend Männer verstecken. Paulus schwang ein Bein auf die Bordwand und zog sich auf das Vorderkastell.

Himmel, war das Schiff hoch gebaut! Auf Zehenspitzen ging er hinüber auf die andere Seite des Schiffes und staunte. Fast sah es so aus, als könnte man von hier oben auf die Stadtmauer blicken. Doch Paulus ließ sich nur kurz in den Bann schlagen. Je schneller er von Bord kam, desto besser. Er trat an die Brüstung und stieg die Leiter hinab auf das Mitteldeck. Um die große, holzvergitterte Ladeluke machte er erst einen großen Bogen, weil er fürchtete, der Löwe könnte daruntersitzen und von ihm geweckt werden. Paulus gab sich aber doch einen Ruck. Wenn er in den Bauch des Schiffes gelangen wollte, musste er durch eine kleine Klappe steigen, die in die Luke eingelassen war.

Behutsam hob er die Klappe an, lobte still die Besatzung, die alle Scharniere geölt hatte, schlüpfte hinein – und hielt die Luft an.

Licht!

Weit vorn im Bug baumelte eine schwach brennende Talgpfanne, die genug Helligkeit spendete, um den Bauch des Schiffes matt auszuleuchten. Paulus fühlte sich wie ein Nackter auf dem Marktplatz, wie an den Pranger gestellt. Mit einem Satz huschte er in den Schatten des Mastbaums, der durch das Deck bis hierher auf den Schiffsgrund reichte.

Alles blieb ruhig.

Paulus atmete auf und schüttelte zugleich den Kopf. War die Mannschaft von Sinnen? Eine offene Flamme auf einem Schiff durfte nie unbeaufsichtigt bleiben. Nicht ohne Grund gab es warme Mahlzeiten nur, wenn der Meester des Schiffes sie ausdrücklich anordnete.

Lautes Schnarchen verriet ihm, wo die Besatzung schlief – und dass sie tief und fest schlief. Die Männer waren im Bug rund um die Lampe untergebracht und hingen der Mäuse und Ratten wegen in Schlafsäcken. Der Frachtraum war vollgestellt mit einigen Fässern und Kisten und dazu vielen Säcken. Der Pfeffer, wie Paulus vermutete. Aber wo war der Löwe? Hier unten jedenfalls nicht.

Paulus machte sich an der Ladung zu schaffen. Irgendwo musste doch etwas zu entdecken sein, was auf die Herkunft des Schiffes schließen ließ. Er fand das Übliche. Taue, Faden und Segeltuch zum Flicken. Ausreichend Proviant, darunter Pökelfleisch und gesalzenen Kabeljau und Dorsch, Zwieback und einige kleine Fässer mit leichtem Bier. Paulus betastete einen der großen Säcke und wunderte sich, dass sich der Inhalt nicht körnig anfühlte. Eher wie gebündelte Zweige. Auch im zweiten Sack war gewiss kein Pfeffer, auch nicht im dritten, vierten oder fünften. Mit dem Panzerbrecher durchstach er den groben Stoff eines Sackes und riss ihn auf. Tatsächlich – Reisig. Von einer Schiffsladung Pfeffer konnte keine Rede sein.

In den großen Fässern vielleicht? Paulus versuchte, eines zu öffnen, doch war es fest vernagelt. Und ungewöhnlich schwer. Wein, Wasser oder Bier waren nach seiner Erfahrung gewiss nicht darin. Er untersuchte die anderen Fässer, bis er eines fand, das leckte. Eine schwarze Flüssigkeit drang durch eine Ritze zwischen zwei Dauben. Er verrieb ein wenig zwischen seinen Fingern. Zäh und klebrig war sie. Pech.

Reisig und Pech – eine edle Spende war sicher das Letzte, was die Besucher damit im Sinn hatten.

Ein Grunzen aus einem der Schlafsäcke ließ Paulus zusammenzucken. Einer der Männer wälzte sich auf die andere Seite und ließ einen Arm über den Rand des Tuches hängen. Einen schwarzen Arm. Es war einer der Sänftenträger. Paulus' Interesse war geweckt. Er wartete eine Weile, bis alle Männer wieder gleichmäßig schnarchten, dann gab er der Versuchung nach und schlich sich zu den Schlafsäcken. Im Licht der Talglampe betrachtete er die Haut. Auf Jahrmärkten hatte er schon Mohren gesehen, die dort ausgestellt waren, zum ersten Mal aber sah er einen aus dieser Nähe. Die Haut war nicht wirklich schwarz, eher braun wie eine dunkle Haselnuss. Paulus ging in die Hocke, um die Hand genau zu untersuchen. Die Innenseite war rosig wie seine eigene Hand. Er streckte zwei Finger aus, um die fremdartige Haut zu berühren, zog sie im letzten Augenblick aber wieder zurück. Bloß kein unnötiges Wagnis eingehen.

Er tastete sich weiter nach achtern, weg von der Mannschaft, hinein in die Dunkelheit, und stieg über Steine, die im Kiel als Ballast ausgelegt waren. Als er den Kopf einziehen musste, ahnte Paulus, dass er sich nun unter dem hinteren Kastell befand. Hier waren ebenfalls Säcke untergebracht, aber auch einige Gerätschaften aus Holz. Paulus versuchte, sich durch Tasten eine Ahnung davon zu verschaffen, welchem Zweck sie dienen mochten. Aber die seltsame Konstruktion der Geräte erschloss sich ihm nicht.

Dann fühlte er feines Tuch. Er zog es ein Stück ins Licht und erkannte es sofort. Es war der Stoff der Sänfte. Zwei große Stangen lagen ebenfalls da, auch das Kastengehäuse, jedoch zusammengeklappt. Die prächtige Sänfte war nicht mehr als ein billig zusammengezimmertes Holzgebilde. Oder hatten die Herren von Madras wegen der langen Reise eine besonders platzsparende Anfertigung bauen müssen?

Paulus wollte sein Glück nicht herausfordern und trat den Rückzug an. Er hatte genug gesehen. Dieses Schiff war nicht das, was es vorgab zu sein, zumindest kein Schiff von frommen und großzügigen Pilgern. Flink und leise kletterte er die Leiter wieder hoch, kroch durch die Luke und –

– sah den Umriss eines Hünen, der breitbeinig über ihm stand.

Nox.

»Na, sieh mal einer an, wer uns besucht. Da hätte ich mir ja all die weiten Wege sparen können.«

Mit einer seiner Pranken packte er Paulus am Kragen und zog ihn unsanft das letzte Stück hoch aufs Deck.

»Und? Etwas Interessantes gefunden?«

Nox schlang seine andere Hand um Paulus' Hals und drückte zu. Es war ein Gefühl, als würde sein Kehlkopf gleich zerquetscht. Paulus wollte schreien, doch er bekam keinen Laut heraus.

»So schweigsam? Das liegt bei euch wohl in der Familie. Aus euch ist kein vernünftiges Wort herauszubringen.«

Nox wirbelte Paulus durch die Luft wie einen Lappen und warf ihn auf den Rücken. Krachend donnerte er aufs Deck und spürte schmerzhaft die Luke unter seinem Rücken. Der Riese schwang sich über ihn und presste seine Knie auf Paulus' Oberarme. An seine Waffe konnte er so nicht gelangen. Unter Deck waren Stimmen zu hören. Die Besatzung war geweckt.

»Mut hast du, das muss ich dir lassen. Oder sagen wir lieber, Übermut. Diese Torheit wird dich dein Leben kosten.«

Noch immer drückte eine Hand fest gegen Paulus' Hals. Als Nox in sein Gewand griff, um einen Panzerbrecher hervorzuziehen, wollte Paulus schon die Augen schließen und bereitwillig den Tod empfangen. Doch dann sah er hinter Nox eine Gestalt, die sich schnell bewegte. Nox gab ein Ächzen von sich und kippte vornüber. Der Panzerbrecher kullerte über die Planken.

»Mist, falsche Seite.« Jenne stand an Deck und schaute das Beil in ihrer Faust an. »Ich hab das stumpfe Ende erwischt.«

Paulus versuchte, sich unter dem massigen Körper hervorzuquälen. Doch Nox war nicht bewusstlos, nur benommen. Schnell hatte er seine Sinne wieder beisammen und war auf den Füßen.

»Schlag zu!«, rief Paulus, der bereits wieder Nox' Schuh auf seiner Brust spürte und zu Boden gepresst wurde. Auch von unten bekam er Druck. Einer der Schiffsleute versuchte, an Deck zu kommen, doch Paulus lag genau auf der Luke.

Jenne hob die Hand mit dem Beil, aber Nox packte ruppig ihr Handgelenk. Sie verzog vor Schmerz das Gesicht.

»Noch mehr Besuch? Wie nett von dir, die kleine Hure mitzubringen. Das könnte ja doch noch eine angenehme Nacht werden.« Nox wandte sich zu Paulus um, der unter seinem Fuß zappelte, und hielt dabei Jennes Hand mit dem Beil weiter in seinem eisernen Griff über dem Kopf. »Deine Mutter war so gar nicht nach meinem Geschmack. Ich war daher so frei, ihr das Licht ein wenig schneller auszublasen als deinen beiden Brüdern.«

In Paulus krampfte sich alles zusammen. Nicht auch noch seine Mutter. »Warum?«, schrie er. »Warum tust du mir das an? Was habe ich verbrochen?«

Nun war auch im Achterkastell Bewegung zu erkennen. Ein Kienspan warf Licht durch Bretterritzen.

»Warum? Einfach darum. Weil es mir gefällt. Weil ich einen Schuldigen brauchte. Aber du bist kein guter Schuldiger, denn du entkommst immer. Daher ist es an der Zeit, dass auch du verschwindest, bevor du mich in Gefahr bringst.«

»Nein«, sagte Jenne trocken. »Auch dieses Mal wird er entwischen.«

Nox lachte laut auf und warf den Kopf in den Nacken. »Und du verhilfst ihm zur Flucht, nicht wahr?«

»Die Strafe für deinen Hochmut folgt auf dem Fuße«, sagte Jenne. »Pass auf.«

Sie ließ das Beil los. Es fiel, und die Schneide bohrte sich in Nox' Fuß. Der Hüne stieß einen unmenschlich klingenden Schrei aus. Er sprang zur Seite und stürzte – das Beil fesselte Nox durch Schuh und Fuß hindurch ans Plankendeck.

»Schnell weg!«, rief Paulus.

Es war allerhöchste Zeit. Die Tür zum Achterkastell und die Luke in den Frachtraum wurden gleichzeitig aufgestoßen. Paulus packte Jenne an der Hand. Sie nahmen Anlauf und sprangen über die Bordwand in die pechschwarze Nacht. Hinter sich hörten sie Wut- und Schmerzensschreie.

»Dafür werdet ihr büßen«, brüllte Nox. »Hört ihr mich? Das bezahlt ihr mir mit eurem Leben.«

Paulus und Jenne schwammen Richtung Ufer und schoben die Esche vor sich her. Jenne drehte sich zum Schiff um. Sie hatten es schon ein gutes Stück hinter sich gelassen. Mit jedem Stoß ihrer Beine ins Wasser wuchs in ihr die Erleichterung.

»Du solltest doch in der Esche bleiben«, sagte Paulus.

»Ist das dein Dank? Ich habe dir das Leben gerettet, wieder einmal.«

»Es war gefährlich.«

»Aber richtig.«

»Mag sein. Sagtest du nicht, du könntest nicht schwimmen?«

»Wenn ich mich nicht an dir oder der Esche festhalten könnte, hätte ich ein Problem.«

»Verfolgen sie uns?«

Jenne wandte sich nochmals um. »Ich sehe nichts. Zu dunkel.«

Paulus strampelte kräftiger. »Ich muss raus aus dem Wasser.«

»Ich auch. Das ist verflucht kalt.«

»Das meine ich nicht. Hast du gehört, was er über meine Mutter gesagt hat?«

Das hatte sie. Jenne zweifelte nicht, dass Nox die Wahrheit gesagt hatte. Dennoch sagte sie: »Vielleicht hat er nur geflunkert. Weil er dich quälen wollte.«

»Vielleicht. Vielleicht auch nicht. Deshalb muss ich raus aus dem Wasser und hinüber ins Hurenhaus. Barthel ist fast ums Leben gekommen, Matthias ist möglicherweise tot und meine Mutter auch. Ich brauche Gewissheit.«

»Die Tore sind geschlossen.«

»Dann gleich morgen früh.«

»Du willst wirklich wieder durch die ganze Stadt laufen? Paulus, wenn sie tot ist, kannst du es nicht ändern.«

Sie erreichten die Hafenmauer und stiegen über eine Treppe aus dem Wasser. Noch auf den Stufen zog Jenne ihre trockenen Sachen über. Tropfnass saß Paulus auf dem Treppenabsatz und schwieg.

»Und was jetzt?«, fragte Jenne.

»Zurück zur Mühle«, gab Paulus tonlos zurück.

»Dann müssen wir am Schiff vorbei.«

»Na, und? Es ist stockduster. Außerdem rechnen sie wohl kaum damit, dass wir schon wieder so dreist sind, bei ihnen vorbeizuschauen.«

»Dann los«, sagte Jenne und zupfte sich ihre Kleider zurecht.

»Jenne?«

»Ja?«

»Zum ersten Mal in meinem Leben bin ich bereit, einen Menschen zu töten.«

Sie sah ihn an. »Das verstehe ich.«

»Noch was, Jenne.«

»Ja?«

»Eben auf dem Schiff, da warst du unglaublich gut.«

Das Schweigen füllte das Mühlhaus. Selbst Ulfs Mundwerk stand still. Ab und zu sahen sich Paulus und Barthel im Schein des Öllichts an, aber beide blickten dann gleich wieder zu Boden. Paulus hatte Nox' Worte über ihre Mutter übermittelt. Die Nachricht war für Barthel, der in der Nacht zuvor bereits seinen Vater verloren hatte, niederschmetternd. Mit den Händen rieb er sich unentwegt seine Stirn. Paulus wagte es nicht, Bärbel anzuschauen. Ihn plagte das schlechte Gewissen, obwohl er sich gar nichts hatte zuschulden kommen lassen.

»Hast … hast du irgendetwas herausgefunden?«, brachte Barthel mühsam hervor.

»Wir haben jetzt Gewissheit, dass Nox und die Herren von Madras zusammengehören. Dieses Schwein war über Nacht auf dem Schiff. Also gehört er dazu.«

»Noch mehr?«

»Ja. Da ist kein Pfeffer an Bord. Nur Pech und Reisig. Das ganze Schiff ist voll davon.«

»Pech und Reisig?«, fragte Bärbel. »Was haben die denn damit vor?«

»Ich habe keine Ahnung, was Nox und diese Herren im Schilde führen. Es ist jedenfalls nichts Gutes. Und irgendwie bin ich ihnen in die Quere gekommen. Ich werde auch nicht schlau daraus. Erst lenkt dieser Nox den Verdacht auf mich, und dann will er mich seinen Opfern hinterherschicken. Himmel, wir haben es mit einem übermächtigen und unberechenbaren Gegner zu tun. Wir werden den Kampf verlieren. Wenn ich nicht ohnehin am Galgen lande, wird Nox mir den Garaus machen.«

»Vielleicht geht es ja genau darum. Vielleicht sollst du einfach verschwinden, bevor du dich von den Anschuldigungen reinwaschen kannst«, sagte Bärbel. »Wenn du *jetzt* stirbst, dann stirbst du als Mörder.«

Jenne setzte sich neben Paulus auf den Boden. »Und was machen wir jetzt? Doch zum Hochgericht? Wir könnten sagen, dass das Schiff keinen Pfeffer geladen hat. Wenn die Schöffen es durchsuchen lassen, wird alles ans Licht kommen.«

»Das halte ich für keinen guten Einfall. Die Schöffen werden das Schiff eines edlen Spenders gewiss nicht stürmen lassen, vor allem, wenn ein gesuchter Mörder ihnen eine wirre Geschichte erzählt.«

»Irgendjemand *muss* uns doch Gehör schenken. Diese Männer haben drei Kaufleute auf dem Gewissen, sie bringen deine Familie um, sie führen die Stadtoberen hinters Licht, und sie scheinen ein fürchterliches Vorhaben in die Tat umsetzen zu wollen. Dagegen sollen wir machtlos sein?«

»Ganz machtlos sind wir nicht«, sagte Paulus, »aber es bleibt dabei – wir sind einzig auf uns gestellt. Oder besser gesagt, ich bin auf mich allein gestellt. Keiner von euch soll mich mehr begleiten, ich bringe euch nur in Gefahr. Im Morgengrauen kehre ich in die Stadt zurück. Noch habe ich den Vorteil, dass die Büttel meinen Namen nicht kennen. Jedenfalls hoffe ich, dass sie ihn noch nicht kennen.«

»Aber was willst du dort tun?«, fragte Barthel.

»Sich nach eurer Mutter erkundigen und wohl auch nach Matthias«, sagte Jenne.

Paulus nickte. »Nicht nur das.« Er stand auf und nestelte an seinem Gürtel. »Ich gehe als Erstes zum Münzmeister.«

»Zum Münzmeister?« Bärbel sah ihn überrascht an. »Warum denn das?«

»Das hier ist meine letzte Hoffnung«, sagte Paulus und zog eine Münze hervor, die er zwischen Daumen und Zeigefinger hielt. »Die Herren auf dem Schiff sind nicht das, was sie vorgeben zu sein. Um herauszufinden, was sie sind, müssen wir herausfinden, woher sie kommen. Vielleicht verrät uns das die Münze. Ich habe sie von Nox bekommen. Ein solches Geldstück habe ich noch nie gesehen. Der Münzmeister wird wohl wissen, wo es geschlagen wurde.«

»Das beweist nichts.« Jenne stand ebenfalls auf. »Du hast gesagt, Nox käme aus den niederen Landen. Wenn dies eine Münze aus seiner Heimat ist, seine Herren aber aus einer ganz anderen Gegend stammen, bist du keinen Schritt weiter.«

»Das lässt sich leicht herausfinden«, wandte Barthel mit matter Stimme ein. Auch er hielt eine Münze hoch. »Das ist die Münze, die ich auf dem Kai aufgesammelt habe.«

Er schnippte das Geldstück Paulus zu, der es auffing und mit ihm zur Öllampe ging. Aufmerksam drehte und wendete er die beiden Münzen im Licht. Beide zeigten auf der Vorderseite ein Kreuz mit einer umlaufenden Schrift und auf der Rückseite einen sitzenden Mann mit Heiligenschein und Bischofsstab, der die Hand zum Segen gehoben hielt.

»Sie sind beide gleich.«

Henner schreckte aus dem Schlaf und stieß sich die Stirn an dem Balken über seinem Lager. Was war er doch für ein Trottel! Nicht nur, weil er noch immer in dieser viel zu niedrigen Ecke der Kammer unter dem Dach schlief, sondern auch, weil er jetzt erst bemerkte, dass die morgendlichen Schläge gegen die Schädeldecke sein Denkvermögen beeinträchtigten. Die vierhundert Silbermark waren doch zum Greifen nah!

Alle Turmwächter und alle Büttel suchten nach Paulus dem Apostel, und er, Henner, beherbergte Paulus' Mutter. Warum nur war er nicht gleich darauf gekommen? Wenn jemand wusste, wo Paulus steckte, dann Irmel. Er musste sie lediglich den Bütteln ausliefern.

Henner sprang auf, schlug sein Wasser in einen Nachttopf ab und ärgerte sich über das lästig lange Nachtröpfeln. Dann zog er sich an und wollte sich gleich auf den Weg machen. Zur Sicherheit warf er noch einen Blick in Irmels Kammer. In der Dunkelheit konnte er nur ihren mageren Körper unter der Decke erkennen. Er schüttelte den Kopf. Wann war es der klapprigen Stute mal gelungen, einen Gast über Nacht in ihrem Bett zu halten?

Das war nun die beste Gelegenheit, sich vom ältesten Gaul im Stall zu trennen. Die Schindmähre wollte ohnehin keiner mehr besteigen. Henner kletterte die Stiege hinunter und verließ sein Hurenhaus.

Im Domhof hatten sich die ersten Schaulustigen lange vor Sonnenaufgang eingefunden. Es galt, die besten Plätze zu sichern. Als die ferne Morgensonne einen roten Kranz an den Himmel warf, war der Hof bereits mit Menschen gefüllt. Priester des Domkapitels lasen Morgenmessen auf dem Platz. Auch in den umliegenden Gassen, die einen freien Blick auf den Marienchor boten, drängten sich Zuschauer. Rheinfischer und Fährleute hatten ihre Schiffe und Boote auf den Rhein hinausgefahren, vor Anker oder an die Mühlenschiffe gelegt und boten dort gut zahlenden Gästen einen ganzen Tag lang den besten Ausblick auf den hoch auf dem Hügel liegenden Dom.

Köln wartete auf den Abbruch des Ostchores.

Gerhard schwitzte bereits, dabei zeigte sich die Sonne erst zaghaft jenseits des Rheins. Es würde wieder ein heißer Tag werden, viel zu heiß für die Jahreszeit. Der Dombaumeister sehnte ein reinigendes Wärmegewitter herbei, jedoch nur nicht heute. Regen und Wind konnte er an diesem Tag nicht gebrauchen.

Er trieb seine Männer dazu an, die Fläche rund um den Marienchor zu räumen. Immer wieder versuchten Neugierige, viel zu nah an den Dom heranzukommen. Einer seiner Steinmetze musste einen Dreikäsehoch, der sich bis zu den Stollen gemogelt hatte, am Ohr packen und den Jungen unsanft wegziehen.

Die Tribüne füllte sich. Die Männer des Domkapitels waren zu einem großen Teil bereits versammelt, auch viele Patrizier hatten ihre Plätze schon eingenommen, doch fehlten noch die Herren von Madras und der Erzbischof. Erst wenn Konrad von Hochstaden das Zeichen gab, würden die Fackeln an das Reisig gehalten und die Stollen unter dem Ostchor zum Einsturz gebracht werden.

»Wach auf, nun wach doch endlich auf!«

Jemand schüttelte seine Schultern. Konstantin brauchte eine Weile, bis er sich orientiert hatte. Jemand war in seiner Kammer. Er blickte in ein bekanntes Gesicht mit einer seltsam gewölbten rechten Augenbraue. Roland.

»Ich dachte schon, du wärest tot. Aber dafür hast du zu laut geschnarcht.«

Konstantin setzte sich auf und rieb sich die Augen. »Ich habe mich doch gerade erst hingelegt.«

»Nicht ganz. Ein paar Stunden Schlaf waren dir vergönnt.«

»Und warum gönnst du mir nicht mehr? Was ist los?«

»Helfen will ich dir, aber deine Aufgabe nehme ich dir deshalb nicht ab.«

Konstantin blies die Wangen auf. Was wollten nur alle von ihm? Und warum respektierte niemand die geschlossenen Türen in seinem Haus?

»Was ist denn meine Aufgabe? Ich dachte, du wolltest dich am Morgen um alles Nötige kümmern.«

Ein Lächeln verbreiterte Rolands Gesicht. »Deine Aufgabe? Deine Aufgabe ist es, Paulus den Apostel zu fassen. Der Hurenwirt scheint nun wirklich nicht die hellste Leuchte zu sein, doch immerhin hat er dieses Mal ein paar Stunden weniger benötigt, um sich an eine weitere nicht unerhebliche Kleinigkeit zu erinnern. Sein feines Haus beherbergt Paulus' Mutter. Der Junge hat sie nach den Morden an den Patriziern aufgesucht.«

Konstantin sprang auf. Endlich gab es eine heiße Spur. Wenn jemand wusste, wo Paulus war, dann doch wohl seine Mutter. »Wir müssen zu ihr.«

Paulus wählte das Salzgassentor. Es war genug Volk auf den Beinen, um unerkannt in der Menge mitschwimmen zu können. Kurz bevor er durch den Torbogen trat, zuckte er zusammen. Die Wächter befragten die Menschen, die in die Stadt oder hinauswollten. Nicht alle wurden angehalten, doch weit mehr als sonst üblich. Paulus gab sich einen Ruck und ging weiter, bevor sein Verhalten auffallen konnte. Er hielt den Kopf gesenkt.

»He, du!«

Paulus wusste genau, dass er angesprochen wurde. Er tat, als hätte er nichts gehört. Wenigstens bis in den Torbogen wollte er es schaffen, raus aus dem Licht der Morgensonne.

»He, du! Bleib stehen, Mann!«

Geschafft. Paulus gab sich überrascht. »Ich?«

»Wer sonst, der Papst? Woher kommst du, wohin willst du?« Der Torwächter war ein schlanker und hochgewachsener Mann. Er sah Paulus streng an.

»Wo ich hinwill? Das fragt Ihr an solch einem Tag? Na dorthin, wo jeder hier wohl hinwill. Zum Dom. Das wird ein rechtes Fest, wenn die alte Hütte fällt.«

»Bist du Kölner?«

Paulus zögerte. Es gab keinen Grund, das zu leugnen. »Ja.«

»Wo verdienst du dein Brot?«

»Hier im Hafen.«

»Kennst du einen Paulus, den man den Apostel nennt?«

Paulus wurde es ganz heiß. Man war ihm auf die Spur gekommen. »Nein«, sagte er mit zittriger Stimme. »Warum?«

»Weil jemand ihn sprechen möchte, darum. Auch er soll hier im Hafen arbeiten. Bist du dir sicher?«

»Ganz sicher.«

Der Turmwächter kniff die Augen zusammen und trat einen Schritt näher. »Warum so unruhig?«

Paulus setzte unwillkürlich einen Fuß zurück. »Es ist nichts, wirklich nichts.«

Im nächsten Augenblick war der Bewaffnete bei ihm und legte eine Hand auf seine Schulter. »Na, dann können wir uns ja in Ruhe im Turm weiter unterhalten, nicht wahr?«

»Er hat anderes im Kopf«, sagte unvermittelt eine Stimme, die Paulus inzwischen nur zu gut kannte. Jenne trat zu ihnen und zwinkerte dem Turmwächter schelmisch zu. »Vorige Nacht hat er auf dem Werthchen etwas verloren, das er nicht wiederhaben will.«

Der Mann wandte sich sogleich Jenne zu. »Was kann das sein?«

»Ratet. Er hat es bei mir verloren.«

Verstohlen sah sich der Turmwächter um und beugte sich dann zu ihr vor. »Er hat es doch wohl nicht an deinem geheimen Ort verloren?«

Jenne kicherte. »Doch, das hat er. Und heute Abend wird er bestimmt noch einmal nachschauen wollen.«

Sie nahm Paulus bei der Hand und zog ihn weiter. Den Turmwächter hörten sie hinter sich lauthals lachen. Im Gleichschritt eilten sie durch die Salzgasse Richtung Heumarkt.

»Für den Fall, dass du dich doch noch an Paulus den Apostel erinnerst«, rief ihnen der Turmwächter hinterher. »Auf seinen Kopf sind vierhundert Silbermark ausgesetzt.«

Sie blieben nicht stehen, aber sie sahen sich vielsagend an.

»Jemand muss mich verraten haben«, flüsterte Paulus. Eine Reihe von Namen ging ihm durch den Kopf. Henner. Seine Mutter Irmel. Angela. Nein, nicht Angela. Oder doch?

»Ich hätte da jemanden in Verdacht«, sagte Jenne.

»Ich weiß. Aber lassen wir das jetzt. Wir müssen uns sputen. Mir bleibt nicht mehr viel Zeit. Irgendwann werden sie mich erwischen. Das kann ich nicht mehr lange durchhalten. Wenn sie mich verhören, muss ich irgendetwas Handfestes zu berichten wissen, sonst baumele ich schneller am Galgen, als meiner Mutter lieb sein kann.« Er sah zu Jenne hinüber. »Hast du gehört, was der Turmwächter gesagt hat?«

Sie nickte. »Vierhundert Silbermark.«

»Wirst du mich ausliefern?«

»Wenn ich das wollte, hätte ich eben doch die beste Gelegenheit gehabt.«

Da musste Paulus ihr zustimmen. »Warum bist du eigentlich schon wieder genau im richtigen Moment an meiner Seite aufgetaucht?«

»Nun fang bloß nicht an zu meckern.«

»Nein, mache ich nicht. Ich muss mich bedanken. Wieder einmal. Aber was zum Teufel machst du hier? Ich wollte das doch jetzt allein durchziehen.«

»Für Ulf war das alles zu viel. Er ist kurz nach dir aufgebrochen, weil er wegwollte von der Mühle. Ich hab mich einfach mit zu ihm in die Esche gesetzt. Untätig herumsitzen kann ich schlecht.«

Sie erreichten den Heumarkt. Gaukler, Tänzer, Sänger und Verkäufer von Naschwerk gaben sich redlich, aber vergebens Mühe, die Menschen für den Jahrmarkt zu begeistern. Was an Volk auf den Beinen war, bewegte sich auf den Domhof zu. Alle wollten dabei sein, wenn der Marienchor zusammenstürzte. Ein solches Schauspiel bekamen nur wenige Menschen in ihrem Leben zu sehen.

Paulus und Jenne mussten gegen den Strom ankämpfen und hielten auf das kleine Haus zu, das im Übergang zwischen Heumarkt und Alter Markt stand. Der Erzbischof hatte seine Münzpräge am denkbar besten Ort erbaut, mitten an dem größten Handelsplatz nördlich der Alpen.

Sie betraten den Bau und fragten nach dem Münzmeister, der sich jedoch ebenfalls im Domhof befand. Der alte Mann, der sie empfing, stellte sich als Balthasar, der Gehilfe des Münzmeisters, vor.

Paulus kam gleich zur Sache und reichte ihm eines der beiden Geldstücke. »Könnt Ihr uns etwas über diese Münze sagen?«

Balthasar hielt sie ins Licht und hob eine Augenbraue. Über seine Lippen ging ein anerkennender Pfiff. »Woher habt ihr denn die?«

»Ihr kennt die Münze?«

»Zumindest kenne ich diese Art von Münzen. Noch recht neu.«

»Aus Indien?«

Balthasar gab sich keine Mühe, seine Belustigung zu verbergen. »Indien? Wie kommst du denn darauf?«

»Nur so. Was wisst Ihr über die Münze?«

»Das ist ein Groschen.«

»Ja, sicher, aber was für ein Groschen?«

Balthasar hob die Hand und bedeutete Paulus, sich zu gedulden. »Eigentlich ein *grossus denarius*, ein dicker Denar. Ein Groschen hat den Wert von mehreren Denaren. Wo der Denar an Wert verloren hat, lässt man solche Groschen prägen. Dieser hier ist auch noch in einer anderen Hinsicht neuartig, und ich habe wirklich noch nicht viele dieser Art gesehen. Schaut her.« Balthasar zeigte die Seite mit dem Kreuz. »Seit den Zeiten Karls des Großen werden die Denare im Reich nach dem gleichen Muster geschlagen. Die Vorderseite zeigt ein Kreuz, genau wie diese hier, die Rückseite zeigt eine Kirche. Bei diesem Groschen aber«, er wendete die Münze und deutete auf das Bild, »ist die Rückseite anders gestaltet. Hier seht ihr einen Bischof. Der umlaufende Schriftzug verrät uns seinen Namen und damit auch die Herkunft der Münze.«

Jenne und Paulus sahen Balthasar erwartungsvoll an. »Nun sagt schon!«

»Der Name des Bischofs lautet Ambrosius.«

Wenn es etwas gab, womit Paulus sich auskannte, dann waren es die Heiligen. Als Patron der Krämer, Imker, Wachszieher und Honigkuchenbäcker gehörte Ambrosius zwar nicht zu den Heiligen, die er regelmäßig anrief, doch lag der Gedenktag des Bischofs, der vierte Tag im April, noch nicht allzu lange zurück. Erbsen säe Ambrosius, so tragen sie reich und geben Mus, sagten die Bauern. Paulus wusste genau, wo der Heilige vor vielen hundert Jahren gewirkt hatte.

»Mailand«, sagte er.

Balthasar nickte. »Genau. Mailand. Nicht Indien.«

Paulus und Jenne hasteten über das Pflaster der Straße Unter Spornmacher. Es war nicht mehr weit bis zu Henners Hurenhaus.

»Mailand? Was bedeutet das?«, fragte Jenne.

Paulus sah zu ihr hinüber. »Zumindest bedeutet es, dass die Herren von Madras nicht aus Indien kommen, sondern einen weit kürzeren Weg hinter sich haben. Täuscher sind es, Blender und Betrüger. Die Münzen sind der letzte Beweis.«

»Aber was wollen sie in Köln? Warum lassen sie Kaufleute umbringen? Warum haben sie Reisig und Pech an Bord?«

»Weiß der Kuckuck, was sie in Köln wollen. Irgendetwas Großes, irgendetwas Hinterhältiges jedenfalls. Ich weiß nur eines – wenn ich mein Leben retten will, muss ich sie aufhalten.«

Ein Knall ließ die beiden zusammenschrecken. Doch war es nur ein Gürtelmacher, der in seiner zur Straße offenen Werkstatt ein langes Lederstück prüfte und es wie eine Peitsche schlug.

»Ich habe gehört, Köln lag früher mit den Städten im Norden Italiens im Krieg.«

»Nicht nur Köln«, sagte Paulus. »Kaiser Barbarossa hat gegen die norditalienschen Städte Krieg geführt und damit das ganze Reich. Der Rotbart war es auch, der Köln die Heiligen Drei Könige geschenkt hat.« Er blieb unvermittelt stehen und schlug sich mit der flachen Hand auf die Stirn, dass es beinahe so laut knallte wie das Leder des Gürtelmachers.

»Das wird es sein!«, rief er aus und drehte sich Jenne zu. »Was ist das Wertvollste, das die Stadt besitzt?«

Sie brauchte nicht lange zu überlegen. »Die Heiligen Drei Könige und der Schrein.«

»Na, und woher stammen die Gebeine?«

Jedes Kind in Köln wusste das. »Mailand.«

»Deshalb sind sie hier.« Paulus setzte seinen Weg fort. Sie bogen nach links ab, in Richtung der Kupfergasse und des Hurenhauses. »Sie wollen uns den Schrein der Heiligen Drei Könige und noch dazu die Gebeine stehlen. Sie wollen sie heimholen. Heim nach Mailand.«

Jenne folgte ihm auf dem Fuß. »Das glaubst du doch selbst nicht.

Dafür braucht es ein Heer. Meinst du nicht, die Mailänder würden eher mit ihren Rittern vor den Stadttoren auftauchen?«

»Wohl kaum. Auch in Italien dürfte sich herumgesprochen haben, welche Mauer unsere Stadt umgibt. Das Heer will ich sehen, das uns besiegt.«

Sie kamen durch die Kupfergasse in die Schwalbengasse und erreichten Henners Hurenhaus. Vor der Tür blieb Paulus stehen. Er sah hoch zur Fachwerkwand, hinter der sich die Kammer seiner Mutter befand.

»Es wird alles gut sein«, sagte er mehr zu sich selbst denn zu Jenne. »Wenn Nox sie umgebracht hätte, wäre es hier nicht so friedlich.«

»Das werden wir gleich wissen. Geh schnell hinein. Ich bleibe vor dem Haus und warte. Wegen Henner. Du weißt schon.«

Paulus nickte und trat durch die Tür. Der Schankraum war verlassen. Er stürmte die Stiege hinauf und blieb vor der Tür zur Kammer seiner Mutter stehen. Sie war offen.

»Welch eine Schweinerei«, hörte er jemanden sagen.

»Ja, schlimmer als bei den Kaufleuten«, antwortete ein anderer Mann, dessen Stimme älter klang. »Die gleiche Waffe, aber dieses Mal hat er sie nicht einfach nur zum Abstechen, sondern erst einmal zum Foltern benutzt.«

»Was für eine Bestie bringt erst drei Kaufleute und dann seine eigene Mutter derart um? Das ergibt doch alles keinen Sinn.«

Paulus zog den Kopf unter dem niedrigen Türsturz ein und betrat die Kammer. Die beiden Männer, deren Stimmen er gehört hatte, knieten vor dem Lager seiner Mutter. Beide schauten unter die Decke, die der Jüngere hochhielt. Paulus konnte nicht sehen, was Nox seiner Mutter angetan hatte. Er wollte es auch nicht. Er war wie gelähmt.

»Da! Da ist er!« Paulus hörte Henners Stimme wie durch dickes Tuch. Der Hurenwirt stand hinter den beiden Männern. »Ich habe Euch doch gesagt, wenn Ihr seine Mutter habt, habt Ihr auch ihn. Ich habe ihn zuerst gesehen. Die Belohnung gehört mir.«

Es war vorbei. Paulus wusste es. Das sagte ihm sein Kopf. Aber was in seinem Kopf geschah, war bedeutungslos. Sein Herz setzte aus, sein Magen verkrampfte sich, sein Brustkorb schien von Stricken zusammengeschnürt zu werden. Paulus glaubte ins Nichts zu stürzen, ohne Hoffnung, den Fall aufzufangen. All seine Wünsche nach einem guten Ausgang des Abenteuers hatten in dieser Kammer ein blutiges Ende gefunden.

Willenlos, wehrlos, so ließ er sich festnehmen. Als sie bei ihm den Panzerbrecher fanden, stand für die Büttel fest, wer die Morde begangen hatte.

Gerhard richtete den Blick gen Himmel. Kaum ein Lüftchen rührte sich, unerbittlich brannte die Sonne in den Domhof. Es war heiß, wie in den vergangenen Tagen. In der Ferne, jenseits des Flusses, verdunkelte sich der Himmel. Heute würde die Hitze ein Ende finden. Ein Gewitter lag in der Luft. Gerhard hoffte inständig, Sturm und Regen blieben auf der anderen Seite des Rheins.

Er befeuchtete einen Finger und prüfte den Wind. Schwach war er und kam aus Westen, wie meist. Das beruhigte den Baumeister. Die leichte Brise würde die pechschwarzen Wolken fernhalten. Hauptsache, der Wind frischte nicht auf und drehte sich nicht. Starker Regen konnte das Feuer löschen, bevor die Tunnel vollständig eingestürzt waren – eine Katastrophe, denn die verbliebenen Hohlräume bargen Gefahren. Gerhard würde keine Helfer finden, um unter dem schwankenden Dom neue Gänge zu graben.

Er trieb seine Männer zur Eile an. Die Eingänge der Stollen sollten so bald als möglich mit Reisig und Zunder gefüllt und in Brand gesetzt werden. Gerhard sah auf den Fluss hinaus. Jenseits des anderen Rheinufers sammelten sich die Gewitterwolken.

Auf feuchtem Stroh kam Paulus wieder zur Besinnung. Er war allein, in einer dunklen Zelle. Schmerzhaft kehrte die Erinnerung zurück. Sie hatten ihn in die Hacht gebracht, das Gefängnis des Erzbischofs, gleich am Palast. Es war das Verlies für Mörder und Totschläger, jener Kölner Kerker, den ein Häftling nur verließ, um vom Henker gegen den Blauen Stein gestoßen zu werden, den Stein vor dem Hochgericht, der das Urteil bestätigte.

An den Weg vom Hurenhaus zur Hacht konnte sich Paulus nur verschwommen erinnern. Schläge, Fesseln und Fragen, so viele Fragen. Keine hatte er beantwortet. War er in Ohnmacht gefallen? Hatten sie ihn bewusstlos geschlagen? Paulus wusste es nicht. Seine Gedanken begannen zu kreisen.

Matthias? Tot.

Seine Mutter? Tot.

Barthel? Schwer verletzt.

Angela? Sie hatte ihn vielleicht verraten.

Jenne? Wo war Jenne, seine ewige Retterin? Alles war verloren. Nox hatte gewonnen.

Wie Wellen wogten Geräusche an sein Ohr, anschwellend, bis der Lärm ihn dauerhaft bestürmte. Stimmen. Viele Stimmen, wie von einer großen Menschenmenge. Paulus stand auf. Er trat an die gegenüberliegende Zellenwand, die aus groben Steinen gemauert war. In Kopfhöhe war eine kleine Öffnung im Mauerwerk eingelassen, gerade groß genug, dass Paulus einen Arm durchstecken konnte. Sie eröffnete den Blick auf den Domhof. Der Platz war voller Menschen. Rechter Hand, mit bestem Blick auf den Ostchor und seine drei Türme, war eine Tribüne aufgebaut. Heute war der große Tag, der Auftakt zum Dombau. Immer mehr Menschen drängten von beiden Seiten auf den Domhof, von links durch die Hachtpforte, von rechts durch die Drachenpforte.

Mit einem Mal ging ein Raunen durch die Masse. Die Köpfe wendeten sich zur Drachenpforte, die Menschen reckten ihre Hälse. Paulus konnte zunächst nicht sehen, was die Aufmerksamkeit der Leute erregt hatte, bald aber tauchten vor der Holztribüne die Herren von Madras auf. Die beiden jungen Männer gingen mit dem Löwen vorneweg, die Mohren folgten mit der Sänfte. Der Zug glitt durch die Menge wie die Israeliten durch die Wellen des Roten Meeres – die Menschen wichen ehrfürchtig zurück.

»Blender und Täuscher«, entfuhr es Paulus. »Ihr macht es euch auf den besten Plätzen gemütlich, und auf mich wartet der Henker. Was führt ihr im Schilde? Was soll das Possenspiel?«

Er dachte an seine eigenen Worte. *Die Mailänder wollen die Heiligen Drei Könige heimholen.*

Die Heiligen Drei Könige? Wo waren sie?

Die Mitte der Kathedrale war gähnend leer gewesen, als Paulus mit Jenne durch den Dom geflohen war. Zunächst war es ihm gar nicht aufgefallen, denn auf der Flucht hatte er weiß Gott anderes im Kopf gehabt. Und doch war ihm die Leere des Doms irgendwo in seinem Hinterkopf in Erinnerung geblieben – der Schrein mit den Gebeinen war nicht an seinem angestammten Platz gewesen.

Das musste es sein, genau darauf mussten die Mailänder es abgesehen haben. Während der nächsten Stunden war die Aufmerksamkeit aller Menschen in der Stadt nur auf eines gerichtet – die brennenden Stollen unterhalb des Ostchores und die dann einstürzenden Mauern. Der Schrein war von seinem öffentlichen Platz entfernt worden, weg aus den Augen der Kölner, an einen vermeintlich sicheren Ort. An einen Ort, wo mit Gewissheit niemand ernsthaft mit einem Überfall rechnen würde.

Das passte zur Vorgehensweise der Mailänder. Ablenkung war ihre Taktik. Sie warfen Münzen ins Volk, stellten einen Löwen zur Schau, kündigten eine großzügige Pfefferspende an, sorgten mit einer Sänfte und ihren schwarzen Trägern für Staunen. Alles nur, um von ihrem wahren Vorhaben abzulenken. Vom Diebstahl des Dreikönigenschreins.

Wo steckte Nox? Von ihm war draußen auf dem Domplatz nichts zu sehen. Hatte Jenne ihn so schwer mit dem Beil verletzt, dass er außer Gefecht war? Oder war es Nox' Aufgabe, sich des Schreins zu bemächtigen?

Wieder wanderte ein Raunen über den Domhof. Bruno von Madras entstieg mit Hilfe der beiden jungen Männer seiner Sänfte. Zum ersten Mal sah die Menge den mysteriösen Mann aus dem Morgenland, der reicher zu sein schien als alle Kölner Pfeffersäcke zusammen. Bruno hob die Hand zum Gruß und ließ sich dann auf die Tribüne geleiten.

Paulus fasste sich an den Kopf. Es war zum Verrücktwerden. Er war der Einzige, der die Maskerade durchschaute, saß aber hinter Schloss und Riegel und musste dabei zusehen, wie ganz Köln dem Betrüger huldigte. Das durfte nicht sein. Er musste die Mailänder und Nox aufhalten. Er musste ihnen in die Suppe spucken. Nur so konnte er sich noch rächen für das, was sie ihm angetan hatten.

Paulus wandte sich zur Tür um und trommelte mit beiden Fäusten gegen das Holz. »Heda, holt den Büttel, schnell, ich habe etwas mitzuteilen!«

Lange musste Paulus schreien, bis er endlich Schritte auf dem Gang hörte. Die beiden Männer, die die Leiche seiner Mutter untersucht hatten, betraten seine Zelle.

Paulus erzählte. Hastig, nein, überhastet. Aus ihm sprudelte alles heraus, was ihm gerade durch den Kopf schoss, über Nox und die Morde an Gir, Mummersloch und Quatermart, über die Wahrsagerin Kassandra, über ein Schiff ohne Pfeffer, über Pech und Reisig an Bord, über den Mailänder Groschen, über die Gefahr, die den Dreikönigsgebeinen drohte, über den vermutlich bevorstehenden Schreinsraub, über die beiden anderen Apostel, seine Mutter und Jenne, über Angela, selbst über Henner und Jax. Immer wieder ging er zum Guckloch und zeigte hinaus auf den Domhof, beschwor seine Anschuldigungen gegen Nox und die Männer, die er für Mailänder hielt. Immer wieder beteuerte er seine Unschuld.

Am Ende seines Berichts angekommen, bemerkte Paulus, wie sich die beiden Büttel ansahen. Sie glaubten ihm nicht. Das erkannte er sofort. Wie auch? Er hatte wirres Zeug geredet. Spinnereien eines Mannes, der versuchte, sich vor dem Galgen zu retten. Eines Mannes, der nicht klar bei Verstand war. Eines Mörders, der seine eigene Mutter abgeschlachtet hatte.

»Ich stimme Euch zu«, flüsterte Paulus dann kraftlos, obwohl die Büttel noch gar nichts gesagt hatten. »Das klingt nach ausgemachtem Unsinn. Aber es ist die Wahrheit.«

»Wärest du bereit, dich einem Gottesurteil zu unterziehen?«, fragte Konstantin.

Paulus schluckte. Er hatte noch kein solches Verfahren erlebt, aber doch davon gehört. Eine Wasser- oder Feuerprobe galt als letztes Mittel, um die Wahrheit zu ermitteln. Bei einer Wasserprobe musste der Beschuldigte entweder mit dem nackten Arm einen Ring aus siedend heißem Wasser fischen und nachweisen, dass sein Fleisch heilte und sich nicht entzündete. Oder aber er wurde gefesselt im Rhein versenkt – nur wenn er unterging, war seine Unschuld bewiesen. Die Feuerprobe war ähnlich hart. Der Angeklagte hatte ein glühendes Eisen mehrere Schritte weit zu tragen. Auch hier musste das Fleisch heilen und durfte sich nicht entzünden. Diese Gottesurteile waren so selten, wie sie umstritten waren. Kaiser Friedrich selbst, so hatte Paulus gehört, lehnte die Gottesurteile ab, weil sie seiner Ansicht nach fehlerhaft seien.

»Da ich die Wahrheit sage, habe ich nichts zu befürchten. Ja, ich stelle mich jeder Probe, die Ihr für mich auswählt.«

Erzbischof Konrad von Hochstaden und die drei Herren von Madras begrüßten sich mit aller gebotenen Höflichkeit. Sie tauschten Floskeln aus, bedachten sich mit Komplimenten und bewahrten formvollendet Haltung. Zu dem Löwen, den der schmächtige Mann mit Namen Guido an der Kette führte, hielt der Erzbischof respektvoll Abstand.

»Ihr müsst eine weite Reise hinter Euch haben«, sagte Konrad und bat seine Gäste mit einer Handbewegung, auf der Tribüne Platz zu nehmen. Bruno und Otto folgten seiner Einladung, Guido blieb mit dem Löwen am Fuß des Holzgerüstes.

Mühsam ließ Bruno sich auf einen Sitzplatz sinken. Die Hilfe, die Otto ihm anbot, lehnte er ab. »Drei Jahre und drei Tage sind wir unterwegs – und glücklich, doch noch rechtzeitig vor dem Abbruch dieser wundervollen Kirche eingetroffen zu sein«, erwiderte er.

Konrad setzte sich neben Bruno. Sein Blick fiel auf mehrere Männer des Dombaumeisters, die sich vom Marienchor zurückzogen. Nur Gerhard und einige Werkmeister, die Fackeln in der Hand hielten, blieben zurück. Sie waren bereit. »Sie wird einem noch wundervolleren Bau weichen. Die Kirche, die wir errichten wollen, wird ein Wunderwerk.«

»Das wird sie gewiss, Eminenz. Was gäbe ich darum, sie vollendet zu sehen. Doch schaut mich an. Ich werde vielleicht gar nicht einmal die Grundsteinlegung erleben.« Als Konrad zum Trost die Hand auf seinen Unterarm legte, zog Bruno ihn zurück. Er stöhnte leise, als er sich auf seinem Platz zurechtsetzte. Er schien keine bequeme Position zu finden.

»Ihr seid ein großzügiger und gerechter Mann, Bruno von Madras. Der Herr wird Euch einen Blick auf unser Gotteshaus gewähren. Dessen bin ich mir sicher.« Konrad räusperte sich. »Ihr sprecht unsere Sprache ganz ausgezeichnet.«

Bruno deutete eine Verbeugung an. »Ich danke Euch, Eminenz, doch das Lob gebührt Kaufleuten und Pilgern, schlicht allen Reisenden, die den weiten Weg in unser Land gefunden haben. Weil mein Sehnen von jeher danach trachtete, die Grablege der Heiligen Drei Könige aufzusuchen, habe ich begierig ihre Worte aufgesogen, bis ich in Eurer Zunge sprechen konnte.«

»Und das Lateinische beherrscht Ihr auch?«

»Von Kindesbeinen an.«

»Dann darf ich Euch mit Stolz verraten, wie die Kölner schon seit einiger Zeit den Dom nennen, der hier entstehen wird – Summum.«

»Summum – das Höchste?«, gab Bruno zurück.

Konrad nickte. »Das Höchste. So ist es.« Er wandte den Blick wieder Gerhard und dem Dom zu. Gleich würde er das Signal geben.

Konstantin und Roland blieben auf dem Gang. Konstantin stemmte die Hände in die Hüften und schüttelte den Kopf. »Was hältst du von der Geschichte?«

In Rolands Gesicht wölbten sich nun beide Augenbrauen. »Sie ist verrückt.«

»Verrückt, ja. Aber doch zu verrückt, um erfunden zu sein.«

»Jedenfalls ist sie trotz ihrer Verrücktheit stimmig. Das muss man dem Jungen lassen. Und er wäre bereit, sich einem Gottesurteil zu unterziehen. Er meint es ernst.«

Konstantin wedelte mit dem Zeigefinger. »Nein, ganz stimmig ist sie nicht. Ein paar Fragen bleiben offen. Warum sind Pech und Reisig an Bord des Schiffes?«

»Sagtest du nicht, auf der Dombaustelle sei Reisig gestohlen worden?«

»Das Schiff ist doch erst gestern spät am Abend angekommen. Die Diebstähle geschahen aber schon seit vielen Wochen. Und überhaupt – Reisig erhältst du günstig auf dem Holzmarkt. Das brauchen die Herren von Madras gewiss nicht stehlen zu lassen.« Konstantin schüttelte abermals den Kopf. »Nein, diese ganze Mailänder Geschichte stört mich.«

»Was meinst du?«

»Es ist fast hundert Jahre her, dass die Gebeine der drei Magier nach Köln gekommen sind …«

»Welch schöne Umschreibung für einen blutigen Beutezug.«

»Eine Ewigkeit also – und jetzt erst soll den Mailändern einfallen, wie sie die Reliquien zurückgewinnen können? Warum stehen sie nicht einfach mit einem Heer vor Köln?«

»Oh Einfalt der Jugend.« Roland verdrehte die Augen. »Weil sie dann gleich einen Krieg mit dem ganzen Reich in Kauf nehmen würden. Und wie hätten sie das Heer bis hierher marschieren lassen sollen? Der Kaiser hätte das doch niemals zugelassen.«

»Wie auch immer. Die Kriege von damals sind jedenfalls längst ausgestanden. Ich habe gehört, dass Mailänder Kaufleute sogar ein Handelshaus hier in Köln eröffnen wollen, irgendwo zwischen Heumarkt und Hafen. Welchen Grund sollten die Mailänder haben, es sich wieder mit uns zu verscherzen? Und die Geschichte unseres Häftlings erklärt auch nicht, warum die drei Kaufleute sterben mussten.«

»Das können wir diesen Nox oder Bruno von Madras fragen.«

»Wie stellst du dir das vor? Ich kann doch jetzt nicht hinaus auf den Platz gehen und vor aller Augen mit dem Finger auf Bruno von Madras zeigen.«

Roland wiegte den Kopf hin und her. »Sagen wir es so – wenn du Bruno anklagst und die Geschichte unseres Häftlings nicht stimmt, hätten viele Leute einen triftigen Grund, Groll gegen dich zu hegen. Der Erzbischof etwa, das Domkapitel, die Patrizier, ja alle Bürger dieser Stadt. In diesem Fall würde ich meine Freundschaft zu dir leugnen.«

»Na, vielen Dank auch«, sagte Konstantin. »Scherze helfen uns jetzt nicht weiter. Zweihundert Schritt von hier bricht gleich im Beisein der gesamten Stadt ein Viertel des Doms ein, und in der Zelle hintèr dir behauptet ein Irrer durchaus glaubhaft, dass gleichzeitig die Gebeine der heiligen Kaspar, Melchior und Balthasar gestohlen werden sollen.«

»Zumindest können wir dafür Sorge tragen, dass Letzteres nicht geschieht. Der Schrein steht auf der anderen Seite des Doms im Atrium. Wir geben den Wachen Bescheid und lassen sie verdoppeln.«

Konstantin schüttelte den Kopf. Auch wenn Rolands Vorschlag sinnvoll war, am heutigen Tage war er nicht umsetzbar. »Alle Bewaffneten, seien sie nun von städtischer oder erzbischöflicher Seite, haben heute alle Hände voll zu tun. Wir brauchen handfeste Beweise. Eine Mailänder Münze und das Gerede eines Jungen, der unter Mordverdacht steht, genügen nicht. Wir müssen die Geschichte überprüfen.«

»Dann gehen wir doch an Bord des Schiffes und sehen nach, was sie geladen haben.«

»Nein, nein und nochmals nein. Wir unternehmen nichts, was den Zorn der Obrigkeit erregen könnte.« Roland hatte gut reden. Er musste ja nicht den Kopf hinhalten.

»Angst um deine Stellung?«

»Na und?«, rief Konstantin. »Mir hat die ganze Suppe schon nicht geschmeckt, als Theoderich Gir sie mir eingebrockt hat. Wenn ich sie schon auslöffeln muss, dann bitte auf meine Weise. Der junge Gir hat mit aller Macht versucht, mich gegen Dietrich von der Mühlengasse aufzubringen. Gänzlich unbegründet, wie es jetzt scheint.«

»Bitte sehr.« Roland verschränkte die Arme vor seiner Brust. »Wenn du niemandem auf die Füße treten willst, dann wüsste ich gerne, wie wir weiter vorgehen.«

Konstantin rieb sich die Unterlippe. Wenn er Paulus Glauben schenken wollte, lag eines auf der Hand – der Tod der drei Kaufleute musste ebenfalls etwas mit den falschen Herren von Madras zu tun haben. Genauer: mit den echten Herren von Mailand.

»Es gibt einen Weg, die Geschichte zu überprüfen«, sagte er. »Mir nach.«

Mit einer knappen Handbewegung sandte Konrad von Hochstaden von der Tribüne aus das Zeichen. Gerhard gab ein Nicken zurück und legte mit seiner Fackel selbst das erste Feuer. Mehrere Werkmeister taten es ihm nach. Gierig und wie ausgehungert fraßen sich die Flammen durch den Zunder und das Reisig, drangen tiefer in die Erde ein und labten sich an dem Futter, das Gerhards Helfer in den Tunneln ausgelegt hatten.

Als aus den Luftschächten Rauchfäden aufstiegen und sich sacht in den Himmel kräuselten, gab ihnen der Dombaumeister einige stille Gebete mit auf den Weg. Burkhart, mein lieber Burkhart, dachte er, hoffentlich hast du mir ein gutes Werk geliefert.

Das Feuer, das unter dem Dom aufloderte, gab ihm die Antwort. Schnell wandelten sich die schmalen Rauchfäden zu mächtigen schwarzen Säulen, die aus der Erde drängten. Ja, Burkharts Werk war gut, die Schächte fütterten die Flammen reichlich. Pfeifend und knackend entwich die Luft aus dem toten Holz, immer lauter schwoll das Knistern und Rauschen aus der Tiefe an, geradeso, als habe Gerhard mit der Fackel die Pforte zu einer Vorkammer der Hölle geöffnet.

Die Hitze, die bald aus den Tunneln strömte, drängte die Männer zurück. Gerhards Wangen glühten. Ihm schien, als stieße der Dom einen heißen Atem aus, als hebe und senke er seine Brust in furchtsamer Erregung. Wieder überkam Gerhard Mitleid mit dem stolzen Bau. Doch es gab kein Zurück mehr. Dieser Teil des Doms würde fallen, noch heute.

In wenigen Stunden, vielleicht auch schon in kürzerer Zeit, würde das Feuer ihm den Boden unter den Füßen wegziehen. In den Kölner Kirchen begannen die Glocken zu läuten. Sie verabschiedeten sich vom Dom.

Konstantin drängte sich durch die Menschenmenge bis zum Fuß der Tribüne. Auf dem Weg hatte er Roland aus den Augen verloren, weil der Anblick des Doms ihn ablenkte. Pechschwarze Schwaden wanden sich die weißen Wände hinauf, griffen nach dem Stein wie gierige Hände, die das Heiligtum in den Abgrund reißen wollten. Aus der Tiefe der Tunnel drang ein Grollen. Doch noch blieb der Ostchor standhaft.

Nur mit Mühe konnte Konstantin sich von dem Geschehen lösen und die Tribüne hochschauen. Er hoffte, den Mann, den er suchte, hier zu finden. Hin und her jagte sein Blick, bis er endlich den hochgewachsenen Patrizier mit den schlohweißen Haaren entdeckt hatte. Dietrich von der Mühlengasse saß nah bei Konrad von Hochstaden, natürlich, denn der Kaufmann gehörte zu den wenigen Parteigängern des Erzbischofs in der Stadt. Und er saß nahe bei Bruno von Madras.

Konstantin musterte das hagere alte Männlein. Bruno hielt den Blick starr auf das Schauspiel gerichtet, so wie alle anderen Menschen auf der Tribüne und im Domhof auch. Es war kaum vorstellbar, dass dieser Greis hinter einer Verschwörung gegen das Allerheiligste der Stadt stecken sollte. Bruno wirkte harmlos, machtlos.

Konstantin rannte die Stufen hinauf, schob sich in die Reihe, in der der Weise Platz genommen hatte, und überhörte die Flüche der feinen Herren, deren gute Aussicht er dabei störte.

»Herr Dietrich, auf ein Wort.«

Dietrich von der Mühlengasse sah verwundert zu ihm auf. »Büttel, du schon wieder. Was kann so wichtig sein, dass du nicht einmal auf den Abbruch des Doms warten willst?«

»Glaubt mir einfach, wenn ich Euch sage, dass es eilt. Dietrich, verzichtet bitte auf alle Umschweife und sagt mir ehrlich, wie Euch Gir, Mummersloch und Quatermart betrogen haben.«

Dietrichs Miene gefror zu Eis. Er stand auf, packte Konstantin am Kragen und zog ihn zu sich. »Büttel, bist du des Wahnsinns?«, zischte er leise. »Was wagst du hier vor den anderen Geschlechterherren so laut von Dingen zu reden, die niemandes Sache sind außer meiner und die der Toten?«

Mit festem Griff umklammerte Konstantin Dietrichs Hand. »Das lasst meine Sorge sein. Ich bin Büttel dieser Stadt, und ich bestimme, wo und wie ich über welche Dinge rede. Antwortet mir schnell und antwortet meinetwegen leise, dann seid Ihr mich schnell wieder los. Wenn nicht, dann spucke ich hier noch lautere Töne, so laut, dass sie selbst der Erzbischof nicht überhören kann.«

Dietrich kniff die Lippen zusammen, doch dann öffnete er den Mund wieder. Noch näher zog er Konstantin zu sich heran und flüsterte ihm ins Ohr: »Ich sagte dir doch schon, sie taten so, als wollten sie mit mir im Fernhandel gemeinsame Sache machen, doch waren sie nur auf ihren eigenen Vorteil bedacht.«

»Auf der Reise nach Italien?«

»So ist es.«

»Ihr meintet bei unserem letzten Gespräch, die drei hätten sich von Euch abgesetzt.«

Dietrich nickte. »Wir waren auf dem Rückweg von Venedig, wo ich ihnen viele Türen geöffnet hatte. Wir wollten zurück ins Rheinland, weil es nun an ihnen war, meine Waren zu verkaufen. Doch noch in der Lombardei wachte ich eines Morgens in unserer Herberge auf und fand meine Partner verschwunden. Drei Wochen später trafen wir uns zufällig wieder. Sie hatten die Zeit genutzt, sich eigene Kontakte aufzubauen. In einer anderen Stadt. Auf den Verkauf meiner Tuche in Köln hatten sie eigenmächtig verzichtet und die beiden Wagen mit meinen Waren irgendwo zurückgelassen.«

»In welcher?«

»Was?«

»In welcher Stadt haben sie eigene Kontakte gesucht?«

»In Mailand.«

Ein Rumpeln ließ Konstantin herumfahren. Der erste Tunnel hatte nachgegeben. Ein tiefer Graben zog sich von seinem früheren Eingang bis unter die Sockelsteine des Chors, Rauch und Staub entstiegen dem Loch und warfen eine schmutzige Wolke empor. Noch immer hielt der Dom stand.

Irgendetwas stimmte nicht. Gerhard stand hoch oben im Turm der Kirche Sankt Mariengraden und schaute durch ein Fenster auf den nur einen Steinwurf entfernt liegenden Ostchor hinüber. Was er sah, gefiel ihm nicht. Zu viel Rauch. Jedenfalls schätzte er ihn als viel zu stark für die vier Tunnel ein. Doch woher sollte der Rauch kommen, wenn nicht von den Gängen, die Burkhart hatte graben lassen?

Gerhard presste die Kiefer zusammen. Burkhart müsste nun an seiner Stelle stehen und den Fortgang überwachen. Burkhart hätte gewusst, ob alles seine Richtigkeit hatte. Er hätte gewusst, was zu tun wäre. Aber Burkhart der Maulwurf war tot.

Im nächsten Augenblick erhielt Gerhard Gewissheit. Es stimmte in der Tat etwas nicht. Auch seitlich zwischen Dom und Römermauer, verborgen vor den Augen der Menschen auf dem gegenüber gelegenen Domhof, stieg nun eine gewaltige Rauchsäule auf. Doch war so weit am Schiff des Doms seines Wissens gar kein Luftschacht unter die Fundamente gegraben worden. Woher nur kam dieser Rauch?

Ruhig bleiben, nur ruhig. Noch war nichts Schlimmes geschehen, noch konnte er darauf vertrauen, dass Burkhart seine Arbeiten nach bestem Wissen und Gewissen erledigt und auch abgeschlossen hatte. Im Augenblick konnte er nicht mehr tun, als von seinem hoch gelegenen Posten aus den Fortgang zu beobachten.

Noch immer hielt der Dom stand.

Dann schob sich ein gewaltiger Schatten über die Kathedrale und den Domhof.

Der Marienchor war fast zur Gänze in Rauchschwaden eingehüllt. Niemanden auf der Tribüne hielt es mehr auf seinem Platz, auch Erzbischof Konrad hatte sich erhoben, um das Schauspiel besser verfolgen zu können. Es war nur eine Frage der Zeit, bis die erste Mauer brach und einstürzte.

Konstantin hatte dafür keinen Blick. Er stürmte die Treppe hinunter. Am Fuß der Tribüne lief er Roland beinahe in die Arme.

»Hier bist du«, sagte sein Amtsbruder. »Ich dachte schon, ich hätte dich verloren. Du warst auf einmal verschwunden.«

»Paulus' Geschichte scheint zu stimmen«, sagte Konstantin. »Erst vor ein paar Monaten waren Gir, Mummersloch und Quatermart in Mailand.«

»Ja und? Weshalb mussten sie sterben?«

»Vielleicht haben sie Bruno und die anderen dort getroffen, und weil sie die Herren von Madras nun erkannt hätten, wurden sie aus dem Weg geräumt. Das ist jetzt aber auch unwichtig. Wichtig ist nur die Verbindung zu Mailand, die der Weise mir gerade bestätigt hat. Die Frage ist, wie wir nun vorgehen.«

Roland sah zur Tribüne hoch. »Bruno und der kräftige Enkel sitzen noch dort, und der zweite Enkelsohn ist mit dem Löwen ebenfalls noch da. Von ihnen droht erst einmal keine Gefahr.«

»Aber Nox ist nicht da.«

»Stimmt«, gab Roland zurück, der sich auf dem Platz umschaute. »Was mich aber noch mehr beunruhigt, ist, dass die Sänftenträger auch fort sind.«

»Die Mohren? Na und?« Konstantin reckte den Hals und sah sich ebenfalls um. Von den Mohren war nichts zu sehen.

»Denk nach. Wenn du den Schrein stehlen willst, benötigst du einen Haufen starker Männer, dazu noch einen Karren. Oder die Stangen einer Sänfte, auf denen du das Gewicht tragen kannst.«

Konstantin wäre am liebsten auf die Knie gesunken. Dass Roland ihm zur Seite stand, war ein Glücksfall. »Schnell, zum Atrium.«

Gerhard sah mit großen Augen zum Himmel hoch. Er war auf dieser Seite des Rheins so blau und wolkenlos wie all die Tage zuvor. Woher kam dieser riesige Schatten, der sich über die gesamte Kathedrale gelegt hatte? Nie im Leben konnten die Gewitterwolken aus dem Osten so schnell hierhergezogen sein.

Oder doch? Der Wind blies die Rauchfahnen weg. Eben noch

waren sie dicht und schwarz gewesen, nun waren es nur noch graue Fetzen. Der Wind fegte sie stadteinwärts, fort vom Rhein. Er blies aus Ost. Der Wind hatte sich gedreht.

Gerhard fuhr herum und rannte zur anderen Seite des Glockenturms. Durch ein Gaubenfenster sah er auf den Rhein hinaus – und taumelte rückwärts.

Eine schwarze Wand schob sich auf Köln zu.

Der Dombaumeister schnappte nach Luft. Der Sturm zerzauste bereits die Bäume in Deutz, hob Blätter und Staub auf, knickte Zweige und warf Wellen auf den Rhein. In wenigen Minuten würde ein verheerender Sturm über die Stadt fegen. Köln stand eine Katastrophe bevor.

Fiel der Chor, konnte der Ostwind mit aller Macht das Feuer in die offene Kirche blasen. Der Dom war in Gefahr, bis auf die Grundmauern niederzubrennen. Und der Wind könnte das Feuer in die Stadt tragen. In eine Stadt aus Holz.

Gerhard kletterte die Leitern durch die Turmgeschosse so schnell hinab, wie es die morschen Sprossen erlaubten. Die Feuer in den Tunneln mussten sofort gelöscht werden.

Plötzlicher Wind fuhr durch Konstantins Haare. Er kam so unvermittelt auf, dass er auf seinem Weg über den Platz innehielt und zum Himmel blickte. Hinter dem weißen Dom erhob sich ein schwarzes Ungeheuer. Die Wolken schienen so nah, als ob man sie von den Domtürmen aus berühren konnte. Eine solche Gewitterfront hatte Konstantin noch nie gesehen. Der Sturm wirbelte den nach der Hitze der vergangenen Wochen trockenen Staub im Domhof auf. Schon prasselten Tropfen auf sein Gesicht. Menschen schrien, zogen sich die Hemden über den Kopf, eilten vom Platz und suchten Zuflucht in Häusern und unter überstehenden Dächern.

»Oh mein Gott!« Konstantin hielt sich zum Schutz gegen den Staub eine Hand über die Augen.

»Das können wir jetzt nicht gebrauchen«, sagte Roland. »Wir müssen uns sputen, komm!«

Sie kamen nur wenige Schritte weit. Just in dem Augenblick, als der Sturm losbrach, gab der Dom nach. Wie eine sich lösende Naht riss die Mauer des Ostchores von unten auf, Steine krachten herab. Die drei Türme wankten. Im Getöse aus einstürzenden Mauern und aufbrausendem Sturm stoben die Menschen auseinander.

Bruno erhob sich. Für einen Augenblick sah es so aus, als wolle er Beifall spenden. Mit leuchtenden Augen verfolgte er das Schauspiel. Auch Guido und Otto standen auf.

»Seht nur, meine Enkelsöhne, seht es euch genau an«, rief Bruno gegen den aufbrausenden Wind und benutzte die Sprache der Lombarden. »Der Himmel kämpft mit uns, so wie damals. Mir scheint, Bazobo sendet uns einen kleinen Bruder, der uns zur Seite stehen soll.«

Die Umstehenden verstanden die Sprache nicht, die Bruno sprach. Aber sie wunderten sich, dass er zu weinen begann.

Otto trat neben seinen Großvater. »Der Wind muss wieder drehen. Sonst kommen wir hier nicht weg.«

Mit feucht glänzenden Augen sah Bruno seinen Enkel an. »Der Herr ist auf unserer Seite, Otto. Der Wind wird uns die Segel blähen.«

Meister Gerhard kam zu spät. Als er aus dem Glockenturm stürmte, stürzte ihm der Chor zu Füßen. Wie ein brüllender Riese ging der Bau zu Boden, die drei Türme fielen in sich zusammen, als seien sie aus Sand gebaut. Aus der Erde schlugen Flammen und nahmen die aus dem Himmel fallenden Quader in Empfang. Berstende Balken und brechende Steine betäubten Gerhards Ohren. Eine Staubwalze rollte ihm entgegen und hüllte ihn ein. Er sah nichts mehr, hörte nur die Schreie der Menschen und das Ächzen des alten Doms.

Gerhard zog sich sein Hemd über den Kopf, bis die Wolke an ihm vorübergefegt war. Quälend lange Minuten musste er warten, bis der Staub sich so weit gelegt hatte, dass er das Ausmaß des Einsturzes absehen konnte.

»Burkhart, was hast du getan?« Er hustete sich den Staub aus der Lunge. »Was hast du nur getan?«

Der Dom stand aufgerissen da, als hätte die Pranke eines Riesen ein Stück aus dem steinernen Leib der Kirche geschlagen. Wie gebrochene Knochen ragten Säulen und Mauerwerk empor. Es war zu viel eingestürzt, weit mehr als nur der Marienchor. Bis weit hinein ins Schiff waren die Mauern weggebrochen.

Gerhard spürte, wie der Regen und seine Tränen den Staub in seinem Gesicht verwischten. Er wusste, Burkhart hatte versagt. Er selbst hatte versagt.

Und es kam noch schlimmer. Nun, da das trockene Holz und das Reisig noch mehr Luft bekamen, erhob sich eine Wand aus Feuer aus dem Boden, wie ein Vorhang, der von unten aufgezogen wurde. Gerhard ballte die Hände zu Fäusten. Niemals durften dort solche Flammen lodern, niemals.

Er rannte los, bis an die Grundmauern des Chores, suchte die Quelle des Feuers – und kniete in seiner Verzweiflung nieder. Zwischen den Trümmern hindurch zog sich ein gewaltiger brennender Graben. Ein weiterer Tunnel.

Ein Tunnel, der gar nicht dort sein durfte.

Gerhard wollte es nicht wahrhaben. Burkhart musste gegen alle Pläne den alten Dom tiefer und weiter unterhöhlt haben.

Nein, nicht Burkhart.

Schlagartig ergab alles einen Sinn. Das gestohlene Reisig – da unten war es hineingestopft worden. Burkhart hatte den verborgenen Gang bei seiner letzten Prüfung der Stollen entdeckt und dafür mit dem Leben bezahlt. So, nur so konnte es gewesen sein. Doch warum? Wer wollte den Dom jetzt schon ganz zerstört sehen?

Der immer stärker werdende Regen prasselte auf Gerhards Haut. Er schöpfte Hoffnung. Vielleicht vermochte das Gewitter den Brand zu löschen, bevor Schlimmeres geschah. Doch Gerhards Hoffnung war gering. Der Sturmwind aus dem Osten trieb Flammen und Funken in den offen stehenden Dom hinein.

Das gewaltige Donnern des einstürzenden Chores war das Signal für Nox. Die Mannschaft, die den Goldschrein bewachte, war lächerlich klein. Gegen ihn und die acht Mohren waren die Männer in der Unterzahl. Nox würde sich nicht einmal die Hände schmutzig machen müssen, und er war dankbar dafür. Das Beil der kleinen Hure hatte eine hässliche und schmerzende Wunde in seinem Fuß hinterlassen. Ihm war nicht nach Kampf zumute.

Nox nickte dem Anführer der Mohren zu. Die schwarzen Männer setzten sich in Bewegung, Nox folgte humpelnd. Die beiden Wachmänner vor der Tür ins Atrium waren vom Anblick der heranstürmenden Mohren völlig überrumpelt. Bevor sie einen Laut von sich geben konnten, fuhren ihnen schon Krummdolche durch die Kehlen.

Nox stieß die doppelflügelige Tür auf. Im Innenhof schlossen vier Bewaffnete und ein Priester gerade die Wände des Zelts, um den Schrein gegen den Sturm zu schützen. Ihnen erging es nicht besser als den Männern vor der Tür. Nur zweien der erzbischöflichen Wappenknechte gelang es, ihre Schwerter zu ziehen, doch schafften sie es nicht mehr, genug Abstand zwischen sich und die Angreifer zu bringen, um ihre Klingen einsetzen zu können. Das Handgemenge war von kurzer Dauer.

Breitbeinig stand Nox vor dem Baldachin, neben sich die düster dreinblickenden Mohren. Der Sturm blähte die flatternden Zeltwände. Wie eine vor Angst schnatternde Gans, die ihr goldenes Ei beschützen will. Der Anblick des Schreins und der Edelsteine führte Nox für einen Augenblick in Versuchung. Er brauchte nur hinzugehen und sich ein paar der goldenen Figuren herauszubrechen, dazu noch einige Perlen, Gemmen und Kameen. Er würde nie mehr einen Auftrag annehmen müssen.

Doch Nox widerstand der Versuchung mühelos. Sein Lohn würde fürstlich sein. Er sah keinen Grund, seinen Ruf als aufrichtiger Mörder aufs Spiel zu setzen.

»An die Arbeit«, rief er den Mohren zu.

Schon schoben die Männer die polierten Stäbe, die eben noch die Sänfte getragen hatten, unter den Schrein und warfen das rote Tuch, ebenfalls von der Sänfte, darüber. Mit zügigen Bewegungen stemmten sie die teure Last empor und setzten sie sicher auf ihren Schultern ab.

Jeder, der die Besucher aus Madras zuvor in der Stadt gesehen hatte, hätte nun einen heiligen Eid geschworen, dass die Mohren die Sänfte mit ihrem Herrn aus dem Dom trugen. Nox hatte seine helle Freude an der vollkommenen Tarnung.

Konstantin und Roland hatten die Orientierung verloren. Sie husteten, ihre Augen tränten. Immer wieder stießen sie mit flüchtenden Menschen zusammen. Der Staub brannte in ihren Lungen, und der Wind wehte übel riechenden Rauch herbei. Es war der Gestank von brennendem Pech.

Mit einem Krachen, das Konstantin am ganzen Körper zittern ließ, entlud sich über ihnen ein Blitz. Roland fiel vor Schreck zu Boden und hielt sich die Arme über den Kopf.

»Komm, nun komm schon«, brüllte Konstantin gegen den Sturm an. »Wir verlieren zu viel Zeit.«

Er zog Roland wieder auf die Füße und gleich weiter in Richtung Westchor. Auf dem Weg dorthin schaute Konstantin zur Tribüne hinüber. Sie war inzwischen fast leer. Der Regen durchnässte die Teppiche, mit denen das Holzgerüst ausgelegt war. Auch Bruno von Madras und seine Enkel waren verschwunden.

Als Konstantin und Roland durch einen Nebeneingang in den Peterschor des Doms und von dort zum Atrium gelangten, ahnten sie gleich, dass sie nicht schnell genug gewesen waren. Vor der Tür in den Säulenhof lagen zwei Leichen.

»Achtung«, flüsterte Konstantin. »Sie könnten noch hier sein.«

Er bedeutete Roland zurückzubleiben. Vorsichtig lugte er durch die Tür – und schloss die Augen. Der Schrein war fort. Zum Abschied hatten Nox und seine Spießgesellen nur Tote hinterlassen.

»Und?«, warf Roland ihm von hinten leise zu.

»Wir kommen zu spät.«

»Unsinn, noch ist nichts zu spät.« Roland gab Konstantin einen aufmunternden Stoß in die Rippen. »Sie haben einen Vorsprung, mehr nicht.«

»Und was sollen wir deiner Meinung nach unternehmen? Sollen wir beide das Schiff stürmen? Schau dich um – hier finden wir keine Verstärkung.«

»Das sehen wir noch. Du rennst hinunter in den Hafen, ich besorge uns unterdessen wenigstens einen Helfer.«

Gerhard wischte sich entschlossen den Regen aus dem Gesicht. Er wollte sich nicht geschlagen geben. Noch nicht. Noch stand weit mehr als die Hälfte des Doms. Sie galt es zu retten. Den Dom – und seine Ehre.

Er rannte auf den Platz, mitten in die panische Menge, und suchte nach seinen Männern. Ein halbes Dutzend trieb er auf, immerhin.

»Holt Eimer und Wasser, wir müssen den Graben löschen, bevor das Feuer auf den ganzen Dom übergreift. Bringt Mistgabeln, was auch immer, und zieht damit die Glut auseinander. Werft Erde auf die Flammen, tut, was ihr könnt! Eilt euch!«

Während die Männer taten, was er ihnen aufgetragen hatte, suchte Gerhard nach weiteren Helfern. Nicht alle Menschen flohen vor dem Inferno. Manche standen wie gelähmt im Domhof und sahen zu, wie die Staubwolke eine Ruine freigab. Die Ruine einer Kirche, die vor wenigen Augenblicken noch der Stolz der Stadt gewesen war. Wen auch immer er fand, Gerhard sprach ihn an, rüttelte Greise und Frauen, flehte starke Männer und auch Hänflinge an. Bald hatte er eine kleine Mannschaft beisammen, die gegen das große Feuer ankämpfte.

Das Ringen blieb nicht unbemerkt. Immer mehr Menschen kamen herbei, schlossen die Eimerkette zum Brunnen der Kirche Mariengraden oder griffen mit bloßen Händen in den Staub und warfen ihn in das Feuer.

Doch es war vergebens. Die Feuerwand wuchs empor, und der Sturm fachte die Flammen wie ein gigantischer Blasebalg weiter an. Wieder fegte eine Böe durch die leckenden Feuerzungen und trug die Glut in das Kirchenschiff. Gerhard sah, wie die Funken in einem wilden Tanz in die Halle flogen. Und er sah, wie sie sich in der Balkendecke des Doms einnisteten.

Wie versteinert schaute Paulus durch sein Guckloch dem Geschehen auf dem Domhof zu. Das Unwetter wütete über den Mauern des Doms, aus denen noch immer Steine brachen und zu Boden fielen. Der Sturm hatte fast alle Menschen vom Platz gejagt. Es schien, als kämpften die Mächte des Himmels gegen die der Unterwelt. Wasser gegen Feuer. Paulus betete zur heiligen Barbara, der Schutzheiligen gegen Gewitter und Feuersgefahren. Dass jemand die Tür zu seiner Zelle geöffnet hatte, merkte er erst, als ihn der Büttel ansprach.

»Du bist frei«, sagte eine Stimme hinter ihm.

Paulus fuhr herum. Der weißhaarige Büttel sah ihn mit ernstem Blick an. »Frei?«

»Ja, frei. Wir haben deine Angaben überprüft.«

»Was ist da draußen los?«

»Ich weiß es nicht. Es geht alles drunter und drüber. Mein Eindruck ist, dass beim Abbruch nichts so läuft, wie es geplant war. Aber genau deswegen benötigen wir deine Hilfe, denn du weißt, was gerade abläuft. Der Schrein ist gestohlen, und die Mailänder sind verschwunden, so wie du es vermutet hast. Du musst uns bei der Suche helfen.«

»Wir müssen zum Hafen. Zum Schiff. Sie werden fliehen wollen.«

»Konstantin ist bereits unterwegs. Geh ihm nach. Ich versuche derweil, ein paar Männer aufzutreiben, mit denen wir die Verfolgung aufnehmen können.« Der Büttel drückte ihm Nox' Panzerbrecher in die Hand, den sie ihm in Henners Hurenhaus abgenommen hatten. »Den wirst du vielleicht brauchen können.«

Paulus wartete keine Sekunde und stürmte durch die Zellentür.

Sie gewannen den Kampf am Boden, die Brände in den eingestürzten Gängen waren nahezu erstickt. Jubel brach unter den Männern und Frauen aus, die im strömenden Regen Erde und Wasser auf die Flammen geschüttet hatten. Doch Gerhard wusste es besser. Sie verloren den Kampf an einem unerreichbaren Ort, hoch oben, unter dem Dach.

Er hatte den Flug der Funken beobachtet. Die Glutnester in den Balken wuchsen. Die Holzdecke lag unter dem schweren Bleidach des Doms, gut geschützt gegen den Regen. Die Glut fand willige Aufnahme im seit Jahrhunderten trockenen Holz, angefacht von den peitschenden Böen, die in die aufgebrochene Kirche fegten wie ein Heer von unheilbringenden Geistern.

Schon wuchsen die winzigen Glutpunkte zu züngelnden kleinen Flammen. Sie vermehrten und verbündeten sich, fraßen sich zum nächsten und übernächsten Balken und wurden doch immer hungriger, je mehr Nahrung sie bekamen. In Windeseile stand die ganze Holzdecke lichterloh in Flammen. Die beiden schweren vergoldeten Leuchter glänzten im Schein des Feuers. Es war ein funkelnder Lichtertanz.

Gold. Wie hatte er das vergessen können? »Der Schrein. Bringt den Goldschrein in Sicherheit, alle Mann zum Schrein der Heiligen Drei Könige!«

Der Jubel verebbte. Als die Helfer Gerhards Blick folgten, verstanden die meisten, was der Kathedrale drohte. Gerhard rannte los, geradewegs durch den Dom hinüber zum Westchor, in Richtung des Atriums. Ein Dutzend Männer, die mutig genug waren, unter den brennenden Balken hindurchzulaufen, folgte ihm. Als sie am Atrium ankamen, taumelte Gerhard. Zwei Männer stützten ihn.

Der Schrein war fort. Seine Bewacher waren tot.

Gerhard wandte sich um und sah hinauf zur Decke des Doms. Es schien, als loderte der Himmel über ihnen. Die Flammen vollführten einen teuflischen Tanz, sprangen hin und her, zuckten und zitterten, bis auch der letzte Span gefressen war. Einer der goldenen Leuchter löste sich aus seiner Verankerung und raste zu Boden. Das krachende Klirren des Aufpralls übertönte Sturm und Feuersbrunst.

Gerhard fiel auf die Knie und betete. Die beiden Männer, die ihm eben noch Halt gegeben hatten, zogen ihn zu seinem Schutz gewaltsam fort, weg vom Ort seines größten Versagens.

Die Hitze des Feuers klomm hinauf und sammelte sich unter dem bleiernen Dach des Doms, stieg immer weiter an, bis die Dachhaut ihren Widerstand aufgab und zu schmelzen begann. Die heißen Tränen tropften auf die marmornen Fliesen und benetzten bald den ganzen Boden. Grässlich laut quietschte und ächzte das Dach, als es sich, bereits halb aufgelöst, verformte und dem Boden entgegensenkte. Mit einem Krachen gab es ganz nach. Im Fallen durchbrach es die Reste der Balkendecke, riss Mauern und den zweiten Leuchter mit sich und knickte mächtige Säulen wie dürre Stöckchen um. Mit einem klatschenden Getöse schlug das Dach auf den Fliesen auf, gefolgt von Steinquadern, Balken und herabsegelnden Funken. Regentropfen verdampften zischend auf dem glühend heißen Metall, das auf dem Marmor zerfloss.

Die beiden Männer setzten Gerhard in sicherem Abstand im Domhof ab. Die Hitze des Feuers brannte noch immer auf seiner Haut. Wieder sank er zu Boden. Der Dom lag in Trümmern. Wer nur konnte das gewollt haben? Und wer nur hatte den Schrein gestohlen?

Gerhard hockte da und starrte in das Inferno aus Regen, Rauch und Flammen. Mit schwacher Stimme gab er Anweisungen, doch niemand hörte ihm zu. Die Männer und Frauen, die im Domhof geblieben waren, schütteten längst Wasser und Erde auf die Flammen, sie zogen brennende Balken aus dem Feuer, um den Brand zu verkleinern. Der Dom war verloren, aber das Feuer sollte nicht noch auf die Häuser ringsherum überspringen. Die Flammen waren eine Gefahr für die ganze Stadt.

Aus großer, großer Ferne mochte der Brand wie ein riesiges Walpurgisfeuer aussehen, ein Maifeuer, dazu gedacht, die bösen Geister des Winters zu vertreiben. In Wahrheit aber war es der Scheiterhaufen, auf dem Gerhards Traum verbrannte. Er war bereit gewesen, sein ganzes Leben in den Dienst des Dombaus zu stellen. Alles hatte er dafür tun wollen, Gottes schönste Heimstatt auf Erden hier in seiner Heimat Köln zu errichten. Doch nun war er bereits gescheitert, bevor er den ersten Stein gesetzt hatte. Wer würde einem Dombaumeister vertrauen, der nicht einmal in der Lage war, eine alte Kirche nach Plan abzubrechen?

Das Schiff war fort. Sie mussten einen riesigen Vorsprung haben. Konstantin schaute sich auf der Hafenmauer um. An der Stelle, an der vor Kurzem noch das Kriegsschiff festgemacht gewesen war, lagen Taue auf dem Kai umher. Die Besatzung musste die Leinen einfach von Bord geworfen haben. Doch das waren die einzigen Spuren einer hastigen Flucht. An die Herren von Madras erinnerte sonst nichts mehr im Hafen. Auf der Hafenmauer waren kaum Menschen, fast alle Fischer, Schiffer oder Lastenträger waren in die Stadt gegangen, um den einstürzenden Dom zu sehen. Die Kähne, Fähren und Boote aber, die der grandiosen Sicht auf die Kathedrale wegen auf den Rhein hinausgefahren waren, kehrten nun, getrieben vom Sturm, in den Hafen zurück. Auch an der Stelle, an der das Kriegsschiff gelegen hatte, machten Boote fest.

Konstantin lief zu zwei Fischern, die ihre Aak, einen kleinen Segler, mit Mühe an der Kaimauer vertäuten. »Habt ihr das Kriegsschiff gesehen?«

Die Fischer kämpften mit Tauen und Knoten. »Büttel, siehst du nicht, dass wir Besseres zu tun haben, als nach Schiffen Ausschau halten?«, rief der Ältere der beiden ihm zu. Die Gäste auf dem Boot, eine wohlhabende Familie mit vier weinenden Kindern, mühten sich, trotz des Schwankens heil an Land zu kommen.

Konstantin reichte der Mutter die Hand und half ihr aus dem Boot. »Ich will nur wissen, wo es hin ist.«

Der Fischer zog kräftig am Tau. »Ich hab nicht gesehen, wie es abgelegt hat«, gab er zurück. »Aber wo soll es schon hin sein? Etwa den Fluss hinauf?«

Konstantin hob ein Kind nach dem anderen auf den Kai. Der Fischer hatte recht. Das Schiff musste flussabwärts gefahren sein, denn die niedrige Rinne am oberen Rhein konnte nur von den flachen Oberländern befahren werden. Und Treidler, die Schiffe den Rhein hinaufzogen, gab es im unteren Teil des Hafens nicht. Er lief los und hoffte, schnell ein Pferd auftreiben zu können.

Paulus lief bis zur Kante der Hafenmauer und blickte den Rhein hinab. Nicht einmal die Mastspitze der Kogge war am regenverhangenen Horizont zu sehen.

»Du schaust in die falsche Richtung«, rief plötzlich eine Stimme hinter ihm.

Paulus fuhr herum. Hinter gestapelten Fässern trat Jenne hervor. Der Regen hatte sie bis auf die Haut durchnässt.

»Jenne!«, brüllte er gegen den Sturm an. »Gott sei Dank. Ich dachte schon, ich hätte auch dich verloren.«

Sie lächelte und schüttelte den Kopf. »Ich wusste nur nicht, was ich machen sollte, als sie dich abgeführt haben. Also hab ich mir gedacht, ich lege mich hier auf die Lauer und sehe, was Nox und die Herren treiben.«

»Und?«

»Sie sind eben mit der Sänfte zurückgekehrt und haben unverzüglich abgelegt. Wie konntest du entkommen?«

»Ich bin nicht geflohen. Die Büttel haben mir geglaubt und mich laufen lassen. Sie suchen nun Nox und die Herren von Madras, und ich soll ihnen helfen. Hast du den Dreikönigenschrein gesehen?«

»Nein.«

»Sie haben ihn gestohlen.«

»Das schwere Ding? Wie haben sie das denn angestellt? Und wohin haben sie ihn geschafft?«

»Wenn du es schon nicht gesehen hast, woher soll ich es dann wissen?«

Jenne hob den Zeigefinger. »Warte. Dieser alte Mann, der sonst immer in der Sänfte gesessen hat – er ist zu Fuß aufs Schiff gegangen. Und trotzdem hatten die Träger arge Mühe, die Sänfte an Bord zu bekommen.«

»Das ist es.« Paulus schlug mit der Faust in die flache Hand. »Hinter den Vorhängen haben sie den Schrein versteckt.« Er dachte kurz nach. »Was hast du eben gemeint damit, als du gesagt hast, ich schaue in die falsche Richtung?«

»Na, dass sie rheinaufwärts gefahren sind.«

»Was? Sie sind den Fluss hinauf? Wie das?«

»Nachdem sie die Leinen losgemacht hatten, ist das Schiff tatsächlich erst den Rhein hinabgetrieben. Aber dann haben sie das Segel gesetzt und gewendet.«

Paulus staunte nicht schlecht. Doch in der Tat, der Wind hatte sich wieder gedreht und kam wie gewohnt aus Westen – gerade gut für ein solches Manöver, das gleichwohl völlig unüblich war. Niemand verließ sich auf den Wind, wenn er flussaufwärts wollte. Weit würden sie nicht kommen. Bei Porz machte der Rhein eine Kehre nach rechts. Dann wäre es vorbei mit einer Fahrt unter Segeln.

»Jenne, hör zu – hast du die beiden Büttel gesehen, die mich in Henners Haus festgenommen haben?«

Sie nickte. »Einer jung, einer alt. Der Jüngere war eben hier und ist den Rhein hinabgelaufen.«

Paulus fluchte. »Der Ältere der beiden wird gleich hier im Hafen mit ein paar Männern auftauchen. Du wartest auf ihn und erzählst ihm alles. Ich versuche, das Schiff zu finden.«

»Du? Allein?« Jenne grinste.

»Ja, allein dieses Mal.«

Paulus rannte wie ein durchgehendes Pferd und hatte doch das Gefühl, keinen Schritt voranzukommen. Die nassen Kleider klebten schwer auf seiner Haut. Er glaubte, mit Blei behangen zu sein. Immer wieder wischte er sich Regentropfen aus der Stirn.

Er ließ die Stadtgrenzen hinter sich und lief den Knüppeldamm entlang, auf dem die Treidelpferde Schiffe den Rhein hinaufziehen konnten. In diese Richtung war kein Kahn unterwegs, nur den Fluss hinab fuhren ein paar Schiffer. Rechts, auf einem Acker im Süden vor der Stadt gelegen, stand der Galgenbaum. Noch vor ein paar Stunden hatte Paulus sich selbst vor seinem geistigen Auge auf der Richtstätte baumeln sehen. Nun erst ging ihm auf, dass er von allem Verdacht reingewaschen war. Die Büttel glaubten ihm. Doch wollte er alles daransetzen, Nox und den anderen Gaunern das Handwerk zu legen. Nur so konnte er seine Mutter und Matthias rächen und sich selbst Genugtuung verschaffen. Und so lief Paulus, so schnell ihn seine Beine trugen.

Nach etwa einer Meile verweigerten seine Muskeln den Dienst, seine Lunge brannte und seine Seite stach. Als er beinahe auf den vom Regen glitschigen Knüppeln ausglitt, blieb er stehen und stützte sich mit den Händen auf die Knie. Paulus' Herz pumpte.

Da hörte er Hufgetrappel in seinem Rücken. Er drehte sich um – und sah Jenne, die auf einem Kaltblut herangeritten kam. An einem Strick führte sie ein zweites Treidelpferd mit sich. Sie kam ihm schon wieder zu Hilfe. Wie oft hatte sie ihm nun schon aus der Patsche geholfen?

»Du bist allein?«, fragte er. »Wo ist der alte Büttel mit seinen Männern? Wieso bist du schneller als sie?«

Jenne brachte die Pferde neben ihm zum Stehen. »Nicht ich bin schneller, der alte Büttel war es. Bevor ich mich bemerkbar machen konnte, ist er schon mit einer Truppe Reiter den Rhein hinuntergeritten. Wir sind auf uns gestellt, Paulus. Kannst du reiten?«

»Auf einem Esel schon.«

»Das genügt.« Sie warf ihm den Strick zu. »Steig auf!«

Paulus' Blick fiel über Jennes Schulter. Eine gewaltige Rauchsäule erhob sich über der Stadt, wand sich empor und vermischte sich am Himmel mit den dunklen Gewitterwolken.

»Oh mein Gott.«

Jenne sah zurück. Doch nur kurz, dann wandte sie sich wieder Paulus zu. »Jetzt steig schon auf. Irgendwann werden die Treidler merken, dass ihnen zwei Pferde fehlen.«

Paulus und Jenne ritten flussaufwärts. Sie kamen schlecht voran. Der Regen hatte aufgehört, doch er hatte auf dem Weg viele Schlammlöcher hinterlassen, und ihre Pferde waren seit Jahren nur den Treideltrott gewohnt und mit Schlägen, Tritten oder gutem Zureden nur zu einem Trab zu bewegen. In seiner Not rief Paulus den heiligen Georg an. Doch auch sein Flehen zum Schutzpatron der Reiter und Pferde blieb ohne Wirkung auf die Tiere.

Als sie schon eine Weile geritten waren, gab Paulus seinem Rappen lustlos einen Klaps aufs Hinterteil. »Wir werden sie nie einholen«, sagte er.

»Das werden wir. Sie können auch nicht schneller sein als wir.«

»Das ist das Schiff des Teufels. Wenn sie nur wollen, segeln sie den Fluss hinauf bis nach Mailand.«

»Blanker Unsinn. Du hast doch mit eigenen Augen gesehen, dass auf diesem Schiff alles Blendwerk ist. Der Teufel könnte ganz andere Mächte in Bewegung setzen. Sie stehen gewiss schon lange nicht mehr unter Segel, sondern lassen sich treideln.«

»Oder sie sind schon zur Hölle hinabgefahren. An wie vielen Fischerhütten sind wir nun schon vorbeigekommen? Niemand, den wir gefragt haben, hat das Schiff gesehen. Sag mir, Jenne, warum haben alle einen solch gewaltigen Kahn übersehen?«

»Weil sich alle Leute vor dem Sturm in ihre Hütten verkrochen haben, darum.« Jenne setzte sich im Sattel auf und sah den Rhein hinauf.

»Verdammte Mähre«, schrie Paulus und stieß seinem Rappen abermals die Fersen in die Flanken. »Solange unsere Pferde genauso langsam trippeln wie die Pferde, die das Schiff treideln, kommen wir keine Elle näher an sie heran.«

»Dann nehmen wir eben eine Abkürzung.« Jenne zeichnete mit dem Zeigefinger eine Strecke in die Luft, die sie vom Fluss wegführte. »Der Rhein beschreibt hier einen großen Bogen. Wenn wir ein Stück landeinwärts reiten, schneiden wir ihnen den Weg ab.«

»Nicht dass wir sie noch überholen.«

»Wir bleiben in Ufernähe. Der Mast ist so hoch, dass wir ihn immer sehen können.«

Jenne lenkte ihr Pferd querfeldein, was ihr einige Mühe bereitete, weil es auf dem Treidelpfad bleiben wollte. Doch als auch Paulus' Rappe den Knüppeldamm verließ, kamen sie bald zügiger voran.

Weinstöcke und Weiden nahmen ihnen immer wieder die Sicht auf den Rhein. Sie folgten einem Trampelpfad. Er führte sie durch Weingärten hinunter zum Fischerdorf Weiß, das am Ende des Rheinbogens gelegen war. Die Hütten scharten sich um den Sitz eines jungen Ritters namens Reinart, der jedoch nicht mehr war als ein befestigter Hof mit einem großen Tor und einem kleinen

Turm. Noch bevor Paulus und Jenne das Dorf erreichten, sahen sie den Mastkorb, der auch die höchsten Dächer und den Bergfried des Rittersitzes überragte. Sie brachten ihre Pferde zum Stehen.

»Da haben wir sie«, sagte Jenne. »Und was machen wir nun?«

Paulus Herz schlug schneller. Nox war fast zum Greifen nah. »Wir beobachten sie nur. Irgendwann merken die Büttel schon, dass sie nicht rheinabwärts gefahren sind.«

»Keine Sorge. Nach dem Erlebnis auf dem Schiff vorige Nacht bin ich die Erste, die dich zurückhält, solltest du auf dumme Gedanken kommen.«

Sie hielten sich nun abseits des Pfads und ritten mitten durch einen Weinhang. Kurz bevor sie das Ufer erreichten, stiegen sie ab und ließen die Pferde laufen. Die beiden Stuten trotteten gleich los. Sie hatten den Rhein gewittert und suchten den Treidelpfad, der sie zur nächsten Futterkrippe im Dorf leiten würde.

Paulus und Jenne folgten ihnen bis zum Ufer, doch von dort gingen sie nur wenige Schritte weiter den Rhein hinauf. Als sie eine gute Sicht auf das Dorf und das Schiff hatten, schlugen sie sich in die Büsche und stiegen einen kleinen Hügel hoch. Ihnen bot sich ein seltsamer Anblick. Das riesige Schiff wirkte fehl am Platz auf dem Fluss. Neben ihm schienen die winzigen Fischerhütten noch kleiner zu sein, als sie ohnehin schon waren. Es war, als hätte die Besatzung zu einer Reise übers offene Meer in See stechen wollen, sich aber in einen Bach verirrt. Oder zu einem Zwergendorf.

»Da vorn«, sagte Jenne. Mit großen Augen sah sie zum Fluss hinunter.

Paulus blickte in die Richtung, in die sie zeigte. Hinter dem Kriegsschiff lag ein zweites Schiff. Ein Oberländer. Das hohe runde Heck schaute nur ein wenig hinter den Aufbauten des anderen hervor. Die beiden Schiffe lagen ganz dicht nebeneinander, Bauch an Bauch. Paulus vermutete, dass sie miteinander vertäut waren. Das machte man etwa dann, wenn die Fracht des einen Schiffes auf das andere geladen werden sollte.

Paulus flüsterte, als fürchtete er, die Besatzung könnte ihn auf diese Entfernung hören. »Sie wechseln das Schiff.«

Konstantin zog die Zügel an. Der gesamte Reitertrupp hielt. Mit besorgter Miene blickte er den Rhein hinab. Das flache Land mit den niedrigen Büschen ermöglichte einen weiten Blick. Von dem Schiff war nichts zu sehen.

»Wir kehren um«, sagte er.

Roland brachte sein Pferd neben dem Konstantins zum Stehen. Mit sechs bewaffneten Reitern hatte er vor einigen Meilen zu Konstantin aufgeschlossen. Als er das Schiff im Hafen nicht mehr vorgefunden hatte, war Roland sofort klar gewesen, dass es den Rhein hinuntergefahren sein musste. »Das wollte ich gerade auch vorschlagen.«

Konstantin tätschelte den verschwitzten Hals seines Fuchses. »Ich verstehe es nicht. Wir hätten sie längst einholen müssen. So groß war ihr Vorsprung nicht.«

»Vielleicht haben sie uns irgendwie hinters Licht geführt. Ich wundere mich, dass niemand das Schiff gesehen hat.«

»Und ich frage mich, ob wir nicht in größerem Maße hereingelegt worden sind, als wir uns das erträumen können.« Konstantin sah Roland an. Er fürchtete, einen schweren Fehler begangen zu haben. »Was, wenn du einen Mann freigelassen hast, der uns diese schöne Geschichte nur deshalb erzählen konnte, weil er selbst eingeweiht war?«

Roland schüttelte sein graues Haar. »Du hast Paulus gesehen, als wir bei seiner toten Mutter waren. Er hat sich verhalten, als hätte ihn der Schlag getroffen. Das kann er nicht gespielt haben.«

Konstantin musste Roland zustimmen. So viel Schauspielkunst war dem Jungen nicht zuzutrauen. »Herrgott, wo ist dieses verfluchte Schiff?«, schrie er. »Sie können doch nicht weggeflogen oder den Rhein hinaufgefahren sein.«

»Das könnten sie wohl«, rief da einer der Reiter.

Konstantin wandte sich im Sattel um. »Was sagst du da?«

Der junge Mann war der Sohn eines nur mäßig erfolgreichen Kölner Kaufmanns, der im Englandhandel tätig war. Er blickte Konstantin schüchtern an. »Ihr sagtet, das Schiff könne nicht den Rhein hinaufgefahren sein. Das stimmt nicht.«

»Erklär dich, Junge.«

»Das Schiff hat zwar seltsame Aufbauten, aber es ändert nichts daran, dass es eine Kogge ist. Diese Schiffe befahren zu Hunderten

oder gar Tausenden die Nordmeere. Ich habe viele davon gesehen, als ich meinen Vater bei seinen Handelsreisen begleitet habe. Sie haben keinen großen Tiefgang. Mit ihrem flachen Bauch legen sie nicht nur in Häfen an, sondern steuern bei Flut auch seichte Ufergebiete an und lassen sich trockenfallen, um Waren zu liefern oder an Bord zu nehmen. Man nennt sie deshalb auch Schlickrutscher. Wenn es nun der Besatzung mit der Hilfe eines Lotsen oder auch nur ein wenig Glück gelungen ist, die Stümpfe der alten Römerbrücke zu passieren, könnten sie noch ein gutes Stück rheinaufwärts zurückgelegt haben. Der Wind hat gedreht. Sie könnten sogar fünf, sechs Meilen bis nach Porz gesegelt sein.«

Konstantin überlegte nicht lange. Der Mann hatte recht. Wenn das Schiff nicht hier war, musste es in entgegengesetzter Richtung gefahren sein. Er rammte seinem Pferd die Fersen in die Flanken und ritt zurück in Richtung Köln.

An Deck des Schiffes herrschte rege Betriebsamkeit, so viel zumindest konnten Paulus und Jenne auf die Entfernung erkennen. Sie hielten sich im Schutz einiger Büsche, die sich auf einer kleinen Anhöhe vor dem Dorf befanden. Die Mohren arbeiteten sowohl auf den beiden Kastellen als auch auf dem Mitteldeck, verschwanden immer wieder im Laderaum und kehrten mit irgendwelchen Dingen zurück.

Paulus reckte den Hals. »Was machen die nur da? Sie bringen nicht einfach nur die Fracht auf den Oberländer, sondern machen sich auch noch an ihrem eigenen Schiff zu schaffen.«

Jenne saß neben ihm und versuchte ebenfalls, mehr zu sehen. »Das würde ich auch zu gern wissen. Wenn sie wirklich auf den Oberländer wechseln, dann brauchen sie ihr Schiff doch gar nicht mehr. Noch mehr würde mich aber interessieren, wo Nox und die Herren von Madras stecken. Von ihnen ist rein gar nichts zu sehen.«

Mit einem lauten Seufzer ließ Paulus sich rückwärts ins feuchte Gras sinken. Er betrachtete die Wolken, die vom leichten Wind über den Rhein getrieben wurden. »Ach, mir soll es gleich sein. Meinetwegen sollen sie zur Hölle fahren. Ich bin heilfroh, wenn diese Geschichte vorüber ist. Viel kann uns beiden nicht mehr geschehen. Wir müssen einzig darauf achten, dass wir den Schrein der Heiligen Drei Könige nicht aus den Augen verlieren. Also halten wir gehörigen Abstand zum Schiff und lassen uns auf keinerlei Wagnis ein. Einverstanden?«

»Einverstanden. Aber woher wissen wir, auf welchem der beiden Schiffe der Schrein ist?«

»Er wird schon längst auf dem Oberländer sein. Das werden sie wohl als Erstes erledigt haben.«

Jenne sah auf ihn hinab. »Verstehe ich deinen Blick gen Himmel recht? Das Im-Auge-Behalten überlässt du mir, und das mit dem Kein-Wagnis-Eingehen ist erst einmal deine Sache?«

Jenne wollte ihn nur ein wenig necken. Paulus wusste das. Aber ihm war nicht nach solchen Spielchen zumute. Seine Gedanken kreisten um seine Mutter, um Matthias und den verletzten Barthel. Das Bild, wie Irmel aufgeschlitzt in ihrem Blut lag, kehrte schmerzhaft in seine Erinnerung zurück. Wie mochte Matthias gestorben sein? Und wie ging es Barthel jetzt? Paulus machte sich Vorwürfe. Hätte er doch nur die wirren Worte der Wahrsagerin auf dem Marktplatz als Warnung ernst genommen, wäre es nie so weit gekommen. Wenn er Reißaus genommen hätte, anstatt Nox zu den drei Kaufleuten zu führen, hätte dieses Schwein ihn nicht in die Falle locken können. Paulus dachte an Angela. Wie lange hatte er sie jetzt schon nicht mehr gesehen? Was mochte sie nur von ihm denken? Er hoffte inständig, dass sie noch zu ihm stand. Dass nicht sie es war, die ihn verraten hatte.

»Ich habe mir einige Augenblicke der Ruhe verdient«, sagte Paulus.

Jenne stieß ihm einen Ellbogen in die Rippen. »Die bekommst du nicht«, sagte sie und zeigte auf den Rittersitz. Das große Tor des Hofes öffnete sich. »Schau, da.«

Paulus fuhr auf. Aus dem Tor trat Bruno von Madras, gestützt von seinem schmächtigen Enkel. Hinter ihnen schloss sich die Flügeltür wieder. Sie gingen in Richtung der Schiffe, als Paulus sie hinter einer der Fischerhütten wieder aus den Augen verlor. »Wo sind die anderen? Wo ist der Löwe?«

Wenig später tauchten Bruno und Guido wieder in ihrem Blickfeld auf, als sie das Kriegsschiff betraten und sich ansahen, was die Mohren vorbereitet hatten. Bruno von Madras schien zufrieden.

Dann ließ er sich auf das Achterkastell helfen – und blickte zu Paulus und Jenne hinüber. Paulus hatte sofort das Gefühl, entdeckt worden zu sein.

Unwillkürlich duckten sie sich ins Gras. »Sieht er uns etwa?«, flüsterte Paulus. »Das kann doch nicht sein.«

Jenne drückte die Halme vor ihrem Gesicht nieder. »Das ist unmöglich. Wir sind viel zu weit weg.«

Paulus schob sich näher neben sie und hielt sich flach auf dem Boden. »Und ich sage dir, er sieht uns. Er sieht genau in unsere Richtung. Das ist ein Höllenschiff, und dieser Greis da unten ist eine Ausgeburt des Teufels.«

»Unsinn. Wahrscheinlich betrachtet er mit großem Vergnügen, wie hinter uns der Rauch über Köln aufsteigt. Er kann uns nicht sehen.«

Doch dann winkte Bruno – und zeigte mit dem Finger auf sie. Er lachte. Er lachte sie tatsächlich aus.

Paulus und Jenne drückten sich ins Gras. »Das kann nicht sein«, presste Jenne hervor. »Es kann einfach nicht sein. Er kann uns nicht sehen.«

Paulus spürte einen Fuß, der ihm von hinten zwischen die Beine gestellt wurde. Bevor er herumfahren konnte, packte ihn eine Hand am Kragen und riss ihn ruckartig hoch. Auf dem Weg nach oben stieß er mit Jenne zusammen. Auch sie wurde auf die Füße gezogen.

Konstantin und sein Trupp erreichten Köln auf völlig erschöpften Pferden. Beim Blick auf den Domhügel durchfuhr die Männer ein Schrecken. Dort, wo am Mittag noch eine weiße Kathedrale die Stadt beherrscht hatte, stiegen nun kleine Rauchsäulen aus schwarz verrußten Mauern. Schon auf große Entfernung war unübersehbar, dass es nicht bei einem Teilabbruch geblieben war. Der Marienchor war ausradiert, an das Längsschiff und den Peterschor erinnerten nur die Außenwände, die dem Feuer und dem einstürzenden Dach standgehalten hatten.

»Der Dom …« Rolands Stimme stockte.

Konstantin ahnte, was in ihm vorging. Roland hatte sein ganzes Leben in Köln verbracht. Der Dom war der größte Stolz der Kölner, der nur durch einen noch schöneren Dom ersetzt werden konnte. Gar keinen Dom zu besitzen, war fern jeder Vorstellungskraft. Der Sturm hatte der Stadt das Herz herausgerissen.

Konstantin zwang sich, beim Ritt durch die Gassen nicht auf den Domhügel zu schauen. Diesen Verlust konnte er ohnehin nicht mehr rückgängig machen. Wenigstens den Schrein und die Gebeine der drei Weisen galt es zu retten.

Sie ritten in den Domhof, vorbei an kleinen Feuern, schmorenden Balken, geschmolzenem Blei und weinenden Menschen, mitten durch ascheschwarze Pfützen und über glühende Steine. Der Platz hatte alle Festlichkeit, alle Schönheit verloren. Der Sturm und das Feuer hatten nur Verwüstung hinterlassen.

Konstantin sah Meister Gerhard zusammengesunken inmitten der Trümmer sitzen. Er war ganz allein, ein Häufchen Elend. Der Mann tat ihm leid. Aber Konstantin hatte keine Zeit, Trost zu spenden. So schnell wie möglich wollte er die Verfolgung des Schiffes aufnehmen. Er bat Roland, zum Erzbischof zu gehen und ihm Bericht zu erstatten, ließ die Pferde wechseln und gab Anweisung, noch ein paar Männer zusammenzutrommeln.

Dann ritt er mit seinem Trupp am Rheinufer entlang den Fluss hinauf. Er hatte die Hoffnung noch nicht aufgegeben, den Dreikönigenschrein noch zurückzugewinnen. Wenn Paulus kein Verräter war, war es dem Jungen vielleicht gelungen, sich an die Fersen der Mailänder zu heften.

»Da schau her, zwei junge Kaninchen im Gras.« Nox stellte Paulus und Jenne vor den grinsenden Otto. »Der Herr Bruno sieht euch tatsächlich nicht, ihr kleinen Narren, er sieht *uns*. Und er freut sich, dass wir euch so schnell gefunden haben. Es war ein Fehler, zwei reiterlose Pferde ins Dörfchen traben zu lassen.«

Nox warf Paulus auf den Boden, stellte einen Fuß auf seinen Rücken und zog seinen Panzerbrecher. »Wir haben eine Rechnung zu begleichen, Jenne Schönauge«, sagte er grollend zu Jenne und hielt die Klinge vor ihr linkes Auge. Hübsch war sie. Aber von einer Frau ließ er sich nun mal nicht gern übertölpeln. Daher würde es ihm nichts ausmachen, ihr süßes Gesicht nun zu verunstalten.

»Daraus wird nichts.« Otto griff nach Nox' Arm und schob ihn beiseite. »Aufs Schiff mit ihnen.«

»Sie haben uns genug Ärger bereitet. Wir sollten sie aus dem Weg räumen. Jetzt und hier.«

»Und ich sage nein. Deine Art, die Dinge zu erledigen, hat uns wenig Freude bereitet, deshalb bestimme ich jetzt, wie es weitergeht. Wir lassen hier keine Leichen herumliegen. Wir haben genug Aufsehen erregt.«

»Ach, und wenn wir mit den beiden durchs Dorf laufen, ist das also unauffällig? Wir könnten sie in den Rhein werfen.«

Otto griff nach seinem Schwert, hielt aber in der Bewegung inne. Die beiden sahen sich mit funkelnden Augen an. »Schluss jetzt«, sagte Otto dann. »Wir zahlen deinen Lohn, also bestimmen wir, was zu tun ist. Aufs Schiff mit ihnen.«

Nox lächelte. Es gab keinen besseren Weg, diesem Otto zu zeigen, was er von ihm hielt. Er zog Paulus wieder auf die Füße.

»Keinen Mucks. Wenn nur einer von euch den Mund aufmacht, seid ihr beide sofort tot.« Um seiner Drohung die nötige Überzeugungskraft zu verleihen, drückte er fester zu. Paulus und Jenne schrien beide kurz auf. »Glaubt mir, ich würde mich freuen, wenn ihr mir nur einen Anlass geben würdet.«

Gesättigt vom jahrhundertealten Holz des Doms, gaben die Flammen irgendwann Ruhe. Ihr Zucken und Lodern ließ nach, sie senkten sich. Nur der Wind warf noch schwarze Flocken und Rauch in die Luft. Der Dom bestand nur noch aus verrußten Mauern und einem Haufen Asche.

Gerhard fühlte sich selbst wie ein Häuflein Asche. Er saß mit angewinkelten Beinen da und konnte den Blick nicht abwenden von diesem schwarz verbrannten Schlachtfeld. Eine Hand legte sich auf seine Schulter.

»Es war nicht dein Verschulden«, sagte Guda. Sie stand neben ihm und lächelte zu ihm herab.

Er wollte antworten, ihr zustimmen. Aber ein Kloß in seinem Hals ließ kein Wort zu seinem Mund vordringen. Er blieb stumm. Tränen füllten seine gereizten roten Augen.

»Komm heim, Gerhard.«

Mit gequältem Blick sah er zu seinem Weib auf. »Wie könnte ich in mein Haus zurückkehren, wenn ich den Herrgott doch gerade seines Hauses beraubt habe?«

Guda blieb die Antwort schuldig. Er lehnte sich gegen sie und drückte voller Gram sein Gesicht gegen ihren Schoß. Gerhard begann, hemmungslos zu weinen.

Bevor Nox sie unter Deck stieß, erkannte Paulus, was die Mohren auf dem Schiff aufgebaut hatten. Auf dem Vorder- und Achterkastell waren an Backbord je zwei kleine Bliden aufgestellt. Die Wurfmaschinen waren auf die Planken genagelt worden. Das mussten die Geräte sein, die Paulus unter Deck gefühlt, aber nicht hatte einordnen können. Die Wurfarme der Bliden waren auf das Ufer ausgerichtet. An Steuerbord lagen Hohlkugeln, die mit pechverschmiertem Reisig gefüllt waren. Paulus ahnte, dass es Brandgeschosse waren.

»Was haben die vor?«, fragte Jenne, als die schwere Luke über ihnen zufiel.

»Ich fürchte, sie wollen Köln angreifen.«

»Mit einem einzigen Schiff? Die sind doch nicht bei Trost.«

»Ich glaube, sie wissen genau, was sie tun. Sie dich mal hier unten um.«

Das Reisig, das Paulus bei seinem ersten Besuch gesehen hatte, war noch immer da. Aber die Fässer mit Pech waren leer. Die zähe Flüssigkeit war über das Reisig gegeben worden, auch die Bordwände waren von innen damit gestrichen.

»Sie wollen die Stadt nicht erobern. Sie wollen sie in Brand setzen. Köln soll zerstört werden. Wenn ich mich nicht völlig irre, wird das Schiff als riesige Fackel in den Hafen einlaufen.«

»Das schaffen sie nicht.« Ihre Stimme zitterte. Jenne klammerte sich mehr an eine Hoffnung, als dass sie überzeugt war von ihren Worten.

»Wenn sie die Geschosse über die Stadtmauer schleudern können, werden sie damit viel Unheil anrichten. Viele Feuer gleichzeitig sind schwer zu löschen. Und das Schiff werden sie wahrscheinlich in Brand setzen, in den Hafen steuern und beizeiten aussteigen. Wenn es in die Ober- oder Niederländer kracht, werden die Funken fliegen und das Feuer auf die anderen Schiffe überspringen. Mit ein wenig Pech steht der Wind wieder so ungünstig wie vor einigen Stunden – stadteinwärts nämlich. Dann fliegen die Funken über die Mauer in die Stadt hinein.«

»Der Regen hat alle Dächer durchnässt. Sie werden nicht in Flammen aufgehen.«

Paulus schüttelte den Kopf. »Jenne, es ist schon wieder drückend heiß und schwül. Ich fürchte, all die Feuchtigkeit ist längst verdampft, wenn das Schiff die Stadt erreicht. Außerdem verwenden sie Pech. Das ist schwer zu löschen. Diese Herren sind bestens vorbereitet.«

Ein leichter Ruck ging durch das Schiff. Durch die Gitterluke sahen Paulus und Jenne, dass sich der Himmel über ihnen langsam drehte.

»Wir legen ab.« Weil das Schiff leicht schwankte, setzte Jenne sich auf den Boden.

Paulus nickte und setzte sich neben sie. »Wahrscheinlich ziehen sie uns mit einem Beiboot hinaus auf den Rhein.«

Eine ganze Weile trieb das Schiff auf dem Fluss und ließ sich von der Strömung zurück nach Köln tragen. Dann wurden oben an Deck Befehle gebellt. Die Sprache verstanden sie nicht, aber Paulus hatte ähnliche Kommandos oft genug im Hafen auf Rheinschiffen gehört. Besatzungen benutzten sie, wenn sie den günstigen Wind nutzen wollten, um schneller den Fluss hinabzukommen.

»Fall besetzen!«

»An die Brassen!«

»An die Toppnanten!«

»Gaitaue und Gordinge besetzen!«

»Ragtau lose legen!«

»Ragtau läuft frei!«

»Gordinge lose legen!«

»Gordinge sind lose!«

»Brassen und Schoten lose!«

»Rah durchsetzen!«

Das Rahsegel kletterte ratternd am Mast hoch. Das Tuch rauschte voll aus. Wieder ging ein Ruck durch das Schiff, dieses Mal stärker. Sie segelten im Wind.

Die Luke wurde geöffnet, und Nox sah zu ihnen herunter. »Er will euch sehen. Kommt hoch.«

Paulus half Jenne durch die Luke und folgte ihr. Nox stieß sie nach achtern und schob sie auf das Kastell. Oben erwartete sie Bruno von Madras. Der vor ein paar Stunden noch schwächlich wirkende Greis war wie verwandelt. Er krallte sich an der Brüstung fest und hatte den Blick entschlossen in die Ferne gerichtet. Bruno gab einem Mohr Befehle, der sich gegen die Ruderpinne stemmte. Paulus verstand nicht, was er sagte, doch mussten es wohl Angaben sein, wie das Schiff gesteuert werden sollte. Inmitten der Wurfmaschinen und der Geschosse, neben zwei großen Kohlebecken, in denen bereits Glut angefacht war, kam der alte Mann Paulus vor wie ein Kriegsherr. Der Wind blähte das Segel mit dem Thomaskreuz und trieb sie mit Macht über den Rhein. Paulus folgte Brunos Blick – und schluckte.

»Das ist das Jüngste Gericht«, flüsterte er Jenne zu.

Ihnen bot sich ein gespenstisches Bild. Der Himmel der Abenddämmerung war noch immer gewitterschwarz, aus den Niederungen des Rheins stieg das verdampfende Regenwasser in Schwaden auf. Die sinkende Sonne warf ihr Licht von unten an die düstere Wolkendecke und bemalte sie mit grellroten Farben. Gegen den glühenden Horizont zeichnete sich in der Ferne der Schattenriss Kölns ab. Rauchfahnen stiegen vom enthaupteten Domhügel auf.

Jenne schüttelte den Kopf. »Nein, das ist nicht das Jüngste Gericht. Wir fahren geradewegs in die Hölle.«

Bruno wandte sich mit einem Grinsen Paulus zu. »Weißt du, wie dieses Schiff heißt, mein Junge?«

»Nein, Herr. Aber mir scheint, ich werde es gleich erfahren.«

Bruno lächelte. »Du hast Mut, das hast du schon mehrmals bewiesen. Das gefällt mir. Aber deine Zunge solltest du nun dennoch zügeln. Du bist nicht in der Position, Hochmut an den Tag zu legen.«

»Ihr wolltet uns sagen, wie Euer Schiff heißt.«

Brunos Blick fiel wieder auf die Stadt. »Es trägt den Namen Bazobo. Sagt dir das etwas?«

Ja, Paulus hatte dieses seltsame Wort schon einmal gehört. Nox hatte es im Munde geführt, als er Mummerslochs Leben auslöschte. Paulus drehte sich zu dem Mörder um, der sich hinter ihm und Jenne aufgebaut hatte. Nox zwinkerte ihm zu.

»Das Wort ist mir schon zu Ohren gekommen«, entgegnete Paulus dann. »Aber es sagt mir nichts.«

Bruno wandte sich wieder ihm zu. »Das wundert mich nicht. Eure Siege kostet ihr aus. Aber eure großen Niederlagen verdrängt ihr. Verlacht die Verlierer. Verspottet die Toten. Das wird sich heute Abend ändern. Bazobos Name und mein Name werden sich euch auf ewig einprägen.«

»Ist er ein Mailänder wie Ihr?«

Bruno sah ihn überrascht an. »Du weißt, woher ich komme? Also muss ich dir wieder Anerkennung zollen, mein Sohn. Mir scheint, Nox hat sich für seine Zwecke den falschen Kölner ausgesucht. Nein, Bazobo ist kein Mailänder, auch wenn ich in der Tat einer bin. Bazobo ist, wie soll ich sagen, ja, er ist ein Römer. Aber fangen wir von vorne an.«

Bruno schloss die Augen. Er schien zu genießen, wie der Wind seine spärlichen Haare zauste. Eine Weile blieb er regungslos so stehen. Dann drehte er leicht den Kopf und sah Paulus an. »Du wirst mir nun sehr genau zuhören, mein Junge, und du wirst dir alles merken, was ich dir nun erzähle, Wort für Wort. Weil du ein Kölner bist, bist du eigentlich nichts wert. Aber dein Leben hat noch einen Zweck zu erfüllen. Es wird an dir sein, den Überlebenden zu berichten, weshalb das Rachegericht über sie gekommen ist. Nach allem, was ich bisher von dir erfahren habe, scheinst du mir klug genug zu sein, diese Botschaft zu übermitteln. Hast du mich verstanden?«

Paulus nickte. Oh ja, er würde zuhören, und er würde keines von Brunos Worten vergessen. So wenig wie er vergessen würde, dass Bruno und Nox Schuld hatten am Tod seiner Mutter und von Matthias.

Konstantin wollte schon in Jubel ausbrechen, aber der Schrei erstarb auf seinen Lippen. Er sah den Mastkorb des Kriegsschiffes gleich hinter der Flussbiegung vor dem Weiler Weiß. Es stimmte etwas nicht. Die Kogge bewegte sich auf ihn und seine Reiter zu. Die Mailänder kehrten zurück, anstatt zu fliehen.

Er trieb sein Pferd zu schnellerem Galopp an. Nach einer knappen Meile waren sie auf einer Höhe mit dem Schiff, das weit draußen auf dem Rhein segelte.

»Kann einer von euch etwas erkennen?«

Der junge Kaufmannssohn, der über Koggen so gut Bescheid

wusste, setzte sich im Sattel auf. »Wenn ich es nicht besser wüsste, würde ich sagen, sie haben Waffen auf den Kastellen aufgebaut.«

»Waffen? Was für Waffen?«

»Katapulte.«

»Das ist doch lächerlich«, rief einer der anderen Männer. »Gegen unsere Stadtmauer vermögen so kleine Katapulte doch nichts auszurichten.«

Konstantin wusste es besser. In der hereinbrechenden Dunkelheit konnte er auch auf die große Entfernung die glühenden Kohlebecken auf den Kastellen des Schiffes leicht erkennen. Die Katapulte mochten zu klein sein, um der Stadt mit Steinen großen Schaden zuzufügen. Aber bewaffnet mit Brandgeschossen, würde ihre Wirkung auf Köln verheerend sein. Konstantin fluchte und wendete sein Pferd, um wieder nach Köln zurückzureiten.

»Ich bin ein Visconti«, sagte Bruno. »Meine Familie gehörte in den Jahren vor meiner Geburt zu den aufstrebenden Geschlechtern Mailands. Wir waren im Begriff, den Torrianis die Vorherrschaft in der Stadt streitig zu machen. Es stand außer Frage – wir hätten die Macht über Mailand übernommen. Doch dann kam euer Kaiser. *Euer* Kaiser. Er meinte, unsere Stadt unter seine Knute zwingen zu müssen. Er meinte, die gesamte Lombardei gehöre unter seine Herrschaft. Er meinte, die ganze Welt müsse nicht dem Papst in Rom, sondern seinem eigenen Gegenpapst die Treue halten.« Der alte Mann schüttelte den Kopf, als sei ihm das Machtstreben des Kaisers noch heute unbegreiflich. »Warum seid ihr nicht auf eurer Seite der Alpen geblieben?«, fuhr er Paulus an. »Was hattet ihr nur bei uns zu suchen?«

»Ich weiß von diesen Dingen nichts«, sagte Paulus. Doch es interessierte ihn. Er wollte wissen, warum Ereignisse in einem fernen Land und vor einer langen Zeit sein Leben so auf den Kopf hatten stellen können.

Bruno sah Köln entgegen. »Die stolze Stadt Mailand stand gegen den Kaiser auf. Sie verweigerte ihm die Gefolgschaft. Und sie bezahlte teuer dafür. Ich kann meinen Vätern den Widerstand nicht verdenken. Sie wollten sich nicht einem Mann unterwerfen, den sie nicht als ihren Herrscher ansahen.«

»Was ist geschehen?«, fragte Jenne.

Paulus schob sich vor sie und hoffte inständig, dass sie seine Bewegung richtig deutete. Sie sollte sich besser nicht in das Gespräch einmischen. Bruno hatte nur ihn als Überbringer der Botschaft an die Kölner bestimmt, nur ihn also würden die Mailänder daher mit Gewissheit laufen lassen. Jennes Leben war in ihren Augen sicher nichts wert.

»Willst du mir allen Ernstes weismachen, du wüsstest nicht, was damals geschehen ist?«, fragte Bruno.

Sie zuckte mit den Schultern. »Ich weiß, dass Mailand erobert wurde. Dass Köln die Gebeine der Heiligen Drei Könige als Geschenk erhalten hat.«

»Erobert! Als Geschenk erhalten!«, fuhr Bruno auf. »Mailand ist nicht erobert worden. Feige ausgehungert hat Barbarossa die Stadt. Es war kein Krieg gegen die waffenfähigen Männer der Stadt, es war ein Verbrechen an Frauen, Kindern und Greisen. Die Belagerung währte Monate, die Menschen verfielen zu lebenden Leichen, dürre Skelette wankten durch die Gassen. Erst aßen sie die Hunde und Katzen. Dann aßen sie Ratten und Mäuse. Dann das Ungeziefer. Dann die Kleider, die sie am Leib trugen. Dann das Holz ihrer Häuser. Zuletzt, als nichts mehr da war, das sie hätten kauen können, fielen einige übereinander her und aßen sich gegenseitig. Ihre Toten brachten die Mailänder nachts vor die Stadtmauer, wo sie sie heimlich begruben. Doch die Kaiserlichen scharrten sie wieder aus und schossen die Leichen mit Katapulten zurück in die Stadt hinein. Es war unmenschlich. Es war, als hätte ein Heer von Teufeln vor der Stadt gelegen.«

»Aber sind das nicht Dinge, die in jedem Krieg geschehen?«, warf Paulus ein. Er musste Brunos Augenmerk wieder von Jenne auf sich lenken. Nox stand bereits grinsend hinter Bruno. Der Schlächter wartete sicher nur auf eine Gelegenheit, sich an Jenne zu rächen. »Die Mailänder hätten sich doch jederzeit ergeben können.«

»Und dann? Was dann?«

»Der Kaiser hätte gewiss Gnade walten lassen.«

Bruno lachte ein kehliges Lachen. »Gnade? Ha! Die Mailänder haben sich in der Tat doch noch ergeben, aber nicht einmal gegen die erbärmlichen Gestalten, die ihm aus der Stadt entgegenzogen, hat Barbarossa Gnade walten lassen. Wie erst wäre er mit den Mailändern umgegangen, wenn sie ihm erhobenen Hauptes begegnet wären?«

Paulus trat einen Schritt näher auf Bruno zu. Der Mailänder hatte Jenne nun nicht mehr im Blick. »Was hat der Kaiser den Menschen angetan, nachdem die Stadt sich ergeben hat?«

Bruno neigte den Kopf zur Seite. Er schien verunsichert. Interesse und Anteilnahme waren sicher nicht die Regungen, die er von einem Kölner erwartet hatte. »Er tat, als wäre er großzügig, und gab vor, ihnen das nackte Leben zu schenken. Gnädiger wäre es gewesen, ihnen einen schnellen und leichten Tod zu bescheren. Als sich die Stadt nach zwei Jahren der Belagerung ergab, hielt der Kaiser ein fürchterliches Strafgericht. Dreihundert der edelsten Bürger mussten vor ihn treten, um ihren Hals ein Strick als Zeichen ihrer Niederlage. Sie übergaben ihm die Banner und Schlüssel der Stadt, auch ihren Fahnenwagen, den Carroccio. Barbarossa ließ den Wagen zerschlagen, er gab die Stadt seinen Truppen zur Plünderung frei. Er befahl, die Mauern und Türme zu schleifen und alle Häuser niederzulegen. Die Mailänder hatten unverzüglich ihre Heimat zu verlassen. Viele Menschen waren so schwach, dass sie nur das mit sich nehmen konnten, was sie am Leibe trugen, andere ließen ihre Kinder zurück, wieder anderen fehlte die Kraft, ihre Häuser zu verlassen. Sie waren der Willkür der Plünderer ausgeliefert. Die Kaiserlichen vernichteten Mailand und hinterließen verbrannte Erde. Die Ländereien ringsherum wurden mit Salz auf Jahre unfruchtbar gemacht, und unsere Olivenbäume, Stolz vieler Generationen, wurden abgeholzt. Des Kaisers Rache stand in keinem Verhältnis zu dem angeblichen Vergehen meiner Stadt. Mailand wollte sich nicht unter einen fremden Herrscher begeben. Mehr nicht. Barbarossa hatte kein Recht, sich über uns zu erheben. Die Stadt Mailand gab es schon sechshundert Jahre bevor der Herrgott uns seinen Sohn gebären ließ. Sollten sich meine Vorväter etwa beugen, wenn tausend Jahre nach Christi Geburt ein Kaiserlein über die Alpen geklettert kommt und meint, unser neuer Herr zu sein?«

»Aber was haben wir damit zu tun?«, fragte Paulus.

»Ihr? Alles. Deine kleine Freundin meinte eben, Köln habe die Gebeine der Heiligen Drei Könige als Geschenk erhalten. Das stimmt nicht. Ein Hund hat sie geraubt. Der Kettenhund des Kaisers. Erzbischof Rainald von Dassel, der Kanzler des Reiches, war

Barbarossas harte rechte Hand. Er ging mit aller Härte vor, um die Gier seines Herrn zu befriedigen. An den Mailändern, die ihn einst mit Schimpf und Schande aus ihrer Stadt gejagt hatten, nahm er nun nur zu gern Rache. Und Barbarossa dankte ihm seine Rücksichtslosigkeit, indem er ihm die heiligsten Reliquien unserer Stadt überließ. Das ist es, was ihr damit zu tun habt.«

»Ihr seid verrückt«, sprudelte es aus Paulus heraus. »Meine Eltern waren noch nicht einmal geboren, als das geschehen ist, vielleicht noch nicht einmal meine Großeltern oder gar Urgroßeltern. Nichts haben wir damit zu tun.«

Brunos Gesicht verzog sich zur Grimasse. Er war wütend, und er machte keinen Hehl daraus. »Und ob ihr damit zu tun habt. Während wir über Generationen in die Knie gezwungen waren, habt ihr den Aufschwung erlebt, der uns vorbehalten gewesen wäre. Die Heiligen, die auf ehrlichem Weg in unsere Stadt gekommen sind, haben euch zu Wohlstand verholfen. Mailand lag im Staub, und Köln stieg binnen weniger Jahre zur Pilgerhauptstadt nördlich der Alpen auf. Heute wird es in einem Atemzug mit Jerusalem, Rom und Santiago de Compostela genannt. Jedes Jahr strömen Abertausende Sünder nach Köln, um hier Vergebung zu erlangen. Sie bringen Spenden, belegen Kammern in Herbergen und decken sich auf euren Märkten ein, sie kaufen Erinnerungsstücke und falsche Knöchelchen von falschen Heiligen – sie füllen die Kassen Kölns. Die Heiligen Drei Könige bedeuten Macht. Macht, die Köln nicht zusteht.«

»Ich verstehe das nicht«, sagte Jenne. Sie hielt einfach nicht den Mund, und Paulus ärgerte sich, dass er nicht bemerkt hatte, wie sie neben ihn getreten war.

»Was verstehst du nicht, mein Kind?«

»Euren Hass, Herr. Ihr scheint wohlhabend zu sein, also kann Euer Groll nicht vom geraubten Reichtum Eurer Familie herrühren. Und selbst erlebt habt Ihr die Unterwerfung Mailands auch nicht. Warum seid Ihr willens, viele Menschen zu töten? Menschen, die genauso unschuldig sind wie die Mailänder, die Ihr nun zu rächen sucht.«

Bruno lehnte sich gegen die Brüstung des Achterkastells und richtete seinen Blick den Fluss hinab. Seine Augen zuckten leicht hin und her. Sie fanden wohl keinen Punkt, den sie fixieren konnten. Paulus vermutete, dass Bruno mit sich rang. Dass er nun vielleicht Dinge sagen würde, die er lieber für sich behalten wollte. Nox nutzte den Augenblick des Schweigens, um sich neben seinen Herrn zu stellen und noch ein Stück näher auf Paulus und Jenne zuzugehen.

»Es stimmt, die Unterwerfung meiner Heimat habe ich nicht erlebt«, sagte Bruno bedächtig. »Aber ich habe das Elend erlebt, das daraus entstanden ist. Mein Vater hat die Belagerung überlebt, jedoch seine geliebte Frau und drei Kinder an den Hunger verloren. Sein viertes und letztes Kind trug er, selbst nur noch Haut und Knochen, nach der Vertreibung aus den Stadtmauern viele Meilen weit, um es dann doch in seinen Armen sterben zu sehen. Die kleine Giulia war gerade einmal zwei Jahre alt, als sich ihre Augen für immer schlossen. Niemand hat damals nach Schuld oder Unschuld gefragt.«

Paulus blickte betreten zu Boden. Aus dem Augenwinkel sah er, dass Jenne sich ebenso verhielt. Auf Brunos Worte vermochte er nichts zu entgegnen. Das war wohl auch besser so. Bruno gab mehr preis, als Paulus von einem Mann eines solchen Standes erwartet hätte.

»Ich kam zehn Jahre nach dem Fall Mailands zur Welt«, fuhr Bruno fort. »Mein Vater hatte wieder geheiratet, er hatte es auch wieder geschafft, als Kaufmann zu einem kleinen Besitz zu kommen. Aber er hat sich nie von dem Schicksalsschlag erholt. Ich habe meinen Vater nie lachen sehen. Er war in seinen besten Jahren und doch ein gebrochener Mann. Als ich sieben Jahre alt war, rief er mich zu sich. Es war das traurigste Gespräch, das ich je mit ihm geführt habe. Und es war das letzte. Er sagte, er spüre seinen Tod nahen. Es sei für ihn an der Zeit, zu seiner ersten Frau und meinen toten Halbgeschwistern zu gehen. Er nahm mir ein Gelübde ab. Ich müsse unsere Familie rächen. Es dürfe nicht ungesühnt bleiben, was den Viscontis und unserer Heimat angetan wurde. Ich solle nicht ruhen, bis die Heiligen Drei Könige wieder ihren Platz in der Kirche Sant Eustorgio einnehmen. Und ich solle alles daransetzen, die Heimat Rainalds von Dassel zu zerstören, so wie einst unser Mailand zerstört worden war. Ich leistete einen heiligen Eid, dass ich bis zu meinem letzten Atemzug alles geben würde, um zu tun, was er von mir verlangte.«

Mit beiden Händen fuhr sich Jenne durchs Haar. »Das ist doch Irrsinn. Das kann man doch von einem Jungen nicht fordern.«

»Ich war ein Kind. Für mich war es eine Selbstverständlichkeit, eine ganze Stadt, ja vielleicht sogar das ganze deutsche Reich herauszufordern. In der Nacht nach unserem Gespräch lag ich lange wach, fasste Pläne und sah mich bereits mit deutschen Rittern kämpfen. Am nächsten Morgen wollte ich noch einmal mit meinem Vater reden. Doch er war am Abend zuvor eingeschlafen und nicht mehr aufgewacht.«

Paulus schüttelte den Kopf. »Ich kann den Schmerz Eures Vaters und seine Rachegelüste verstehen. Aber er hätte niemals seinem Kind eine solche Last aufbürden dürfen. Solch ein Versprechen abzuverlangen, verstößt gegen alle guten Sitten und gegen jeden Verstand. Es war *sein* Hass. Nicht Eurer.«

»Vielleicht hast du recht. In der Tat habe ich viele Jahre nicht mehr an mein Gelübde gedacht. Ich habe es schlicht verdrängt. Aber Mailand hat sich zu neuer Blüte erhoben. Und ich sah, wie stolz es einmal gewesen sein musste. Ich begann, den Zorn meines Vaters zu begreifen. Ganz langsam sprang er auf mich über, immer mehr machte ich seine Sache zu meiner. Als sich mit den Jahren wieder zarte Handelsbande mit den deutschen Landen entwickelten, erfuhr ich dann, wie es um die Stadt Köln stand. Ich hörte von ihrem Ruhm und ihrem Reichtum, von ihren Heiligen wie den elftausend Jungfrauen, und ich erfuhr, welche Bedeutung die Heiligen Drei Könige für die Stadt hatten. In mir wuchs die Erkenntnis, dass ich ein anderes Leben hätte führen müssen. Eines, wie es mir und meiner Familie nur die Heiligen Drei Könige hätten ermöglichen können, wenn sie denn in Mailand geblieben wären. Und mit der Erkenntnis, dass uns mit den Gebeinen das Wohl unserer Stadt gestohlen worden war, wuchs auch der Zorn in meinem Herzen.«

»Es ging Euch doch offenbar gut«, warf Paulus ein. »Ihr hättet es dabei bewenden lassen können.«

»Hätte ich das? Nein, ein Gelübde ist ein Gelübde. Zwar ist es mir gemeinsam mit zwei Onkeln gelungen, das Geschlecht der Viscontis wieder groß zu machen und neben die verhassten Torrianis zu rücken. Doch meine Bestimmung sollte eine andere sein. Mit den Jahren kehrte dieses Bewusstsein zurück.«

»Dass Ihr Köln noch zerstören und die Heiligen Drei Könige holen müsst, ist Euch recht spät wieder in den Sinn gekommen.«

Bruno nickte und lachte. »Ich stimme dir zu. Weil ich so sehr danach gestrebt habe, die Viscontis zu alter Macht und neuem Glanz zu führen, habe ich es immer wieder aufgeschoben. Ich habe doch Zeit, sagte ich mir immer. Selbst als meine alten Knochen zu knacken begannen und meine Augen nicht mehr so weit sehen konnten, fühlte ich mich noch nicht in der Pflicht und verdrängte mein Versprechen. Mir fehlte ein Plan, eine Idee, wie ich das Gelübde einlösen konnte. Ein Heer aufzustellen, war mir nicht möglich. Dafür reichte der Wohlstand, den ich mir erarbeitet hatte, denn doch nicht. Und allein gegen Köln zu ziehen, hielt ich für aberwitzig. Aber die Gelegenheit kam doch noch. Vor einigen Monaten tauchten drei Kölner Kaufleute in Mailand auf.«

Nun dämmerte es Paulus. »Mummersloch, Gir und Quatermart.«

»Wie gesagt, du bist ein helles Köpfchen. Geschäfte wollten sie machen, neue Handelspartner kennenlernen. Ich habe sie empfangen und bewirtet, so wie ich alle Kaufleute aus den rheinischen Landen empfangen habe, weil mich Nachrichten aus Köln immer ganz besonders interessierten. Deshalb habe ich sogar eure Sprache gelernt, was unter Kaufleuten aber nichts Ungewöhnliches ist. An den Geschäften der drei Herren hatte ich kein Interesse, heuchelte dennoch Verhandlungsbereitschaft. Zugleich habe ich versucht, ihnen mehr über ihre Heimatstadt zu entlocken. Als ich erfuhr, was ihr Kölner in diesem Jahr plant, wusste ich, dass die Gelegenheit, mein Gelübde zu erfüllen, endlich gekommen war. Spät zwar, aber nicht zu spät.«

»Der Dombau.« Paulus schüttelte den Kopf. Ausgerechnet der Versuch, Köln noch schöner zu machen, sollte der Auslöser für die Vernichtung der Stadt sein?

»Beinahe. Nein, ich meine nicht den Dombau, sondern den teilweisen Abbruch des alten Doms. Dieses Ereignis hat mir nun endlich die Möglichkeit geboten, die Gebeine der Heiligen Drei Könige wieder nach Mailand zurückzubringen. Die Gebeine und sogar den Schrein, den ich als geringen Schadenersatz ansehe für das Leid und die Verluste, die wir erlitten haben.« Bruno warf den Kopf in den Nacken und lachte wieder sein kehliges Lachen.

»Ihr könnt euch nicht vorstellen, wie viel Freude es mir bereitet, das große Köln mit solch einem Schmierentheater in die Knie zu zwingen. Ein umgebautes Schiff, eine Sänfte, ein paar Hände voll Pfeffer, ein kleiner Sack mit Münzen, acht Mohren, angeheuert im Hafen von Venedig, ein Löwe, wie ihn viele Italiener mit Handelsbeziehungen nach dem nördlichen Afrika als Haustier halten, dazu noch ein gedungener Mörder und meine beiden Enkel – mehr braucht es nicht, alle Kölner hinters Licht zu führen und ihre Stadt zu zerstören. Diese Erniedrigung ist meine große Genugtuung.«

»Ihr habt Mummersloch, Gir und Quatermart nur deshalb umbringen lassen, weil Ihr fürchten musstet, von ihnen erkannt zu werden.«

Bruno zögerte kurz. Wieder sah er den Fluss hinab, wieder flackerten seine Augen. Dann aber sagte er mit fester Stimme: »So ist es. Ich wollte unseren kleinen Betrug aus nächster Nähe erleben. Um meinen Auftritt zu ermöglichen, mussten sie aus dem Publikum verschwinden.«

Feige Morde waren es, dachte Paulus. Und ihm waren sie in die Schuhe geschoben worden.

Bruno schien seine Gedanken lesen zu können. Er zuckte mit den Schultern. »Das war nicht meine Entscheidung. Betrachte es als Fügung des Schicksals. Nur deswegen stehst du nun hier an Deck dieses Schiffes – und bist nicht innerhalb der Mauern Kölns. Dort würde dich vielleicht gleich der Tod ereilen. Ich habe es im Übrigen nicht dabei belassen, die drei Kaufleute aus dem Weg zu räumen. Um den Schrein der drei Magier heimführen zu können, bedurfte es eines ausreichend langen Augenblicks der Ablenkung.«

Bruno nickte Nox zu, der sich vor Paulus und Jenne stellte und sie angrinste. Paulus begriff, was nun kommen würde. Auch Nox' Ausführungen sollten zu der Botschaft gehören, die er den überlebenden Kölnern übermitteln sollte.

»Ich bin schon vor einigen Wochen nach Köln gereist, um die nötigen Vorbereitungen zu treffen«, sagte Nox. »An meiner Seite war eine Handvoll guter Männer, die sich auf der Dombauhütte zur Arbeit meldeten. In den Nächten unterhöhlten sie heimlich und in unserem Auftrag den alten Dom weit mehr, als es die Pläne vorsahen. Der Werkmeister, der sie dabei erwischte, musste mit seinem Leben dafür bezahlen. Der Einsturz der Kirche hat wie gewünscht ein Chaos ausgelöst, das uns Zeit genug verschaffte, den Schrein zu stehlen.«

»Seinem rechtmäßigen Besitzer zuzuführen«, korrigierte ihn Bruno mit erhobenem Zeigefinger.

Nox nickte. »Und ich tat noch etwas. Ich suchte mir ein windiges Kerlchen, das gierig genug war, für ein paar Münzen seine Mutter zu verkaufen. Jemanden, der kundig genug war, mir einen Sündenbock zu vermitteln.«

Paulus wurde hellhörig. »Einen Sündenbock?«

»Ja. Einen Menschen, der mit möglichst vielen der Kaufleute in Verbindung steht.«

Paulus sah den Hünen an. Wenn er Nox gerade richtig verstanden hatte, dann war er ganz gezielt ausgewählt worden, um als falscher Verdächtiger dazustehen.

Nox legte die Hände auf seine Hüften. »Dein Bruder Matthias hat alles darangesetzt, dich im Hafen mit mir zusammenzuführen.«

Paulus' Knie fühlten sich an wie schmelzendes Wachs. Jenne griff nach seiner Hand. Matthias sollte ihn verraten haben? Sein Bruder? Paulus versuchte, Haltung zu bewahren und sich nichts anmerken zu lassen. Es schien ihm nicht zu gelingen. In Brunos und Nox' Augen las er Zufriedenheit. Sie grinsten. Sie genossen, wie er litt. Paulus erwiderte den Druck von Jennes Hand.

Konstantin ritt mit dem Wind, so schnell, dass er die anderen Reiter schon abgehängt hatte. Seine Gedanken rasten noch schneller. Paulus hatte ihm berichtet, dass sich an Bord der Kogge kein Pfeffer befand – nur Pech und Reisig. Es gab nur einen logischen Schluss: Die Mailänder wollten Köln in Brand setzen. Was half seiner Stadt die höchste Mauer gegen einen solch ausgeklügelten Angriff? Nein, nicht ausgeklügelt. *Hinterhältig* war das treffendere Wort. Denn es hatte in den vergangenen Jahren keinen Krieg, nicht einmal eine Kriegserklärung, geschweige denn eine Missstimmung zwischen Köln und Mailand gegeben. Zumindest war Konstantin nichts bekannt.

Er begriff den Hass nicht, der die Menschen auf dem Schiff antrieb. Niemand von ihnen, selbst nicht der tattrige Greis, konnte die Belagerung Mailands und den Raub der Gebeine erlebt haben. Das war zu lange her. Warum also stellte sich dieses Häuflein Mailänder gegen Tausende Kölner? Warum nahmen sie in Kauf, dass es zu einem neuen Krieg kam? Genau das würde die Konsequenz aus diesem Angriff sein. Und warum kehrten die Mailänder zurück, um die Stadt in Schutt und Asche zu legen, obwohl sie doch den Schrein bereits in ihre Hand gebracht hatten?

Konstantin dachte verzweifelt nach. Was vermochte er schon auszurichten? Der Wind wehte wieder vom Rhein her auf die Stadt zu, also konnte er kein Schiff unter Segeln auf den Fluss schicken. Und ein ausreichend großes Ruderboot, das es mit der Kriegskogge aufnehmen konnte, war auf die Schnelle nicht aufzutreiben, geschweige denn zu bewaffnen und mit Männern zu besetzen. Ihm blieb nur eines – er musste durch die Viertel an der Hafenmauer reiten und die Kölner warnen, dass man ihnen den roten Hahn aufs Dach setzen wollte.

Er erreichte den Bayenturm, das erste Bollwerk der Stadt am Rheinufer, und ließ sein Pferd in Trab fallen. Kurz bevor er durch das Tor der Hafenmauer ritt, zog er die Zügel an und brachte das Pferd jäh zum Stehen. Konstantin sah am Werthchen vorbei auf den Rhein hinaus.

Die schwimmenden Mühlen.

Konstantins Einfall war so verrückt wie verzweifelt. Er passierte das Tor, ritt an den Obstgärten vorbei, die in diesem Teil der Stadt am Rheinufer standen, und fand schnell, was er suchte. Eine Esche.

Matthias. Sollte sein eigener Bruder ihn hintergangen und in einen Hinterhalt gelockt haben? Die Erinnerungen an jenen Abend liefen durch Paulus' Kopf. Matthias, der mit aller Macht im Hafen bleiben wollte, um dort zu feiern und bloß nicht in einem Gasthaus im Hafenviertel. Matthias, der sich das Schiff ansehen wollte. Matthias, der immer lauter zu grölen begann, so laut, dass niemand sie überhören oder übersehen konnte. Matthias, der ihn auf die Wange küsste. Ein Judaskuss.

Sein Bruder war gar nicht betrunken gewesen. Er hatte einzig und allein Nox bemerkbar machen wollen, wo sie waren.

»Und wenn statt meiner Barthel Euch geführt hätte?«

»Dann hätte ich auch einen guten Schuldigen gehabt, denn ihr seid ja alle Brüder. Mir war's gleich.«

»Wie viel habt Ihr Matthias für seine Dienste gegeben?«

Nox streckte den Rücken durch und sah nun noch etwas tiefer auf Paulus hinab. »*Mein* Bruder wäre mir jedenfalls mehr wert gewesen.«

Jenne drückte Paulus' Hand noch fester. Er spürte, wie sich sein Magen verkrampfte. »Und dann bringt Ihr Matthias um, der Euch doch zu Diensten war?«

»Für seinen Dienst ist er entlohnt worden. Für seine Unwilligkeit, mir gewisse Dinge zügig mitzuteilen, hat er seine gerechte Strafe erhalten.«

Paulus' Muskeln spannten sich an, doch Jenne hielt ihn zurück. Mit ihrem Kopf deutete sie hinab auf das Deck. Dort bestrichen die Mohren das untere Ende des Segels mit Pech. Jenseits des Bugs erkannte Paulus das Werthchen. Sie waren bereits kurz vor der Insel. Köln war nahe.

Konstantin stieß einen Seufzer der Erleichterung aus. In der Dämmerung war es gar nicht so leicht, sich auf einer Esche zwischen den vielen Schiffsmühlen zurechtzufinden. Nun aber hatte er sein Ziel erreicht. Er sprang auf die Summus und stieß die Tür zum Mühlhaus auf. Er hielt sich nicht lange mit einer Begrüßung oder Erklärungen auf, sondern stürmte auf den Mann zu, der auf seinem Lager lag. Die Ähnlichkeit mit dem alten Gir war unverkennbar. Das musste Theoderich Girs Halbbruder sein. Eine hochschwangere Frau, die gerade ein Brot geschnitten hatte, fasste sich erschrocken an die Brust. Sie musste des Müllers Frau sein.

»Seid Ihr Barthel, der Müller?«, fragte Konstantin.

Der Mann mit der Hakennase setzte sich auf. »Der bin ich. Aber wer seid Ihr, und was wollt Ihr auf meiner Mühle?«

»Ich bin Büttel Konstantin, und wenn mich nicht alles täuscht, müsstet Ihr darüber in Kenntnis sein, dass Euer Bruder Paulus in Schwierigkeiten steckt.«

Barthel schwieg, aber sein Schweigen sagte mehr als genug. Er blickte zu Boden.

Konstantin nickte. »Ich weiß, dass er unschuldig ist, doch das

Hochgericht wird Beweise wollen. Und wir können Paulus die Gelegenheit geben, seine Unschuld zu beweisen, indem wir die Mächte aufhalten, die unsere Stadt ins Unglück stürzen wollen. Die Mailänder kommen mit ihrem Kriegsschiff zurück, um Köln in Flammen aufgehen zu lassen.«

Barthel setzte die Beine aus seinem Lager. »Wie kann ich Paulus helfen?«

»Es wird Euch die Mühle kosten.«

An Bord kam Geschäftigkeit auf. Die Mohren fachten die Glut in den Kohlebecken an, spannten die Bliden und legten die Hohlkugeln ein. Auch die Bordwände erhielten noch einen Anstrich mit dem restlichen Pech. Otto und Guido machten sich daran, ein Beiboot, das sich im Schlepptau befand, längsseits zu holen. Sie bereiteten ihren Ausstieg vor. Das Boot war gerade groß genug, die Mailänder und Nox aufzunehmen. Und keinen Mann mehr.

»Was habt Ihr mit uns vor?«, fragte Paulus.

Bruno winkte ab. »Ihr beiden habt doch schon zur Genüge bewiesen, dass ihr des Schwimmens mächtig seid.«

»Ihr lasst uns wirklich laufen?«

»Ja. Die Kölner sollen wissen, wer ihnen ihren Dom und ihre Stadt geraubt hat. Und sie sollen wissen, warum.«

Nox trat humpelnd an die Brüstung des Achterkastells und sah auf die sich nähernde Stadt. Er nickte den Mohren zu. »Macht euch bereit.«

»Wir müssen irgendwie runter vom Schiff«, flüsterte Paulus Jenne zu.

»Aber wie?«

»Ich hätte da eine Idee.«

Paulus folgte Nox ein paar Schritte und schaute auf die Mühlenschiffe hinaus. Das Schiff würde sie bald passieren.

»Wir könnten dort abspringen und hinüber zur Summus …« Er verstummte mitten im Satz.

»Was ist?«, zischte Jenne. Ihr Blick folgte dem seinen. Dann nickte sie. Obwohl die Sonne schon hinter dem Horizont verschwand und nur ein Dämmerlicht warf, waren auf der Summus immerhin noch schemenhaft drei Gestalten zu erkennen. Sie waren mit irgendetwas beschäftigt, und sie wirkten gehetzt.

»Was machen die da?«

»Ich habe keinen blassen Schimmer. Aber ich hoffe, sie ahnen, was auf sie zukommt. Wir müssen dafür sorgen, dass die Kerle hier sie nicht bemerken.«

Jenne sah ihn verzweifelt an. »Wie?«

»Indem Bruno und Nox uns ihre Aufmerksamkeit schenken.«

Auch Bruno trat nun an die Seitenbrüstung. Mit Nox sah er auf Köln hinaus, das sich an Backbord vor dem Bug über den Rhein erhob.

Paulus räusperte sich und sprach mit lauter Stimme. »So, unser Köln wollt Ihr also zerstören. Wie will Euch das gelingen, wenn niemand aus Euren wirren Gedanken schlau wird?«

Sein Auftritt hatte die gewünschte Wirkung. Bruno und Nox wandten sich ihm zu und vom Rhein weg. Der alte Mann lächelte milde.

»Was verstehst du denn nicht, mein Junge?«

»Schon bei meiner ersten Begegnung mit Herrn Nox hat er von diesem Bazobo gefaselt, und eben habt auch Ihr den Namen genannt und eine Erklärung angekündigt. Doch bis jetzt weiß ich immer noch nichts über diesen Römer. Weshalb zeigt er sich hier nicht? Ist er feige?«

»Er ist kein Römer.«

»Das habt Ihr eben noch behauptet.«

Der alte Mann schmunzelte. »Bazobo ist kein Mensch. Bazobo ist der tödliche Atem Gottes. Der Odem der Rache. Nur drei Jahre nach dem Raub der Gebeine der Heiligen Drei Könige ereilte die Diebe ihre gerechte Strafe. Friedrich Barbarossa hatte auch Rom in die Knie gezwungen, sein Heer lag in diesem Sommer des Jahres 1167 noch am Monte Mario in der Heiligen Stadt. Doch die Truppen des Staufers kannten die Tücken nicht, die das Land bereithielt. Ein Sturm zog auf, der eine Urgewalt ist verglichen mit dem Windchen, das euer Köln eben ein bisschen durchgerüttelt hat. Ein Sturm, der stets in den heißen Monaten aufzieht, so heimtückisch und böse, dass die Römer ihm schon vor Menschengedenken einen Namen gegeben haben. Bazobo. Er setzte die Straßen unter Wasser, spülte den Unrat aus den Gossen in die Häuser, er vermischte alles, was auf Erden war, zu einer braunen Brühe, geradeso, als wolle der Schöpfer einen Neuanfang wagen. Der Bazobo jenes Sommers stürmte auch durch die Sümpfe vor Rom und wehte die schlechte Luft in das Lager der Deutschen, die *mal aria*. Ein unerträglicher Gestank lag über dem Tal, selbst die Pferde und die Kleidung stanken, worauf sich der Kaiser auf den Gipfel zurückzog. Was allen Lombarden, allen Römern nie gelingen wollte, gelang der Seuche. Sie wütete unter den Kriegern, zog in jedes Zelt, brachte Fieber und nahm Leben, ohne Achtung vor Stand und Herkunft. Sie tötete Ritter, Fußvolk und Schildträger. Sie besiegte den Kaiser und sein Heer. Bazobo sei Dank.«

»Der Kaiser starb am Fieber?«

»Nein. Barbarossa nicht. Auch er erkrankte am Fieber, doch seine Strafe war, den Bazobo und seine Folgen zu überleben. Er musste den Tod seiner besten Männer und die schmerzvolle Niederlage ertragen. Der Kaiser hatte jahrelang Krieg gegen die italienischen Städte geführt und seine eigenen Päpste gegen den wahren Bischof von Rom auf den Schild gehoben. Nun endlich war der Herrgott des Treibens leid geworden und hatte dem Rotbart gezeigt, was er von seinem Tun hielt. Ich bin mir sicher, diese Schmach war die Rache für den Raub der Gebeine. Unter den Toten waren viele Edle des Reiches. Friedrich von Schwaben starb, ebenso Herzog Welf, die Bischöfe von Lüttich, Augsburg, Speyer oder auch Prag und, was mich besonders befriedigt, Kölns Erzbischof und Reichskanzler Rainald von Dassel. Das Fieber hat in seinen Eingeweiden gewütet und ihn unter elendigen Schmerzen verrecken lassen wie einen tollwütigen Köter.«

Jenne hob die Schultern. »Aber dann habt Ihr Eure Rache doch schon gehabt. Der Räuber ist tot, qualvoll gestorben, und all das ist schon fast hundert Jahre her. Warum müsst Ihr nun noch so viele Menschen umbringen, die von all diesen Dingen nichts wissen? Das kann der Herrgott doch auch nicht wollen.«

»Wenn er es nicht wollte, mein Kind, hätte er mich gewiss aufgehalten. So wie er Rainald und Barbarossa doch noch Einhalt geboten hat.«

Das Grinsen in Brunos Gesicht widerte Paulus an. Sein Hals war wie zugeschnürt, und ihm schwirrte der Kopf. Seine Gedanken sprangen von der Enttäuschung über Matthias' Verrat über den abgebrannten Dom zurück zu der wirren Logik Brunos. Wären die Schlussfolgerungen des Mailänders richtig, dann hätte Gott auch gewollt, dass Paulus in dieser elenden und vertrackten Lage steckte.

Der Wind blies noch immer aus Osten, und der Rudergänger stemmte sich gegen die Pinne, damit das Schiff nicht zu nah an die Mühlenschiffe herankam. Die Sonne war fast ganz untergegangen. Gegen den Himmel zeichnete sich das Stein- und Holzgerippe auf dem Domhügel ab. Die letzten Brandnester glühten hoch über Köln.

Das Schiff war nun in Höhe des Werthchens. Paulus wagte einen bangen Blick hinaus auf die Summus, die schon in fast greifbare Nähe kam. Die drei Gestalten bewegten sich schneller als zuvor. Was schleppten sie da nur aufs Deck?

»Schneller, schneller, sie sind gleich da!«

Der Müller der Summus feuerte seine Frau und Konstantin an. Sie zogen Mehlsäcke aus dem Mühlhaus auf das Plankendeck, während Barthel selbst ein Tau nach dem anderen kappte, das die Summus mit den anderen Schiffsmühlen verband. Er hinkte, aber Konstantin konnte erkennen, dass er die Zähne zusammenbiss. Konstantin zog gleich zwei volle Säcke hinter sich her. »Wohin damit?«

»Aufs Dach, schnell aufs Dach!«

Er schulterte einen Sack und stemmte ihn aufs Dach. Als er den zweiten aufnahm, ging ein Ruck durch die Mühle. Der Sack rutschte Konstantin von der Schulter und platzte auf dem Deck auf. Das Mehl ergoss sich auf die Planken und stieg in einer Staubwolke auf. Das Floß machte eine halbe Drehung, verharrte aber am Ankerplatz. Barthel hatte wieder ein Tau gelöst.

»Scheiße!« Konstantin fluchte und rannte an Bärbel vorbei schon wieder zum Mühlhaus.

»Ist nicht schlimm«, gab Barthel zurück, als Konstantin mit zwei weiteren Säcken durch die Tür kam. »Das Mehl erfüllt auch so seinen Zweck. Wir müssen nur dafür sorgen, dass es gleich ordentlich staubt und mit dem Feuer in Verbindung kommt.«

Konstantin hob seine Säcke auf das Dach und dann auch den Sack, den die Müllerin mühsam herbeigezogen hatte. Er wusste, was Barthel im Sinn hatte. Mehlstaub und ein Funke – diese beiden Dinge waren die größte Angst der Müller. Sie gingen eine tödliche Verbindung ein. Auch mit nur wenig Mehl löste das Feuer einen gewaltigen Schlag aus, der einem die Ohren betäubte. Und wenn dabei dann noch andere Säcke weggepustet und aufgerissen wurden, konnte die ganze Ladung durchzünden und die Mühle in die Luft jagen.

Der Müller erhob sich von den Knien. Nur noch ein dickes Tau hielt die Mühle. Es spannte sich straff. Mit dem Ärmel wischte sich Konstantin den Schweiß von der Stirn. Er sah auf den Rhein hinaus. Die Kogge war bereits sehr nahe. »Euer Plan ist hervorragend. Er setzt allerdings voraus, dass die Mühle mit dem Schiff zusammenstößt.«

Barthel hob das kleine Beil und begann, auf das letzte Tau einzuschlagen. »Ihr sagt es, Büttel. Mein Plan ist hervorragend. Doch das mit dem Zusammenstoß war eigentlich Euer Einfall. Ich habe Euren Plan lediglich mit etwas mehr Durchschlagskraft versehen.« Er blickte seine Frau an. »Bärbel, sieh zu, dass du von der Mühle runterkommst. Und Ihr, Büttel, klettert jetzt aufs Dach und schneidet die Säcke auf, sobald die Mühle frei auf dem Fluss schwimmt. Alles klar?«

Konstantins Kiefer begann wieder zu pochen, an der Stelle, wo der verwurmte Zahn gesessen hatte. »Alles klar.«

»Es wird Zeit, Großvater. Wenn du noch lange redest, sind wir an Köln vorbei.« Ottos griesgrämiges Gesicht verriet, wie sehr ihm das Gespräch auf dem Achterkastell missfiel.

»Du hast recht, Otto«, sagte Bruno. »Es wird Zeit.«

Nox ging dem Rudergänger zur Hand, um die Kogge gegen die Seitenströmung und den Wind in der Flussmitte zu halten. Gleich würden sie die Mühlenschiffe hinter sich lassen. Dann konnte die Kogge nah an die Stadtmauer und in den Hafen gesteuert werden. Paulus trat an Backbord an die Brüstung, Jenne folgte ihm. In einigen Augenblicken zogen sie im Abstand von nur einer Schiffslänge an der Summus vorbei.

Paulus sah sofort, dass die Mühle seltsam in der Strömung trieb. Sie war nicht mehr fest vertäut. Und er sah, wie Barthels Blick die Kogge fixierte. Dann hob sein Bruder ein Beil zu einem letzten Hieb.

Mit einem Knall sprang das lange Ende des Taus von der Summus weg. Die Mühle setzte sich in Bewegung. Barthel kletterte auf das Mühlhaus und half dem Büttel, die Säcke aufzuschlitzen.

»Kurz vor dem Zusammenstoß werfen wir ein, zwei Säcke aufs Deck und springen gleichzeitig ab. Der aufwirbelnde Staub sollte genügen.«

»Hoffentlich kommen wir schnell genug von der Mühle runter.«

Barthel antwortete nicht, sondern beobachtete, was auf dem Rhein geschah. Sie trieben auf die Kogge zu. Dann entdeckte er einen Umriss auf dem Achterkastell. »Mein Bruder ist da an Bord!«

»Ich weiß.« Konstantin entleerte einen Sack Mehl und warf ihn zu Boden.

»Und dann lasst Ihr mich das Schiff sprengen?«

»Wir müssen es aufhalten. Um jeden Preis.«

»Aber doch nicht um diesen. Das hättet Ihr mir sagen müssen.«

Barthel winkte Paulus zu. Der winkte zurück. Barthel schwenkte einen leeren Mehlsack, und Paulus hob die Hand. Er schien zu verstehen.

»Das wird knapp.« Der Büttel fasste sich an die Stirn. »Ich fürchte, die Sorge um Euren Bruder ist unbegründet. Wir treffen das Schiff nicht voll.«

Tatsächlich, die Mühle trieb zu langsam. Der Bug der Kogge war bereits an ihnen vorbeigezogen. Sie würden allenfalls gegen das Heck stoßen. Barthel blies sich das Mehl von der Nase.

»Verflucht, verflucht, das wird knapp. Hoffentlich reicht der Aufprall aus.«

Ein Stöhnen ließ Barthel herumfahren. Es drang von der Rückseite des Mühlhauses zu ihnen aufs Dach. Er lief zur Kante und sah hinunter. Bärbel hockte gekrümmt auf dem kurzen Plankenstreifen hinter der Holzwand, gleich neben dem Wasser. Sie hatte es nicht geschafft, die Mühle zu verlassen.

»Bärbel, um Himmels willen, was ist mit dir?«

Sie sah mit verzweifeltem Blick zu ihm hoch. Mit beiden Händen hielt sie sich ihren Bauch. Ihr Rock war nass. »Ich glaube, das Kind kommt.«

»Wir müssen runter von der Mühle«, rief der Büttel. »Wir stoßen gleich zusammen!«

Das Heck des Schiffes erhob sich über der Mühle. Und mit jedem Wimpernschlag wurde der Umriss größer.

Paulus stieß Jenne leicht an und deutete mit dem Kinn über die Brüstung auf der Backbordseite. Sie sah hinunter und zuckte sogleich zurück. An ihren weit aufgerissenen Augen erkannte er, dass sie die Summus entdeckt hatte.

»Mach dich fertig zum Springen«, flüsterte er ihr zu. Sie nickte. Paulus drehte dem Fluss den Rücken zu, um Brunos oder Nox' Aufmerksamkeit nicht auf die Mühle zu lenken.

Nox überließ dem Mohren die Ruderpinne, der die Kogge nach Backbord Richtung Hafenmauer steuerte, genau in den Kurs der Summus. Der Hüne gab Befehl, die Hohlgeschosse und das Segel in Brand zu setzen. Unter den Augen Brunos übernahm er es selbst, die Katapulte auf dem Achterkastell feuerbereit zu machen. Als er an die Blide an der Backbordbrüstung trat, fing Paulus zu husten an. Er keuchte und schlug sich an die Brust, er schnappte nach Luft und hielt sich an der Brüstung fest. Nox sah die Summus trotzdem. Sie trieb auf die Kogge zu und würde im nächsten Augenblick gleich unter ihm gegen das Heck prallen.

»Wenden!«, schrie er dem Mohren am Ruder zu. »Wenden! Raus auf den Rhein!«

Der Rudergänger begriff schnell. Er zog mit aller Kraft an der Pinne, worauf die Kogge ächzend ihren Kurs korrigierte. Doch sie war zu langsam. Nox sprang dazu und stemmte seinen massigen Körper gegen das Ruder.

Paulus stellte sich wieder an die Brüstung. Die Summus kam näher und näher – und gab der Kogge nur einen leichten Stoß. Paulus brauchte sich noch nicht einmal festzuhalten, um das Gleichgewicht zu halten. Auf der Mühle wurde kein Mehl aufgewirbelt. Dann spürte Paulus eine schwere Hand auf seinem Nacken.

»Das habt ihr euch so gedacht.« Nox riss ihn herum und warf ihn auf den Plankenboden. Der Schlächter wandte sich Bruno zu, der sich an der Brüstung vor dem Mitteldeck festhielt. »Herr Bruno, es ist kein guter Einfall, diese Würmer am Leben zu lassen. Sie machen uns nichts als Ärger. Das war die Mühle seines Bruders, die uns gerade beinahe gerammt hat.«

Bruno zeigte mit seiner knochigen Hand auf das Segel. Guido hatte es wie abgesprochen in Brand gesetzt. »Nein. Ans Ruder! Wir müssen zusehen, dass wir das Schiff in den Hafen bekommen, bevor wir noch an Köln vorbeitreiben und alles vergebens war.«

Nox schenkte dem am Boden liegenden Paulus einen Blick, der zweifellos als Warnung aufzufassen war, und half dann dem Rudergänger, die Pinne wieder in die alte Position zu bringen. Die Mohren bezogen ihre Stellung an den Katapulten. Bruno trat an die Bordwand, um den Untergang Kölns zu genießen. Auf dem tiefer gelegenen Mitteldeck taten es ihm Otto und Guido nach.

»Aus und vorbei«, flüsterte Paulus Jenne zu, als er sich von den Planken aufgerappelt hatte. »Barthel hat seine Mühle geopfert, um diese Irren aufzuhalten, und er ist gescheitert.«

»Wir müssen von diesem Schiff runter.«

»Ich weiß.«

»Und wenn wir einfach über Bord springen? Jetzt?«

Paulus sah ihr fest in die Augen. »Dann müssen wir schnell sein. Nox beobachtet uns und wartet nur auf die rechte Gelegenheit, um uns ins Jenseits zu befördern. Auf drei?«

»Auf drei.«

»Dann los. Eins …«

»Das Manöver hat uns wertvolle Zeit gekostet«, rief Nox in diesem Moment Bruno zu. Er ging an Paulus und Jenne vorbei zu seinem Herrn. »Wir werden die Kogge erst im unteren Teil des Hafens in die Schiffe fahren lassen können, bei den Niederländern.«

Paulus zögerte.

»Zähl weiter«, flüsterte Jenne.

Paulus schöpfte Hoffnung. »Was ist, wenn Bruno recht hat? Was, wenn das, was hier geschieht, wirklich Gottes Wille ist?«

»Dann sollten wir umso schneller abspringen.«

»Nein, nein – was, wenn es Gottes Wille ist, dass *wir* die Mailänder aufhalten?«

»Dann müsste er uns spätestens in diesem Augenblick ein Heer oder den besten Einfall seit dem Kniff mit Adams Rippe schenken.«

Der Mohr band die Ruderpinne fest und verließ das Achterkastell, um den anderen Männern beim Entzünden des Pechs an den Bordwänden zu helfen. Paulus sah ihm nach. Sie waren nun mit Nox und Bruno allein auf dem Heck.

»Vielleicht hat er das gerade getan«, sagte er.

»Was hast du vor?«

Paulus stellte sich auf die Zehenspitzen. Die Summus trieb noch genau hinter der Kogge. Noch. Sie mussten *jetzt* handeln. Die Lage beider Schiffe war gut, und die Kogge würde für seinen Plan gewiss lang genug sein.

»Hör zu, Jenne, du musst Bruno die Treppe hinunterstürzen. Dann müssen sich seine Enkel um ihn kümmern und sind abgelenkt. Du darfst keine Hemmungen haben. Ich weiß, es ist ein alter Mann, und er wird sich wahrscheinlich ein paar Knochen brechen. Aber er ist auch ein eiskalter Mörder. Ich nehme mir Nox vor.«

»Du? Wie willst du das anstellen?«

»Genauso wie du.« Paulus griff in sein Gewand und zog Nox' Panzerbrecher hervor. »Sie haben uns nicht durchsucht, und das war ein Fehler.«

»Und wenn du ihn angegriffen hast, was willst du dann tun?«

»Das lass meine Sorge sein. Vertrau mir einfach. Auf drei?«

»Auf drei.« Jenne atmete tief durch. Sie tauschten Blicke und nickten sich zu.

»Eins, zwei – drei.«

Mit einem Schrei stürzte Paulus auf Nox zu. Wenige Schritte vor seinem Gegner stieß er sich von den Planken ab und landete mit einem Hechtsprung genau vor Nox und rammte ihm, so fest er konnte, den Panzerbrecher in den verletzten Fuß. Die Klinge drang durch Fleisch und Knochen hindurch in die Planke ein. Wieder war Nox ans Schiff genagelt, wieder stürzte er aufs Deck. Er brüllte wie ein Ochse vor der Schlachtung.

Noch im Liegen sah Paulus, wie Jenne zu Bruno lief, ihn am Kragen packte und die Treppe aufs Deck hinunterschubste. Der alte Mann ruderte mit den Armen und suchte nach Halt – vergeblich. Mit einem grässlichen Geräusch schlug er auf.

Paulus ließ den wütend brüllenden Nox am Boden zurück. Er rannte zur Ruderpinne, band sie los und drückte sie nach Leibeskräften in die entgegengesetzte Richtung, zurück in den Kurs der Summus. Das Feuer hatte inzwischen Löcher in das Segel gefressen, sodass es heftig zu flattern begann. Paulus musste nur noch gegen die Strömung, nicht mehr gegen den Wind ankämpfen.

»Du Hure!« Ottos Stimme drang vom Mitteldeck hoch. »Das wirst du bereuen.«

Als er die Treppe erklomm, griff Jenne zu einem der Kohlenbecken und warf es ihm entgegen. Die Glut regnete über Otto, fraß sich in seine Haare und sein Hemd. Schreiend ließ er sich zurück aufs Deck fallen, wo er auf den Beinen seines Großvaters landete.

»Ihr Hanswürste, feuert endlich die Katapulte ab!« Schwer atmend bellte Nox die Mohren an, die teilnahmslos an Deck standen. Sie taten, wie ihnen geheißen.

Wie Sternschnuppen flogen die brennenden Hohlkugeln durch die Luft. Doch die Kogge war noch zu weit von der Kaimauer entfernt. Die Geschosse trafen nicht eines der ankernden Schiffe, sondern landeten alle zischend im Rhein. Die nächste Salve ging ebenfalls daneben. Paulus war es gelungen, die Ruderpinne so weit zu drücken, dass sich die Kogge nach Steuerbord wendete und die Nase allmählich Richtung Deutz drehte.

Nox brüllte wieder, so laut, dass Paulus zusammenzuckte. Er zog den Panzerbrecher aus seinem Fuß und warf ihn über Bord. Die Hände zu Fäusten geballt, stampfte er auf Paulus zu.

»Alles wird gut, mein Schatz, es wird alles gut.« Barthel hielt Bärbels Hand und glaubte seinen eigenen Worten nicht.

Nach einer kurzen Pause setzte die nächste heftige Wehe ein. Es war die erste Geburt seiner Frau, und wenn jemand neben ihr knien sollte, dann gewiss nicht ihr Mann und ein Büttel, sondern eine Hebamme. Barthel hatte nicht den blassesten Schimmer, was er tun oder lassen sollte. Er wollte Bärbel einen Mehlsack unter den Kopf schieben und hob sie hoch.

»Bist du des Wahnsinns?«, schrie sie. Bärbel krümmte sich zusammen. »Lass mich los! Ich habe eine Wehe.«

»Ist ja gut, ich wollte nur helfen.«

Er rutschte ein Stück von Bärbel weg. Das missglückte Manöver mit der Mühle hatte wenigstens ein Gutes gehabt – sie hatten nicht von Bord gehen müssen. Nun mussten sie sich nur irgendwo ans Ufer treiben lassen.

»Sie stellt sich quer.« Der Büttel stand am Mühlrad und sah zur

Kogge auf, deren Feuerschein den Rhein erhellte. Paulus und Jenne kämpften dort um das Achterkastell. Das konnte Barthel selbst von seiner kauernden Stellung neben Bärbel erkennen. Das Segel brannte lichterloh, sogar von den Bordwänden schlugen die Flammen in den dunklen Himmel.

Barthel trat neben Konstantin. »Oh mein Gott, das darf doch nicht wahr sein.«

»Keine Sorge. Sie ist weit genug weg. Erst wenn sie plötzlich stehen bleiben und uns den Weg versperren würde, wären wir in Schwierigkeiten.«

Der Büttel hatte ja keine Ahnung. Die Kogge erreichte gleich jene Stelle im Rhein, an der die Reste der alten Brücke bis unter die Wasseroberfläche reichten. »Büttel, Ihr versteht nicht. Das Schiff wird jeden Moment stehen bleiben. Paulus weiß genau, was er tut.«

Im nächsten Augenblick schallte ein grässliches Ächzen zu ihnen herüber. Die Kogge neigte sich weit zur Seite und schleuderte bei ihrer seltsamen Verbeugung Funken hoch in die Nacht hinaus. Als sie sich aufrichtete, ging wieder ein Funkenregen nieder. Dann blieb sie mit leichter Schlagseite liegen.

Das Mühlenschiff trieb rasch auf das brennende Wrack zu. Vom Wind aufgewirbelt, wehte eine Mehlfahne auf den Fluss hinaus.

Konstantin und Barthel sahen einander an. Sie waren beide weiß vom Mehlstaub.

Hinter ihnen stieß Bärbel einen markerschütternden Schrei aus. »Jetzt leg mir doch endlich einen Sack unter den Kopf, du verdammter Trottel von einem Ehemann.«

Der Aufprall holte Nox im richtigen Augenblick von den Füßen, just bevor er Paulus' Schulter packen konnte. Wie ein zusammengerollter Igel kugelte er über das kippende Achterkastell. Gemeinsam mit Jenne und Paulus landete er auf der Backbordseite im Geländer. Als das Schiff sich mit einem ohrenbetäubenden Knirschen neigte, kamen sie dem Wasser so nahe, dass sie fast danach hätten greifen können. Noch während die Kogge mit Schwung in eine aufrechte Position zurückkehrte, streckte Nox beide Hände nach Paulus und Jenne aus – und griff ins Leere. Eines seiner Beine hatte sich im Geländer verfangen, Nox kam nicht von der Stelle. An Deck herrschte Chaos. Die Mohren waren gestürzt, und der Körper des schwer verletzten Bruno war gegen die Bordwand gerutscht. Seine Enkel robbten hinterher und versuchten, ihm zu helfen. Blut schoss aus einer Wunde an Brunos Kopf, er war kreidebleich. Paulus konnte sich nicht vorstellen, dass der alte Mann den unglücklichen Sturz überleben würde.

»Auf, auf, komm schon«, rief Paulus und half Jenne auf die Füße.

»Was war das?«

»Die Pfeilerreste der alten Brücke nach Deutz haben die Kogge gestoppt. Sie ist hängen geblieben, aufgelaufen.«

Auf allen vieren krabbelte er das nun schräg liegende Deck hoch und zog Jenne hinter sich her. An der Bordkante angekommen, sah er auf den Fluss hinunter. Die Summus rauschte heran. Im flackernden Licht des Feuers entdeckte Paulus die Gesichter von Barthel und des jüngeren Büttels, diesem Konstantin. Und er sah die sich vor Schmerzen krümmende Bärbel. Sie musste in den Wehen liegen, ausgerechnet jetzt.

»Springt! Ihr müsst springen!«, brüllte er ihnen zu.

Er fuchtelte wild mit den Armen, doch Barthel hatte schon begriffen, was zu tun war. Er lief zu Bärbel und hob sie hoch. Der Büttel hingegen kletterte wieder aufs Dach des Mühlhauses. Er packte zwei aufgeschlitzte Mehlsäcke, sichtlich entschlossen, ihren Inhalt auszuschütten. Paulus wusste, was das bedeutete. Er hatte Barthel oft genug fluchen hören, wenn Ulf Mehlsäcke aufschüttelte und eine Kerze in der Nähe war.

»Und wir?«, fragte Jenne, die neben Paulus an der Brüstung stand.

»Wir müssen auch springen, jetzt.«

»Nur über meine Leiche.«

Die Stimme kam von hinten. Nox hatte sich aus dem Geländer befreit und kroch das Deck hoch auf sie zu, mit Hass in den Augen. Paulus fasste Jenne an der Hand und zog sie ein paar Schritte weg. Von der einen Seite flog die Summus heran, von der anderen Nox.

»Versuche, so lange wie möglich unter Wasser zu bleiben. Hast du mich verstanden? So lange wie möglich. Halte die Luft an.«

Jenne nickte. Dann sprangen sie Hand in Hand über die Heckbrüstung. Paulus spürte noch eine Hand an seinem Hemd, doch Nox bekam ihn nicht mehr zu fassen. Im Fallen sah er die Summus, kurz bevor sie gegen die Kogge prallte. Sie landeten im kalten Rheinwasser und tauchten ein.

Als die Mühle in den brennenden Rumpf krachte, wirbelte das Mehl zu einer großen Wolke auf. Sie schaffte es nicht mehr, die Kogge einzuhüllen – das Feuer entzündete den Staub sofort. Selbst unter Wasser schüttelten die Druckwellen der Explosionen Paulus und Jenne kräftig durch. Ein Schlag folgte auf den anderen, jeder stärker als der vorige.

Paulus tauchte tief unter, doch trieb ihn Atemnot bald wieder an die Wasseroberfläche. Er schnappte nach Luft und sah sich ängstlich um. Von der Summus war kaum noch etwas zu erkennen. Die Sprengkraft des Mehls hatte sie auseinandergerissen. Die Reste der Mühle steckten in der brennenden Kogge wie ein abgebrochener Pfeil in einer Wunde. Die Flammen spiegelten sich auf dem Rhein und warfen ihr Licht auch auf die Stadt. Die Hafenmauer leuchtete in einem hellen Rot. Paulus entdeckte weder Jenne noch Barthel, Bärbel oder den Büttel im Wasser. Ein weiteres Mal entzündete sich Mehlstaub. Der Stoß warf den Mast der Kogge mehrere Meter in die Luft und zerfetzte die letzten Reste des Segels. Die Funken sprühten als heißer und glühender Regen vom Nachthimmel herab. Dann brach das Wrack in zwei Teile auseinander.

Das Feuer loderte noch einmal auf. Durch die Spiegelung auf dem Wasser sah der Rhein aus, als stünde er in Flammen. Paulus hörte ein Sirren in der Luft, das lauter wurde. Er riss den Kopf hoch. Etwas Dunkles flog genau auf ihn zu. Es war ein Stück Holz.

KÖLN, 1. MAI 1248, EIN FREITAG, DER WALPURGISTAG

Seine feinen, mit einem Kreuz bestickten Lederschuhe versanken im Schlamm des Rheinufers. Mit schmatzenden Schritten ging Konrad von Hochstaden näher an das Wrack heran. Es stank nach Rauch und verkohltem Fleisch. Der Brandgeruch nahm der Morgenluft alle Frische.

»Verfluchte Scheiße.« Konrad schüttelte sich den Matsch von den Schuhen. Die Reste des Schiffes waren nördlich von Deutz angespült worden. Viel war nicht übrig von der prächtigen Kogge, die nun im seichten Wasser lag. Vorder- und Achterkastell waren weggerissen, der verkohlte Rumpf nur noch ein Skelett, aus dem die Planken ragten wie gebrochene Knochen. »Überlebende?«

Der junge Büttel, der Konrad als Konstantin vorgestellt worden war, hob den Kopf aus dem Wrack und winkte ab. Er stand in den Resten des Mitteldecks. »In der Hölle dürft Ihr keine Engel erwarten, Eminenz, und an Bord dieses Seelenverkäufers gewiss keinen Überlebenden.«

»Leichen?«

Der junge Büttel nickte. »Gleich hier drüben.«

»Verfluchte Scheiße«, wiederholte der Erzbischof, weil er noch tiefer durch den Schlamm waten musste. Seinen Männern am Ufer gebot er zu warten. Der Büttel reichte ihm die Hand und half ihm auf das, was einmal das mittlere Deck zwischen den Kastellen gewesen war. Auf dem Holz lagen, seltsam zusammengekrümmt, drei Leiber, deren Haut schwarz verbrannt war. Konrad beugte sich über sie. »Sie sehen aus wie die Mohren.«

»Aber es sind zweifelsohne die Mailänder. Von der Statur her ist keiner der Mohren dabei, auch dieser Nox nicht.«

»Nox?«

»Der Mann, der Mummersloch, Gir und Quatermart auf dem Gewissen hat.«

»Sie werden wohl versoffen sein.«

»Hoffen wir es«, sagte Konstantin. »Was machen wir jetzt mit ihnen? Auf den Schindanger?«

»Nein. Sie kommen mir nicht in Kölner Erde, selbst wenn es ungeweihte ist.« Konrad hatte sich etwas Teuflisches ausgedacht, wollte dem Büttel aber noch nichts Genaues verraten. »Wir haben sie wie Fische aus dem Wasser gezogen, also werden wir sie auch wie Fische behandeln.«

»Eminenz?«

»Bringt sie in die Salzgasse. Pökelt sie.«

Konrad ließ den sprachlosen Büttel zurück, watete durch den Schlamm zum Ufer und ließ sich von einer Fähre wieder nach Köln bringen.

Das heftige Hämmern an der Tür bedeutete dem Hausherrn, dass die Wartenden keine Geduld hatten. Gerhard öffnete. Vor seinem Haus standen zwei Bewaffnete, deren Kleidung die Farben des Erzbischofs trug. Einer der Männer schaute ihn missmutig an. Gerhard spürte, wie ihn der Blick durchdrang. Dieser Mensch sah einen Versager vor sich. So wie ihn alle Kölner von nun an sehen würden. Den Mann, der den Dom mit seiner Unfähigkeit zerstört hatte.

»Der Erzbischof bestellt Euch zu sich, Gerhard.«

Die Anrede schmerzte. *Meister* Gerhard, so hatte man ihn bis gestern noch ehrfürchtig genannt. Nie hätte er geahnt, wie flüchtig Ehrfurcht sein konnte. Guda trat neben ihn, nahm seine Hand und drückte sie so fest, dass er sie ihr am liebsten entzogen hätte.

»Ist schon gut, Liebste. Wir wussten doch, dass sie kommen würden.«

»Ich gehe mit dir.«

»Nein. Du bleibst im Haus. Es ist in diesen Tagen besser, sich nicht in meiner Nähe zu befinden. Du bist guter Hoffnung, Guda, und du wirst dich um unseren Wilhelm kümmern müssen.«

»Rede nicht so, Mann. Du sprichst, als kämest du nie wieder.«

Er sah sie an, und Tränen füllten seine Augen. Dann küsste er sie ein letztes Mal und ging mit den Männern fort.

Jemand hämmerte so heftig gegen seine Tür, dass Henner sich sputete, sie zu öffnen. Er zog sie einen Spalt weit auf. Vor seinem Hurenhaus standen zwei Bewaffnete, deren rot-schwarze Kleidung sie als Diener der Gewaltrichter auswies. Einer der Männer schaute ihn freundlich an.

»Ihr schon wieder, Büttel. Was wollt Ihr?«

»Es geht um Eure Anzeige, Wirt«, sagte der weißhaarige Büttel.

Henner zog die Tür weiter auf. »War mein Hinweis doch wertvoller, als Ihr zunächst dachtet? Bekomme ich nun doch meinen Teil von der Belohnung?«

»Oh, verzeiht. Ich glaube, da habe ich mich wohl missverständlich ausgedrückt. Es geht nicht um die Anzeige, die Ihr gemacht habt. Es geht um eine Anzeige gegen Euch, die ein Herr Pieter de Witte beim Schöffengericht eingereicht hat. Ihr sollt ihn um sein Vermögen bestohlen haben.«

»Ich? Das war ich nicht. Das war eine meiner Huren.«

»So wisst Ihr also von dem Geschehen?«

Henner biss sich auf die Lippe. Das durfte nicht wahr sein.

»Und dann habt Ihr nichts zur Aufklärung dieses Diebstahls beigetragen? Ich denke, Henner, Ihr solltet uns zum Hochgericht begleiten.«

Paulus hörte Stimmen. Sie sangen. Halleluja, Hosianna und Kyrieleis. Er hörte Lautenspiel und Schellen. Glockengeläut und Jubel. Das musste der Himmel sein.

Seine Lider flatterten. Dann schlug er die Augen auf. Alles weiß, alles rein. Die schönen Geräusche hielten an. Nein, das war kein Traum. Er lag so weich, wie er noch nie in seinem Leben gelegen hatte. Wie auf Federn. Auch die Laken waren blütenweiß. Aber der Himmel konnte es auch nicht sein. Selbst wenn es viele Anzeichen dafür gab, so sprachen doch die heftigen Kopfschmerzen dagegen. Und der Brandgeruch. Nein, im Himmel durfte nichts wehtun, durfte es nicht nach Feuer riechen. Das war der Hölle vorbehalten.

Paulus zog einen Schluss, den er für unumstößlich hielt. War er weder im Himmelreich noch in der Hölle, musste er sich zwangsläufig dazwischen befinden. Auf Erden folglich und demnach am Leben. Er betastete seinen Kopf und fand eine riesige Beule, die seinem Schädel Pein bereitete. Mit den Schmerzen kehrte die Erinnerung zurück.

Der Dom.
Die Kogge.
Das Inferno.

Paulus setzte sich auf. Musik und Gesang gewannen an Lautstärke. Die Klänge drangen durch ein Fenster zu ihm. Er schlug das Laken zurück, wunderte sich über seine Nacktheit und stellte sich behutsam auf die Füße. Mit wackligen Schritten ging er ans Fenster und stützte seine Hände auf die steinerne Brüstung. Die bloßen Mauern und einige rußschwarze Umrisse auf dem Boden waren alles, was vom Kölner Dom geblieben war. Der Anblick versetzte ihm einen Stich ins Herz.

Paulus lehnte sich ein Stück aus dem Fenster. Er befand sich im oberen Geschoss des Bischofspalastes, jenes Bauwerks, das einst Rainald von Dassel hatte errichten lassen. War er Gast oder Gefangener? Paulus wusste es nicht. Wenigstens war er nicht wieder in der Hacht. Er zog sich einige Kleidungsstücke über, die auf dem Bett für ihn bereitlagen, ging zur Tür und drückte die Klinke. Verschlossen. Nun hörte er Schritte auf dem Gang, die sich schnell entfernten. Vermutlich hatte er gerade verraten, dass er aufgewacht war. Es dauerte nicht lange, bis er wieder Schritte hörte. Ein Riegel wurde zurückgezogen, die Tür öffnete sich.

Barthel.

Die Brüder sagten nichts, sie fielen sich wortlos in die Arme. Paulus konnte die Tränen nicht lange zurückhalten. Fest, ganz fest hielt er seinen Bruder, nur um ihn nicht aus der Umarmung zu entlassen, denn das hätte bedeutet, mit Barthel reden zu müssen. Dann musste er ihn fragen, wie es Bärbel ging. Ob sie lebte. Ob dem ungeborenen Kind etwas geschehen war. Ob Jenne lebte.

Eine halbe Ewigkeit vermochte Paulus sich so an Barthel zu klammern, dann aber entzog der sich seinem Griff. Barthel sah ihn gequält an.

»Ich habe schlechte Nachrichten.«

Paulus schluckte. Er versuchte es zumindest. Ein Kloß im Hals verhinderte, dass er irgendeine Frage, ja auch nur irgendein Wort herausbringen konnte. Tränen rollten über seine Wangen. Er räusperte sich. »Bärbel?«

Ein Nicken. »Sie liegt nebenan.«

Barthel humpelte voran, vorbei an einem Bewaffneten des Erzbischofs, der auf dem Gang vor der Tür wartete, und Paulus folgte mit weichen Knien. »Bin ich kein Gefangener?«

Sein Bruder schüttelte den Kopf. »Wir sind Gäste des Erzbischofs. Nachdem er erfahren hat, was geschehen ist, hat er uns unter seinen Schutz gestellt. Du hast einen harten Schlag auf den Kopf bekommen, und wir wussten nicht, in welchem Zustand du sein würdest, wenn du aufwachst. Wir wollten schlicht nicht, dass du schlaftrunken durch den Palast stolperst. Daher der Riegel vor der Tür.«

Vor der nächsten Tür machte Barthel halt. Ein Schrei, der durch Mark und Bein ging, drang aus der Kammer. Paulus kannte die Stimme nicht. Sie traten ein. Auf dem Bett lag Bärbel, in ihren Armen ein in weiße Tücher gewickelter Säugling, der aus Leibeskräften schrie. Neben ihr saß auf einem Schemel eine alte Frau. Paulus vermutete, dass sie eine Hebamme war. Sie erhob sich, deutete eine Verbeugung an und verließ die Kammer.

»Sie – sie lebt? Bärbel lebt?«, fragte Paulus.

»Natürlich. Was hast du denn erwartet? Du klingst beinahe enttäuscht.« Barthel grinste ihn an. Dann trat er ans Bett und streichelte sein Kind. Der Stolz stand mit einem Lächeln in seinem Gesicht geschrieben.

Wieder rannen Tränen über Paulus' Wangen. Dieses Mal waren es Tränen der Freude. »Aber du sagtest doch, du hättest schlechte Nachrichten.«

»Die habe ich auch. Aber dann hast du nach Bärbel gefragt.«

»Hurensohn«, sagte Paulus und lachte.

»Selber Hurensohn.«

»Und das Kind ist da – Himmel, Bärbel, wann hattest du denn Zeit, das Kind zu kriegen?«

Bärbel legte den Säugling an ihre Brust und stillte ihn. Paulus' Anwesenheit störte sie nicht. »Die hatte ich nicht. Es ist am Ufer des Rheins zur Welt gekommen, weil ihr feinen Kerle ja beschlossen hattet, alle größeren Wassergefährte in meiner Nähe in die Luft zu jagen. Vielen Dank auch dafür.«

Paulus hätte vor Freude an die Decke springen mögen. »Ich hoffe, der heilige Renatus hat dir eine gute Geburt geschenkt. Wie heißt er? Oder sie?«

»Eigentlich wollten wir ihn Paulus nennen«, sagte Barthel. »Aber weil er eine Sie geworden ist, haben wir sie der heiligen Walburga geweiht. Schließlich ist die Kleine in der Walpurgisnacht zur Welt gekommen.«

»Ich freue mich für euch – auch wenn ihr sie Paula hättet nennen können.« Er wandte sich zu Barthel um. Es gab noch etwas zu klären. »Was ist mit Jenne?«

Sein Tonfall musste seinem Bruder verraten haben, dass er in großer Angst um sie war. Barthel wich seinem Blick aus. »Ich weiß es nicht. Niemand hat sie gesehen, seit du mit ihr von Bord gesprungen bist. Dich haben wir mit der Esche dort aus dem Wasser gefischt, wo wir dich im Rhein haben landen sehen. Aber Jenne war nicht da. Es tut mir leid.«

Paulus atmete gegen sein Herz an. Sie durfte einfach nicht tot sein. Jenne war immer da gewesen, wenn er Hilfe benötigt hatte. Da musste sie doch in der Lage gewesen sein, sich selbst zu helfen.

Barthel legte eine Hand auf seine Schulter. »Es tut mir leid, Paulus.«

»Sie ist zäh. Wahrscheinlich sitzt sie jetzt irgendwo in einer Hafenkneipe und trinkt sich einen auf den Schrecken.«

»Wahrscheinlich.« Barthel rieb Paulus' Arm.

»Ich würde es ihr wünschen«, sagte Bärbel leise. »Ihr – und dir.«

»Sie sagte, dass sie nicht schwimmen kann.« Nun hörte Paulus keine tröstenden Worte mehr. Die drei schwiegen sich eine Weile an, und in der Stille waren nur Walburgas Nuckelgeräusche zu hören. Er atmete tief durch. »Sind das die schlechten Neuigkeiten, von denen du gesprochen hast, Barthel?«

»Ja. Aber es gibt noch mehr.«

»Welche?«

»Dein Geldgürtel ist mit der Summus gesunken. Nun ist es Rheingold.«

Paulus seufzte. »War es den Preis wenigstens wert? Haben wir sie aufgehalten?«

»Das haben wir. Das Schiff der Mailänder ist nur noch Brennholz.«

»Du hattest einen wahrhaft zündenden Einfall.«

»Es war zuvorderst die Idee dieses Büttels mit Namen Konstantin, der übrigens auch überlebt hat. Er stand plötzlich auf der Summus und verlangte von mir, diese Kogge zu rammen. Das Mehl hätte sich so oder so entzündet. Wir haben das Feuer nur ein wenig befördert. Dafür hast du es geschafft, die Kogge auf Grund zu setzen.«

»Nox? Die Mailänder?«

Barthel schüttelte den Kopf. »Der Erzbischof lässt die Unholde suchen. Und er lässt prüfen, ob sie den großen Knall überhaupt überlebt haben.«

Mit der flachen Hand schlug Paulus sich an die Stirn. Seine Erinnerung kehrte zurück. »Flussaufwärts! Da könnten sie stecken. Der Oberländer, der Schrein. Die Heiligen Drei Könige!«

»Gemach, gemach«, beruhigte ihn Barthel. »Die Gebeine sind bereits in Sicherheit. Konstantin hatte so eine Ahnung, dass die Mailänder nach ihrem Überraschungsangriff die Heimreise würden antreten wollen – und dass sie den Schrein daher zuvor irgendwo versteckt hatten. Sein Reitertrupp hat den Oberländer gefunden und darauf den Goldschrein. Und den Löwen. Ihn hat man am Morgen bereits in das Tiergehege des Erzbischofs gebracht, drüben hinter dem Palast.«

Paulus nickte. »Sehr gut. Wenigstens haben sie ihre Pläne nicht vollends in die Tat umsetzen können.«

Musik und Gesang drangen lauter in die Kammer. Paulus trat ans offene Fenster. Ein riesiger Tross aus tausenden Menschen zog auf den Domhof. In der Menge tauchten immer wieder Baldachine auf, unter denen Reliquien und Monstranzen geschützt wurden, und auch immer wieder Gruppen von Priestern, Kanonikern, Mönchen und Nonnen.

»Was ist das? Warum singen die Menschen so fröhlich, obwohl unser Dom abgebrannt ist?«

Barthel stellte sich neben ihn. »Weil es schlimmer hätte kommen können. Dank unserer Hilfe konnte der Dreikönigenschrein gerettet werden. Konrad von Hochstaden hat früh am Morgen alle Bürger Kölns zu einer Gottestracht aufgerufen – zum Dank für den Schutz des Herrn vor größerem Unheil. Die Menschen sammeln sich hier und ziehen in den nächsten Stunden um den inneren Mauerring. Dein Name ist in aller Munde.«

»Mein Name?« Damit hatte er nun wirklich nicht gerechnet. Vor ein paar Stunden noch hätte ihn wohl jeder Kölner wegen der Belohnung an die Büttel verraten.

Barthel nickte, und auch Bärbel sah ihn stolz an. »Paulus der Apostel, sagen sie, hat die Heiligen Drei Könige und den Schrein gerettet.«

»Ich?«

Als sich der Hof schon fast ganz gefüllt hatte, rollte ein geschmückter Leiterwagen auf den Platz, um den sich besonders viele Menschen scharten. Auf seiner Ladefläche war der Dreikönigenschrein aufgestellt, für jedermann sichtbar. Vermutlich war es dem Erzbischof genau darum gegangen – ganz Köln sollte sehen, dass der Schrein Feuer und Entführung unbeschadet überstanden hatte. Dass die Stadt, allem Unheil zum Trotz, noch immer unter dem Schutz der Heiligen Drei Könige stand. Dass es inmitten der Trümmer Trost gab. Das Gold des Reliquiars warf die Strahlen der Sonne mit vieltausendfachem Glanz zurück. Sein Leuchten überstrahlte Ruinen, Asche und Ruß im Domhof.

»Ja, du. Ob das nun von Vorteil ist, vermag ich nicht zu beurteilen«, sagte Barthel mit einem Grinsen. »Wenn du an der Spitze der Prozession noch der Held gewesen sein magst, könnte es sein, dass du dich bis zu ihrem Ende schon zu einem widerlichen Scheusal durchgesprochen hast.«

Paulus brachte nicht einmal ein Schmunzeln zustande. Ihm war nicht zum Lachen zumute. Er dachte wieder an Jenne, die genauso viel Anteil an der Rettung der Reliquien hatte wie er. Hoffentlich lebte sie noch.

»Ich habe etwas für dich, Paulus.« Barthel ließ etwas in Paulus' offene Hand fallen. »Vielleicht ist es ein kleiner Trost. Als die Summus und die Kogge in die Luft flogen, ist das in unsere Esche gefallen. Es steht dir zu.«

Paulus betrachtete das Ding in seiner Hand. Es war ein Silbergroschen. Er sah genauso aus wie die Münze, die Nox ihm am Hafen auf der Trankgasse als Lohn für seine Dienste gegeben hatte. Im Licht der Fackeln hatte der Mörder ihm einen zweiten Groschen versprochen. Den hielt er nun in der Hand.

Zu seiner Verwunderung brachten die Männer ihn nicht in die Hacht. Sie führten ihn am Gefängnis vorbei und auch vorbei an den Teilnehmern der Prozession, die ihn mit ihren Blicken zu verurteilen schienen. So empfand Gerhard es wenigstens. Ein Spießrutenlauf der stummen Vorwürfe. Eine alte Frau spie vor ihm aus. Er konnte es ihr nicht verdenken.

Die Bewaffneten geleiteten ihn in den Palast des Erzbischofs. Ohne weitere Erläuterungen ließen sie ihn allein in den großen Saal eintreten. Gerhard stand an der Tür und fühlte sich abermals bloßgestellt. Er sah viele Männer des Domkapitels, viele Äbte und Pröpste. Nach ihm betraten weitere hochgestellte Geistliche den mit schweren Wandteppichen geschmückten Raum. Gerhard fühlte sich bedrängt und ging weiter in den Saal hinein. Der gesamte hohe Klerus Kölns versammelte sich hier vor der Prozession, und der Erzbischof ließ ihn im Angesicht der Würdenträger warten. Konrad von Hochstaden tat dies absichtlich, daran konnte es keinen Zweifel geben. Nach dem Spießrutenlauf nun also der Pranger.

Wie ein Verurteilter in einer Arena stand Gerhard inmitten des Saales. Den Raubtieren zum Fraße vorgeworfen. Jeder Blick ein Reißzahn, jedes Geflüster eine Pranke, die sich in sein Fleisch bohrte. Es tat weh, so dazustehen. Eine Weile lang mied Gerhard jeden Blickkontakt. Bald aber straffte er den Rücken und hob den Kopf. Wenn schon, dann wollte er denen, die das Urteil über ihn bereits gesprochen hatten, mit Würde begegnen.

Er hatte nichts von dem weiteren Tunnel gewusst, hatte ganz auf Burkharts Können vertraut. Mit solch einem Sturm hatte er nicht rechnen können.

Er hatte sein Bestes gegeben.

Doch all das würden der Erzbischof und das Domkapitel als Ausflüchte werten. Er, Gerhard, hatte die Verantwortung gehabt. Es war seine Pflicht gewesen, Fehler zu entdecken und das Unerwartete zu erwarten. Er, Gerhard, hatte den Erzbischof, das Domkapitel und die ganze Stadt beschämt. Der missglückte Teilabbruch vor den Augen so vieler Besucher von weit her war schlicht peinlich. Wie wollte Köln einen Dom bauen, wenn es noch nicht einmal in der Lage war, den alten niederzulegen, ohne dass es zu fürchterlichem Unheil kam?

Als endlich Konrad von Hochstaden in den Saal trat, war Gerhard beinahe erleichtert, dass seine Folter nun bald beendet sein würde. Vor dem Erzbischof wichen die Geistlichen zurück und gaben ihm den Weg frei. Konrad nahm auf einem schweren Lehnstuhl Platz, der erhöht am Kopf des Saales stand. Das Gemurmel verstummte. Gerhard senkte sein Haupt.

»Gerhard von Rile, Ihr zeichnet als Dombaumeister verantwortlich für das, was vor den Toren meines Palastes geschehen ist.«

Konrad saß aufrecht und mit weinroter Bischofsmütze in seinem Stuhl. Er kam ohne Umschweife zur Sache. Dies war kein Gerichtssaal, aber was nun geschehen würde, dessen war Gerhard sich sicher, würde einem Prozess gleichkommen.

»Hättet Ihr die Güte, Meister Gerhard, uns eine Erläuterung zu geben, was dieser Stadt, ihren Bürgern und mir am gestrigen Tage widerfahren ist?«

Gerhard räusperte sich lauter und kräftiger, als ihm lieb war. »Eminenz, werte Herren, auch ich stehe noch ganz unter dem Eindruck dieser Katastrophe. Ich täte alles, sie ungeschehen zu machen. Dies kann ich aber nicht. Ich kann Euch nur unterbreiten, wie eine Verkettung unglücklichster Umstände und ein Anschlag auf den Stolz unserer Stadt zu diesem verheerenden Unglück geführt haben.«

»Ein Anschlag?«

»So werte ich es, Eminenz. Der Bau der Brandtunnel ist nicht mit der Sorgfalt ausgeführt worden, die ich von meinen Werkmeistern gewohnt bin. Vielleicht war es Böswilligkeit, vielleicht schlicht nur Unvermögen. Ich weiß es nicht, und ich werde es wohl nie herausfinden, da der Mann, den ich befragen müsste, tot ist.«

Konrad hob eine Augenbraue. »So haben also das Schicksal in Gestalt eines Sturms und Stümperei unseren Dom in Schutt und Asche gelegt?«

»Dem ist so, Eminenz.«

»Und wie deutet Ihr das, Meister Gerhard?«

Gerhard blickte zum Erzbischof auf. Konrad hatte die Fingerspitzen aneinandergelegt und neigte den Kopf zur Seite. Alle im Saal, ausnahmslos alle, sahen Gerhard erwartungsvoll an. Und Konrad zwinkerte ihm zu. Gerhard blinzelte, weil er glaubte, sich getäuscht zu haben. Doch der Erzbischof zwinkerte erneut, und Gerhard war der Einzige, der es gewahr wurde.

»Wie deutet Ihr das, Gerhard von Rile?«, wiederholte Konrad und dehnte die Worte dabei so auffällig, dass Gerhard sich unvermittelt an sein Gespräch mit dem Erzbischof im Dom erinnerte.

Also gut, lassen wir uns auf das Spiel ein. Deute, was geschehen ist.

Das waren Konrads Worte in jener Nacht gewesen. In dem Gespräch hatte der Erzbischof ihm einige Dinge mit auf den Weg gegeben – vor allem die Fähigkeit, Niederlagen als Siege zu deuten und Zweifel abzulegen.

Wie würde Konrad an seiner Stelle nun reden?

»Es … es war der Wille des Herrn.«

Ein Raunen rollte durch den Saal. Gerhard vermochte nicht zu erkennen, ob er die Geistlichen nur überrascht oder empört hatte.

»Erklärt Euch, Meister Gerhard.«

»Alles, was auf Erden geschieht, unterliegt dem Willen des Herrn. So also auch das, was gestern vorgefallen ist. Wir waren machtlos, weil Gott wollte, dass der alte Dom niederbrennt.«

Dompropst Konrad von Büren löste sich aus der Menge und trat vor Gerhard. »Wollt Ihr uns allen Ernstes weismachen, Gott könnte dieses fürchterliche Feuer herbeigewünscht haben, das ihm seine Kirche geraubt hat?«

»Nichts kann gegen seinen Willen geschehen. Also ist alles, was geschieht, Gottes Wille.«

»Wollte Gott uns denn strafen?«, fragte der Erzbischof. »Haben wir sein Missfallen erregt? Ist er gegen den Dombau?«

Gerhard wäre am liebsten in Jubel ausgebrochen. Konrad wies ihm geschickt den Weg aus der Sackgasse. »Wäre der Herr gegen den Dombau, dann hätte er ihn verhindert. So aber hat der Herr bewirkt, dass wir seinen eigentlichen Willen erkennen. Er hat uns gezeigt, dass ihm der Bau des neuen Doms nicht schnell genug beginnen kann.«

Die Augen Konrad von Bürens zuckten unruhig hin und her, dann begriff er offensichtlich, welche Möglichkeiten in dieser Deutung steckten. Wenn er Gerhards Worten folgte, dann geriet der peinliche Vorfall zum Triumph.

»Ich finde«, sagte der Dompropst schließlich in getragenem Tonfall, »wir sollten dies den Menschen im Domhof mitteilen.«

»Ich stimme Euch zu«, erwiderte der Erzbischof. »Die Leute warten schon lange genug auf uns. Die Nachricht wird die Prozession in einen freudigen Marsch um die Stadt verwandeln.«

Als die Geistlichen den Saal verließen, lächelte Konrad Gerhard heimlich zu. Der Dombaumeister lächelte zurück.

Die beiden Brüder verließen den Palast, kaum dass die Prozession außer Sichtweite war. Barthel war es zuerst nicht recht gewesen. Aber Paulus hatte darauf gedrängt, obwohl er noch ein wenig wacklig auf den Beinen und mit einem Brummschädel ausgestattet war. Es gab gewisse Dinge zu erledigen, hatte er gesagt. Barthel folgte willig. Der Bericht seines Bruders über Matthias hatte ihn in zu große Unruhe versetzt, als dass er still im Palast hätte sitzen können.

»Nox hatte keinen Grund zu lügen«, sagte Paulus, als sie durch die menschenleeren Gassen gingen. In der Ferne hörten sie die Gesänge der Menschen. »Er wusste zu viel über Matthias und uns. Die Geschichte muss einfach stimmen.«

»Jedenfalls würde das zu diesem Hurensohn von einem Bruder passen.« Barthel hätte es sogar geglaubt, wenn ihm zu Ohren gekommen wäre, dass Matthias ihre Mutter eigenhändig umgebracht und den Dom niedergebrannt hätte.

»Über Tote soll man nicht schlecht reden, Barthel. Das weißt du.«

»Verlange keinen Anstand von mir. Der hätte Matthias besser zu Gesicht gestanden.«

Sie erreichten Henners Hurenhaus. Die Tür war unverschlossen. Als ihnen auf mehrfaches Klopfen niemand öffnete, traten sie ein. Im Schankraum trafen sie niemanden an, und auch auf ihr Rufen antwortete niemand. Ungefragt gingen sie die Stiege hinauf.

Vor der Kammer ihrer Mutter hielt Barthel Paulus zurück. »Ich finde das sehr anständig von dir.«

»Was?« Paulus sah ihn verwundert an.

»Dass du das Erbe mit mir teilen willst.«

»Das ist doch selbstverständlich.«

Barthel schmunzelte. »Das ist es nicht. Mutter wird dir dasselbe gesagt haben wie mir. Dass du der beste, liebste und bravste Sohn von uns dreien bist und deshalb all die Ersparnisse, die sie in ihrem Versteck im Balken aufbewahrt, dir gehören.«

Paulus stand mit offenem Mund da. Barthel ahnte, was in ihm vorging. Seine Mutter hatte ihn hinters Licht geführt. »Du weißt doch, wie sie war«, sagte er.

Paulus schluckte. »Ich weiß, wie sie war, und ich weiß auch, wie Matthias war. Dennoch ist es schwer zu glauben, wozu die beiden in der Lage waren. Mutter hat uns gegeneinander ausgespielt, und Matthias hat mich dem Teufel verkauft. Beide waren hinterhältig. Vielleicht hat Matthias sogar in Kauf genommen, dass Mutter umgebracht wird.«

»Trotzdem, gräme dich nicht. Sie waren keine guten Menschen und hatten deine Zuneigung nicht verdient.«

Ein tiefer Seufzer entfuhr Paulus' Brust. Er sah Barthel an. »Erst habe ich um Mutter und Bruder gebangt, dann um sie getrauert. Und schließlich muss ich mich der Tatsache stellen, dass die beiden grundschlecht waren. Grundschlecht, Barthel.«

»Aber das wussten wir doch, Bruderherz.«

Paulus nickte, dann betraten sie die Kammer. Nichts erinnerte hier mehr an Nox' tödliches Treiben. Henner hatte die Habseligkeiten ihrer Mutter beiseiteschaffen und den Raum wieder herrichten lassen. Das Blut war gründlich entfernt und die Kammer gereinigt worden. Paulus trat an den Balken und griff in den Schlitz zwischen Holz und Decke. Die Öffnung war schmal, er musste seine Hand hineinzwängen. Der Hohlraum dahinter selbst war recht groß. Paulus tastete hin und her, drehte und wendete seine Hand, so gut es ging.

»Und?«

»Warte, ich hab's gleich.« Paulus presste seinen Arm weiter in den Schlitz. »Nichts.«

»Bitte?« Barthel trat ebenfalls an den Balken.

»Nichts. Alles leer.« Er zog den Arm wieder heraus und rieb sich die Druckstellen. »Der Hohlraum ist völlig leer. Vielleicht hat Mutter uns ja auch alle genarrt und nie einen Heller besessen. Oder sie hat ihr Geld woanders versteckt.«

»Nein, hat sie nicht. Ich habe mal gesehen, wie sie dort oben eine Lederbörse hineingestopft hat.«

»Dann ist sie jetzt nicht mehr da.«

Barthel schüttelte den Kopf. »Sie kann nicht einfach verschwunden sein. Ob Henner sie gefunden hat?«

»Henner wird sicher mit der Nase über den Boden gekrochen sein, um ein vergessenes oder verlorenes Münzlein zu finden, bevor er die Kammer einer anderen Hure überlassen hat. Aber ob er auch hier oben nachgesehen hat? Das Versteck ist eigentlich zu gut.«

»Dann bin ich überfragt.«

»Nein, eine Möglichkeit gibt es noch.« Paulus sah ihn ernst an.

»Und die wäre?«

»Eine, von der ich nicht weiß, ob ich mich über sie freuen oder mich vor ihr fürchten soll.«

»Jetzt sag schon.«

Paulus ging los. »Komm mit.«

Gerhard stand noch im Domhof, als die Prozession längst außer Hörweite war. Er musterte die Ruine. Mit dem erfahrenen Auge eines Baumeisters sah er nicht mehr die Trümmer seiner größten Niederlage, sondern die Grundmauern einer Notkirche. Die Außenwände von Schiff und Peterschor standen noch. Mit etwas Flickwerk und einem Behelfsdach ließe sich ein Gotteshaus erbauen, das einer Stadt wie Köln zwar nicht würdig war, seinen Zweck fürs Erste aber erfüllen würde.

Nachdem er in Gedanken eine Aushilfskirche schon errichtet hatte, ging Gerhard heimwärts. Immer schneller trugen ihn seine Füße die Johannisstraße hinab, bis er das letzte Stück schließlich rannte, als sei der Leibhaftige hinter ihm her.

Seine Guda stand in der Tür. Wahrscheinlich hatte sie die ganze Zeit hier in Sorge um ihn gewartet.

Gerhard fiel vor ihr auf die Knie und vergrub sein Gesicht in ihrem Schoß. Er weinte. Die Tränen, die er vergoss, waren Tränen der Freude.

Der Wind wehte über den Domhügel hinab zum Rhein. Durch das Hafenviertel waberte ein seltsamer Geruch, die Mischung stank nach Fisch und Feuer. Barthel rümpfte die Nase, nicht nur des Gestanks wegen. Er ahnte, wohin sein Bruder ihn führen würde.

»Ich bin mir nicht sicher, ob ich diesen Ort sehen will, Paulus.«

Paulus schritt weit aus und sah nicht einmal zurück. »Niemand zwingt dich, mich zu begleiten.«

»Was willst du dort? Wir sollten beide mit diesem Teil unseres Lebens abschließen und neu beginnen.«

»Abschließen kann ich das alte Leben erst, wenn ich weiß, dass es nicht mehr da ist.«

Barthel beschleunigte den Schritt trotz seiner Schmerzen im Knie und schloss zu Paulus auf. »Aber es ist nicht mehr da. Nichts davon ist mehr da. Was Mutter und Matthias nicht zerstört haben, hat Nox ausgelöscht, und ich beginne mich zu fragen, ob es so nicht das Beste ist. Jetzt komm schon, wir gehen zurück in den Palast und lassen es uns auf Kosten des Erzbischofs ein paar Tage gut gehen.«

»Du hast es noch nicht begriffen, oder?«

»Was?«

»Ach, komm einfach mit.«

Sie näherten sich der Stadtmauer, die Köln zum Rhein hin schützte. Die Straßen waren wie ausgestorben. Die Menschen nahmen an der Gottestracht teil oder standen neugierig entlang des Prozessionsweges. Ein Stück weit gingen die Brüder die Mauer entlang, bis sie den Bogen erreichten, in dem sich Matthias' Schlafplatz befand. Paulus und Barthel hielten einen Augenblick inne.

»Geh du.« Barthel verschränkte die Arme. Was auch immer es dort zu sehen geben mochte, er wollte es nicht sehen.

War er bis hierhin noch forsch ausgeschritten, musste Paulus seine Füße nun zum letzten Stück des Wegs zwingen. Mit jedem Schritt, den er näher kam, konnte er weiter hinter den Vorsprung des Halbbogens sehen. Der Schlafplatz war noch immer so wie vor ein paar Monaten, als er ihn sich mit Matthias geteilt hatte. Ein paar Holzbretter, die quer vor den Unterschlupf genagelt waren, boten zusätzlichen Schutz vor den Widrigkeiten des Wetters und unliebsamen Blicken. Als er klopfte, fragte Paulus sich, wieso er eigentlich noch höfliche Zurückhaltung wahrte.

Aus dem Verschlag drang ein Geräusch. Paulus schob ein Brett beiseite und steckte den Kopf hindurch. Matthias lag mit dem Gesicht zur Mauer gewandt und hatte sich eine verfilzte und verlauste Decke bis zum Hals hochgezogen. Er zitterte, obwohl es wieder heiß geworden war.

»Matthias?«

Der Bruder fuhr herum und sah Paulus mit weit aufgerissenen Augen an. Sein Gesicht war fahl, die Augen lagen tief in ihren Höhlen. Sofort drehte er sich wieder um und zog die Decke noch ein Stück höher.

»Matthias, du lebst!«

Paulus wunderte sich, dass doch noch ein Fünkchen Freude in seiner Stimme lag. Doch wenn Nox Matthias nicht umgebracht hatte, gab es vielleicht noch mehr Dinge, die der Schlächter schlicht erstunken und erlogen hatte. Rasch zwängte er sich zwischen den Brettern hindurch ins Innere des Verschlags.

»Matthias, rede mit mir.« Paulus versuchte, seinen Bruder zu sich zu drehen. Doch der fauchte nur, mit einer Stimme, die einem Tier hätte gehören können.

»Was ist mit dir?«

»Geh weg!«

Paulus erschrak. Das konnte nicht sein Bruder sein. Die Stimme klang gebrochen, rau, als ob jemand zwei Steine aneinanderrieb. Wie von einem anderen Wesen. Unwillkürlich rutschte er ein Stück zurück.

»Bist du das, Matthias?«

Matthias atmete schwer, die Decke hob und senkte sich schnell. Nur langsam fand er zu einem regelmäßigen Rhythmus. Dann drehte er sich um und schaute Paulus mit einem wirren Blick an. Die Decke rutschte ein Stück auf die Brust herab und gab den Hals frei. Was Paulus sah, ließ ihm den Atem stocken. Matthias' Kehle war seltsam verformt und die Haut in dunklen Tönen von Rot und Blau verfärbt. Nox hatte nicht gelogen. Er war Matthias tatsächlich an die Gurgel gegangen. Vermutlich hatte er ihm den Kehlkopf eingedrückt. Und er hatte tatsächlich geglaubt, er habe Matthias tödlich verletzt.

Für einen Augenblick wollte Paulus den heiligen Remigius anrufen, der sich besonders gut auf Erkrankungen des Halses verstand. Aber er verkniff es sich. Paulus' Puls beschleunigte sich. Er hatte zwar Matthias nicht verloren. Aber Nox hatte dennoch die Wahrheit gesagt. Und das bedeutete, dass vor ihm ein Verräter lag. Sein eigener Bruder hatte ihn für ein paar schäbige Mailänder Münzen verkauft. In Paulus kochte die Wut hoch. Sie spülte alles Mitleid und das letzte bisschen Bruderliebe fort.

»Warum hast du das getan?«, schrie er Matthias an und packte ihn am Kragen. Die widerlichen knackenden Geräusche, die der Kehle seines Bruders entwichen, bremsten ihn nicht. Paulus schüttelte Matthias, als gelte es, die Wahrheit aus ihm herauszuschleudern.

»Warum?«, gab Matthias zurück. Es bereitete ihm hörbar Mühe, den Worten Laute zu geben, aber sie drängten aus ihm heraus. »Warum, willst du wissen? Ganz einfach. Weil ihr mich ankotzt. Darum. Weil alle so viel haben, nur ich nicht. Darum. Weil ihr euch alle gegen mich verschworen habt und mir nicht den Dreck unter den Nägeln gönnt. Darum, darum, darum. Ich hasse euch. Dich und unseren angeblich hochherrschaftlichen Halbbruder. Ihr könnt tun, was ihr wollt, und macht doch keine Fehler. Dem edlen Barthel wird der feine Mehlstaub in den Arsch geblasen, ohne dass er einen Finger krumm machen muss. Und du hast dich auch von mir abgewendet, hast mich und das Leben auf der Straße zurückgelassen, nur um etwas Besseres zu werden. Aber das bist du nicht. Niemand ist etwas Besseres als ich.«

Ein Hustenanfall unterbrach den Redeschwall. Matthias hielt sich den Hals und verzog vor Schmerzen das Gesicht. Nox musste seine Kehle schwer verletzt haben.

»Wir haben uns abgewendet? So ein Unsinn! Es war nur niemand bereit, dir auf die Straße zu folgen. Und ich habe nie behauptet, dass ich etwas Besseres bin als du. Oder etwas Besseres werden will.«

»Aber Barthel sagt es, wann immer sich die Gelegenheit bietet. Das Leben ist ungerecht zu mir. Ich wollte mir meinen Anteil zurückholen.«

»Und das ist für dich schon Grund genug, Barthels Vater einem Mörder auszuliefern? Und mich gleich mit dazu?«

»Na und?«

»Du selbstsüchtiges Arschloch! Neidisch bist du, eifersüchtig. Viel hätte nicht gefehlt, und ich würde nun an einem Galgen baumeln.«

»Was beklagst du dich? Du hast es doch überlebt.«

»Mutter aber nicht. Du hast auch sie an Nox verraten, stimmt's?«

Dieser Einwand wenigstens brachte Matthias für einen Augenblick zum Verstummen. Er hielt Paulus' Blick nicht stand. Sein Röcheln füllte den Verschlag. »Sie hat es nicht besser verdient«, krächzte er.

»Sie war unsere Mutter.«

»Sie war eine falsche Schlange. Gegeneinander ausgespielt hat sie uns. Barthel hat sie das Erbe versprochen, dir hat sie es versprochen und mir auch. Allen hat sie eine lange Nase gemacht, jedem von uns dasselbe erzählt. Du bist der beste von meinen Söhnen, hat sie mir gesagt. Jedem von euch wird sie das gesagt haben, nur damit wir uns ihr verpflichtet fühlten.«

»Sie wollte doch nur, dass wir uns um sie kümmern.«

»Dann hätte sie einfach eine Mutter sein sollen. Welches Kind würde sich nicht um eine gute Mutter kümmern? Doch eine Hexe war sie, nichts anderes. Eine Mutter, eine gute Mutter, denkt zuvorderst an ihre Kinder, sie liebt ihre Söhne. Unsere Mutter hat immer nur an sich gedacht.«

Paulus fuhr sich übers Gesicht. »Wie konntest du nur? Ich verstehe es einfach nicht.«

»Was soll es da schon groß zu verstehen geben? Dieser Fleischberg namens Nox ist vor ein paar Wochen an der Stadtmauer entlanggezogen. Er hat Fragen gestellt und für Antworten Geld geboten. Er wollte nur einen Kontakt zu jemandem, der mit den Geldsäcken Gir, Mummersloch und Quatermart in Verbindung steht. Mir war klar, er sucht einen Sündenbock. Und mir war klar, dass ich ihm den liefern konnte. Das habe ich getan.«

»Hat es sich wenigstens ausgezahlt?«

In Matthias' Hals knackte es, als er den Kopf schüttelte. »Nox' Lohn habe ich schon am ersten Abend versoffen.«

»Und das Erbe unserer Mutter? Die Börse aus dem Balkenversteck?«

Stöhnend sank Matthias auf sein Lager zurück. Den Blick nach oben an den Mauerbogen gerichtet, zog er einen Lederbeutel hervor, den er Paulus reichte. Das lederne Bändchen war bereits gelockert. Paulus zog den Beutel auf und sah hinein. Er war leer.

»Selbst das war eine Lüge unserer Mutter, Paulus. Sie war so arm wie eine Kirchenmaus. Sie hat uns nach einem Erbe hecheln lassen, das es nie gegeben hat.«

Paulus blickte auf. Er fühlte sich so leer wie der Lederbeutel in seiner Hand. »All das Unheil, das du angerichtet hast, der Verrat, der Versuch, unser Erbe zu stehlen – das alles war für nichts und wieder nichts.«

Matthias setzte sich auf. Sein Blick und das Grinsen verrieten, dass die Schadenfreude die Schmerzen aufwog. »Ich hasse meine

Familie, Paulus, ich hasse euch. Es hat mir vielleicht kein Geld eingebracht. Aber es hat mir Spaß gemacht.«

»Ich kann es noch immer nicht glauben. Ich bin dein Bruder, Matthias. Dein eigen Fleisch und Blut.«

»Mag sein. Aber ich kann dich nicht essen. Euch allen geht es gut, nur mir geht's dreckig. Doch von euch kümmert sich keiner um mich. Was ich getan habe, ist mir leichtgefallen. Barthel hat mich schon immer gehasst, du hast mich verlassen, und meine Mutter war eine verlogene Natter. Ihr habt es nicht besser verdient.«

Sprachlos saß Paulus da und wusste nicht, was er sagen sollte. Beinahe hätte er sich noch rechtfertigt. Angewidert schluckte er die Worte hinunter, die ihm fast aus dem Mund gepurzelt wären. Matthias hatte nicht den Hauch von Verständnis verdient.

»Ich hätte nie gedacht, dass ich so etwas jemals sagen würde, Matthias. Du bist ein Schwein. Wärest du nicht mein Bruder, würde ich dir jetzt etwas antun. Aber das brauche ich nicht, denn der Lohn für deine Taten steht jetzt schon fest. Für all das Leid, das du anderen Menschen zugefügt hast, wirst du in der Hölle brennen.«

Paulus warf Matthias noch einen letzten Blick zu, stand dann auf und ließ seinen hustenden Bruder in dem Verschlag zurück. Er wollte ihn nicht mehr sehen, zumindest für eine sehr lange Zeit nicht.

Mit einem lauten Knall fielen die Fässer zu Boden. Johannes und Marieken rannten davon, soweit ihr Lachen es ihnen überhaupt erlaubte, ihre Beinchen halbwegs geordnet voreinanderzusetzen.

»Kaputt, kaputt, der Dom ist kaputt«, riefen sie und kicherten dabei so albern, als erzählten sie den besten Witz seit Menschengedenken.

»Verdammte Saubande.«

Viktor, der Salzhändler, drohte seinen beiden Enkelkindern mit der Faust. Doch seine Wut über den Streich war so schnell verraucht, wie er die Fässer wieder aufgestellt hatte. Gottlob waren sie leer und nicht voller Salz gewesen. Den Zwillingen, die gerade erst ihr zweites Frühjahr erlebten, konnte er einfach nicht böse sein. Dafür waren sie viel zu hinreißend, viel zu niedlich. Außerdem musste er ihnen zugestehen, dass sie das fürchterliche Ereignis des Vortages irgendwie verarbeiten mussten. Auch Johannes und Marieken hatten den Einsturz des Doms mit angesehen. Wenn sie doch nur nicht ständig in seinem Lagerraum spielen würden.

Seiner alten Knochen wegen hatte Viktor darauf verzichtet, an der Gottestracht teilzunehmen. Eine schlechte Entscheidung, denn sein Sohn und seine Schwiegertochter befanden es für einen guten Einfall, ihre Kinder in seiner Obhut zu belassen. Angeblich war den kleinen Füßen die Prozession um die Stadtmauer nicht zuzumuten.

Und so musste Viktor, der älteste Salzhändler in der Salzgasse, es erdulden, wie Marieken und Johannes seinen Lagerraum in einen Spielplatz verwandelten, ohne Rücksicht auf das Alter ihres Großvaters oder den Wert seiner Handelswaren. Vermutlich wäre es für ihre kleinen Füße weniger ermüdend gewesen, den Weg der Gottestracht gleich zweimal zu gehen.

Viktor war so alt, dass Spötter sagten, er schlafe des Nachts in seinem Salz und konserviere sich so selbst. Der Spott hatte ihm den Spitznamen Hering eingebracht, der ihm allerdings gefiel. Wollte jemand Fisch pökeln, schickte man ihn wie selbstverständlich zum alten Hering. Einen besseren Ruf genoss kein anderer Salzhändler in der Gasse zwischen den Märkten und dem Hafen.

Mit seinen gichtverknoteten Fingern rückte Viktor das letzte der umgefallenen Fässer zurecht. Ob er mit den Kleinen hinunter zur Kaimauer gehen und Schiffe zählen sollte? Wenn Marieken und Johannes an der frischen Luft umherliefen, würden sie gewiss schnell müde und handzahm werden. Und seine Fässer wären sicher vor ihnen.

Von irgendwoher im Lagerraum hörte er ein kräftiges Klopfen. Viktor wertete es als Bestätigung, dass sein Vorhaben die richtige Entscheidung war. Diese Wirbelwinde waren nicht ausgelastet, sie mussten sich austoben, irgendwo, nur nicht hier. Nur dummes Zeug hatten sie im Kopf.

Das Klopfen hielt an, und dann dämmerte es Viktor, dass es nicht die Kinder waren, die Unfug trieben. Jemand war an der Tür und begehrte Einlass. Er rief noch eine Mahnung in die Richtung, in der er seine Enkel vermutete, verließ das Salzlager und öffnete die Tür seines Verkaufsraums. Auf der Salzgasse stand ein junger

Mann, dessen rot-schwarze Kleidung ihn als Büttel kennzeichnete. In seiner Begleitung waren zwei Männer, die eine Karre vor Viktors Handelshaus gezogen hatten.

»Mein Name ist Konstantin, und ich benötige Salz, viel Salz«, sagte der Büttel. »Man sagte mir, beim alten Hering könne ich wohl ausreichend davon erhalten.«

»Da habt Ihr Euch bestens erkundigt, Büttel. Wie viel Salz benötigt Ihr?«

»Ausreichend, um das hier zu pökeln.« Er schlug das Tuch zurück, das die Ladung bisher bedeckt hatte. Für solch eine Fracht hatte Viktor noch nie Salz verkauft.

»Keine Fragen«, sagte der Büttel, bevor Viktor das Wort erheben konnte. »Das ist ein Auftrag des Erzbischofs. Könnt Ihr mir also helfen?«

Viktor nickte. Hoffentlich sahen Johannes und Marieken das nicht.

Der dicke Ast des Apfelbaums, der in einem Baumgarten nahe an der Kirche der heiligen Jungfrauen stand, war alles andere als bequem. Doch er bot Paulus den besten Blick auf die Straße, auf der die Prozession zum Domhof zurückkehren würde. Hunderte Menschen standen am Weg und warteten auf die Gottestracht. Das ungewohnte Bild verstärkte das Gefühl, das sich seit Stunden immer weiter in Paulus ausbreitete.

Köln war ihm fremd geworden.

Es war, als wäre er noch nie hier gewesen. Die vergangenen drei, vier Tage hatten sein Leben auf links gedreht. Seine Familie gab es nicht mehr, nur noch Barthel war ihm geblieben. Matthias? Eine Seele, die Gott an den Teufel verloren hatte. Seine Mutter? Er musste ihre Beerdigung in die Wege leiten, auch wenn er seinen Frieden mit ihr noch nicht gemacht hatte. Er wollte zum heiligen Eustachius beten, jenem Märtyrer, den man bei traurigen Familienschicksalen anzurufen pflegte. Aber Paulus ließ es bleiben. Eustachius konnte nichts mehr für Matthias und seine Mutter ausrichten.

Jenne. Seine Gedanken endeten immer wieder bei ihr. Was mochte aus ihr geworden sein? Hatte sie vielleicht doch überlebt? Hatte sie Köln verlassen, wie sie es schon längst hätte tun sollen?

Und wenn sie noch lebte und er sie treffen würde, wie sollte er ihr erklären, dass der Geldgürtel verloren war?

Paulus biss sich auf die Unterlippe. Was war nur mit ihm, dass er ständig an dieses Mädchen dachte?

Sie war in den vergangenen Tagen neben Barthel sein fester Halt gewesen, sie hatte ihm mehr als nur einmal die Haut gerettet. Welch eine absonderliche Wendung doch alles genommen hatte. Für Matthias hätte er die Hand ins Feuer gelegt, Jenne hingegen hatte er nicht weiter getraut, als seine Nase lang war. Paulus' Welt stand kopf.

Und er fürchtete, dass es noch schlimmer kommen würde. Er hockte auf dem Ast, weil er Angela unter den Teilnehmern der Prozession vermutete. Er musste sie sehen. Er musste wissen, wie sie zu ihm stand. Noch hatte Paulus die Hoffnung nicht ganz aufgegeben, dass Angela ihn vielleicht doch nicht verraten hatte.

Mit der Zeit trafen noch mehr Menschen ein, die sich den Zug ansehen wollten. Es versprach ein außerordentliches Schauspiel zu werden, so wie es die Sylvesterprozession war, bei der die Gläubigen das Haupt von Papst Sylvester in einem vergoldeten Kopfreliquiar durch die Straßen trugen.

Die Zeit floss träge dahin, ein zäher Mahlstrom, der machtvoll an den Fäden von Paulus' Geduld zog. Von der Kirche der heiligen Jungfrauen kamen ein paar ältere Stiftsdamen herüber. Sie stellten sich ebenfalls an der Straße auf und kicherten wie kleine Mädchen.

Als er die Freudengesänge und das fröhliche Spiel von Instrumenten aus der Ferne hörte, spürte Paulus sein Herz in der Brust. Es war die gleiche Musik wie vor ein paar Stunden, als er im Palast erwacht war. Bald sah er den Zug, der die Straße herabkam.

Der Prozession voran hüpfte ein kleines Männchen, bunt gekleidet und einen krummen Säbel schwingend. Mit rudernden Armen sprang es auf die Zuschauer am Wegesrand zu, brüllte sie an, schnitt Grimassen und lief lachend davon. Der Geck war guter Brauch bei vielen Prozessionen in Köln. Er ebnete dem Zug den Weg und stimmte mit Heiterkeit auf die Feierlichkeit ein.

Banner und Baldachine, Reliquiare und Reiter, Fahnen und Fuhrwerke – Paulus hatte noch nie eine solch prächtige Prozession gesehen. Ein endloser Fluss aus Menschen trieb an ihm vorüber, aus hohen Herren und einfachen Frauen, aus Äbten und Prioren, aus Hörigen und Handwerkern. Von Paulus' erhöhtem Ausguck sah der Zug noch imposanter aus. Er konnte stadtauswärts bis zur Eigelsteinpforte und stadteinwärts bis fast zur Domruine sehen – die Prozession füllte die gesamte Strecke. Paulus hatte Mühe, jedes Gesicht zu mustern. Zu viele Menschen waren auf der Straße unterwegs, und immer wieder ertappte er sich dabei, wie er sich vom Anblick der Prozession überwältigen und ablenken ließ. Schließlich gab er die Hoffnung auf, Angela im Zug zu erspähen.

Als er den ersten Fuß gegen den Stamm setzte, um hinunterzuklettern, entdeckte er den größten Wagen der Prozession. Paulus hielt in der Bewegung inne. Der Schrein der Heiligen Drei Könige lag auf der Ladefläche und wagte mit der Sonne einen Wettstreit, wer das schönste Strahlen für sich beanspruchen konnte. Wo immer der Wagen mit dem Schrein fuhr, brandete Jubel auf. Die Menschen fielen auf die Knie und stimmten Freudengesänge an. Eine Welle des Beifalls rollte im Schritttempo durch Köln.

Die Kölner hatten ihren Dom verloren, aber die Gebeine der Heiligen Drei Könige und den Schrein behalten.

Gleich hinter dem mit bunten Tüchern und Frühlingsblumen geschmückten Wagen ritten Erzbischof Konrad von Hochstaden und Dompropst Konrad von Büren, dahinter das Domkapitel, die beiden Bürgermeister, Patrizier, Schöffen und hohe Geistliche. In Höhe von Paulus' Apfelbaum jedoch stoppte der Zug. Der Erzbischof hatte die Hand gehoben. Er blickte zu Paulus hinüber, der immer noch mit beiden Händen an einem Ast hing. Die Menge verstummte, und Paulus' Herz setzte aus.

Der Erzbischof senkte die Hand ein Stück und deutete mit dem Finger auf Paulus. »Das ist der Mann, der die Gebeine der Heiligen Drei Könige gerettet hat.«

Dann stieg er von seinem Pferd, bahnte sich einen Weg durch die Menschen und ging festen Schrittes auf Paulus zu.

Angela drängte ein Stück nach vorn, nicht zu weit, denn auf keinen Fall wollte sie, dass Paulus sie entdeckte. Nein, sie hatte sich nicht getäuscht, es war tatsächlich Paulus, vor dem sich der Erzbischof gerade tief verbeugte, während die Umstehenden Beifall spendeten und Rufe der Anerkennung ausstießen. Und nun nahm der hohe Herr ihn sogar in die Arme. Am liebsten wäre sie weitergegangen, aber sie konnte sich nicht von diesem Anblick lösen. Der Erzbischof lobte und ehrte gerade Paulus, ihren Paulus.

Doch nein, er war nicht mehr *ihr* Paulus. Nicht mehr seit dem Augenblick, in dem sie sich entschieden hatte, seinem Flehen nicht zu folgen, ihm keinen Glauben mehr zu schenken und ihn bei Gericht anzuzeigen. Nicht mehr seit jenem Moment, als sie damit begonnen hatte, sich auszumalen, was die Belohnung für ihr Leben bedeuten konnte. Seit sich dieser Gedanke zwischen sie und Paulus geschoben hatte, waren sie auf ewig getrennt.

Sie bereute ihren Verrat, oh ja, sie hätte sich selbst ohrfeigen wollen für ihre Torheit. Auf die Belohnung habe sie keinen Anspruch, weil Paulus nicht der Mörder gewesen sei, hatte man ihr knapp beschieden. Und nun war es Paulus, dem alle Herzen zuflogen. Alle, nur ihres nicht, denn er würde sie nicht mehr wollen. Oder hatte er vielleicht nicht erfahren, dass ihn jemand verraten hatte und dass sie es gewesen war? Sollte sie es darauf ankommen lassen und ihr Glück noch einmal mit ihm versuchen?

Konrad von Hochstaden hielt Paulus noch immer eng umschlungen. Was mochte der Erzbischof ihm nur die ganze Zeit ins Ohr flüstern? Als der Erzbischof Paulus ein weiteres Mal auf die Schulter klopfte, versteckte Angela sich hinter dem hohen Rücken eines stark nach Schweiß riechenden Mannes. Ihr Herz klopfte so laut, dass sie es im Hals spüren konnte. Nein. Sie konnte seinem Blick nicht standhalten.

Der Erzbischof bohrte seinen Daumen tief in Paulus' Oberarm. »Ich hoffe, wir haben uns verstanden. Kein Sterbenswort zu irgendjemandem.«

Paulus verzog vor Schmerzen das Gesicht und versuchte, sich aus der Umarmung zu winden, doch der Erzbischof packte noch fester zu. »Aber warum nicht?«

»Weil ich keinen Ärger mit Mailand haben will. Was ich und das Reich am wenigsten gebrauchen können, ist ein neuer Krieg mit den Lombarden.«

»Aber wenn es doch Mailänder waren, die uns die Heiligen Drei Könige rauben wollten.«

»Dann waren es eben Mailänder. Doch niemand weiß, ob sie im

Auftrag ihrer Stadt nach Köln gekommen sind oder auf eigene Faust gehandelt haben. Und ich will es auch nicht wissen. Ich will nur eines – kein Aufhebens um diese Sache.«

»Vielleicht werden sie es wieder versuchen.«

»Dann versuchen sie es eben. Sie werden abermals scheitern. Ich dulde keine Widerrede, sonst nehme ich dir wieder ab, was ich dir gerade zugesteckt habe. Was ist nun? Kann ich mich auf dich verlassen? Kein Sterbenswörtchen?«

Paulus nickte. »Kein Sterbenswörtchen.«

Er war enttäuscht. Alles Mögliche hatte er erwartet, aber gewiss nicht die Ermahnungen, die Konrad von Hochstaden ihm gerade ins Ohr gezischt hatte. Der Erzbischof lächelte zufrieden, tätschelte ihm noch einmal die Wange und ging dann zu seinem Pferd zurück. Paulus blieb unter dem Apfelbaum zurück. Langsam setzte sich der Zug wieder in Bewegung.

Nur ein Mensch blieb länger stehen als die anderen. Sie sah so schön aus wie bei ihrer ersten Begegnung, als er mit Matthias vor Sankt Maria im Kapitol gebettelt hatte.

Doch Paulus erschrak, als Angela sein Lächeln nicht erwiderte. Sie schlug die Augen nieder, so schnell, dass er augenblicklich wusste, was geschehen sein musste.

Angela, seine Angela. Sie musste doch vor Sorge um ihn fast gestorben sein. Zuletzt hatte sie ihn gesehen, als er ihr blutüberströmt und auf der Flucht vor den Hunden ihres ermordeten Hausherrn gegenüberstand. Warum sah er keine Erleichterung in ihren Augen? Warum freute sie sich nicht, dass der Erzbischof ihn vor aller Augen zum Helden erhoben hatte?

Es gab nur eine Erklärung. Sie hatte seinen Beteuerungen nicht geglaubt. Sie war zu den Bütteln gerannt, hatte seinen Namen genannt und ihn des Mordes an Hermann Mummersloch bezichtigt. Für vierhundert Silbermark.

Verrat.

Ließ sich dieses Wort nicht auf ewig aus seinem Kopf verbannen? Eine Träne rann über Paulus' Wange. Eine nur, mehr nicht.

Nachdem sie die Leichen in ein Kellergewölbe des erzbischöflichen Palastes geschafft hatten, ging alles sehr schnell. Ein Zimmermann hatte bereits drei Kisten zusammengehämmert, in welche die Toten nun gelegt wurden. Konstantin half mit, als die anderen Büttel das Salz in die Särge gaben.

»Achtet darauf, sie zur Gänze zu bedecken. Nicht einmal die Nasenspitze darf herausschauen.«

Je schneller die Leichen mit Salz überschüttet waren, desto besser – Konstantin fand den Anblick der Körper alles andere als erbaulich. Sie waren schwarz verkrustet wie ein Spießbraten, der zu lange über dem Feuer gehangen hatte. Die Haut war aufgeplatzt, Arme und Beine waren im Todeskampf seltsam verdreht.

»Mir ist nicht wohl bei dieser Sache, Konstantin«, sagte einer der anderen Gewaltrichterdiener, während er das Salz verteilte. »Wir stehen doch gar nicht in Diensten des Erzbischofs. Warum befolgen wir seine Befehle, was soll das Ganze?«

Die Antwort gab Konrad von Hochstaden selbst, der gerade durch die niedrige Tür in das dunkle Gewölbe trat. »Ich weiß, ich verlange viel von euch, aber tut es einfach. Es ist das Werk von guten Christenmenschen, das ihr da verrichtet. Die drei Verstorbenen bekommen, was ihnen zusteht. Wir müssen ihre Körper haltbar machen.«

Das Salz rieselte durch Konstantins Finger. »Und was steht ihnen zu?«

»Das erkläre ich dir gern, Büttel«, sagte Konrad und beugte sich vor, um Konstantin etwas ins Ohr zu flüstern.

»Ist Jenne da? Oder Jax?«

Lisgen schaute durch den Spalt der Tür. Sie schien misstrauischer zu sein als bei ihrer ersten Begegnung und sah an ihm vorbei. Offenbar prüfte sie, ob er allein war. Paulus war allein.

»Was willst du schon wieder hier?«, fragte sie schließlich.

»Wie gesagt, Jax oder Jenne besuchen.«

»Hör zu, es interessieren sich zu viele Leute für den kleinen Jungen, vor allem zu viele Leute, die Henner schickt. Mir wäre es lieb, wenn du verschwindest. Das ist alles zu viel für mich. Und wenn du Jenne siehst, sag ihr, sie soll ihr Blag endlich abholen.«

»Wenn du einfach nur dafür Sorge tragen könntest, dass sie mich –«

»Nichts werde ich«, schnitt Lisgen ihm das Wort ab. »Sieh zu, dass du fortkommst. Bitte.«

»Ich komme wieder.«

»Tu, was du nicht lassen kannst. Aber lass uns jetzt einfach in Ruhe. Bitte.«

Ruhe, bitte, nur etwas Ruhe, dachte Konstantin, als er auf schweren Beinen nach Hause ging. Die vergangenen Tage hatten ihm viel zu viel Aufregung und viel zu wenig Schlaf beschert. Als er in die Gasse einbog, in der sein Häuschen stand, sah er schon von ferne, was für ihn das größte Glück bedeutete. Jedenfalls für den Augenblick.

Die Tür seines Hauses war geschlossen. Dieses Mal erwartete ihn kein ungebetener Besucher.

Nur ein weicher Strohsack.

Der Gestank von kalter Asche war widerlich. Paulus ließ sich von ihm dennoch nicht verscheuchen. Er schlenderte durch die Reste des Doms und stocherte mit den Füßen im verkohlten Holz, als könne er hier Antworten finden. Antworten. Die fehlten ihm. Fragen hatte er genug.

Er war nicht allein in der Ruine. Im Auftrag des Domkapitels waren einige Männer bereits dabei, den Schutt wegzuräumen und nach Dingen zu suchen, die vielleicht noch von Wert waren, etwa das geschmolzene Gold der beiden Leuchter oder das zu Tränen verlaufene Blei des Domdachs. Argwöhnisch sahen sie zu ihm herüber, als vermuteten sie in Paulus einen Plünderer. Sollten sie doch denken, was sie wollten. Er hatte Schlimmeres erlebt als Misstrauen.

»Paulus?«

Diese Stimme. Paulus traute seinen Ohren nicht und fuhr herum. Da stand sie vor ihm, wie ein Traum inmitten von Trümmern. Sie neigte den Kopf leicht zur Seite und lächelte ihn an.

»Jenne?«

Das Weiß ihrer Zähne überstrahlte das Schwarz der Asche um sie herum. »Wer sonst?«

»Jenne!«, rief Paulus. Er rannte, nein, stolperte zu ihr und schloss sie fest in die Arme. »Jenne!«

Sie lachte auf und schob ihn ein Stück von sich weg. Er ließ seine Hände auf ihren Hüften. »Schon gut, Paulus, ich kenne meinen Namen.«

»Wie hast du mich gefunden?«

»Ich bin dir gefolgt. Ich war bei Lisgen, als du sie aufgesucht hast. Ich musste prüfen, ob du keinen von Henners Männern im Kielwasser hattest, und dann bin ich dir hinterher, bis ich mir sicher sein konnte.«

»Ich dachte, du wärest tot.«

»Das habe ich nie behauptet.«

Paulus lachte. »Nein, so wie du nie behauptet hast, die Geliebte dieses Lümmels namens Jax zu sein. Warum hast du mir keine Nachricht geschickt?«

»Woher sollte ich wissen, wo du steckst?«

»Sag mir wenigstens, wie du überlebt hast.«

»Indem ich mich an ein Stück Holz geklammert habe. Ich bin nicht gerade die beste Schwimmerin, weißt du. Mit den Beinen habe ich so lange gestrampelt, bis meine Füße auf Kies getreten haben. Und du?«

»Ich habe mich von Barthel aus dem Wasser ziehen lassen. Sagt er zumindest. Ich habe davon nichts mitbekommen.«

Mit den Fingerknöcheln klopfte Jenne an Paulus' Stirn. »Und? Bist du jetzt wieder auf der Höhe?«

»Leider ja. Ich habe schlechte Nachrichten.«

»Noch schlechtere als bisher?«

»Dein Geldgürtel – er ist mit Barthels Mühle im Rhein versunken. Es tut mir leid, Jenne.«

Sie erblasste, und für einen Augenblick glaubte Paulus, Jenne würde in seine Arme sinken. Doch sie blieb stark.

»So ist alles verloren«, sagte sie mit matter Stimme. »Ich hole nur noch schnell den kleinen Jax, und dann fliehe ich mit ihm aus der Stadt. Wir müssen fort, so schnell es geht.«

»Ich habe auch eine gute Nachricht.« Er genoss es, Jenne auf die Folter zu spannen. Endlich einmal war er derjenige, der die Richtung vorgab. Er griff in sein Gewand und zog eine Rolle heraus.

»Was ist das?«

»Ein Pergament.«

»Das sehe ich. Aber wo steckt die gute Nachricht?«

»Der Erzbischof hat es mir eben zugesteckt. Ich soll damit zum Schöffengericht gehen und es vorzeigen, sagt er. Angeblich steht darin geschrieben, dass ich den Mörder der drei Kaufleute gestellt habe. Und damit Anspruch auf die Belohnung habe.«

»Du?«

»Ja, ich. Sobald ich das Geld abgeholt habe, kann ich meine Schulden bei dir begleichen.«

Eine Weile schwiegen und lächelten sie sich an. Paulus fand Jennes Zahnlücke noch immer bezaubernd. Dann stach Jenne ihn mit dem Zeigefinger in die Rippen. »Du hast mich gesucht. Das finde ich schön.«

Paulus spürte, wie ihm das Blut in die Wangen schoss. Und gleich darauf wallte der Ärger darüber in ihm auf. Er wollte sich nicht dafür schämen, sie gesucht zu haben. Er wollte etwas ganz anderes. »Ich glaube, ich werde dich küssen müssen«, sagte er leise.

Jenne riss die Augen auf. »Was müssen?«

»Küssen.«

»Müssen?«

»Müssen!«

»Du redest wirr.«

»Ich weiß. Es ist mein gutes Recht.«

Dann drückte er sie wieder an sich. Mit dem Zeigefinger hob er ihr Kinn ein wenig an, näher an seinen Mund. Sie ließ es geschehen. Dann fanden sich Paulus und Jennes Lippen wie von selbst. Ihr Kuss inmitten der Ruine dauerte ewig. Lange genug jedenfalls, dass Paulus glaubte, um sie herum könnte inzwischen der neue Dom gebaut worden sein.

»Heiliger Antonius von Padua«, sagte er, als sie sich voneinander lösten.

Fragend sah Jenne ihn an. »Für was ist denn Antonius zuständig?«

»Das«, sagte Paulus mit einem Lächeln, »wirst du selbst herausfinden müssen.«

EPILOG

KÖLN, VIER WOCHEN SPÄTER

Goswin saß fest in seinem Sattel und ließ sich vom schweren Schritt seines Kaltbluts beinahe in den Schlaf wiegen. Er genoss die leichte Brise, die vom Rhein herüberwehte, und hätte glücklicher nicht sein können. Zuerst hatte er sich noch selbst verflucht, denn wieder hatte er der Versuchung nachgegeben und gegen guten Lohn einen zweifelhaften Auftrag angenommen. Das verdammte Geld! Dann aber erkannte er, welch einfache Aufgabe er und die anderen Treidelknechte zu lösen hatten. Dieser Zug war kein Vergleich zu dem Höllenschiff.

Der Auftrag kam zum allerbesten Zeitpunkt. Das fand auch sein Weib. Nachdem Goswin der teuflischen Kogge vor einem Monat den Rücken gekehrt hatte und heimgeritten war, hatte sie ihm unterbreitet, dass sie schon im Spätsommer sein fünftes Kind erwartete. Fünf kleine Mäuler würde er zu stopfen haben!

Der Lohn für den neuen Auftrag war so verlockend hoch, dass Goswin dafür von Köln aus viele Meilen weiter stromaufwärts treidelte. Er sah hinaus auf den Rhein und zu dem Oberländer, den er und die anderen Treidelknechte gegen den Strom zogen. Es waren nicht viele Pferde vonnöten, denn das Schiff war nahezu leer. Als Goswin beim Führer des Treidelzugs nachhakte, warum sie denn für eine solch leichte Fracht derart fürstlich entlohnt wurden, erhielt er eine Antwort, die ihm gefiel.

Der Lohn sei fürstlich, weil die Fracht königlich sei. Drei königliche Leichen befänden sich auf dem Schiff.

Der Zugführer, ein älterer Herr mit Namen Roland, klärte Goswin über die Toten auf. Der besseren Haltbarkeit wegen seien sie in Salz eingelegt. Aus gutem Grund, denn ihnen stünde eine lange Reise bevor. Der Auftrag laute, sagte Roland, die Toten bis nach Mailand zu bringen. Doch als der Zugführer ihm zuzwinkerte, den Zeigefinger an die Lippen legte und erzählte, an Bord seien die Gebeine der Heiligen Drei Könige, die Erzbischof Konrad von Hochstaden der Stadt Mailand zum Geschenk mache, fühlte Goswin sich doch ein wenig auf den Arm genommen. Die Heiligen Drei Könige in Mailand? Welch ein Unfug.

Aber gram war er Roland nicht. Goswin war bester Laune und daher auch zu Scherzen aufgelegt. Auch wenn es ein schlechter Scherz war. Die Mailänder jedenfalls, dessen war er sich sicher, würden Augen machen.

ENDE

Nachwort des Autors

In diesem Buch steckt viel Dichtung, aber auch reichlich Wahrheit, etwa über die Brabanzonen oder das Hurenhaus »Sconevrowe« in der Schwalbengasse, das schon 1286 erstmals urkundlich erwähnt wird und zu den ältesten Bordellen in Deutschland zählt. In welchen Passagen ein wahrer Kern enthalten ist, sei an dieser Stelle – zumindest zum Teil – verraten.

Die Heiligen Drei Könige, der alte und der neue Dom
Im Jahr 1164 brachte der Reichskanzler und Kölner Erzbischof Rainald von Dassel die in Mailand erbeuteten Gebeine der Heiligen Drei Könige nach Köln. Für die Reliquien schufen der Goldschmied Nicholas von Verdun und seine Nachfolger von 1181 bis 1225 den prächtigen Dreikönigenschrein. Der immer stärker anschwellende Strom der Pilger ließ den alten Dom bald zu klein werden. Im Herbst 1247 beschloss das Domkapitel, eine größere und prächtigere Kathedrale zu errichten.

Für die Kirche im neuen Stil der Gotik sollte die alte schrittweise weichen. Die Annalen der Kölner Abtei Sankt Pantaleon überliefern den Brand des Kölner Doms am 30. April 1248. Bei dem Versuch, den Marienchor abzubrechen, hätten die Werkmeister »unvorsichtig die Balken, welche die Höhlung stützten, mit allzu großer Nahrung für das Feuer angezündet« – ein kräftiger Wind tat das Übrige. Als einzigen Hinweis auf den Brand haben Ausgrabungen eine Bleiträne des Domdaches zutage gefördert. Der Westteil des Doms wurde wiederhergestellt, mit einem Dach und einer Trennwand versehen. In diesem Provisorium ließ das Domkapitel sehr bald den Goldschrein mit den Gebeinen der Heiligen Drei Könige wieder aufstellen, nicht nur, damit die Gläubigen sie verehren konnten, sondern auch weil die Reliquien eine wichtige Einnahmequelle für den Neubau des Doms waren. Am 15. August 1248 legte Konrad von Hochstaden den Grundstein für den neuen Kölner Dom. Der erste Dombaumeister, Gerhard mit Namen, erhielt für seine Verdienste um den Bau im Jahr 1257 ein Haus in der Kölner Marzellenstraße, unweit seines Arbeitsplatzes.

Mailänder Rückführungsversuche

Von wenigen Unterbrechungen abgesehen, werden die Gebeine der Heiligen Drei Könige bis heute im Kölner Dom verehrt. »Dabei hat es nicht an Versuchen Mailands gefehlt, die Gebeine von Köln wieder nach Mailand zu holen«, schreibt Manfred Becker-Huberti in seinem Buch »Die Heiligen Drei Könige – Geschichte, Legenden und Bräuche«. So groß sei die Sehnsucht der Mailänder nach »ihren« drei Weisen gewesen, dass eine um 1340 niedergeschriebene Geschichte der Mailänder Bischöfe schlicht behauptete, die Reliquien seien gar nicht gestohlen worden, sondern noch immer in Mailand.

Kein Geringerer als der Mailänder Herzog Ludovico Sforza (1452–1508), der Förderer Leonardo da Vincis, verlangte als Erster die Rückführung der Gebeine, wurde aber vom Kölner Erzbischof hingehalten – ohne die Erlaubnis des Papstes könne er nichts veranlassen. Doch rührte sich Erzbischof Hermann IV. von Hessen offenbar selbst dann nicht, als sich Papst Alexander VI. im Jahr 1495 tatsächlich für die Rückgabe der Reliquien aussprach. Auch ein Vorstoß von Mailänder Dominikanermönchen, die einen Bittbrief von Papst Pius IV. vorweisen konnten, blieb ohne Ergebnis.

Noch im gleichen Jahrhundert schraubten die Mailänder ihre Ansprüche bereits zurück. Erzbischof Carlo Borromeo wäre bereit gewesen, sich mit einem Teil der Gebeine zufriedenzugeben. Der päpstliche Vertreter in Köln jedoch wies ihn darauf hin, die Heiligen Drei Könige würden am Rhein nicht nur sehr verehrt, sondern auch streng bewacht, sodass es keine Aussicht gebe, »auch nur den kleinsten Teil eines Daumens der drei Magier zurückzuerhalten« (Becker-Huberti). Ein weiterer Kontakt eines Mailänder Erzbischofs mit dem päpstlichen Nuntius rund hundert Jahre später ergab das gleiche Ergebnis – die Heiligen Drei Könige stünden im Dom nach wie vor unter strenger Bewachung. Die mehrmaligen Hinweise auf die besonderen Sicherheitsvorkehrungen am Dreikönigenschrein erlauben den Schluss, dass in Mailand über einen Diebstahl oder eine gewaltsame Heimholung zumindest nachgedacht wurde.

Erst im Jahr 1903 erfüllte der Kölner Erzbischof Anton Fischer den Mailänder Wunsch, wenn auch nur zum Teil: Am 28. August übergab er dem nach Köln gereisten Mailänder Erzbischof Andrea Carlo Ferrari das Schien- und Wadenbein des ältesten Königs, das Wadenbein vom mittleren und einen Halswirbelknochen vom jüngsten. Ferraris Gegengeschenk: ein Messgewand des inzwischen heiliggesprochenen Carlo Borromeo – jenes Mailänder Erzbischofs, der vier Jahrhunderte zuvor noch an der Kölner Hartleibigkeit gescheitert war.

Gottestracht

Die Kölner Geschichte kennt zwei große Gottestrachten. Die älteste führte um die Römermauer, die andere und in diesem Buch geschilderte Prozession ging einen weiteren Weg. Diese Große Gottestracht, die vom säbelschwingenden »Gecken-Berndchen« angeführt wurde, soll zwar erst um 1270 entstanden sein und ist erst im 14. Jahrhundert zweifelsfrei urkundlich belegt, doch schien es nicht abwegig, diese Prozession für die Romanhandlung zu verwenden – sie fand stets am zweiten Freitag nach Ostern statt, und tatsächlich fiel der Tag nach dem Dombrand auf dieses Datum. Wer weiß – vielleicht ist dieses Ereignis der wahre Ursprung der Großen Kölner Gottestracht?

An die alten Kölner Prozessionen erinnert noch heute die Mülheimer Gottestracht, eine Schiffsprozession, bei der an Fronleichnam eine Flotte großer und kleiner Schiffe auf dem Rhein fährt.

Rheinmühlen

Summus, Johann, Lupus, Hilger, Ludwig oder Cono – jede Rheinmühle hatte einen Namen. Bis zum Jahr 1276 lagen bis zu sechsunddreißig Mühlen auf dem Rhein, dann legte man die Höchstzahl auf sechsundzwanzig fest. Alle waren in bürgerlichem Besitz, bis auf die Summus, die dem Domkapitel gehörte. Die Zahl verringerte sich im Lauf der Jahrhunderte immer weiter. Für das Jahr 1527 sind nur noch zehn Mühlen namentlich bekannt, aufgeteilt in eine Ober- und Unterreihe. In jenem Jahr versanken mit der Otto und der Lupus zwei weitere Mühlen im Rhein – dennoch war die

Mahlleistung der verbliebenen acht Flussmühlen ausreichend, den Mehlbedarf von vierzigtausend Kölnern zu decken. Anfang des 19. Jahrhunderts gab es nur noch zwei Rheinmühlen. Die Geschichte der Mühlenschiffe hat Horst Kranz in zwei Bänden über »Die Kölner Rheinmühlen« (Aachener Studien zur älteren Energiegeschichte) anschaulich aufgearbeitet.

Richerzeche und Patrizier

Die Handlung des Romans bedient sich im schier unerschöpflichen Fundus der Geschichte der Kölner Patrizier. Dietrich von der Mühlengasse, genannt der Weise, wurden zwar verbotene Geschäfte angedichtet, doch ist sein Lebensweg ansonsten korrekt nachgezeichnet. Die Häuser von Gir, Quatermart und Mummersloch standen an den genannten Stellen, und Hermann Mummersloch hat sich tatsächlich den Durchbruch durch die Römermauer genehmigen lassen.

Die Sippennamen der Patrizier sind bemerkenswert. »Das Wesen der patrizischen Ahnherren drückt sich auch in ihren Namen aus: die Unmaze, Gir, Hardevust und Overstolz müssen Leute von rücksichtsloser Erwerbsgier und herrischer Geistesart gewesen sein«, schreibt Luise von Winterfeld im Jahr 1925 in »Handel, Kapital und Patriziat in Köln bis 1400«.

Mehlstaubexplosion

Ob Kohlen-, Zucker-, Kaffee-, Kakao- oder Mehlstaub – jeder Staub kann explodieren, wenn er aus organischem und somit brennbarem Material besteht und fein genug ist. Das Prinzip ist simpel: Einen groben Klotz kann ein Streichholz nicht entzünden, sehr wohl aber, wenn er in Späne zerteilt ist. Je feiner also ein Stoff, desto größer ist seine Oberfläche und desto entzündlicher ist er. In der richtigen Mischung mit Sauerstoff genügt ein Funke, und der Staub zündet durch.

Die erste dokumentierte Staubexplosion hat sich 1785 im Mehllager einer Bäckerei in Turin ereignet. Dass Stäube sich entzünden können, bewies 1844 erstmals der englische Naturforscher Michael Faraday. Bei der größten Mehlstaubexplosion in Deutschland im Februar 1979 in der Bremer Rolandmühle kamen vierzehn Menschen ums Leben, siebzehn wurden verletzt. Ein Kabelbrand hatte erst kleinere Explosionen ausgelöst, sich weiter über eine Förderbrücke ausgebreitet und den Mehlspeicher erreicht. Eine weitere kleinere Explosion wirbelte den Mehlstaub auf und entzündete ihn – mit katastrophaler Folge.

Bazobo

»Regenreicher Frühling, fieberreicher Sommer«, so sagte man in früheren Zeiten in Italien, als das Land noch von Sümpfen durchzogen war. Auch Friedrich Barbarossa war vor den Brutstätten für krankheitsübertragende Mücken gewarnt worden, als er im Frühjahr 1167 zu einem neuerlichen Feldzug nach Italien aufbrach. Doch der Kaiser überhörte die Mahnungen aus dem Kreis seiner Berater. Kölns Erzbischof Rainald von Dassel bereitete Barbarossa den Weg und schloss den verhassten Papst Alexander III. in Rom ein. Der Staufer eroberte die Stadt und ließ sich von seinem Gegenpapst Paschalis III. im Petersdom erneut zum Kaiser krönen.

Was dann geschah, werteten viele Zeitgenossen als göttliche Strafe. In der Augusthitze entlud sich ein gewaltiges Unwetter, in dessen Folge im Lager der Kaiserlichen eine todbringende Seuche ausbrach. Das Fieber raffte den Hauptteil der Truppen und eine große Zahl herausragender Männer dahin, darunter Rainald von Dassel sowie die Bischöfe von Augsburg, Regensburg, Prag, Verden, Lüttich und Speyer. So groß waren die Verluste des Kaisers, dass er erst sechs Jahre später wieder einen Italienfeldzug unternehmen konnte. Das Unwetter, das in Rom über das kaiserliche Heer hereinbrach, trägt in alten Quellen einen ungewöhnlichen Namen: Bazobo.